HEYNE BÜCHER

Von Alistair MacLean
sind als Heyne-Taschenbücher erschienen:

Die Kanonen von Navarone · Band 01/411
Nacht ohne Ende · Band 01/433
Die Überlebenden der Kerry Dancer · Band 01/504
Jenseits der Grenze · Band 01/576
Angst ist der Schlüssel · Band 01/642
Eisstation Zebra · Band 01/685
Die schwarze Hornisse · Band 01/944
Agenten sterben einsam · Band 01/956
Der Satanskäfer · Band 01/5034
Geheimkommando Zernica · Band 01/5120
Souvenirs · Band 01/5148
Tödliche Fiesta · Band 01/5192
Dem Sieger eine Handvoll Erde · Band 01/5245
Die Insel · Band 01/5280
Nevada Pass · Band 01/5330
Golden Gate · Band 01/5454
Circus · Band 01/5535
Meerhexe · Band 01/5657
Goodbye Kalifornien · Band 01/5921
Geiseldrama in Paris · Band 01/6032
Die Hölle von Athabasca · Band 01/6144
Höllenflug der Airforce 1 · Band 01/6332
Fluß des Grauens · Band 01/6515
Partisanen · Band 01/6592
Die Erpressung · Band 01/6731
Einsame See · Band 01/6772
Das Geheimnis der San Andreas · Band 01/6916
Tobendes Meer · Band 01/7690

ALISTAIR MacLEAN

DIE MÄNNER DER »ULYSSES«

Roman

WILHELM HEYNE VERLAG
MÜNCHEN

HEYNE ALLGEMEINE REIHE
Nr. 01/6931

Titel der englischen Originalausgabe
H.M.S. ULYSSES
Deutsche Übersetzung von Dr. Arno Dohm

3. Auflage

Genehmigte, ungekürzte Taschenbuchausgabe

Printed in Germany 1989
Umschlagfoto: Süddeutscher Verlag, Bilderdienst, München
Umschlaggestaltung: Atelier Ingrid Schütz, München
Satz: werksatz gmbh, Wolfersdorf
Druck und Bindung: Presse-Druck Augsburg

ISBN 3-453-00553-8

Vorspiel: Sonntag nachmittag

Betont langsam drückte Starr den Stummel seiner Zigarette aus. Das Endgültige, das in dieser Bewegung zu liegen schien, berührte Kapitän Vallery sonderbar. Er wußte, was nun kam. Durch den dumpfen Schmerz in seiner Stirn, der ihn in letzter Zeit nie verließ, drangen sehr bittere Gedanken, wie nach einer verlorenen Schlacht. Doch nur für einen Moment, denn er war zu müde, viel zu müde, um hier großes Interesse zu zeigen.

»Ich muß sehr bedauern, meine Herren, wirklich sehr«, sagte Starr mit feinem Lächeln. »Nicht die Befehle, kann ich Ihnen versichern – der Entscheid der Admiralität ist, davon bin ich persönlich überzeugt, den Umständen nach der einzig richtige und vertretbare –, nein, was ich bedauere, ist Ihre – eh – Unfähigkeit, unseren Standpunkt zu begreifen.«

Er machte eine Pause und bot sein Zigarettenetui aus Platin den vier Männern an, die im Tagesraum des Konteradmirals mit ihm am runden Tisch saßen. Bei dem stummen Kopfschütteln aller vier flackerte sein Lächeln wieder auf. Nachdem er sich eine Zigarette genommen und das Etui in die Brusttasche seines doppelreihigen grauen Jacketts zurückgeschoben hatte, lehnte er sich tiefer in den Sessel. Er lächelte nicht mehr. Unter dem Ärmel des feingestreiften Zivilanzugs konnte man sich unschwer die goldenen Streifen – einen breiten und zwei schmale – des Vizeadmirals Vincent Starr, des Ia in der Seekriegsleitung, vorstellen.

»Als ich heute früh von London herflog«, fuhr er in gleichmäßigem Ton fort, »war ich ärgerlich. Sehr sogar. Ich bin – nun ja –, ich bin ein ziemlich beschäftigter Mensch. Anfangs dachte ich, der Erste Seelord vergeude nur unnötig meine Zeit und seine eigene. Wenn ich zurückkehre, muß ich mich entschuldigen. Sir Humphrey hatte recht. Das hat er meistens...«

Seine Stimme verklang in einem Gemurmel, hart kratzte das Rädchen am Stein seines Feuerzeugs in das gespannte Schweigen. Er beugte sich über den Tisch und fuhr gedämpft fort: »Lassen Sie uns ganz offen miteinander sprechen, meine Herren. Ich erwartete – und ich darf wohl sagen, mit Recht – von Ihnen jede Unterstützung und volle Mitwirkung, um diese unangenehme Affäre schnellstens in Ordnung zu bringen. Unangenehme Affäre?« Er lächelte schief. »Jede Beschönigung ist zwecklos. Meuterei, meine Herren, ist der dafür allgemein gebräuchliche Ausdruck, also – was ich Ihnen kaum in Erinnerung zu rufen brauche – ein Kapitalverbrechen. Und trotzdem – was finde ich hier?« Langsam ließ er seinen Blick um den Tisch wandern. »Aktive Offiziere in Seiner Majestät Kriegsmarine, unter ihnen ein Flaggoffizier, die eine Mannschaftsmeuterei verständnisvoll decken, wenn auch nicht gerade gutheißen!«

›Er übertreibt es‹, dachte Vallery dumpf, ›er will uns reizen.‹ In den Worten wie im Ton des Admirals lag die Herausforderung zu einer Antwort.

Es kam keine. Die vier schienen gleichgültig zu sein, apathisch. Vier Männer, ganz verschiedene Charaktere, jeder sich seines Wertes bewußt – und doch, in diesem Augenblick so seltsam gleich, die Gesichter mit den tiefen Furchen ernst, unbewegt, die Augen so ruhig, so ermattet, so alt.

»Sie sind nicht überzeugt, meine Herren?« fuhr Starr leiser fort. »Sie finden die Wahl meiner Worte ein bißchen – eh – peinlich, wie?« Er lehnte sich zurück. »Hm – Meuterei.« Das Wort schmeckte er gewissermaßen ab, ganz bedächtig. Preßte die Lippen zusammen und blickte wieder in die Runde. »Nein, schön klingt es auch wirklich nicht, wie, meine Herren? Sie würden es vielleicht wieder anders nennen wollen?« Kopfschüttelnd beugte er sich vor und glättete mit den Fingern ein Funktelegramm.

»Vom Unternehmen gegen die Lofoten zurück, 15.45 Balkensperre passiert«, las er laut, »16.30 Leichter mit Proviant und Material längsseit, Trupp Matrosen und Heizer zum Abladen der Schmierölfässer kommandiert, 16.50 Meldung an Kommandant, daß Heizer dem Stabsoberbootsmann

Hartley den Gehorsam verweigern, ferner dem Obermaschinisten Hendry, dem Oberleutnant Ing. Grierson und dem Leitenden Ingenieur. Rädelsführer vermutlich die Heizer Riley und Petersen. 17.05 dem Kommandanten den Gehorsam verweigert, 17.15 Profoß und Wachtmeister bei Ausübung ihrer Pflichten tätlich angegriffen.« Er sah vom Blatt auf. »Welcher Pflichten? Beim Versuch, die Rädelsführer festzunehmen?«

Vallery nickte stumm.

»17.15 Matrosen mit Dienst aufgehört, offensichtlich in Sympathie. Keine Gewalttaten angedroht. 17.25 Kommandant erläßt Warnung vor den Folgen über Lautsprecher, befiehlt, Dienst fortzusetzen. Befehl nicht ausgeführt. 17.30 Winkspruch an Flottenchef, an Bord *Cumberland*, betreffend Beistand.«

Starr hob wieder den Kopf und blickte Vallery kalt an. »Weshalb, wenn ich fragen darf, die Meldung an den Admiral? Sicher hätten doch Ihre eigenen Seesoldaten –?«

»Meine Anordnung«, unterbrach Tyndall ihn barsch. »Unsere eigenen Seesoldaten gegen Männer vorgehen lassen, mit denen sie zweieinhalb Jahre in See gewesen sind? Ausgeschlossen! Auf diesem Schiff besteht zwischen der soldatischen und der seemännischen Besatzung keine Feindschaft, Admiral Starr. Die Leute haben zuviel gemeinsam durchgemacht... Im übrigen ist es durchaus möglich«, fügte er trocken hinzu, »daß unsere Seesoldaten sich geweigert hätten. Bedenken Sie auch bitte: Wenn wir die eigenen Leute eingesetzt und sie diese – hm – Meuterei unterdrückt hätten, wäre *Ulysses* als Kampfeinheit erledigt gewesen.«

Starr blickte ihn fest an, bevor er die Augen wieder auf den Funkspruch richtete.

»18.30 Trupp Seesoldaten von *Cumberland* an Bord gekommen. Beim Aufentern keine Gewaltakte. Versuchen sechs bis acht Rädelsführer festzunehmen. Heftiger Widerstand seitens der Heizer und Matrosen, schwere Kämpfe auf dem Achterdeck, im Heizerwohndeck und im Gang vor den Maschinistenkammern bis 19 Uhr. Keine Schußwaffen benutzt, aber zwei Tote, sechs Schwer-, fünfunddreißig bis vierzig Leichtverwundete.« Starr knüllte das Papier nach dem letzten Satz mit einer fast wütenden Geste zusammen. »Meine Herren, ich glaube, Sie haben mir etwas voraus.« Seine Stimme triefte jetzt von Ironie. »›Meuterei‹ ist wohl kaum die richtige Bezeichnung bei fünfzig Verwundeten und Toten. ›Erbitterter Kampf‹ trifft die Sache gewiß besser.«

Seine Worte blieben trotz des beißenden Tones ohne sichtbare Wirkung. Die vier Männer saßen noch regungslos da, unbewegten Gesichts, in tiefer Gleichgültigkeit.

Admiral Starrs Miene verhärtete sich. »Ich fürchte, Sie sehen die Dinge schief, meine Herren. Sie sind schon lange hier oben im Norden, ganz isoliert, da verzerrt sich die Perspektive. Ist es nötig, höhere Offiziere daran zu erinnern, daß in Kriegszeiten die Gefühle, Leiden und Nervenproben des einzelnen absolut unmaßgeblich sind? Die Marine, unser Land – sie kommen jederzeit zuerst und zuletzt.« Er schlug gedämpft mit der Faust auf den Tisch, und gerade das Maßvolle dieser Bewegung wirkte eindringlich. »Herrgott im Himmel, die Zukunft der Welt steht auf dem Spiel, meine Herren«, preßte er zwischen den Zähnen hervor, »und Sie, in unverzeihlichem Egoismus nur um Ihre eigenen kleinen Affären besorgt, besitzen die kolossale Unverschämtheit, sie zu gefährden!«

Korvettenkapitän Turner lächelte spöttisch vor sich hin. ›Eine hübsche Rede, kleiner Vincent‹, dachte er, ›eine hübsche Rede. Erinnert nur ein bißchen an das Pathos der Viktorianischen Epoche. Das Zähneknirschen war entschieden übertrieben. Jammerschade, daß du dich nicht ins Parlament wählen läßt. Wärst eine gewaltige Errungenschaft als erste Garnitur auf der Regierungsbank. Aber vielleicht bist du dafür doch zu ehrenhaft‹, kam ihm überraschend zum Bewußtsein.

»Die Rädelsführer werden ermittelt und bestraft werden – streng bestraft.« Die Stimme klang jetzt grob, mit schneidendem Unterton. »Zunächst wird das 14. Flugzeugträger-Geschwader, wie schon angeordnet, zum Konvoitreffpunkt in der Dänemarkstraße auslaufen, und zwar Mittwoch statt

Dienstag um 10 Uhr 30. Wir haben nach Halifax gefunkt, daß der Konvoi einen Tag später kommen soll. Sie werden morgen früh um 6 Uhr in See gehen.« Er richtete den Blick auf Admiral Tyndall. »Wollen Sie bitte alle Schiffe unter Ihrem Kommando sofort entsprechend anweisen, Admiral.«

Tyndall, in der ganzen Flotte wegen seines blühenden Aussehens als ›der Farmer‹ bekannt, antwortete nicht. Sein frisches Gesicht, sonst nur von fröhlichen Fältchen durchzogen, war grimmig verkniffen, der sorgenvolle Blick unter den dicken Augenlidern ruhte auf Kapitän Vallery. Ihm ging durch den Sinn, wie schwer dieser gütige, sensible Mensch gerade jetzt leiden mochte. Doch Vallerys vor Übermüdung ganz hohles Gesicht verriet ihm nichts, die asketischen Züge seines hageren Kopfes waren eine vollkommene Maske. Erbittert fluchte Tyndall in sich hinein.

»Ich glaube, mehr gibt's wahrhaftig nicht zu sagen, meine Herren«, fuhr Starr in mildem Ton fort. »Ich will Ihnen nicht vortäuschen, daß Sie eine leichte Fahrt vor sich hätten. – Sie wissen ja selbst, wie es den drei letzten Konvois ergangen ist – P.Q. 17, F.R. 71 und 74. Leider haben wir bis heute noch keine befriedigende Abwehr gegen den akustischen Torpedo und die Gleitbombe entwickeln können. Im übrigen hat unser Nachrichtendienst aus Bremen und Kiel berichtet – was die jüngsten Erfahrungen im Atlantik bestätigen –, daß die U-Boote neuerdings zuerst die Sicherungsstreitkräfte attackieren... Vielleicht wird das Wetter Ihnen zur Rettung.«

›Du rachsüchtiger alter Teufel‹, dachte Tyndall ohne Leidenschaft. ›Rede nur weiter so, wenn's dir Spaß macht.‹

›Auch auf die Gefahr hin, altmodisch und pathetisch zu erscheinen‹ – Starr wartete ungeduldig, bis Turner seinen jähen Hustenanfall unterdrückt hatte –, »dürfen wir sagen, daß der *Ulysses* jetzt die Gelegenheit geboten wird, sich – eh – zu rehabilitieren.« Er schob seinen Stuhl zurück. »Und nachher, meine Herren, das Mittelmeer. Zuerst freilich – F.R. 77 nach Murmansk, durch dick und dünn!« Beim letzten Wort schlug ihm die Stimme über und bekam einen schrillen Beiklang, durch den leichten Firnis verbindlicher

Formen brach schnarrend der Ärger. »Auf der *Ulysses* muß jedem klarwerden, daß die Kriegsmarine auf keinen Fall Befehlsverweigerungen, Pflichtverletzung, organisierte Revolten und Aufruhr duldet!«

»Quatsch!«

Admiral Starr fuhr mit einem Ruck in seinem Sessel zurück, seine Fingerknöchel auf der Armlehne wurden weiß. Jäh richtete er den Blick auf Oberstabsarzt Brooks, dessen ungewöhnlich klare blaue Augen unter dem mächtigen silbergrauen Haar ihm jetzt seltsam feindlich begegneten.

Tyndall beobachtete ebenfalls diese zornigen Augen. Er sah auch, wie Brooks Gesicht rot anlief, und stöhnte leise vor sich hin. Die Zeichen kannte er nur zu gut – der alte ›Sokrates‹ war auf dem besten Wege, in echt irischer Art aus dem Kragen zu platzen. Tyndall wollte etwas sagen, verzichtete jedoch, als Starr eine schroffe Handbewegung machte.

»Was hatten Sie gesagt, Herr Oberstabsarzt?« Admiral Starr fragte es leise, beinah monoton.

»Quatsch«, wiederholte Brooks deutlich. »Quatsch habe ich gesagt. ›Lassen Sie uns ganz offen sprechen‹, waren Ihre Worte. Nun, Sir, ich spreche jetzt offen. ›Pflichtverletzung, organisierte Revolte und Aufruhr‹! Ist ja lachhaft! Aber irgendeine Bezeichnung müssen Sie der Sache ja wohl geben, am liebsten eine, die Ihnen nach eigenen Erfahrungen geläufig ist. Aber Gott allein weiß, welche sonderbare Gedankenverbindung und geistige Taschenspielerei Sie dazu veranlaßt hat, die gestrige Unruhe an Bord der *Ulysses* gleichzusetzen mit dem einzigen, klar umrissenen disziplinaren Begriff, der Ihnen so vertraut ist.« Er schwieg eine Sekunde. In der Stille hörten sie das dünne, hochtonige Wimmern der Bootsmannspfeife. Vermutlich ein Achtungssignal für ein passierendes Schiff. »Sagen Sie mir, Admiral Starr«, fuhr Brooks ruhig fort, »sollen wir die Dämonen des Wahnsinns durch Peitschen austreiben – nach der bizarren mittelalterlichen Sitte – oder vielleicht, Sir, durch Ersäufen? Oder glauben Sie etwa, ein paar Monate in der Arrestzelle wären die beste Kur für Tuberkulose?«

»Wovon reden Sie eigentlich, Brooks?« fragte Starr erbost. »Tuberkulose – worauf wollen Sie nur hinaus, Mann? Bitte weiter – erklären Sie.« Er trommelte nervös mit den Fingern auf den Tisch, die Augenbrauen hoch in die gefurchte Stirn gezogen. »Ich hoffe, Brooks«, ergänzte er in täuschend mildem Ton, »daß Sie diese – daß Sie Ihre Unverschämtheit rechtfertigen können.«

»Ich bin überzeugt, daß Oberstabsarzt Brooks keine Unverschämtheit beabsichtigt hat.« Es war Kapitän Vallery, der zum erstenmal sprach. »Er will lediglich zum Ausdruck bringen –«

»Bitte, Kapitän Vallery«, unterbrach ihn Starr, »ich halte mich für durchaus fähig, mir ein eigenes Urteil über diese Fragen zu bilden.« Sein Lächeln war sehr verkniffen. »Nun, bitte weiter, Brooks.«

Der Oberstabsarzt blickte ihn gemessen an. Prüfend. »Mich rechtfertigen?« Er lächelte matt. »Nein, Sir, das werde ich kaum können.« Die geringe Veränderung im Ton und die Anspielung in seinen Worten entgingen Starr nicht, der ein wenig rot wurde. »Aber eine Erklärung will ich versuchen, denn die mag von Nutzen sein«, fuhr Brooks fort.

Einige Sekunden blieb er, die Ellbogen auf dem Tisch, stumm sitzen und strich mit der Hand durch sein schweres Silberhaar, eine seiner beliebten Gesten. Plötzlich blickte er Starr scharf an und fragte: »Wann sind Sie zuletzt in See gewesen, Herr Admiral?«

»Zuletzt in See?« Starr zog die Stirn in schwere Falten. »Was soll das denn mit Ihnen zu tun haben oder mit dem, was wir hier besprechen!«

»Sehr viel«, gab Brooks zurück. »Würden Sie mir die Frage bitte beantworten, Herr Admiral?«

»Ich glaube, Sie wissen ganz gut, Brooks«, erwiderte Starr gelassen, »daß ich schon seit Kriegsbeginn in der Seekriegsleitung in London bin. Was soll Ihre Frage bedeuten, Sir?«

»Nichts. Ihre persönliche Integrität und Ihr Mut sind über jeden Zweifel erhaben, das wissen wir alle. Ich habe bloß eine Tatsache festgestellt.« Brooks schob sich in seinem Sessel mehr nach vorn.

»Ich bin Marinearzt, Herr Admiral, und bin das nun seit über dreißig Jahren.« Er lächelte schwach. »Vielleicht bin ich kein sehr guter Arzt, vielleicht auch in den neuesten Erkenntnissen der Medizin nicht ganz so auf der Höhe, wie ich sein könnte, aber ich glaube behaupten zu können, daß ich sehr viel Menschenkenntnis gesammelt habe und – in dieser Stunde ist Bescheidenheit nicht angebracht – daß ich die Funktionen des Verstandes und das wundervolle, komplizierte Ineinandergreifen der körperlichen und geistigen Faktoren kenne.

›Isolierung verzerrt die Perspektive‹ waren Ihre Worte, Admiral Starr. Sie bedeuten Abgeschnittensein, losgelöst von der Welt, und zum Teil trifft Ihr Hinweis den Kern. Jedoch – und das, Sir, ist das Wesentliche –, es gibt mehr Welten als eine. Die nördlichen Meere, die Arktis, der ewig dunkle Seeweg nach Rußland – sie sind eine andere Welt, völlig verschieden von der Ihren. Eine Welt, Sir, von der Sie vermutlich keine klare Vorstellung haben. Genau besehen, sind Sie von unserer Welt völlig isoliert.«

Admiral Starr knurrte, ob in Zorn oder Hohn, war schwer zu entscheiden. Er räusperte sich, um zu sprechen, doch Brooks fuhr rasch fort:

»Die dortigen Verhältnisse sind ohne Beispiel und Vergleich in der ganzen Kriegsgeschichte. Die Geleitzüge nach Rußland, Sir, sind für den Menschen ein völlig neues und einzigartiges Erlebnis.«

Er brach unvermutet ab und blickte durch das dicke Glas des Bullauges in den dichten Schneeregen, der schräg über das graue Wasser und die düsteren Hügel der Reede von Scapa Flow fiel. Niemand sprach. Der Oberstabsarzt war noch nicht fertig, er war so erschöpft, daß er Zeit brauchte, um sich zu konzentrieren.

»Der Mensch kann sich selbstverständlich neuen Verhältnissen anpassen und tut das auch.« Brooks sprach ruhig, als rede er mit sich selbst. »Biologisch und physisch hat er das, um zu bestehen, schon seit jeher tun müssen. Doch das verlangt Zeit, meine Herren, sehr viel Zeit. Man kann die naturbedingten Veränderungen von zwanzig Jahrhunderten nicht in ein paar Jahre zusammenpressen, das hält weder der Geist noch der Körper aus. Versuchen kann man es natürlich, und der Mensch besitzt eine so unerhörte Elastizität und Zähigkeit, daß er es auszuhalten vermag – für ganz kurze Zeiträume. Aber die Grenze, das äußerste Maß der Anpassungsfähigkeit, ist bald erreicht. Werden Menschen über diese Grenze gestoßen, so kann alles passieren. Ich sage wohlüberlegt ›alles‹, weil wir bisher noch nicht genau wissen, welche Formen der Zusammenbruch der Kräfte endgültig annimmt – aber einen Zusammenbruch gibt es immer. Es mag ein körperlicher, ein geistiger, ein seelischer sein – ich weiß es nicht. Soviel jedoch weiß ich, Herr Admiral – die Besatzung der *Ulysses* ist an die Grenze getrieben worden und entschieden noch über sie hinaus.«

»Sehr interessant, Herr Oberstabsarzt«, sagte Starr trokken, mit skeptischer Miene. »Wirklich sehr interessant – und höchst instruktiv. Leider aber ist Ihre Theorie – und mehr ist das ja nicht – ganz unhaltbar.«

Brooks blickte ihm fest in die Augen. »Über ihre Gültigkeit, Sir, kann es nur eine einzige Meinung geben.«

»Unsinn, Mann, Unsinn!« Vor Zorn war Starrs Gesicht wie versteinert. »Selbstverständlich. Sie gehen von ganz falschen Voraussetzungen aus.« Er beugte sich vor und unterstrich mit dem Zeigefinger jedes Wort. »Die gewaltige Kluft, die nach Ihrer Behauptung zwischen den Konvois nach Rußland und dem normalen Kriegsdienst zur See liegen soll – sie existiert gar nicht. Können Sie mir irgendeinen Faktor oder besonderen Umstand nennen, der in diesen nördlichen Gewässern vorherrscht und nicht auch anderswo in der Welt zu finden ist? Können Sie das, Oberstabsarzt Brooks?«

»Nein, Sir.« Brooks war keineswegs aus der Fassung gebracht. »Aber ich kann eine häufig übersehene Tatsache anführen – daß nämlich gerade die Unterschiede gewisser Ideenassoziationen in einer bestimmten Umgebung von viel tieferem Einfluß sein können als die der rein äußeren Bedingungen. Lassen Sie mich das näher erklären.

Furcht kann einen Menschen zermürben. Wir wollen es

doch zugeben: Furcht ist etwas ganz Natürliches. Sie kommt den Menschen auf jedem Kriegsschauplatz an, doch nirgendwo, darf ich sagen, so intensiv, so andauernd wie auf den Geleitzügen im Polargebiet.

Ständige höchste Anspannung kann einen Menschen zerbrechen – jeden Menschen. Das habe ich oft genug, allzuoft, mit eigenen Augen gesehen. Und wird er bis zum Zerspringen angetrieben, bisweilen siebzehn Tage hintereinander, wird er täglich und ohne Pause an das gemahnt, was ihm passieren kann – an zerschmetterte, sinkende Schiffe, ertrinkende Menschenleiber –, nun, wir sind ja Menschen, keine Maschinen. Dann muß etwas versagen, und es versagt auch. Es wird Ihnen nicht unbekannt sein, daß wir nach den letzten zwei Geleitfahrten neunzehn Offiziere und Mannschaften in Sanatorien überführen mußten – in Anstalten für Geisteskranke.«

Brooks war aufgestanden, seine breiten, starken Finger spreizten sich auf der polierten Tischplatte, seine Augen bohrten sich in die des Admirals.

»Der Hunger, Admiral Starr, brennt die Energie eines Menschen aus, er entzieht ihm die Kraft, verlangsamt sein Begriffsvermögen, zerstört seinen Kampfwillen und sogar den Willen, um seine Existenz zu ringen. Sie wundern sich, Herr Admiral? Hunger, denken Sie, ist doch auf den heutzutage so gut versorgten Schiffen einfach unmöglich? Er ist aber nicht unmöglich, Herr Admiral. Er ist sogar unvermeidlich. Sie schicken uns im Winter in den Norden hinaus, wenn die Nächte viel länger sind als die Tage, wenn zwanzig Stunden von vierundzwanzig auf Wache oder Gefechtsstation verbracht werden müssen, und erwarten, daß wir uns dabei gut ernähren!« Er hieb mit der flachen Hand auf den Tisch. »Wie sollen wir das, zum Donnerkiel, wenn die Köche fast pausenlos Gefechtsdienst in den Munitionskammern oder in den Lecksicherungsgruppen machen müssen?

Nur der Bäcker und der Schlächter sind befreit, und so leben wir von Brot und kaltem Cornedbeef. Wochenlang nur von Brot mit Cornedbeef!« Oberstabsarzt Brooks spie beinahe aus vor Empörung.

›Braver alter Sokrates‹, dachte Turner erfreut, ›gib's ihm tüchtig!‹ Auch Tyndall nickte gewichtig Beifall. Nur Vallery fühlte sich beklommen, nicht über das, was Brooks sagte, sondern weil er es überhaupt sagte. Kommandant war ja er, Vallery, und die feurigen Kohlen wurden auf dem falschen Haupt gesammelt.

»Furcht, Nervenspannung, Hunger« – Brooks sprach jetzt ganz gedämpft –, »das sind die drei, die einen Menschen zerbrechen, ihn so sicher vernichten wie Feuer, Stahl oder Pestilenz. Sie sind die wahren Mörder.

Und doch sind sie unbedeutend, Herr Admiral, ganz unbedeutend, denn sie sind nur die Gefolgsleute oder, so könnten wir auch sagen, die Vorboten der drei Apokalyptischen Reiter: Kälte, Schlafmangel, Erschöpfung.

Wissen Sie, Herr Admiral, wie es in einer Februarnacht hier oben ist, zwischen Jan Mayen und der Bäreninsel? Natürlich wissen Sie das nicht. Wissen Sie, wie es ist, wenn in der Polarzone 32 Grad Kälte herrschen und es doch nicht friert? Wissen Sie, wie es ist, wenn der Wind mit über 28 Grad Kälte von den Eiskaps am Nordpol und in Grönland heranfaucht und wie ein Skalpell durch die dickste Kleidung schneidet? Wenn an Deck 500 Tonnen Eis liegen, wo schon bei fünf Minuten in freier Luft der Frost in die Glieder fährt, wo der Schiffsbug, wenn er tief in die See schlägt, eine Gischt aufwirft, die den Menschen an Bord wie feste Eisbrocken trifft? Wenn sogar die Batterien der Taschenlampen infolge der scharfen Kälte den Dienst versagen? Wissen Sie das, Herr Admiral, wissen Sie das?« Brooks schleuderte ihm die Worte entgegen, er hämmerte sie ihm gleichsam ins Gedächtnis.

»Und wissen Sie, was es heißt, Tag für Tag ohne Schlaf bleiben, wochenlang nur zwei bis drei Stunden von vierundzwanzig schlafen dürfen? Wissen Sie, wie dann dem Menschen zumute ist, Herr Admiral? Das subtile Gefühl, wenn jeder Nerv in Ihrem Körper, jede Zelle in Ihrem Gehirn bis zum Zerreißen gespannt ist, um Sie über den Rand in den kreischenden Wahnsinn zu stürzen, kennen Sie das, Herr Admiral? Es ist die ausgesuchteste Pein auf der Welt, und Sie würden Ihre Freunde, Ihre Familie, Ihre Hoffnung auf Unsterblichkeit verkaufen für das selige Gefühl, nur einmal die Augen schließen und den Dingen ihren Lauf lassen zu können!

Und dann die Müdigkeit, Herr Admiral, die verzweifelte Mattigkeit, die Sie nie loswerden. Zum Teil ist sie die Folge der entkräftenden Kälte, zum Teil macht es der Mangel an Schlaf, und zum Teil das andauernd schlechte Wetter. Sie wissen aber selbst, wie erschöpfend es sein kann, sich nur ein paar Stunden gegen ein schlingerndes und stampfendes Deck zu stemmen, und das haben unsere Jungens monatelang getan – auf der Eismeerfahrt ist man ewig im Sturm. Ich kann Ihnen ein Dutzend, nein, zwei Dutzend alter Männer an Bord zeigen, von denen keiner älter ist als zwanzig!«

Brooks stieß seinen Stuhl zurück und ging rastlos in der Kajüte hin und her. Tyndall und Turner schauten sich an, dann betrachteten sie Vallery, der mit gebeugten Schultern und hängendem Kopf dasaß, die ausdruckslosen Augen auf die über dem Tisch gefalteten Hände gerichtet. Einen Moment war es, als existierte gar kein Admiral Starr.

»Es ist ein böser, ein mörderischer Kreislauf«, sprach Brooks rasch weiter. Er hatte sich jetzt gegen die Bordwand gelehnt, die Hände tief in den Taschen, und schaute blicklos durch das beschlagene Glas des Bullauges. »Je weniger Schlaf der Mensch bekommt, um so müder wird er, je müder er ist, um so mehr spürt er die Kälte. Und so geht es weiter, und dabei ständig der Hunger und die furchtbare Anspannung. Alles greift ineinander, jeder einzelne dieser Faktoren verschwört sich gleichsam mit den anderen, um den Menschen zu erdrücken, ihn körperlich und geistig zu zerstören und ihn zum dankbaren Nährboden für Krankheiten zu machen. Jawohl, Herr Admiral – Krankheiten.« Er lächelte Starr ins Gesicht, doch es war ein Lächeln ohne Lachen. »Pferchen Sie Männer zusammen wie die Heringe in einem Faß, ersticken Sie in ihnen den letzten Funken Widerstandskraft, zwingen Sie sie, tagelang unter Deck zu bleiben – was erzielen Sie dann? Tb unausbleiblich.« Er zuckte die

Achseln. »Gewiß habe ich bisher nur wenige Isolierfälle, aber ich weiß, daß akute Lungentuberkulose sich in den Mannschaftsdecks rasch entwickelt.

Den gesundheitlichen Verfall habe ich seit Monaten schon beobachtet.« Er hob resigniert die Schultern. »Mehrmals habe ich bereits den Flottenarzt aufmerksam gemacht und zweimal an die Admiralität geschrieben. Man zeigte Verständnis – aber dabei blieb es. Knappheit an Schiffsraum, Knappheit an Menschen...

Die letzten hundert Tage waren der Höhepunkt, Sir – nach den schweren Monaten schon vorher. Hundert Tage in einer wahren Hölle, ohne eine einzige Stunde Landurlaub! Nur zweimal einen Hafen angelaufen, zur Munitionsübernahme. Öl und Proviant wurden von den Flugzeugträgern in See übernommen. Und jeder Tag eine Ewigkeit von Kälte, Hunger, Gefahr und Leiden. Im Namen Gottes«, rief Brooks laut, »wir sind keine Maschinen!«

Er stemmte sich von der Wand ab und ging, die Hände noch immer tief in den Taschen, zu Starr hinüber.

»Es ist mir verhaßt, dies vor dem Kommandanten auszusprechen, aber: jeder Offizier auf diesem Schiff – mit Ausnahme von Kapitän Vallery – weiß, daß die Männer schon vor langer Zeit – um Ihr Wort zu gebrauchen: gemeutert hätten, wäre nicht eins gewesen – eben Kapitän Vallery. Eine Treue, wie die Besatzung sie diesem Manne durch ihre fast an Götzendienst grenzende Ergebenheit beweist, ist mir im ganzen Leben noch nicht vorgekommen, Herr Admiral.«

Tyndall und Turner murmelten beifällig. Vallery saß noch reglos da.

»Aber selbst für diese Gefühle gab es eine Grenze. Es mußte so kommen. Und jetzt sprechen Sie von Bestrafung dieser Männer, von Gefängnis! Gütiger Gott – ebensogut könnten Sie jemand aufhängen lassen, weil er Lepra hat, oder ihn wegen eines Geschwürs ins Gefängnis stecken!« Brooks schüttelte verzweifelt den Kopf. »Unsere Besatzung ist ebenso schuldlos wie Kranke. Die Männer konnten einfach nicht anders, sie vermögen Recht und Unrecht nicht mehr zu unterscheiden, nicht mehr klar zu denken. Sie wollen nur Ruhe, nur ein wenig Frieden, ein paar Tage glücklicher Rast. Alles in der Welt würden sie dafür geben, und von dem Gedanken an Ruhe kommen sie einfach nicht los! Können Sie das nicht verstehen, Herr Admiral? Können Sie's nicht? Wirklich nicht?«

Für fast eine halbe Minute herrschte Schweigen in der Admiralskajüte, absolute Stille. Das schrille Wimmern des Windes und das witschende Geräusch des Schneehagels klangen unnatürlich laut. Dann stand Admiral Starr jäh auf und griff nach seinen Handschuhen. Kapitän Vallery blickte jetzt endlich hoch. Er wußte nun, daß Brooks umsonst gesprochen hatte.

»Lassen Sie meine Barkasse längsseit kommen, Kapitän Vallery. Bitte sofort!« sagte Starr sachlich kalt, unbewegten Gesichts. »Vollständige Übernahme von Öl, Proviant und Munition baldmöglichst. Admiral Tyndall, ich wünsche Ihnen und Ihrem Geschwader eine erfolgreiche Fahrt. Und Ihnen, Oberstabsarzt Brooks, zur Kenntnis, daß ich den Sinn Ihrer Argumente ganz gut begreife, zumindest, was Sie persönlich betrifft.« Sein Mund öffnete sich zu einem frostigen Lächeln. »Sie sind ganz offensichtlich überanstrengt und haben einen Urlaub sehr nötig. Ihre Ablösung wird noch vor Mitternacht an Bord kommen. Wenn Sie mich hinausbegleiten wollen, Kapitän...«

Er wandte sich zur Tür. Kaum hatte er zwei Schritte getan, da ertönte Vallerys Stimme: »Einen Moment bitte, Sir!« Wie angewurzelt blieb er stehen. Als er sich umdrehte, machte Kapitän Vallery keine Anstalten, sich zu erheben, sondern blieb lächelnd sitzen. In seinem Lächeln lagen Respekt und Verstehen, aber auch ein eigenartiger Zug unbeugsamer Entschlossenheit, unter dem es Starr ungemütlich wurde. Er hätte nicht sagen können, warum.

»Oberstabsarzt Brooks«, sagte Vallery energisch, »ist ein Offizier von hohen Qualitäten. Er ist unschätzbar wertvoll, faktisch unersetzlich und für *Ulysses* dringend notwendig. Ich wünsche, ihn an Bord zu behalten.«

»Ich habe meine Entscheidung getroffen, und die ist definitiv«, sagte Starr scharf. »Und ich glaube, Sie wissen, mit welchen Vollmachten mich die Admiralität für diese Untersuchung ausgestattet hat.«

»Gewiß, Sir.« Vallery war völlig ruhig. »Trotzdem wiederhole ich, daß ich einen Offizier von Brooks' Qualitäten nicht entbehren kann.«

Worte und Ton waren höflich und respektvoll, ihre Bedeutung aber unmißverständlich. Brooks trat mit sehr bekümmerter Miene vor, doch ehe er sprechen konnte, warf Turner gewandt in überlegenem Ton ein: »Ich darf annehmen, daß ich zu dieser Konferenz nicht nur als Attrappe gebeten worden bin.« Er kippte mit seinem Stuhl ein wenig rückwärts, den Blick träumerisch nach oben gerichtet. »Jetzt finde ich es an der Zeit, auch ein Wort zu sagen. Ich bestätige alles, was Brooks gesagt hat, ohne Einschränkung, jedes Wort.«

Starr, der unbeweglich dastand, wurde bleich. Er sah Tyndall an. »Und Sie, Admiral?«

Tyndall blickte mit einer fast komischen, spöttischen Miene auf. Aus seinem Gesicht war alles Gespannte und Sorgenvolle gewichen. Jetzt glich er mehr denn je dem bekannten Farmertyp. Er hatte das Empfinden, daß seine Karriere auf dem Spiel stand. ›Sonderbar, wie unwichtig einem plötzlich die Karriere werden kann‹, dachte er.

»Als Befehlshaber des Geschwaders kenne ich nur eine Sorge: dessen höchste Leistungsfähigkeit. Es gibt tatsächlich Leute, die unersetzlich sind. Zu denen gehört, wie Kapitän Vallery Ihnen nahelegte, auch Brooks. Ich schließe mich seiner Meinung an.«

»Ach so, meine Herren. So, so«, sagte Starr ernst. Zwei rote Flecke brannten auf seinen Backenknochen. »Der Konvoi ist von Halifax ausgelaufen, mir sind die Hände gebunden. Aber Sie begehen einen großen Fehler, wenn Sie der Admiralität die Pistole auf die Brust setzen. In Whitehall haben wir ein gutes Gedächtnis. Wir werden – eh – den Fall bei Ihrer Rückkehr ausführlich besprechen. Guten Tag, meine Herren – guten Tag!«

In der plötzlichen Kälte erschauernd, stieg Brooks schweren Schrittes die Treppe zum Oberdeck hinab und ging nach vorn, an der Kombüse vorbei zum Lazarett. Der Sanitätsmaat blickte aus der Apotheke.

»Wie geht's unseren Kranken und Verletzten, Johnson?« fragte Brooks ihn. »Halten sie sich tapfer?«

Johnson warf einen verdrießlichen Blick auf die acht Betten und ihre Insassen. »Sind bloß 'n paar verdammte Drükkeberger, Sir, die Hälfte bestimmt besser in Form als ich. Sehen Sie sich doch Heizer Riley an, hat nur 'n Finger gebrochen, aber einen dicken Stapel *Reader's Digest* muß er am Bett haben. Liest nämlich alle medizinischen Artikel und schreit immer gleich nach Sulfa, Penicillin und den neuesten Heilmitteln. Dabei spricht er die meisten falsch aus. Denkt, er muß sterben.«

»Wäre ein schmerzlicher Verlust«, murmelte der Oberstabsarzt kopfschüttelnd. »Was unser Dodson an dem Mann findet, ist mir schleierhaft... Wie steht's im Landlazarett?«

Johnsons Gesicht wurde ausdruckslos. »Waren eben am Telefon«, sagte er steif. »Vor fünf Minuten, Matrose Ralston ist um drei Uhr gestorben.«

Brooks nickte ernst. Daß dieser schwer zerschlagene Junge überhaupt noch ins Lazarett geschickt wurde, war nur eine Formsache gewesen. Für einen Augenblick fühlte Brooks sich müde, erledigt. Den ›alten‹ Sokrates nannten sie ihn. In den letzten Tagen begann er sein Alter auch zu spüren, und noch etwas mehr. Ob es half, wenn er mal eine Nacht ordentlich ausschlief? Er bezweifelte es. Ein Seufzer entfuhr ihm.

»Die Sache ist Ihnen ziemlich nahegegangen, was, Johnson?«

»Achtzehn war er, Sir. Genau achtzehn.« Johnson sagte das leise, in bitterem Ton. »Habe eben mit Burgess gesprochen, der das Bett neben ihm hat. Erzählte mir, wie es zuging. Ralston kam gerade mit seinem Handtuch überm Arm aus der Tür vom Duschraum, da raste ein ganzer Schwarm Seesoldaten an ihm vorbei und hinterher noch ein Riesenkerl, wie 'n Gorilla. Und dieser Kommißhengst haut Ralston mit dem Gewehr eines übern Schädel. Der hat gar nicht gemerkt, was ihn traf, Sir, und auch nicht gewußt, warum er den Schlag gekriegt hat.«

Brooks lächelte schwach. »Was Sie da sagen, nennt man – eh – aufrührerische Reden, Johnson«, sagte er sanft.

»Entschuldigen Sie, Sir. So darf ich eigentlich nicht sprechen. Es ist auch nur, weil –«

»Ach, macht nichts, Johnson, ich hatte ja gefragt. Das Denken kann ich niemand verbieten, aber bitte nicht laut denken, denn das ist – ist der Marinedisziplin abträglich... Ich glaube, Ihr Freund Riley verlangt nach Ihnen. Bringen Sie ihm lieber ein Wörterbuch.«

Er wandte sich ab und schob sich durch den Vorhang zum Operationsraum. Ein dunkler Kopf – mehr konnte er hinter dem zahnärztlichen Stuhl nicht sehen – drehte sich nach hinten. Assistenzarzt Johnny Nicholls erhob sich rasch, einen Packen Krankenberichtsblätter in der Hand.

»Hallo, Sir. Bitte Platz zu nehmen.«

Brooks lächelte. »Ausgezeichnet, und wirklich wohltuend, Nicholls, heutzutage einen dienstjüngeren Offizier zu finden, der weiß, was sich schickt.«

Er kletterte auf den Stuhl und ließ sich stöhnend hineinsinken, indem er den Kopfhalter zurechtzurücken suchte. »Würden Sie mir mal die Fußstütze richtig einstellen, mein Sohn? So – ah – vielen Dank!« Genießerisch lehnte er sich rückwärts, die Augen geschlossen, den Kopf ganz nach hinten gelehnt, und stöhnte noch einmal. »Ich bin ein alter Mann, mein lieber Johnny, einer, der längst nicht mehr mitzählt.«

»Unsinn, Sir«, sagte Nicholls frisch. »Bloß eine gewisse Erschlaffung. Wenn ich Ihnen dafür gleich eine gute Medizin verschreiben darf...?«

Er ging an ein Wandschränkchen, nahm zwei Zahngläser und eine dunkelgrüne, gerippte Flasche mit der Aufschrift ›Gift‹ heraus. Füllte die Gläser und reichte eins dem Oberstabsarzt. »Kann ich persönlich empfehlen. Auf Ihr Wohl, Sir.«

Brooks betrachtete die bernsteingelbe Flüssigkeit, dann blickte er Nicholls an. »Heidnische Praktiken hat man Ihnen auf Ihren schottischen Hochschulen beigebracht, mein Sohn. Aber zum Teil waren die Heiden ja bewundernswerte Burschen. Was ist diesmal im Glas?«

»Erstklassiger Stoff!« Nicholls grinste. »Ein Produkt der Insel Coll.«

Der alte Arzt musterte ihn argwöhnisch. »Wußte nicht, daß es dort Brennereien gibt.«

»Gibt's auch nicht. Ich habe nur gesagt, auf Coll ›produziert‹. – Wie ist die Geschichte oben verlaufen, Sir?«

»Ganz scheußlich. Der hohe Herr hat gedroht, uns alle an der Rah aufhängen zu lassen. Mich hat er besonders auf den Kieker genommen – sagt, ich würde stante pede vom Schiff gejagt. Ganz im Ernst.«

»Sie!?« Nicholls riß seine tief eingesunkenen und von der Schlaflosigkeit rot geränderten Augen weit auf. »Das soll doch gewiß ein Scherz sein, Sir?«

»Durchaus nicht. Aber es ist schon gut – ich gehe nicht. Unser Farmer, der Käpt'n und Turner – die verrückten Kerle – haben Starr ziemlich unverblümt erklärt, wenn ich fort müßte, sollte er sich lieber auch gleich einen neuen Admiral, Kommandanten und I.O. suchen. Das hätten sie natürlich nicht sagen dürfen, aber es hat Papa Vincent bis ins Mark getroffen. Rauschte in heller Wut ab und murmelte versteckte Drohungen, das heißt, eigentlich ganz deutliche.«

»Total vernagelt ist der!« sagte Nicholls entrüstet.

»Kann man nicht behaupten, Johnny. Er ist sogar ein brillanter Bursche. Ia in der Seekriegsleitung wird man nicht umsonst. Unser Farmer hält ihn für einen glänzenden Strategen und Taktiker, und er ist auch wirklich nicht so bösartig, wie wir ihn gern abmalen. Im Grunde können wir ihm ja keinen Vorwurf daraus machen, daß er uns wieder in See schickt. Der Mann steht vor einem unlösbaren Problem. Hat nur beschränkte Reserven zur Verfügung, während ihm ständig Schiffe und Besatzungen für noch ein halbes Dutzend andere Kriegsschauplätze abverlangt werden. Kann unmöglich auch nur die Hälfte der Anforderungen erfüllen, die halbe Zeit muß er mit geradezu lächerlich geringer Substanz operieren. Aber davon abgesehen, er ist tatsächlich ein zu gefühlskalter, unpersönlicher Knabe – besitzt keine Menschenkenntnis.«

»Und was ist 'rausgekommen?«

»Wieder Murmansk. Morgen früh um 6 laufen wir aus.«

»Was?! Schon wieder? Mit diesem Haufen wandelnder Vogelscheuchen?« Nicholls konnte es nicht fassen. »Nein, das können sie doch nicht machen, Sir! Das – das ist einfach unmöglich!«

»Sie tun's trotzdem, mein Sohn. *Ulysses* soll – hm –, soll sich rehabilitieren.« Brooks öffnete die Augen. »Herrje, schon der Gedanke daran ist mir ein Greuel. Falls da noch was von dem Gift in der Flasche ist, mein Junge?«

Nicholls schob die geleerte Flasche wieder in den Schrank und wies ärgerlich mit dem Daumen in Richtung auf das mächtige Schlachtschiff, das durchs Bullauge klar zu erkennen war. Ungefähr 600 Meter von *Ulysses* entfernt schwojte es um seinen Anker. »Warum denn immer wir, Sir? Jedesmal wir! Weshalb schickt man nicht die nutzlose schwimmende Kaserne da drüben gelegentlich auch mal 'raus. Die schwingt Monat für Monat um ihren verflucht dicken Anker und –«

»Deshalb geht's ja gerade nicht«, unterbrach ihn Brooks feierlich. »Unser Kapok Kid behauptet, das ungeheure Gewicht der leeren Dosen von Kondensmilch und Hering in Tomaten, die sich im letzten Jahr da auf dem Meeresgrund angesammelt haben, macht das Ankerlichten absolut unmöglich.«

Nicholls schien seine Worte gar nicht zu hören. »Woche um Woche, Monat um Monat schicken sie *Ulysses* 'raus. Sie lösen die Flugzeugträger ab und die Geleitzerstörer, nur nicht die *Ulysses*. Keine Ruhepause! Nie und nimmer! Aber die *Duke of Cumberland*, wozu ist die nütze? Bloß um uns eine Schlägerbande von Seesoldaten an Bord zu schicken, damit sie unsere kranken und verkrüppelten Männer massakrieren, Männer, die in einer Woche mehr geleistet haben als die in –«

»Nur langsam, Junge, Ruhe«, mahnte ihn der Oberstabsarzt. »Sie können doch nicht drei Tote und das Päckchen verwundeter Helden im Lazarett ein Massaker nennen. Die Seesoldaten haben bloß ihre Befehle ausgeführt. Na, und die *Cumberland*? Damit müssen Sie sich abfinden. Wir sind das einzige für ein Flugzeugträger-Geleitkommando geeignete Schiff in der Heimatflotte.«

Nicholls trank sein Glas aus und sah seinen Vorgesetzten finster an. »Es gibt Zeiten, Sir«, sagte er, »da liebe ich die Deutschen direkt.«

»Sie sollten sich öfters mit Johnson unterhalten«, riet ihm Brooks, »dann würde Papa Starr Sie beide in Eisen legen lassen, wegen Verbreitung von Gerüchten und... Hallo, hallo!« Er reckte sich im Sessel hoch und beugte sich vorwärts. »Schauen Sie mal die alte *Duke* an! Meterweise geht da die bunte Wäsche vom Signaldeck hoch, und die Herren Matrosen laufen – tatsächlich, sie laufen! – aufs Vorschiff. Untrügliche Zeichen, daß was im Gange ist. Beim Himmel, eine ganz seltene Überraschung! Was bedeutet das nach Ihrer Ansicht, mein Sohn?«

»Wahrscheinlich haben sie erfahren, daß sie Urlaub kriegen sollen«, knurrte Nicholls. »Sonst vermag wohl nichts diese Burschen so in Schwung zu bringen. Und wie sollten gerade wir ihnen den Lohn für ihre schwere Arbeit mißgönnen? Nachdem sie so lange ihre gefährliche Pflicht in den ›nördlichen Gewässern‹ hingebungsvoll erfüllt haben...«

Der erste schrille Trompetenstoß erstickte den Rest seines Satzes. Instinktiv wandten beide Männer den Blick nach dem knatternd summenden Lautsprecher, dann schauten sie sich erschrocken, verständnislos in die Augen. Und schon standen sie auf den Füßen, gespannt, erwartungsvoll. Der bis ins Herz fahrende Trompetenton für »Klar Schiff zum Gefecht« verliert nie seine tiefdringende Wirkung.

»O mein Gott, nein!« stöhnte Brooks. »O nein, nein, nicht schon wieder! Nicht hier in Scapa Flow!«

»O Gott, nein, nicht schon wieder – nicht in Scapa Flow!« Das waren die Worte, die siebenhundertsiebenundzwanzig erschöpfte, schlafsüchtige, verbitterte Männer an diesem rauhen Winterabend im Munde hatten, Worte, die sich ihnen beängstigend ins Hirn gruben. Nur das dachten sie, und nur das zu denken waren sie fähig, als der Schrei der Trompete alle Arbeit auf und unter Deck, an den Maschinen und in den Kesselräumen, auf den Munitionsschuten und Brennstofftendern, in den Kombüsen und den Verwaltungsräumen zum Stillstand brachte. Und nur das vermochten die Männer der Freiwache zu denken – und sie empfanden es noch härter in ihrer Verzweiflung –, als das schrille Schmettern wie ätzend in das wohltuende Vergessen ihres Schlafes drang und sie, krank im Herzen und wie betäubt, taumelnd auf die Füße kamen, zurück in die harte Wirklichkeit.

Es war, ohne daß seltsamerweise die einzelnen es stark fühlten, ein Moment der Entscheidung. Der Augenblick, der *Ulysses* als Kampfschiff für immer hätte zerbrechen können. Der Moment, den verbitterte, todmatte Männer, die auf der verhältnismäßig sicheren, von Land umschlossenen Reede ein wenig Entspannung suchten, hätten wählen können zum endgültigen Widerstand gegen die Befehlsgewalt, gegen den stummen, gedankenlosen Zwang und die erbarmungslosen, nie aufhörenden Forderungen, durch die sie mit Gewißheit vernichtet werden mußten. Wenn es je einen solchen Augenblick gegeben hatte, dann war es dieser.

Der Moment kam – und ging vorüber. Es war nicht mehr als ein flüchtiger Schatten, ein Schatten, der die Gehirne der Männer nur streifte und sich im Schurren der Füße verlor, als sie auf ihre Gefechtsstationen polterten. Vielleicht lag der Grund im Selbsterhaltungstrieb, doch das war unwahrscheinlich, denn auf *Ulysses* waren sie längst Fatalisten geworden. Vielleicht lag es nur an der Disziplin der Marine oder der Treue zum Kommandanten oder an dem, was der Psychologe den bedingten Reflex nennt: wenn der Mensch, der eine Bremse kreischen hört, sofort springt, um sein Leben zu retten. Vielleicht hatte es auch noch andere Gründe.

Was immer der Grund war, alle Mann außer der Ankerwache standen in zwei Minuten auf Gefechtsstation. Alle eins in dem Gedanken, daß ihnen dieses doch in Scapa Flow unmöglich passieren könne, waren sie auf ihre Posten geeilt, die einen still, die anderen laut schimpfend, je nach ihrem Charakter. Zögernd, verdrossen, voll Zorn oder Verzweiflung gingen sie hin. Aber sie gingen.

Auch Admiral Tyndall begab sich auf seinen Platz. Er gehörte nicht zu denen, die das still tun. Fluchend stieg er auf die Brücke, schritt mit einem Stoß durch die Klapptür an Backbord und kletterte in seinen hochlehnigen Armstuhl in der vorderen Ecke der Kompaßplattform, Backbordseite. Er blickte zu Vallery hinüber.

»Was ist denn los, Kommandant, um Himmels willen?« fragte er gereizt. »Ich fand gerade, daß alles so friedlich war wie selten.«

»Ich weiß noch nicht, Sir.« Vallery ließ sorgenvoll den Blick über die Reede schweifen. »Alarmsignal vom Flottenchef: Befehl, sofort auszulaufen.«

»Auszulaufen? Aber warum denn, Mann?«

Vallery schüttelte den Kopf.

Tyndall stöhnte. »Alles bloß eine Verschwörung, um einen alten Mann wie mich um seinen Nachmittagsschlaf zu bringen.«

»Scheint mir eher wie ein Gedankenblitz von Starr, der uns ein bißchen durcheinanderschütteln will«, brummte Turner.

»Nein«, sagte Tyndall entschieden, »das würde er nicht versuchen, würde es nicht wagen. Im übrigen ist er nicht rachsüchtig.«

Schweigen senkte sich über die Brücke, ein Schweigen, das nur unterbrochen wurde durch das Prasseln des Schneehagels und das unheimliche, an die Nerven gehende Ping-ping des Asdic. Vallery hob sein Fernglas an die Augen.

»Mein Gott, Sir, sehen Sie sich das an! Die *Duke* hat ihren Anker geschlippt!«

Kein Zweifel: der Schäkelbolzen war herausgeschlagen,

der Bug des riesigen Schiffes schwang sich langsam herum, während es schon Fahrt aufnahm.

»Was in aller Welt –?« Tyndall brach mitten im Satz ab und spähte aufmerksam in den Himmel. »Kein Flugzeug, kein Fallschirmspringer in Sicht, keine Meldung vom Radar, kein Kontakt im Asdic, kein Zeichen der deutschen Schlachtflotte, die durch die Balkensperre dampft –«

»Sie morst uns an, Sir!« Das rief Bentley, der Ober-Signalmeister. Er schwieg einen Augenblick, dann las er laut den Befehl mit: »Sofort auf unseren Liegeplatz gehen. Festmachen an Nordboje.«

»Bestätigung verlangen«, sagte Vallery scharf, indem er den Telefonhörer zum Vorschiff vom Melder Brücke nahm. »Hier Kommandant. Wie steht der Anker? Auf und nieder? Gut.« Er wandte sich an den Wachoffizier. »Beide Maschinen langsam voraus, Steuerbord 10.« Mit fragend gerunzelter Stirn blickte er gleichzeitig nach Tyndalls Ekke.

»Keine Ahnung«, knurrte der Admiral. »Vielleicht das neueste Gesellschaftsspiel, so was wie die musikalischen Stühle auf Seemannsart... Halt, einen Moment mal! Da – die *Cumberland* – hat alle ihre 15er in Tiefststellung!«

Vallerys Blick begegnete seinem. »Nein, das kann nicht sein! Gütiger Himmel, glauben Sie etwa –?«

Das Plärren des Lautsprechers vom Asdic, aus der Kabine unmittelbar hinter der Brücke, gab ihm die Antwort, die Stimme des Asdic-Obermechanikers Chrysler kam klar und ohne Hast durch: »Asdic an Brücke – Asdic an Brücke! Echo, rot 30. Wiederhole: rot 30. Verstärkt sich, kommt näher.«

»Achtung, Feuerleitstand! Rot 30! Alle Flakgeschütze in Tiefststellung, Unterwasserziel. T.O.« – Er wandte sich an Oberleutnant Marshall, den Torpedo-Offizier aus Kanada – »Klar bei Wasserbomben!« Und wieder an Tyndall: »Es kann nicht sein, Sir, kann einfach nicht sein. Ein U-Boot – denn das ist es wohl – in Scapa Flow, unmöglich!«

»Für Prien war es das nicht«, knurrte Tyndall.

»Prien?«

»Kapitänleutnant Prien – der Knabe, der die *Royal Oak* versenkt hat.«

»Das kann sich nicht wiederholen. Die neuen Hafensperren –«

»Würden ein U-Boot normaler Größe abwehren«, beendete Tyndall den Satz. Seine Stimme sank zum Murmeln. »Wissen Sie nicht mehr, was uns vorigen Monat über unsere Zwerg-Unterseeboote berichtet wurde – die sogenannten Triumphwagen? Die Dinger, die aus den Fanggründen bei den Shetlands von norwegischen Fischerbooten nach Norwegen transportiert wurden? Kann doch sein, daß die Deutschen auf dieselbe Idee gekommen sind.«

»Möglich«, stimmte Vallery zu. Er nickte ingrimmig. »Sehen Sie sich doch bloß die *Cumberland* an – läuft tatsächlich Richtung Balkensperre.« Nachdem er ein paar Sekunden grübelnd geschwiegen hatte, blickte er wieder Tyndall an. »Wie gefällt Ihnen das, Sir?«

»Was meinen Sie, Kommandant?«

»Wie in der Schießbude auf dem Jahrmarkt: die besten Sachen gelten nicht mit.« Vallery lächelte schief. »Können uns nicht leisten, ein Großkampfschiff für 'zig Millionen Pfund zu verlieren, deshalb ergreift die *alte Duke* das Hasenpanier und strebt nach Sicherheit auf offener See, während wir dicht an ihrem Ankerplatz festmachen müssen. Und Sie können wetten, daß der Geheimdienst der deutschen Marine den fast bis auf den Zoll genau kennt. Diese Zwergboote tragen aufsetzbare Torpedoköpfe, und wenn überhaupt jetzt einer anmontiert ist oder wird, dann gilt er uns.«

Tyndall blickte ihn an. Sein Gesicht war ohne Ausdruck. Die Meldungen vom Asdic kamen pausenlos, sie wiederholten ständig die Peilung an Backbord und näher kommendes Echo.

»Natürlich, selbstverständlich«, murmelte der Admiral, »wir sind der Prügelknabe. Herrje, wie mich das in Wut bringt!« Sein Mund verzerrte sich, er lachte hohnvoll. »Mich? Nein, es gibt der Besatzung den Rest! Erst diese letzte Höllenreise, die Meuterei, die Seesoldaten von der *Cumberland*, Gefechtsalarm im Hafen, und nun dies! Sollen unseren Hals riskieren für das – das –.« Er kam ins Stottern, fluchte zornig, um dann ruhig fortzufahren: »Was gedenken Sie Ihren Männern zu erzählen, Kommandant? Gütiger Gott, es ist phantastisch! Ich hätte selbst Lust zu meutern...« Wieder unterbrach er sich, indem er fragend an Vallery vorbeiblickte.

Der Kommandant drehte sich um. »Was gibt's, Marshall?«

»Verzeihung, Sir – wegen dieses – eh – das Echo, meine ich.« Er wies mit dem Daumen über die Schulter. »Ein U-Boot, Sir – vermutlich ein ganz kleines.« Seine kanadische Aussprache war sehr markant.

»Höchstwahrscheinlich, Marshall. Weshalb?«

»Ralston und ich haben uns die Sache überlegt, Sir.« Er lächelte. »Wir haben eine Idee, wie wir es erledigen können.«

Vallery blickte durch den treibenden Schnee, gab Befehle für Ruder und Maschine, ehe er sich wieder dem Torpedo-Offizier zuwandte. Er hustete hart und schmerzhaft, während er auf die unter Glas liegende Ankerplatzkarte deutete. »Wenn Sie denken, Sie dürften uns in diesem flachen Wasser das Heck mit Ihren Wasserbomben wegpusten, dann –«

»Nein, Sir. Bin sowieso im Zweifel, ob wir sie so flach überhaupt einstellen können. Meine Idee – genau gesagt, Ralstons Idee – ist, im Motorboot ein paar von den 10-Kilo-Sprengladungen 'rauszubringen, mit Zündschnur für achtzehn Sekunden und chemischem Detonator. Geben keinen sehr dollen Schlag, die Dinger, das weiß ich, aber so ein Zwerg-U hat ja wohl nicht so 'ne verdammt – Verzeihung: keine sehr dicke Bordwand. Und wenn die Besatzung auf diesen blöden Apparaten draufsitzt, anstatt innen – na, dann sind die erledigt, ausgeräuchert.«

Vallery lächelte.

»Gar kein schlechter Gedanke, Marshall. Ich glaube, Sie haben das richtige Mittel entdeckt. Was halten Sie davon, Sir?«

»Einen Versuch ist's wohl wert«, stimmte Tyndall zu. »Besser als wie 'ne Ente sitzenbleiben und abwarten.«

»Also machen Sie's nur, T.O.« Vallery sah ihn verschmitzt an. »Wen nehmen Sie als Sprengstoffexperten mit?«

»Eigentlich wollte ich ja Ralston –«

»Habe ich mir schon gedacht. Niemand nehmen Sie mit, mein Sohn, sagte Vallery entschieden. »Sie bleiben nämlich hübsch hier. Kann mir nicht leisten, meinen Torpedo-Offizier zu verlieren.«

Marshall blickte ihn betroffen an, dann zuckte er resignierend die Achseln. »Schlage vor, Rohrmeister Noyes und Obermechaniker Ralston, die beiden können das sehr gut.«

»Schön. – Bentley, teilen Sie einen Mann ab, der sie im Boot begleitet. Wir werden die Asdicpeilungen von hier 'rübergeben. Der Mann soll sich eine Morselampe mitnehmen.« Er senkte die Stimme. »Marshall?«

»Sir?«

»Ralstons jüngerer Bruder ist heute nachmittag im Lazarett gestorben.« Er blickte zu dem Torpedo-Obermechaniker hinüber, einem großen blonden, ernsten Menschen, der unter seinem Düffelrock verblaßte blaue Overalls trug. »Weiß er das schon?«

Der Torpedo-Offizier starrte seinen Kommandanten an, dann drehte er sich langsam nach Ralston um, indem er leise, aber erbittert und anhaltend vor sich hin schimpfte.

»Marshall!« Vallerys Stimme verlangte schroff Antwort, doch Marshall ignorierte ihn. Sein Gesicht war maskenhaft, er kümmerte sich weder um den Vorwurf, der in Vallerys Ton lag, noch um den peitschenden, schneidend scharfen Schneehagel.

»Nein, Sir«, sagte er schließlich, »er weiß es nicht, aber er hat heute früh gewisse Nachrichten bekommen. Croydon ist vorige Woche bepflastert worden. Seine Mutter und seine drei Schwestern wohnen dort – wohnten dort. Es war eine Luftmine, Sir – nichts ist übriggeblieben.« Jäh drehte er sich um und verließ die Brücke.

Fünfzehn Minuten später war alles vorbei. Das Ruderboot an der Steuerbordseite und das Motorboot an Backbord wurden zu Wasser gelassen, während das Motorboot seitwärts wegschor.

400 Meter vom Schiff fischte Ralston auf ein Blinkzeichen von der Brücke eine Kneifzange aus seinem Overall und knickte die Zündschnur. Der Rohrmeister stierte wie gebannt auf seine Stoppuhr. Bei »Zwölf« flog die Sprengladung über Bord.

Drei weitere mit verschiedener Tiefeneinstellung folgten kurz nacheinander, während das Motorboot einen engen Kreis zog. Die ersten drei Explosionen warfen es mit einem Stoß am Heck hoch, unter dem es in seiner ganzen Länge heftig bebte – und das war alles. Doch mit der vierten drang ein dicker Strudel an die Oberfläche, gefolgt von einem langen Streifen zäher Blasen. Als das Gewirbel nachließ, breitete sich ein dünner Ölschleier über eine Seefläche von etwa 100 Quadratmetern.

Die inzwischen von den Gefechtsstationen abgetretenen Männer auf *Ulysses* beobachteten mit stumpfen Gesichtern, wie das Motorboot zurückkam und aufgeheißt wurde, noch gerade rechtzeitig, denn es drang unterm Heck schon viel Wasser ein, und die Patentsteuerung war ganz verbogen.

Die *Duke of Cumberland* war über das Vorland hinweg nur noch als Rauchfleck zu erkennen.

Mit der Mütze in der Hand saß Ralston dem Kommandanten gegenüber. Vallery betrachtete ihn lange. Er überlegte, was er sagen sollte und wie er's am besten ausdrücken könnte. Ihm war diese Aufgabe verhaßt.

Richard Vallery haßte auch den Krieg. Er hatte ihn immer gehaßt und den Tag verflucht, an dem er durch ihn aus seinem behaglichen Ruhestand gerissen worden war. Das heißt: so bezeichnete er selbst es. Nur Tyndall wußte, daß er sich am 1. September 1939 der Admiralität zur Verfügung gestellt hatte und gern wieder angenommen worden war.

Aber trotzdem haßte er den Krieg. Nicht, weil er in seine geliebte Beschäftigung mit Musik und Literatur eingriff – auf beiden Gebieten war er sehr bewandert –, ja, nicht einmal, weil er fortwährend sein ästhetisches Gefühl und seinen Sinn für Gerechtigkeit und vernünftige Ordnung beleidigte. Er haßte ihn, weil er ein tief religiöser Mensch war. Es bereitete ihm Schmerz, im Menschen die Bestie des Urwalds erkennen zu müssen, weil er glaubte, jeder habe an seinem eigenen Kreuz schon schwer genug zu tragen ohne die geistige und körperliche Qual des Krieges, und vor allem, weil er den Krieg nur zu deutlich als das sah, was er war: als zügellose, bornierte Roheit, eine Verwirrung der Gemüter und Gehirne, die nichts regelte, nichts bewies – außer der schon sehr alten Wahrheit, daß Gott ›auf seiten der Stärkeren Bataillone‹ ist.

Aber gewisse Dinge mußte der Mensch eben tun, und Vallery hatte klar erkannt, daß dieser Krieg auch sein Krieg sein mußte. Und so hatte er wieder den Dienst auf sich genommen und war, während die bitteren Jahre dahingingen, älter geworden, älter und gebrechlicher, freundlicher, duldsamer und klüger. Unter den Kommandanten der Kriegsmarine, überhaupt als Mann, war er eine seltene Erscheinung. Mit seinem gütigen Wesen und seiner Bescheidenheit stand Kapitän Richard Vallery auf weiter Flur allein. Und es ist bezeichnend für seine menschliche Größe, daß ihm selbst dieser Gedanke nie kam.

Er seufzte. Nur eins machte ihm jetzt Kummer: was er zu Ralston sagen sollte. Doch Ralston sprach zuerst.

»Es ist schon gut, Sir.« Er sagte das monoton, mit ganz stillem Gesicht. »Ich weiß alles. Oberleutnant Marshall hat's mir gesagt.«

Vallery räusperte sich. »Worte sind nutzlos, Ralston, ganz nutzlos. Ihr jüngerer Bruder und Ihre Familie zu Hause – alle dahin. Mir tut das leid, mein Junge, schrecklich leid.« Er blickte auf in das ausdruckslose Gesicht und lächelte krampfhaft. »Aber vielleicht denken Sie, daß das alles leere Worte sind – reine Formsache, nichtssagende Redensarten?«

Plötzlich, zu seiner Überraschung, lächelte Ralston für einen Moment. »Nein, Sir, das denke ich nicht. Ich kann Ihre Gefühle verstehen, Sir, mein Vater ist nämlich – nun, er ist auch Kapitän. Er hat mir gesagt, daß ihm ebenso zumute ist.«

Verblüfft blickte Vallery ihn an. »Ihr Vater, Ralston? Sagten Sie, er –?«

»Ja, Sir.« Vallery hätte schwören können, daß in den blauen Augen, die ihn so ruhig, so selbstsicher über den Tisch anblickten, ein lustiger Funke aufgeblitzt war. »In der Handelsmarine, Sir – Tankerkapitän – 16 000 Tonnen.«

Vallery schwieg. Ralston fuhr in ruhigem Ton fort: »Und das mit Billy, Sir – meinem jüngeren Bruder –, so was kommt eben vor. Schuld daran bin ich allein – ich hatte ja gebeten, ihn auf unser Schiff zu kommandieren. Ich bin schuld, Sir, nur ich.« In seinen schlanken braunen Händen verdrehte und drückte er die Mütze. ›Wieviel schlimmer muß es für den armen Jungen werden, wenn der schwere Schock des doppelten Schicksalsschlages abklingt und er wieder klar zu denken beginn!‹ dachte Vallery.

»Hören Sie zu, mein Sohn. Sie haben gewiß ein paar Tage Ruhe nötig, um über alles nachzudenken.« (O Gott, dachte er, was für ungeeignete und vergebliche Worte!) »Der Wachtmeister schreibt schon Ihren Urlaubsschein aus. Sie bekommen vierzehn Tage, von heute an.«

»Für wo wird der Urlaubsschein ausgestellt, Sir?« Die Mütze war jetzt in Ralstons Händen ganz zerknittert. »Für Croydon?«

»Natürlich. Wohin denn sonst –?« Vallery schwieg jäh, da ihm die Schwere seines psychologischen Fehlers zum Bewußtsein kam. »Verzeihen Sie mir, mein Junge. Wie konnte ich nur so etwas Blödes sagen!«

»Schicken Sie mich nicht von Bord, Sir«, bat Ralston ruhig. »Ich weiß, es klingt dumm und wie Selbstmitleid, aber ich habe doch kein Heim mehr. Ich gehöre hierher, auf die *Ulysses*, wo ich mich immer nützlich machen kann – hier habe ich doch Beschäftigung –, kann arbeiten und brauche nicht über Ereignisse zu reden, ich kann Wichtiges tun...« Sein Selbstbewußtsein war nur ganz dünner Firnis, eine spröde, gebrechliche Schicht, unter der die stille Verzweiflung saß. »Hier kann ich doch noch helfen, dem Gegner was zurückzuzahlen«, sprach er hastig weiter, »so wie heute bei den Zündschnüren. Das war – das war ein Vorrecht. Es war noch mehr als das – es war –, ach, ich weiß nicht, ich finde die richtigen Worte nicht, Sir.«

Vallery verstand das. Er fühlte sich selbst traurig, müde und wehrlos. Was konnte er diesem Jungen bieten als Ersatz für seinen Haß, diese menschlich so verständliche, verzehrende Flamme des Hasses? Nichts, das wußte er. Was er auch sagte, mußte Ralston bedeutungslos und lächerlich vorkommen. Jetzt war nicht die Zeit für frömmelnde Plattheiten. Er seufzte wieder, diesmal noch schwerer.

»Natürlich sollen Sie hierbleiben, Ralston. Gehen Sie zur Schreibstube, man soll Ihren Urlaubsschein zerreißen. Wenn ich Ihnen irgendwann helfen kann, so oder so, dann –«

»Ich verstehe, Sir, und danke Ihnen vielmals. Gute Nacht, Sir.«

»Gute Nacht, mein Junge.«

Leise schloß sich hinter Ralston die Tür.

Montag vormittag

»Alle wasserdichten Schotten und Blenden schließen. Alle Mann auf Manöverstation zum Auslaufen!« Unpersönlich, unerbittlich griff die metallische Stimme der Lautsprecheranlage bis in die fernsten Winkel des Schiffes.

Und aus allen Winkeln des Schiffes kamen die Männer gehorsam dem Befehl nach. Frierende Männer waren es, die gegen ihren Willen im eisigen Nordwind zitterten, die saftig fluchten, als der dicht fallende Schnee unter ihre Kragen und in die Ärmellöcher wehte, während ihre vor Kälte abgestorbenen Hände an gefrorenem Tauwerk und Metall festhingen. Müde Männer waren es, denn die Übernahme von Brennstoff, Proviant und Munition hatte sich bis weit in die Mittelwache hingezogen, und nur wenige hatten mehr als drei Stunden Schlaf haben können.

Auch zornig und feindselig waren die Männer noch. Zwar wurden die Befehle befolgt, mit der automatenhaften

Sicherheit einer gut ausgebildeten Mannschaft, doch sie gehorchten mürrisch, in unterdrückter Wut, und Unverschämtheiten lagen immer hart unter der Oberfläche. Aber die Divisionsoffiziere und die Unteroffiziere behandelten die Leute mit Samthandschuhen, das hatte Vallery strikt verlangt.

Wider Erwarten war die stärkste Verärgerung nicht dadurch verursacht worden, daß die *Cumberland* sich vorsorglich der Gefahr entzog, sondern schon am Abend vorher durch eine der üblichen Ansagen im Lautsprecher. »Post muß bis heute abend 20 Uhr abgeliefert sein.« Post –! Alle Männer, die nicht Tag und Nacht Dienst machen mußten, schliefen wie die Toten und hätten keine Lust, nicht einmal genug Energie gehabt, um an Briefeschreiben überhaupt zu denken. Obermatrose Doyle, der Wortführer im Mannschaftsdeck B, ein ehrwürdiger ›Dreistreifenmann‹, der immer witzelte, daß er die Streifen für gute Führung für ›dreizehn Jahre unentdeckter Pflichtverletzung‹ erhalten habe, charakterisierte die Stimmung kurz und bündig: »Wenn meine Alte so schön wäre wie Helena von Troja und Jane Russell in einer Person«, sagte er, »na, wer ihr Foto bei mir gesehen hat, weiß ja, daß das eine unerhörte Beleidigung der genannten Damen wäre – sogar dann würde ich ihr nicht die kleinste Postkarte schicken. Es gibt schließlich Grenzen. Ich packe mich in meine Miefrolle.« Worauf er seine Hängematte aus dem Gestell nahm, sie auf Millimeter genau unter einer Heißluftklappe ausspannte – hohes Dienstalter bringt Privilegien mit sich – und prompt in zwei Minuten einschlief. Alle Mann der Backbordwache taten desgleichen. Der Postsack war fast leer an Land gebracht worden...

Um 6 Uhr, auf die Minute pünktlich, schlippte *Ulysses* die Trosse und dampfte langsam auf die Balkensperre zu. Im grauen Zwielicht, unter den bleiernen, tiefhängenden Wolken, glitt der Kreuzer stumm, eine undeutliche Vision, über die Reede, immer wieder von dicken Wolken stiebenden Schnees halb verhüllt.

Sogar wenn es zwischendurch aufklarte, war er schwer zu

entdecken. Er schien dann ganz formlos zu sein, ohne feste Konturen, wie eine flüchtige Erscheinung, die gleich in Nebel zerfließen mußte. Das war natürlich nur Illusion, aber eine Illusion, die gut zu der Legende paßte – denn in seiner noch kurzen Lebenszeit war Kreuzer *Ulysses* schon ein sagenhaftes Schiff geworden. Er war bekannt und beliebt bei den Seeleuten der Handelsmarine, den Männern, die auf den grimmen Meeren des Nordens fuhren, von St. John's auf Neufundland nach Archangelsk, von den Shetlandinseln nach Jan Mayen, von Grönland bis an die Ausläufer von Spitzbergen, hoch oben am ›Rande der Welt‹. Wo Gefahr lauerte, wo der Tod drohte, da war mit Gewißheit ›die *Ulysses*‹ zu finden. Wie ein unheilbringendes Phantom tauchte sie jäh aus einer Nebelbank hervor oder war einfach da, wie durch ein Wunder, dort, wo das triste Zwielicht der arktischen Morgendämmerung vielleicht nur eine Todesdrohung war, ein andermal aber den fast sicheren Tod ankündigte, dem keine Dämmerung mehr folgen sollte.

Ein Gespensterschiff beinah, eine Sage. Sie war noch jung, die *Ulysses*, aber bei den Konvois nach Rußland und den Patrouillen im Nördlichen Eismeer alt geworden. Dort befand sie sich seit Kriegsbeginn schon, hatte kein anderes Leben kennengelernt. Anfangs hatte sie allein operiert, als Eskorte für einzelne Schiffe oder Gruppen von zwei oder drei Frachtern. Später war sie mit Korvetten und Fregatten zusammen im Geleitdienst eingesetzt, und neuerdings fuhr sie ständig bei ihrem Geschwader, der 14. Flugzeugträger-Sicherungsgruppe.

Aber wirklich allein war *Ulysses* nie durch die Meere gezogen, denn immer war ihr Begleiter der Tod gewesen, und er blieb auch jetzt in ihrer Nähe. Legte er seinen Finger auf einen Tanker, dann brach die Hölle einer Detonation hochexplosiven Benzins los. Faßte er einen Frachtdampfer an, dann fuhr dieser, von einem deutschen Torpedo ins Mark getroffen, mit seiner Ladung Kriegsmaterial zu Grund; traf er einen Zerstörer, so schoß der mit seinem scharfen Bug wie ein Messer in die grauschwarze Tiefe der Barentssee und empfing von den eigenen Maschinen den tödlichen Schlag. Meinte er ein U-Boot, so stieß es verzweifelt an die Oberfläche, wo es durch Geschützfeuer vernichtet wurde oder sanft auf den Meeresgrund glitt, während die halb ohnmächtigen, entsetzten Männer in ihm nur hofften, daß ein aufplatzender Druckkörper sie gnädig und rasch erlösen möge, denn sie hatten ein Grauen vor der endlosen Pein des Erstickungstodes im eisernen Grab auf dem Meeresboden. Doch *Ulysses* hatte der Tod noch nicht angerührt, sie war ein glückhaftes Schiff. Ein glückhaftes Schiff und ein Gespensterschiff, beheimatet in der Polarsee.

Das Geisterhafte war natürlich Illusion, aber wohlberechnete Illusion, denn *Ulysses* war speziell für Aufgaben in einem bestimmten Seegebiet ausgerüstet, und die Tarnungsfachleute hatten an dem Kreuzer ein Meisterstück geleistet. Die spezielle Eismeertarnung mit gebrochenen schrägen Linien in Grau und Weiß und dem verwaschenen Blau paßte sich schön, unwahrnehmbar den vielfältigen Schattierungen von Grau und Weiß in der grimmigen, kalten Einöde der nördlichen Meere an.

Und die Tarnung war nur ein äußerer, ein oberflächlicher Hinweis auf die Eignung des Schiffes für den Norden.

Technisch eingestuft war *Ulysses* ein leichter Kreuzer von 5500 Tonnen, als Typ nur in einem Exemplar vertreten, eine Abart der berühmten Dido-Klasse, Vorläuferin der Black-Prince-Klasse. 155 Meter lang, schlank bei nur 15 Meter Breite, mit hochgezogenem Bug, glattem Kreuzerheck und über 60 Meter langem Vorschiff, war sie ein formschönes, schnelles und dauerhaftes Kriegsschiff, gefährlich und widerstandsfähig.

»Feind aufspüren – angreifen – vernichten«, lautete die klassische Parole für ein Kriegsschiff im Ernstfall, und um diese Aufgaben zu erfüllen, sie mit größter Geschwindigkeit und Wirkung zu erfüllen, war *Ulysses* vorzüglich ausgerüstet.

Feind aufspüren – angreifen –vernichten«, lautete die klassische Parole für ein Kriegsschiff im Ernstfall, und um diese Aufgaben zu erfüllen, sie mit größter Geschwindigkeit und Wirkung zu erfüllen, war *Ulysses* vorzüglich ausgerüstet.

Feind aufspüren. Dabei war das menschliche Element selbstverständlich nicht zu entbehren, und Vallery war als Kommandant zu erfahren und zu klug geworden im Kampf, um den Wert pausenloser, aufmerksamster Wacht durch Ausguckposten und Signaltrupp zu unterschätzen. Das menschliche Auge versagte nicht so leicht wie technische und mechanische Apparaturen, deren Leistung nachlassen oder aufhören konnte. Auch die Funkmeldungen spielten eine Rolle, und selbstverständlich das Asdic, der einzige Warner gegen U-Boote. Doch die ganz besondere Fähigkeit der *Ulysses* im Aufspüren des Gegners lag anderswo.

Sie war das erste Schiff der Welt mit vollständiger Radarausrüstung. Tag und Nacht drehten sich die Radarschirme oben an beiden Dreibeinmasten um 360 Grad, ununterbrochen kreisend, kämmten sie den Horizont ringsum ab, immerfort suchend und tastend. Unten in den acht Räumen, die zum Radar gehörten, und in den Flugzeug-Ortungsräumen ließen geübte Augen, denen die geringste Veränderung des Bildes auffiel, den erleuchteten ›Bildschirm‹« keinen Moment los. Wirksamkeit und Reichweite des Radar waren gleichermaßen phantastisch. Die Hersteller hatten (nach eigener Meinung durchaus optimistisch) dem Gerät eine effektive Reichweite von 40 bis 45 Seemeilen zugeschrieben. Bei den ersten Versuchen auf *Ulysses*, nachdem während der Werftüberholung die Anlage eingebaut worden war, erfaßte das Gerät eine Condormaschine, die später durch eine Blenheim abgeschossen wurde, auf 85 Seemeilen Entfernung.

»Angreifen« – die zweite Aufgabe eines Kriegsschiffs. Manchmal kam der Feind von selbst zu ihm, doch häufiger hieß es, ihm nachsetzen, und dann zählte nur ein Faktor – Geschwindigkeit.

Ulysses war außergewöhnlich schnell. Vier Schrauben, angetrieben durch vier asynchron reduzierbare Parsons-Turbinen (zwei im vorderen, zwei im achteren Maschinenraum), entwickelten eine unglaubliche Energie, mit der es manches

Schlachtschiff (und keineswegs nur die veralteten) nicht aufnehmen konnte. Offiziell sollte der Kreuzer 33,5 Meilen Höchstfahrt erreichen. Vor der Insel Arran, bei Erprobung der Maschinen auf äußerste Leistung, hatte er, den Bug hoch aus dem Wasser, das Heck eingetaucht wie ein Wasserflugzeug, während alle Nieten des im Clyde gebauten Schiffskörpers zitterten und die von den Schrauben aufgepeitschte Hecksee weiß, wie kochend, 3 Meter über Achterdeckshöhe emporwallte, die Meßstrecke in der kaum glaubhaften Stundengeschwindigkeit von 39,2 Meilen (also gut 70 Kilometer) durchlaufen. Und der ›Geck‹ – Korvettenkapitän Dodson, der Leitende Ingenieur – hatte mit wissendem Lächeln erklärt, das Schiff habe sich gar nicht ernstlich angestrengt. Wenn ihm mal die *Abdiel* oder die *Manxman* in die Nähe kämen, sollten die Zweifler was erleben. Da jedoch diesen berühmten, als Minenleger eingesetzten Kreuzern allgemein eine Geschwindigkeit von 44 Meilen nachgesagt wurde, hatte man in der Messe Dodsons Behauptung nur spöttisch als berufliche Eifersucht abgetan und sich nicht mehr darum gekümmert. Insgeheim waren aber alle Offiziere auf die mächtigen Maschinen ebenso stolz wie Dodson selbst.

»Aufspüren, bekämpfen und – vernichten.« Das war für ein Kriegsschiff das A und O. Den Feind aufs Korn nehmen und vernichten. Auch dafür war *Ulysses* wohlgerüstet.

Sie besaß vier Zwillingstürme (zwei vorn, zwei achtern) mit 13,2-Zentimeter-Schnellfeuergeschützen, die sich im Flugzeugbeschuß ebenso bewährt hatten wie gegen Seeziele. Diese Geschütze wurden von den Feuerleitständen aus gelenkt, vom Hauptgefechtsstand oberhalb und dicht hinter der Brücke oder vom Hilfsleitstand auf dem Achterschiff. Von diesen Leitständen gelangten sämtliche wesentlichen Faktoren: Schußrichtung, Zielentfernung, Windrichtung und -stärke, eigene und gegnerische Fahrtgeschwindigkeit, Kurswinkel zueinander, auf die riesigen elektronischen Rechentische in der Artilleriezentrale, dem Kämpferherzen des Schiffes, das tief in seinen Eingeweiden lag, weit unter der Wasserlinie – und gingen von dort automatisch in zwei simplen Zahlen an die Türme: Richtung und Rohrerhöhung. Selbstverständlich konnten die Turmgeschütze auch unabhängig von der Zentrale feuern.

Soweit die schweren Waffen auf *Ulysses*. Die übrigen Geschütze waren reine Flakwaffen. Da waren die Batterien der 4-Zentimeter-Vierlinge, die 2-Pfund-Granaten in rapidem Tempo hinausjagten. Sie schossen nicht sehr genau, konnten aber eine Sperrfeuerwand legen, die jedem feindlichen Flieger Respekt einflößte. Ferner, an isolierten Plätzen, die 2-Zentimeter-Oerlikon-Zwillingsgeschütze, Waffen von höchster Präzision und Feuerkraft, bei erfahrener Bedienung bösartig und tödlich sicher.

Außerdem verfügte *Ulysses* noch über Wasserbomben und Torpedos. Wasserbomben waren nur sechsunddreißig an Bord, also recht wenig im Vergleich zur Bestückung vieler Korvetten und Zerstörer. Und bei einem Reihenwurf konnten jeweils nur sechs eingesetzt werden. Immerhin enthielt so eine Bombe gut 200 Kilo Amatol, und *Ulysses* hatte im letzten Winter mit dieser Waffe zwei U-Boote vernichtet. Die Torpedos, von 53 Zentimeter Kaliber, jeder mit einem Gefechtskopf, der über 350 Kilo Trinitrotoluol enthielt, lagen schlank und doch so bedrohlich in den Dreierrohren auf dem Hauptdeck, je ein Satz beiderseits des achteren Schornsteins. Sie hatten noch in kein Gefecht eingegriffen.

Das also war *Ulysses*: eine komplette, eine perfekte Kampfmaschine, ein so vollendetes Vernichtungswerkzeug, wie es der Mensch bei seinem Bestreben, Wissenschaft mit Zerstörungslust zu vereinen, erst in neuester Zeit hatte erschaffen können. Die perfekte Kampfmaschine – doch nur solange sie bemannt war und bedient wurde von einer reibungslos mit der Perfektion von Automaten zusammenarbeitenden Besatzung. Kein Schiff kann jemals besser sein als seine Besatzung. Und die Besatzung von *Ulysses* war in innerer Auflösung begriffen. Der Vulkan war mit einem Dekkel zugeklappt, doch sein verborgenes Grollen hörte nie auf.

Die ersten Anzeichen weiterer Unruhe machten sich schon drei Stunden nach Verlassen des Hafens bemerkbar. Wie immer, sicherten Minensucher das Fahrwasser vor dem Schiff, aber, wie immer, überließ Kapitän Vallery nichts dem Zufall, und seiner Umsicht verdankte *Ulysses* nicht zuletzt, daß sie noch lebte. Um 6 Uhr 20 ließ er Ottergeräte ausfahren – die schlanken, torpedoförmigen Schwimmkörper, die vom Bug aus, auf jeder Seite einer, an besonderen Drahtseilen in einem Winkel zum Schiffskurs mitlaufen. Theoretisch werden durch sie die Seile oder Ketten, an denen die Minen im Meeresboden verankert sind, vom Schiff abgedrückt und bis ans Gerät geleitet, wo mechanische Scheren sie kappen, so daß die Mine aufschwimmt und an der Oberfläche durch Beschuß mit leichten Waffen zur Explosion gebracht oder versenkt werden kann.

Um 9 befahl Vallery, die Ottern einzuholen. Der Erste Wachoffizier, Kapitänleutnant Carrington, ging auf die Back, um das Manöver zu beaufsichtigen. Matrosen, Winschmänner und die an Backbord und Steuerbord zuständigen Leutnants bezogen entsprechend ihre Posten.

Rasch waren die Ladebäume zum Anbordholen aus ihren Stützen gehoben und mit aufgeriggten Fangseilen ausgeschwungen. Und sofort nahmen die Winschen mit 3 Tonnen Tragkraft auf dem Geschützdeck bei Turm B ohne Ruck und Mühe das Gewicht auf sich, die Ottern schwebten aus der Tiefe empor.

Dann geschah es. Schuld hatte der Matrose Ferry. Und das Pech wollte, daß die Winsch an Backbord unzuverlässig war, weil sie an eine Kraftstromleitung mit schadhaftem Relais geschlossen war. Und reines Pech, daß Ralston diese Winsch bediente, ein verbittert schweigender Ralston, dem gerade jetzt alles verdammt gleichgültig war, was er sagte oder tat. Im Grunde aber war Carslake dafür verantwortlich, daß der Zwischenfall so ein Ende nahm.

Daß Leutnant Carslake hier, auf dem Stapel von Rettungsflößen stehend, die Befehle zum Einholen des Drahtläufers an der Backbordseite gab, war der Gipfelpunkt einer ganzen Serie von Irrtümern. Sie begann mit dem Irrtum seines Vaters, eines Konteradmirals a. D., der, in dem Glauben, der Sohn müsse vom selben Schlag sein wie er, ihn 1939 im vorgerückten Alter von sechsundzwanzig Jahren noch von der Universität Cambridge geholt und ihn praktisch in die Marine hineingepreßt hatte. Den nächsten Fehler beging sein erster Kommandant auf einer Korvette, der seinen Vater kannte und ihn zur Offizierswahl vorschlug, und ein seltener Fehler unterlief dem Prüfungsausschuß auf *King Alfred*, der seine Aktivierung genehmigte. Zu alldem kam ein zeitweiliges Fehlurteil seitens seines jetzigen Kommandanten, der ihm diese Sonderaufgabe übertragen hatte, obwohl er wußte, daß Carslake allgemein unfähig war und mit Untergebenen nicht umzugehen verstand.

Er hatte ein Gesicht wie ein überzüchtetes Rennpferd, lang, mager und schmalknochig, vorstehende blaßblaue Augen und vorspringende Oberzähne. Unter seinem spärlichen blonden Haar waren die Augenbrauen gewölbt wie ein ewiges Fragezeichen, die hochmütig gekräuselte Oberlippe unter der langen spitzen Nase bildete eine schöne Ergänzung zu diesem Bogen. Er sprach ein geradezu groteskes Englisch, die kurzen Vokale lang, die langen fast unendlich gedehnt, und grammatisch oft abscheulich. Die Marine war ihm zuwider, er ärgerte sich, daß seine längst fällige Beförderung zum Oberleutnant noch nicht erfolgt war, und ärgerte sich über die Art, wie die Besatzung ihre Abneigung gegen ihn zum Ausdruck brachte. Kurzum, Leutnant Carslake war die Quintessenz schlechter Nebenprodukte der englischen höheren Schulen. Eitel, eingebildet, unbeholfen und ohne Manieren – ein richtiger Tropf.

Und so benahm er sich auch jetzt. Während er auf den Flößen sein Gleichgewicht zu halten suchte, indem er sich übertrieben breitbeinig hinstellte, schrie er in einem fort seinen Leuten unnötige Befehle zu. Stabsoberbootsmann Hartley stöhnte laut, mischte sich aber im Interesse der Disziplin nicht ein. Matrose Ferry jedoch spürte keine Veranlassung zu solcher Rücksichtnahme.

»Horch mal, wie Seine Lordschaft brüllt«, sagte er halblaut zu Ralston. »Will bloß vor dem Käpt'n den tüchtigen

Mann markieren.« Er wies zur Brücke, wo Vallery an der Reling stand, sechs Meter über Carslakes Kopf. »Glaubt, ganz gewaltigen Eindruck zu machen, der hohe Herr.«

»Kümmere dich nicht um Carslake, gib lieber auf das Drahtseil acht«, riet ihm Ralston. »Zieh vor allem die verdammten großen Handschuhe aus. Eines schönen Tages –«

»Ja, ja, weiß schon«, rief Ferry höhnisch, »das Drahtseil wird sie erfassen und mich um die Winschtrommel wikkeln.« Er leitete das aufrollende Seil fachgerecht weiter. »Keine Sorge, Kam'rad, mir kann das nie passieren.«

Aber es passierte ihm, just in diesem Moment. Ralston, der den schon nahe am Schiff schaukelnden Schwimmkörper des Ottergeräts beobachtete, warf zufällig einen Blick binnenbords; er sah das aufgerissene Kardeel des Drahtseils ganz dicht bei Ferry, sah, wie es sich tückisch in den Handschuh auf seiner Rechten hakte und ihn, noch bevor er um Hilfe schreien konnte, zu der schnell rotierenden Seiltrommel riß.

Ralston handelte sofort. Das Bremspedal, nur 15 Zentimeter von seinem Fuß entfernt, war ihm zu weit. Wild drehte er das Stellrad von ›Volle Kraft voraus‹ auf ›Volle Kraft rückwärts‹, im Bruchteil einer Sekunde. Gleichzeitig mit Ferrys Schmerzschrei, als sein Unterarm gegen den Rand der Trommel gequetscht wurde, erklang eine gedämpfte Explosion. Wölkchen beizenden Qualms stiegen von der Winsch auf, als der Elektromotor, im Wert von fünfhundert Pfund, in einem sengenden Blitz ausbrannte.

Im gleichen Augenblick begann das Drahtseil wieder abzurollen, für einen Moment stark beschleunigt durch das Gewicht der zurückfallenden Otter. Ferry wurde mitgerissen. 6 Meter von der Winsch war der Draht durch einen an Deck befestigten Fußblock geführt. Wenn Ferry Glück hatte, verlor er vielleicht nur die Hand.

Kaum ein Meter trennte ihn noch von dem Block, da trat Ralston heftig auf die Bremse. Die sausende Trommel kam kreischend zum Halten, das Ottergerät krachte ins Wasser, und das nun unbelastete Drahtseil schwang beim Schlingern des Schiffes lose hin und her.

Carslake kletterte von den Flößen und schritt, während sein bleiches Gesicht vor Zorn rot anlief, auf Ralston zu. »Sie verfluchter Idiot!« schrie er ihn wütend an, »durch Ihre Schuld haben wir die Otter verloren! Wollen Sie mir das gefälligst erklären, Obermechaniker! Wer hat Ihnen überhaupt Befehle gegeben, selbständig zu handeln!?«

Ralston verzog grimmig den Mund, sprach aber doch höflich. »Entschuldigen, Sir. Konnte nichts dafür – das mußte so gemacht werden. Ferrys Arm –«

»Zum Teufel mit Ferrys Arm!« Carslake kreischte beinah vor Wut. »Zu sagen habe ich hier, und ich gebe die Befehle! Sehen Sie sich das da an!« Er deutete auf das hin und her schwingende Drahtseil. »Ihr Werk, Ralston, Sie – Sie blödsinniger Trampel! Das Gerät ist weg, verstanden? Weg!«

Ralston setzte eine höchst erstaunte Miene auf und blickte über die Reling. »Ja, hm – das stimmt.« Sein Blick war ganz gleichgültig, als er jetzt Carslake ansah, auf die Winsch klopfte und in herausforderndem Ton sagte: »Vergessen Sie man die hier nicht – die ist auch hin und kostet 'ne Portion mehr als 'n Ottergerät.«

»Ich verbitte mir Ihre verdammte Unverschämtheit!« schrie Carslake. Sein Mund zuckte, seine Stimme bebte vor Erregung. »Ihnen muß ordentlich Disziplin eingebläut werden, und dafür werde ich sorgen, bei Gott, Sie frecher Lümmel!«

Ralston wurde dunkelrot. Er trat mit geballter Faust einen schnellen Schritt vorwärts, dann sank er halb in sich zusammen, als die kräftigen Hände des Oberbootsmanns Hartley seinen zum Schlag geschwungenen Arm packten. Aber der Schaden war angerichtet, es blieb keine andere Wahl als Meldung auf der Brücke.

Vallery hörte ruhig und geduldig den Bericht an, den Carslake empört vorbrachte. Innerlich war er von Geduld weit entfernt. ›Habe ich nicht, weiß Gott, so schon genug auszubaden?‹ dachte er. Doch seine unveränderte, beruflich sachliche Miene verriet nichts von seinen Gefühlen.

»Ist das wahr, Ralston?« fragte er gemessen, als Carslake mit seiner Tirade zu Ende war. »Sie haben Befehle verweigert, den Leutnant beschimpft und beleidigt?«

»Nein, Sir.« Ralstons Worte klangen so matt wie seinem Kommandanten zumute war. »Es ist nicht wahr.« Er sah Carslake ausdruckslos an, dann wandte er sich wieder an Vallery. »Ich habe keine Befehle verweigert, denn mir wurden keine erteilt. Stabsoberbootsmann Hartley kann das bestätigen.« Er wies mit einer Kopfbewegung auf den regungslos dastehenden Hartley, der mit auf die Brücke gekommen war. »Ich habe ihn nicht beschimpft. Ich will nicht rechthaberisch sein, Sir, aber es sind viele da, die bezeugen können, daß Leutnant Carslake mich beschimpft hat, mehrmals. Und falls ich ihn beleidigt habe« – er lächelte schwach –, »war es reine Selbstverteidigung.«

»Hier ist nicht der Ort für leichtfertige Reden, Ralston.« Vallerys Stimme klang kalt. Er war verwundert – dieser junge Mensch blieb ihm rätselhaft. Die Bitterkeit, seine spröde, in hoher Anspannung beherrschte Haltung konnte er verstehen, nicht aber den aufflackernden Humor. »Zufällig habe ich den ganzen Vorfall selbst mit angesehen. Ihre Geistesgegenwart und Ihre kluge Überlegung haben Ihrem Kameraden den Arm, vielleicht sogar das Leben gerettet, und dagegen sind ein verlorenes Ottergerät und eine ruinierte Winsch bedeutungslos.« (Carslake erbleichte über die in den Worten versteckte Zurechtweisung.) »Ich bin Ihnen dafür dankbar – nehmen Sie meinen Dank. Alles Weitere morgen früh im Rapport beim I. O. Weitermachen, Ralston.«

Ralston preßte die Lippen zusammen, blickte den Kapitän lange an, dann salutierte er und verließ die Brücke.

Carslake wandte sich um und sagte mit bittender Geste: »Herr Kapitän...« Er unterbrach sich, als er sah, daß Vallery die Hand hob.

»Nicht jetzt, Carslake, wir werden später darüber reden.« Er gab sich keine Mühe, den Widerwillen in seiner Stimme zu verbergen. »Versehen Sie weiter Ihren Dienst, Leutnant. – Hartley, ich möchte Sie kurz sprechen.«

Hartley trat vor. Vierundvierzig Jahre alt, gehörte dieser Bootsmann zum besten Kern von Seiner Majestät Marine. Sehr ausdauernd, sehr tüchtig und sehr freundlich, wurde er von allen bewundert, von den jüngsten Matrosen, die ungeheuren Respekt vor ihm hatten, bis zum Kommandanten, der ihm ehrliche Hochachtung bewies. Er war mit ihm schon seit der Indienststellung des Schiffes zusammen.

»Na, Hartley, was meinen Sie zu der Sache? Ganz unter uns.«

»Ist eigentlich nicht von großer Bedeutung, Sir«, erwiderte Hartley achselzuckend. »Ralston hat seine Arbeit gut gemacht. Leutnant Carslake verlor den Kopf. Vielleicht war Ralston tatsächlich etwas aufsässig, aber er wurde dazu gereizt. Er ist ja noch fast ein Kind, doch ein echter Seemann, und läßt sich daher nicht gern von Amateuren hin und her beordern.« Hartley machte eine Pause und blickte zum Himmel. »Vor allem nicht von solchen, die alles verkorksen.«

Vallery unterdrückte ein Lächeln. »Kann ich mir das als – hm –, als Kritik auslegen, Hartley?« fragte er.

»Ich denke, ja, Sir.« Er wies mit dem Kopf zum Vorschiff. »Da unten sind jetzt verschiedene Gemüter in Wallung. Die Männer sind über den Vorfall recht erbittert. Soll ich –?«

»Danke schön, Hartley. Schaffen Sie so bald wie möglich Beruhigung.«

Als Hartley gegangen war, wandte Vallery sich an Tyndall.

»Haben Sie das angehört, Sir? Noch so ein Strohhalm im Wind.«

»Einer?« sagte Tyndall mit beißender Ironie. »Hunderte von Strohhalmen, mehr als in einem ganzen Diemen, zum Donnerwetter! – Schon festgestellt, wer sich heute nacht vor meiner Tür zu schaffen gemacht hat?«

Während der Mittelwache hatte der Admiral vor der Tür von seinem Tagesraum zur Messe ein ungewöhnliches, scharrendes Geräusch gehört und war hinausgegangen, um nachzusehen. In seiner Eile, zur Tür zu gelangen, hatte er einen Stuhl umgeworfen. Ein paar Sekunden später hörte er im Gang vor der Messe ein Klirren und tappende Schritte, doch als er die Tür aufstieß, war der Gang leer. Nichts zu sehen – außer einer Feile auf dem Fußboden, unter dem

Schrank mit den Marinepistolen. Die Kette, mit der sie an den Abzugsbügeln verbunden waren, war fast durchgefeilt.

Vallery schüttelte den Kopf. »Absolut nichts festzustellen, Sir.« Sein Gesicht war sehr sorgenvoll. »Schlimm. Wirklich schlimm.«

Tyndall erschauerte in einem eisigen Schneewirbel. Er lächelte verzerrt. »Richtige Piratengeschichte, was? Pistolen und Säbel, schwarze Augenbinden, Enterung der Kommandobrücke...«

Ungeduldig schüttelte Vallery den Kopf. »Nein, das nicht. Sie wissen es doch, Sir: trotzige Auflehnung vielleicht, aber – weiter auch nichts. Wesentlicher ist, daß vor dem Schlüsselbrett ein Seesoldat als ständiger Posten steht, also gleich um die Ecke hinter dem Gang. Tag und Nacht. Der müßte den Betreffenden gesehen haben. Der Mann, der um die Zeit dort Wache hatte, behauptet jedoch, nichts –«

»So tief sitzt die Fäulnis schon?« Tyndall pfiff leise. »Ein schwarzer Tag, Kommandant. Was sagt unser junger Feuerfresser dazu, der Seesoldatenhauptmann?«

»Foster? Der findet schon den Gedanken an dergleichen lächerlich, und dabei dreht er sich beinah die Schnurrbartspitzen ab, so sehr beunruhigt ihn die Sache. Ebenso Evans, seinen Fahnenunteroffizier.«

»Und mich!« sagte Tyndall mit Nachdruck. Er blickte finster in die Weite. Der Wachoffizier, der zufällig in seiner Blickrichtung stand, bewegte sich unbehaglich. »Möchte wissen, wie der alte Sokrates jetzt die Zustände beurteilt. Er mag bloß ein Pillendreher sein, ist aber doch der klügste Kopf, den wir an Bord haben... Ha, wenn man vom Teufel spricht –!«

Gerade wurde die Klapptür aufgedrückt, eine untersetzte Gestalt, in Düffelrock, Ölmantel und einer russischen Biberpelzmütze, schlurfte über die Gräting der Brücke. In diesem Aufzug, mit dem unglücklichen Gesicht, wirkte sie wie ein vom Gewitter überraschter älterer Grizzlybär. Oberstabsarzt Brooks. Er blieb vor dem ›Kentschirm‹ stehen, einer kreisrunden, in den Windschutz eingesetzten Glasscheibe, die sich mit hoher Geschwindigkeit dreht und bei jedem Wetter, ob Regen, Hagel oder Schnee, klare Sicht ermöglicht. Eine halbe Minute spähte er bekümmert hindurch, offenbar nicht entzückt von dem, was er sah.

Laut schnüffelnd wandte er sich ab und schlug mit den Armen gegen die Schultern, um sich zu erwärmen.

»Ha«, sagte er, »hohe Offiziere auf der Brücke von Seiner Majestät Kreuzer. Welche Romantik, welcher Glanz! Haha –!« Er krümmte die Schultern unter der Ölhaut, so daß er noch unglücklicher wirkte als vorher. »Ist nicht der rechte Ort für einen kultivierten Menschen, wie ich's bin, aber Sie wissen, wie es geht, meine Herren – der Fanfarenruf der Pflicht...«

Tyndall lachte kichernd. »Gewähren Sie ihm reichlich Zeit, Kommandant. So'n Doktor kommt nämlich nur langsam in Schwung, aber –«

Brooks unterbrach ihn, auf einmal ganz ernst. »Noch mehr Aufregungen, Herr Kapitän. Konnte das nicht durchs Telefon sagen. Weiß auch nicht, wie schwerwiegend es ist.«

»Aufregungen?« Vallery hustete hart in sein Taschentuch. »Verzeihen Sie«, entschuldigte er sich. »Aufregungen? Gibt's denn hier überhaupt etwas anderes, alter Freund? Haben gerade eine Probe davon genossen.«

»Mit Carslake, dem aufgeblasenen jungen Dachs? Oh, da bin ich schon im Bilde. Habe meine Spitzel überall. Der Kerl bildet eine böse Gefahr. Aber hören Sie meinen Bericht.

Mein Knabe Nicholls war gestern abend noch spät in der Apotheke mit pathologischen Untersuchungen beschäftigt, Tb-Proben. Hat da zwei, drei Stunden gesessen. Im Revier war das Licht aus, und die Patienten wußten nicht oder hatten vergessen, daß er da war. Er hörte, wie der Heizer Riley – ein richtiger Unruhestifter, dieser Riley – mit anderen einen Plan besprach: in einem Kesselraum bei geschlossenen Schotten einen Sitzstreik zu machen. Gütiger Gott, es ist doch die Höhe! Na, Nicholls sagte nichts dazu, tat, als hätte er nichts gehört.«

»Was!?« rief Vallery scharf, fast wütend. »Nicholls hat das ignoriert, anstatt es mir zu melden? – Gestern abend, sagten Sie? Weshalb bin ich nicht unverzüglich benachrichtigt worden? Lassen Sie Nicholls herkommen, sofort! Nein, schon gut, den will ich mir selbst kaufen.« – Er langte nach dem Hörer des Brückentelefons.

Brooks legte ihm die Hand im Lederstulpen auf den Arm. »Das würde ich nicht tun, Sir. Nicholls ist ein schlauer Junge, sehr schlau sogar. Er hat sich gesagt: ›Wenn ich die Männer merken lasse, daß ich ihr Gespräch belauscht habe, dann wissen die auch, daß es dem Kommandanten gemeldet werden muß‹. Und Sie wären dann gezwungen gewesen, Maßnahmen zu ergreifen – und offene Herausforderung des Unheils wäre wohl das letzte, was Sie sich wünschen. Das sagten Sie doch selbst gestern abend in der Messe.«

Vallery zögerte. »Ja, gewiß, natürlich habe ich das gesagt, aber dies ist doch ein anderer Fall, Doktor. Es könnte zum Brennpunkt für die Ausbreitung einer –«

»Ich habe Ihnen meinen Standpunkt erklärt, Sir«, fiel Brooks ihm sanft ins Wort. »Johnny Nicholls ist ein sehr schlauer Junge. Er hat außen an die Tür zum Revier ein großes Schild gehängt, auf dem in riesigen Buchstaben steht: ›Nicht näher kommen! Scharlachverdacht, ansteckend!‹ Kann mich schief lachen, wie das auf die Leute wirkt. Einer wie der andere vermeiden sie das Gebiet, als sei die Pest ausgebrochen. Die Patienten haben nicht die kleinste Chance, sich mit ihren Kumpels im Heizerdeck in Verbindung zu setzen.«

Tyndall platzte laut los, und sogar Vallery mußte ein wenig lächeln.

»Klingt prächtig, Doktor. Trotzdem hätte man mir das gestern abend sagen müssen.«

»Weshalb hätten wir Sie mitten in der Nacht wecken sollen, um Ihnen solche Kleinigkeiten zu erzählen?« sagte Brooks schroff. Reiner Egoismus meinerseits, aber war's etwa nicht richtig? Wenn die Dinge eine böse Wendung nehmen, haben Sie doch verdammt die ganze Last dieses Schiffs auf dem Buckel – und wenn wir uns alle auf Sie verlassen müssen, können wir uns nicht leisten, Ihre Kräfte mehr als unbedingt notwendig zu beanspruchen. Stimmen Sie zu, Herr Admiral?«

Tyndall nickte feierlich. »Ich stimme zu, o Sokrates. Eine ziemlich komplizierte Methode, um auszudrücken, daß Sie dem Kommandanten eine ordentliche Nachtruhe verschaffen wollen. Bin aber ganz einverstanden.«

Brooks lächelte liebenswürdig. »Na, das wäre alles, meine Herren. Sehe Sie später beim Kriegsgericht – hoffentlich.« Er warf einen scheelen Blick über die Schulter in das dichter werdende Schneetreiben. »Wäre es im Mittelmeer nicht wundervoll, meine Herren?« Er seufzte. »Malta im Frühling! Der Strand von Sliema – dahinter die weißen Häuser, wo wir Picknick gemacht haben –, ach, vor hundert Jahren. Die weichen Winde, geliebte Knaben, die warmen Winde, der blaue Himmel, und Chianti unter einem buntgestreiften Sonnenschirm –«

»'runter!« brüllte Tyndall. »Scheren Sie sich von der Brükke, Brooks, sonst werde ich –«

»Bin schon 'runter«, sagte Brooks. »Ein Sitzstreik im Kesselraum! Ha! Ehe Sie sich's versehen, werden sich männliche Suffragetten scharenweise an die Reling ketten!« Die Tür klappte laut hinter ihm zu.

Vallery blickte dem Admiral ernst ins Gesicht. »Sieht aus, als hätten Sie mit dem ›Strohdiemen‹ recht, Sir.«

Tyndall knurrte unverbindlich. »Vielleicht. Der Jammer ist, daß die Leute zur Zeit nichts zu tun haben als zu grübeln und zu fluchen und sich über alles zu erbittern. Später wird sich das wieder einrenken – vielleicht.«

»Wenn wir erst – eh – mehr um die Ohren haben, meinen Sie doch?«

»Hm-m. Wenn der Mensch um sein Leben ringt, damit das Schiff nicht zugrunde geht – na, dann hat er nicht viel Zeit zum Ränkeschmieden und zum Grübeln über die Ungerechtigkeiten des Schicksals. Dann ist Selbsterhaltung das oberste Naturgesetz... Sprechen Sie heute abend zur Besatzung, Kommandant?«

»Nur das übliche, über Lautsprecher. In der ersten Hundewache, wenn die Gefechtsstationen für den Abend bezogen sind.« Vallery lächelte knapp. »Dann weiß ich wenigstens, daß alle Mann wach sind.«

»Gut. Legen Sie dick auf, mit allem Nachdruck. Geben Sie ihnen reichlich Stoff zum Nachdenken. Und wenn ich mir Vincent Starrs Andeutungen richtig auslege, werden wir auf dieser Reise sehr viel zu denken haben. Das wird die Leute in Tätigkeit halten.«

Vallery lachte. Das Lachen verwandelte sein mageres, sensibles Gesicht sehr. Er schien wirklich belustigt.

Tyndall zog fragend die Augenbrauen hoch. Vallery lächelte ihn ebenso an. »Mir war nur einiges eingefallen, Sir. Die Dinge sind recht weit gediehen... Es steht tatsächlich schlimm, wenn nur der Feind uns retten kann...«

Montag nachmittag

Den ganzen Tag wehte ein starker Nordnordwest, kalt, scharf, voll von winzigen Messern aus Schnee und Eis, die er vor sich herfegte, mit dem seltsamen toten Geruch einsamer Eiskaps hinter dem Polarkreis. Es war kein böiger, fauchender, sondern ein pausenlos wehender, nur allmählich zunehmender Wind, der vom Morgen bis zur Dämmerung das Schiff fast genau von vorn traf. Langsam und tückisch wühlte er eine Dünung auf. Ein Mann wie Carrington, der alle Meere und Häfen der Welt kannte, oder Vallery und Hartley, die diesen Wind beobachteten, sie machten sich Sorge und schwiegen.

Das Quecksilber sank immer tiefer, und der Schnee blieb jetzt liegen. Die Dreibeinmaste in den Rahen wurden zu riesigen glitzernden Weihnachtsbäumen, die Stage und Taue zu weißwolligen Girlanden. Am Großmast erschien von Zeit zu Zeit ein schmutziger brauner Fleck, angekleckst von Qualmwölkchen aus dem achteren Schornstein. Man spürte ihn mehr, als man ihn sah, und er verschwand stets sofort unter frischem Weiß. An Deck lag und wirbelte der Schnee. Er verwandelte die Ankerketten auf der Back in flockige Seile aus Baumwolle und warf am Wellenbrecher vor dem Geschützturm A einen Hügel auf. Schob sich vor den Türmen und Aufbauten immer höher, wischte geräuschlos in den Brückenraum, wo er unter den Füßen zu Matsch wurde. Er deckte die großen ›Augen‹ des Entfernungsmessers für die Artillerie zu, kroch unsichtbar in die Gänge und sickerte unhörbar durch die Niedergänge ins Schiff. Suchte sich die kleinsten Ritzen im Metall und Holz und machte die Mannschaftsdecks feucht, klamm und ungemütlich. Er trotzte den Gesetzen der Schwerkraft, indem er mühelos in die Hosenbeine der Männer vordrang, unter den Saum ihrer Jakken und Ölmäntel, unter die dicken Kopfhauben, so daß sie elend froren. Eine jammervolle Welt, eine nasse, eine weiße Welt, eigentlich aber eine Welt weicher Schönheit, in der alle Geräusche merkwürdig gedämpft klangen. Den ganzen Tag fiel dieser Schnee, ununterbrochen, und still glitt *Ulysses* durch die Dünung, Gespensterschiff in einer gespenstischen Welt...

Aber allein war sie nicht in ihrer Welt. Das war sie nie in dieser Zeit. Sie hatte Begleitung, eine willkommene und beruhigende Begleitung: das 14. Flugzeugträger-Geschwader, eine harte, kampferprobte Sicherungsgruppe, fast schon so legendär wie die berühmte 8. Flotte, die vor kurzem nach Süden abgerückt war, um auf der zweiten ›Selbstmordstrekke‹, nach Malta, die Konvois zu schützen.

Wie *Ulysses* dampfte das Geschwader den ganzen Tag auf Nordnordwestkurs, ohne Zickzack und ohne die üblichen Kursänderungen. Tyndall verabscheute das Zickzackfahren, er ordnete es nur selten an, höchstens im Geleitzug und dann auch nur in Gewässern, wo sich bestimmt U-Boote aufhielten. Er war der Ansicht – mit vielen anderen Kommandanten –, daß die Zickzackkurse größere potentielle Gefahren bargen als die Nähe des Feindes. Und hatte erlebt, wie die *Curaçao*, ein schwach gepanzerter 3000-Tonnen-Kreuzer, beim exerziermäßigen Zickzackfahren vom mächtigen Bug der *Queen Mary* in die graue Tiefe des Atlantiks gestampft wurde. Davon sprach er nie, doch die Erinnerung an das Bild behielt er.

Kreuzer *Ulysses* befand sich auf seiner üblichen, für das Geschwader-Flaggschiff vorgeschriebenen Position, ungefähr in der Mitte der dreizehn Kriegsschiffe.

Genau vor ihm dampfte der alte Kreuzer *Stirling* aus der Cardiff-Klasse, ein kräftiges zuverlässiges Schiff, viele Jahre älter und bedeutend langsamer als *Ulysses*, ganz gut armiert mit fünf einzelnen 15-Zentimeter-Geschützen, aber kaum stark genug gebaut, um sich seinen Weg durch die arktischen Stürme zu hämmern. In schwerer See war die Nässe in seinen Räumen sprichwörtlich. Seine Hauptaufgabe bestand in der Verteidigung der Flugzeugträger, die zweite war sein Einsatz als Flaggschiff, falls *Ulysses* kampfunfähig oder versenkt wurde.

Die Träger – *Defender*, *Invader*, *Wrestler* und *Blue Ranger* – liefen zu je zweien an Backbord und Steuerbord von *Ulysses*, *Defender* und *Wrestler* eine Strecke voraus, die beiden anderen etwas achteraus. Anscheinend waren für diese Geleit-Flugzeugträger Namen mit der Endung ›er‹ obligatorisch, und die Tatsache, daß die Marine bereits eine *Wrestler* besaß – einen Zerstörer bei der 8. Flotte – und eine *Defender* – die inzwischen auf der Höhe von Tobruk versenkt worden war –, wurde fröhlich ignoriert. Es waren nicht die Riesen von 35 000 Tonnen wie bei der regulären Flotte – wie *Indefatigable* und *Illustrious* –, sondern Hilfsträger von 15 000 bis 20 000 Tonnen, respektlos auch als Bananendampfer bezeichnet: umgebaute Handelsschiffe amerikanischen Ursprungs, ausgerüstet in Pascagoula (Mississippi) und unter gemischten Besatzungen von britischen und amerikanischen Seeleuten über den Atlantik geführt.

Sie konnten 18 Meilen leisten, eine relativ hohe Geschwindigkeit für Einschraubenschiffe (*Wrestler* hatte zwei Schrauben), denn einige besaßen bis zu vier auf eine Welle gekuppelte Busch-Sulzer-Dieselmotoren. Ihre genau rechteckigen, fast 140 Meter langen Flugdecks waren über ein offenes Vorschiff montiert (vor der Brücke stehend, konnte man unter diese Startbahn blicken) und trugen jeder ungefähr dreißig Jagdflugzeuge, Maschinen vom Typ Grumman, Seafire und vorwiegend Corsair, oder zwanzig leichte Bomber. Als Schiffe waren sie von seltsamer Gestalt, plump und unschön, und wirkten absolut unkriegerisch. Aber schon monatelang hatten sie ihre Aufgabe, Geleitzüge gegen Luftangriffe abzuschirmen, feindliche Schiffe und Unterseeboote aufzuspüren und zu vernichten, hervorragend erfüllt. Ihre Abschußzahlen und Erfolge über, auf und unter dem Wasser waren so imposant, daß die Admiralität häufig die Meldungen bezweifelte.

Die Zerstörersicherung war nicht dazu angetan, bei den Seekriegsstrategen in Whitehall besondere Zuversicht zu erwecken, denn sie war ein toller Mischmasch und die Bezeichnung ›Zerstörer‹ eine reine Höflichkeitsfloskel.

Einer, *Nairn,* war eine 1500-Tonnen-Fregatte der River-Klasse, *Eager* ein Minensucher von der Heimatflotte, und der dritte, *Gannet,* eine ziemlich alte und sehr müde Korvette vom Kingfisher-Typ, die sich eigentlich strikt auf Küstenwachdienst beschränken sollte. Sie trug den Spitznamen ›Huntley and Palmer‹, nach einem bekannten Biskuitkasten. Ein Blick auf ihre Silhouette vor der untergehenden Sonne erklärte ihn sofort. Sicherlich hatte ihr Konstrukteur sich ganz nach den spezifizierten Angaben der Admiralität gerichtet, mußte aber wohl beim Bau mal eine Weile gefehlt haben.

Vectra und *Viking,* von ähnlichem Typ wie die Zerstörer der inzwischen veralteten V- und W-Klassen, waren langsam und schwach bestückt, aber zäh und ausdauernd. *Baliol,* ein ganz kleiner Zerstörer früher Bauart, gehörte überhaupt nicht in die weiten arktischen Gewässer. *Portpatrick,* mit vier Schornsteinen, mager wie ein Skelett, war einer von den fünfzig Zerstörern, die wir im Ersten Weltkrieg leihweise von den Vereinigten Staaten bekommen hatten. Keiner wagte, sein Alter zu schätzen. Schon unter günstigen Verhältnissen ein trickreiches Schiff, wurde es, sobald schlechtes Wetter einsetzte, zu einem höchst interessanten Schauspiel für alle Augen aus der Geleitflotte. Gerüchteweise hieß es, daß zwei Schiffe seiner Klasse in einem Sturm auf dem Atlantik glatt gekentert seien. Und wie die Menschen nun einmal sind, wollte jeder, wenn die Wetterbedingungen so ungünstig wurden, daß mit einer praktischen Bestätigung des Gerüchts gerechnet werden konnte, den Vorgang möglichst genau beobachten. Wie die Besatzung der Portpatrick darüber dachte, ließ sich schwer sagen.

Diese sieben Sicherungsschiffe, im Schnee nur als verschwimmende Linie und Winkel erkennbar, hielten ihre Geleitpositionen als Schirm den ganzen Tag: die Zerstörer an den Flanken des Geschwaders, die Korvette als Nachhut. Das achte Fahrzeug, ein moderner schneller Zerstörer der S-Klasse, unter dem Kommando des Flottillenchefs Korvettenkapitän Orr, kreiste rastlos um die Flotte. Alle Kommandanten im Geschwader beneideten Orr um die Bewegungsfreiheit bei seiner Aufgabe, die Tyndall ihm übertragen hatte, um sich endgültig vor seinen ewigen Gesuchen zu retten. Aber niemand widersprach, keiner mißgönnte ihm das Privileg, denn *Sirrus* hatte eine unheimliche, fast magnetische Anziehungskraft für auf der Lauer liegende Unterseeboote.

Aus der warmen Messe der *Ulysses* – einem schmalen, aber auffallend gemütlichen, fünfzehn Meter langen Raum an der Steuerbordseite des Vorderdecks – blickte Johnny Nicholls hinaus in den Wirbel von Weiß und Grau am Himmel. Selbst der weiche Schnee, der tausend Sünden zudeckt, dachte er, konnte diese komischen Schiffe, die so kantig, so unelegant und so veraltet wirkten, nicht verschönen.

Er glaubte, den Lords in der Admiralität gram sein zu müssen, die, mit ihren Limousinen, Klubsesseln und zweiten Frühstücken, mit ihren großen Wandkarten und den hübschen kleinen Flaggen, dieses Sammelsurium eines Geschwaders gegen die Elite der Unterseeboote hinausschickten, während sie in Komfort und Luxus zu Hause saßen. Doch dieser Gedanke erstarb sogleich, denn er war, das wußte Nicholls, höchst ungerecht. Die Admiralität würde ihnen ein Dutzend brandneue Zerstörer gegeben haben, wenn sie sie gehabt hätte. Er wußte, daß die Dinge sehr schlecht standen und die Forderungen für den Atlantik und das Mittelmeer unbedingte Priorität hatten.

Er hatte ferner gemeint, diese alten, abgekämpften Schiffe ironisch, ja zynisch beurteilen zu müssen. Merkwürdigerweise empfand er aber nicht so, denn er wußte, was sie leisten konnten, was sie geleistet hatten. Wenn er überhaupt etwas bei ihrem Anblick empfand, dann eher ein an Bewunderung, vielleicht sogar an Stolz grenzendes Gefühl. Mit einer unruhigen Bewegung wandte er sich vom Bullauge ab. Sein Blick fiel auf die dem Schlummer hingegebene Gestalt des Kapok Kid, die flach auf dem Rücken in einem Sessel lag, die Beine in enorm großen pelzgefütterten Fliegerstiefeln hoch auf den Rand des elektrisch befeuerten Kamins placiert.

Eigentlich war Oberleutnant zur See Andrew Carpenter, das Kapok Kid, von Haus aus mit dem Titel The Honourable versehen, Navigationsoffizier auf *Ulysses* und sein bester Freund, ein Mann, der hätte stolz sein können, dachte Nicholls etwas gequält. Carpenter war der großartigste Weltmann, den er bisher kennengelernt hatte; überall zu Hause, im Ballsaal so gut wie im Cockpit einer Jacht bei der Regatta von Cowes, auf Gartenfesten, Tennisplätzen oder am Steuer seines großen roten Bugatti, Schutzscheibe heruntergeklappt und einen zwei Meter langen Schal um den Hals, dessen Enden wie Flaggen hinter ihm auswehten. Aber selten waren Äußerlichkeiten so täuschend wie bei diesem Mann, denn dem Kapok Kid bedeutete die Marine alles, er lebte nur für sie. Hinter seiner ein bißchen stutzerhaften Fassade verbarg sich außer großer Intelligenz auch eine tief romantische Ader, eine Liebe zur Seefahrt und zum Schiff wie etwa die großen Erobererkapitäne unter Königin Elisabeth sie gehabt hatten, eine Liebe, die er (so meinte er selbst) vor seinen Offizierskameraden geschickt zu verbergen verstand. Dabei trat sie so selbstverständlich klar zutage, daß keiner darüber zu sprechen für nötig hielt.

Nicholls grübelte, wie eigenartig doch ihre Freundschaft war. Hier stimmte das Wort von den Gegensätzen, die sich anziehen, unbedingt. Denn Carpenters schnell vertrauliche Fröhlichkeit und seine eigene angeborene Zurückhaltung ergänzten sich völlig. Ein ebenso starker Gegensatz lag in

Kapok Kids fast närrischer Liebe zu allem, was mit der Marine zu tun hatte, und seiner eigenen gründlichen Verachtung für alles von seinem Freund so herzlich Bewunderte. Vielleicht, weil bei ihm der Sinn für Individualität und Unabhängigkeit (dieser verderbliche Zug bei so vielen Menschen aus dem schottischen Hochland) stark entwickelt war, opponierte Nicholls heftig gegen die tausendundein Nadelstiche der Disziplin, der Befehlsgewalt und der stupiden Bürokratie der Marine, die auf seine Intelligenz und seine Selbstachtung immerfort wie Schläge ins Gesicht wirkten. Selbst vor drei Jahren schon, als der Krieg ihn aus seiner ärztlichen Tätigkeit in einem großen Glasgower Krankenhaus holte, wo er kaum sein erstes Jahr als Internist hinter sich hatte, war ihm dunkel bewußt geworden, daß er sich mit der Marine nur schwer abfinden würde. Und so kam es auch. Doch trotz seiner Abneigung – oder vielleicht gerade deswegen, weil er mit einem kalvinistischen Gewissen behaftet war – wurde er ein tadelloser Offizier. Allerdings befremdete es ihn auch jetzt noch manchmal, wenn er merkte, daß er auf die Schiffe seines Geschwaders eigentlich stolz war.

Er seufzte. Gerade meldete sich der Lautsprecher in einer Ecke der Messe knatternd zum Leben. Aus bitterer Erfahrung wußte Nicholls, daß Ankündigungen durch die Lautsprecheranlage selten Gutes verhießen.

»Alles herhören! Alles herhören!« Metallisch, seelenlos klang die Stimme. (Kid Carpenter schlief in großartigem Weltvergessen weiter.) »Der Kommandant wird heute abend um 17 Uhr 30 über Lautsprecher zur Besatzung sprechen. Wiederhole: Der Kommandant wird heute abend um 17 Uhr 30 über Lautsprecher zur Besatzung sprechen. Ende.«

Nicholls gab Kapok Kid einen Stoß mit der Fußspitze. »Komm hoch, Vasco. Wenn du noch 'ne Tasse Tee trinken willst, ehe du nach oben gehst und navigierst, wird's höchste Zeit.« Carpenter rührte sich, öffnete ein rotgerändertes Auge. Nicholls lächelte ihn aufmunternd an. »Im übrigen ist es jetzt herrlich da oben – Seegang steigt, Temperatur sinkt, und ein Schneesturm ist noch in seiner ersten Jugendblüte. Also genau das, wofür du geboren bist, mein guter Andy!«

Stöhnend fand Carpenter wieder den Weg ins volle Bewußtsein, er richtete sich mühsam auf und blieb so gekrümmt sitzen, daß ihm sein glattes, flachsblondes Haar über die Hände fiel.

»Was gibt's denn jetzt wieder?« Seine Stimme klang quengelig, noch schleppend im halben Schlaf. Dann lächelte er matt. »Weißt du, wo ich eben war, Johnny?« fragte er, in Erinnerungen befangen. »Wieder auf der Themse, an Bord der Grauen Gans, gerade von der Regatta in Henley zurück. Es war Sommer, Johnny, Spätsommer, warm und sehr still. Und sie war ganz in Grün, sie war –«

»Verdauungsstörungen«, warf Nicholls rasch ein. »Hast zu faul gelebt... Es ist 16 Uhr 30, in einer Stunde spricht unser Alter. Und gleich geht's auf Gefechtsstationen – laß uns lieber noch essen.«

Traurig schüttelte Carpenter den Kopf. »Dieser Mann hat keine Seele, keine feineren Empfindungen.« Er stand auf und reckte sich. Wie immer, trug er einen vom Kopf bis zu den Füßen reichenden Overall aus dickem, gestepptem Kapok. Auf der rechten Brusttasche befand sich ein großes, goldgesticktes ›J‹, dessen Bedeutung sich jeder auslegen konnte wie er wollte. Er warf einen Blick durchs Bullauge und schüttelte sich. »Welches Thema mag wohl heute abend dran sein, Johnny?«

»Keine Ahnung. Bin neugierig auf seine Haltung, seinen Ton, und wie er die Sache anfassen wird. Die Situation ist, gelinde gesagt – hm –, delikat.« Nicholls lächelte, doch seine Augen blieben ernst. »Ganz davon abgesehen, daß die Mannschaft noch gar nicht weiß, daß es wieder nach Murmansk geht, was sie aber vermutlich schon stark ahnt.«

»Hm-m-m.« Carpenter nickte abwesend. »Glaube nicht, daß der Alte versuchen wird, die Sache abzuschwächen – ich meine, was uns auf der Fahrt erwartet – oder sich ausredet, das heißt: Vorwürfe an die Adresse richten wird, wo sie hingehören.«

»Niemals«, Nicholls schüttelte energisch den Kopf. »Unser Käpt'n nicht. Das liegt nicht in seiner Art. Nie redet der sich aus, und nie schont er sich.« Er starrte lange in den Kamin, dann blickte er Carpenter ruhig ins Gesicht. »Der Käpt'n ist ein sehr kranker Mann – wirklich schwer krank.«

»Was!?« Carpenter war ehrlich erschrocken. »Ein sehr kranker –? Lieber Himmel, du machst wohl Scherze! Nein, bestimmt. Wieso –?«

»Ich scherze nicht«, unterbrach ihn Nicholls energisch, wenn auch mit sehr leiser Stimme. Winthrop, der Schiffspfarrer, ein leicht empfänglicher, begeisterungsfähiger, noch sehr junger Mann von ungeheurer Lebenslust, aber granitharten Ansichten über jedes Thema unter der Sonne, saß in der gegenüberliegenden Ecke der Messe. Seine Lebensfreude war zur Zeit nicht vorhanden – er war erschöpft eingeschlafen. Obwohl Nicholls ihn gern mochte, wollte er ihn lieber nicht mithören lassen, weil Winthrop unnötig schwatzte. Schon oft hatte er sich überlegt, daß der Mann wohl nie ein Priester von Rang und besonderem Ruf werden würde – denn Beichtgeheimnisse zu halten wäre ihm unmöglich gewesen.

»Unser Sokrates sagt, es sei schon sehr weit mit ihm – und der muß es ja wissen«, fuhr Nicholls fort. »Letzte Nacht hat der Alte ihn telefonisch in seine Kajüte gebeten. Der Fußboden war ganz voll Blut, und er hustete sich die Lunge aus. Akuter Anfall von Hämoptysis. Brooks hatte schon lange den Verdacht, aber der Kommandant wollte sich ja nie untersuchen lassen. Brooks meint, noch ein paar solche Tage, dann wäre er hinüber.« Er unterbrach sich, mit einem Blick auf Winthrop. »Ich rede zuviel, werde bald so schlimm wie unser Pater da drüben. Hätte dir das eigentlich gar nicht erzählen dürfen – Verletzung des Berufsgeheimnisses und so weiter. Also alles unter Diskretion, Andy.«

»Natürlich, klar.« Eine lange Pause entstand. »Du wolltest mir andeuten, Johnny – daß er sterben wird?«

»Ganz recht. Komm jetzt, Andy, Tee trinken.«

Zwanzig Minuten später begab Nicholls sich ins Krankenrevier. Das Tageslicht schwand bereits, *Ulysses* schlingerte heftig. Brooks war im Operationsraum.

»'n Abend, Sir. Gleich kommt der Abendalarm. Einverstanden, daß ich heute nacht hier Dienst mache?«

Brooks musterte ihn sinnend. »Nach den Bestimmungen«, betonte er, »hat der Assistenzarzt seine Gefechtsstation im Maschinistenwohndeck. Ferne sei mir –«

»Bitte.«

»Warum wollen Sie hierbleiben? Um einsam zu sein, oder sind Sie faul oder bloß müde?« Die lustig zwinkernden Augenbrauen nahmen den Worten jeden kränkenden Beigeschmack.

»Nein, neugierig. Möchte feststellen, wie Heizer Riley und seine – seine Kumpane auf die Ansprache des Kommandanten reagieren. Kann höchst lehrreich werden.«

»Sherlock Nicholls, wie? Also schön, Johnny, rufen Sie den Lecksicherungsoffizier Achterschiff an und sagen Sie ihm, Sie seien hier gebunden. Größere Operation, wenn's Ihnen Spaß macht. Unser leichtgläubiges Publikum läßt sich ja rasch hinters Licht führen. Schande –.«

Lächelnd griff Nicholls nach dem Telefon.

Beim Trompetensignal ›Alles auf Gefechtsstationen‹ saß er in der dunklen Apotheke, hinter halb zugezogenen Vorhängen. Er konnte den gut erleuchteten Krankenraum bis in den letzten Winkel überblicken. Fünf Mann schliefen. Von den anderen saßen zwei – Petersen, der riesige, bedächtige Heizer von halb norwegischer, halb schottischer Abstammung, und Burgess, der kleine schwarzhaarige Londoner – in ihren Betten. Sie sprachen leise, die Gesichter dem dunkelhäutigen muskulösen Patienten zugewandt, der zwischen ihnen lag. Heizer Riley hielt hof.

Alfred O'Hara Riley hatte sich schon in früher Jugend für die Verbrecherlaufbahn entschieden.

Jeder Mensch ist das Produkt seiner Umgebung und seiner Erbmasse. Riley bildete keine Ausnahme, und Nicholls, der über seine Entwicklung ganz gut unterrichtet war, sah ein, daß das Leben dem Heizer Riley nie erfreuliche Aussichten geboten hatte. Als Kind einer ungebildeten, trunksüchtigen Mutter in einem schmutzigen, überfüllten, von Krankheiten verseuchten Armeleuteviertel in Liverpool geboren, gehörte er schon von klein auf zum Auswurf der Menschheit. Und zu dem ›Beruf‹, den er erwählt hatte, paßte sein Äußeres wunderbar: seine affenähnliche, behaarte Gestalt, die schweren vorgeschobenen Kinnbacken, der verzerrte Mund, die breite Nase und die schwarzen Augen, die verschlagen unter dem schmalen Raum zwischen dem Haaransatz und den Brauen hervorschielten, unter einer Stirn, die deutliche Schlüsse auf seine geistigen Fähigkeiten zuließ. Nicholls war der Mann unsympathisch, aber verdammen konnte er ihn nicht. Einen Augenblick sah er klar die traurige Logik in Rileys Lebenslauf.

Ein sehr erfolgreicher Verbrecher war Riley zu keiner Zeit gewesen, denn er besaß kaum mehr Verstand als ein Schwachsinniger. Da er ungefähr spürte, wo seine Grenzen lagen, hatte er sich vor den verfeinerten Formen krimineller Tätigkeit streng gehütet. Sein Metier war der Raub, vorzugsweise gewaltsamer Raub. Sechsmal hatte er schon im Gefängnis gesessen, zuletzt für zwei Jahre.

Wie er in die Marine geraten war, verwunderte ihn selbst ebenso wie die dafür verantwortlichen Dienststellen. Er hatte jedoch dieses neueste Mißgeschick mit Gleichmut hingenommen und war durch die von Bomben beschädigten Blocks G und H der Königlichen Marinekaserne in Portsmouth gegangen wie ein Wirbelwind durch ein Kornfeld, unter Hinterlassung einer Fährte von aufgeschnittenen Handkoffern und geleerten Brieftaschen. Ohne Schwierigkeit ertappt, hatte er sechzig Tage Arrest abgesessen, um dann als Heizer auf *Ulysses* eingezogen zu werden.

Seine kriminelle Karriere an Bord des Kreuzers war kurz und schmerzhaft gewesen, denn sein erster Diebstahlsversuch wurde sein letzter, als er unglaublich plump und dumm einen Schrank in der Sergeantenmesse des Seetrupps berauben wollte. Fahnenunteroffizier Evans und Sergeant MacIntosh hatten ihn in flagranti gefaßt. Sie hatten vorgezogen, ihn nicht unter Anklage zu stellen, dafür mußte er die nächsten drei Tage im Revier liegen. Anderen gegenüber behauptete er, auf einer Eisentreppe ausgerutscht und 6 Meter tief auf den Fußboden des Kesselraums gestürzt zu sein. Der wahre Hergang war jedoch der ganzen Besatzung bekannt, und Turner hatte seine Entlassung beantragt. Zum allgemeinen Erstaunen, nicht zuletzt Rileys eigenem, hatte sich Dodson, der Leitende Ingenieur, so energisch dafür eingesetzt, ihm noch eine letzte Chance zu geben, daß ihm tatsächlich Strafaufschub gewährt wurde.

Seit jenem Tage, vor vier Monaten, hatte er seine Tätigkeit aufs Unruhestiften beschränkt. Begreiflicherweise, wenn auch nicht nach den Gesetzen der Logik, hatte sein kurzer Zusammenstoß mit den Seesoldaten an Stelle der Apathie, mit der er bisher den Dienst bei der Marine ertragen hatte, untergründigen Haß in ihm erweckt. Als Agitator kam er zu größeren Erfolgen als bisher durch seine kriminellen Handlungen. Wenn er hier auch ein fruchtbares Tätigkeitsfeld vorfand, müssen ihm als Verdienst – sofern das Wort in diesem Zusammenhang paßt – seine Verschlagenheit, die tierhafte List und Schläue und die Macht angerechnet werden, die er über seine Kameraden hatte. Seine rauhe, eindringliche Stimme, sein ernstes Gebaren, die tiefliegenden Augen verliehen ihm eine seltsam primitive Macht, die er erst vor wenigen Tagen bis zum Äußersten erprobt hatte, als er die Meuterei zum Ausbruch brachte, die dem Matrosen Ralston, einem Heizer, und dem Seesoldaten (der auf mysteriöse Weise das Genick brach) das Leben gekostet hatte. Zweifellos trug Riley die Schuld an ihrem Tode, doch ebenso zweifellos blieb das unbeweisbar.

Nicholls fragte sich, welche Teufelei er wohl jetzt wieder hinter den Runzeln seiner niedrigen Stirn ausheckte. Es war ihm ein Rätsel, daß es derselbe Riley sein konnte, der sich fortwährend Unannehmlichkeiten schuf, weil er jede herrenlose Katze, die er fand, und jeden flügellahmen Vogel mit an Bord brachte und sie zärtlich pflegte.

Der Lautsprecher knatterte, ein Geräusch, das seine Gedanken abriß und die gedämpften Stimmen im Revier zum Schweigen brachte. Und nicht allein dort, sondern im ganzen Schiff, in den Türmen und Munitionskammern, Maschinenräumen und Kesselräumen, an jedem Ort über und unter Deck, verstummten alle Gespräche. Nur noch der Wind, das regelmäßige Klatschen des Bugs, der in immer tiefer werdende Wellentäler einhieb, das dumpfe Brüllen der großen Ventilatoren über den Kesselräumen und das Brummen von hundert Elektromotoren waren vernehmbar. Schwer lagerte die Spannung über dem Schiff, über siebenhundertdreißig Offizieren und Mannschaften, fast greifbar, wie ein Gewicht.

»Hier spricht der Kommandant. Guten Abend.« Die Stimme klang ruhig, gut ausgewogen, ohne eine Spur von Anstrengung der Ermüdung. »Wie Sie alle wissen, habe ich die Gewohnheit, Sie bei Beginn jeder Fahrt so bald wie möglich über das, was uns bevorsteht, zu orientieren. Nach meiner Ansicht haben Sie ein Recht, das zu erfahren, und ich die Pflicht, es Ihnen zu sagen. Nicht immer ist das eine erfreuliche Pflicht – ist es in den letzten Monaten nie gewesen. Diesmal jedoch stimmt sie mich beinah froh.« Nach einer Pause fielen die Worte langsam, abgemessen. »Wir haben nämlich jetzt das letzte kriegerische Unternehmen als Einheit der Heimatflotte zu leisten und werden, so Gott will, in vier Wochen im Mittelmeer sein.«

›Gut gesprochen‹, dachte Nicholls. ›Versüße ihnen die Pille, leg es dick auf.‹ Doch der Kommandant hatte andere Gedanken.

»Zuerst aber, meine Herren, die bevorstehende Aufgabe. Es ist dieselbe Mischung wie bisher – wieder Murmansk. Wir nehmen am Mittwoch um 10 Uhr 30 nördlich Island einen Konvoi aus Halifax auf. Er umfaßt achtzehn große, schnelle Schiffe, die 15 Meilen und mehr laufen. Unser drittes Eilgeleit nach Rußland, meine Herren – F. R. 77 heißt es, falls Sie später Ihren Enkeln davon erzählen wollen«, fügte er trocken hinzu. »Diese Schiffe tragen ausschließlich Panzer, Flugzeuge, Benzin und Öl.

Ich will nicht versuchen, die Gefahren zu verkleinern. Sie wissen, wie verzweifelt es zur Zeit um Rußland steht, wie furchtbar dringend man dort diese Waffen und den Brennstoff braucht. Auch dürfen Sie überzeugt sein, daß die Deutschen das wissen und – daß ihr Nachrichtendienst die Beschaffenheit des Konvois und den Tag seines Auslaufens gemeldet hat.« Er brach jäh ab. Unheimlich klang es durch das schweigende Schiff, wie er seinen harten Hustenanfall mit dem Taschentuch zu unterdrücken bemüht war. Langsam sprach er weiter. »Dieser Geleitzug trägt genug Kampfflugzeuge und Benzin, um dem Krieg in Rußland eine entscheidende Wendung zu geben. Die Nazis werden nichts unversucht lassen – nichts, wiederhole ich –, um zu verhindern, daß er bis nach Rußland gelangt.

Wie ich nie versucht habe, Sie falsch zu unterrichten oder zu täuschen, werde ich das auch jetzt nicht tun. Zu unseren Gunsten spricht erstens unsere Geschwindigkeit und zweitens – so hoffe ich – das Überraschungsmoment. Wir werden möglichst in direktem Kurs zum Nordkap durchstoßen.

Vier gewichtige Faktoren sind gegen uns. Sie werden alle die fortgesetzte Verschlechterung des Wetters bemerkt haben. Wir laufen, leider, in anomale Witterung, anomal sogar für das Eismeergebiet. Das Wetter könnte – ich wiederhole: könnte – Angriffe der U-Boote verhindern. Andererseits kann es dazu führen, daß wir ein paar von unseren kleineren Sicherungsfahrzeugen verlieren, denn wir haben weder Zeit beizudrehen noch vor dem Sturm zu lenzen. F. R. 77 wird einen geraden Kurs einschlagen... Und fast mit Gewißheit bedeutet das Wetter, daß unsere Träger ihre Maschinen zum Jagdschutz nicht starten können.«

›Du lieber Gott, der Käpt'n ist nicht bei klarem Verstand‹, dachte Nicholls, ›er wird den kleinen Rest Kampfmoral noch vernichten. Das heißt: davon kann ja kaum noch die Rede sein. Um alles in der Welt, was will –‹

»Zweitens«, fuhr die Stimme fort, ruhig, unerbittlich, »zweitens nehmen wir bei diesem Konvoi keine Rettungsschiffe mit, da wir keine Zeit haben werden, zu stoppen. Im übrigen ist Ihnen ja allen bekannt, wie es der *Stockport* und der *Zafaaran* ergangen ist.[1] An Bord des eigenen Schiffes sind Sie sicherer.

Drittens ist bekannt, daß zwei – vielleicht drei – Rudel U-Boote in Höhe des 70. Breitengrades verteilt operieren. Ferner melden unsere Agenten in Nordnorwegen, daß sich in ihrem Gebiet eine große Anzahl von Bombenflugzeugen aller Typen sammelt.

Und schließlich haben wir Grund zu der Annahme, daß die *Tirpitz* sich zum Auslaufen vorbereitet.« Wieder machte Vallery eine Pause, die unendlich lang zu sein schien. Es war, als wisse er, daß diese paar Worte einen gewaltigen Schrecken verbreiteten, und wolle Zeit lassen, bis jeder sie richtig einschätzen konnte. »Ich brauche Ihnen nicht zu erklären, was das bedeutet. Die Deutschen opfern unter Umständen dieses Schiff, nur um den Geleitzug zu stoppen. Unsere Admiralität hofft das sogar. Auf der letzten Strecke der Fahrt werden Großkampfschiffe, unserer Heimatflotte, unter ihnen wahrscheinlich die Flugzeugträger *Victorious* und *Furious* sowie drei Kreuzer, in zwölf Fahrtstunden Abstand parallel zu unserem Kurs mitlaufen. Sie sind seit langem dafür bereit, und wir sind der Köder für die Falle...

Möglich, daß die Sache schiefgeht. Die besten Pläne können... oder die Falle kann zu spät zuschnappen. Trotzdem muß dieser Konvoi durchkommen. Wenn unsere Träger keine Sicherungsflugzeuge starten können, muß *Ulysses* den Schutz übernehmen, bis F. R. 77 aus der Gefahrenzone ist. Was das heißt, werden Sie selbst wissen. Ich hoffe, alles völlig klargemacht zu haben.«

[1] Rettungsschiffe, deren Pflichten ganz ihrer Bezeichnung entsprachen, waren den früheren Geleitzügen beigegeben. Die *Zafaaran* ging auf einer der schlimmsten Geleitfahrten des Krieges verloren, die *Stockport* wurde torpediert und sank mit der gesamten Besatzung und allen von vernichteten Schiffen Geretteten.

Es folgte wieder ein langer Hustenanfall, wieder eine lange Pause, und als der Kommandant weitersprach, geschah es in ganz verändertem Ton. Er war jetzt sehr ruhig.

»Ich weiß, was ich von Ihnen verlange. Ich weiß, wie übermüdet, wie hoffnungslos und seelisch krank Sie alle sich fühlen. Ich weiß – und niemand weiß das besser als ich –, was Sie durchgemacht haben und wie sehr Sie eine Ruhepause nötig und verdient hätten. Und die werden Sie bekommen. Die ganze Besatzung geht am Achtzehnten von Portsmouth aus zehn Tage in Urlaub, anschließend laufen wir zur Überholung nach Alexandria.« Die Worte klangen gleichgültig, als wären sie für ihn selbst ohne Bedeutung. »Vorher jedoch – nun, ich weiß, es klingt grausam, geradezu unmenschlich – so wird es Ihnen jedenfalls scheinen –, muß ich Sie auffordern, all das noch einmal durchzumachen, vielleicht Schlimmeres, als Sie je erlebt haben. Doch ich kann nichts dagegen tun, niemand kann das.« Jetzt war jeder Satz durch langes Schweigen unterbrochen, seine Worte waren kaum verständlich, so leise und wie aus weiter Entfernung kamen sie.

»Kein Mensch hat ein Recht, das von euch zu verlangen – am wenigsten ich – am allerwenigsten. Ich weiß aber, daß Sie es tun werden. Weiß, daß Sie mich nicht im Stich lassen – daß Sie unsere *Ulysses* durchbringen werden. Alles Gute. Alles Gute, und Gott segne Sie. Gute Nacht.«

Ein Klicken, die Lautsprecher verstummten, doch das Schweigen hielt an. Keiner sprach, keiner bewegte sich. Selbst die Augen blieben starr. Wer den Blick auf den Lautsprecher geheftet hatte, verharrte unbewegten Gesichts in dieser Haltung. Andere stierten auf ihre Hände oder auf die glühenden Stummel einer verbotenen Zigarette, ohne den scharfen Rauch zu fühlen, der ihre Augen beizte. Ein sonderbares Schweigen, als wünschte jeder, allein zu sein, nur ins eigene Herz zu blicken, den eigenen Gedanken zu folgen. Und als wüßte er, daß er nicht mehr allein sein konnte, sobald sein Blick den Augen eines andern begegnete. Ein unnatürliches Schweigen, das wortlose Begreifen, das der Mensch so selten empfindet: der Schleier hebt sich und fällt wieder, und er weiß sich nicht zu erinnern, was er gesehen hat. Er weiß nur, daß er eine Vision gehabt hat und daß nichts wieder so sein wird wie vorher. Selten, allzu selten geschieht das – ein Sonnenuntergang von einzigartiger Schönheit, das Bruchstück einer wunderbaren Symphonie oder die schreckliche Stille, die sich in Madrid oder Barcelona über die riesige Arena legt, wenn der Degen des berühmtesten Matadors mit unfehlbarer Sicherheit in sein Ziel trifft. Und die Spanier haben das rechte Wort dafür – »der Moment der Wahrheit«.

Die Uhr im Revier tickte, unnatürlich laut, eine Minute ab, oder zwei. Mit einem schweren Seufzer – ihm schien es eine Ewigkeit seit seinem letzten Atemzug – zog Nicholls leise die Schiebetür hinter dem Vorhang zu und schaltete das Licht ein. Er drehte sich nach Brooks um und wandte den Blick wieder ab.

»Nun, Johnny?« Die Stimme klang weich, fast scherzend.

»Ich verstehe das nicht, Sir, verstehe es einfach nicht«, sagte Nicholls kopfschüttelnd. »Zuerst dachte ich, er würde alles durcheinanderbringen, als ob er den Leuten eine Heidenangst einjagen wollte! Und, du lieber Gott«, fuhr er grübelnd fort, »das hat er doch auch getan! Alles aufeinandergetürmt – Sturmwetter, die *Tirpitz*, Horden von U-Booten – und trotzdem...« Seine Stimme verlor sich.

»Und trotzdem?« gab Brooks als Echo spöttisch zurück. »Da haben wir's wieder! Zu intelligent, das ist das Leiden mit euch jungen Ärzten heutzutage. Ich habe Sie beobachtet – saßen da wie ein Scharlatan der Psychiatrie und analysierten mit aller Verstandesschärfe, welche Wirkung die Ansprache wohl auf die Gemüter der verwundeten Krieger da draußen haben könnte, während Sie überhaupt nicht auf die Idee kamen, bei sich selbst die Wirkung festzustellen.«

Nach einer Pause sprach er in ruhigem Ton weiter. »Die Rede war schön, Johnny. Nein, schön trifft nicht den Kern. Sie brachte nichts vorher Zurechtgelegtes. Begreifen Sie den Sinn denn nicht? Ein Bild, so schwarz wie es ein Mensch nur malen kann, weist uns darauf hin, daß wir auf komplizierte Art Selbstmord begehen werden. Kein Silberstreifen am Horizont, keine Versprechungen, sogar Alexandria nur so nebenbei eingeworfen. Regt sie erst auf, dann läßt er sie sitzen. Kein Ansporn, keine Hoffnung, kein Appell ans Persönliche – und doch war gerade das Menschliche in den Worten von mächtiger Wirkung... Woran lag es, Johnny?«

»Ich weiß nicht.« Nicholls machte sich Sorgen. Er hob jäh den Kopf und lächelte ein wenig. »Vielleicht war gar kein Appell an Menschliches enthalten. Da, hören Sie mal!« Geräuschlos schob er die Tür auf, nachdem er das Licht ausgeknipst hatte. Unmißverständlich drang das tiefe Brummeln von Rileys grober Stimme herein, leise, aber eindringlich.

»– Lauter blödes Gequatsche! Alexandria? Mittelmeer? Das glaubst du doch wohl im Leben nicht! Nie kommst du da hin. Nicht mal Scapa siehst du wieder! Captain Richard Vallery mit dem Großen Verdienstkreuz! Wißt ihr, was der alte Schweinehund bloß will, Kinders? Noch eine Spange zu seinem Verdienstkreuz, vielleicht sogar das Victoriakreuz. Aber das soll er verflucht nicht kriegen! Jedenfalls nicht auf meine Kosten. Was ich dagegen tun kann, wird gemacht! ›Ich weiß, daß Sie mich nicht im Stich lassen werden‹«, imitierte er mit künstlich schriller Stimme. »So wimmert euch der Hund was vor!« Er schwieg einen Augenblick, um dann richtig loszulegen.

»Die *Tirpitz*! Allmächtiger Himmel, die *Tirpitz*! Die sollen wir bremsen – wir! Mit diesem verdammten Spielzeugschiff! Als Köder, hat er gesagt – Köder!« Seine Stimme wurde lauter. »Ich sage euch, Kameraden, für uns gibt keiner mehr einen Pfifferling. Direkt zum Nordkap? Schmeißen uns glatt den Wölfen zum Fraß hin! Und dieser alte Schweinehund da oben –«

»Schnauze!« Petersen sagte das, zornig zischend. Seine Rechte fuhr aus dem Bett. Brooks und Nicholls im Operationsraum zuckten förmlich zusammen, als sie hörten, wie Rileys Handgelenk unter dem gewaltigen Druck der Riesenfaust knackte.

»Oft wußte ich nicht, was ich von dir denken sollte, Riley«, sagte Petersen gedehnt. »Aber nun weiß ich's, jetzt sehe ich klar. Es ist zum Kotzen mit dir!« Er schleuderte Rileys Arm zurück und wandte sich ab.

Riley rieb sein schmerzendes Gelenk und fragte Burgess: »Was fehlt denn dem auf einmal, zum Donnerkiel? Was wollte...« Er brach unvermittelt im Satz ab. Burgess blickte ihn scharf an, eine ganze Weile. Dann ließ er sich langsam ins Bett zurücksinken, zog die Decken bis zum Kopf hoch und drehte Riley den Rücken zu.

Brooks erhob sich schnell, schloß die Tür und drückte auf den Lichtschalter. »Erster Akt, Szene I! Schneiden! Licht an!« murmelte er. »Verstehen Sie, was ich meine, Johnny?«

»Ja, Sir.« Nicholls nickte bedächtig. »Ich glaube es wenigstens.«

»Aber bedenken Sie, mein Junge, daß es nicht von Dauer sein wird. Zumindest nicht so intensiv.« Er lächelte. »Vielleicht aber wird es bis Murmansk vorhalten. Man kann nie wissen –«

»Hoffentlich, Sir. Schönen Dank für das Schauspiel.«

Nicholls langte nach seiner Düffeljacke. »Ich will mich jetzt doch lieber auf meine Station begeben.«

»Na, denn man los. Und – oh – noch eins, Johnny –«

»Ja, bitte?«

»Ihr Schild wegen Scharlach können Sie auf dem Wege nach achtern über Bord werfen. Ich glaube, wir werden es nicht mehr brauchen.«

Nicholls grinste und schloß leise die Tür hinter sich.

Montag abend

Der reguläre Abendalarm dauerte seine übliche Stunde, die endlos schien. Auch an diesem Abend war er, wie an hundert anderen, nur eine Nervenqual, eine scheinbar sinnlose, ganz unnötige Vorsichtsmaßnahme, die erst recht nicht der äußersten Exaktheit bedurfte, mit der sie durchgeführt wurde. So schien es jedenfalls, denn wenn auch die feindlichen Angriffe fast ohne Ausnahme in der Dämmerung erfolgten, waren sie nach Sonnenuntergang bisher kaum vorgekommen. Andere Schiffe konnten sich auf diese Regel offenbar nur selten verlassen, aber *Ulysses* galt ja als glückhaftes Schiff, wie jeder wußte. Sogar Vallery, der auch wußte, warum. In seinem seemännischen Grundelement war Wachsamkeit das höchste Gebot.

Bald nach der Ansprache des Kommandanten hatte das Radargerät einen Kontakt gemeldet. »Nähert sich.« Kein Zweifel, daß es ein feindliches Flugzeug war. Korvettenkapitän Westcliffe, an Bord als Leitender Offizier für die Luftwaffe des Geleitzuges, hatte im Flugzeug-Ortungsraum eine Wandkarte, auf der sämtliche Kriegsrouten der eigenen Küstenflugzeuge und Lufttransporter verzeichnet waren. Das Schiff lief jetzt in einer von eigenen Flugzeugen freien Zone. Trotzdem kümmerte sich kein Mensch im geringsten um die Radarmeldung, bis auf Admiral Tyndall, der eine Kursänderung um 45 Grad befahl. Das war Routine wie der Abendalarm. Es war Charlie, ihr alter Freund, der kam, um seine Reverenz zu erweisen.

Charlie – meistens eine viermotorige Focke-Wulf – war bei den Geleitzügen nach Rußland eine ›traditionelle‹ Erscheinung. Er war für die Seeleute auf der Route nach Murmansk das geworden, was den Seefahrern des vorigen Jahrhunderts der Albatros, weit unten im Süden, in den ›Brüllenden Vierzigern‹, bedeutete: ein unheilbringender Vogel, gefürchtet, aber doch freundlich behandelt und vor Tötung geschützt. Der gute Umgang mit Charlie war freilich anderen Ursprungs. Zu Beginn des Krieges, bevor ›Cam-ships‹[1] Geleitflugzeugträger eingesetzt wurden, hielt sich Charlie oft den ganzen Tag, vom Morgengrauen bis zum Dunkelwerden, am Konvoi, indem er Kreise um ihn zog und an seinen Horst fortgesetzt und haargenau den jeweiligen Standort des Geleitzugs funkte.

[1] *Cam-ships* waren Frachtdampfer mit einer auf dem besonders verstärkten Vorschiff angebrachten rechteckigen Rampe, von der umgebaute Jagdflugzeuge, speziell Hurricanes, zum Schutz des Geleitzuges katapultiert werden konnten. Nach beendetem Gefecht mußte der Pilot entweder ›aussteigen‹ oder auf See niedergehen. Mit dem Begriff ›gefährlich‹ sind die Aufgaben der wenigen hierbei eingesetzten, besonders kühnen Flieger recht schwach bezeichnet. Ihre Aussicht, lebend davonzukommen, war sehr gering.

Ein Austausch von Funksprüchen zwischen britischen Schiffen und deutschen Aufklärungsflugzeugen kam öfters vor, worüber zahllose, allerdings zweifelhafte Geschichten kursierten. Angaben über das Wetter wurden in freundlichem Ton häufig ausgetauscht. Bei verschiedenen Gelegenheiten hatte Charlie besorgt um Angabe seiner eigenen Position gebeten und als Antwort sehr genaue Zahlen für Breite und Länge erhalten, durch die freilich sein Standort irgendwo in den südlichen Pazifik verlegt wurde. Und für die hübsche Geschichte, wonach der Kommodore eines Geleitzuges dem Flieger gefunkt haben soll. »Bitte fliegen Sie mal andersrum, sonst werde ich schwindlig«, beanspruchten natürlich ein Dutzend Schiffe das Urheberrecht. Charlie soll in dem Fall den Funkspruch höflich bestätigt und sogleich kehrtgemacht haben.

Später freilich war von Liebenswürdigkeit nicht mehr viel zu merken, und Charlie, der im Lauf der Monate und infolge des Auftretens von Trägerflugzeugen vorsichtig geworden war, erschien fortan selten und nur noch in der Abenddämmerung. Seine übliche Praxis bestand nun darin, nach einem einzigen Kreis in wohlweislicher Entfernung vom Konvoi in die Dunkelheit zu verschwinden.

Dieser Abend war keine Ausnahme. Die Männer im Geleitzug entdeckten im Schneegestöber nur flüchtig eine Condor, die in der schnell zunehmenden Dunkelheit sogleich wieder aus ihrem Gesichtsfeld verschwand. Selbstverständlich, daß dieser Charlie die Stärke, die Typen und den Kurs der Sicherungsfahrzeuge meldete. Tyndall hatte sowieso wenig Hoffnung, daß der deutsche Nachrichtendienst über den Kurs im Zweifel sein könnte. Ein Geschwader Kriegsschiffe in der Nähe des 60. Breitengrades, nicht weit von den Faröern auf Nordnordostkurs, fuhr, das durften sie wohl voraussetzen, dort nicht zum eigenen Vergnügen. Das mußte den Deutschen schon klar sein, weil sie wahrscheinlich über das Auslaufen des Geleitzuges von Halifax genau unterrichtet waren. Ein einfaches Rechenexempel.

Es wurde kein Versuch gemacht, Seafires von den Trägern zu starten – die einzigen Maschinen, die eine Chance gehabt hätten, die Condor einzuholen, bevor sie in der Dunkelheit verschwand. Ein Trägerschiff nachher in fast völliger Finsternis wiederzufinden, war, selbst nach Funkleitstrahl, ein schwieriges Unterfangen. Nachts zu landen war an sich schon höchst gefährlich, aber in blindem Gottvertrauen bei Schnee und Dunkelheit auf Deck eines schlingernden und stampfenden Schiffes niederzugehen war unmöglich und bedeutete Selbstmord. Bei der geringsten Fehlberechnung, dem kleinsten Irrtum des Auges ging nicht nur ein Flugzeug verloren, sondern auch der Pilot, der ertrinken mußte. Eine Seafire mit ihrem schlanken, torpedoförmigen Rumpf und dem gewaltigen Gewicht des Rolls Royce Merlin-Motors im ›Kopf‹ wurde dann zur Todesfalle. Berührte die Maschine erst die Seefläche, dann sank sie weg wie ein Stein.

Wieder auf ihrem alten Kurs, preschte *Ulysses* blindlings in den wachsenden Sturm. Nach dem Befehl »Gefechtsalarm beendet« nahm die Besatzung den Dienst normaler Alarmbereitschaft wieder auf, vier Stunden Wache, vier Stunden wachfrei. Kein mörderischer Dienst, sollte man meinen: zwölf Stunden Wache und zwölf Stunden Ruhe, das konnte der Mensch doch aushalten! Und er könnte es, wäre das alles gewesen. Aber die Besatzung verbrachte außerdem routinemäßig drei Stunden täglich auf Gefechtsstationen, und jeden zweiten Vormittag hatte die Freiwache Arbeitsdienst. Hinzu kamen unbestimmt viele Stunden bei wirklichem Gefechtsalarm. Im übrigen wurden alle Mahlzeiten – wenn es warme Mahlzeiten gab – in der sogenannten Freizeit eingenommen, so daß insgesamt drei bis vier Stunden Schlaf täglich schon ungewöhnlich waren. Achtundvierzig Stunden ohne Schlaf boten kaum Anlaß zu besonderen Bemerkungen.

Strich um Strich, Bruchteil um Bruchteil sank drohend das Quecksilber im Thermometer und Barographen, ein tödliches Zwiegespann. Die Seen liefen jetzt höher, die Wellentäler wurden tiefer, an der Windseite steiler, während der bis ins Mark durchkältende Wind den Schnee zu einem dichten, blindmachenden Vorhang zusammenpeitschte. Eine schlimme, eine schlaflose Nacht an Deck und unter Deck, auf Wache und Freiwache.

Auf der Brücke spähten der Erste Wachoffizier, Kapok Kid, die Signalgäste, die Scheinwerferbedienung, die Ausguckposten und Läufer jämmerlich frierend in die weiße Nacht und dachten, was für ein schönes Gefühl es wäre, wieder warm zu sein. Wollwesten, Röcke, dicke Mäntel, Düffeljacken, Ölmäntel, Halstücher, gefütterte Wachmützen, Helme – sie trugen alles, was sich anziehen ließ, den ganzen Körper vermummt bis auf einen schmalen Augenschlitz in ihrem wollenen Kokon, und bebten trotzdem vor Kälte. Sie klammerten die Arme um den Leib, stellten ihre Füße auf die Dampfrohre, die rings um die Brücke liefen, und blieben dennoch eiskalt. Die Bedienung der Vierlingsflak duckte sich ebenso jämmerlich frierend hinter ihren kleinen Geschützen zusammen. Sie stampften mit den Füßen, schlugen die Arme um die Schultern und fluchten unaufhörlich. Und die einsamen Kanoniere an den Oerlikons, jeder in seinen Richtsitz gepreßt, lehnten sich an den kleinen Heizkörper, der nie glühen durfte, und kämpften gegen ihren hartnäckigsten Feind, den Schlaf.

Der Steuerbordwache unten in den Wohndecks ging es kaum besser. Für die Besatzung von *Ulysses* gab es keine Kojen, nur Hängematten, die aber nie, außer im Hafen, aufgehängt wurden. Das hatte seine guten und triftigen Gründe. Auf einem Kriegsschiff steht die Hygiene hoch im Kurs, höher sogar als durchschnittlich in den Wohnungen an Land. Ein Matrose würde kaum je auf den Gedanken kommen, in vollem Zeug in seine Hängematte zu klettern, und kein Mensch mit gesundem Verstand konnte auch nur im Traum daran denken, sich im Geleitzug nach Rußland zum Schlafen auszuziehen. Außerdem war für einen erschöpften Seemann schon der Gedanke an die Arbeit, die das Aufhängen und richtige Zurren der Hängematte verlangte, erschreckend. Und die paar Sekunden extra, die er brauchte, um bei Alarm aus der Hängematte zu kommen, sie konnten der schmale Grat zwischen Leben und Tod sein. Während die gezurrte Hängematte eine Gefahr für alle bildete, weil sie schnelle Fortbewegung hinderte. Und schließlich konnte es, besonders in jener Nacht bei schwerer vorlicher See, keinen ungemütlicheren Platz geben als eine längsschiffs befestigte Hängematte.

Also schlief jeder, wo er konnte, in vollem Zeug, sogar mit Düffelrock und Handschuhen. Auf Tischen und unter Tischen, auf ganz schmalen Schemeln, auf dem Fußboden, in den Schrankfächern für die Hängematten – überall. Der beliebteste Platz an Bord war auf den warmen stählernen Decksplatten im Gang vor der Kombüse, der nachts, von einer grellroten Lampe beleuchtet, wie ein unheimlich geisterhafter Tunnel wirkte. Und doppelt beliebt als Schlafstätte, weil ihn nur ein Vorhang vom kaum drei Meter entfernten Oberdeck trennte. Die Furcht, auf einem sinkenden Schiff unter Deck eingeschlossen zu werden, war immer vorhanden. Sie lebte im Unterbewußtsein jedes einzelnen.

Sogar unter Deck war es bitterkalt. Die Heißluftanlage funktionierte wirksam nur in den Wohndecks B und C, und selbst dort kam die Temperatur kaum über den Gefrierpunkt. Von oben tropfte es ständig, und das Kondenswasser lief an den Schotten in tausend kleinen Rinnsalen hinab, um sich auf dem Fußboden zu Pfützen zu vereinigen. Die Luft war feucht, verbraucht und gräßlich kalt, eine ideale Brutstätte für die von Oberstabsarzt Brooks so gefürchtete Tb. Solche Zustände, bei fortwährend schlingerndem Schiff und den jähen Stößen des in die Seen krachenden Bugs, die allmählich den Schiffskörper immer härter erschütterten, machten Schlaf unmöglich. Bestenfalls konnte der Mensch ruhelos ein wenig dösen.

Fast ohne Ausnahme schliefen die Männer – vielmehr versuchten sie zu schlafen – mit dem Kopf auf einem aufgepumpten Schwimmgürtel. Einmal umgeknickt und mit Bindfaden verschnürrt, bildeten diese Schwimmgürtel ganz brauchbare Kissen. Zu diesem Zweck, und nur zu diesem, wurden sie verwendet, obwohl in einem Dauerbefehl ausdrücklich bestimmt war, daß Rettungsgürtel bei Gefechtsbereitschaft und in Gewässern, wo der Feind erwartet werden konnte, ständig zu tragen seien. Dieser Befehl wurde völlig ignoriert, nicht zuletzt auch von den Divisionsoffizieren, deren Pflicht es war, für seine Befolgung zu sorgen. In der dikken Kleidung, die in diesen Breiten getragen wurde, war genug Luft aufgespeichert, um einen Menschen für mindestens drei Minuten über Wasser zu halten. Wurde er in dieser Zeit nicht gerettet, dann war er sowieso tot. Getötet durch den Schock, der ungeheuer wirkt, wenn ein Körper mit 36 Grad Blutwärme plötzlich ins Wasser mit einer um mindestens 40 Grad tieferen Temperatur gestürzt wird – denn in den arktischen Gewässern fällt die Meerestemperatur oft unter den normalen Gefrierpunkt. Und noch schlimmer: der Wind von vielen Graden unter Null schneidet wie tausend Dolche durch die wassergetränkte Kleidung, und dann bleibt das Herz bei Verlust fast der ganzen Körperwärme von etwa 36 Grad einfach stehen. Aber es war – so sagten sich die Männer – ein rascher Tod, schnell, schmerzlos und gnädig.

Zehn Minuten vor Mitternacht bahnten sich Turner, der Erste Offizier, und Marshall den Weg zur Brücke. Sogar zu dieser späten Stunde, bei dem bösen Wetter, war der I. O. derselbe wie immer: unerschütterlich und gut gelaunt, hager und unternehmungslustig wie ein Seeräuber. Er hätte mit seinem stets frohen Wesen wie wenige in die Glanzzeit der Freibeuter gepaßt. Die Düffelhaube lag ihm wie immer auf der Schulter, seine goldberandete Schirmmütze saß imposant schief auf dem Kopf. Er tastete nach der Klinke der Brückentür, schritt hindurch, stand eine Minute still, um das Auge an die Dunkelheit zu gewöhnen, entdeckte den I. W. O., dem er knallend auf den Rücken klopfte. »Na, Wachmann, wie macht sich die Nacht?« rief er heiter mit seiner volltönenden Stimme. »Frischt auf, ganz entschieden. Absolut kein Überblick, wie gewöhnlich, was? Wo stecken denn unsere Hühnchen alle an diesem herrlichen Abend?« Er spähte in den Schnee hinaus, suchte kurz den Horizont ab und gab es gleich wieder auf. »Alle verstreut, weiß der Teufel, wohin – wie?«

»So schlimm ist's nicht«, gab Carrington grinsend zurück. Reserveoffizier und früherer Handelsschiffskapitän war Kapitänleutnant Carrington, in den Vallery das höchste Vertrauen setzte, im allgemeinen schweigsam und ernst. Er lächelte nicht oft, doch mit Turner verband ihn der berufliche Respekt, den sie beide als hervorragende Seeleute voreinander hatten. »Ab und zu haben wir die Träger in Sicht«, erklärte er, »jedenfalls haben Bowden und seine Radarknaben sie auf den Zentimeter genau im Bildschirm. Zumindest behaupten sie das.«

»Lassen Sie das lieber unseren braven Bowden nicht hören«, empfahl Marshall. »Der hält ja das Radar für den einzigen wirklichen Fortschritt der menschlichen Rasse, seitdem der Urmensch von den Bäumen kam und sich auf die Beine stellte.« Da er plötzlich vor Kälte so zittern mußte, daß er es nicht verbergen konnte, drehte er den Rücken gegen den scharfen Wind. »Na, ich wäre froh, wenn ich seinen Job hätte«, ergänzte er gefühlvoll, »dies ist ja schlimmer als der Winter in Alberta!«

»Unsinn, mein Sohn, purer Unsinn!« brüllte Turner. »Degeneriert seit ihr jungen Leute heutzutage, das ist das Leiden! Gerade dies ist das einzig wahre Leben für Menschen, die etwas auf sich halten.« Er schnupperte genießerisch die kalte Luft ein und wandte sich an Carrington. »Wer hat heute abend noch Brückendienst, I. W. O.?«

Eine dunkle Gestalt löste sich vom Kompaßhäuschen und kam auf ihn zu.

»Ah, da haben wir's. Meiner Treu, wenn das nicht unser Navigationsoffizier ist, der ehrenwerte Carpenter, nicht im Bilde, wie gewöhnlich, und voll Kämpferschneid in seinem schicken Kavaliersanzug! Wissen Sie auch, Lotse, daß Sie in dem Ding aussehen wie die Kreuzung zwischen einem Taucher und dem Reklamebild für Michelins Autoreifen?«

»Ha!« rief da Kapok Kid bekümmert. »Spotten und höhnen Sie nur, solange es geht, Sir.« Er beklopfte zärtlich seine Brust in dem dick wattierten Stoff. »Aber warten Sie, bis wir alle da unten im großen Teich liegen – wie dann jeder untergeht oder erfriert, während ich warm, trocken und gemütlich vorbeitreibe und vielleicht sogar noch eine Zigarette zum Rauchen habe.«

»Genug. Heben Sie sich hinweg! – Kurs, I.W.O.?«

»320 Grad, Sir. 15 Meilen.«

»Und der Kommandant?«

»Im Schutzraum.« Carrinton wies mit dem Kopf auf das stahlgepanzerte runde Gehäuse im Hintergrund der Brücke.

Diese ›Stahlröhre‹ trug den Gefechtsturm mit dem Feuerleitstand. Durch einen Schacht in ihrer Mitte führten die elektrischen Kabel zu den vom Leitstand kontrollierten Stellen. In dem kleinen Rundbau war für den Kommandanten als ›Koje‹ eine spartanisch kahle Liegebank montiert. »Hoffentlich schläft er, was ich allerdings sehr bezweifle«, ergänzte Carrington. »Hat Befehl gegeben, ihn gegen Mitternacht zu wecken.«

»Warum?« wollte Turner wissen.

»Oh, das weiß ich nicht. Gewohnheitsgemäß denke ich, um zu sehen, was anliegt.«

»Streichen Sie den Befehl«, sagte Turner kurz. »Kommandant muß, wie andere Leute auch, gehorchen lernen – vor allem dem Doktor. Ich übernehme die volle Verantwortung. Gute Nacht, I. W. O.«

Die Schwingtür klappte hinter Carrington zu. Marshall wandte sich zögernd an dem I. O. »Der Kommandant, Sir – oh, ich weiß, es geht mich nichts an, aber« – er wurde unsicher –, »ob es ihm wohl gut geht?«

Turner blickte rasch nach allen Seiten, ehe er in ungewöhnlich ruhigem Ton sagte: »Wenn es nach Brooks ginge, wäre unser Alter im Lazarett.« Er schwieg einen Moment, dann setzte er ernst hinzu: »Selbst dann wäre es vielleicht zu spät.«

Marshall sagte nichts. Er ging ruhelos hin und her, schließlich begab er sich zum Scheinwerfer-Leitstand. Fünf Minuten lang vernahm Turner hin und wieder im Rauschen des Windes unterhalb der Brücke dumpfes Stimmengemurmel. Er blickte den Torpedo-Offizier, als der wieder auf der Brücke erschien, fragend an.

»Ralston macht da Dienst«, erklärte Marshall. »Ich glaube, der würde sich nur vor mir aussprechen, er redet sonst mit keinem Menschen.«

»Na, spricht er denn überhaupt mal?«

»Gewiß, aber nur über das, was er selbst will. Im übrigen – nichts zu machen. Man könnte meinen, er hätte ein großes Schild ›Privat, Zutritt verboten‹ um den Hals hängen. Ist sehr höflich und manierlich, aber ganz unzugänglich. Ich weiß wahrhaftig nicht, was ich mit ihm anfangen soll.«

»Lassen Sie ihn zufrieden«, riet Turner, »denn helfen kann dem niemand.« Er schüttelte den Kopf. »Mein Gott, wie furchtbar dem das Schicksal mitgespielt hat.«

Wieder senkte sich Schweigen über die Brücke. Der Schnee ließ nach, doch der Wind nahm weiter zu. Er heulte gespenstisch durch die Takelage und mischte sein wildes, faunisches Konzert mit dem aufregenden Ping-ping im Asdic. Unheimlich klang beides, wie düster drohende Urlaute kratzten Sturm und Technik an den menschlichen Nervensträngen und wühlten namenlose, atavistische Ängste auf, die längst unter der wachsenden Zivilisation begraben waren. Ein ruchloses Orchester, das die Männer im Lauf der Jahre wie einen Todfeind hassen lernten.

12 Uhr 30, 1 Uhr, 1 Uhr 30... Turners Gedanken beschäftigten sich genüßlich mit Kaffee und Kakao. Kaffee oder Kakao. Kaffee oder Kakao? – Er entschied sich für Kakao. Ein dampfendes, kraftspendendes Getränk, dick von geschmolzener Schokolade und Zucker. Er wollte gerade den Läufer Brücke rufen, Chrysler, den jüngeren Bruder des Asdic-Obermechanikers, da knatterte der Lautsprecher über dem Asdicraum laut, denn eine hastende, eindringliche Stimme klang aus dem Instrument. »Funkraum an Brücke!«

Turner sprang an den Hörer und brüllte zur Bestätigung: »Hier Brücke!«

»Signal von *Sirrus*. Mehrere Echos, backbord voraus, 300, stark, näher kommend. Wiederhole: Echos, Backbord, stark, näher kommend!«

»Echos, Funkraum? Sagten Sie ›mehrere‹?«

»Ja, mehrere, Sir. Wiederhole: Echos.«

Noch während Turner fragte, hatte seine Rechte den durch Leuchtfarbe sichtbar gemachten Schalter für das Signal ›Höchste Alarmbereitschaft!‹ heruntergeklappt.

Von allen Geräuschen unserer Erde wird dem Menschen wohl kaum eins so bis ans Ende seiner Tage im Ohr bleiben wie dieses ›E.A.S.‹ – *Emergency Action Stations!* Es gibt kein auch nur entfernt vergleichbares. Nichts edel Kämpferisches oder Begeisterndes liegt in dem Laut. Es ist ›nur‹ ein Pfeifen, aber getrieben bis fast an die Grenze der Audiofrequenz, grell abgestuft, durchdringend, ein krasser Klang der verzweifelten Dringlichkeit, der das Gefühl für hohe Gefahr aufpeitscht. Wie ein scharfes Messer fährt er selbst durch das schlaftrunkenste Hirn und bringt den Menschen – einerlei wie erschöpft, wie schwach, wie tief abwesend er ist – in Sekunden auf die Beine, wobei sich der Puls sofort beschleunigt in Erwartung des wieder Drohenden, Ungewissen.

In zwei Minuten war *Ulysses* in voller Gefechtsbereitschaft. Der Erste Offizier hatte sich in den achteren Feuerleitstand begeben, Vallery und Tyndall waren auf der Brükke.

Zerstörer *Sirrus*, in zwei Meilen Entfernung an Backbord, hielt eine halbe Stunde ›Kontakt‹. Zu seiner Unterstützung wurde Viking kommandiert, und unter Deck hörte man auf *Ulysses* deutlich in ungleichmäßigen Zwischenräumen das eigenartige, blecherne Klingen detonierender Wasserbomben. Schließlich meldete *Sirrus*: »Erfolglos. Kontakt verloren. Hoffe, Sie nicht beunruhigt zu haben.«

Der Admiral befahl den beiden Zerstörern Rückkehr auf ihre Position, die Trompete blies »Alarm beendet«.

Wieder auf der Brücke, ließ Turner sich den schon lange fälligen Kakao holen. Chrysler verschwand nach der Mannschaftskombüse im Vorschiff (denn auf die in der Offiziersmesse gebraute ›Lake‹ verzichtete der Erste Offizier dankend) und kam mit einem dampfenden Krug wieder, in der anderen Hand eine Anzahl Becher, die mit den Henkeln über einen starken gebogenen Draht geschoben waren. Im schönen Vorgeschmack sah Turner zu, wie die dicke Flüssigkeit, zäh wie Öl, schwelgerisch langsam über den Rand des Kruges quoll. Nach einem Probeschluck nickte er befriedigt, leckte sich die Lippen und schmatzte behaglich.

»Vorzüglich, kleiner Chrysler, vorzüglich, bist ein begabter Junge. – T. O., bitte ein Auge aufs Schiff. Müssen sehen, wo wir uns befinden.«

Er zog sich in den Kartenraum an der Backbordseite zurück, schloß die Verdunkelungstür, sank aufatmend in seinen Armstuhl, stellte den Becher auf den Kartentisch und legte die Füße auf die Tischkante. Gerade hatte er an seiner Zigarette den ersten tiefen Zug gemacht, da sprang er schon fluchend vom Stuhl. Unmißverständlich knatterte der Lautsprecher vom Funkraum.

Diesmal gab Zerstörer *Portpatrick* eine Kontaktmeldung ab. Aus unerfindlichen Gründen wurden seine Signale meistens sehr skeptisch aufgenommen, aber diesmal meldete er so eindringlich, daß Korvettenkapitän Turner keine Wahl hatte: er mußte schon wieder zum Alarmschalter greifen. »E.A.S.!«

Zwanzig Minuten später war der Alarm bereits abgeblasen, doch zu seinem Kakao sollte der Erste Offizier in dieser Nacht nicht mehr kommen. Noch dreimal mußten in den Stunden der Dunkelheit die Gefechtsstationen bezogen werden und schon Minuten nach dem letzten Wegtreten – so kurz schien den Männern die Pause – kam das Trompetensignal zum üblichen Frühalarm.

Hier gab es keine Morgendämmerung, wie wir sie kennen. Nur ganz wenig erhellte sich der Himmel in einem öden kalten Grau, als die Männer ermattet wieder auf ihre Gefechtsstationen schlurften. So war eben der Krieg in den nördlichen Meeren. Nichts von ruhmvollem Heldentod, keine donnernden schweren Geschütze und feuerspeienden leichten Waffen, keine innere Begeisterung, kein glorreicher Widerstand gegen den Feind – nur ausgepumpte, unausgeschlafene Männer, erstarrt vor Kälte, in schmutzigen Düffelröcken. Mit faltigen grauen Gesichtern, nie ausgeruht, stolperten sie vor Schwäche und Hunger über die eigenen Füße, belastet mit Erinnerungen an die Nervenproben in hundert ähnlichen endlosen Nächten, so daß sie die körperliche Erschöpfung hundertfach empfanden.

Vallery war, wie immer, auf der Brücke, er war höflich, freundlich, rücksichtsvoll wie stets. Aber er sah gräßlich aus. Ein ausgehöhltes Gesicht, graugelb wie Kitt, die blutunterlaufenen Augen tief eingesunken, der Mund ganz blaß. Die schwere Blutung in der vergangenen schlaflosen Nacht hatte seinen schon verminderten Kräften schrecklich viel abgefordert.

Im Zwielicht des Morgens kam das Geschwader allmählich ins Blickfeld. Ein Wunder – die meisten Schiffe hielten noch ihre Position. Die Fregatte und der Minensucher liefen allerdings auf parallelem Kurs weit vor der Spitze des Konvois – denn während der Nacht hatten sie sich begreiflicherweise entsprechend vorgesehen, um nicht von einem der Kreuzer oder einem Flugzeugträger ›auf den Schwanz‹ getreten zu werden. Tyndall kritisierte das nicht, weil er dafür Verständnis hatte. *Invader* war bei Nacht aus der Position geraten und dampfte weit außerhalb des Sicherungsgürtels an der Backbordseite. Nach einem sehr scharfen Verweis durch Blinkspruch beeilte sie sich, wieder auf ihren Platz zu rücken, wobei sie in der groben Kreuzsee ›wie ein Korkzieher‹ schlingerte.

Um 8 Uhr war der Alarm beendet. Als um 8 Uhr 10 die Backbordwache unter Deck war, um den Tee zu kochen, sich zu waschen, die Tabletts mit dem Frühstück aus der Kombüse zu holen, wurde *Ulysses* von einer dumpfen Explosion geschüttelt. Handtücher, Seifenstücke, Tassen, Teller und Tabletts flogen umher oder wurden stehengelassen, wo sie standen. Erbittert, lästerlich fluchend, waren die Männer schon auf dem Wege nach oben, bevor Vallerys Hand den Alarmschalter drückte.

Knapp eine halbe Meile entfernt schwenkte *Invader* wild in einem Halbkreis, das Flugdeck hing in einem verrückten Winkel zur Seite. Es schneite wieder stark, doch nicht dicht genug, um die dicken Wirbel schwarzen Ölqualms zu verbergen, die auf *Invader* vor der Brücke emporwallten. Noch während die Besatzung von *Ulysses* hinüberblickte, kam der Flugzeugträger zum Stillstand und wälzte sich bedenklich in den Tälern zwischen den riesigen Wellen.

»Diese Idioten, die verrückte Bande!« Admiral Tyndall war höchst erbittert, unvernünftig wütend. Nich einmal vor Vallery mochte er zugeben, wie schwer ihn die Bürde drückte, die Last seines Kommandos, an der sich jetzt seine fast schon chronische Gereiztheit entzündete. »So etwas passiert, Kapitän, wenn ein Schiff seine Position verliert. Und ich bin genauso schuld daran – hätte einen Zerstörer zur Bedeckung hinschicken müssen.« Er blickte durch sein Fernglas, drehte sich nach Vallery um und sagte: »Lassen Sie morsen ›Schaden abschätzen und bitte melden‹. – Das verdammte U-Boot muß sie vom ersten Tageslicht an verfolgt haben, um in Schußposition zu kommen.«

Vallery schwieg. Er wußte, wie Tyndall zumute war, der jetzt eins seiner Schiffe schwer beschädigt, vielleicht verloren sah. *Invader* krängte noch in demselben unnatürlichen Winkel, der Qualm stieg jetzt in einer gleichmäßigen Säule auf. Flammen waren nicht zu sehen.

»Wollen Sie selbst Genaueres feststellen, Sir?« fragte Vallery.

Tyndall benagte nachdenklich seine Unterlippe, ehe er antwortete: »Ja, das wollen wir lieber selbst machen. Signal ans Geschwader ›Unverminderte Fahrt, Geschwindigkeit und Kurs beibehalten‹. Detachieren Sie *Baliol* und *Nairn* zum Schutz von *Invader*.«

Vallery merkte, als er die an der Signalrah flatternden Flaggen beobachtete, daß jemand neben ihn trat. Er drehte sich halb um.

»Das war kein U-Boot, Sir. Torpediert kann sie nicht sein.« Carpenter war es, der das mit aller Entschiedenheit sagte.

Tyndall hörte es. Er schwang sich auf seinem Stuhl herum und maß den armen Navigationsoffizier mit vernichtenden Blicken.

»Wie wollen Sie das wissen, Sir, zum Teufel auch!« donnerte er. Wenn der Admiral einen Untergebenen mit »Sir« anredete, war es Zeit, die Flucht zu ergreifen. Kapok Kid errötete bis an die Wurzeln seines blonden Haares, verteidigte aber tapfer seine Ansicht.

»Zunächst mal, Sir, hat doch *Sirrus*, wenn auch ein gutes Stück voraus, *Invader* an Backbord gedeckt, bis zu Ihrem Rückrufsignal, und hatte das Gebiet dort schon eine ganze Weile abgesucht. Bestimmt hätte Korvettenkapitän Orr das U-Boot ausgemacht, wenn da eins gewesen wäre. Im übrigen ist der Seegang für U-Boote viel zu schwer, um Sehrohrtiefe zu halten, geschweige denn auf Schußposition zu manövrieren. Und wenn ein U-Boot gefeuert hätte, dann gewiß nicht bloß einen Torpedo, sondern eher gleich sechs, denn wenn es so einen günstigen Schußwinkel gehabt hätte, müßte es die übrigen hinter *Invader* laufenden Sicherungsschiffe fast wie eine dichte Wand im Ziel gehabt haben. Aber es ist kein Schiff weiter getroffen ... Ich war selbst drei Jahre in der Branche, Sir.«

»Und ich zehn!« knurrte Tyndall. »Vermutungen, Lotse, reine Vermutungen sind das.«

»Nein, Sir«, versteifte sich Carpenter, »so ist es nicht. Ich kann's zwar nicht beschwören«, – er hatte sein Glas vor die Augen genommen –, »aber ich bin mir fast sicher, daß *Invader* rückwärts läuft. Und das könnte nur sein, weil ihr Bug – unter der Wasserlinie – beschädigt oder abgeschlagen ist. Muß eine Mine gewesen sein, Sir, wahrscheinlich eine akustische.«

»Aha. Natürlich, selbstverständlich!« rief Tyndall höhnisch. »In 2000 Meter Tiefe verankert, was?«

»Eine treibende, Sir«, sagte Kapok Kid geduldig. »Oder ein alter akustischer Torpedo. Abgeschossene deutsche Torpedos saufen nicht jedesmal ab. Aber ich glaube eher an eine Mine.«

»Vermutlich wollen Sie mir gleich noch sagen, von welchem Typ sie war und wann sie gelegt worden ist«, sagte Tyndall noch knurrig, aber wider Willen schon beeindruckt. Und *Invader* ging tatsächlich rückwärts, wenn auch langsam, so langsam, daß sie dem Ruder nicht gehorchen konnte. Sie schlingerte immer noch hilflos in den tiefen Wellentälern.

Ein Handscheinwerfer bestätigte einen Blinkspruch von *Invader*. Signalmeister Bentley riß ein Blatt vom Meldeblock, das er Vallery überreichte.

»*Invader* an Admiral«, las der Kommandant. »Bin schwer leck, Vorschiff Steuerbord, sehr tief. Vermute Treibmine. Stelle Ausmaß des Schadens noch fest. Melde baldigst mehr.«

Tyndall ließ sich die Meldung geben und las sie langsam. Dann blickte er, leise lächelnd, über die Schulter. »Sie scheinen völlig recht gehabt zu haben, mein Sohn. Bitte akzeptieren Sie die Entschuldigung eines alten Krauters.«

Carpenter murmelte Unverständliches und entfernte sich ein Stückchen, wieder blutrot vor Verlegenheit. Tyndall lächelte den Kommandanten matt an und grübelte eine Weile.

»Ich denke, wir sprechen lieber direkt mit ihm, Kapitän. Barlow ist es ja wohl? Lassen Sie entsprechend morsen.«

Sie stiegen zwei Decks tiefer und traten in den Flugzeug-Ortungsraum. Westcliffe bot seinen Stuhl dem Admiral.

»Kapitän Barlow?« sprach Tyndall in das Handmikrophon.

»Am Apparat«, erklang es aus dem Lautsprecher über seinem Kopf.

»Hier der Admiral. Wie steht's bei Ihnen, Kommandant?«

»Wir kommen zurecht, Sir. Haben leider vom Bug den größten Teil verloren. Einige Verwundete. Ölbrände, aber schon eingedämmt. Funkraum verschont geblieben, Maschinisten und Lecksicherungstrupp stützen die Querschotten ab.«

»Können Sie überhaupt noch vorwärts kommen, Barlow?«

»Mag sein, Sir, wäre aber riskant – jedenfalls bei dieser See.«

»Meinen Sie, daß Sie es zurück bis zum Stützpunkt schaffen?«

»Bei diesem Wind und mit nachlaufender See, ja. Wird trotzdem drei, vier Tage dauern.«

»All right.« Tyndall sprach jetzt barsch. »Ab mit Ihnen. Ohne Bug sind Sie für uns wertlos! Verdammtes Pech, Kapitän Barlow. Mein Beileid. Und – oh – ich werde Ihnen *Baliol* und *Nairn* zur Sicherung mitgeben und durch Funk einen seetüchtigen Schlepper anfordern, der Ihnen entgegenfahren soll – für alle Fälle.«

»Vielen Dank, Sir, wir wissen das zu schätzen. Noch eins: bitte um Erlaubnis zum Lenzen der Brennstoffvorräte an Steuerbordseite. Wir haben viel Wasser im Schiff, das wir nicht alles loswerden können. Einzige Möglichkeit, wieder in Trimm zu kommen.«

Tyndall seufzte. »Ja, damit hatte ich schon gerechnet. Ist aber nichts dran zu machen, und übernehmen können wir das Zeugs bei diesem Wetter nicht. Alles Gute, Kommandant, auf Wiedersehen.«

»Vielen Dank für Ihre Wünsche, Sir. Auf Wiedersehen.«

Zwanzig Minuten später hatte Kreuzer *Ulysses* seine Position im Geschwader wieder eingenommen. Kurz danach sahen sie von Bord aus die *Invader*, die nicht mehr so stark krängte, langsam den Bug nach Südosten wenden, während der kleine Zerstörer und die Fregatte zu beiden Seiten des Flugzeugträgers in der Wendung entsetzlich schlingerten. Nach weiteren zehn Minuten kamen die drei Schiffe den Beobachtern auf *Ulysses* aus den Augen, begraben im dichten, von einer Bö aufgewirbelten Schneegestöber. Drei Schiffe fort, elf geblieben, aber es waren die elf, die sich jetzt so seltsam allein fühlten...

Dienstag

Flugzeugträger *Invader* und seine Nöte wurden bald vergessen. Allzubald hatte das 14. Flugzeugträger-Geschwader genug und übergenug mit sich selbst zu tun. Die Schiffe mußten mit ihren eigenen Sorgen fertig werden, den eigenen Feind niederzwingen, einen Feind, der viel größere elementare Gewalt hatte und viel tödlicher war als Minen und U-Boote.

Tyndall stemmte sich fester gegen das schlingernde, stampfende Deck und beobachtete Vallery von der Seite. Schon zum zehntenmal an diesem Morgen ging ihm durch den Kopf, wie schwerkrank der Mann aussah.

»Was halten Sie von der Sache, Kommandant? Die Aussichten scheinen nicht sehr rosig, wie?«

»Wir kriegen was aufs Haupt, Sir, das Wetter türmt sich förmlich gegen uns. Carrington, der sechs Jahre in den westindischen Gewässern gefahren ist und ein Dutzend Orkane erlebt hat, gibt zwar zu, schon einen tieferen Barometerstand gesehen zu haben, aber noch keinen so tiefen, der so rasch weiterfällt – jedenfalls nicht in diesen Breiten. Und dabei ist dies nur die Ouvertüre.«

»Na, ich danke bestens, mir reicht das vorläufig«, sagte Tyndall trocken. »Für eine Ouvertüre gar nicht so schlecht.«

Ein Muster an Untertreibung, dieser kleine Satz. Als Ouvertüre jedenfalls eine großartige Leistung der Natur. Der Wind war ziemlich beständig, etwa Stärke 9 nach der Beaufortskala, und es hatte aufgehört zu schneien. Aber alle wußten, daß das nur eine Pause war, denn weit voraus im Nordwesten zeigte der Himmel auf eigenartig bleiernem Grund eine violette Färbung, die weder stärker noch schwächer wurde, nur wenig leuchtete und in ihrer Gleichmäßigkeit und Beständigkeit eine tückische Gefahr zu bergen schien. Ein völlig neues Gesicht des Himmels, unbekannt sogar den Männern, die alles schon erlebt hatten, was der Eismeerhimmel zu bieten hat, von pechschwarzer Finsternis an einem Sommermittag über die herrlichen Erscheinungen des Nordlichts bis zu dem wunderschönen matten Blau, das so oft auf das fast unbegreiflich stille Wasser der milchweißen Meere vor der Packeisgrenze niederlächelt.

Aber der Admiral hatte den Seegang gemeint, der den ganzen Vormittag stetig und unerbittlich wuchs. Jetzt, zu Mittag, glich die See auffallend ihrem ›Porträt‹, wie es die farbigen Drucke des 18. Jahrhunderts zeigen. ›Eine Bark im Sturm.‹ Kolonnen von Wellen, grünlichgrau, steil, regelmäßig und gleichmäßig marschierend, jede mit einer weißen Schaumkrone als Ornament. Nur betrug hier in der Wirklichkeit die Entfernung von Kamm zu Kamm 150 Meter, und das Geschwader, gezwungen, fast genau gegen die See zu steuern, mußte schwere Schläge hinnehmen.

Für die kleinen Schiffe, deren Bug alle fünfzehn Sekunden schäumende weiße Kaskaden aufpeitschte, war das schon schlimm genug, aber es war ein noch böserer Feind mit großer Heimtücke am Werk: die Kälte. Schon lange war die Temperatur unter den Gefrierpunkt gesunken, und das Quecksilber fiel noch immer.

Die Kälte war jetzt durchdringend scharf: in den Kammern und Wohndecks bildete sich Eis, Frischwasserleitungen froren ein, Metall schrumpfte, Lukendeckel verklemmten, Türangeln wurden unbeweglich, das Öl in den Scheinwerfer-Leitgeräten verharzte, so daß sie nicht funktionierten. Eine Wache durchhalten, vor allem Brückenwache, war eine Tortur. Schon der erste Anhieb des bitterkalten Windes schlug einem sengend bis in die Lungen, so daß man hart um Atem ringen mußte. Hatte einer vergessen, Handschuhe anzuziehen (zuerst die seidenen, darüber wollene und dann die mit Schafpelz gefütterten Stulpen) und berührte er ein eisernes Geländer, so riß es ihm die Haut aus den Handflächen, die Brandwunden bekamen wie von weißglühendem Metall. Vergaß er auf der Brücke, sich zu ducken, wenn der Bug in ein Wellental klatschte, so durchschnitt ihm der fliegende Gischt, der in einer Sekunde zu Eissplittern gefror, Wangen und Stirn bis auf die Knochen. Hände erfroren, in den Knochen gerann das Mark, die tödliche Kälte stieg von den Füßen in die Waden und Oberschenkel, Nase und Kinn erfroren, wurden weiß und mußten sofort behandelt werden. Und dann kam, als bei weitem das Schlimmste, nach Beendigung der Wache die Rückkehr unter Deck, der folternde Schmerz, unter dem der Mensch sich krümmt: bis das Blut wieder zu zirkulieren beginnt. Doch um das zu beschreiben, sind Worte nutzlos, sind bleiche Schatten der Wirklichkeit. Es gibt Dinge, die Wissen und Erfahrung der meisten Menschen übersteigen, so daß die Fantasie in einer unbekannten Welt nur unsicher tastet.

Und dennoch war sogar das alles verhältnismäßig unwichtig – persönliche Unbequemlichkeiten, die achselzukkend abgetan werden mußten. Die wahre Gefahr lag anderswo. Sie lag in der Eisbildung.

Über dreihundert Tonnen Eis belasteten schon die Decks der *Ulysses*, und jede Minute kam mehr dazu. In gleichmäßig dicker Schicht lag es mittschiffs und auf dem Vorschiff, auf den Geschützdecks und den Brückendecks. In langen zackigen Zapfen hing es von den Lukenrändern, den Türmen, der Reling, es verdickte jeden Draht, jedes Stag, jedes Tau ums Dreifache und verwandelte die schlanken Maste in plumpe Bäume von bizarren Formen. Überall lag es, als tödliche Gefahr, und nicht die kleinste Gefahr war die Glätte, mit der man auf einem kohlebefeuerten Schiff, wo es Schlacke und Asche aus den Kesseln gibt, leichter fertig werden kann als auf den modernen, mit Öl gefahrenen Kriegsschiffen. Auf *Ulysses* streuten sie Salz und Sand und hofften, daß es half.

Die größte Gefahr des Eises lag in seinem Gewicht. Ein Schiff ist, technisch ausgedrückt, entweder steif oder rank. Ist es steif, so hat es einen tiefliegenden Schwerpunkt, schlingert leicht, schwingt aber rasch zurück und liegt sehr stabil und sicher. Ist es dagegen rank, also mit hochliegendem Schwerpunkt, so schlingert es nur zögernd, schwingt aber noch zögernder zurück, wodurch es unstabil und mehr gefährdet ist. Bei einem ranken Schiff können Hunderte von Tonnen Eis, die sich an Deck häufen, den Schwerpunkt in gefährliche Höhe treiben. In eine verhängnisvolle Höhe...

Die Geleit-Flugzeugträger und die Zerstörer, vor allem *Portpatrick,* waren sehr verwundbar. Die Träger, schon unstabil durch die große Höhe und das Gewicht ihrer verstärkten Flugdecks, boten dem fallenden Schnee eine riesige glatte Fläche zum Ablagern, also ideale Bedingungen für die Vereisung. Zu Beginn der Fahrt war es noch möglich gewesen, die Flugdecks einigermaßen eisfrei zu halten. Arbeitsgruppen hatten mit Besen und großen Hämmern, mit Salz und Heißdampf gegen das Eis gekämpft. Inzwischen aber hatte das Wetter sich so verschlechtert, daß jeder, der auf eins der heftig schwankenden und stoßenden Flugdecks mit ihrer glasharten, unendlich tückischen Oberfläche geschickt worden wäre, so gut wie sicher in den Tod ging. *Wrestler* und *Ranger* hatten unter ihren Flugdecks Heizungen von mäßiger Kapazität, mäßig, weil auf diesen im Mississippi gebauten Trägern, im Gegensatz zu den britischen, die Flugdecks aus Holzplanken bestanden. Bei so extremer Kälte war daher die Leistung der Heizanlagen gleich Null.

Auf den Zerstörern waren die Zustände noch schlimmer: sie mußten sich nicht nur gegen das aus geballten Schneemassen entstehende Eis wehren, sondern auch gegen das von den Seen an Deck geschleuderte. Regelmäßig, mit der Präzision eines Uhrwerks, brachen riesige Gischtwolken über ihr Vorschiff, wenn der Bug mit einem jähen Schlag in ein Tal und in die Schulter der nächsten aufsteilenden See klatschte. Und der Gischt gefror schon, wenn er das Deck berührte, ja manchmal schon in der Luft. Sie spritzte Eisschicht auf Eisschicht, stellenweise dreißig Zentimeter hoch, übers Vorschiff, vom Steven bis hinter den Wellenbrecher. Das gewaltige Gewicht des gehäuften Eises drückte die kleinen Schiffe mit dem Kopf in die See. Immer tiefer wurden ihre ›Nasen‹ hineingepreßt, und jedesmal tauchten sie schwerfälliger, langsamer und mühevoller wieder aus der Tiefe empor. Wie die Kommandanten der Flugzeugträger konnten auch die der Zerstörer nur hilflos von ihren Brükken auf diese Gewalten hinabblicken und hoffen, daß es noch gutging.

Zwei Stunden vergingen, zwei Stunden, in denen die Temperatur auf 18 Grad unter Null fiel, anzuhalten schien, aber doch noch weiter sank. Zwei Stunden, in denen das Barometer ebenso in die Tiefe taumelte. Seltsamerweise schneite es noch nicht wieder, der bleierne Himmel im Nordwesten war noch immer so fern, während es im Süden und Osten ganz aufgeklart hatte. Das Geschwader bot jetzt einen fantastischen Anblick: kleinen Spielzeugen aus Zukkerguß ähnlich, blendend weiß, im blassen Wintersonnenschein glitzernd und funkelnd, stampften und wankten die Kriegsschiffe wie toll durch die immer länger, immer tiefer werdenden Täler des graugrünen, kalten Nordmeers, kämpften sich durch, um jenen fernen Horizont zu erreichen, der so weit war und so unheimlich rot glühte – Horizont einer anderen Welt. Ein unvorstellbar herrliches Schauspiel.

Konteradmiral Tyndall konnte an dem Bild nichts Schönes finden. Er, der sonst behauptete, sich durch nichts erschüttern zu lassen, hatte jetzt schwere Sorgen. Er sprach auf der Brücke barsch, war mürrisch, grob bis zur Unhöflichkeit, und von der noch vor zwei Monaten vorhandenen liebenswürdigen Frische des ›Farmers‹ war nichts mehr zu spüren. Ohne Unterlaß ließ er den Blick über seine Flotte schweifen, pausenlos drehte er sich unruhig auf dem Stuhl hin und her. Endlich kletterte er einmal herunter, stieg von der Brücke und begab sich in den Schutzraum des Kommandanten.

Vallery hatte kein Licht eingeschaltet, im Raum war es halb dunkel. Er lag auf seiner Ruhebank unter ein paar Dekken. In der schwachen Beleuchtung sah sein Gesicht schauerlich aus, leichenhaft. Seine Rechte umklammerte ein zusammengeknülltes, blutbeflecktes und beschmutztes Taschentuch, das er gar nicht zu verbergen suchte. Mit schmerzhafter Anstrengung schwang er, bevor Tyndall ihn hindern konnte, die Beine über den Rand der Liegebank und zog einen Stuhl heran. Tyndall verschluckte seinen Protest und ließ sich dankbar nieder.

»Ich glaube, jetzt geht bald der Vorhang hinter Ihrer Ouvertüre auf, Richard«, sagte er. »Was in aller Welt hat mich bloß bewogen, Geschwaderchef zu werden!«

Vallery lächelte verständnisvoll. »Sonderlich beneiden kann ich Sie nicht, Sir. Was wollen Sie in dieser Situation tun?«

»Was würden Sie denn tun?« gab Tyndall kummervoll zurück.

Vallery lachte. Für einen Moment war sein Gesicht ganz verwandelt, beinah knabenhaft, aber dann brach sein Lachen um in einen harten trockenen Husten. Der Fleck im Taschentuch wurde viel größer. Nach dem Anfall blickte er Tyndall lächelnd ins Gesicht. »Das war die Strafe für Gelächter über einen Vorgesetzten. Tja, was ich tun würde? Beidrehen, Sir. Noch lieber würde ich den Schwanz zwischen die Beine klemmen und abhauen.«

Tyndall schüttelte den Kopf. »Sie haben noch nie überzeugend lügen können, Richard.«

Einen Moment schwiegen beide, dann blickte Vallery wieder hoch. »Wie weit haben wir's denn noch, genau, Sir?«

»Carpenter hat ungefähr 170 Meilen ausgerechnet.«

»Einhundertundsiebzig, hm.« Vallery schaute auf seine Uhr. »Also noch zwanzig Stunden – bei diesem Wetter. Aber schaffen müssen wir's!«

Ernst nickte Tyndall. »Achtzehn Schiffe warten da auf uns, neunzehn, mit dem Minensucher aus Hvalfjord – ganz zu schweigen von Vincent Starrs Kreislaufstörungen...«

Er unterbrach sich, da jemand an die Tür klopfte und ein Kopf hereinschaute.

»Zwei Blinksprüche, Herr Kapitän.«

»Lesen Sie bitte gleich vor, Bentley.«

»Der erste von *Portpatrick*: ›Bugplatten aufgeplatzt, starker Wassereinbruch. Pumpen schaffen es noch. Befürchte weitere Schäden. Erbitte Ihren Rat‹.«

Tyndall fluchte. Vallery sagte ruhig: »Und der zweite?«

»Von *Gannet*, Sir. ›Falle in Stücke‹.«

»Ja, ja. Und was noch?«

»Nur das, Sir. ›Falle in Stücke‹.«

»Ha! Einer von den ganz wortkargen Herren«, knurrte der Admiral. »Bitte, warten Sie eine Minute, Signalmeister.« Er sank auf den Stuhl zurück, seine Hand fuhr über die Stoppeln am Kinn. Auf seine Füße blickend, zwang er sein müdes Hirn zum Denken.

Vallery murmelte etwas mit leiser Stimme. Tyndall blickte auf, zog die Augenbrauen hoch.

»Unruhige Gewässer, Sir. Vielleicht könnten die Träger –?«

Tyndall schlug sich aufs Knie. »Zwei Seelen und ein Gedanke! Bentley, geben Sie zwei Blinksprüche. Einen an alle Sicherungsfahrzeuge: sollen sich hinter die Träger setzen, dicht aufgeschlossen. Den zweiten an die Träger: Ölschläuche 'raus, je einen am Ladeluk Backbord und Steuerbord, und ungefähr – wieviel meinen Sie, Kommandant?«

»90 Liter die Minute, Sir.«

»Gut, 90 Liter. Klar, Obersignalmeister? All right, sofort

die Sprüche 'raus. Und noch eins: der Navigationsoffizier soll mit seiner Seekarte herkommen.«

Nachdem Bentley gegangen war, wandte er sich an Vallery. »Brennstoff müssen wir später übernehmen, hier können wir das nicht. Sieht mir aus, als ob wir nur noch einmal in Landschutz kommen, bis Murmansk... Und wenn die nächsten vierundzwanzig Stunden so schlimm werden wie Carrington prophezeit, dann zweifle ich sowieso, ob alle unsere kleinen Schiffe das durchbeißen können... Ah, da sind Sie ja, Lotse! Lassen Sie uns mal unseren Standort sehen. Welche Windstärke haben wir übrigens?«

»Stärke 10, Sir.« Während Carpenter sich bei dem wilden Getaumel des Schiffes um einen festen Stand mühte, strich er auf dem Lager des Kommandanten die Karte glatt. »Wind nimmt weiter zu.«

»Nordwest doch, nicht wahr, Lotse?« Tyndall rieb sich die Hände. »Ausgezeichnet. Nun, mein Sohn, unsere Position?«

»12/40 West, 66/15 Nord«, antwortete Kapok Kid präzis. Er blickte nicht einmal auf die Karte. Der Admiral zog die Brauen hoch, sagte aber nichts dazu. »Kurs?«

»310, Sir.«

»Wenn wir also jetzt Landschutz suchen würden, zwecks Brennstoffübernahme, dann –«

»Kurs 290, genau, Sir. Ich habe das schon eingezeichnet – da. Viereinhalb Stunden Fahrzeit ungefähr.«

»Wie, zum Donnerwetter –?« explodierte Tyndall. »Wer hat Ihnen gesagt, daß Sie, daß Sie –?« Er verhaspelte sich und schwieg wütend.

»Vor fünf Minuten erst habe ich das berechnet, Sir. Es schien mir – eh – unbedingt geboten. 290 Grad würde uns einige Meilen hinter die Halbinsel Langanes bringen, wo wir vermutlich sehr gut geschützt sind.« Carpenter sagte das ernst, ohne Lächeln.

»Unbedingt geboten schien es Ihnen!« brüllte Tyndall. »Wollen Sie sich das mal anhören, Kapitän Vallery? Unbedingt geboten! Und mir ist es eben erst eingefallen, wie?! So eine –! Hinaus mit Ihnen, verziehen Sie sich mit Ihrem verdammten Operettenkostüm!«

Carpenter erwiderte nichts. Mit der Miene beleidigter Unschuld nahm er seine Karten zusammen und ging. Auf Tyndalls Anruf blieb er bei der Tür stehen.

»Lotse!«

»Sir?« Kapok Kid richtete den Blick auf einen Punkt über dem Kopf des Admirals.

»Sobald die Sicherungsfahrzeuge die befohlene Position haben, soll Bentley ihnen den neuen Kurs geben.«

»Jawohl, Sir, wird gemacht.« Er zögerte. Der Admiral lachte und sagte resigniert: »All right, all right, ich will es wiederholen, daß ich bloß ein verkrusteter alter Krauter bin – und schließen Sie endlich die verflixte Tür, wir frieren uns ja hier kaputt.«

Der Wind verstärkte sich jetzt schneller, lange weiße Schaumstreifen begannen die Meeresfläche zu durchziehen. Schnell wurden die Wellentäler tiefer, die Wasserwände steiler, ihre Kämme fegte der Wind sofort waagerecht davon. Allmählich, aber dem Ohr wahrnehmbar, stieg das dünne Wimmern des Windes in der Takelage in noch höhere Tonlagen. Von Zeit zu Zeit brachen große Eisbrocken, durch das unaufhörliche Vibrieren des Schiffes gelöst, von den Masten und Stagen, um an Deck zu zerschellen.

Die Wirkung der lang gezogenen Ölschleier hinter den Flugzeugträgern grenzte an ein Wunder. Die Zerstörer achteraus, nun fast komisch besprenkelt mit Öl, hieben nach wie vor hart in die Seen, doch hielt jetzt die Oberflächenspannung durch das Öl die Gischt so ›im Zaum‹, daß nichts über Deck brandete. Admiral Tyndall hatte Grund, mit sich besonders zufrieden zu sein.

Gegen 16 Uhr 30, als sie noch gut 15 Meilen zu laufen hatten, um Landschutz zu erreichen, war von dem schönen Gefühl nichts mehr geblieben. Der Wind war zum vollen Sturm angewachsen, so daß Tyndall sich gezwungen sah, Fahrtverminderung zu befehlen.

Von Deck aus gesehen, waren die Wellen jetzt mehr als achtungsgebietend: sie waren gigantisch, furchterregend.

Nicholls stand mit Kid Carpenter, in ihrer Freiwache, auf dem Hauptdeck, einigermaßen im Windschutz unter dem Rettungsboot an Backbord. Die Hand an einem Bootsgalgen, um sich auf den Beinen zu halten, hin und wieder zurückspringend, um einer Gischtflut auszuweichen, blickte er zu *Defender* hinüber, die, gefolgt von *Vectra* und *Viking*, unter dem heiteren blauen Himmel toll schlingerte und ein groteskes Bild bot. Oben blauer Himmel, unten die ungeheuren Seen – dieser Kontrast schien Böses, schon fühlbar Grausiges zu verkünden.

»Hiervon hat mir auf der Ärztlichen Akademie kein Mensch was erzählt«, bemerkte Nicholls nach einiger Zeit. »Mein Gott, Andy«, fügte er entsetzt hinzu, »hast du denn so etwas jemals gesehen?«

»Einmal, nur ein einziges Mal, als uns vor den Nikobaren ein Taifun packte. Aber so schlimm wie hier sah das, glaube ich, nicht aus. Und der I.W.O. meint, es sei noch gar nichts gegen das, was die Nacht bringt – und der weiß ja Bescheid. Herrje, ich wünschte, ich wäre wieder in Henley!«

Nicholls sah ihn gespannt an. »Den I.W.O. kenne ich eigentlich noch nicht recht. Ein ziemlich – äh – unnahbarer Herr, wie? Immerhin fällt mir auf, daß alle – unser Farmer, der Käpt'n, der I.O. und du selbst – von ihm gleichsam mit angehaltenem Atem sprechen. Was ist denn so ganz Besonderes an ihm? Ich respektiere ihn, wohlverstanden – wie anscheinend jeder –, aber verdammt noch mal, er ist doch kein Übermensch!«

»Der Seegang wird ungleichmäßig«, sagte Carpenter abwesend. »Schau mal hin, in gewissen Abständen kriegen wir eine See, die noch um die Hälfte schwerer ist als die anderen. Jede siebte, sagen die alten Seefahrer. – Nein, Johnny, ein Übermensch ist er nicht, er ist bloß der großartigste Seemann, dem du je begegnen wirst. Hat zwei Kapitänspatente, für Segelschiffe und Dampfer. Ist auf finnischen Barken schon um Kap Hoorn gesegelt, als du noch im Kinderwagen lagst. Der I.O. kann dir von ihm genug Erlebnisse für ein ganzes Buch erzählen.« Nach einer Atempause fuhr er ruhig fort:

»Er ist wirklich einer der wenigen großen Seemänner, die es heute noch gibt. Unser Pirat Turner ist wahrhaftig auch kein Schlappschwanz, aber der sagt es selber jedem, daß er sich mit Jim Carrington nicht entfernt messen kann. Ich bin kein Heldenanbeter, Johnny, das weißt du, doch über Carrington kannst du sagen, was früher von Shackleton behauptet wurde: ›Wenn alles dahin ist und die letzte Hoffnung schwindet, dann kniet nieder und betet für ihn.‹ Glaub mir, Johnny, ich bin heilfroh, daß wir den an Bord haben.«

Nicholls schwieg, sehr erstaunt über seinen Freund, der sonst gewohnheitsmäßig alles nur mit spielerischer Ironie oder abfällig beurteilte. Seriöses Reden empfand er beinah wie ein Verbrechen und die kleinste Lobhudelei wie Gotteslästerung. Daher konnte sich Nicholls jetzt kaum den rechten Begriff von Carringtons Besonderheit machen.

Die Kälte war bösartig, der Sturm riß die Gischt dick geballt von den Wellenkämmen und trieb das in winzige Teilchen zersprühende eisige Wasser mit Geschoßgeschwindigkeit übers Vorschiff und an den Bordwänden entlang. Es war unmöglich, Atem zu holen, ohne den Rücken zum Wind zu drehen, ohne sich etwas Wollenes doppelt oder dreifach um Mund und Nase zu wickeln. Bläulich weiß waren die Gesichter der Männer, die vor Kälte heftig zitterten, und doch äußerte keiner den Wunsch oder dachte auch nur daran, unter Deck zu gehen. Sie standen da wie hypnotisiert und fasziniert durch den ungeheuerlichen Seegang, die gewaltige Höhe der Wellen von 300 bis 600 Meter Länge, die sich, in Lee langgestreckten Berghängen gleich, an der Windseite steil aufbäumten, vorgetrieben durch einen Wind von 110 Kilometer Stundengeschwindigkeit und eine mächtige Kraft im Nordwesten. In ihren gigantischen Tälern wäre mancher Kirchturm unsichtbar geworden.

Beide Männer drehten sich um, als sie die zum Oberdeck führende Verdunkelungstür zukrachen hörten. Eine Gestalt im Düffelrock, einer, der pausenlos fluchte, hatte mit der schweren Tür beim Schlingern des Schiffes hart zu kämpfen gehabt, bis es ihm endlich gelang, die Verschlußhebel herumzudrücken. Bootsmaat Doyle war es. An seinem Gesicht ließ sich, obwohl drei Viertel davon verhüllt waren, leicht erkennen, daß ihn dieses Dasein furchtbar anwiderte.

Carpenter grinste ihn an. Doyle hatte gleichzeitig mit ihm eine Zeitlang auf der Flottenstation in China gedient und durfte sich darauf allerhand zugute tun. »Sieh da, sieh da, der uralte Seemann höchstpersönlich! Na, wie sieht's unten aus, Freund Doyle?«

»Verdammt übel, Sir!« Seine Stimme wirkte ebenso kummervoll wie sein Gesicht. »Kalt wie die Barmherzigkeit, Sir, und alles fliegt kaputt in dem Sauladen herum. Tassen, Untertassen, Teller in tausend Scherben. Die halbe Besatzung –«

Er brach jäh ab, seine Augen weiteten sich vor etwas Unfaßbarem, während er zwischen Nicholls und Carpenter hindurch aufs Meer starrte.

»Na, was ist denn mit der halben Besatzung?... Mensch, Doyle, fehlt Ihnen was?«

»Allmächtiger Christus!« Doyle sprach langsam, wie betäubt, es klang beinah wie ein Gebet. »Oh, allmächtiger Christus!« Bei dem letzten Wort schrillte seine Stimme.

Rasch drehten die beiden Offiziere sich um, seinem Blick folgend. Der Flugzeugträger *Defender* kletterte – ja, das 150 Meter lange Schiff kletterte buchstäblich – an einer Welle empor, die jede Fantasie übertraf, einem Wellenberg, dessen Größe im Moment für Menschen einfach unbegreiflich war. Noch während sie das beobachteten, und ehe sie in ihren verstörten Gehirnen recht zu fassen vermochten, was da vorging, erreichte *Defender* den Kamm des Wassergebirges, verhielt einen Augenblick, kippte mit einer tollen Schleuderbewegung ins nächste Tal, das Heck samt Schraube und Ruderblatt frei aus dem Wasser ragend, und stürzte drüben hinab, als ginge es in bodenlose Tiefen...

Sogar bei dem Abstand von 400 Metern und dem starken Wind hörte sich das Einklatschen des hoch durch die Luft schwingenden Bugs wie ein schwerer Donnerschlag an. Eine Ewigkeit schien vergangen, und noch immer war es, als stürze *Defender* zu Tal. Sie war jetzt vom Steven bis hinter den Brückenaufbau in einem Meer von schäumendem Weiß begraben. Wie lange sie so verharrte, nachdem sie pfeilartig ins arktische Wasser gestoßen war, wußte später niemand zu sagen – aber schließlich brach sie langsam, quälend langsam – kaum glaublich – wieder zur Oberfläche durch, während das Wasser in großen Sturzbächen von ihrem Vorschiff abfloß. Kam an die Oberfläche, um den Augen, die es einfach nicht glauben wollten, einen Anblick zu bieten, für das es nie, zu keiner Zeit, ein Vorbild gegeben hat. Der ungeheure, massierte, bei dem Talstoß nach oben wirkende Druck von vielen tausend Tonnen Wasser hatte das offene Flugdeck völlig von seinem Unterbau abgerissen und es nach hinten gebogen, zu einem großen schwungvollen ›U‹, das fast bis zur Brücke reichte. Ein Anblick, der die Zuschauenden am eigenen Verstand zweifeln ließ, so daß sie völlig benommen und sprachlos waren. Alle, das heißt: außer Carpenter, der sich großartig in die Situation fand.

»Auf mein Wort, das ist nichts Alltägliches!« murmelte er nachdenklich.

Noch eine See von diesem Ausmaß, noch ein so erschütternder Aufschlag, dann wäre der Flugzeugträger *Defender* erledigt gewesen. Die besten, stärksten und leistungsfähigsten Schiffe sind nur aus dünnen, unglaublich dünnen Metallplatten gebaut, und Metall, das so verdreht und gequält worden war wie bei diesem Schiff, hätte einen zweiten Schlag von solcher Wucht nicht mehr ausgehalten.

Aber es kamen keine so furchtbaren Wellen mehr, kein so harter Aufschlag. Nur eine Monstrosität war das gewesen, eine jener unerklärlichen gewaltigen Verzerrungen des Meeres, die sich seit uralter Zeit, zum Glück nur selten, auf allen Weltmeeren entwickeln, wenn die Natur der Menschheit, den respektlosen und zu waghalsigen Menschen, wieder einmal zeigen will, wie lächerlich schwach und jämmerlich hilflos sie in Wirklichkeit sind … Nein, es kamen keine solche Wellenriesen mehr, und gegen 5 Uhr hatte das Geschwader, freilich noch 8 bis 10 Meilen von Land entfernt, verhältnismäßig ruhiges Wasser hinter der Spitze der Halbinsel Langanes erreicht.

Von Zeit zu Zeit sandte der Kommandant von *Defender*, dem das gewaltigen Spaß zu machen schien, beruhigende Blinksprüche an den Admiral. Sein Schiff sei zwar tüchtig vollgelaufen, doch er käme ganz gut zurecht, besten Dank für die Nachfrage. Die neue Form des Flugzeugdecks fände er sehr elegant, entschieden eine Verbesserung des früheren Typs. Waagerechte Startbahnen seien fantasielos – ob der Admiral nicht auch dieser Meinung sei? Das hochgeschwungene Deck dagegen – so behauptete er – biete vorzüglichen Schutz gegen Wind und Wetter und könnte beim richtigen Wind auch als Segel sehr gute Dienste leisten. Bei seinem letzten Blinkspruch, in dem er betonte, ein bißchen erschwert sei ja leider das Starten der Flugzeuge, geriet Tyndall, den genug Sorgen quälten, in Wut und ließ eine so scharfe Antwort morsen, daß das ›Gespräch‹ sofort verstummte.

Kurz vor 6 drehte das Geschwader im Schutz von Langanes bei, knapp zwei Meilen landab. Langanes ist flach, so daß der noch immer zunehmende Wind pausenlos über die Halbinsel in die Bucht brauste, aber der Seegang innen war, verglichen mit dem noch vor einer Stunde erlebten, wohltuend sanft, wenn auch die Schiffe noch stark schlingerten. Sogleich gingen die Kreuzer und Zerstörer, bis auf *Portpatrick* und *Gannet*, bei den Flugzeugträgern längsseit und schlossen die Ölschläuche an. Admiral Tyndall war nach langem Überlegen und schweren Herzens zu dem Schluß gekommen, daß *Portpatrick* und *Gannet* den Strapazen nicht mehr lange gewachsen und nur noch eine Belastung für den Konvoi sein würden. Sie sollten daher als Sicherung mit dem schwerbeschädigten Träger nach Scapa zurücklaufen.

Fast greifbar wie ein Gewicht lagerte die Erschöpfung über den Männern in den Wohndecks und der Offiziersmesse auf *Ulysses*. Hinter sich hatten sie wieder eine Nacht ohne Schlaf, abermals vierundzwanzig Stunden, in denen sie keine ruhige Minute, keine Rast fanden. Stumpfen Sinnes hörten die Müden die Lautsprecherdurchsage, daß *De-*

fender, *Portpatrick* und *Gannet* angewiesen waren, sobald das Wetter sich besserte, nach Scapa zurückzukehren. Nun waren sechs Schiffe fort, nur acht noch vorhanden – von den Flugzeugträgern die Hälfte ausgefallen. Kein Wunder, daß sich der zurückbleibenden Männer ein elendes Gefühl bemächtigte, als habe man sie im Stich gelassen oder, wie Riley es ausdrückte, den Wölfen zum Fraß hingeworfen.

Trotzdem gab es kaum bittere Bemerkungen und verblüffend wenige Wutausbrüche, vielleicht weil die Besatzung nur noch passive Kräfte besaß, das heißt: nur noch leiden und hinnehmen, aber nicht mehr energisch handeln konnte? Brooks, der den Mangel an Gefühl, diesen unnatürlichen Verlust der Reaktionsfähigkeit wohl spürte, fand zunächst keine rechte Erklärung dafür. Vielleicht, so dachte er, sind wir am Tiefpunkt, an der äußersten Grenze, wo die Konstitution des an Körper und Seele kranken Menschen einfach versagt und alle Lebensäußerungen, die feinen wie die groben, fast verstummen. Vielleicht ist das die nicht mehr zu überbietende Apathie? Sein Verstand sagte ihm, daß diese Symptome nicht nur begreiflich waren, sondern sich unvermeidlich einstellen mußten... Doch immer, wenn er darüber grübelte, streifte ihn flüchtig, schattenhaft, wie beim Blick in unergründliche Tiefen, die Erkenntnis, daß sich dahinter eigentlich etwas ganz anderes verbarg. Er war jedoch geistig zu ausgehöhlt, um es zu erfassen.

Apathie war es jedenfalls nicht. An jenem Abend flackerte wie eine Flamme für Augenblicke durchs ganze Schiff jäher Zorn, gefolgt von Empörung über die Ungerechtigkeit, die ihn geschürt hatte. Daß Grund dazu bestand, mußte sogar Vallery zugeben, der sich in eine Zwangslage gedrängt sah.

Der Vorfall war nicht schwer aufzuklären. Bei der üblichen Abendkontrolle war festgestellt worden, daß die Gefechtslaternen an einer Nock der unteren Rah nicht funktionierten. Zweifellos war die Vereisung daran schuld.

Die Unterrah, jetzt blendend weiß in ihrem dicken Überzug von Schnee und Eis, hing, längsschiffs eingeschwenkt, schwindelnd hoch über Deck, 24 Meter über der Wasserlinie. Die Gefechtslaternen waren an der äußersten Spitze aufgehängt. Wer da arbeiten wollte, mußte entweder auf der Rahnock sitzen – eine höchst unbequeme Position, da die schwere stählerne Funkantenne oben aufgeschraubt war – oder in einem Bootsmannsstuhl, der unter die Rah geheißt wurde. Schon bei normalen Verhältnissen war das eine schwierige Aufgabe. An diesem Abend mußte sie sogar besonders schnell durchgeführt werden, weil während der Reparatur nicht gefunkt werden konnte, da die stählernen Kontaktstege im Funkraum abmontiert werden mußten, um den Strom von 3000 Volt zu unterbrechen. Befehlsgemäß mußten diese Stege bis zur Beendigung von Arbeiten an Mast oder Rah dem Wachoffizier auf der Brücke zur Aufbewahrung übergeben werden. Die Reparatur an den Laternen, sehr knifflige Arbeit an kleinen Teilen, mußte bei dem strengen Frost auf der spiegelblanken, glitschigen Rah gemacht werden, während Ulysses immerfort bis zu 30 Grad schlingerte. Also nicht nur ein schwieriges, sondern auch höchst gefährliches Unternehmen.

Marshall fühlte sich nicht berechtigt, den gerade diensttuenden Torpedomechaniker dazu zu kommandieren, zumal das ein korpulenter älterer Reservist war, der das Klettern gewiß längst verlernt hatte. Er fragte nach Freiwilligen, wobei sich wie naturnotwendig ergab, daß er Ralston auswählte, weil der besonders geschickt in solchen Dingen war.

Die Arbeit nahm eine halbe Stunde in Anspruch, zwanzig Minuten allein, um den Mast hinauf und bis zur Rahnock zu klettern, den Bootsmannsstuhl und ein Notseil aufzuriggen, und zehn Minuten für die Reparatur. Schon lange bevor sie beendet war, waren hundert bis zweihundert müde Seeleute, die auf Schlaf und Abendessen verzichteten, an Deck gekommen, wo sie sich in dem grimmigen Wind zusammenkauerten und wie gebannt Ralston beobachteten.

Ralston pendelte mit der Rah in einem mächtigen Bogen unter dem schon dunkelnden Himmel, der Sturm zerrte wütend an seiner Düffeljacke und der Kopfhaube. Zweimal schwangen Wind und Seegang ihn in seinem Bootsmannsstuhl so heftig hinaus, daß er waagerecht neben der Rah in der Luft schwebte und gezwungen war, sich mit beiden Armen an die Nock zu klammern, denn es ging um sein Leben. Beim zweitenmal schien es, als sei er mit dem Gesicht gegen die Antenne geschlagen, denn er hielt sich nachher ein paar Sekunden wie betäubt den Kopf. Dabei verlor er seine Stulpenhandschuhe, die er wohl auf dem Schoß gehabt hatte, als er mit kleinen Schrauben hantieren mußte. Sie fielen über Bord und verschwanden im Wasser.

Einige Minuten später, als Vallery und Turner auf dem Mitteldeck standen, wo sie die Schäden prüften, die das Motorboot in Scapa Flow erlitten hatte, kam ein kleiner stämmiger Mann eilig aus der achteren Verdunkelungstür und rannte sonderbar holpernd nach vorn. Beim Anblick des Kommandanten und Ersten Offiziers hielt er jäh im Lauf inne. Sie sahen, daß es Hastings war, der Profoß.

»Was gibt's denn, Hastings?« fragte Vallery kurz. Es war ihm schon immer schwergeworden, seine Antipathie gegen diesen übertrieben strengen und groben Menschen zu verhehlen.

»Tumult auf der Brücke, Sir«, stieß er atemlos hervor. Vallery hätte schwören können, daß in seinen Augen ein Leuchten der Befriedigung aufblitzte. »Weiß nicht genau, was los ist – konnte bei dem Wind am Telefon nichts verstehen... Vielleicht kommen Sie lieber selbst mit, Sir?«

Auf der Brücke fanden sie nur drei Mann vor: den Artillerieoffizier Etherton, der ein Telefon in der Hand hatte und sehr besorgt aussah, Ralston, dessen Hände mit den aufgerissenen blutenden Innenflächen schlaff herabhingen, dessen Gesicht gräßlich aussah mit dem erfrorenen, leichenhaft blassen Kinn und der Stirn, auf der dick geronnenes Blut klebte – und als dritten den Leutnant Carslake, der stöhnend in einer Ecke lag. Von seinen Augen sah man nur das Weiße, er fingerte mit stupidem Gesichtsausdruck an seinem zerschlagenen Mund und den blutigen Lücken zwischen seinen vorstehenden oberen Zähnen.

»Du lieber Gott!« rief Vallery. »Ist es denn zu glauben!« Die Hand an der Klapptür, stand er starr da und versuchte, die Bedeutung der Szene zu begreifen. Er kniff den Mund zusammen und wandte sich jäh dem Artillerieoffizier zu.

»Was ist passiert, Etherton, zum Donnerwetter?« fragte er schroff. »Was heißt das hier? Hat Carslake –?«

»Ralston hat ihn geschlagen, Sir«, fiel Etherton ihm ins Wort.

»Benehmen Sie sich nicht so verflucht albern, A.O.!« knurrte Turner.

»Sehr richtig«, sagte Vallery gereizt, »das sehen wir selbst. Weshalb?«

»Ein Läufer vom Funkraum kam, um die Kontaktstege zu holen. Carslake gab sie ihm – vor ungefähr zehn Minuten, glaube ich.«

»Glauben Sie! Wo waren Sie in dem Moment, Etherton, und warum haben Sie das zugelassen? Sie wissen doch genau...« Vallery brach ab, um einen Offizier nicht vor Ralston und dem Profoß abzukanzeln.

Etherton murmelte eine im Sturmgeheul unverständliche Antwort.

Vallery beugte sich vor. »Was sagten Sie, Etherton?«

»Ich war unten, Sir.« Etherton blickte bezeichnend aufs Deck. »Nur – nur für einen Moment, Sir.«

»Ach so, unten waren Sie!« Vallery sprach jetzt beherrscht und ruhig, doch sein Blick verhieß nichts Gutes für Etherton. Er drehte sich nach Turner um. »Ist er ernstlich verletzt, I.O.?«

»Wird's überleben«, gab Turner kurz zurück. Er hatte Carslake, der noch stöhnte und die Hand über seinen blutigen Mund preßte, auf die Füße gestellt.

Zum erstenmal schien der Kommandant jetzt Ralston zu bemerken. Er musterte ihn sekundenlang – eine Ewigkeit war das im bitterkalten Sturm auf der Brücke –, dann sprach er, eine Silbe nur, in der die ganze Strenge dreißigjähriger Autorität als Offizier lag. »Nun?«

Ralstons Gesicht war ohne Ausdruck, wie versteinert. Sein Blick blieb auf Carslake geheftet. »Jawohl, Sir, ich habe es getan. Habe ihn geschlagen, den hinterlistigen Kerl, diesen Mörder!«

»Ralston!« Hastings' Stimme klang wie ein Peitschenhieb.

Plötzlich erschlaffte Ralstons Haltung. Er gab sich einen Ruck, ließ die Augen von Carslake und blickte den Kommandanten an. »Bitte um Entschuldigung, Sir. Habe vergessen, daß er einen Ärmelstreifen hat. Nur Vorgesetzte können so gemein handeln.« Vallery zuckte bei diesen erbitterten Worten innerlich zusammen. »Aber er hatte –«

»Reiben Sie Ihr Kinn, Mann!« fuhr ihn Turner scharf an. »Sie haben Frost drin.«

Langsam, mechanisch tat Ralston wie geheißen. Er machte es mit dem Handrücken. Vallery war wieder entsetzt, als er die Innenfläche der Hand sah, von der Fleisch und Haut in Fetzen herabhingen. Was für Schmerzen mußte der Mann gehabt haben, als er so von der Rah kletterte –!

»Er wollte mich umbringen, Sir, mit Absicht.« Ralstons Worte klangen ganz matt.

»Sind Sie sich klar über das, was Sie behaupten?« Vallerys Ton war ebenso eisig wie der Wind, der über die Halbinsel fegte, aber ihm war auch innerlich kalt in einer bangen Vorahnung.

»Er hat die Stege schon fünf Minuten, eh ich von der Rah stieg, an den Funkraum zurückgegeben. Die müssen mit Funken schon wieder angefangen haben, als ich gerade bis zum Mast gekommen war, um 'runterzusteigen«, erwiderte Ralston tonlos.

»Unsinn, Ralston. Wie können Sie es wagen –?«

»Er ist im Recht, Sir«, meldete sich Etherton, der jetzt sorgfältig den Telefonhörer ablegte, in bedauerndem Ton. »Habe es eben nachgeprüft.«

Noch kälter empfand Vallery nun die böse Vorahnung. Beinah verzweifelt sagte er: »Irren kann sich jeder Mensch. Unwissenheit kann schuldhaft sein, doch –«

»Unwissenheit!« rief Ralston klar und hart, als sei er nie müde gewesen. Er trat schnell zwei Schritte vor. »Unwissenheit! Ich hatte die Stege selbst geholt und sie ihm auf der Brücke gegeben, Sir. Erst habe ich nach dem Wachhabenden Offizier gefragt, und da sagte er, das wäre er selber – ich wußte ja nicht, daß der Artillerieoffizier die Wache hatte,

Sir. Als ich ihm dann sagte, die Stege dürften nur mir persönlich wieder ausgehändigt werden, sagte er ›Ich verbitte mir energisch Ihre Unverschämtheiten, Ralston! Ich kenne meinen Dienst – halten Sie sich an Ihren. Machen Sie, daß Sie nach oben kommen und Ihr Heldenstück erledigen‹. Er wußte, Sir...«

Carslake riß sich vom stützenden Arm des Ersten Offiziers los und wandte sich erregt mit bittendem Gesicht an den Kommandanten. Seine Augen waren so aufgerissen, daß das Weiße leuchtete, sein ganzes Gesicht zuckte. »Das ist gelogen, Sir! Eine gemeine, schmutzige Lüge!« Die Worte kamen wie zerquetscht aus seinem aufgeschlagenen Mund. »Ich habe niemals gesagt...«

Die letzten Silben wurden zu einem keuchenden, erstickten Aufschrei, als Ralstons Faust ihm mit furchtbarer Wucht auf den zerrissenen, stammelnden Mund drosch. Er stolperte wie betrunken bis zur Klapptür an der Backbordseite, fiel krachend ins Kartenhaus, wo er ausrutschte und wie ein Haufen Elend liegenblieb, bleich und still.

Turner und der Profoß sprangen gleichzeitig zu, um Ralstons Arme festzuhalten. Der sträubte sich gar nicht dagegen, sondern blieb stehen.

Neben dem Geheul des Windes erschien die Brücke seltsam still. Als Vallery wieder sprach, klang seine Stimme fast tonlos.

»I.O., rufen Sie bitte telefonisch zwei Seesoldaten her und lassen Sie Carslake in seine Kammer tragen. Brooks soll sich um ihn kümmern. – Profoß?«

»Sir?«

»Bringen Sie den Mechaniker ins Revier und sorgen Sie dafür, daß er behandelt wird. Nachher schaffen Sie ihn in die Arrestzelle, unter bewaffnetem Posten. Verstanden?«

»Jawohl, Sir.« Diesmal wurde Hastings' Befriedigung in der Stimme nur zu deutlich.

Vallery, Turner und der Artillerieoffizier blieben schweigend stehen, als Ralston mit dem Profoß hinausging. Sie schwiegen auch, als zwei kräftige Seesoldaten den noch bewußtlosen Carslake von der Brücke unter Deck trugen. Der

Kommandant ging hinterher. Er verhielt etwas den Schritt, als er Ethertons Stimme hinter sich hörte: »Sir?«

Vallery drehte sich nicht einmal um, als er sagte: »Wir sprechen uns später, Etherton.«

»Nein, bitte, Sir – es ist dringend.«

Der eigenartige Ton des Artillerieoffiziers machte Vallery stutzig. Ungeduldig kehrte er um.

»Mir ist nicht darum zu tun, mich zu entschuldigen, Sir, denn eine Entschuldigung gibt es nicht.« Er sah dem Kommandanten fest ins Gesicht. »Ich habe an der Tür zum Asdic gestanden, als Ralston Carslake die Stege übergab und habe auch gehört, was sie sagten – jedes Wort.«

Vallerys Gesicht wurde ganz still. Er blickte Turner flüchtig an und sah, daß auch er gespannt wartete.

»Und Ralstons Bericht von dem Gespräch?« Gegen seinen Willen sagte er das scharf, da die Spannung ihn nervös machte.

»Absolut korrekt, Sir.« Kaum hörbar kamen diese Worte heraus. »In jeder Beziehung. Ralston hat die volle Wahrheit gesagt.«

Vallery schloß einen Moment die Augen, ehe er sich langsam umdrehte und davonging. Er wehrte nicht ab, als er unter seinem Arm die Hand Turners fühlte, der ihm die steile Treppe hinunterhalf. Hundertmal hatte der alte Sokrates ihm gesagt, daß er das ganze Schiff auf seinen Schultern trüge. Jetzt konnte er sein Gewicht fühlen, die erdrückende Last, bis ins letzte Kilogramm.

Vallery saß mit Tyndall in der Admiralitätskajüte beim Mittagessen, als der Funkspruch eintraf. In seine eigenen Gedanken versponnen, starrte er auf das noch nicht berührte Essen, während Tyndall das Meldeblatt glattstrich.

Der Admiral räusperte sich. »Auf Kurs«, las er. »Eintreffe rechtzeitig. Seegang mäßig, Wind auffrischend. Erwarte planmäßige Geleitaufnahme. Kommodore 77.«

Er legte das Blatt auf den Tisch. »Du lieber Gott! Seegang mäßig, frischer Wind! Muß man nicht glauben, daß er auf einem ganz anderen Ozean fährt als wir?«

Vallery lächelte matt. »Jetzt geht es los, Sir.«

»– geht es los«, gab Tyndall wie ein Echo zurück. Zu dem Läufer sagte er: »Folgenden Funkspruch 'raus: ›Sie laufen in schweren Sturm. Treffpunkt unverändert. Vielleicht kommen Sie verspätet an. Bleibe bis zu Ihrem Eintreffen am Ort.‹ Ist das klar genug, Kommandant?»

»Müßte es sein, Sir. Anschließend Funkstille?«

»O ja, richtig. – Setzen Sie hinzu ›Funkstille. Admiral 14. Sicherungsgruppe‹. Dann sagen Sie den Funkern, sie sollen ihre Bude dichtmachen.«

Leise klappte die Tür ins Schloß. Tyndall schenkte sich Kaffee ein und blickte Vallery an. »Denken Sie immer noch an den Jungen, Richard?«

Unverbindlich lächelnd zündete Vallery sich eine Zigarette an. Sofort mußte er heftig husten. »Verzeihung, Sir«, sagte er. Wieder schwiegen sie eine Weile, bis er mit einem ironisch fragenden Blick weitersprach. »Welcher krankhafte Ehrgeiz hat mich nur bewogen, Kreuzerkommandant zu werden?« fragte er traurig.

Tyndall lächelte. »Ich beneide Sie nicht ... Mir ist, als hätte ich so einen Satz schon einmal gehört. Was wollen Sie wegen Ralston unternehmen?«

»Was würden Sie tun, Sir?« stellte Vallery die Gegenfrage.

»Ihn in Arrest behalten, bis wir von Rußland zurück sind. Bei Brot und Wasser, oder in Eisen, wenn Ihnen das geboten erscheint.«

Jetzt lächelte Vallery. »Sie haben nie besonders gut lügen können, John.«

Tyndall mußte lachen. »*Touché*!« rief er, insgeheim herzlich erfreut über diese Worte. Selten nur durchbrach Richard Vallery die selbstgesetzten Schranken seiner Reserve. »Ein entsetzliches Verbrechen, wie wir alle wissen, einem aktiven Offizier Seiner Majestät eins auf den Schädel zu geben, aber wenn Ethertons Angaben wahr sind, bdaure ich nur, daß Ralston nicht Brooks die Gelegenheit verschafft hat, das Gesicht des jungen Lümmels ganz gründlich zu renovieren.«

»Was Etherton sagte, ist bestimmt wahr – leider«, sagte

Vallery nüchtern. »Im Endergebnis also zwingt mich jetzt die Disziplin der Marine – oh, wie viele Freude würde unser Starr daran haben –, das Opfer eines potentiellen Mörders zu bestrafen!« Ein krampfhafter Hustenanfall schüttelte ihn so stark, daß Tyndall zur Seite blickte. Er hoffte nur, daß ihm nicht die Besorgnis und das Mitleid zu deutlich im Gesicht standen, auch nicht der Zorn, den er darüber empfand, daß gerade Vallery – der vollendet ritterliche Mensch, der echteste Gentleman und beste Freund seines Lebens – sich das Herz aus dem Leibe husten und vor seinen Augen in den Sielen sterben sollte, nur infolge der sturen Unmenschlichkeit eines höheren Offiziers in der Seekriegsleitung, 2000 Meilen hinter ihnen...

»Ein Opfer«, fuhr Vallery endlich fort, »das bereits seine Mutter, den Bruder und drei Schwestern verloren hat. Und sein Vater ist, glaube ich, auch irgendwo in See.«

»Und Carslake?«

»Mit dem rede ich morgen. Hätte Sie gern dabei, Sir. Ich werde ihm sagen, daß er noch Offizier bei uns bleiben kann, bis wir wieder in Scapa sind und dann den Dienst quittieren muß... Ich glaube nicht, daß er Wert darauf legt, vor einem Kriegsgericht zu erscheinen, nicht einmal als Zeuge«, schloß er trocken.

»Nicht, wenn er bei klarem Verstand ist, was ich bezweifle«, stimmte Tyndall ihm zu. Ein plötzlicher Einfall kam ihm. »Meinen Sie, daß er tatsächlich normal ist?« fragte er stirnrunzelnd.

»Carslake?« Vallery zögerte. »Ja, das denke ich doch, Sir. Wenigstens war er's bisher. Brooks ist nicht ganz davon überzeugt. Er sagte mir, heute abend sei ihm ein merkwürdiger Zug an dem Mann aufgefallen, und unter den ungewöhnlichen Verhältnissen könnten kleine Reizungen unvermutet heftige Reaktionen hervorrufen.« Er lachte knapp. »Nicht etwa, daß Carslake die zwei tätlichen Angriffe auf seinen Hochmut und seine Person als Kleinigkeit betrachten würde.«

Tyndall nickte. »Wird gut sein, ihn zu beobachten... Ach, verflucht, wenn doch bloß das Schiff mal stillhalten würde!

Mein halber Kaffee übers Tischtuch! Spicer –«, er blickte zur Pantry – »wird fuchsteufelswild werden. Neunzehn Jahre erst, der Bengel, und schon ein richtiger Tyrann... Ich dachte, wir kämen hier in geschützte Gewässer, Richard?«

»Sind doch auch geschützt, im Vergleich zu dem, was uns noch bevorsteht. Hören Sie mal!« Den Kopf schief haltend, horchte er auf das Geheul des Sturmes. »Mal sehen, was unser Wettermann darüber zu sagen hat.« Er nahm das Tischtelefon und verlangte die Kommandozentrale. Nach kurzem Gespräch legte er den Hörer ab. »Unten sagen sie, der Windmesser rast wie verrückt. In den Böen bis 80 Meilen, noch aus Nordwesten. Temperatur beständig mit minus 23 Grad.« Er erschauerte. »23 Grad minus.« Er blickte Tyndall fragend an. »Barometer steht auf 727,8 ziemlich fest.«

»Was!?«

»727,8 – haben sie mir eben gesagt. An sich unmöglich, aber sie behaupten es.« Nach einem Blick auf seine Armbanduhr: »Fünfundvierzig Minuten, Sir... Ein sehr kompliziertes Verfahren, um Selbstmord zu begehen.«

Für eine Minute schwiegen sie, dann sprach Tyndall aus, was beide dachten. »Wir müssen los, Richard, wir müssen. Übrigens möchte unser Feuerfresser, Zerstörerchef Orr, der schwer von Begriff zu sein scheint, uns mit seiner *Sirrus* gern begleiten... Wollen ihn eine Weile hinterherzockeln lassen, der junge Mann muß noch einiges lernen.«

Um 20 Uhr 20 hatten sämtliche Schiffe ihr Öl übernommen. Auch beigedreht liegend, hatten sie bei dem starken Wind die größten Schwierigkeiten, ihre Position zu halten, waren aber hier bedeutend sicherer als in offener See. Sie bekamen Befehl, sobald das Wetter sich besserte, weiterzulaufen, *Defender* mit seinen zwei Begleitern nach Scapa, das Geschwader bis zu einem Punkt 100 Meilen ostnordöstlich von Langanes, wo sie den Konvoi treffen sollten. Funkstille mußte unbedingt gewahrt bleiben...

Um 20 Uhr 30 dampften *Ulysses* und *Sirrus* ostwärts. Blinksprüche, die ihnen Glück wünschten, zuckten hinter ihnen auf. Tyndall fluchte tüchtig auf das Geschwader, weil die Verdunkelungsbefehle mißachtet wurden. Als ihm dann einfiel, daß außer ihnen selbst kein Mensch auf Gottes Erdkugel die Blinkzeichen sehen konnte, befahl er eine höfliche Bestätigung.

Um 20 Uhr 45, erst zwei Meilen von Kap Langanes, schlingerte *Sirrus* schon entsetzlich in den bergehohen Seen, das ganze Vorschiff und Mittelschiff dauernd von Wasserfluten überspült, und sah in der Dunkelheit nicht mehr wie ein Zerstörer aus, sondern wie ein U-Boot, das Schnelltauchen exerziert.

Um 20 Uhr 50 war zu beobachten, wie er mit verminderter Fahrt so dicht wie möglich in den nur geringen Landschutz zu laufen suchte. Gleichzeitig machte er durch Handscheinwerfer die Meldung: »Schutztüren zertrümmert, Turm A schwenkt nicht mehr. Wassereinbruch durch Ventilatoren Kesselraum Backbord.« Und auf der Brücke von *Sirrus* schimpfte Kapitän Orr verärgert, als ihm der abschließende Blinkspruch von *Ulysses* ausgehändigt wurde: »Lektion Nr. I ohne Worte. Sofort zum Geschwader zurücklaufen. Hier draußen können Sie mit den großen Brüdern nicht mithalten.« Er verschluckte seine Enttäuschung und ließ antworten: »Verstanden. Warten Sie nur ab, bis ich erwachsen bin.« Drehte *Sirrus* in einem wild geschwungenen Halbkreis und dampfte – im Grunde dankbar – zurück hinter das schützende Land. Fast augenblicklich war der Zerstörer aus dem Gesichtskreis der *Ulysses* verschwunden.

Um 21 Uhr lief sie ins offene Gewässer der Dänemarkstraße.

Dienstag nacht

Es war der schlimmste Sturm des Krieges. Ohne jeden Zweifel hätte sich, wenn der Admiralität alle Wettermeldungen erhalten geblieben wären, nachweisen lassen, daß es der absolut schwerste Sturm, die gewaltigste Konvulsion eines Meeres gewesen ist, seitdem das Wetter regelmäßig registriert wird. Von allen, die sich an diesem Abend auf *Ulysses* befanden und die insgesamt mit einer Unmenge von Erfahrungen aus allen Winkeln der Weltmeere hätten aufwarten können, vermochte keiner sich an einen auch nur annähernd so schweren Sturm zu erinnern, an nichts, was im mindesten als ähnlich oder schon dagewesen bezeichnet werden konnte.

Um 22 Uhr, als alle Schotten und Luken geschlossen und verschalt, die Geschützbedienungen aus den Türmen und Munitionskammern zurückgezogen waren, das Betreten des Oberdecks verboten wurde und zum erstenmal seit Indienststellung des Schiffes keine normale Wacheinteilung durchgeführt werden konnte, gab selbst der schweigsame Carrington zu, daß die Orkane im Karibischen Meer im Herbst 1934 und 1937 – als beide Male sein Schiff in Landnähe geriet und im gefährlichen rechten Quadrantenbogen eines mörderischen Orkans beidrehen mußte – nicht schlimmer gewesen waren als dieser Sturm. Aber die beiden Schiffe, die er damals durchgebracht hatte – ein Trampdampfer von 3000 Tonnen und ein überalteter Tanker in der Asphaltfahrt nach New York –, waren nicht so seetüchtig gewesen wie *Ulysses*, die nach seiner Ansicht diesen Orkan bestimmt durchhalten konnte. Was aber der I.W.O. nicht wußte und niemand auch nur ahnen konnte, war, daß dieser heulende Sturm nur das Vorspiel vernichtender Gewalten war. Wie ein stupides fürchterliches Untier aus grauer Vorzeit duckte sich das polare Monstrum gleichsam lauernd in der Tür seines Käfigs. Um 22 Uhr 30 kreuzte *Ulysses* den Polarkreis – das Ungeheuer schlug zu.

Es schlug mit der Wildheit der Raubkatzen, mit Entsetzen erregender Brutalität den Menschen körperlich und geistig bewußtlos. Seine Krallen waren sausende Rapiere aus Eis, das die Menschengesichter zerschnitt und blutige Striemen hineinriß, sein Gebiß war der Frost, gebracht von einem Wind, der in den Böen eine Stundengeschwindigkeit von 120 Meilen erreichte, durch die dicke Eismeerkleidung wie durch Seidenpapier fuhr und bis ins Mark drang. Seine Stimme war das diabolische Konzert, das der brüllende

Wind, vereint mit dem geisterhaften irren Gekreisch der gepeinigten Takelage machte, ein Requiem für den Teufel. Sein Gewicht war die erdrückende Gewalt dieses Orkans, der einen Mann so gegen ein Schott pressen konnte, daß er hilflos nach Atem rang, oder ihm die Füße vom Boden riß, um ihn in eine entfernte Ecke zu schleudern, wo er mit gebrochenen Gliedern und betäubt liegenblieb. Bei seinem sausenden Weg von 500 Meilen über die Eissteppen Grönlands beutelos geblieben, verlockte der Sturm das grausame Meer zu einem mörderischen Bündnis und warf sich mit seinen titanischen Kräften heulend in gefräßiger Wut auf die Nußschale, die *Ulysses* hieß.

Jetzt hätte *Ulysses* sterben müssen. Nichts, was Menschenhände erbauten, konnte hoffen, diese Schläge auszuhalten. Das Schiff hätte unter Wasser gepreßt und vernichtet werden müssen, hätte kentern, sich das Rückgrat brechen oder unter den gewaltigen Hammerschlägen von Sturm und See zerfallen müssen. Aber nichts dergleichen geschah ihm.

Nur Gott wußte, wie es die maßlose Wut des ersten Angriffs aushielt. Der mächtige Wind packte den Kreuzer am Bug, schleuderte ihn um 45 Grad herum, drückte ihn hart auf die Seite, während er 12 Meter die steile Wand in ein riesiges Wellental hinabfiel. Buchstäblich fiel. Mit einem fürchterlichen Aufschlag, bei dem jede Platte, jedes Niet jähe Stöße bekam, landete er unten. Eine Ewigkeit schien der Schiffsleib zu beben, während überbeanspruchtes Metall wieder in normale Form zu kommen suchte, Stahl weit über die geprüfte Bruchfestigkeit ausgereckt und zusammengedrückt wurde. Ein Wunder, daß das Schiff heil blieb, aber es schwebte hart am Tode vorbei, so weit nach Steuerbord krängend, daß es bis an die Speigatten eintauchte. Aus einer halben Meile Entfernung donnerte eine riesige Wasserwand auf die wehrlose *Ulysses* zu.

Der Geck wurde jetzt ihr Retter. Er, der auch ›Persil‹ genannt wurde – offiziell Dodson, Leitender Ingenieur –, wie stets in einem Overall von untadeligem, geradezu blendendem Weiß gekleidet, war auf seinem Kontrollstand im Maschinenraum, als die furchtbare Sturmbö gegen das Schiff prallte. Er konnte nicht wissen, was draußen geschah, konnte nicht ahnen, daß das Schiff im Moment führerlos war, weil sich auf der Brücke noch keiner von dem ersten schmetternden Anhieb erholt hatte. Wissen konnte er auch nicht, daß der Obersteuermann bewußtlos in einen Winkel des Ruderhauses geschleudert worden war und der zweite Rudergänger, ein blutjunger Mensch, zu erschrocken, um in das toll wirbelnde Ruder zu greifen. Nur eins wußte er: daß *Ulysses* unglaublich weit überlag, fast platt auf der Seite – und erriet die Ursache.

Seine Anrufe durchs Sprachrohr zur Brücke blieben ohne Antwort. Er zeigte mit dem Finger auf den Backbord-Maschinentelegraphen, brüllte dem Wachhabenden Ingenieur ins Ohr: »Langsam!« und sprang ans Steuerbord-Dampfventil.

Fünfzehn Sekunden später wäre es zu spät gewesen. So jedoch brachte die Steuerbordschraube bei erhöhter Drehzahl das Schiff noch gerade so weit herum, daß es den donnernden Wasserberg unter dem Bug auffangen konnte, während das Heck bis zur Wasserbombenreling eintauchte, so daß vorn der Kiel auf 12 Meter Länge frei über dem Abgrund hing. Als das Vorschiff wieder einhieb, zuckte abermals eine schwere Erschütterung durch den ganzen Rumpf. Das Vorschiff verschwand so weit unter der Oberfläche, daß die See am Stahlpanzer des Geschützturms A vorbei und über ihn hinweg rauschte. Aber – *Ulysses* lag wieder mit dem Bug gegen die See. Sofort gab Dodson seinem Wachhabenden einen Wink, die Umdrehungen der Backbordmaschine zu steigern, und drosselte die Steuerbordmaschine.

Unter Deck herrschte ein unbeschreibliches Chaos. In den Wohndecks waren zahlreiche stählerne Spinde losgerissen und kreuz und quer durcheinandergeworfen, wobei die Haken und Schlösser abplatzten, so daß der Inhalt ringsum verstreut wurde. Hängemattenrollen waren aus ihren Gestellen geflogen, zerschlagenes Geschirr lag am Boden. Tische waren zertrümmert oder verkrümmt, zerbrochene Stühle ragten grotesk aus dem Wirrwarr, Bücher, Papiere,

Teekannen, Kessel und Geschirr lagen in tollem Durcheinander. Und inmitten dieser hin und her rutschenden Trümmerhaufen mühten sich Hunderte schreiender, fluchender, verängstigter oder erschöpfter Männer, auf die Füße zu kommen, oder knieten, saßen oder waren einfach liegengeblieben.

Oberstabsarzt Brooks und Assistenzarzt Nicholls, denen der unermüdliche Pfarrer einen dritten Arzt ersetzte, hatten bis zur Erschöpfung zu tun. Der altbewährte Sanitätsmaat Johnson war merkwürdigerweise kaum zu gebrauchen: er litt fast die ganze Zeit heftig unter Seekrankheit und schien seinen ganzen Lebensmut verloren zu haben. Kein Mensch konnte sich das erklären – so etwas trat eben ein, der Mann war am Ende seiner Kräfte.

Zu Dutzenden, nein schockweise wurden Männer ins Revier gebracht, in einer die ganze Nacht andauernden Prozession, während *Ulysses* ums Leben kämpfte. Schon bald reichte der knappe Raum nicht mehr aus, die Messe mußte als Notlazarett benutzt werden. Beulen, Schnittwunden, Verrenkungen, Gehirnerschütterungen, Brüche – die ermatteten Ärzte hatten in dieser Nacht alles durchzumachen. Ernstliche Verletzungen gab es zum Glück nur wenige, und innerhalb von drei Stunden waren im Revier nur noch drei bettlägerige Patienten, unter ihnen Matrose Ferry, dessen schon verstümmelter Arm noch an zwei Stellen gebrochen war. Der erbittert protestierende Riley und seine meuterischen Kumpane waren ohne Federlesens hinausbefördert worden, um Platz für die schwerer Verletzten zu schaffen.

Gegen 23 Uhr 30 wurde Nicholls gebeten, Carpenter zu behandeln. Nachdem er stolpernd, rutschend und fallend das wild schleudernde Schiff durchquert hatte, gelangte er endlich in die Kammer des Navigationsoffiziers, der ein ganz unglückliches Gesicht schnitt. Nicholls musterte ihn aufmerksam, entdeckte gleich die böse Schnittwunde auf seiner Stirn und den geschwollenen Fußknöchel, der aus dem martialischen Rettungsanzug hervorlugte. Schlimm zwar, aber noch kein bedenklicher Fall, wie man beim Anblick der jämmerlich sorgenvollen Miene hätte glauben können. Nicholls mußte sich das Lachen verbeißen.

»Na, Horatio«, sagte er unfreundlich, »was soll denn mit dir weiter los sein? Hast wohl wieder einen gehoben?«

Carpenter, der Ehrenwerte, stöhnte bemitleidenswert.

»Mein Rücken ist es, Johnny«, raunte er, indem er sich auf dem Bauch in die Koje legte. »Sieh ihn dir bitte mal an, ja?« Nicholls Miene wurde ernster. Er trat zu ihm, blieb aber untätig stehen. »Zum Kuckuck noch mal, wie kann ich das, solange du diesen scheußlichen Anzug auf dem Leibe behältst!« rief er nervös.

»Das ist es ja gerade«, sagte Carpenter besorgt. »Ich wurde im Scheinwerferleitstand 'rumgeschleudert, gegen die gräßlichen Schaltknöpfe und spitzen Vorsprünge. Ist er nicht zerrissen, aufgeplatzt oder eingeschnitten? Sind die Nähte –?«

»Mann, um Gottes willen, du willst doch nicht sagen –?« Nicholls ließ sich ungläubig auf einem Schränkchen nieder.

Kapok Kid blickte ihn hoffnungsvoll an. »Ist etwa alles in Ordnung hinten?«

»Selbstverständlich ist es in Ordnung. Wenn du einen Schneider nötig hast, zum Deibel, dann kannst du –«

»Genug!« Carpenter schwang sich flott auf die Bettkante und hob ermahnend die Hand. »Ich habe trotzdem Arbeit für dich, Knochensäger.« Er wies auf seine blutende Stirn. »Nähe das zu, und ein bißchen dalli. Ein Mann von meinem Kaliber wird auf der Brücke dringend gebraucht... Ich bin zur Zeit der einzige auf diesem Schiff, der nicht den leisesten Schimmer hat, wo wir uns befinden.«

Nicholls, mit seinem Tampon in der Hand, mußte lächeln. »Na, wo sind wir wohl?«

»Ich weiß wirklich nicht«, sagte Carpenter ehrlich. »Deshalb habe ich's ja so eilig... Aber wenn du wissen willst, wo ich war? Wieder zu Hause in Henley. Habe ich dir eigentlich schon erzählt, wie...?«

Ulysses starb nicht. Wieder und wieder mußte sie in dieser Nacht so beidrehen, daß sie den Wind fast vorlich an Steuerbord hatte. Jedesmal, wenn ihr Bug in die Steilwand einer anstürmenden Welle krachte und sie durchschnitt, schien es, als könne sie das gewaltige Wassergewicht an Deck nie wieder abschütteln, doch stets brachte sie das fertig, sosehr sie auch unter der unglaublichen Beanspruchung erschauerte und zitterte. Tausendmal, bevor es Morgen wurde, segneten Offiziere und Mannschaft den genialen, auf der Werft in Clyde geschaffenen Bau, und tausendmal verfluchten sie die blindwütige Tücke des großen Sturmes, der ihr Schiff auf die Folter spannte.

»Blindwütig« war vielleicht nicht das richtige Wort: der Sturm tobte seinen wilden Haß mit fast menschlicher List aus. Kurz nach dem ersten Anhieb war er rasch, unglaublich schnell, allen Wetterregeln zum Trotz, umgesprungen, wieder fast bis auf Nord, so daß *Ulysses* auf Legerwall geriet und gezwungen war, immer wieder gegen die gigantischen Seen zu stampfen.

Gigantisch waren sie, und tückisch auch. Es kam vor, daß ein riesiger Brecher, der am Schiff vorbeirauschte, plötzlich zurückschlug, über Deck krachte und ein Boot in Splitter hieb. Nach einer Stunde waren die Barkasse, das Motorboot und zwei Rettungsboote, in viele Stücke zerschlagen, in dem brodelnden Hexenkessel verschwunden. Rettungsflöße wurden von den tückischen Brechern aus den Halterungen gerissen und auf Nimmerwiedersehen über Bord gefegt, desgleichen vier von den Korkholzflößen.

Die raffinierteste Attacke aber machte der Sturm aufs Achterschiff. Als er seine äußerste Kraft erreichte, wurde das Heck durch eine Serie heftiger Eyplosionen, fünf oder sechs in wenigen Sekunden, fast aus dem Wasser gestoßen. In den achteren Wohndecks brach eine Panik aus. Fast alle Lampen hinter dem achteren Maschinenraum waren zerschmettert oder erloschen.

In der Finsternis hasteten – unter schrillen Aufschreien von »Torpediert!«, »Minentreffer!«, »Das Schiff bricht auseinander!« – die erschöpften und die verwundeten Männer, sogar die in verschiedenen Stadien der Seekrankheit elend am Boden liegenden – mehr als die Hälfte waren das

– wie elektrisiert in wildem Ansturm auf die Türen und Luken los, wo sie entdecken mußten, daß alle infolge des durchdringenden Frostes fest verklemmt waren. Hier und dort hatte sich, als die Lichtleitungen ausfielen, die automatische Batteriebeleuchtung eingeschaltet, kleine Lichtpunkte, deren Schein auf vereinzelten Gruppen verzerrter weißer Gesichter mit tief eingesunkenen Augen spielte, als die Männer sich unter den gelben Lichtflecken durch die Gänge drängten. Die Zustände waren reif für schweres Unheil, als eine Stimme, grob und höhnisch, deutlich hörbar durch den Spektakel fuhr. Es war Ralston, der auf Anordnung des Kommandanten vor 9 Uhr aus der Zelle entlassen worden war, da die Zellen ganz vorn im Bug lagen, wo der Aufenthalt bei Gegensee niemandem zugemutet werden konnte. Aber selbst unter diesen Verhältnissen hatte Hastings ihm so ungnädig wie nur möglich die Freiheit wiedergegeben.

»Unsere eigenen Wasserbomben waren das!« schrie Ralston. »Hört ihr nicht, ihr verdammten Rindviecher – unsere eigenen Wasserbomben!« Weniger durch die Worte als durch den beißenden Spott erreichte er, daß das panische Hasten und Drängen aufhörte und die verstörten, gedankenlosen Männer plötzlich zum Stehen kamen. »Es waren unsere Wasserbomben, sage ich euch!« wiederholte Ralston. »Sie müssen über Bord gespült sein.«

Er hatte recht. Einen ganzen Satz Bomben hatte einer der riesigen Brecher aus den Halterungen gerissen und über Bord geworfen. Versehentlich war die zum Angriff auf das kleine U-Boot in Scapa vorgenommene Zündereinstellung auf geringe Tiefe nicht geändert worden, so daß sie fast direkt unter dem Schiff losgingen, das jedoch, wie es schien, nur geringe Beschädigung erlitt.

Oben im Wohndeck A, ganz vorn, sah es noch schlimmer aus. Dort gab es noch mehr Trümmer auf dem Boden und viel mehr Seekranke, die nicht bloß grünlichweiß im Gesicht waren und ein wenig lächerlich wirkten wie die Passagiere auf den Kanaldampfern, sondern unter schweren, schmerzhaften Zuckungen litten und dickes dunkles Blut erbrachen, denn der Bug, von jeder See hochgeworfen, klatschte nun schon seit Stunden, die ohne Ende und Hoffnung schienen, immer aus einer Höhe von 10, 12, ja 15 Metern hinab. Und es war dort noch ein böserer Unheilbringer am Werk, der sehr schnell dieses Deck unbewohnbar machte.

Unter der Back, vom Wohndeck nur getrennt durch den Getrieberaum für das Ankerspill, lag die Batteriekammer. Hier lagerten oder wurden frisch geladen über hundert Batterien aller Sorten, von den ungefähr 50 Kilo schweren Bleiakkus bis zu den winzigen Zellen aus Nickel und Kadmium, die für die Notbeleuchtung dienten. Ferner standen dort Steingutkruken mit Essigsäure und große Glasballons mit unverdünnter Schwefelsäure. Diese standen dort immer, und die schweren Batterien wurden bei grobem Seegang festgezurrt.

Niemand wußte, was da passiert war. Sehr wahrscheinlich hatte Essigsäure, die bei dem ungeheuren Schlingern aus den Batterien spritzte, die Laschings zerfressen. Es mußte sich dann eine Batterie losgerissen und nach und nach die übrigen, schließlich auch die Steingutkruken und Ballons zerschmettert haben, bis der ganze Fußboden, der zum Glück aus säurefestem Material bestand, 12 bis 15 Zentimeter hoch mit schwefligen Säuren bedeckt war.

Ein junger Torpedomechaniker hatte auf seiner dienstlichen Runde die Tür geöffnet und das platschende Säuremeer gesehen. In großer Aufregung hatte er, da ihm einfiel, daß Ätznatron, von dem große Mengen vor dem Raum lagerten, Schwefelsäure neutralisieren kann, den Inhalt eines Kartons, 20 Kilo, in den Batterieraum geschüttet. Jetzt lag er erblindet im Revier. Die Säuredämpfe erfüllten den Ankerspillraum, der ohne Sauerstoffgeräte nicht betreten werden konnte, und schlichen langsam, aber sicher in das Wohndeck. Noch tödlicher wurde die Mischung, weil viele hundert Liter Salzwasser aus der geplatzten Decksbeplattung und durch die geborstenen Sprachrohre im Bugspillraum wild in den Gängen brandeten. Die Luft war bereits mit Chlorgas verseucht. Auf dem Deck unmittelbar darüber machten Hartley und zwei Matrosen, durch Strecktaue gesichert, tapfer einen kurzen, erfolglosen Versuch, die klaffenden Spalten zu verstopfen. Alle drei mußten schon nach einer Minute, von den mächtigen übers Vorschiff klatschenden Seen fast bewußtlos geschlagen, fortgetragen werden.

Die Männer unten lebten in einer elenden Situation, in Gefahr und peinvoller Krankheit, doch für die wenigen oben, die Offiziere und Dienstgrade auf der Brücke, war das Leben jetzt die reine, durch nichts gemilderte Hölle. Aber nicht eine Hölle, wie wir sie uns vorstellen, in streng biblischen, orientalischen Begriffen, sondern eine, wie sie unsere nordeuropäischen Urväter durchgemacht haben, die Vikinger, die Dänen, die Jüten, die von Beowulf bedrängt und auf den von Ungeheuern bewohnten Meeren in Schrecken versetzt wurden – die Hölle ewiger Eiseskälte.

Gewiß lag die Temperatur bloß auf 23 Grad unter Null, und es haben ja Menschen bei viel größerer Kälte im Freien gelebt und gearbeitet. Weniger bekannt und kaum einmal richtig erklärt ist die Tatsache, daß nach Unterschreiten des Gefrierpunkts jede weitere Meile der Windgeschwindigkeit, umgerechnet in Kälte, wie sie auf menschliche Wesen einwirkt, einem Temperatursturz von etwa 0,4 Grad entspricht. Und nicht nur einmal, sondern mehrmals hatte in jener Nacht das Anemometer, ehe es in Stücke zersprang, Böen von 125 Meilen (230 Kilometer) Stundengeschwindigkeit registriert, Windstöße, die die Wellen abflachten, Stage durchhieben und fast die Schornsteine umknickten. Minutenlang hielt der schreiende, kreischende Wind die Geschwindigkeit von 100 Meilen und mehr, so daß die vor Kälte gefühllosen, gelähmten Geschöpfe auf der Brücke eine Temperatur von 60 Grad unter Null aushalten mußten.

Fünf Minuten, länger konnte keiner auf der Brücke bleiben, dann mußte er in den Kommandantenschutzraum eilen. So war die Besetzung der Brücke schließlich nur eine leere Form, denn niemand konnte das Gesicht in diesen furchtbaren Wind halten. Die Kälte hätte ihm die Augen blind gebrannt, das Eis hätte sie ihm aus den Höhlen geschlagen. Selbst durch die rotierenden Klarglasscheiben zu blicken war zwecklos. Sie drehten sich noch immer rasend schnell, aber vergeblich: die mit Eis geladene Luft hatte wie ein gigantisches Sandstrahlgebläse ihr Spiegelglas gestrichelt und den Schliff abradiert, bis sie ganz undurchsichtig wurden.

Die Nacht war nicht sehr dunkel, man hatte nach oben, querab und achtern ganz gute Sicht. Bisweilen wurden flüchtig Ausschnitte des nachtblauen Himmels oder einige Sterne sichtbar, die sofort hinter dem jagenden, zerfetzten Gewölk den Blicken wieder entschwanden. Seitlich und achtern war die See tintenschwarz und trug, wie Spitzengewebe, brodelndes Weiß. Nicht mehr gleichmäßig wie am Vortage rollten die Seen heran und trugen nicht mehr die dekorativen Kämme. Es gab jetzt nur mächtige Wasserberge, aufgewühlte Massen, die wirr durcheinanderliefen und sich nach verschiedenen Seiten überstürzten, aber allgemein in Südrichtung weiterrollten. Einige von diesen wogenden Gebirgsketten – selbst mit lebhafter Fantasie konnte man sie nicht als Wellen bezeichnen, höchstens in Ermangelung eines anderen Begriffs – waren klein, unbedeutend, von der Größe eines Landhauses, andere enthielten eine Million Tonnen Wasser, ragten 20 bis 24 Meter empor, erhoben sich erschreckend groß vor dem Horizont, groß genug, um eine Kirche zu überspülen... Wie Kapok Kid meinte, war es am besten, wenn sie kamen, nach der anderen Seite zu blicken. Meistens rollten sie harmlos vorbei und warfen *Ulysses* nur ins nächste Tal, seltener brachen sie dicht am Schiff, so daß schwere Gischt bis auf die Brücke schlug und den Wachoffizier völlig durchnäßte. Er mußte dann sofort abgelöst werden, sonst wäre er in einer Minute buchstäblich zum Eisblock gefroren.

Bisher hatten sie also überlebt, was niemand für möglich gehalten hätte. Da sie aber keine Sicht nach vorn hatten, schwebte ewig über ihnen die Sorge, was von dort auf sie zukommen mochte. War die nächste See normal – das heißt, für diesen Sturm normal – oder preschte ein unbekannter Moloch heran, der das Schiff für immer in die Tiefe drückte? Diese Spannung wurde nie behoben, vielmehr noch dadurch verdoppelt, daß das Vorschiff sich jetzt geräuschlos hob und unhörbar aufklatschte. Nur an der Art der Bewegung und der Erschütterungen des Schiffskörpers konnten sie das ermessen, denn die Geräusche des Seegangs und alle andern übertönten die satanische Kakophonie des zwischen den Aufbauten und in der Takelage heulenden Sturmes.

Gegen 2 Uhr früh – kurz nach der Explosion der Wasserbomben – meuterten ein paar von den höheren Offizieren sozusagen im engeren Kreise. Der Kommandant, den man vor knapp einer Stunde bewogen hatte, unter Deck zu gehen, da er völlig erschöpft war und vor Kälte haltlos zitterte, war durch die Wasserbomben geweckt worden und wieder auf die Brücke gekommen. Dort verstellten ihm der Erste Offizier und Korvettenkapitän Westcliffe den Weg und packten ihn ruhig, aber energisch in den Schutzraum. Turner zog die schwere Tür zu und schaltete das Licht ein. Vallery war weniger verärgert als erstaunt.

»Was – was soll das eigentlich bedeuten?« fragte er.

»Meuterei!« rief Turner heiter im tiefen Baß. Sein Gesicht war blutüberströmt von den Schnitten durch fliegende Eissplitter. »›Auf hoher See‹ lautet der terminus technicus wohl, nicht wahr, Herr Admiral?«

»Ganz recht«, bestätigte der Admiral. Vallery fuhr erschrocken herum. Tyndall lag in voller Uniform auf seiner Ruhebank. »Bedenken Sie, ich habe kein Recht, einen Kommandanten auf seinem eigenen Schiff zu bestrafen – im übrigen kann ich gar nicht sehen.« Er legte sich wieder hin, indem er erschöpft die Augen schloß, so auffällig, als müsse er die Müdigkeit vortäuschen. Nur er selbst wußte, daß er nicht simulierte.

Vallery schwieg. Er stand da, mit der Hand ein Geländer umklammernd. Sein Gesicht war grau und verfallen, die Augen blutrot gerändert und stumpf vom Mangel an Schlaf. Als Turner ihn ansah, war ihm, als würde ein Messer in seinem Herzen herumgedreht. Und als er wieder das Wort nahm, sprach er leise und ernst, was bei ihm so ungewohnt war, daß Vallery aufhorchte. »Sir«, sagte er, »in so einer Nacht braucht der Kommandant nicht unbedingt auf der

Brücke zu sein. Außer dem Seegang besteht nämlich keinerlei Gefahr. Geben Sie das zu?«

Vallery nickte stumm.

»Es ist eine Nacht für den reinen Seemann, Sir. Bei allem Respekt wage ich zu behaupten, daß von uns hier keiner in Seemannschaft an Carrington heranreicht – er ist eben eine Klasse für sich.«

»Nett von Ihnen, I.O., daß Sie sich selbst mit einbeziehen«, murmelte Vallery. »Das brauchten Sie aber wirklich nicht.«

»Der Erste Wachoffizier wird also die ganze Nacht auf der Brücke bleiben. Ebenso unser Westcliffe hier, und außerdem ich.«

»Ich auch«, knurrte Tyndall, »aber ich werde einschlafen.« Er sah beinah so ermattet und elend aus wie Vallery.

Turner lächelte. »Vielen Dank, Sir. Na, Herr Kapitän, ich fürchte, heute nacht wird's hier ein bißchen überfüllt sein... Nach dem Frühstück kommen wir wieder her.«

»Aber –«

»Akzeptieren kein ›aber‹«, murmelte Westcliffe.

»Bitte«, sagte Turner mit Nachdruck, »Sie tun ja uns einen Gefallen.«

Vallery blickte ihn an. »Als Kommandant der *Ulysses*...« Seine Stimme wurde schwach. »Ich weiß nicht, was ich sagen soll.«

»Aber ich. Kommen Sie mit unter Deck«, erwiderte Turner energisch, indem er ihn am Ellbogen faßte.

»Sie meinen wohl, ich schaffe das nicht allein, was?« Vallery lächelte matt.

»Doch, aber darauf will ich es nicht ankommen lassen. Kommen Sie nun, Sir.«

»All right, all right.« Er seufzte müde. »Gäbe alles für ein bißchen Ruhe – und eine Nacht Schlaf!«

Zögernd und mit großer Mühe riß Assistenzarzt Nicholls sich aus den nebelhaften Tiefen des Erschöpfungsschlafs. Langsam, widerwillig öffnete er die Augen. Er merkte, daß das Schiff noch heftig schlingerte und ebenso Übelkeit erregend in die Seen klatschte wie vorher. Carpenter, die Stirn dick verbunden, das übrige Gesicht voll Blutkrusten, beugte sich über ihn. Er sah direkt widerwärtig vergnügt aus.

»›Horch, horch, die Lerche‹ und so weiter«, zitierte er grinsend. »Und wie geht's uns heute früh?« imitierte er salbungsvoll den Arzt. Der ehrenwerte Carpenter hielt von der medizinischen Wissenschaft wenig.

Nicholls richtete die schlafschweren Augen auf ihn. »Was ist denn los, Andy? Etwas schiefgegangen?«

»Wenn die Herren Carrington und Carpenter das Schiff führen, kann nichts schiefgehen«, antwortete Kapok Kid erhaben. »Willst du mal mit 'raufkommen und sehen, wie Carrington den Laden schmeißt? Er will eine Drehung machen, das dürfte in diesem Rummel sehenswert sein!«

»Was!? Zum Teufel mit euch! Hast du mich bloß geweckt, um –?«

»Bruder, wenn das Schiff in diesem Seegang dreht, würdest du sowieso aufwachen – vermutlich an Deck mit Genickbruch. Aber zufällig braucht Jim deinen Beistand. Das heißt: er braucht eine von den dicken viereckigen Glasplatten, die du massenhaft in der Apotheke hast, wie mir zufällig bekannt ist. Die Apotheke ist verschlossen, ich wollte schon einbrechen«, erklärte er ungeniert.

»Aber was – ich meine – wieso Glasplatten?«

»Komm mit und überzeuge dich«, forderte Carpenter ihn auf.

Der Morgen brach an, in einer wildbewegten schrecklichen Dämmerung, dem passenden Epilog zu einer entsetzlichen Nacht. Seltsam langgezogene Nebelbänder, wie Wasserdampf, fegten knapp über die Mastspitzen hinweg, doch in der Höhe war der Himmel klar. Die Seen, noch immer gigantisch, waren jetzt viel kürzer, jedoch noch steiler. *Ulysses* mußte die Fahrt so vermindern, daß kaum noch Kurs gehalten werden konnte, wurde aber von der steilen Gegensee weiter schwer mißhandelt. Der Wind hatte abgenommen, er hielt sich auf etwa 50 Meilen die Stunde – immerhin noch ›voller Sturm‹, nach der Skala –, war aber auch jetzt noch so schneidend scharf, daß er Nicholls wie Feuer in die Augen fuhr und ihn mit Eis und Kälte blendete, als er aufs Flaggdeck trat. Hastig wickelte er sich Halstücher übers ganze Gesicht und fand tastend den Weg auf die Brücke, instinktiv. Kapok Kid folgte ihm mit der Glasplatte. Während sie hinaufstiegen, hörten sie im Knacken der Lautsprecher eine unverständliche Meldung.

Turner und Carrington standen allein im Zwielicht auf der Brücke, verpackt wie Mumien. Nicht einmal ihre Augen waren sichtbar: sie trugen Schutzbrillen.

»Morgen, Nicholls«, rief der Erste Offizier donnernd... »Ist doch Nicholls, ja?« Er riß, den Rücken gegen den peitschenden Wind drehend, seine Brille ab und warf sie angeekelt beiseite. »Kann verdammt nichts erkennen durch diese blöden Dinger...! Aha, der I.W.O. bringt tatsächlich das Glas.«

Nicholls hatte sich an die Leeseite der Kompaßplattform geduckt. In einem Winkel lag ein ganzer Haufen Brillen, Augenschutzschilder und Gasmasken. Er wies mit einer Kopfbewegung hin. »Was ist das hier? Saisonausverkauf?«

»Wir wollen jetzt drehen, Doktor«, sagte Carrington zu ihm, so ruhig und deutlich wie immer. Kein bißchen Ermüdung war ihm anzumerken. »Müssen aber genau sehen können, wohin wir steuern, und diese verflixten Brillen sind alle nichts wert, wie der I.O. schon sagte – beschlagen sofort, wenn man sie aufsetzt. Die Kälte ist eben zu stark. Wollen Sie mir die Glasplatte mal halten, Nicholls? So, ja, und Sie wischen bitte ab, Andy.«

Nicholls überlief ein Schaudern, als er in den enormen Seegang blickte. »Entschuldigen Sie meine Unwissenheit, aber: weshalb drehen wir überhaupt?«

»Weil das sehr bald nicht mehr möglich sein würde«, gab Carrington kurz zurück. Dann lachte er. »Ich werde dadurch der unbeliebteste Mann an Bord. Wir haben über Lautsprecher die ganze Besatzung aufmerksam gemacht. – Alles klar, Sir?« fragte er Turner.

»Achtung, Maschinenraum! Achtung, Ruderhaus! – Ja, fertig, I.W.O.«

Dreißig Sekunden, fünfundvierzig, eine volle Minute starrte Carrington unbewegt, ohne mit der Wimper zu zukken, durch das Glas. Nicholls wurden die Hände steif. Carpenter rieb fleißig das Glas blank.

Plötzlich rief Carrington: »Backbord-Maschinen halbe Kraft voraus!«

»Backbord-Maschinen halbe Kraft voraus!« kam als Echo von Turner.

»Steuerbord 20!«

»Steuerbord 20!«

Nicholls wagte einen Blick über die Schulter. In dem Sekundenbruchteil, bevor seine Augen geblendet wurden, daß ihm die Tränen kamen, sah er eine riesige See aufs Schiff zukommen, dessen Bug schon schräg von ihrer Laufrichtung abdrehte. ›Gütiger Gott! Warum hat Carrington bloß nicht gewartet, bis die vorbei ist!‹ dachte er.

Die gewaltige See stieß den Bug empor, drückte *Ulysses* weit nach Steuerbord über und lief unter dem Kiel davon. Wankend überwand das Schiff ihren Gipfel, gefährlich torkelnd glitt es hinter ihr zu Tal. Seine glitzernden, dick und schwer vom Eis umkleideten Maste schlugen einen mächtigen Bogen, als es so weit überholte, daß die Backbordreling in die nächste anrollende See klatschte.

»Backbord voll voraus!«

»Backbord voll voraus!«

»Steuerbord 30!«

»Steuerbord 30!«

Die nächste unten durchlaufende See brachte *Ulysses* einigermaßen wieder in die Horizontale. Und jetzt endlich begriff Nicholls. Kaum zu glauben – weil sie nach vorn nur sehr begrenzte Sicht hatten –, aber: Carrington hatte gewußt, daß zwei einander entgegenstrebende Wellensysteme sich vereinigen und bei ihrem Zusammentreffen den Seegang merklich abschwächen würden. Wie er das gefühlt hatte, wußte keiner, nicht einmal er selbst. Er war eben ein grandioser Seemann, deshalb hatte er es gewußt. Fünfzehn, zwanzig Sekunden lang war das Meer eine weiß siedende Masse wild aufgerührter, sich bekämpfender Wellen – geformt, wie wir sie meistens in kleinerem Maßstab bei der Tidenkabbelung und bei Brechseen über Riffen finden –, ein Gewirbel, durch das der Kreuzer wie befreit seine Wendung machte. Und dann packte eine neue riesige Welle, fast brükkenhoch anlaufend, ihn kurz vor Vollendung des Viertelkreises. Sie traf ihn – zum erstenmal diese Nacht – in ganzer Länge mit ihrem ungeheuren Gewicht und kippte ihn über, bis die Leereling im Wasser verschwand. Nicholls wurde umgerissen, er flog mit solcher Wucht gegen die Seitenwand der Brücke, daß die Glasplatte zerschellte. Er hätte schwören können, daß Carrington lachte. Mühsam krabbelte er wieder zur Mitte der Kompaßplattform. Und die Riesenwoge war noch nicht fort, sie ragte hoch über die Mulde, in die sie das Schiff, das jetzt um 40 Grad krängte, so verächtlich geschleudert hatte. Unbarmherzig drückte sie es nieder und wollte es in tödlicher Stille, aber mit beinah bestialischer Wildheit unter Wasser pressen. Im Krängungsmesser wanderte der Zeiger unbarmherzig auf 45, 50, bis 53 Grad, wo er eine Ewigkeit verharrte, während die Männer, mit ihren betäubten Hirnen kaum fähig, das unvermeidbar Scheinende zu begreifen, sich an der Bordwand der erhöhten Seite der Reling festklammerten. Dies war das Ende! Nie wieder konnte *Ulysses* sich aufrichten...

Peinvoll langsam, wie ein ganzes Menschenalter, verging die Zeit. Nicholls und Carpenter blickten sich verständnislos, ausdruckslos an. Die Brücke war bei dem verrückten Neigungswinkel vor dem Wind geschützt. Carringtons Stimme, ruhig wie im alltäglichen Gespräch, drang erstaunlich klar durch. »Und wenn sie 65 Grad krängt, kommt sie wieder hoch«, sagte er sachlich. »Halten Sie Ihre Hüte fest, meine Herren, es wird noch interessant.«

Kaum waren die Worte heraus, als das Schiff erschauerte, um, zuerst fast unmerklich, dann langsam und auf einmal ganz tückisch schnell zurückzuschwingen. Es schlug einen Bogen von 90 Grad und rollte wieder zurück. Noch einmal fand Nicholls sich in einem Brückenwinkel wieder. Aber *Ulysses* hatte die Wendung beinah vollendet.

Kapok Kid richtete sich erleichtert lächelnd auf und tippte

Carrington an die Schulter. »Jetzt nicht hinschauen, Sir – wir haben unseren Großmast verloren.«

Das war leicht übertrieben, doch die etwa 5 Meter lange obere Maststenge, die den zweiten Radarschirm getragen hatte, war tatsächlich fort. Der böse Anprall der See und das Gewicht des Eises hatten sie abgebrochen.

»Beide Maschinen langsam voraus! Ruder mittschiffs!«

»Beide langsam voraus! Ruder mittschiffs!«

»Recht so, Kurs halten!«

Ulysses hatte es geschafft.

Carpenter warf Nicholls einen bezeichnenden Blick zu und deutete kopfnickend auf den I.W.O. »Verstehst du jetzt, was ich dir erklärte, Johnny?«

»Ja.« Nicholls war viel ruhiger geworden. »Ja, ich verstehe es.« Und plötzlich lächelte er. »Wenn du wieder mal was behauptest, werde ich es sofort glauben – falls du nichts dagegen hast. Diese praktischen Beweisführungen stellen einen, weiß der Himmel, auf zu harte Proben!«

Vor der schweren nachlaufenden See zog der Kreuzer erstaunlich stetig seines Weges. Auch der Wind kam jetzt genau von achtern, die Brücke war wie durch Zauber ein geschützter Platz geworden. Die übers Schiff fegenden weißen Nebelwölkchen wurden dünner, verschwanden fast ganz. Fern im Südosten stieg blendend weiß die Sonne am wolkenlosen Horizont empor. Die lange Nacht war um.

Eine Stunde später, bei einem Wind von nur 30 Meilen, meldete Radar Kontakte im Westen. Nach einer weiteren Stunde, als der Wind sich fast gelegt hatte und nur noch eine grobe Dünung lief, erschienen Rauchfahnen wie kleine Büschel über der Kimm. Um 10 Uhr 30, pünktlich und an der vereinbarten Stelle, begegnete *Ulysses* dem Konvoi aus Halifax.

Mittwoch nacht

Der Konvoi kam in stetiger Fahrt aus Westen. Er schlingerte schwer in den Kreuzseen – eine reiche Schatzflotte, großartige Beute für ein deutsches Wolfsrudel. Achtzehn Schiffe waren es, fünfzehn große moderne Frachter und drei Tanker von je 16 000 Tonnen. Sie trugen Ladungen, die weit wertvoller und unendlich viel wichtiger waren als je eine Flotte von Quinquiremen oder Galeonen sie im Laderaum hatte. Panzer, Flugzeuge und Benzin – was waren dagegen Gold, Juwelen, Seide und die kostbarsten Gewürze? Zehn, zwanzig Millionen Pfund? Der Gesamtwert des Konvoi ließ sich schwer abschätzen, seine wirkliche Bedeutung überhaupt nicht in Geld bemessen.

Auf den Handelsschiffen standen die Besatzungen an Deck, als *Ulysses* zwischen der mittleren und der Backbord-Kolonne aufdampfte. Sie standen an Deck, schauten hinüber und staunten. Und dankten ihrem Schöpfer, daß sie weit von der Bahn des gewaltigen Sturmes gewesen waren. Von einem anderen Schiff aus betrachtet, bot *Ulysses* einen seltsamen Anblick: die Maststenge abgebrochen, die Flöße nicht mehr vorhanden, die Fallen an den Bootsgalgen über den leeren Schlitten festgezurrt, glitzerte sie im Frühlicht wie Kristall. Der mächtige Sturm hatte den Schnee von Deck geblasen und das Eis abradiert, es gerieben und poliert, bis es seidenglatt und durchsichtig glänzte. Am Bug zu beiden Seiten aber und vor der Brücke sah man riesige rote Flecke, wo der Orkan, als elementares Strahlengebläse, in der langen Nacht die Tarnung und den Grundanstrich abgeschält hatte, so daß die rote Mennige freilag.

Die amerikanische Geleitsicherung war klein: ein schwerer Kreuzer mit einem Aufklärungsflugzeug, zwei fregattenartige Fahrzeuge, nicht größer als Küstenwachschiffe. Klein, aber ausreichend war die Eskorte, denn auf ihrer Route hätten sie keinen Flugzeugträger gebraucht (häufig allerdings wurden auch diese den Konvois auf dem Atlantik beigegeben), weil die Luftwaffe so weit westlich nicht operieren konnte und die Wolfsrudel sich in den letzten Monaten nur nördlich und östlich von Island betätigten. Dort waren sie nicht nur ihren Stützpunkten näher, sondern konnten auch leicht ihre Angriffe von beiden Seiten auf die hier zusammenlaufenden Geleitwege nach Murmansk ansetzen.

Alle Schiffe, die Frachtdampfer, die amerikanischen Kriegsschiffe und *Ulysses,* hielten Ostnordostkurs, bis spätnachmittags die kastenartige Silhouette eines Geleit-Flugzeugträgers hoch vor dem Horizont erschien. Eine halbe Stunde später, um 16 Uhr, verlangsamten die amerikanischen Sicherungsschiffe ihre Fahrt, blieben zurück und kehrten um, indem sie dem Geleitzug in Blinksprüchen gute Reise wünschten. Auf *Ulysses* sah die Besatzung sie mit gemischten Gefühlen abziehen. Es war klar, daß diese Schiffe fort mußten, weil in der Mündung des St.-Lorenz-Stromes schon der nächste Geleitzug zusammengestellt wurde. Von den ermatteten Männern, die die schwersten Kriegsschläge ertrugen, war keiner neidisch oder erbittert. Vor wenigen Wochen noch hätten wohl die meisten dabei Neid empfunden. Jetzt nahmen sie jedes Ereignis gleichgültig hin, fast zynisch und prahlerisch, und verbargen den großen Stolz auf ihre Leistung hinter gequälten Scherzen und endloser Nörgelei.

Als der Konvoi sich dem 14. Flugzeugträger-Geschwader – soviel noch von ihm vorhanden war – bis auf 2 Meilen genähert hatte, begann Tyndall, der auf die Brücke kam, zu fluchen, weil er gleich sah, daß ein Träger und ein Minensuchboot fehlten. Zornig ließ er bei Kapitän Jeffries auf *Stirling* anfragen, weshalb seine Befehle nicht befolgt worden seien und wo die vermißten Schiffe steckten.

Antwort kam durch Handscheinwerfer. Tyndall saß stumm mit grimmiger Miene in seiner Ecke, als Bentley ihm den Spruch vorlas. Auf *Wrestler* war während der Nacht die Ruderanlage ausgefallen. Sogar im Schutz von Langanes war das Wetter sehr rauh gewesen, und gegen Mitternacht, als der Wind auf Nord umsprang, noch schlechter geworden. *Wrestler,* auch mit zwei Schrauben kaum noch zu steuern, war bei ›Sicht Null‹, in dem Bemühen, Position zu halten, zu weit vorausgedampft und an der Veijle-Sandbank aufgelaufen. Und zwar bei Hochwasser. Als das Geschwader kurz nach Anbruch der Dämmerung aufbrach, saß der Träger noch fest. Minensucher *Eager* war zur Hilfeleistung bei ihm geblieben.

Tyndall saß mehrere Minuten schweigend da, dann diktierte er einen Funkspruch für *Wrestler*, überlegte, ob er die Funkstille brechen sollte, widerrief den Spruch und entschloß sich, selbst hinzufahren. Schließlich war es nur ein Weg von drei Stunden. Er ließ Signal an *Stirling* machen: »Geschwaderkommando übernehmen. Komme vormittags zurück.« Dann befahl er Vallery, *Ulysses* nach Langanes zurückzuführen.

Vallery nickte bekümmert und gab die nötigen Befehle. Er hatte Sorgen, sogar schwere, die er auf keinen Fall merken lassen wollte. Am wenigsten kümmerten ihn seine eigenen Nöte, obwohl er wußte, ohne es jemals zuzugeben, daß er sehr krank war. Schmerzlich berührte ihn der Gedanke, daß es unwichtig war, ob er es zugab oder nicht – aber rührend, beinah amüsant fand er, wie seine Offiziere, anscheinend zufällig, ihm jederzeit die Bürde zu erleichtern suchten und ihm doch zeigten, wie besorgt sie um ihn waren.

Auch über seine Besatzung machte er sich Gedanken – die Männer waren so herunter, daß sie kaum die leichteste Arbeit leisten und diese mörderische Kälte aushalten konnten, geschweige denn das Schiff kämpfend bis nach Rußland durchbringen. Deprimiert war er auch über die Unglücksserie, die das Geschwader seit dem Auslaufen von Scapa betroffen hatte – ein böses Omen für die Zukunft. Er gab sich keinen Illusionen hin über das, was dem so geschwächten Verband bevorstand. Außerdem grübelte er fortwährend über Ralston und vermochte die quälenden Gedanken nicht abzuschütteln.

Ralston – dieser große Junge, der mit seinem flachsblonden Haar und den stillen Augen so ganz dem Vorbild seiner skandinavischen Urahnen glich, Ralston, den niemand begriff, mit dem keiner richtig befreundet war, Ralston, der ohne Lächeln selbstbewußt seinen Weg ging, ein Mensch, dem außer Erinnerungen nichts geblieben war, wofür er kämpfen konnte, er, einer der Zuverlässigsten an Bord, außerordentlich energisch, tüchtig im Dienst und in jeder Notlage erfinderisch – saß jetzt wieder hinter Schloß und Riegel. Und zwar, wie sich jeder bei vernünftiger Überlegung sagen mußte, nicht durch eigene Schuld.

Hinter Schloß und Riegel – das war eine schwere Kränkung. Am Abend vorher hatte Vallery gern die Gelegenheit ergriffen, ihn des Seegangs wegen freizulassen, und er hatte beabsichtigt, die Sache einfach zu vergessen, da man ›schlafende Hunde nicht wecken‹ soll. Aber Hastings hatte ihn, in Überschreitung seiner Befugnisse, während der Vormittagswache erneut in die Zelle gesperrt. Die ›Masters-at-Arms‹, auch Profosse genannt – de facto Offiziersstellvertreter mit Disziplinargewalt –, hatten sich nie sonderlich durch menschenfreundliches Benehmen ausgezeichnet. Schon im allgemeinen nicht gerade gütig und tolerant, waren sie das im Umgang mit der Mannschaft noch weniger. Sie konnten sich Milde nicht leisten. Doch selbst in ihrer Klasse ragte Hastings noch hervor: ein Mensch wie ein Automat, anscheinend ohne Gefühl und Ausdrucksfähigkeit, unnachgiebig, pflichtgetreu – nach seinen eigenen Maßstäben –, aber ganz ohne Wärme und Mitleid. Wenn dieser Hastings nicht achtgab, grübelte Vallery, dann konnte es ihm leicht so ergehen wie Lister von der *Blue Ranger*, der bis vor kurzem der unbeliebteste Profoß gewesen war. Niemand wußte genau, was Lister passiert war. Bekannt war nur, daß er den Fehler begangen hatte, in einer dunklen sternlosen Nacht auf dem Flugdeck spazierenzugehen...

Vallery seufzte. Wie er Foster bereits erklärt hatte, waren ihm die Hände gebunden. Foster, Hauptmann der Seesoldaten an Bord, hatte sich, während sein Fahnenunteroffizier Evans betrübt und zornig hinter ihm stand, bitter beklagt, daß man seine Soldaten, die jede Minute Schlaf, die sie haben konnten, so nötig hätten, zum Postendienst herangezogen hatte. Persönlich verstand Vallery ganz gut Fosters Gefühle, konnte sich jedoch nicht erlauben, seine ursprünglichen Befehle zu widerrufen, zumindest nicht, ehe er Rapport gehalten und Ralston dienstlich in Arrest gesteckt hatte... Er seufzte noch einmal, ließ den Ersten Offizier holen und bat ihn, Hanftauwerk, Manilataue und starke Drahtseile auf dem Achterdeck klarlegen zu lassen, da er ahnte, daß sie die sehr bald brauchen würden. Wie sich zeigen sollte, waren diese Vorbereitungen durchaus angebracht.

Als sie zur Veijle-Sandbank gelangten, war es schon dunkel, doch *Wrestler* ließ sich leicht finden – sie hatte vor zehn Minuten mit dem Erkennungssignal ihre ungefähre Position gegeben. Jetzt sahen sie alsbald den massigen Schiffskörper hoch vor sich aufragen, die Konturen waren im letzten matten Glühen der untergehenden Sonne messerscharf. Ein schlechtes Zeichen: das Flugdeck hatte nach dem Heck zu, wo offenbar vor Anker, die *Eager* lag, eine auffallende Neigung. Die See war hier fast still, nur eine sanfte Dünung lief.

An Bord von *Ulysses* begann eine umhüllte Morselampe mit ganz kleiner Blende zu rattern. »Besten Glückwunsch. Wie sitzen Sie auf?«

Von *Wrestler* antwortete ein winziges Flackern. Bentley las den eingehenden Spruch laut mit: »Vorschiff, auf 30 Meter Länge.«

»Prächtig«, sagte Tyndall bitter, »einfach prächtig.« Fragen Sie an: ›Wie ist es mit der Ruderanlage?‹«

Die Antwort lautete: »Taucher unten, Ruderpfosten quer gebrochen, Werftreparatur erforderlich.«

»Mein Gott!« stöhnte Tyndall. »In die Werft! Das paßt ja gut. Fragen Sie an: ›Welche Maßnahmen haben Sie getroffen?‹«

»Gesamten Brennstoff sowie Wasser nach achtern gepumpt. Warpanker ausgeworfen. Im Schlepp von *Eager*, volle Kraft zurück, 1200 bis 1230 Umdrehungen«, kam es zurück.

Tyndall wußte, daß gerade die Ebbe einsetzte. »Sehr erfolgversprechend, wirklich sehr«, knurrte er. »Nein, Sie Blödian, das sollen Sie nicht senden. Morsen Sie, sie sollen sich klarhalten, Trosse zu übernehmen, und sollen eigene Ankerkette ans Heck bringen.«

»Verstanden«, las Bentley die Antwort.

»Fragen Sie weiter: ›Wieviel Geschwaderbrennstoff haben Sie noch in Reserve?‹«

»800 Tonnen.«

»Weg damit.«

Bentley las ab: »Bitte bestätigen.«

»Sagen Sie, er soll das Mistzeug außenbords pumpen!« rief Tyndall wütend. Die Morselampe auf *Wrestler* zuckte nur noch kurz auf, dann erstarb ihr Licht.

Gegen Mitternacht dampfte der Minensucher *Eager* langsam vor *Ulysses* her, nahm die Drahttrosse vom vorderen Spill des Kreuzers auf, und zwei Minuten später begann *Ulysses* zu beben, als ihre vier starken Maschinen die flache See zu einem Kessel mit wild wallendem, schmutzigem Wasser zerwühlten. Die Kette vom Achterschiff zum Heck von *Wrestler* war knapp 30 Meter lang und lief in einem Winkel von 30 Grad aufwärts. Dadurch wurde das Heck des Flugzeugträgers herabgedrückt – nur ganz wenig, doch bei seiner Lage zählte auch das schon – und dem auf Grund sitzenden Bug mehr Auftrieb gegeben. Viel wichtiger aber war – während die rasenden Schrauben das Wasser zu Blasen schlugen, wobei sie nur einen Bruchteil ihrer Antriebskraft entwickelten –, daß die beiden Schiffe den Träger an kurzen Trossen hatten. Dadurch konnten *Wrestlers* eigene Schrauben bei dem Bemühen, ein Fahrwasser in dem Sand und Schlamm unter dem eigenen Kiel aufzuscheuern, ihre ganze Kraft einsetzen.

Zwanzig Minuten vor Hochwasser glitt der Flugzeugträger leicht und gleichmäßig vom Grunde ab. Sofort schlug der Schmied auf *Ulysses* den Schäkel heraus, der die Trosse von *Eager* hielt, und *Ulysses* zog den Träger, der seine Maschinen stoppte, in einem weiten Halbkreis nach Osten.

Gegen 1 Uhr war *Wrestler* aus Sicht, von *Eager* begleitet, die eine Trosse bereit hielt, um dem Havaristen notfalls beim Steuern zu helfen. Tyndall beobachtete, wie *Wrestler* in die Nacht verschwand, auf Zickzackkursen, da sein Kommandant versuchte, allein mit den Schrauben zu steuern.

»Bis die nach Scapa kommen, werden sie den Bogen bestimmt 'raus haben«, brummte er. Er fühlte sich eiskalt, ermattet, und so, wie nur ein Admiral sich fühlen kann, wenn er drei Viertel seines Trägerverbandes verloren hat. Mit einem müden Seufzer wandte er sich an Vallery. »Wann werden wir nach Ihrer Berechnung den Konvoi wieder eingeholt haben?«

Der Kommandant zögerte, dafür war Carpenter sofort mit der Antwort zur Hand. »Um 8 Uhr 5«, gab er präzise an. »Bei 27 Meilen Fahrt auf dem Kurs, den ich eben abgesteckt habe.«

»O du liebe Güte«, stöhnte der Admiral. »Wieder weiß dieser Frischling alles! Was habe ich bloß verbrochen, daß ich ihn ertragen muß? Zufällig aber, junger Mann, ist es von entscheidender Bedeutung, daß wir vor Tageslicht wieder zum Konvoi stoßen.«

»Jawohl, Sir.« Kapok Kid war unerschütterlich. »Hatte ich mir selbst schon gedacht. Auf meinem zweiten Kurs, bei 33 Meilen, eine halbe Stunde vor Sonnenaufgang.«

»Selbst schon gedacht! Schafft mir den Mann hier weg!« tobte Tyndall. »Weg mit ihm, sonst klemme ich ihm seinen verdammten Zirkel um den ...« Er unterbrach sich, kletterte steif von seinem Stuhl und nahm Vallery beim Arm. »Kommen Sie, Kommandant, wir gehen nach unten. Wozu sollen wir ewig Gestrigen der Jugend noch länger im Wege stehen?« Er verließ, müde lachend, hinter Vallery die Brücke.

Auf *Ulysses* hatten sie gerade ihren Morgenalarm, als sich die schattenhaften Gestalten der Konvoischiffe, knapp eine Meile vor ihnen, aus dem verblassenden Nachtdunkel abhoben. Der mächtige Leib der *Blue Ranger*, die den Konvoi an Steuerbord sicherte, war nicht zu verkennen. Es lief eine mäßige, ganz erträgliche Dünung; der Wind, eine leichte Brise, kam aus Westen, die Temperatur lag bei etwa 18 Grad unter dem Gefrierpunkt, der Himmel war klar und wolkenlos. Die Uhr zeigte genau 7.

Um 7 Uhr 02 wurde *Blue Ranger* torpediert. *Ulysses* stand nur 400 Meter entfernt an Steuerbord. Die Männer auf der Brücke spürten körperlich die Erschütterung der doppelten Explosion und hörten den schweren Knall, der die morgendliche Stille zerriß. Und schon sahen sie zwei stechende Flammensäulen, höher als *Blue Rangers* Brücke, aber ein gutes Stück dahinter, gen Himmel stoßen. Eine Sekunde später hörten sie einen Signalgasten etwas Unverständliches rufen und sahen, wie er mit der Hand nach vorn aufs Wasser wies. Ein dritter Torpedo lief da, hinterm Heck des Trägers vorbei zog er seine böse phosphoreszierende Spur durchs Kielwasser des Konvois, um irgendwo in der arktischen Finsternis seine Kraft zu verlieren.

Vallery schrie ins Sprachrohr zur Maschine, er riß, um eine Kollision mit dem seitwärts absackenden Träger zu vermeiden, sein Schiff, das noch über 20 Meilen lief, so jäh herum, daß es stark krängte und gleichsam rutschend einen Bogen schlug. Drei Handscheinwerfer und die Gefechtslaternen stotterten schon für die Konvoischiffe das verschlüsselte Signal »Position halten«. Marshall gab durchs Telefon den Befehl »Klar zum Werfen« an den Mechanikersmaat bei den Wasserbomben. Geschützrohre senkten sich bereits und lugten beutehungrig in die mit Tücke geladene See. Der spezielle Befehl an *Sirrus* wurde nicht ganz durchgegeben, er war unnötig, denn der Zerstörer, im Halbdunkel nur als verschwommener Fleck sichtbar, schnitt schon mit hoher weißer Bugwelle seinen Weg quer durch den Konvoi in Richtung auf den geschätzten Standort des Unterseeboots.

Ulysses setzte sich in knapp 50 Meter Entfernung auf parallelen Kurs zu dem brennenden Flugzeugträger. Sie hatte so viel Fahrt, krängte so stark und kam so dicht an ihm vorbei, daß die Beobachter ihn nur sahen wie ein verwischtes Bild und sich nachher nur unklar erinnerten an dicken schwarzen Qualm und donnernde Flammensäulen, die in dem Halbdunkel grauenerregend wirkten. Sie erinnerten sich an ein wie trunken seitwärts kippendes Flugdeck, auf dem die Grummans und Corsairs, in bizarren Sprüngen radschlagend, über die Kante stürzten und eisige Gischtwolken in die entsetzten Gesichter auf dem abdrehenden Kreuzer schleuderten. Aber schon lag *Ulysses* auf Südkurs, um Jagd auf das U-Boot zu machen.

Nach einer Minute begann die Morselampe auf *Vectra*, die

an der Spitze des Konvois lief, zu blinken. »Kontakt Grün 70, nähert sich, Kontakt Grün 70, nähert sich.«

»Bestätigen«, befahl Tyndall kurz.

Kaum begann der kleine Scheinwerfer zu morsen, da unterbrach ihn schon ein neuer Spruch von *Vectra*: »Kontakte, Wiederhole: Kontakte, Grün 90, Grün 90. Nahe, sehr nahe. Wiederhole: Kontakte, Kontakte.«

Tyndall fluchte leise. »Bestätigen. Sollen Spur aufnehmen«, sagte er. Zu Vallery: »Wollen mitmachen, Kapitän. Jetzt geht's los. Wolfsrudel Nr. I – in voller Stärke. Dürften eigentlich hier gar nicht sein«, setzte er grimmig hinzu. »Diese Probe vom Nachrichtendienst der Admiralität reicht mir.«

Wieder hatte *Ulysses* gedreht, sie eilte zu *Vectra*. Es hätte schon heller sein müssen, doch seltsamerweise warf *Blue Ranger*, deren Reservetanks ausbrannten, so daß sie als gigantische Fackel vor dem östlichen Horizont stand, die Umgebung in tiefe Dunkelheit. Sie lag fast querab vom Flaggschiff, als es auf *Vectra* zusteuerte, und wuchs mit jeder Minute.

Tyndall, der durchs Nachtglas blickte, murmelte immer wieder: »Die armen Hunde, die armen Hunde!«

Blue Ranger, schon fast erledigt, lag ohne Fahrt im Wasser, weit nach Steuerbord überhängend. Pausenlos gingen Munition und Benzintanks krachend in die Luft. Plötzlich donnerte eine Serie schwerer dumpfer Explosionen übers Meer: der Brückenaufbau rutschte in einem grotesken Winkel zur Seite. Nach kurzem Stillstand kippte die ganze massive Struktur langsam, schwerfällig und unaufhaltsam in majestätischer Größe in die eisige Finsternis der See. Nur Gott wußte, wieviel Mann, gefangen zwischen ihren eisernen Wänden, in die Tiefen des Eismeers sanken. Sie durften sich noch glücklich preisen.

Vectra, der *Ulysses* um kaum noch 2 Meilen voraus, drehte in einem engen Kreis nach Süden. Vallery, der das beobachtete, ließ den Kurs entsprechend ändern, um dem Feind den Weg abzuschneiden. Als Bentley ihm aus der vorderen Ecke der Kompaßplattform etwas zurief, schüttelte er den Kopf, weil er kein Wort verstehen konnte. Er hörte ihn noch einmal rufen – es klang so verzweifelt und angstvoll – und sah ihn mit dem Arm aufgeregt über die Windschutzscheibe hinaus zeigen. In ein paar Sätzen war er neben ihm.

Die See brannte. Ruhig, ohne Wellen, überflutet mit Hunderten von Tonnen Dieselöl, bildete sie einen riesigen Teppich aus zuckenden, sich windenden Flammen. Für eine Sekunde sah Vallery das, nur das, doch dann entdeckte er, so erschrocken, daß sein Herz aussetzen wollte, so jäh, daß ihm übel wurde, noch etwas anderes: in dem brennenden Meer wimmelte es von schwimmenden, verzweifelt ums Leben ringenden Männern. Nicht nur einige, nicht einige Dutzend, nein: über hundert sicherlich, die unhörbar schrien und unter gräßlichen Schmerzen starben, in dem barbarischen Gegensatz von Ertrinken und Verbrennen...

»Meldung von *Vectra*, Sir.« Bentley war es, der das unnatürlich sachlich sagte. »Werfe Wasserbomben. Drei – wiederhole drei – Kontakte. Erbitte sofortige Unterstützung.«

Tyndall stand jetzt neben Vallery. Er hörte Bentley, blickte Vallery für eine lange Sekunde an und folgte seinen Augen, die wie gebannt, jammervoll elend in die See vor ihnen starrten.

Für einen in See treibenden Menschen ist Öl ein furchtbarer Feind. Es hemmt seine Bewegungen, brennt in den Augen, dringt schneidend in seine Lungen und zerrt in unüberwindlichen Brechkrämpfen an seinem Magen. Brennendes Öl aber ist die Hölle, es bringt den Martertod, einen langsamen, schmerzkreischenden Tod durch Ertrinken, Verbrennen und Ersticken – denn die Flammen verschlingen von der Oberfläche des Wassers den ganzen lebensrettenden Sauerstoff. Und nicht einmal im bitterkalten Eismeer gibt es ein gnädiges Erlöschen durch die Kälte, nein: der mit Öl getränkte Körper des sterbenden Menschen wird für eine Ewigkeit auf die Folter gespannt, die ihn sorgsam für die äußersten Schmerzen einer raffiniert qualvollen Todesart aufspart. Das alles wußte Vallery.

Er wußte auch, daß es *Ulysses* zum Verderben werden würde, wenn sie stoppte, weil sie sich dann scharf umrissen von dem brennenden Träger abhob. Und eine plötzliche Wendung nach Steuerbord hätte, selbst wenn Zeit gewesen wäre und genug Seeraum, um den verzweifelt schwimmenden und sterbenden Männern auszuweichen, unschätzbar wertvolle Minuten gekostet und den U-Booten reichlich Zeit verschafft, sich wieder in Position zum Feuern auf den Konvoi zu begeben, für den *Ulysses* in erster Linie verantwortlich war. Auch das stand für Vallery fest. In diesem Augenblick aber gewann sein menschliches Mitgefühl die Oberhand. Ein paar Strich an Backbord, nahe bei *Blue Ranger*, war das Öl am dicksten, tobten die Flammen am schlimmsten und schwammen die meisten Männer. Er blickte über die Schulter den Wachoffizier an.

»Backbord 10!« befahl er.

»Backbord 10!«

»Ruder mittschiffs.«

»Mittschiffs, Sir.«

»Recht so!«

Zehn, fünfzehn Sekunden hielt *Ulysses* ihren Kurs, schoß wie ein Pfeil durch die brennende See bis dahin, wo sich im urmenschlichen Herdentrieb über hundert Männer zusammengeballt hatten zu einer zuckenden, wogenden Masse, in der sie unter grauenhaften Schmerzen ihre Seelen auskeuchten. Eine Sekunde schoß eine dicke Flamme inmitten der Gruppe empor, wie eine riesige glühende Magnesiumfackel, die das Bild in die Herzen und Hirne der Männer auf der Brücke des Kreuzers brannte, so dauerhaft und so unerbittlich klar, wie keine fotografische Platte es festhalten konnte. Männer im Feuer, menschliche Fackeln, Menschen im irrsinnigen Kampf gegen die Flammen, die ihr Zeug, ihre Haare und Haut versengten und zu Kohle brannten. Männer, die sich mit gekrümmtem Rücken fast aus dem Wasser warfen, grotesk anzusehen wie zuckende Gekreuzigte. Männer, die schon tot im Wasser lagen als kleine, gestaltlose, von Öl bedeckte Hügel auf einer ölgetränkten Ebene. Und einige vor Angst wahnsinnig gewordene mit unmenschlich verzerrten Gesichtern, die *Ulysses* kommen sahen und wußten, was geschehen würde, während sie in wilder Verzweiflung ins Wasser droschen, um den einzigen Weg zur Rettung zu finden, der ihnen nur noch ein paar Sekunden mehr in unsäglichen Schmerzen gewährte, ehe sie gnädig erlöst starben...

»Steuerbord 30!« Vallery sagte es leise, fast murmelnd, doch seine Stimme durchdrang deutlich das entsetzte Schweigen auf der Brücke.

»Steuerbord 30, Sir!«

Zum drittenmal in zehn Minuten machte *Ulysses* in hoher Fahrt eine jähe Wendung. Wenn ein Schiff in dieser Weise dreht, folgt es nicht der vom Bug ins Wasser geschnittenen Linie, sondern schwingt beträchtlich zur Seite. Je schneller und schärfer es dreht, um so heftiger wird die rutschende Bewegung der Breitseite wie bei einem Auto auf vereister Straße. Schon bei der Anfahrt in spitzem Winkel erfaßte die Bugwelle des Kreuzers an der Backbordseite die ersten Schwimmer am Rande der Gruppe, und schon klatschte die Bordwand in ganzer Länge mitten in den heftigen Ölbrand, wo die sterbenden Männer am dichtesten trieben.

Für die meisten war es nur ein Auslöschen, ein schneller, gnädiger Erlösungstod. Der gewaltige Druck der aufgewühlten Wellen quetschte ihnen das Leben aus dem Körper, er warf sie als Ertrinkende tief ins gesegnete Vergessen, warf sie hinab und zerrte sie wieder zurück in den peitschenden Strudel der vier mächtigen Schrauben...

Auf *Ulysses* ballten Männer, denen Tod und Vernichtung zum Daseinskampf geworden waren, ertragen mit verhärteten Herzen und gleichgültig bitterem Gewitzel, in ohnmächtiger Wut die Fäuste, wiederholten in einem fort sinnlose, nutzlose Flüche und weinten haltlos wie kleine Kinder. Sie weinten, als schauerlich verkohlte Gesichter sich zu ihnen emporwandten, zuerst von freudiger Hoffnung erhellt, um sofort in ungläubigem Entsetzen zu versteinern, als sie erkannten, was kam, und das Wasser über ihnen zusammenschlug. Als haßerfüllte Männer wahnwitzige Beleidigungen schrien, beide Arme hochreckend und die Fäuste mit den bleichen Knöcheln mitten im triefenden Öl schüttelnd, während *Ulysses* sie in Grund trampelte. Als zwei ganz junge Matrosen, die in den Mahlstrom der Schrauben gezogen wurden, noch da mit dem Daumen das Siegeszeichen machten. Und weinten bei einem besonders gräßlichen Bild, als ein Mann, der schon aussah wie am Spieß gebraten und längst hätte tot sein müssen, seine angekohlte Hand an das schwarze Loch führte, das sein Mund gewesen war, und als Zeichen unendlicher Dankbarkeit der Brücke einen Kuß zuwarf. Und sie mußten, wie sonderbar, am meisten weinen über den unvermeidlichen ›Humoristen‹, einen Mann, der seine Pelzmütze hoch über den Kopf schwang und ernsthaft eine tiefe Verbeugung machte, bei der sein Gesicht sterbend in die See tauchte.

Plötzlich, welch ein Segen, war die See leer, die Luft seltsam still, unbewegt, erfüllt vom schweren Gestank verbrannten Fleisches und brennenden Heizöls. *Ulysses* war noch in der wilden Drehbewegung unter dem schwarzen Leichentuch, das mittschiffs um *Blue Ranger* schwebte – da wurde sie von den Granaten getroffen.

Sie kamen – drei 8,4-Zentimeter-Granaten – von *Blue Ranger*. Bestimmt hatte keine lebende Bedienung an diesen Geschützen gestanden – die Hitze mußte die Kartuschen entzündet haben. Die erste Granate explodierte harmlos an der Panzerung des Kreuzers, die zweite zertrümmerte die zum Glück leere Vorratskammer des Bootsmanns, die dritte drang durchs Deck in den Niederspannungsraum 3, wo sich neun Mann aufhielten, ein Offizier, sieben Matrosen und Rohrmeister Noyes. In dem engen Raum waren alle sofort tot.

Nur Sekunden später riß eine schwere, dröhnende Explosion auf *Blue Ranger* ein riesiges Leck in Höhe der Wasserlinie. Langsam, müde kenterte der Flugzeugträger nun nach Steuerbord, daß sein Flugdeck senkrecht im Wasser stand, als sei er zufrieden, jetzt zu sterben, nachdem er noch im Tode dem Schiff, das seine Besatzung ›vernichtete‹, einen Hieb versetzt hatte.

Auf der Brücke stand Vallery noch auf der Plattform für den Signalmeister, über die undurchsichtige Windschutzscheibe gebeugt. Sein Kopf hing herab, er hatte die Augen geschlossen und erbrach sich unter heftigen Zuckungen. Das aus dem Mund strömende Blut – Arterienblut – sah unheilvoll hell, scharlachrot aus in der roten Glut des sinkenden Trägers. Tyndall stand ratlos neben ihm. Selbst elend und abgestumpft, wußte er nicht, was er tun sollte. Plötzlich wurde er unhöflich vom Oberstabsarzt zur Seite geschoben, der Vallery ein weißes Handtuch vor den Mund drückte und ihn sanft unter Deck führte. Der alte Brooks hätte jetzt, wie jeder wußte, auf seiner Alarmstation im Revier sein müssen, doch niemand wagte ein Wort zu sagen.

Carrington brachte *Ulysses* wieder auf Kurs, während er wartete, bis Turner aus dem achteren Feuerleitstand zurückkam, um ihn abzulösen. In drei Minuten war der Kreuzer bei *Vectra* und suchte mit ihr methodisch ein bestimmtes Quadrat nach dem verlorenen Kontakt ab. Zweimal fanden die Schiffe ihn wieder, zweimal warfen sie satzweise viele Wasserbomben. Ein dicker Ölfilm quoll an die Oberfläche. Vielleicht stammte er von einem erledigten U-Boot, vielleicht war es auch nur eine Kriegslist. Keins der beiden Schiffe konnte noch länger nach Einzelheiten forschen, denn der Konvoi war ihnen schon zwei Meilen voraus und hatte als Sicherung nur *Stirling* und *Viking* – einen völlig ungenügenden Schutz gegen entschlossene Angriffe.

Blue Ranger war dem Konvoi zum Retter geworden. In diesen hohen Breiten dämmert der Tag unendlich langsam, und trotzdem war es jetzt erst halb hell, so daß die Handelsschiffe, die in langer Kolonne durch die sanfte Dünung dampften, klar und scharf umrissen gegen den wolkenlosen Horizont standen – der Traum eines Unterseebootkommandanten, wenn einer sie so gesehen hätte. Zu dieser Zeit aber war der Konvoi völlig verdeckt durch den vor seiner südlichen Flanke dicht über die Meeresfläche wallenden dicken schwarzen Qualm von dem brennenden Flugzeugträger. Weshalb die U-Boote von ihrer bisher fast nie geänderten Methode, aus Norden anzugreifen, um ihre Ziele vor der aufgehenden Sonne zu haben, abgewichen waren, konnte nur vermutet werden. Vielleicht sollte es eine taktische Überraschung sein, doch wie dem auch sei: Der Konvoi wurde dadurch gerettet. Innerhalb einer Stunde hatten die wirbelnden Schrauben der Dampfer das Wolfsrudel weit hinter sich gelassen, und, einmal entronnen, war F.R. 77 so schnell, daß sie ihn nicht mehr einholen konnten.

An Bord des Flaggschiffs knatterte im Funkgerät eine verschlüsselte Meldung für London. Tyndall hatte sich überlegt, daß die Wahrung der Funkstille jetzt wenig Sinn hatte, da der Feind den Standort des Geleitzugs genau kannte. Er lächelte grimmig bei der Vorstellung, wie man sich in der deutschen Seekriegsleitung wohl über die Nachricht freute, daß F.R. 77 keinerlei Luftsicherung hatte. Für den Anfang durften sie baldigst mit der Ankunft eines Charlie rechnen.

Der Funkspruch lautete: »Admiral 14. Flugzeugträger-Geleitgruppe an Seekriegsleitung London. Gestern gegen 10 Uhr 30 F.R. 77 ins Geleit genommen. Wetter äußerst schlecht. Flugzeugträger schwere Beschädigungen. *Defender* und *Wrestler* nicht mehr einsatzfähig. *Blue Ranger* 7 Uhr 02 torpediert, 7 Uhr 30 gesunken. Sicherung besteht noch aus *Ulysses, Stirling, Sirrus, Vectra, Viking*. Kein Minensucher. *Eager* zurück zum Stützpunkt, Minensucher aus Hvalfjord nicht beim Konvoi erschienen. Brauche dringend Luftunterstützung. Können Sie Verband Schwerer Flugzeugträger detachieren? Andernfalls Erlaubnis Rückkehr Stützpunkt. Erbitte sofortige Anweisungen.«

Die Fassung des Textes hätte, überlegte Tyndall, wohl besser sein können. Besonders der Schluß, der wie eine Drohung zu klingen schien, die Admiral Starr wütend machen konnte. Vielleicht sah Starr darin nur eine kleinmütige Bestätigung seiner Überzeugung, daß *Ulysses* für ihre Aufgabe unbrauchbar war, und er, Tyndall, ebenfalls... Im übrigen war es seit beinah zwei Jahren – schon lange bevor die *Hood* von der *Bismarck* versenkt wurde – Grundsatz bei der Admiralität, die Geschwader der Heimatflotte nicht durch Abziehen von Großkampfschiffen oder Trägern zu zersplittern. Alte Schlachtschiffe, für moderne Großunternehmen der Marine zu langsam, wie *Ramillies* und *Malaya* zum Beispiel, waren für bestimmte Konvois im Atlantik ausersehen. Bis auf diese Ausnahme gingen die strategischen Überlegungen davon aus, daß die Home Fleet intakt bleiben mußte, um die deutsche Hochseeflotte in Schach zu halten, und lieber die Geleitzüge zu riskieren... Tyndall warf noch einmal einen Blick über den Konvoi, bevor er sich seufzend aus seinem Stuhl gleiten ließ. ›Ach, was schert mich das! Soll der Text so hinaus‹, dachte er. Wenn es für ihn vergeudete Zeit gewesen sein sollte, die Meldung überhaupt abzufassen, mußte Starr beim Lesen auch Zeit vergeuden.

Schweren Schrittes stieg er die Brückentreppe hinab und schob seine massige Gestalt durch die Tür zur dicht beim Flugzeug-Ortungsraum gelegenen Kommandantenkajüte. Vallery lag entkleidet in der Koje zwischen sehr sauberem, sehr weißem Bettzeug, dessen messerscharfe Plättfalten einen merkwürdigen Kontrast zu dem wachsenden roten Fleck auf seinem Kissen bildeten. Vallery mit den eingefallenen Wangen, leichenblaß unter dunklen Bartstoppeln, die geröteten Augen tief in den vergrößerten Höhlen, bot schon das Bild eines Toten. Aus einem Mundwinkel sickerte Blut auf eine seiner pergamentgelben Wangen. Als Tyndall die Tür schloß, hob er im schwachen Versuch einer Begrüßung eine abgemagerte Hand, die nur aus elfenbeinbleichen Knochen und blauen Adern bestand. Tyndall schloß sorgsam und leise die Tür. Er ließ sich dabei Zeit, sehr viel Zeit, damit ihm der Schrecken nicht sofort am Gesicht abzulesen war. Als er sich umdrehte, war ihm sein Entsetzen nicht mehr anzumerken, nur ernste Besorgnis, die er gar nicht zu verbergen suchte.

»Danken wir Gott, daß wir unseren alten Sokrates haben!« sagte er, und es kam von Herzen. »Der einzige Mensch an Bord, der Sie wenigstens einigermaßen zur Vernunft bringen kann.« Er ließ sich auf der Bettkante nieder. »Wie fühlen Sie sich denn, Richard?«

Vallery lächelte verzerrt, es lag nichts Frohes in seinem Lächeln. »Kommt darauf an, was Sie meinen, Sir. Körperlich oder geistig? Fühle mich ein bißchen abgekämpft – richtig krank eigentlich nicht. Doktor meint, er kriegt mich wieder zurecht – wenigstens vorläufig. Er will mir eine Plasmatransfusion machen. Sagt, ich hätte zuviel Blut verloren.«

»Plasma?«

»Plasma. Reines Blut würde besser koagulieren. Plasma wird nach seiner Ansicht vielleicht weitere Anfälle verhüten – oder abschwächen.« Er machte eine Pause, wischte sich etwas Schaum von den Lippen und lächelte wieder, ebenso unfroh wie vorher. »In Wahrheit brauche ich weder einen Arzt noch Medizinen, John – ich brauche einen Geistlichen und – Vergebung.« Seine Stimme versiegte. In der Kajüte war es sehr still.

Tyndall rückte unbehaglich hin und her und räusperte sich laut. Selten war ihm so deutlich bewußt geworden, was für ein Realist er war.

»Vergebung? Für was denn nur, Richard, um Himmels willen?« So laut und so barsch hatte er das gar nicht sagen wollen.

»Sie wissen verdammt genau, was ich meine«, gab Vallery, der sonst auch den harmlosesten Fluch nicht in den Mund nahm, halblaut zurück. »Sie waren doch mit mir heute früh auf der Brücke.«

Ungefähr zwei Minuten sprachen beide kein Wort. Dann wand Vallery sich wieder unter einem schweren Hustenanfall. Das Handtuch, das er hielt, bekam dunkle trübe Flecke, und als er sich ins Kissen zurücklegte, empfand Tyndall wie einen Stich die Angst um ihn. Rasch beugte er sich über den kranken Mann. Unhörbar seufzte er vor Erleichterung, als er den schnellen schwachen Atem spürte.

Vallery sprach wieder, die Augen noch geschlossen.

»Nicht so sehr Vergebung wegen der Männer, die im Niederspannungsraum getötet wurden.« Es schien, als spräche er mit sich selbst, seine Stimme klang wie flüchtiges Gemurmel. »Vermutlich war das meine Schuld – ich habe *Ulysses* zu nahe an *Blue Ranger* gebracht. Eine Dummheit, so dicht an ein sinkendes Schiff heranzugehen, vor allem, wenn es brennt... Aber so was passiert, das sind eben die speziellen Gefahren... sie tauchen plötzlich auf...« Der Rest war ein undeutliches, ersterbendes Flüstern, das Tyndall nicht verstand. Er erhob sich unvermittelt und zog seine Handschuhe an.

»Seien Sie nicht böse, Richard«, entschuldigte er sich. »Hätte nicht herkommen – nicht so lange hierbleiben dürfen. Sokrates wird mich schön auszählen.«

»Um die anderen geht es – die Jungens im Wasser«, sagte Vallery, als habe er seine Worte gar nicht gehört. »Ich hatte kein Recht – ich meine, vielleicht wären manche von denen...« Wieder verlor sich seine Stimme für Augenblicke, dann fuhr er in kräftigem Ton fort: »Kapitän Richard Vallery, Frontverdienstkreuz – Richter, Geschworener und Henker. Raten Sie mir, John, was ich sagen soll, wenn die Reihe an mich kommt?«

Tyndall zögerte, hörte das energische Klopfen an der Tür und fuhr herum, wobei er dankbar aufatmete, in einem langen, ganz tiefen Seufzer. »Herein!« rief er.

Die Tür ging auf, Brooks trat ein. Beim Anblick des Admirals blieb er verwundert stehen, wandte sich an den Helfer im weißen Kittel, der ihm, beladen mit Stativen, Flaschen, Schläuchen und diversen anderen Geräten, gefolgt war, und bat ihn: »Würden Sie draußen bleiben, Johnson? Ich rufe Sie, sobald ich Sie brauche.«

Er schloß die Tür, ging durch die Kajüte und zog sich einen Stuhl an die Koje des Kommandanten. Vallerys Handgelenk zwischen den Fingern, blickte er Tyndall kalt an. Ihm fiel ein, daß Nicholls ihn wiederholt auf den schlechten Gesundheitszustand des Admirals aufmerksam gemacht hatte. Gewiß, er sah auch erschöpft aus, im Grunde aber mehr unglücklich als erschöpft... Der Puls ging sehr schnell und ungleichmäßig.

»Sie haben ihn aufgeregt«, warf er Tyndall vor.

»Ich? Mein Gott, nein!« Tyndall war gekränkt. »Wahrhaftig, Doktor, ich habe bestimmt nichts gesagt –«

»Nicht schuldig, Doktor.« Vallery sprach mit wieder frischerer Stimme. »Er hat kein Wort davon gesagt. Schuldig bin ich – trage eine höllische Schuld.«

Brooks maß ihn mit einem langen Blick, dann lächelte er, verstehend und mitleidig.

»Von Vergebung, Sir – das meinten Sie doch eben?«

Tyndall erschrak und blickte ihn verblüfft an.

Vallery öffnete die Augen. »Sokrates«, murmelte er, »klar, daß Sie es wissen würden.«

»Vergebung«, sinnierte Brooks. »Vergebung. Von wem? Von den Lebenden, den Toten, oder dem Richter?«

Wieder erschrak Tyndall. »Haben Sie denn – haben Sie draußen gelauscht? Wie könnten Sie sonst –?«

»Von allen dreien, Doktor. Viel verlangt, fürchte ich«, sagte Vallery.

»Von den Toten, Sir, würden Sie sie brauchen. Aber die geben Ihnen ihren Segen, denn zu verurteilen gibt es da nichts. Ich bin Arzt, vergessen Sie das nicht, und habe diese Jungens im Wasser gesehen... Sie haben ihnen den Weg in die Heimat leichter gemacht. Was den Richter betrifft – nun, ›Der Herr hat's gegeben, der Herr hat's genommen, der Name des Herrn sei gelobt‹ – die alttestamentarische Auffassung von Gott, der da nimmt, wann und wie es ihm gefällt, ohne Rücksicht auf Gnade und Barmherzigkeit.« Er lächelte Tyndall an. »Schauen Sie mich nicht so entgeistert an, Sir, ich bin kein Gotteslästerer. Wenn so unser Richter wäre, würden Sie, Kapitän, und ich – auch der Admiral – nichts mit ihm zu tun haben wollen. Aber Sie wissen, daß es so nicht ist...«

Vallery richtete sich, matt lächelnd, vom Kissen auf. »Sie machen gute Arznei, Doktor. Sehr schade, daß Sie nicht auch für die Lebenden gutsagen können.«

»So, kann ich das nicht?« Brooks knallte sich mit der Hand auf den Oberschenkel und lachte laut, weil ihm plötzlich etwas einfiel. »Oh, mein Wort – es war großartig!« Wieder lachte er, aufrichtig vergnügt. Tyndall warf Vallery einen Blick zu, in dem Spott und Verzweiflung lagen.

»Entschuldigung«, sagte Brooks. »Vor genau einer Viertelstunde deponierte eine kleine Schar sympathisierender Heizer die lang ausgestreckte und äußerst bewußtlose Gestalt eines ihrer Kameraden auf den Fußboden im Revier. Raten Sie, wen? Keinen anderen als den Bordnihilisten, unseren alten Freund Riley. Leichte Gehirnerschütterung und ein ganzes Sortiment von Gesichtsverletzungen, doch er wird wahrscheinlich gegen Abend an die treue Brust seiner

Deckskameraden zurückkehren können. Er selbst besteht jedenfalls darauf – behauptet, seine Katzen brauchten ihn.«

Vallery blickte belustigt und neugierig hoch. »Ist vermutlich wieder in den Kesselraum gestürzt?«

»Genau dieselbe Frage habe ich ihm vorgelegt, Sir – dabei sah er eher aus, als wäre er in einen Betonmischer gefallen. ›Nein, Sir‹, behauptete einer der Bahrenträger, ›er ist über die Schiffskatze gestolpert‹. Worauf die Herren sich darüber stritten, ob wir überhaupt eine Schiffskatze hätten.«

»Und was geschah weiter?« wollte Tyndall wissen.

»Ich ließ es dabei bewenden. Mein junger Nicholls nahm sich zwei von ihnen beiseite, versprach ihnen, nichts gegen sie zu unternehmen, und erfuhr in einer Minute alles Wissenswerte. Anscheinend hat Riley in dem Ereignis von heute früh eine prächtige Gelegenheit zum Unheilstiften erblickt. Er verfluchte Sie, Kapitän, als Unmenschen und kaltblütigen Mörder und – muß ich leider erwähnen – leistete sich bedenkliche Schmähungen Ihrer Vorfahren –, aber das alles nur da, wo er sich sicher glaubte vor seinen Freunden. Und – seine Freunde schlugen ihn halb tot... Wissen Sie, Sir, ich beneide Sie...«

Er brach ab und stand unvermittelt auf. »Jetzt, Sir, wollen Sie sich bitte langlegen und Ihren Ärmel aufkrempeln. Ach, verdammt!«

»Herein!« rief Tyndall, da es geklopft hatte. »Aha, für mich, Knabe Chrysler. Danke.«

Er blickte Vallery an. »Aus London – Antwort auf meinen Funkspruch.« Er drehte das gefaltete Papier ein paarmal in den Händen. »Vermutlich muß ich das irgendwann mal lesen«, sagte er unentschlossen.

Der Oberstabsarzt richtete sich halb auf. »Soll ich's –?«

»Nein, nein, Brooks, warum denn Sie? Übrigens kommt es von unserem allseitigen Freund, Admiral Starr. Sie werden doch gewiß gern hören wollen, was der uns zu sagen hat, wie?«

»Nein, ich nicht.« Brooks sagte das sehr schroff. »Kann mir nicht vorstellen, daß es was Gutes ist, oder?« Tyndall öffnete das Funkspruchblatt und glättete es.

»Seekriegsleitung an Kommandierenden Admiral 14. A.C.S.«, las er langsam. »Meldungen vorliegend, daß *Tirpitz* Auslaufen vorbereitet. Schwere Flugzeugträger detachieren unmöglich. F.R. 77 äußerst wichtig. Fahrt Murmansk mit Höchstgeschwindigkeit fortsetzen. Alles Gute. Starr.« Tyndall verzerrte den Mund. »›Alles Gute!‹ Das hätte er uns wohl ersparen können!«

Lange blickten die drei Männer sich an, stumm ausdruckslos. Es war typisch, daß Brooks zuerst wieder sprach.

»Apropos Vergebung«, murmelte er gelassen, »ich möchte doch zu gern wissen, wer auf Gottes Erde, oder über oder unter ihr, jemals diesem rachsüchtigen Kerl verzeihen kann?«

Donnerstag nacht

Es war noch früher Nachmittag, doch schon zog sich das graue arktische Zwielicht über der See zusammen, als *Ulysses* langsam zurückfiel. Der Wind war ganz abgeflaut, es schneite wieder, dicht und anhaltend, so daß die Sicht auf knapp eine Kabellänge begrenzt war. Bittere Kälte herrschte.

In kleinen Gruppen, zu dreien oder vieren, begaben sich Offiziere und Mannschaften zum Achterdeck, Steuerbordseite. Bis ins Mark frierend, ermattet, die meisten mit ihren eigenen Gedanken beschäftigt, schlurften sie stumm nach hinten, ihre schleppenden Füße rührten kleine Wolken von pulverigem Schnee auf. Geräuschlos stellten sie sich hinter den Kommandanten, ein Teil trat in Linie in der Mitte an, neben der langen, symmetrischen Reihe schneebedeckter Hügel, die gerundet über die glatte weiße Fläche des Achterdecks ragten.

Neben dem Kommandanten standen drei seiner Offiziere: Carslake, Etherton und der Oberstabsarzt. Carslake hielt sich dicht an der Reling, sein Gesicht war bis zu den Augen verbunden. Zum zweitenmal in vierundzwanzig Stunden hatte er Vallery aufgelauert und ihn gebeten, sich seine Absicht, ihn aus dem aktiven Dienst zu entlassen, noch einmal zu überlegen. Beim erstenmal hatte Vallery unerbittlich, fast verächtlich abgelehnt. Jetzt, vor zehn Minuten, hatte er eiskalt und kurz angebunden, dem Leutnant strengen Arrest angedroht, falls er ihn noch einmal belästige. Und nun stand Carslake mit starrem Blick in Schnee und Düsternis, seine blaßblauen Augen sahen dunkel aus vor Haß. Etherton stand dicht hinter Vallerys linker Schulter. Er vermochte sein Zittern nicht zu beherrschen. Über seinen bleichen, zusammengepreßten Lippen zuckten die Muskeln in Kinnbakken und Wangen unaufhörlich. Nur die Augen blieben starr und stumpf, sie hafteten wie hypnotisiert an dem seltsamen kleinen Hügel zu seinen Füßen. Auch Brooks hatte den Mund zusammengepreßt, bot aber mit seinem roten Gesicht und den in unterdrückter Wut blitzenden Augen ein ganz anderes Bild. Innerlich kochte er, empört, wie ein Arzt nur zu sein pflegt, wenn seine Anordnungen von schwerkranken Patienten einfach mißachtet werden. Vallery durfte – das hatte er ihm schon ohne Respekt und ganz energisch erklärt – keinesfalls hier stehen. Es sei haarsträubend dumm und leichtsinnig von ihm, überhaupt das Bett zu verlassen. Doch Vallery hatte ihm höflich auseinandergesetzt, jemand müsse die Trauerfeier für die Toten abhalten, und da der Pfarrer es nicht könne, sei es die Pflicht des Kommandanten. Und heute konnte der Geistliche es wirklich nicht, denn er lag tot vor seinen Füßen... Vor seinen und vor den Füßen Ethertons, des Mannes, der fraglos schuld an seinem Tode war.

Der Pfarrer war vor vier Stunden gestorben, gerade als Charlie abschwirrte. Tyndall hatte sich erheblich verschätzt: Charlie war vormittags erst spät aufgekreuzt und dann in Begleitung dreier Maschinen vom gleichen Typ. Wahrlich ein langer Flug von der norwegischen Küste bis hierher zum 10. Grad westlicher Breite, doch eine Kleinigkeit für die riesigen Condors – Focke-Wulf 200 –, die regelmäßig, vom ersten Tageslicht bis zur Abenddämmerung, den weiten Halbkreis von Drontheim bis zum besetzten Gebiet in Frankreich flogen, im Westen um die Britischen Inseln.

Mehrere Condormaschinen zusammen bedeuteten stets Unheil, und diese bildeten keine Ausnahme. Sie flogen, achtern ansetzend, über den Konvoi in der Länge hinweg. Scharfes Sperrfeuer von den Handelsschiffen und den Sicherungsfahrzeugen empfing sie, ihren Bombenangriff führten sie sichtlich ohne Begeisterung durch. Die Condors warfen aus gut 2000 Meter Höhe. In der klaren, kalten Morgenluft wurden die Bomben schon sichtbar, als sie die Schächte verließen, so daß den Schiffen reichlich Zeit für Ausweichmanöver blieb. Sehr rasch brachen die Condors ihren Angriff ab und verschwanden ostwärts, von der ›Herzlichkeit‹ des Empfangs beeindruckt, aber offenbar unbeschädigt.

Nach Lage der Dinge war die Attacke höchst verdächtig. Der sehr aufmerksame Charlie kam normalerweise als Aufklärer, doch wenn er angriff, was selten geschah, tat er das meistens mutig und zielbewußt. Dieser neueste Vorstoß hatte zu zaghaft und taktisch allzu ungeschickt gewirkt. Natürlich war es denkbar, daß neue Piloten der Luftwaffe die Maschinen geführt hatten, da sie sich, im Gegensatz zu den früheren Angriffen, so auffallend vorsichtig verhielten. Vielleicht hatten sie auch strengen Befehl, ihre wertvollen Flugzeuge nicht aufs Spiel zu setzen. Sehr wahrscheinlich aber war – sagte man sich auf der Geleitflotte – dieser vergebliche Angriff nur ein Ablenkungsmanöver gewesen, während die Hauptgefahr anderswo lag. Die Wachsamkeit über und unter Wasser wurde verschärft.

Fünf, zehn, fünfzehn Minuten vergingen ohne neue Ereignisse. Die Radarschirme und das Asdicbild blieben hartnäckig leer. Tyndall gab, da er es für unnötig hielt, die ganze Besatzung, die so dringend Schlaf brauchte, auch nur einen Moment länger im Alarmzustand zu lassen, den Befehl, zum Wegtreten zu blasen.

Die normalen Wachstationen wurden bezogen. Sämtliche Vormittagsarbeiten waren eingestellt worden, deshalb suchten Offiziere wie Mannschaften, fast ohne Ausnahme, zu einem wenigstens kurzen Schlaf zu kommen. Freilich nicht alle, denn Brooks und Nicholls mußten ihre Patienten betreuen, der Navigationsoffizier ging wieder ins Kartenhaus, Marshall und sein Batterieführer, Offiziersstellvertreter Peters, nahmen ihre unterbrochenen Runden wieder auf, während Etherton, überreizt und sorgenvoll, zusammengekauert im kalten, einsamen Turm des Feuerleitstands blieb und auf Abruf wartete, da ihm sehr daran lag, sich von Vorwürfen, die ihn wegen des Zwischenfalls Carslake–Ralston treffen konnten, zu reinigen.

Den schrill alarmierenden Ruf an Deck ganz in ihrer Nähe hörten Marshall und Peters, als sie in der Elektrowerkstatt mit dem dort diensttuenden Obermechaniker sprachen. Seine Werkstatt lag im Vorschiff, an der Backbordseite des Ganges, der vor der Offiziersmesse querschiffs lief und hinter der Barbette von Turm B einen Bogen machte. Mit vier schnellen Schritten waren sie im Gang und durch die Verdunkelungstür und starrten im frisch fallenden Schnee über Bord in die Richtung, die ein aufgeregter Seesoldat mit dem Finger wies. Marshall erkannte ihn mit einem flüchtigen Blick sofort: es war Charteris, der einzige Mann ohne Dienstgrad, den jeder Offizier des Schiffes kannte, da er im Hafen als Barmann eine zweite Funktion hatte.

»Was ist denn da, Charteris?« fragte ihn Marshall. »Was sehen Sie? Rasch, antworten Sie doch, Mann!«

»Dort, Sir! Da draußen, ein bißchen weiter rechts noch! Es ist ein U, Sir, ein Unterseeboot!«

»Wie? Was gibt's da? Ein U-Boot?« Marschall drehte sich halb um, als Reverend Withrop, der Geistliche, sich zwischen ihm und Charteris an die Reling drängte. »Wo ist es? Zeigen Sie's mir, zeigen Sie es!«

»Genau voraus, Pater. Jetzt kann ich's auch sehen – hat aber für 'n U-Boot 'ne verdammt komische Form«, sagte Marshall. »Entschuldigen Sie bitte meine Ausdrucksweise«, fügte er hastig hinzu. Er bemerkte in Winthrops Augen das unchristlich kriegerische Glimmen, unterdrückte ein Lachen und beobachtete durch den Schnee die merkwürdig gedrungene Form, die jetzt fast querab von ihnen trieb.

Hoch oben im Turm hatte Etherton sie mit seinen rastlos suchenden Augen schon entdeckt, noch eher als Charteris. Wie der, hatte er auch gleich an ein im Schneesturm auftauchendes U-Boot gedacht, das nach dem Angriff der Condors noch einen Schlag machen wollte. Der Gedanke, daß Radar oder Asdic es längst aufgefaßt hätten, kam ihm überhaupt nicht. Eine Zeitfrage. Allein auf schnelles Handeln kam es jetzt an, ehe das U-Boot verschwinden konnte.

»Leitgerät! Achtung die 4-Zentimeter!« brüllte er ins Sprachrohr zur Vierlingsflak. »U-Boot an Backbord 60. Entfernung 100 Meter, bewegt sich achteraus. Wiederhole: Backbord 60. Können Sie es sehen?... Nein, nein, Backbord 60 – jetzt 70!« schrie er verzweifelt. »O gut, schön. Sofort auffassen.«

»Ziel aufgefaßt!« knatterte es in seinem Kopfhörer.

»Feuer eröffnen – Dauerfeuer!«

»Sir, aber – Sir, Kingston ist gar nicht hier. Er ist eben mal –«

»Kümmern Sie sich nicht um Kingston!« schrie Etherton wütend. Er wußte natürlich, daß Kingston der Batterieführer für die Vierlinge war. »Feuer eröffnen, sofort, ihr Schafsköpfe! Ich übernehme die volle Verantwortung!« Er warf das Telefon auf den Halter zurück und ging an die Beobachtungstafel... Und schon durchfuhren ihn Schrecken und Furcht so schneidend, daß ihm ganz elend wurde... In größter Aufregung sprang er wieder ans Telefon.

»Letzter Befehl ungültig!« schrie er wild. »Feuer einstellen! Feuer einstellen! O mein Gott, mein Gott!« Durch den Kopfhörer vernahm er das zornige Gebell der Zweipfundgranaten. Er ließ das Telefon so heftig fallen, daß es gegen die Wand krachte. Es war zu spät –.

Zu spät, weil er die Erzsünde begangen – den Befehl zum Abnehmen der Mündungsklappen vergessen hatte, der Metallteller, die bei ›Geschütz in Ruhe‹ vor die Rohrmündung geschoben wurden. Und die Granaten hatten Aufschlagzünder...!

Die Granate des einen Geschützes krepierte im Rohr, tötete den Richtschützen und verwundete den Melder schwer, die anderen drei durchschlugen die dünnen Mündungsdeckel und explodierten schnell nacheinander, ganz nahe vor den Gesichtern der vier Beobachter auf dem Vorschiff.

Wie durch ein Wunder wurde keiner von ihnen von den durch die Luft pfeifenden Granatsplittern getroffen, die außenbords flogen und als rotglühender Eisenhagel in der See verzischten. Aber die Wucht der Explosion schlug nach hinten, und schon wenige Pfund hochexplosiven Sprengstoffs sind auf Armeslänge von tödlicher Gewalt.

Der Geistliche war sofort tot, Peters und Charteris starben in Sekunden, alle drei auf dieselbe Weise – eingedrückte Schädeldecke. Vom Explosionsdruck wie von der Faust eines Riesen umgerissen und gegen die nächste Eisenwand geschleudert, zerschlugen sie ihren Hinterkopf wie Eierschalen. Dunkel rann ihr Blut in den Schnee, der es sofort auslöschte.

Marshall hatte ganz unglaubliches Glück. Die Explosion – er sagte später, ihre Wucht ließe sich vergleichen mit dem Schlag der Kolbenstange einer Schnellzuglokomotive – warf ihn durch die offene Tür hinter ihm, wobei ihm die Schwelle die Hacken von beiden Schuhen riß. So wurde er mitten im ›Fliegen‹ jäh gebremst, schlug einen Salto, schlitterte durch den Gang und flog mit dem ganzen Körper gegen die Barbette von Geschützturm B, und zwar so, daß er genau zwischen den vier spitzen Bolzen der Flügelmuttern anprallte, mit denen eine Schauklappe verschlossen war. Hätte er draußen nur ein kleines Stück weiter rechts oder links gestanden oder wären seine Hacken etwas höher gewesen, als er wie katapultiert durch den Türrahmen sauste, und wäre er nur um Haaresbreite mehr rechts oder links gegen die Wandung des Geschützturmschafts geschlagen, so hätte Oberleutnant Marshall sein Ende gefunden. Das demonstrierten hier die Gesetze des Zufalls sehr überzeugend. So aber saß er jetzt im Revier, unversehrt bis auf ein paar angeknackte Rippen, die im Gipsverband beim Atmen allerdings schmerzten.

Das kieloben treibende Rettungsboot, stummer Zeuge früherer Tragödien auf einem Rußlandkonvoi, war längst im weißlichen Zwielicht verschwunden.

Kapitän Vallery, der tief und heiser gesprochen hatte, schloß mit leiser Stimme. Er trat zurück, klappte das Gebetbuch zu, und schon klangen die wenigen traurigen Töne der Trompete wie ein Echo übers Achterschiff und erstarben im Schnee wie unter einer Decke. Schweigend, ohne sich zu rühren, standen dort die Männer, während einer nach dem anderen, die dreizehn mit Segeltuch umhüllten und mit Ballast beschwerten Menschenleiber unter der britischen Reichsflagge hindurch das schräg gestellte Brett hinabglitten und mit schwerem Aufklatschen im Eismeer verschwanden. Für lange Sekunden bewegte sich niemand. Das in dieser Szenerie geisterhafte Zeremoniell der Bestattung zog mit seiner irrealen, hypnotischen Wirkung die Gedanken der müden und schwerfällig gewordenen Gehirne gegen ihren Willen so in Bann, daß die Männer Kälte und Unbehagen vergaßen. Sogar als Etherton einen halben Schritt vortrat, lautlos und fast unauffällig im Schnee zusammensackte, hielt die einem Trancezustand gleichende Atempause noch an. Einige beachteten ihn gar nicht, andere blickten ohne Neugier hin. Nicholls, der im Hintergrund stand, hatte die absurde Idee, sie könnten dort bis ins Unendliche stehenbleiben, so daß ihr Verstand und ihr Blut immer langsamer arbeiteten, schließlich gerinnen und einfrieren würden, während der äußere Leib zur Eissäule wurde. Doch schon wurde der Bann aufreizend jäh gebrochen: das durchdringende Pfeifen des E.A.S. – des Signals für höchste Alarmbereitschaft – schnitt durch die sinkende Abenddämmerung.

Vallery brauchte drei Minuten, um bis auf die Brücke zu kommen. Er mußte oft ausruhen, auf jeder zweiten oder dritten Stufe der vier Treppen, die hinaufführten, und selbst das schon raubte seinem geschwächten Körper fast die letzten Kraftreserven. Durch die Klapptür mußte Brooks ihn halb tragen. Vallery klammerte sich ans Kompaßgehäuse und rang, Schaum auf den Lippen, nach Atem, doch seine Augen waren so voll Leben, so wachsam wie stets, als er scharf in das Schneegestöber blickte.

»Kontakt näher kommend, näher kommend! Will unseren

Kurs kreuzen. Geschwindigkeit unverändert!« Der Lautsprecher vom Radar klang gedämpft, unpersönlich, und doch war die gleichmütige, exakte Sprache des Oberleutnants Bowden nicht zu verkennen.

»Gut, gut, den werden wir noch 'reinlegen!« Tyndall, dessen müdes, eingefallenes Gesicht vor Spannung fast freudestrahlend leuchtete, wandte sich an den Kommandanten. Die Aussicht auf Taten begeisterte ihn stets. »Kommt was aus Südsüdwesten 'rauf, Kommandant. Großer Gott im Himmel, wie können Sie noch hierherkommen?« Er war hell entsetzt über Vallerys Aussehen. »Brooks, weshalb um Himmels willen –?«

»Vielleicht reden Sie mal mit ihm«, knurrte Brooks zornig, warf die Pforte hinter sich zu und stelzte steif von der Brükke.

»Was ist denn mit dem los?« fragte Tyndall, ohne sich an jemand zu wenden. »Was hätte ich denn tun sollen, zum Donnerkiel!«

»Nichts, Sir«, beschwichtigte ihn Vallery. »Ist alles meine Schuld – Anordnungen des Arztes nicht befolgt, und was sonst noch. Wie meinten Sie vorhin?«

»Ach so. Böse Sache, befürchte ich, Kommandant.«

Vallery lächelte vor sich hin, als er im Gesicht des Admirals wieder die freudige Erwartung bemerkte. »Radar meldet näher kommendes Überwasserfahrzeug, groß und schnell, auf einem Kurs, der ganz so aussieht, als wolle es uns in die Quere kommen.«

»Und das natürlich – nicht zu unserer Flotte gehört«, murmelte Vallery. »Beim Zeus, Sir, es kann doch wohl nicht –?«

»Die *Tirpitz* sein?« vollendete Tyndall seinen Satz. Er schüttelte energisch den Kopf. »Dachte ich zuerst auch, aber nein. Die *Tirpitz* wird von unserer Seekriegsleitung und Luftwaffe bewacht wie die Eier von einer brütenden Henne. Wenn die sich nur einen viertel Meter bewegt, erfahren wir das. Vielleicht ist es ein schwerer Kreuzer.«

»Näher kommend, näher kommend, Kurs unverändert.« Bowdens Stimme, so knapp, so ruhig, erinnerte an die eines

Reporters beim Kricketspiel. »Geschätzte Fahrt 24, wiederhole 24 Meilen.«

Seine Stimme verschwand im Geknatter, als jetzt der Lautsprecher vom Funkraum lebendig wurde:

»Funkraum an Brücke! Funkraum an Brücke! Spruch vom Konvoi: ›*Stirling* an Admiral: Verstanden. Ausgeführt. Ende‹.«

»Ausgezeichnet, ausgezeichnet! Von Jefferies«, erklärte Tyndall. »Hatte ihn beauftragt, dem Konvoi Kursänderung auf Nordnordwest zu befehlen. Damit sollte er sich von unserem näher kommenden Freund gut absetzen können.«

Vallery nickte. »Wie weit ist der Konvoi uns voraus, Sir?«

»Lotse!« rief Tyndall, indem er sich erwartungsvoll rückwärts neigte.

»6 bis $6^1/_2$ Meilen«, sagte Kapok Kid, ohne eine Miene zu verziehen.

»Er läßt nach«, meinte Tyndall bekümmert. »Die Strapazen nehmen ihn auch mit. Vor einigen Tagen hätte er uns die Distanz noch bis auf einen Meter genau gegeben. – 6 Meilen, das ist weit genug, Kommandant. Der Gegner wird den Konvoi keinesfalls fassen. Bowden sagt ja, daß der uns bis jetzt noch nicht ausgemacht hat, der Schnitt der beiderseitigen Kurse müsse reiner Zufall sein... Ich entnehme daraus, daß Oberleutnant Bowden vom deutschen Radar nicht viel hält.«

»Mir bekannt. Hoffe, er hat recht. Zum erstenmal eigentlich ist diese Frage wohl mehr als nur theoretisch wichtig.« Vallery spähte, sein Fernglas vor den Augen, nach Süden, entdeckte aber nichts. Da war nur das Meer und der jetzt schwächer fallende Schnee. »Na, jedenfalls kam dieser Alarm gerade zur rechten Zeit.«

Tyndall hob fragend eine seiner buschigen Brauen.

»Es war so befremdend, vorhin da auf dem Achterdeck«, sagte Vallery zögernd. »Etwas Unerklärliches, Unheimliches lag in der Luft. Hat mir gar nicht gefallen, Sir. Es war so – nun, fast beängstigend. Der Schnee, das Schweigen, die Toten – dreizehn Tote –, ich kann mir kaum vorstellen, wie unseren Männern zumute war – wie sie über Etherton dachten, und auch sonst. Aber schön war es nicht. Bin im Zweifel, wie es geendet haben würde –«

»5 Meilen«, fuhr der Lautsprecher ihm ins Wort, »wiederhole: 5 Meilen. Kurs und Geschwindigkeit konstant.«

»5 Meilen«, wiederholte Tyndall, den Ungewißheit ärgerte, befriedigt. »Zeit, daß wir uns ein bißchen zurückfallen lassen, Kommandant. Bald werden wir in seinem Radarbereich sein – so wie Bowden die Sache sieht. Ich denke, wir setzen uns etwas nach Osten ab. Sieht dann aus, als bildeten wir die Schlußsicherung für den Konvoi und steuerten direkt aufs Nordkap los.«

»Steuerbord 10!« befahl Vallery. Langsam drehte der Kreuzer, faßte seinen neuen Kurs und hielt ihn. Die Fahrt wurde auf das ruhige Marschtempo von 26 Meilen vermindert.

Eine Minute, fünf Minuten vergingen, dann quärrte der Lautsprecher von neuem: »Radar an Brücke! Entfernung gleichbleibend. Hat auch Kurs geändert.«

»Ausgezeichnet, wirklich!« Der Admiral schnurrte beinah vor Behagen. »Wir haben ihn, meine Herren! Er hat den Konvoi verpaßt... Lassen Sie Feuer nach Radar eröffnen!«

Vallery ergriff das Sprechgerät zum Gefechtsleitstand. »Leitstand? Aha, Sie sind's, Courtney... Schön, schön – genau richtig so.«

Er legte das Gerät ab und blickte Tyndall an. »Ein fixer Junge ist das! Hatte seine Türme X und Y schon seit zehn Minuten feuerbereit und hat das Ziel gehalten. Sagt, er brauchte bloß noch auf den Knopf zu drücken.«

»Klingt mir ganz so, als hätte unser Freund hier gesprochen.« Tyndall machte eine Kopfbewegung zu Carpenter, dann blickte er überrascht auf. »Courtney? Sie sagten doch ›Courtney‹? Wo ist denn unser A.O.?«

»In seiner Kammer, soviel ich weiß. Ist auf dem Achterdeck zusammengeklappt. Jedenfalls ist er nicht in geeigneter Form für seine Aufgabe... Gott sei Dank, daß ich nicht in den Schuhen dieses Jungen stecke! Ich kann mir vorstellen...«

Ulysses erbebte, das peitschende Krachen der Geschütze

von Turm X erstickte Vallerys Worte, während die 13,2-Zentimeter-Granaten heulend in das Zwielicht rasten. Sekunden später erzitterte das Schiff wieder – die Geschütze von Turm Y stimmten ein. Von nun an feuerten sie einzeln, in Abständen von einer halben Minute. Es hatte keinen Sinn, Munition zu verschwenden, wenn die Einschläge nicht beobachtet werden konnten. Immerhin war vermutlich damit genug getan, um den Gegner in Wut zu versetzen, so daß er gezwungen wurde, seine Aufmerksamkeit nur auf dieses feuernde Schiff und auf nichts anderes zu richten.

Der Schnee hatte nachgelassen, er bildete nur noch eine dünne Gardine, die den Horizont verschleierte, ohne ihn zu verdunkeln. Im Westen hob sich die Bewölkung, der Himmel über der sinkenden Sonne wurde hell. Vallery befahl für Turm X Feuereinstellung und Laden mit Leuchtgranaten.

Fast ruckartig hatte es zu schneien aufgehört, und der Feind kam in Sicht, groß und drohend, eine schwarze, nicht definierbare Silhouette. Plötzlich aufleuchtend warf die untergehende Sonne, im Widerspruch zum Ernst der Situation, ein goldenes Gefunkel in der hohen Bugwelle des Schiffes auf.

»Steuerbord 30!« rief Vallery scharf. »Äußerste Kraft voraus! Rauchschleier legen!« Tyndall nickte einverstanden. Auch in seinem Plan lag es nicht, mit einem deutschen schweren Kreuzer oder einem Taschenschlachtschiff ins Gefecht zu geraten, schon gar nicht auf die gefährlich kurze Entfernung von 4 Meilen.

Auf der Brücke spähten ein Dutzend Ferngläser achteraus, um den Feind zu identifizieren, doch von vorn gegen den sich rötenden Himmel gesehen war das schwierig. Es sah so unklar und verschwommen aus, daß man sich ärgern konnte. Plötzlich stachen, während sie noch beobachteten, weiße Flammenlanzen mitten aus dieser Silhouette, im selben Augenblick barst die erste Leuchtgranate hoch in der Luft, direkt über dem Feind, und badete ihn in grellem, gnadenlos weißem Licht, so daß er sonderbar nackt und wehrlos erschien.

Doch das war eine Täuschung. Alle duckten sich instinktiv, als die Granaten dicht über ihre Köpfe hinwegpfiffen und vor dem Schiff ins Meer platschten. Alle mit Ausnahme von Kapok Kid. Er heftete unerschüttert den Blick auf den Admiral, als der sich langsam aufrichtete. »Hipper-Klasse, Sir«, verkündete er, »10000 Tonnen, 20,3-Zentimeter-Geschütze und Flugzeug an Bord.«

Tyndall studierte lange mißtrauisch Carpenters unbewegtes Gesicht. Während er noch nach einer recht scharfen Antwort suchte, um ihn niederzuschmettern, sah er im nachlassenden Schein der Leuchtgranate Rauch aus den Türmen des deutschen Kreuzers puffen.

»Allewetter!« rief er. »Verschwenden nicht lange Zeit, was? – Und schießen verdammt gut!« fügte er fachmännisch anerkennend hinzu, als die Granaten ungefähr 50 Meter hinter dem Heck ins Kielwasser von *Ulysses* zischten. »Mit den ersten zwei Salven schon eine Gabel! Mit der nächsten wird er sich eingeschossen haben.«

Ulysses war noch in der Drehung, aus dem achteren Schornstein begann schwarzer Qualm zu brodeln, als Vallery sich hochreckte und rasch sein Glas vor die Augen nahm. Dicke Rauchwolken stiegen wie Pilze vom Deck des feindlichen Schiffes an der Steuerbordseite, dicht vor der Brücke.

»Oh – gut gemacht, Courtney!« platzte er los. »Wirklich fein gemacht!«

»Wirklich fein gemacht«, echote Tyndall. »Prächtig! Trotzdem sollten wir lieber nicht warten, ob wir's mit denen aufnehmen können... Ah! Noch gerade rechtzeitig, meine Herren! Herrje, das war knapp!« Das Heck der *Ulysses*, fast bis auf Nordrichtung herumgeschwungen, wurde im Qualm unsichtbar, gerade als ganz dicht dahinter eine der Granaten in einer großen Wasserfontäne explodierte.

Die folgende Salve – der Treffer auf dem feindlichen Kreuzer hatte offenbar seine Feuerkraft nicht beeinträchtigt – schlug ungefähr 200 Meter achteraus in die See. Der Deutsche schoß jetzt blind. Dodson, der L.I., erzeugte Qualm nach Noten. Dick, undurchdringlich rollte sich der ölfette, schwarze Qualm über die Wasserfläche. Vallery fuhr eine volle Kehrtwendung, dann legte er das Schiff mit hoher Fahrt auf Ostkurs.

Während der nächsten zwei Stunden in Dämmerung und Dunkelheit spielten sie Katze und Maus mit dem Kreuzer der ›Hipper‹-Klasse, feuerten gelegentlich, ließen sich kurz blicken, um ihn zu reizen, und tauchten gleich wieder hinter eine Rauchwand, die im beginnenden Nachtdunkel kaum noch notwendig war. Die ganze Zeit hatten sie als Auge und Ohr ihr Radar, das sie niemals enttäuschte. Schließlich ließ Tyndall, als er beruhigt war, daß für den Konvoi keine Gefahr mehr bestand, einen doppelten Rauchschleier legen, indem er mit *Ulysses* einen weiten Bogen in Form eines U beschrieb und dann auf Südwestkurs ging. Es wurden noch ein paar Granaten abgefeuert, die nicht als Abschiedsgruß gedacht waren, sondern die Richtung, in der *Ulysses* verschwand, andeuten sollten.

Anderthalb Stunden später, als der riesige Halbkreis über Backbordbug gezogen war, hatte *Ulysses* sich weit nach Norden abgesetzt, während Oberleutnant Bowden und seine Radarmänner dem Feind bei seinen Bewegungen auf der Spur blieben. Sie meldeten, daß er stetig Ostkurs hielt, und konnten, kurz bevor sie den Kontakt verloren, noch seine Kursänderung auf Südost angeben.

Tyndall kletterte mit steifen, abgestorbenen Gliedern von seinem Stuhl und reckte sich genießerisch.

»Keine schlechte Arbeit heute abend, Kommandant, durchaus nicht schlecht. Was wollen Sie wetten, daß unser Freund die Nacht mit hoher Geschwindigkeit nach Süden und Osten Kreise fährt in der Hoffnung, sich bis zum Morgen noch vor den Konvoi setzen zu können?« Tyndall fühlte sich trotz seiner Erschöpfung recht siegesgewiß. »Und bis dahin müßte F.R. 77 schon 200 Meilen nördlich von ihm stehen... Und Sie, Lotse, haben vermutlich schon verkürzte Kurse für unseren Anschluß an den Konvoi für jede Geschwindigkeit bis zu 100 Meilen ausgearbeitet, wie?«

»Ich glaube, wir werden den Anschluß ohne große Schwierigkeiten wiederfinden«, antwortete Kapok Kid höflich.

»Gerade wenn unser Lotse sich am bescheidensten gibt, fällt er mir am meisten auf die Nerven«, verkündete Tyndall. »Mein Himmel, ich bin fast zu Tode erfroren... Ach, verdammt! Hoffentlich ist nicht wieder'n Malheur passiert, was?«

Der Melder hinter der Kompaßplattform nahm den am Kabel baumelnden Telefonhörer hoch und horchte kurz hinein.

»Für Sie, Sir«, sagte er zu Vallery, »der Assistenzarzt.«

»Nehmen Sie nur die Meldung selbst auf, Chrysler.«

»Verzeihung, Sir, er will Sie unbedingt persönlich sprechen.« Chrysler reichte das Instrument in den Brückenraum. Vallery unterdrückte einen zornigen Ausruf und nahm den Hörer ans Ohr.

»Hier Kommandant! Na, was gibt's?... Was?!... Nein! O Gott, nein!... Weshalb wurde mir das nicht gemeldet?... Oh, ach so... Danke, danke.«

Er gab das Telefon zurück und drehte sich schwerfällig nach Tyndall um. In der Dunkelheit spürte der Admiral, mehr als er es sah, Vallerys plötzliche Müdigkeit, die wie unter einem Schlag gekrümmten Schultern.

»Nicholls war das.« Seine Stimme klang ganz tonlos. »Oberleutnant Etherton hat sich in seiner Kammer erschossen, vor fünf Minuten...«

Um 4 Uhr morgens, bei schwerem Schneefall, doch ruhiger See, stieß *Ulysses* wieder zum Konvoi.

Bis zum Vormittag des folgenden Tages, kaum sechs Stunden später, war Konteradmiral Tyndall ein alter, müder Mann geworden, von Reue und bitteren Selbstvorwürfen gequält und dicht, sehr dicht am Rand der Verzweiflung. Merkwürdig, wie in wenigen Stunden seine frischen roten Wangen zusammengeschrumpft und erschlafft waren, wie das Blut aus ihnen gewichen war und sie pergamentgrau gemacht hatte. Die eingesunkenen Augen hatten von der tiefen Erschöpfung blutrote Ränder. Es war unglaublich, wie schnell und gründlich dieser zähe, heitere Seemann, der anscheinend unempfänglich für die gefährlichsten Überraschungen des Krieges war, sich verwandelt hatte. Unglaublich war das und an sich schon Besorgnis erregend, viel schlimmer aber durch die sehr bedenkliche Wirkung auf die Moral der Besatzung. Zu jedem Torbogen gehört ein Schlußstein... den Vergleich zogen sie wohl alle.

Ein unparteiisches Gericht hätte Tyndall von aller Schuld gereinigt, ihn ohne Verhandlung freigesprochen. Er hatte getan, was er für richtig hielt, was an seiner Stelle auch jeder andere Befehlshaber getan hätte. Tyndall aber saß vor dem erbarmungslosen Gericht des eigenen Gewissens. Er konnte nicht vergessen, daß er es gewesen war, der dem Konvoi einen neuen, weit nach Norden abweichenden Kurs befohlen hatte, daß er den offiziellen Befehl, direkt zum Nordkap durchzustoßen, mißachtet hatte und daß genau auf 70 Grad Nordbreite – wie ihm die Admiralität vorausgesagt hatte – F.R. 77 in dieser kalten, klaren, windstillen Morgendämmerung mitten in die im Lauf des ganzen Krieges stärkste Konzentration von U-Booten hineingetapst war.

Das Wolfsrudel hatte zu der bei ihm beliebtesten Stunde und aus der beliebtesten Position zugeschlagen, aus Nordosten, als der Konvoi vor dem aufkommenden Tageslicht lief. Grausam, geschickt und mit wohlberechneter Wildheit schlug es zu. Gewiß, die Ära eines Kapitänleutnants Prien – dessen U-Boot schon längst mit der gesamten Besatzung vom Zerstörer *Wolverine* versenkt worden war –, die Ära seiner berühmten Zeitgenossen, die Glanzzeit der großen U-Boot-Kommandanten, die Höhepunkte brillanter Einzelleistungen und hoher persönlicher Tapferkeit, sie waren vorbei. An ihre Stelle waren – allgemein als viel gefährlicher und tödlicher betrachtet – zusammengefaßte, genauestens abgestimmte Massenangriffe der Rudel getreten, die mechanisch, wie von Automaten und gleichsam nach festem Rezept, unter dem Kommando eines einzelnen durchgeführt wurden.

Cochella, das dritte Schiff in der Backbordkolonne, wurde das erste Opfer. Sie war ein Schwesterschiff der *Vytura* und der *Varella*, die auch im Konvoi F.R.77 liefen, und transportierte über 12 Millionen Liter höchstempfindlichen Benzins.

Sie wurde von mindestens drei Torpedos getroffen. Die beiden ersten rissen sie in der Mitte fast auseinander, der dritte löste eine ungeheuerliche Detonation aus, durch die sie buchstäblich von der Meeresfläche gefegt wurde. Eben war sie noch da, lief ganz munter durch das Zwielicht des Sonnenaufgangs, im nächsten Moment war sie verschwunden. Fort, spurlos verschwunden. Wo sie gewesen war, blieb nur brodelndes, wildbewegtes Wasser zurück. Das Schiff verschwand, während die Augenzeugen mit betäubten Trommelfellen und gelähmten Hirnen zu begreifen suchten, was sich da ereignet hatte. Verschwunden, während sich die Männer auf den anderen Schiffen in der Nähe instinktiv duckten und irgendwo verbargen, als todbringende Metallstücke über die Flotte sausten.

Zwei Schiffe mußten die ganze Wucht der Explosion fühlen. Eine mächtige Metallmasse – es kann eine Winsch gewesen sein – durchschlug auf *Sirrus,* die eine Kabellänge entfernt an Steuerbord lief, glatt den Brückenaufbau und zertrümmerte den Radar-Kontrollraum völlig. Was dem zweiten, unmittelbar dahinter laufenden Schiff – mit dem unmöglich langen Namen *Tennessee Adventurer* – passierte, war nicht mehr klar festzustellen, doch läßt sich mit einiger Sicherheit sagen, daß es schwere Beschädigungen an Ruderhaus und Brücke erlitt. Es wurde steuerlos und führerlos.

Tragisch war, daß dies anfangs nicht erkannt wurde, weil es tatsächlich nicht auffiel. Tyndall, der sich von dem rein körperlichen Schock durch die Explosion rasch erholte, ließ Signal für eine Notwendung nach Backbord geben. Da das Wolfsrudel offenbar an dieser Seite des Konvois lauerte, hielt er es für die einzig richtige Taktik – als bestmögliche Vorbeugung gegen weitere Verluste –, direkt auf den Feind zuzusteuern, um seine Absicht zu durchkreuzen. Tyndall hatte Grund zu der Annahme, daß die U-Boote nahe beieinanderlagen – sie pflegten sich nur bei Angriffen auf langsame Konvois auseinanderzuziehen. Im übrigen hatte er diese Taktik schon früher mehrmals mit großem Erfolg angewendet. Und schließlich verkleinerten sich durch die Wendung der Schiffe ihre Zielflächen der Breite nach auf ein sehr ungünstiges Zehntel, während die U-Boote gezwungen wurden, entweder zu tauchen oder die Gefahr, überrannt zu werden, in Kauf zu nehmen.

Mit der Exaktheit olympischer Dressurreiter schwangen alle Schiffe in einer majestätischen Bewegung nach Backbord herum, wobei sie sich nach Steuerbord überlegten und die Halbkreise der Kielwasserstreifen weiß glänzend auf der noch dunklen Wasseroberfläche hinter sich zurückließen. Zu spät wurde bemerkt, daß *Tennessee Adventurer* führerlos war. Langsam erst, dann beängstigend schnell, drehte er nach Osten und lief im Winkel auf einen anderen Frachtdampfer zu, den *Tobacco Planter*. Es blieb kaum Zeit zum Denken, das Unvermeidbare abzuschätzen. Jäh wurde auf *Planter* das Ruder herumgeworfen, um hinter dem Heck der *Adventurer* vorbeizukommen, doch dieses wild schwenkende Schiff, offensichtlich ganz aus dem Ruder gelaufen, drängte sich Meter um Meter gnadenlos in den enger werdenden Drehkreis der *Planter*, als werde es mit aller Bosheit so gesteuert.

Es rammte *Planter* mit fürchterlicher Wucht dicht vor der Brücke, sein Bug, den es beim Stoß völlig zerquetschte, fraß sich weit in die Seite des Opfers, 5 bis 6 Meter tief in ein Gewirr von zerreißendem Metall. Die Wucht eines Schiffes von 10 000 Tonnen Gewicht, das mit 15 Meilen Fahrt rammt, ist unglaublich. Die Wunde war tödlich. Der Schwung, den *Planter* noch hatte, riß sie zwar aus dem Griff des vernichtenden Bugs und trug sie noch eine Strecke vorwärts, aber sie öffnete dadurch selbst die Wunde für die gierige See und beschleunigte den eigenen Tod. Fast augenblicklich lief das Schiff so voll, daß es schwere Schlagseite nach Steuerbord bekam. Auf der *Adventurer* mußte jemand das Kommando übernommen haben, denn die Maschinen stoppten, sie lag, vorn ein wenig tiefer sackend, bewegungslos neben dem sinkenden Dampfer.

Der übrige Konvoi vermied Kollisionen mit den beiden treibenden Schiffen und ging auf Nordwestkurs. Weit außen an Steuerbord riß Kapitän Orr seinen beschädigten Zerstörer *Sirrus* fast ruckartig herum und nahm Kurs auf die beiden zerschlagenen Dampfer. Aber schon nach knapp einer halben Meile rief ihn ein zorniger Morsespruch vom Flaggschiff zurück. Admiral Tyndall machte sich keine Illusionen. Er wußte, daß *Adventurer* vielleicht den ganzen Tag unbehelligt liegenbleiben würde – *Planter* mußte, das sah jeder, in wenigen Minuten sinken –, was jedoch weder eine Garantie dafür war, daß kein U-Boot mehr auf der Lauer lag, noch dafür, daß die feindlichen Kommandanten unangebrachte Ritterlichkeit zeigen wollten. Nein, der Feind war bestimmt noch da und wartete bis zur letzten Sekunde vor Einbruch völliger Dunkelheit, in der Hoffnung, daß sich ein Zerstörer, um Überlebende zu bergen, neben *Adventurer* legte.

Und mit dieser Vermutung behielt Tyndall recht: *Adventurer* wurde erst kurz vor Sonnenuntergang torpediert. Drei Viertel der Besatzung retteten sich in Boote, in die sie noch zwanzig Überlebende von *Planter* aufnahmen. Einen Monat später fand die Fregatte *Esther* diese ›Geretteten‹, in drei hintereinandergebundenen, auf Nordkurs liegenden Kuttern, nahe der grimmen Felsenküste der Bäreninsel. Der Kapitän saß noch in gespannt wachsamer Haltung am Ruder des vorderen Bootes, eine vertrocknete Hand wie eine Kralle um die Pinne geklammert, aus leeren Augenhöhlen nach einem verlorenen Horizont starrend. Die übrigen saßen oder lagen in den Booten, und einer stand tatsächlich aufrecht, einen Arm um den Mast gehakt. Hinter den eingeschrumpften Lippen grinsten in allen Gesichtern gräßlich die Gebisse. Neben dem Kapitän lag das Logbuch, ohne Eintragung: sie waren sämtlich schon in der ersten Nacht erfroren. Der junge Kommandant der Fregatte hatte sie treiben lassen und noch beobachtet, wie sie hinter der Kimm verschwanden auf dem Weg zur Grenze des ewigen Eises. Die Packeisgrenze ist das Gebiet des großen Schweigens, dort liegt das Meer so unglaublich still, so friedsam und ruhevoll, und so kalt, daß sie vielleicht jetzt noch da sind, die Toten, die nicht ruhen dürfen. Ein tristes, schäbiges Ende für den »Tempel des Geistes«, wie der Mensch auch genannt wird... Es ist nicht bekannt, ob die Admiralität das Verhalten des Kommandanten von *Esther* gebilligt hat.

In einer wichtigeren Frage – wie den Maßnahmen des Feindes am besten zu begegnen sei – behielt der Admiral absolut unrecht. Der Befehlshaber des Wolfsrudels mußte mit seinen Absichten gerechnet haben, und es läßt sich darüber streiten, ob Tyndall das hätte voraussehen müssen. Seine Taktik, einen ganzen Konvoi direkt in einen Torpedoangriff hineinschwenken zu lassen, war dem Feind wohl bekannt, und ebenso bekannt war, daß er als Flaggschiff die *Ulysses* fuhr, das einzige Schiff dieses speziellen Typs, jedem deutschen U-Bootkommandanten vom Anblick oder durch Abbildungen vertraut. Und selbstverständlich war gemeldet worden, daß *Ulysses* die Aufgabe hatte, F.R.77 nach Murmansk durchzubringen. Tyndall hätte den längst fälligen Gegenschlag erwarten sollen, ihn erwarten und ihm vorbeugen.

Das Unterseeboot, das die *Cochella* torpediert hatte, war nämlich das letzte, nicht das erste des Rudels gewesen. Es hatte nur die Falle geöffnet, während die anderen südlich von ihm, ein gutes Stück westwärts vom Wege des Konvois, liegenblieben, außerhalb der Reichweite der Asdicpeilungen. Und als dann F.R.77 nach Westen schwenkte, setzten sie sich ganz gemütlich in Schußposition, während die Schiffe im rechten Winkel vor ihrem Bug vorbeizogen. Die See war ruhig, still wie ein Mühlenteich und von tiefem Mittelmeerblau. Die nächtlichen Schneeböen hatten aufgehört. Fern im Südosten schob sich eine strahlende Sonne eben über den Horizont, ihre waagerechten Strahlen warfen über das Eismeer ein breites silbernes Band, das die Schiffe in ihrem weißen Schneekleid gegen die dunklere See und den Himmel dahinter klar abhob. Ideale Bedingungen für die U-Boote, falls das Wort ideal sich für die Beschreibung eines bevorstehenden Massakers eignet.

Ein Massaker, fast totale Vernichtung hätte es gewiß werden müssen, wäre nicht, wenn auch beinah zu spät, noch eine Warnung gekommen. Sie kam weder durch Radar noch durch Asdic, überhaupt nicht durch eins der geradezu wunderbar leistungsfähigen modernen Erkundungsgeräte, sondern ganz einfach durch die scharfen Augen eines achtzehnjährigen Matrosen und die von Gott gesandten Strahlen der aufgehenden Sonne.

»Herr Kapitän! Herr Kapitän!« Der kleine Chrysler rief es so erregt, daß ihm die Stimme überschlug. Er hielt die Augen vor das starke, im Scheinwerferleitstand an der Backbordseite festgeschraubte Fernglas gepreßt. »Im Süden blitzt was auf, Sir! Zweimal schon – da, jetzt wieder!«

»Wo denn, Junge?« rief Tyndall. »Los, rede doch – wo, wo?«

Chrysler hatte vor Aufregung die für alle Sichtmeldungen gültige goldene Regel vergessen: zuerst die Peilung anzugeben. »Backbord 50, Sir – nein, Backbord 60«, holte er nach. »Jetzt kann ich's nicht mehr sehen, Sir.« Sämtliche Ferngläser auf der Brücke drehten sich in die genannte Richtung. Und niemand konnte etwas entdecken, es war einfach nichts da. Tyndall schob langsam sein Klappfernrohr zusammen und zuckte vielsagend die Achseln. Er glaubte es nicht.

»Vielleicht ist da wirklich etwas«, sagte Carpenter zweifelnd. »Könnte nicht ein schnell zum Rundblick gedrehtes Periskop über der Wasserfläche aufgeblitzt sein?«

Tyndall sah ihn stumm an, wandte den Blick wieder ab und starrte nach vorn. Kapok Kid fand ihn seltsam verändert: sein Gesicht wirkte steinern und stumpf, das Gesicht eines Mannes, der die Verantwortung für zwanzig Schiffe und fünftausend Menschenleben hatte – eines Mannes, der schon eine falsche Entscheidung zuviel getroffen hatte.

»Da sind sie wieder!« schrie Chrysler. »Zwei Blitze – nein, drei Blitze!« Er war vor Erregung fast außer sich und tanzte förmlich, so schmerzte ihn die Enttäuschung. »Ich habe sie gesehen, Sir, wirklich, wahrhaftig! O bitte, Sir, bitte!«

Tyndall hatte sich wieder rasch umgedreht. Zehn lange Sekunden blickte er Chrysler an, der das Fernglas losgelassen hatte, mit den Händen in den großen Stulpen die Klapptür packte und sie wild schüttelte – ein angstvoller Ausdruck seiner Sorge, nicht gehört zu werden. Und Tyndall traf die Entscheidung.

»Hart Backbord, Kommandant! Bentley – das Signal!«

Langsam drehte, auf die unbewiesene Behauptung eines Achtzehnjährigen, F.R.77 auf Südkurs. Langsam, doch ein bißchen zu langsam. Plötzlich ward die See lebendig von laufenden Torpedos – drei, fünf, zehn – Vallery zählte dreißig in ebenso vielen Sekunden. Sie liefen mit Flacheinstellung, ihre Blasenbahnen, die, Schlimmes verheißend, immer länger wurden, stiegen rasch an die Oberfläche, wo sie milchweiß auf dem glasigen Wasser lagen wie feingezeichnete, mählich schwindende Schäfte für ihre todbringenden Pfeilköpfe. In der Mitte ihrer Bahn noch parallellaufend, teilten sie sich zu einem Fächer nach Osten und Westen, um den Konvoi in ganzer Breite zu erfassen. Ein fantastisches Bild. Kein Mensch im ganzen Geleitzug hatte ein auch nur entfernt ähnliches gesehen.

Sofort herrschte größtes Durcheinander. Für Signale war keine Zeit, jetzt mußte jedes Schiff für sich selber sorgen, um die totale Vernichtung zu vermeiden, und die Verwirrung wurde noch verschlimmert durch die Schiffe in den äußeren Kolonnen, auf denen die Torpedolaufbahnen noch nicht bemerkt worden waren.

Daß alle ihnen entkämen, war undenkbar, dafür waren die Torpedos zu eng massiert. Den ersten Treffer empfing der Kreuzer *Stirling*. Gerade in dem Augenblick, als er aus aller Gefahr heraus zu sein schien – er lief weit vor *Ulysses*, wo die Torpedos am dicksten kamen –, rutschte er unter einem unsichtbaren Hammerschlag seitlich weg, schwenkte wie toll herum und dampfte, das Achterschiff von dichtem Qualm verhängt, nach Osten zurück. *Ulysses*, vorzüglich geführt, krängte stark bei harter Ruderlage und glitt unter dem Gegenschub der großen Schrauben in eine unwahrscheinlich enge Gasse zwischen vier Torpedos, von denen je zwei an jeder Seite, kaum eine Bootslänge entfernt, vorbeirasten. Noch immer war *Ulysses* ein glückhaftes Schiff. Die Zerstörer, schnell, sehr wendig und meisterlich gefahren, zogen sich mit fast höhnischer Leichtigkeit in Schlangenlinien aus der Gefahr, gingen dann wieder auf Kurs und preschten in höchstem Tempo südwärts.

Weniger glücklich waren die großen, plumpen, verhältnismäßig langsamen Frachtschiffe. In der Backbordkolonne wurden zwei getroffen, ein Tanker und ein Frachter. Erstaunlicherweise zitterten sie nur unter den erschütternden Schlägen, setzten aber ihre Fahrt fort. Nicht so der mächtige Frachtdampfer unmittelbar hinter ihnen, dessen Laderäume und sogar die Decks mit Panzern vollgepropft waren. Er wurde in drei Sekunden dreimal torpediert. Kein Rauch, kein Feuer wurde sichtbar, keine gewaltige Explosion hörbar: vom Heck bis zum Bug aufgerissen und durchsiebt, sank er schnell, still und noch auf ebenem Kiel, durch das bloße Metallgewicht unter Wasser gezogen. Kein Mensch unter Deck hatte die leiseste Aussicht, lebend davonzukommen.

In der mittleren Kolonne wurde der Dampfer *Belle Isle* getroffen. Nach zwei Explosionen mittschiffs – vermutlich von zwei Treffern – geriet er sofort in Brand. In wenigen Sekunden hatte er schwere Schlagseite nach Backbord, kippte weiter über, bis schließlich seine Reling eintauchte und die ausgeschwungenen Rettungsboote beinah die Wasserfläche berührten. Zwölf bis fünfzehn Mann rutschten von den unter ihnen fortgleitenden Decks und den schon halb vom Wasser bedeckten Lukenverschalungen ab und strebten nach dem nächsten Rettungsboot. Verzweifelt hackten sie die Taue los, mit denen das Boot festgezurrt war, und stürzten sich zuhauf – ein groteskes Bild von fast komischer Wirkung – in das Rettungsboot, stießen es von den eintauchenden Davits ab, packten die Riemen und pullten wie die Wilden, um vom Schiff abzukommen. Das Ganze hatte seit dem Einschlag des Torpedos kaum eine Minute gedauert.

Nach wenigen kräftigen Ruderschlägen waren sie unter dem Spiegel ihres Schiffes hindurch, und nach zwei weiteren rauschte ihr Boot direkt unter den herumschwenkenden Bug der *Walter A. Baddeley*, die, genau wie ihr eigenes Schiff, mit Panzern bepackt, in der Kolonne an Steuerbord lief. So vorzüglich die *Baddeley* sich aus der Gefahr lavierte – dem

Rettungsboot konnte sie dabei nicht helfen: das kleine Fahrzeug wurde von ihr wie ein Spielzeug aus Streichholzschachteln zermalmt und zersplittert, schreiend flogen die Insassen ins eisige Meer.

Während der mächtige graue Rumpf der *Baddeley* rasch an ihnen vorbeiglitt, droschen sie mit der Kraft von Wahnsinnigen um sich, denen die schwere Polarkleidung kein Hindernis war. In solchen Augenblicken wird die Vernunft ausgelöscht. Keinem von ihnen kam der Gedanke, daß er, selbst wenn es ihm gelänge, der Zerstückelung durch die große Schraube der *Baddeley* zu entgehen, doch schon Minuten später im eisigen Wasser der Arktis sterben mußte. Aber das Schicksal hatte diesen Männern einen anderen Tod vorbehalten, sie sollten weder durch Metall noch durch Kälte umkommen. Sie rangen noch um ihr Leben, dicht am Heck, und versuchten vergeblich, vom rauschenden, saugenden Strudel der Schraube freizukommen – da schlugen die Torpedos in den Leib der *Baddeley*, dicht nebeneinander und gleichzeitig, nur ein kurzes Stück vor dem Ruder.

Für Menschen, die in der Nähe einer schweren Unterwasserexplosion schwimmen, gibt es nicht den Schatten einer Hoffnung: die Wirkung ist über alle Maßen grausam, so entsetzlich, so erschreckend, daß selbst erfahrene Ärzte, sogar Pathologen, nur ungern das betrachten, was einst menschliche Wesen waren... Für diese Männer aber war der Tod gnädig, wie im Polarmeer so oft, denn sie starben, ohne zu wissen, wodurch.

Fast das ganze Heck war der *Baddeley* abgerissen. Hunderte von Tonnen Wasser stürzten schon in das riesige, klaffende Loch unter dem Spiegel, brachen durch die von der Explosion zertrümmerten Querschotten, sprengten die schon halb eingedrückten wasserdichten Türen zwischen Kesselraum und Maschinenraum auf und drückten das Achterschiff erbarmungslos immer tiefer, bis die Heckreling wie zum Salut ins lauernde Eismeer tauchte. Einen Augenblick hing das Schiff in dieser Stellung, dann ertönten in seinem Leib rasch hintereinander eine gedämpfte Explosion, das furchterregende Brausen entweichenden Hochdruckdampfes und das Donnergepolter schwerer Kessel, die beim Abkippen des Schiffes aus ihren Bettungen gerissen wurden. Und fast im selben Moment sackte das zertrümmerte Heck tiefer und tiefer, bis vom Achterschiff nichts mehr zu sehen war und der triefende Bug hoch über die Seefläche ragte. Immer steiler wurde der Neigungswinkel, das Heck tauchte 30, 60 Meter unter, fast ebenso hoch stand das Vorschiff, scharf konturiert vor dem blauen Himmel, aus dem Wasser, schwimmend erhalten durch Hunderttausende von Kubikmetern eingeschlossener Luft.

Nur 4 Grad genau fehlten am rechten Winkel, als das Ende kam. Diese Behauptung ließ sich beweisen, denn genau in derselben Sekunde klappte, eine halbe Meile entfernt, auf *Ulysses* der Verschluß einer Kamera, die Oberleutnant Nicholls in seinen dicken Handschuhen hielt. Die Kamera fing hier ein unvergeßliches Bild ein – das ganze, schlichte Bild eines fast senkrecht vor einem blassen Himmel in die Tiefe gehenden Schiffes. Ein Bild, das merkwürdig wirkt, weil es kaum Einzelheiten zeigt, außer zwei plumpen Vierecken, die sinnlos in der Luft zu schweben scheinen: es waren zwei aus ihren Vertäuungen auf dem Vordeck gerissene 30-Tonnen-Panzer, mitten im Sturz fotografiert, als sie vom Brükkenaufbau abprallten, der schon ins Wasser zu tauchen begann. Im Hintergrund zeigt das Bild das Heck der *Belle Isle* mit aus dem Wasser ragender Schraube und der träge im unbewegten Wasser schleifenden roten Handelsflagge.

Sekunden nach der Aufnahme wurde die Kamera mit Wucht aus Nicholls Händen gerissen. Sie zerschellte an einem Schott, das Objektiv zersprang, doch der Film blieb intakt. Die panische Angst, die bei den Seeleuten im Rettungsboot zu beobachten war, hatte schon ihren Grund gehabt: im Laderaum 2, dicht vor der Stelle, wo der Brand ausbrach, trug *Belle Isle* über 1000 Tonnen Panzermunition! In zwei Teile zerbrechend, war sie in einer Minute verschwunden. Zersiebt durch ihre Sprengstücke, rutschte hinter ihr das Vorschiff der *Baddeley* sanft in die Tiefe.

Noch rollte das Echo der Explosion, allmählich verklingend, weithin über See, als es durch eine Reihe gedämpfter

Knalle aus dem Süden gleichsam aufgefangen und zurückgeworfen wurde. Kaum zwei Meilen entfernt zogen *Sirrus*, *Vectra* und *Viking* grellweiß schimmernd im Morgensonnenschein ein toll aussehendes Netz von Kielwasserlinien durch die Meeresfläche, während von ihren Achterdecks nach beiden Seiten die Wasserbomben prasselten. Von Zeit zu Zeit verschwand eins der Schiffe fast völlig hinter hohen, gischtenden Fontänen, um wie durch Zauber wieder zu erscheinen, wenn die hellen Säulen zusammenfielen.

Tyndall fühlte sich sofort versucht, diese Jagd mitzumachen, den brennenden, primitiven Rachedurst zu kühlen. Kapok Kid betrachtete ihn verstohlen und wunderte sich, wie gespannt lauernd der Admiral, dasaß, den Mund so zusammengepreßt, daß die Lippen verschwanden, das Gesicht weiß und ganz verzerrt vor Erbitterung, die sich nicht zuletzt gegen ihn selbst richtete. Plötzlich drehte er sich auf seinem Sitz herum.

»Bentley, Signal an *Stirling*: ›Beschädigungen feststellen‹.« Der Kreuzer befand sich noch über eine Meile hinter *Ulysses*, holte aber schnell auf, da er mindestens 20 Meilen lief.

»Wassereinbruch achterer Maschinenraum«, las Bentley nach einer Weile ab. »Vorratsräume überflutet, aber Schiffskörper kaum beschädigt. Manövrierfähig. Ruderanlage klemmt, fahre mit Notruder. Kein Grund zur Besorgnis.«

»Gott sei gedankt! Signal: ›Kommando übernehmen, Ostkurs beibehalten‹. Kommen Sie, Kapitän, wir wollen Orr ein bißchen helfen, mit diesen mörderischen Hetzhunden abzurechnen!«

Kapok Kid blickte ihn ganz entsetzt an. »Sir!«

»Ja, ja, Lotse. Was gibt's denn?« Tyndall sprach schroff, er war gereizt.

»Wie denken Sie über das erste U-Boot, Sir?« wagte Carpenter zu fragen. »Das kann nicht viel weiter als eine Meile nördlich von uns stehen. Müßten wir nicht –?«

»Allmächtiger Herrgott«, schimpfte Tyndall, dem die Zornröte ins Gesicht stieg, »wollen Sie mir etwa erzählen...!?« Er unterbrach sich jäh, starrte Carpenter eine ganze Weile an. »Was hatten Sie gesagt, Lotse?«

»Das Boot, das den Tanker versenkt hat«, sagte Kapok Kid vorsichtig. »Es kann inzwischen seine Rohre längst wieder schußklar haben und hat eine vorzügliche Position, um –«

»Selbstverständlich, natürlich«, murmelte Tyndall. Er wischte sich mit der Hand über die Augen und blickte kurz zu Vallery hinüber. Der hatte den Kopf abgewandt. Wieder strich die Hand über die müden Augen. »Sie haben ganz recht, Lotse, ganz recht.« Er lächelte. »Wie gewöhnlich, Sie verflixter Kerl!«

Im Norden entdeckte *Ulysses* nichts. Das U-Boot, das *Cochella* versenkt und damit die ›Falle‹ geöffnet hatte, war wohlweislich verschwunden. Während der Kreuzer das Gebiet absuchte, hörten sie an Bord Geschützfeuer und sahen Rauch von den 12-Zentimeter-Kanonen der *Sirrus* aufsteigen.

»Lassen Sie anfragen, wozu der das blöde Theater da macht«, sagte Tyndall verärgert. Carpenter lächelte innerlich: der Alte hatte doch noch Temperament im Leibe!

»*Vectra* und *Viking* beschädigt, wahrscheinlich ein U-Boot vernichtet«, kam die Antwort von *Sirrus*. »*Vectra* und wir selbst haben aufgetauchtes Boot versenkt. Und wie steht's mit Ihnen?«

»›Wie steht's mit Ihnen‹!« explodierte Tyndall. »Ist ja eine tolle Frechheit! Wie steht's mit Ihnen! Der kriegt als nächstes Kommando den ältesten, übelsten Minensucher von Scapa...! An allem sind Sie schuld, Lotse!«

»Jawohl, Sir. Bitte um Verzeihung, Sir. Vielleicht fragt er nur an, weil er – eh – wirklich besorgt ist?«

»Wie würde es Ihnen gefallen, auf seinem nächsten Schiff als Navigationsoffizier zu fahren?« sagte Tyndall drohend. Carpenter verzog sich ins Kartenhaus.

»Carrington!«

»Sir?« Der I.W.O. war derselbe wie immer, klaräugig, frisch rasiert, leistungsfähig und stets im Bilde. Die gelbliche Haut, an der jeder zu erkennen ist, der viele Jahre unter tropischer Sonne verbracht hat, zeigte keine Schatten der Erschöpfung. Und er hatte drei Tage nicht geschlafen.

»Was halten Sie davon?« Tyndall wies nach Nordwesten. Sonderbar wollige graue Wolken begannen den Horizont zu verdecken, vor ihnen dunkelte die See ins Indigoblaue unter leichten kurzen Brisen aus Norden.

»Schwierig zu bestimmen«, sagte Carrington langsam. »Kein Zeichen für sehr schlechtes Wetter, soviel steht fest... Ich habe das schon mal gesehen, Sir – niedrige, verzerrte Wolken, die an einem schönen Morgen bei steigender Temperatur aufkommen. Sehr häufig bei den Aleuten und in der Beringsee, Sir, und dort bedeuten sie Nebel, dicken Dunst.«

»Und Sie, Kommandant?«

»Keine Ahnung, Sir.« Vallery schüttelte energisch den Kopf. Die Plasmatransfusion schien ihm geholfen zu haben. »Ist mir neu, hab's noch nie beobachtet.«

»Dachte ich mir«, knurrte der Admiral. »Ich nämlich auch nicht, deshalb fragte ich zuerst den I.W.O.... Wenn Sie glauben daß wir Nebel kriegen, lassen Sie's mir bitte melden. Kann mir nicht leisten, daß sich die Dampfer und das Geleit bei unsichtigem Wetter über das halbe Polarmeer zerstreuen. Wenn ich auch der Meinung bin«, setzte er bitter hinzu, »daß der Konvoi ohne uns bedeutend sicherer fahren würde.«

»Ich kann's Ihnen jetzt mit Sicherheit sagen, Sir«, bemerkte Carrington, der die seltene Gabe hatte, eine unbestreitbare Behauptung ganz ruhig, gewissermaßen vertraulich aufzustellen, so daß niemand sich im geringsten gekränkt fühlen konnte. »Nebel bedeutet das.«

»Wird schon stimmen.« An Carringtons Angaben zweifelte der Admiral nie. »Wollen machen, daß wir hier 'rauskommen, zum Donnerwetter – Bentley, Signal an die Zerstörer: ›Verfolgung abbrechen, wieder an Konvoi aufschließen‹. Und, Bentley, noch zusetzen ›Sofort‹.« Er wandte sich an Vallery. »Speziell für Kapitän Orr gedacht.«

Innerhalb einer Stunde waren die Frachtschiffe und die Sicherungsfahrzeuge wieder auf Position, zunächst auf

Nordostkurs, um weiteren, vielleicht noch am 70. Breitengrad lauernden U-Booten zu entkommen. Im Südosten schien hell die Sonne, doch die ersten dicken Ranken des Nebels, kalt und feucht, schlangen sich bereits um den Konvoi. Die Fahrt war auf 6 Meilen vermindert worden, sämtliche Schiffe schleppten Nebelbojen nach.

Tyndall erschauerte und kletterte, als das Signal ›Alarm beendet‹ ertönte, steif von seinem Stuhl. Ging durch die Klapptür, blieb im Gang stehen, legte Chrysler die Hand auf die Schulter und ließ sie so lange liegen, bis der Junge sich überrascht umdrehte. »Wollte bloß mal kurz einen Blick in Ihre Augen tun, mein Söhnchen«, sagte er lächelnd, »denen schulden wir viel. Ich danke Ihnen sehr – wir werden es nicht vergessen.« Lange schaute er das junge Gesicht an, vergaß seine eigene Mattigkeit und fluchte plötzlich leise vor Mitleid, als er die roten Ränder um die Augen, die weißen ausgemergelten Wangen sah, auf denen vor Freude und Verlegenheit rote Flecke erschienen.

»Wie alt sind Sie, Chrysler?« fragte er unvermittelt.

»Achtzehn, Sir, in zwei Tagen.« Die Antwort, im weichen Dialekt Westenglands, klang fast trotzig.

»Achtzehn wird er – in zwei Tagen!« sprach Tyndall langsam vor sich hin. »Gütiger Gott, allmächtiger Gott!« Er ließ die Hand sinken, schritt schlaff zum Schutzraum und schloß hinter sich die Tür. »Achtzehn wird er, in zwei Tagen«, wiederholte er wie in halber Betäubung.

Vallery richtete sich auf der Sitzbank hoch. »Wer? Der kleine Chrysler?«

Tyndall nickte unglücklich.

»Ich weiß.« Vallery sagte es sehr ruhig. »Weiß, wie das ist... Er hat seine Sache heute fein gemacht.«

Tyndall sank in einen Stuhl. Sein Mund verzog sich bitter. »Der einzige... Lieber Gott, was für eine Schweinerei!« Er sog heftig an seiner Zigarette und starrte auf den Fußboden. »Zehn grüne Flaschen hängen an einer Wand...«, murmelte er abwesend.

»Wie meinen, Sir?«

»Vierzehn Schiffe sind von Scapa ausgelaufen, achtzehn

von St. Johns – die beiden Teile von F.R. 77«, sagte Tyndall leise. »Im ganzen zweiunddreißig. Und jetzt« – er machte eine Pause –, »jetzt sind es noch siebzehn, und drei von ihnen beschädigt. Die *Tennessee Adventurer* betrachte ich auch als erledigt.« Er fluchte wild. »Zum Teufel noch eins, wie ich es hasse, Schiffe so im Stich zu lassen als bewegungslose Ziele für beliebige mörderische...« Wieder unterbrach er sich und sog noch einmal tief an der Zigarette. »Löse meine Aufgabe prächtig, was?«

»Ach, Unsinn, Sir«, warf Vallery ungeduldig, fast zornig ein. »Es war nicht Ihre Schuld, daß die Träger umkehren mußten.«

»Sie meinen also, das übrige sei meine Schuld?« Tyndall lächelte und hob eine Hand, um den sicheren Protest abzuwehren. »Entschuldigen Sie, Richard, Sie wissen, daß es nicht so gemeint war – aber es ist doch wahr –, es ist wahr, sechs brave Handelsschiffe in zehn Minuten weg – sechs! Und nicht eins davon hätten wir verlieren dürfen.« Den Kopf gebeugt, Ellbogen auf den Knien, drückte er die Handballen in seine übermüdeten Augen. »Admiral Tyndall, der Meisterstratege«, fuhr er leise fort. »Ändert den Kurs des Geleitzugs und rennt schnurstraks in einen schweren Kreuzer, ändert abermals den Kurs und läuft glatt in das dickste Wolfsrudel, das ihm je vorgekommen ist, und zwar genau da, wo es nach den Voraussagen der Admiralität sein mußte... Einerlei, was unser Freund Starr mit mir macht, wenn ich zurückkommen sollte – ich werde mich nicht mehr beklagen dürfen. Nach diesem nie wieder.«

Schwerfällig erhob er sich. Als sein Gesicht in den Schein der einzigen Lampe kam, war Vallery entsetzt über den veränderten Ausdruck.

»Wohin jetzt, Sir?« fragte er.

»Brücke. Nein, nein, Sie bleiben, wo Sie sind, Richard.« Er wollte lächeln, doch es wurde nur eine flüchtige Grimasse daraus, die gleich wieder erstarb. »Mich lassen Sie in Ruhe, während ich mir meine nächste Fehlrechnung überlege.«

Er öffnete die Tür, blieb aber wie angewurzelt stehen, da

er das unverkennbare Geräusch dicht übers Schiff heulender Granaten und das aufreizend durch den Nebel kreischende *E.A.S.* hörte. Langsam wandte er den Kopf und blickte auf Vallery zurück. »Sieht aus, als hätte ich sie schon gemacht«, sagte er bitter.

Freitag morgen

Er sah, daß sie vom Nebel schon ganz umgeben waren. Seit dem letzten starken Schneefall in der Nacht war die Temperatur stetig und schnell gestiegen, aber damit hatte das Wetter sie nur verlocken wollen, um sie zu betrügen: die eisig klammen, federartigen Fahnen des wirbelnden Nebels trafen jetzt doppelt kalt.

Er trat hastig auf die Brücke, Vallery kam dicht hinter ihm. Turner, den Stahlhelm lose um den Hals gehängt, wollte gerade zum achteren Gefechtsstand gehen. Tyndall streckte die Hand aus und hielt ihn an.

»Was ist los, I.O.?« fragte er. »Wer hat geschossen? Wo? Woher kam das Feuer?«

»Ich weiß nicht, Sir. Die Granaten kamen von achtern, ungefähr, ich kann mir verdammt gut denken, von wem.« Er blickte den Admiral grübelnd an. »Unser Freund von voriger Nacht ist wieder da.« Jäh machte er kehrt und eilte von der Brücke.

Tyndall sah ihm verblüfft nach, verständnislos. Dann fluchte er leise, aber heftig, und sprang ans Sprachrohr zum Radarraum.

»Brücke. Admiral hier. Oberleutnant Bowden, fix!« Und sofort knatterte es lebhaft im Lautsprecher. »Hier Bowden, Sir.«

»Was machen Sie da unten eigentlich, wie?« Tyndalls gedämpfte Worte klangen bedrohlich. »Schlafen Sie, oder was sonst? Wir werden angegriffen, Oberleutnant Bowden! Von einem Überwasserfahrzeug! Vielleicht ist Ihnen das neu?« Er brach ab und duckte sich tief, da wieder eine Salve über das Schiff fauchte und knapp eine halbe Meile voraus in die See klatschte. Die Gischt stürzte in Kaskaden über die Decks eines Frachtdampfers, der für einen Moment klar zwischen zwei wallenden Nebelbänken sichtbar wurde. Tyndall richtete sich rasch wieder auf und rief grollend in die Sprechmuschel: »Er hat unsere Reichweite, und zwar genau! In Gottes Namen, Bowden, wo steckt er?«

»Bedauere, Sir, wir können ihn anscheinend nicht auffassen«, antwortete Bowden kühl, nicht aus der Ruhe zu bringen. »Den *Adventurer* haben wir noch auf dem Schirm, seine Peilung scheint ein wenig verzerrt, Sir – ungefähr auf 300 Grad... Nach meiner Ansicht ist das feindliche Schiff noch durch *Adventurer* verdeckt oder fährt, falls es näher ist als er, genau in seiner Peilung.«

»Wie nahe?« rief Tyndall grob.

»Nicht nahe, Sir. Sehr dicht bei *Adventurer*. Für uns nicht erkennbar, weder nach Größe noch nach Entfernung.«

Tyndall ließ den Hörer an der Hand baumeln und fragte ärgerlich Vallery: »Ob Bowden wirklich erwartet, daß ich ihm glaube, was er da spinnt? Wäre ja eine Chance von eins zu einer Million – daß ein feindliches Schiff zufällig den einzig möglichen Kurs nimmt und einhält, der es vor unserem Radar abdeckt! Fantastisch...«

Vallery sah ihn mit ausdrucksloser Miene an.

»Na?« fragte Tyndall ungeduldig.

»Nein, Sir«, antwortete Vallery rasch, »es stimmt nicht. In diesem Fall nicht. Und Zufall war es auch nicht. Anzunehmen, daß das U-Boot-Rudel ihm unsere Peilung und Kurs gefunkt hat Das übrige war dann leicht.«

Tyndall maß ihn mit einem langen fragenden Blick, um zu begreifen. Er verkniff die Augen ganz eng und schüttelte mit kurzen Rucken den Kopf. Es war eine Gebärde der Selbstkritik, die den Unglauben tötete, und war der Versuch, den verworrenen, ermatteten Verstand zu klären. Teufel auch, das hätte ja ein Sechsjähriger sich denken können... Eine Granate pfiff knapp 50 Meter vom Schiff, an Backbord, in die See, Tyndall zuckte nicht, als habe er sie weder gehört noch gesehen.

»Bowden?« Er hatte die Sprechmuschel wieder am Mund.

»Sir?«

»Veränderung im Radar?«

»Nein, Sir, keine.«

»Und Sie sind noch derselben Meinung?«

»Ja, Sir. Ist anders gar nicht denkbar.«

»Und dicht bei *Adventurer*, sagen Sie?«

»Sehr dicht, würde ich behaupten.«

»Aber, gütiger Gott, Mann, *Adventurer* muß jetzt 10 Meilen achteraus sein.«

»Jawohl, Sir, ich weiß. Aber der Bandit desgleichen.«

»Was! 10 Meilen, der? Aber, aber –«

»Er schießt nach Radar, Sir«, unterbrach Bowden, dessen metallische Stimme plötzlich müde klang. »Das muß so sein. Er hält auch Fühlung mit uns durch Radar, deshalb bleibt er in Linie mit unserer Peilung zu *Adventurer*. Und er macht das sehr genau... Ich befürchte, Herr Admiral, daß sein Radar mindestens ebensogut ist wie unseres.«

Der Lautsprecher schaltete ab. In der plötzlichen beklommenen Stille auf der Brücke klang das Krachen zerbrechenden Ebonits unnatürlich laut, als das Hörgerät Tyndall aus der Hand glitt und in hundert Scherben sprang. Die Hand tastete nach vorn, er umklammerte ein Dampfrohr, um sich aufrecht zu halten. Vallery ging, besorgt die Arme ausbreitend, auf ihn zu, doch Tyndall schob sich wie blind an ihm vorbei. Wie ein Greis, aus dessen uralten Knochen und Muskeln alles Mark geschwunden ist, schlurfte er langsam über die Brücke, ohne zu beachten, daß ihn sechs Augenpaare tief verwundert anstarrten, und zog sich mühsam auf seinen hohen Sitz.

›Du Narr!‹ warf er sich in höchster Erbitterung vor, ›du elender alter Narr!‹ Niemals konnte er sich verzeihen, nie, nie nie! Auf der ganzen Linie hatten ihn die Feinde übertrumpft, seine Taktik vorzeitig erkannt und ihn ausmanövriert. Sie hatten ihn über die Löffel barbiert, ihn zu einem noch größeren Narren gemacht als in der Absicht seines Schöpfers lag. Radar! Natürlich – das war es. Welche Verblendung, einfach vorauszusetzen, daß bei den Deutschen die Ortung mit Radar noch so in den Kinderschuhen steckte, wie die Nachrichtendienste der Marine und der Luftwaffe es bis zum vorigen Jahr gemeldet hatten! Radar und ebenso wirksam wie das britische! So gut wie das auf *Ulysses* – und dabei hatte jeder geglaubt, dieser Kreuzer sei das leistungsfähigste – nein, das einzige leistungsfähige Radarschiff auf der Welt. ›So gut wie unseres, vielleicht noch verdammt viel besser!‹ Aber: war er auf den Gedanken schon jemals gekommen? Er wand sich vor Kummer in qualvollem inneren Kampf und kannte jetzt den bitteren Geschmack der Selbstverachtung. Und so war heute morgen die Rechnung bezahlt worden: sechs Schiffe und dreihundert Mann zugrunde gegangen. ›Möge Gott dir verzeihen, Tyndall‹, dachte er dumpf. ›Möge Gott dir vergeben. Du hast sie dorthin gesandt...‹ Radar –!

Vorige Nacht zum Beispiel! Als *Ulysses* einen Kurs nach Osten vorgetäuscht hatte, war der deutsche Kreuzer brav im Kielwasser gefolgt und hatte somit seinen ›genialen Plan‹ vereitelt. Tyndall stöhnte unter der Demütigung. War hinter *Ulysses* hergezogen und hatte jedesmal, wenn sie durch einen Rauchschleier verdeckt war, ziellos einzelne Schüsse in ihre Richtung gefeuert. Und das hatte der Gegner so gemacht, um sowohl die Fähigkeiten seines Radars zu verbergen wie auch die Tatsache, daß er, zumindest in der letzten halben Stunde, dem nach Nordnordwest ausweichenden Konvoi auf der Spur geblieben war – ein Verfahren, das ihm noch erleichtert wurde, weil er, Tyndall, ausdrücklich das Zickzackfahren verboten hatte!

Und nachher, als *Ulysses* so vorzüglich ihren Bogen geschlagen hatte, erst nach Süden ausholend und dann wieder nordwärts schwenkend, mußte der Gegner sie auch im Radarschirm gesehen haben – und zwar dauernd. Und später machte der Deutsche noch einen gehörigen Schachzug mit seinem vorgetäuschten Ausweichen nach Südosten. Auch er hatte, das war ziemlich sicher, wieder einen Bogen nach Norden geschlagen, hatte den entschwindenden britischen Kreuzer noch eben am Rand seines Radarschirms aufgefaßt, dessen Schnittkurs richtig auskalkuliert, um sich dadurch noch einmal über den Kurs des Konvois zu vergewissern, und hatte dann ihre Kurse fast auf den Meter genau an das im Wege lauernde U-Boot-Rudel gefunkt.

Und nun, zu guter Letzt, als letzte Beleidigung, hatte er ihn, Tyndall, in seinem restlichen bißchen Stolz noch tief verwundet, indem er aus äußerster Reichweite, aber mit höchster Präzision das Feuer eröffnete und somit klar zu erkennen gab, daß er nach Radarpeilung schoß. Aus welchem Grunde tat er das? Doch wohl nur, weil man seiner Überzeugung nach auf *Ulysses* inzwischen die unausweichliche Schlußfolgerung gezogen haben mußte, daß er mit einem hochsensitiven Radargerät ortete. Die unausweichliche Schlußfolgerung! Und er, ein Admiral, war darauf überhaupt nicht gekommen. Langsam, ohne den Schmerz zu fühlen, hieb er mit der Faust auf die Kante der Windschutzscheibe. Gott, wie blind, wie verrückt und dämlich war er gewesen! Sechs Schiffe, dreihundert Mann –. Hunderte von Panzern und Flugzeugen, Millionen Liter Brennstoff, die Rußland brauchte, verloren. Wie viele Tausende von Russen, Soldaten und Zivilisten, mußten deshalb noch sterben? ›Und die unglücklichen, schmerzerfüllten Familien, Familien im ganzen britischen Reich!‹ dachte er zusammenhanglos. Er sah im Geist die Telegrammboten auf ihren Fahrrädern, wie sie die kleinen Häuser in den Tälern von Wales aufsuchten, durch die Alleen von Surrey fuhren, zu Menschen vor einsamen Torffeuern auf fernen Inseln im Westen, zu den gekalkten Landhäusern von Donegal und Antrim, den Heimen, die überall in der Weite der Neuen Welt ihre Söhne vermißten, von Neufundland und Maine bis zum fernen Gestade des Stillen Ozeans. Niemals würden diese Familien erfahren, daß er, Tyndall, es war, der so verbrecherisch das Leben von Gatten, Brüdern und Söhnen vergeudet hatte – und diese Vorstellung quälte ihn am schlimmsten.

»Kapitän Vallery?« Tyndalls Stimme war nur ein heiseres Geflüster. Vallery kam, stellte sich neben ihn und hustete unter Schmerzen, als der wirbelnde Nebel ihm in Hals und Nase drang und seine entzündeten Lungen wieder stechend aufriß. Wie tief mußte Tyndall in seinen Jammer versunken sein, daß er Vallerys so offenkundiges Leiden gar nicht wahrnahm. »Ah, da sind Sie ja«, sagte er. »Kommandant, dieser feindliche Kreuzer muß vernichtet werden.«

Vallery nickte ernst. »Ja, Sir. Aber wie?«

»Wie?« Tyndalls Gesicht, umrahmt von der mit eisigen Tropfen beschlagenen Haube seines Düffelrocks, war grau und ausgezehrt, aber ein schwaches Lächeln brachte er doch noch zustande. »Wenn ich doch beim Kanthaken gefaßt werde... ich schlage vor, die Sicherungsfahrzeuge zu detachieren – auch unser Schiff – und ihn festzunageln.« Er stierte blicklos in den Nebel mit bitter verzerrtem Mund. »Eine einfache taktische Übung – für die vielleicht sogar meine beschränkten Fähigkeiten ausreichen.« Er schwieg plötzlich, starrte nach der Seite und duckte sich rasch. Eine Granate war auf der Wasserfläche detoniert, nur wenige Meter von der Brücke, die mit einer großen Gischtwolke überschüttet wurde.

»Wir – das heißt *Stirling* und wir selbst – werden ihn von Süden angehen und sein Feuer und sein Radar auf uns ziehen. Orr und seine so auf Ruhm erpichten Leute werden aus Norden vorstoßen. Bei solchem Nebel können sie sehr nahe herankommen, ehe sie ihre Torpedos loslassen. Bei diesen Vorbedingungen müßte ein einzelnes Schiff unterliegen, es dürfte keine großen Chancen haben.«

»Alle Geleitfahrzeuge?« sagte Vallery. »Sie beabsichtigen, alle zu detachieren?«

»Genau das ist meine Absicht, Kommandant.«

»Aber – aber vielleicht will der Feind gerade das erreichen?«

»Selbstmord? Ruhmvolles Ende fürs Vaterland? Das glauben Sie doch selbst nicht!« spottete Tyndall. »So etwas gibt es nicht mehr.«

»Nein, Sir!« Vallery wurde ungeduldig. »Er will uns bloß abziehen, damit der Konvoi ohne Schutz bleibt.«

»Na, und wenn es so wäre?« fragte Tyndall. »Wer soll bei solchem Wetter den Konvoi finden?« Er wies mit einer Armbewegung auf die brodelnden, sich windenden Nebelbänke. »Verdammt noch mal, Mann: Wenn sie nicht ihre Nebelbojen hätten, könnten unsere eigenen Schiffe sich nicht wiederfinden. Deshalb bin ich verdammt sicher, daß auch kein anderer es kann.«

»Nein?« entgegnete Vallery ganz schnell. »Wenn nun noch ein zweiter deutscher Kreuzer mit Radargerät erscheint? Oder sogar noch ein U-Boot-Rudel? In beiden Fällen könnte Kurzwellenverbindung mit unserem Freund achtern bestehen, und der hat ja unseren Kurs haargenau!«

»Kurzwellenverbindung? Ich hoffe doch zu Gott, daß unsere Funker ihn laufend abhören?«

»Jawohl, Sir, das machen sie. Doch soweit ich unterrichtet bin, ist das auf sehr hohen Frequenzen nicht so ganz einfach.«

Tyndall knurrte unverbindlich, sagte aber nichts. Er fühlte sich zum Umfallen müde und verwirrt und hatte weder den Willen noch die geistige Kraft, hierüber weiter zu diskutieren. Vallery brach das Schweigen. Tief eingekerbt waren auf seiner Stirn die senkrechten Sorgenfalten.

»Weshalb, glauben Sie, sitzt unser Freund uns ständig auf den Hacken und wirft gelegentlich ein paar Granaten nach uns? Doch gewiß, weil er es darauf anlegt, uns auf einen bestimmten Kurs zu zwingen. Er verringert dabei seine Aussicht auf einen Treffer um neunzig Prozent und kann nur die Hälfte seiner Feuerkraft einsetzen.«

»Vielleicht erwartet er gerade, daß wir diesen Schluß ziehen und das Offenkundige bemerken.« Tyndall zwang sich zum Denken, sich einen Weg durch den geistigen Nebel zu bahnen, der ebenso undurchsichtig und verwirrend war wie der ringsum wirbelnde feuchte Dunst. »Vielleicht hofft er, daß wir vor Angst unsern Kurs ändern – auf Nord natürlich, wo sehr gut ein U-Boot-Rudel auf der Lauer liegen kann.«

»Möglich, möglich«, räumte Vallery ein. »Andererseits kann er noch einen Schritt weiter gedacht haben. Vielleicht will er, daß wir schlauer sind als für uns gut wäre. Vielleicht erwartet er gerade, daß wir das Offenkundige bemerken und, um es zu vermeiden, auf unserem gegenwärtigen Kurs bleiben – und eben damit genau das tun, was er bezweckt... Der ist nicht dumm, Sir – so viel wissen wir ja schon.«

Wie hatte noch Brooks zu Admiral Starr in Scapa gesagt – vor einem Menschenalter? »Das subtile Gefühl, die ausgesuchteste Pein – wenn jede Zelle in Ihrem Gehirn bis zum Zerreißen gespannt ist, um Sie über den Rand in den kreischenden Wahnsinn zu stürzen.« Dumpf empfand Tyndall jetzt Verwunderung, wieso Brooks das gewußt haben und es so verdammt genau beschreiben konnte. Er selbst jedenfalls wußte es jetzt, wußte, was das mit dem ›Rand‹ bedeutete...

Er spürte unklar, daß er der Grenze nahe war. Dieses schmerzende, stumpfe Gefühl in der Stirn, hinter der sich das Denken so mühsam vollzog wie der Weg eines Blinden, der durch einen See von Sirup watet. Vage spürte er, daß dieser Zustand das erste – oder das letzte? – Symptom eines Nervenzusammenbruchs sein mußte... Nur Gott wußte, daß es in den letzten Monaten mehr als genug solcher Symptome gegeben hatte... Er aber war noch der Admiral – er mußte etwas tun, etwas sagen...

»Raten hat keinen Zweck, Richard«, sagte er schwerfällig.

Vallery blickte ihn sogleich scharf an, denn noch nie hatte ›der Farmer‹ ihn auf der Brücke anders als mit ›Kommandant‹ angeredet. »Und unternehmen müssen wir etwas. Also werden wir zur Besänftigung unseres Gewissens die *Vectra* beim Konvoi lassen. Weiter niemand.« Er lächelte matt. »Wir brauchen schon mindestens zwei Zerstörer für die Fangschüsse. – Bentley, nehmen Sie diesen Spruch für die Funker auf: ›An alle Sicherungsfahrzeuge und an Kommodore Fletcher auf *Cape Hatteras*‹«

In zehn Minuten hatten die vier Kriegsschiffe, die sich durch den wanddichten Nebel bohrten, die Entfernung zum Feind halbiert. *Stirling, Viking* und *Sirrus* hielten dauernd Funkverbindung mit *Ulysses*, und das mußten sie, denn sie fuhren wie Blinde durch eine unwegsame Welt, in der der Kreuzer ihr Auge und Ohr war.

»Radar an Brücke – Radar an Brücke!« Mechanisch richteten sich alle Augenpaare fest auf den Lautsprecher. »Feind ändert Kurs auf Süd, steigert Geschwindigkeit.«

»Zu spät!« rief Tyndall heiser. Seine Fäuste waren geballt, in seinen Augen leuchtete Triumph. »Zu spät hat er Kurs geändert!«

Vallery sagte nichts. Die Sekunden tickten dahin, *Ulysses* furchte im kalten Nebel durch eisige See. Plötzlich rief der Lautsprecher wieder. »Feind hat 180 Grad gedreht. Hat Südwestkurs. Fahrt 28 Meilen.«

»28 Meilen? Dann ist er auf der Flucht!« Tyndall schien von neuer Lebenskraft erfüllt. »Kommandant, ich schlage vor, daß *Sirrus* und *Ulysses* weiter mit Höchstfahrt nach Südwesten laufen, Feind angreifen und aufhalten. Sagen Sie der Funkbude, daß sie Orr entsprechend informiert. Bitten Sie Radar um gegnerischen Kurs.«

Ungeduldig wartete er auf die Antwort.

»Radar an Brücke: Kurs 222, gleichbleibend. Wiederhole: Kurs gleichbleibend.«

»Kurs gleichbleibend«, echote Tyndall. »Kommandant, lassen Sie nach Radar schießen. Wir haben ihn, wir haben ihn!« rief er übermütig. »Er hat zu lange gewartet! Wir haben ihn, Kommandant!«

Wieder sagte Vallery nichts. Tyndall blickte ihn verblüfft und ärgerlich an. »Na, sind Sie nicht meiner Meinung?«

»Ich weiß nicht, Sir.« Vallery schüttelte zweifelnd den Kopf. »Ich weiß wirklich nicht. Weshalb sollte er so lange gewartet haben? Warum hat er nicht kehrtgemacht und ist schnell weggelaufen in dem Augenblick, als wir den Konvoi verließen?»

»Fühlte sich seiner Sache verdammt sicher«, knurrte Tyndall.

»Oder zu sicher in einem anderen Punkt«, sagte Vallery langsam. »Vielleicht wollte er es auf jeden Fall dahin bringen, daß wir ihm folgen.«

Wieder knurrte Tyndall zornig. Er wollte gerade etwas sagen, schwieg jedoch, da das Schiff unter dem Rückstoß der Geschütze von Turm A erbebte. Für einen Moment klärte sich der über dem Vorschiff wallende Nebel, atomisiert durch die große Hitze des explodierenden Cordits, doch nach Sekunden verdeckte das graue Bahrtuch wieder die Sicht.

Und dann klarte es wie durch Zauber kurz auf. Eine Bank dichten Nebels war über die Männer auf der Brücke gerollt, und in einer Lichtung vor der nächsten sahen sie flüchtig den Zerstörer *Sirrus* genau querab, der, eine gewaltige Bugwelle aufwerfend, mit über 34 Meilen Fahrt nach Südwesten eilte. *Stirling* und *Viking* waren im Nebel achteraus schon unsichtbar geworden.

»Er ist zu nah«, sagte Tyndall scharf. »Weshalb hat Bowden uns das nicht gesagt? So können wir den Feind nicht einklammern. Signal an *Sirrus*: ›Fünf Minuten Kurs 227 halten!‹ Wir desgleichen, Kommandant. Fünf Minuten Südwestkurs, dann zurück auf den alten.«

Kaum hatte er sich in seinen Stuhl zurückgelehnt und *Ulysses*, wieder in Nebel gehüllt, auf das Ruder reagiert, als der Lautsprecher vom Funkraum sich einschaltete.

»Funkraum an Brücke, Funkraum an Brücke –!«

Die 13-Zentimeter-Zwillingsrohre von Turm B donnerten in ohrenbetäubendem Doppelklang, Flammen und Rauch fuhren durch den Nebel. Gleichzeitig preßte mit fürchterlichem Krach eine Explosion die Gräting der Brücke unter den Füßen der Männer hoch und schmetterte sie alle gegeneinander, warf sie gegen Metall, das Fleisch und Knochen verletzte. Ganz benommen und verwirrt, stumpf an Körper und Geist, hatten sie Mühe, sich nach dem schweren Schock wieder zurechtzufinden, mit ihren vom Luftdruck eingerissenen Trommelfellen, dem scharf stechenden Pulverdunst in Hals und Nasen, den durch den dicken schwarzen Qualm geblendeten Augen. Und währenddessen drang durch den Wirrwarr sachlich kalt die Stimme des Lautsprechers vom Funkraum, die eine unverständliche Meldung wiederholte.

Allmählich verzog sich der Qualm. Tyndall richtete sich wie betrunken am Handhebel des Kompaßgehäuses auf. Ihn hatte die Explosion glatt von seinem Stuhl zur Mitte der

Kompaßplattform geschleudert. Benommen, noch unfähig, den Vorgang zu begreifen, schüttelte er den Kopf. ›Muß doch zäher sein, als ich mir eingebildet habe – so weit hingeschleudert...‹, dachte er und konnte sich gar nicht erinnern, aufgeprallt zu sein. Und dieses Handgelenk, nanu, das hing ja in einem verdammt komischen Winkel am Arm. Kaum überrascht, merkte er jetzt, daß es sein eigenes war. Ulkig, daß es überhaupt nicht schmerzte. Und da: vor ihm erhob sich Carpenters Gesicht, von dem der Verband abgerissen war, so daß die Wunde, die ihm der Sturm nachts durch Eis geschlagen hatte, wieder klaffte und das Gesicht ganz mit Blut verklebt war... Dieses Mädchen in Henley, von dem Carpenter immer gesprochen hatte – was sie wohl sagen würde, wenn sie ihn so sähe? dachte Tyndall in einem Gedankensprung – warum hört bloß der Lautsprecher vom Funkraum nicht auf mit dem verrückten Gejammer...? Plötzlich vermochte er wieder klar zu denken.

»Mein Gott! O Gott!« Ungläubig stierte er auf die verkrümmte Gräting, den zerbrochenen Asphalt unter seinen Füßen. Er ließ das Kompaßgehäuse los und schwankte mit schleifendem Schritt an die Windschutzscheibe. Sein Gleichgewichtsgefühl bestätigte ihm, was die Augen nicht glauben wollten: daß die ganze Kompaßplattform in einem Winkel von 15 Grad nach vorn gekippt war.

»Was bedeutet das, Lotse?« Heiser, mühsam, ihm selbst fremd klang seine Stimme. »In Gottes Namen, was ist passiert? Rohrkrepierer in Turm B?«

»Nein, Sir.« Carpenter wischte sich mit dem Unterarm über die Augen. Als er ihn herunternahm, war der Kapokärmel dick mit Blut bedeckt. »Ein direkter Treffer, Sir – patsch, genau in den Brückenaufbau.«

»Das stimmt, Sir.« Carrington hatte sich weiter über die Schutzscheibe gereckt und blickte gespannt nach unten. Selbst in diesem Moment bewunderte Tyndall die Gelassenheit des Mannes, seine fast übermenschliche Selbstbeherrschung. »Ein schwerer Treffer sogar. Hat die Vierlinge vorn zerschmettert, und direkt unter uns ist ein Loch so groß wie eine Tür... Da drin muß es schlimm aussehen, Sir.«

Tyndall hörte die letzten Worte kaum noch, er kniete neben Vallery, dessen Kopf er in seinen heil gebliebenen Arm bettete. Der Kommandant lag krumm und fast bewußtlos an der Klapptür, sein röchelndes Atmen wurde durch hart kratzenden Husten unterbrochen, während er an seinem eigenen Blut würgte. Sein Gesicht war totenbleich.

»Holen Sie Brooks her, Chrysler – den Oberstabsarzt, meine ich. Aber dalli!« schrie Tyndall.

»Funkraum an Brücke, Funkraum an Brücke! Bitte bestätigen, bitte bestätigen!« Es klang hastig, nicht mehr so unpersönlich, die Stimme ließ durch das metallisch Anonyme deutlich Besorgnis erkennen.

Chrysler legte das Sprechgerät wieder ab und blickte den Admiral bedrückt an.

»Nun?« fragte Tyndall gebieterisch. »Ist er unterwegs?«

»Keine Antwort, Sir.« Der junge Mensch zögerte. »Ich glaube, die Verbindung ist abgerissen.«

»Himmelkreuz«, brüllte Tyndall, »was stehen Sie da noch lange herum? Los, holen Sie ihn selbst. Wollen Sie bitte übernehmen, I.W.O.? Bentley – der I.O. soll auf die Brücke kommen.«

»Funkraum an Brücke, Funkraum an Brücke.« Tyndall blickte zornfunkelnd zum Lautsprecher empor, erstarrte förmlich, als die Stimme fortfuhr: »Wir sind achtern getroffen. Lecksicherungstrupp meldet, daß Chiffrierraum zerstört, ebenso Radarräume 6 und 7 und Kantine. Achterer Leitstand schwer beschädigt.«

»Achterer Leitstand!« Tyndall fluchte, riß seine Handschuhe herunter und stöhnte über den Schmerz in der gebrochenen Hand. Behutsam bettete er Vallerys Kopf in die Handschuhe und erhob sich schwerfällig. »Der achtere Stand! Und Turner ist drin! Ich hoffe zu Gott...«

Er brach ab und stolperte zur achteren Brückenkante, wo er sich, die Hand auf das Geländer zum Niedergang gestützt, aufrichtete, und, auf Schlimmes gefaßt, achteraus spähte.

Anfangs konnte er nichts sehen, nicht einmal den zweiten Schornstein und den Großmast, denn der graue, sich windende Nebel war zu dicht, zum Verrücktwerden undurchsichtig. Plötzlich, für flüchtige Momente, zerriß eine eisige kurze Brise den Dunst und schob den dunklen Qualm beiseite, der geballt über der Brücke schwebte. Tyndalls Hand krampfte sich so hart um das Geländer, daß die Fingerknöchel ganz weiß wurden.

Die achteren Aufbauten waren verschwunden, an ihrer Stelle herrschte ein tolles Durcheinander von verdrehtem, verbogenem Stahl, hinter dem, sonst von der Brücke aus unsichtbar, Turm X klar umrissen, offenbar unbeschädigt, aufragte. Alles übrige aber war fort – Radarräume, Chiffrierraum, Wachtmeisterei, Kantine und vermutlich auch der größte Teil der achteren Kombüse. Nichts konnte dort unversehrt und keiner am Leben geblieben sein. Wunderbarerweise stand der verstümmelte achtere Mast noch, doch dicht hinter ihm lag, zerbrochen und grotesk verrenkt, auf diesem Schrotthaufen des Teufels, in dem unmöglichen Winkel von 60 Grad der achtere Leitstand. Sein großer Entfernungsmesser fehlte. Und Korvettenkapitän Turner war da drinnen gewesen... Tyndall schwankte bedenklich oben an der steilen Treppe. Er schüttelte wieder den Kopf, um den Nebel abzuwehren, der sein Gehirn umklammern wollte. Hinter der Stirn spürte er einen sonderbaren schweren Schmerz, es schien, als verbreite sich von dort aus der Nebel in seinem Kopf... Ein ›glückhaftes Schiff‹ wurde *Ulysses* genannt. Zwanzig Monate auf der übelsten Route und den schlimmsten Gewässern der Welt, ohne einen Kratzer zu empfangen... Aber er hatte immer gespürt, daß es eines Tages irgendwo mit ihrem Glück zu Ende sein würde.

Er hörte eilig klappernde Schritte die Stahltreppe heraufkommen und zwang seine verschleierten Augen zur Konzentration. Sofort erkannte er das hagere, dunkle Gesicht: es war Signalmaat Davies, der vom Signaldeck kam. Er öffnete den Mund, um zu sprechen, hielt inne und starrte auf das Treppengeländer am Niedergang.

»Ihre Hand, Sir!« Erschrocken blickte er vom Geländer auf in Tyndalls Augen. »Ihre Hand! Sie haben ja keine Handschuhe an, Sir!«

»Nein?« Tyndall schaute seine Hand an, als sei er erstaunt, daß es seine war. »Nein, habe ich nicht, wie? Schönen Dank, Davies.« Er zog die Hand von dem glatten, gefrorenen Stahl und betrachtete ohne Neugier das rohe, blutende Fleisch. »Macht nichts. Was gibt's denn, Junge?«

»Der Flugzeug-Ortungsraum, Sir!« Die Augen des Signalmaats waren ganz dunkel in Erinnerung an den ausgestandenen Schrecken. »Die Granate ist darin explodiert. Er ist einfach weg, Sir... Und der Auswertraum oben drüber...« Bis dahin kam er, in abgehackten Sätzen. Seine nächsten Worte gingen im Krachen der Geschütze vom Turm A unter. Es schien beinah unnatürlich, daß die schweren Waffen noch funktionierten. »Ich komme eben daher, Sir«, fuhr Davies jetzt ruhiger fort. »Sie – sie konnten nicht mehr weg.«

»Auch Kapitän Westcliffe nicht?« Im Unterbewußtsein empfand Tyndall, wie zwecklos es war, sich an Strohhalme zu klammern.

»Ich weiß nicht, Sir. Im Flugzeug-Ortungsraum ist alles kurz und klein, verstehen Sie! Aber wenn er da war –«

»Mußte er ja«, unterbrach ihn Tyndall tiefernst. »Er hat sie bei Alarm nie verlassen...«

Jäh schwieg er, seine gebrochenen Hände ballten sich unwillkürlich, als das schrille Knallen beim Aufschlag hochexplosiver Granaten eine nervenzerreißende Kakophonie auslöste, entsetzlich, weil es so nahe war.

»Mein Gott«, raunte Tyndall, »das war dicht! Davies! Zum Donner...« Seine Stimme erstickte in einem qualvollen Schnarren, seine Arme droschen wild ins Leere, als er mit dem Rücken so aufs Brückendeck stürzte, daß ihm die letzte Luft aus den Lungen gequetscht wurde. Wortlos, getrieben durch die mit der Kraft der Verzweiflung vorgeworfenen Füße und den Schwung der auf dem Geländer abstoßenden Arme war Davies im selben Augenblick die letzten drei Stufen der Treppe empor und mit unwiderstehlicher Gewalt gegen den Leib des Admirals geflogen. Und nun lag auch er, quer über Tyndalls Beinen, breit ausgestreckt am Boden. Sehr still lag er.

Allmählich, während neuer Atem grausam in seine gequälten Lungen rasselte, tauchte Tyndall aus den schwarzen Tiefen der Bewußtlosigkeit wieder auf. Blindlings, rein instinktiv mühte er sich, auf die Beine zu kommen, doch seine gebrochene Hand knickte unter dem Körpergewicht zusammen. Seine Beine schienen ihm auch nichts zu nützen, sie waren ganz kraftlos, bis zur Hüfte wie gelähmt.

Der Nebel hatte sich verzogen, am dunkel werdenden Himmel zuckten grell rote, grüne und weiße Blitze auf. Leuchtgranaten? Hatte der Feind eine neue Art Leuchtgranaten? Nur mit großer Willensanstrengung machte er sich klar, daß zwischen diesen blendenden Blitzen und dem jetzt furchtbaren Schmerz hinter seiner Stirn ein Zusammenhang bestehen mußte. Er legte den Handrücken vor die Stirn: seine Augen waren noch fest geschlossen... Dann schwand ihm ganz der Sinn für die Wirklichkeit.

»Geht es Ihnen nicht gut, Sir? Nicht bewegen, wir werden Sie hier bald 'raushaben!« Die Stimme, tief, befehlsgewohnt, dröhnte direkt über ihm. Er erschrak und schüttelte, ohne daß die Verzweiflung, die ihn gepackt hatte, sich in seinem Gesicht ausprägte, den Kopf. Turner war das, und er wußte doch, daß Turner tot war –! War dies etwa der Zustand, den man Totsein nannte? grübelte er dumpf. Diese beängstigende, verworrene Welt aus Finsternis und blendendem Licht, eine dunkelhelle, von Schmerzen, Kraftlosigkeit und Stimmen erfüllte Welt?

Und plötzlich begannen seine Augenlider wie von selbst zu flackern und klappten auf. Ganz nahe über sich sahen sie das hagere Piratengesicht des I.O., der besorgt neben ihm kniete.

»Turner! Turner?« Tastend, die verkörperte Frage, hob sich seine Hand, suchte hoffnungsvoll, den Schmerz nicht achtend, nach dem Arm des I.O. und betastete ihn, dankbar, Festes, Wirkliches zu fühlen. »Turner! Sie sind's wahrhaftig? Ich dachte –«

»Der achtere Stand, wie?« Turner lächelte kurz. »Nein, Sir – ich war meilenweit von ihm weg. Wollte hierher und kletterte gerade auf die Back, da warf mich der erste Treffer aufs Mitteldeck zurück... Wie geht es Ihnen denn, Sir?«

»Gott sei Dank, Gott sei Dank! Wie's mir geht, weiß ich nicht. Meine Beine ... Was ist das da, um Himmels willen?«

Seine Augen, die wieder ihre volle Sehkraft hatten, wurden groß in ungläubiger Bestürzung: über Turners Kopf ragte, schräg aufwärts nach Backbord weisend, ein riesiger weißer Baumstamm, nach beiden Seiten so weit, wie Tyndall von seinem Platz aus blicken konnte. Mit erhobener Hand vermochte er ihn eben zu berühren.

»Der Fockmast, Sir«, erklärte Turner. »Von der letzten Granate glatt abgeschoren, dicht über der Unterrah. Die Explosion hat ihn aufs Brückenhaus geworfen. Hat leider den Flakleitstand größtenteils mit umgerissen und eine Delle in den Hauptleitstand geschlagen. Ich glaube kaum, daß Courtney noch eine Chance gehabt hat ... Davies sah ihn fallen, er war in dem Augenblick nicht weit vor mir auf dem Weg nach oben. Er hat sehr schnell gehandelt –«

»Davies!« Tyndall hatte in seiner halben Betäubung an Davies nicht mehr gedacht. »Natürlich, Davies!« Ja, Davies mußte es sein, der ihm die Beine so niederdrückte. Er beugte den Hals nach vorn und sah auf seinen Füßen die verkrampfte Gestalt und quer über ihrem Rücken das gewaltige Gewicht des Mastes. »Um Himmels willen, I.O., holen Sie ihn da heraus!« rief er.

»Bleiben Sie schön liegen, bis Brooks kommt. Um Davies keine Sorge.«

»Keine Sorge? Keine Sorge!« Tyndall kreischte es fast, ohne auf die stummen Gestalten zu achten, die sich um ihn scharten. »Sind Sie verrückt, Turner? Der arme Kerl muß doch schrecklich leiden!« Er strengte sich verzweifelt an, aufzustehen, doch mehrere Paar Hände hielten ihn schonend, aber energisch am Boden.

»Davies leidet nicht, Sir«, sagte Turner überraschend sanft, »wirklich nicht. Ihm geht es gut, denn er fühlt nichts. Jetzt nicht mehr.« Nun erst begriff der Admiral, er sank schlaff zurück, die Augen vor Entsetzen geschlossen.

Er hatte sie noch geschlossen, als Brooks erschien, doppelt willkommen mit seiner Tüchtigkeit und Zuversicht. Beinah in Sekunden war der Admiral auf den Beinen, noch entsetzt und tüchtig zerschunden, aber nicht schwer verletzt. Hartnäckig und in offener Auflehnung gegen die Forderung des Arztes verlangte er, wieder auf seinen Brückenplatz geführt zu werden. In seinen Augen funkelte es einen Moment, als er Vallery, der sich ein weißes Handtuch vor den Mund hielt, zittrig an der Brustwehr stehen sah. Aber er sagte nichts. Mit gesenktem Kopf zog er sich mühevoll auf seinen Stuhl.

»Funkraum an Brücke – Funkraum an Brücke! Bitte Meldung bestätigen!«

»Ist der blödsinnige Bursche noch immer am Schreien?« fragte Tyndall mürrisch. »Weshalb sorgt keiner dafür, daß –?«

»Sie waren ja nur zwei Minuten abwesend, Sir«, wagte Kapok Kid zu bemerken.

»Zwei Minuten!?« Tyndall stierte ihn an, versank in Schweigen und blickte flüchtig Brooks an, der dabei war, ihm die rechte Hand zu verbinden. »Haben Sie nichts Besseres zu tun?« fragte er schroff.

»Nein, habe ich nicht«, antwortete Brooks grimmig. »Wenn Granaten in geschlossenen Räumen platzen, bleibt für den Arzt nicht viel Arbeit übrig. – Höchstens Totenscheine ausstellen«, fügte er brutal hinzu. Vallery und Turner wechselten Blicke. Vallery fragte sich, ob Brooks wohl erkannte, wie sehr Tyndall gesundheitlich herunter war.

»Funkraum an Brücke – Funkraum an Brücke! *Vectra* wiederholt Bitte um Instruktion. Dringend! Dringend!«

»Die *Vectra*!« Vallery blickte kurz den Admiral an, der jetzt still, reglos dasaß, dann wandte er sich an den Läufer Brücke. »Chryler! Suchen Sie Verbindung mit dem Funkraum, einerlei wie. Sollen die erste Meldung wiederholen.«

Er blickte erst wieder Turner an, folgte dann den Augen des Admirals, die jammervoll über die Brückenkante starrten. Was er sah, ließ ihn schaudernd zurückprallen. Er mußte gegen jähe Übelkeit kämpfen. Der Kanonier am 2-Zentimeter-Geschütz unten auf der Plattform – auch ein so junger Mensch wie Chrysler – mußte den stürzenden Mast gesehen und in höchster Angst versucht haben, sich zu retten.

Kaum war er aus seinem Richtsitz heraus, als der Radarschirm, ein 100 Quadratfuß großes Stahlnetz, mit dem zermalmenden Gewicht des über die Brückenkante fallenden Mastes ihn voll traf. Er lag still da, so zerschmettert, daß kaum noch Menschliches zu erkennen war, breit über den Doppellauf seiner Oerlikon gespreizt, wie gekreuzigt.

Vallery drehte sich um, krank an Leib und Seele. O Gott – der Wahnwitz, der nutzlose Irrsinn eines Krieges! Verdammt der deutsche Kreuzer, verdammt seine Kanoniere, verdammt, dreimal verflucht! – Aber warum? Sie erfüllten doch auch nur ihre Pflicht und erfüllten sie zum Erschrekken gut. Mit leerem Blick betrachtete er die chaotischen Trümmer seiner Brücke. Verteufelt genaues Schießen! Ob wohl *Ulysses* auch Treffer erzielt hatte? Wahrscheinlich nicht, und jetzt war das natürlich nicht mehr denkbar. Unmöglich, weil *Ulysses*, noch immer durch Nebel nach Südosten laufend, völlig blind war, da sie beide Radaraugen verloren hatte, als Opfer des Wetters und der deutschen Artillerie. Schlimmer noch, daß beide Gefechtstürme, die Feuerleitstände, rettungslos beschädigt waren. »Wenn das so weitergeht«, dachte Vallery bitter, »brauchen wir bloß noch Enterhaken und einen Posten Säbel.« Nach den Begriffen moderner Schiffsartillerie war Kreuzer *Ulysses* – obwohl seine schweren Waffen noch intakt waren – hoffnungslos verkrüppelt. Er hatte einfach keine Chance mehr. Was sollte doch der Heizer Riley geäußert haben? »– den Wölfen zum Fraß hingeworfen.« Ja, so war es: den Wölfen ausgeliefert. Aber nur ein Nero, grübelte er müde, hätte Gladiatoren noch blenden lassen, bevor sie in die Arena geworfen wurden.

Das Geschützfeuer hatte ganz aufgehört. Auf der Brücke war es totenstill, ein völliges Schweigen – nichts zu hören außer dem Rauschen des Wassers, dem gedämpften Brüllen in den großen Ventilatoren zum Maschinenraum und dem monotonen, in die Nerven bohrenden Ping-ping des Asdic. Und, sonderbar, diese Geräusche schienen das große Schweigen nur noch zu vertiefen.

Alle Blicke, sah Vallery, waren auf Admiral Tyndall gerichtet. Der ›alte Farmer‹ murmelte unverständlich leise vor sich hin. Sein Gesicht, erschreckend grau, eingefallen und fleckig, hing noch spähend über der Brückenkante, als könne er sich von dem Bild des toten jungen Schützen nicht losreißen. Oder beschäftigte ihn der zerschmetterte Radarschirm? War ihm nun die volle Bedeutung des zerstörten Schirmes und des zertrümmerten Leitstands ins Bewußtsein gedrungen? Sekundenlang betrachtete Vallery ihn, ehe er sich abwandte. Ja, so war es.

»Funkraum an Brücke! Funkraum an Brücke!« Alle Mann auf der Brücke zuckten zusammen, drehten sich jäh, bis in den letzten Nerv getroffen, zum Lautsprecher. Alle außer Tyndall, der wie erfroren dasaß, ganz unbewegt.

»Signal von *Vectra.* Erstes Signal empfangen 9 Uhr 52.« Vallery blickte rasch auf seine Uhr. Erst vor sechs Minuten. Unmöglich!

»Meldung lautet: ›Kontakte, Kontakte, 3. Wiederhole: 3. Verbessere: 5. Große Ansammlung von U-Booten, voraus und querab. Greife an‹.«

Alle Blicke hefteten sich wieder auf Tyndall. Er hatte, das wußte jeder, die Verantwortung, er hatte die Entscheidung getroffen – sie selbständig gegen den Rat seines dienstältesten Offiziers getroffen –, den Konvoi fast schutzlos weiter laufen lassen. Vallery vermochte noch so objektiv zu denken, daß er bewunderte, wie geschickt der Feind den Köder gelegt hatte, wie präzise sein Zusammenspiel und das ›Öffnen der Falle‹ klappten. Aber wie würde der ›alte Farmer‹ jetzt reagieren, im Höhepunkt einer ganzen Serie verhängnisvoller Fehlrechnungen, für die er aber, bei gerechter Würdigung der Situation, im Grunde nicht zu tadeln war...? Man würde ihn zur Rechenschaft ziehen. Die eiserne Stimme des Lautsprechers brach in seine Gedanken.

»Zweites Signal lautet: ›Habe engen Kontakt, werfe Wasserbomben. Ein Fahrzeug torpediert, sinkend. Tanker torpediert, beschädigt, schwimmt und steuert noch. Erbitte Rat. Erbitte Beistand. Dringend, dringend!«

Der Lautsprecher schaltete ab. Wieder herrschte das bedrückte, gespannte, unnatürliche Schweigen, fünf Sekunden, zehn, zwanzig – dann nahmen alle wieder Haltung an und blickten beflissen anderswohin.

Tyndall kletterte von seinem Stuhl. Er bewegte sich steif, langsam, vorsichtig, greisenhaft schlurfend. Stark hinkend stützte er in der Rechten das gebrochene Gelenk der Linken, das mit dem Verband so auffällig weiß abstach. In seiner Haltung lag eine gewisse verkrampfte Würde, in dem sonst ausdruckslosen Gesicht der schwache Widerschein eines Lächelns. Als er sprach, klang es wie ein lautes Selbstgespräch.

»Ich fühle mich nicht wohl«, sagte er, »werde unter Deck gehen.« Chrysler, der, so jung er war, die Tragödie halbwegs begriff, hielt die Klapptür auf und faßte Tyndall, der gegen die Schwelle stolperte, stützend an. Dabei warf er rasch einen bittenden Blick über die Schulter, sah Vallery mitleidig nicken und verstand das. Nebeneinander bewegten sie sich zum Achterdeck, der Alte und der Junge. Allmählich verklang der schlurfende Schritt, sie waren verschwunden.

Die zertrümmerte Brücke wirkte merkwürdig leer, die Männer fühlten sich vereinsamt. Der sonst stets heitere, unverwüstliche ›Farmer‹ war fort. Wie schnell und mit welcher Wucht sein Zusammenbruch erfolgt war, konnten sie nicht sofort erfassen. Sie hatten im Augenblick nur das Gefühl der Schutzlosigkeit, der Wehrlosigkeit und der Verlassenheit.

»Kinder und Säuglinge sprechen die Wahrheit...» Wie stets, war Brooks der erste, der das Schweigen brach. »Nicholls hat ja immer behauptet, daß...« Er schüttelte, weil auch er nicht begriff, langsam den Kopf. »Muß sehen, was ich tun kann«, schloß er unvermittelt und verließ eilig die Brücke.

Vallery blickte ihm nach, ehe er sich an Bentley wandte. Sein Gesicht, ausgezehrt, von grauen Bartstoppeln beschattet, im unheimlichen Zwielicht des Nebels totenbleich, war fast ohne Ausdruck.

»Drei Sprüche, Signalmeister«, sagte er. »Den ersten an *Vectra*: ›Kurs 360 Grad. Nicht zerstreuen, wiederhole: nicht zerstreuen. Komme Ihnen zu Hilfe‹.« Nach einer Pause fuhr er fort: »Unterzeichnen Sie das: ›Admiral, Geleitflugzeugträger-Geschwader‹. Haben Sie?... Schön. Zum Verschlüsseln keine Zeit. Klartext. Schicken Sie sofort einen Ihrer Leute zum Funkraum.«

»Zweitens: an *Stirling, Sirrus* und *Viking*. ›Verfolgung sofort abbrechen. Kurs Nordost. Höchstfahrt‹. Ebenfalls unverschlüsselt.« Er fragte Kapok Kid: »Was macht Ihre Stirn, Lotse? Können Sie noch?«

»Selbstverständlich, Sir.«

»Schönen Dank, mein Junge. Sie haben gehört, was ich sagte? Konvoi geht wieder auf Nordkurs, in wenigen Minuten, sagen wir: 10 Uhr 15. Fahrt 6 Meilen. Geben Sie mir so bald wie möglich einen Schnittkurs.«

»Drittes Signal, Bentley: an *Stirling, Sirrus* und *Viking*: ›Radar ausgefallen. Kann Sie daher nicht auf den Schirm nehmen. Nebelbojen ausfahren. Alle zwei Minuten Sirenen anstellen‹. Diese Meldung verschlüsseln lassen. – I.O.!«

»Sir?« Turner stand dicht neben ihm.

»Normale Kriegswache. Ich vermute, das Rudel wird verschwinden, bevor wir hinkommen. Welche Wache ist frei?«

»Das weiß der Himmel«, sagte Turner offen. »Schlage vor: die Backbordwache.«

Vallery lächelte schwach. »Also gut, Backbordwache. Teilen Sie zwei Trupps ein: die eine Hälfte soll alle Trümmer beseitigen. Über Bord mit dem Zeugs – nichts zurücklassen. Sie werden den Schmied und seinen Maat gebrauchen, und Dodson wird Ihnen sicher ein paar Mann mit Azetylengebläse abgeben. Das Kommando übernehmen Sie selbst. Zweite Hälfte als Bestattungstrupp, unter Nicholls. Alle geborgenen Toten in die Kantine legen, sobald dort aufgeklart ist... Vielleicht können Sie mir innerhalb einer Stunde eine vollständige Liste der Verluste und Beschädigungen geben?«

»Schon viel eher, Sir. Kann ich Sie einmal privat sprechen?»

Sie gingen nach achtern. Als die Tür des Schutzraums hinter ihnen geschlossen war, blickte Vallery den I.O. gespannt und fast belustigt an. »Vielleicht wieder eine Meuterei, I.O.?«

»Nein, Sir.« Turner knöpfte seinen Mantel auf und suchte mit der Hand in den Tiefen seiner Gesäßtasche. Er brachte eine Halbliterflasche zum Vorschein, die er gegen das Licht hielt. »Hierfür sei dem Himmel gedankt!« sagte er fromm. »Ich hatte schon Angst, sie wäre kaputtgegangen, als ich hinfiel... Rum, Sir. Unverdünnt. Ich weiß, Sie verabscheuen das Zeug, doch das spielt jetzt keine Rolle. Kommen Sie – Sie haben das nötig!«

Auf Vallerys Stirn erschienen strenge senkrechte Falten. »Rum! Ich muß schon sagen, I.O.! Wollen Sie etwa –?«

»Zum Teufel mit allen Königlichen Verordnungen und Bestimmungen«, unterbrach Turner ihn grob. »Nehmen Sie, Sie brauchen das dringend! Sie haben Verletzungen, haben noch mehr Blut verloren und sind fast tot vor Kälte.« Er entkorkte die Flasche und drückte sie Vallery, der abwehren wollte, in die Hände. »Finden Sie sich mit den Tatsachen ab. Wir brauchen Sie – jetzt mehr denn je –, und Sie sterben uns beinah auf den Füßen«, fügte er rücksichtslos hinzu. »Das hier hält Sie vielleicht noch für ein paar Stunden in Gang.«

»Sie verstehen, einem das nett beizubringen«, murmelte Vallery. »Na schön – gegen meine bessere Überzeugung...«

Er setzte die Flasche an den Mund.

»Und Sie haben mich auf eine Idee gebracht, I.O. Lassen Sie vom Bootsmann den Rum ausgeben und ›Besanschot an‹ auspfeifen. Doppelte Ration für jeden, die Männer werden das genauso nötig haben.« Er nahm noch einen Schluck, dann setzte er die Flasche ab. Die Grimasse, die er schnitt, galt nicht dem Rum. »Ganz besonders der Bestattungstrupp«, sagte er sachlich.

Freitag nachmittag

Der Schalter knipste, das harte Licht der Leuchtröhren überflutete den schon dunklen Operationsraum. Nicholls wachte erschreckt auf, mit einer Hand schützte er mechanisch seine ermatteten Augen, die im Licht schmerzten. Er kniff sie eng zusammen und fixierte die Zeiger seiner Armbanduhr. 4 Uhr! So lange hatte er geschlafen? Gott, die Kälte war ja furchtbar!

Steif beugte er sich auf dem zahnärztlichen Stuhl nach vorn und drehte den Kopf zur Seite. Brooks stand mit dem Rücken an der Tür, die schneebedeckte Haube umrahmte sein silbernes Haar, die abgestorbenen Finger werkten an einem Paket Zigaretten. Endlich gelang es ihm, eine herauszuziehen. Über das brennende Streichholz blickte er Nicholls fragend an.

»Hallo, Johnny, da sind Sie ja! Tut mir leid, Sie zu wekken, aber der Käpt'n will Sie sprechen. Hat aber noch viel Zeit.« Er senkte die Zigarette über das erlöschende Streichholz und blickte wieder hoch. ›Nicholls sieht ja krank aus, furchtbar erschöpft und überanstrengt‹, dachte er in plötzlichem Mitleid, ›aber es hat keinen Sinn, ihm das jetzt zu sagen.‹ »Wie fühlen Sie sich?« fragte er. »Aber lassen Sie, sagen Sie's mir lieber nicht! Mir geht's noch verdammt viel schlechter. Haben Sie von dem Gift noch was da?«

»Gift, Sir?« Der leichte Ton stellte sich bei ihren Unterhaltungen fast automatisch ein. »Bloß weil Sie eine falsche Diagnose stellen? Der Admiral wird sich schon wieder erholen.«

»Herrje! Diese Intoleranz bei den ganz jungen Leuten, besonders bei den zum Glück seltenen Gelegenheiten, wenn sie zufällig recht haben... Ich bezog mich auf die Flasche ›schwarzen Schnaps‹ von der Insel Mull.«

»Coll«, korrigierte Nicholls. »Doch das ist einerlei, Sie haben sowieso alles ausgetrunken«, fügte er unfreundlich hinzu. Er lächelte müde, weil der Oberstabsarzt ein tief enttäuschtes Gesicht machte. »Wir haben aber noch eine Flasche Talisker übrig, den feinsten Whisky.« Er ging zum Giftschränkchen und schraubte eine Flasche mit dem Schild ›Lysol‹ auf. Als dabei ein heftiges Geklapper der übrigen Glasgefäße entstand, fragte er sich, wie der Arzt, der einen Patienten beobachtet, warum seine Hände so toll zitterten.

Brooks trank sein Glas aus und seufzte beglückt über die wohltuende Wärme, die seinen Körper durchdrang. »Vielen Dank, mein Freundchen, vielen Dank. Sie haben das Talent zu einem erstklassigen Arzt.«

»Meinen Sie, Sir? Ich bin anderer Ansicht. Jetzt werde ich das nicht mehr, nach dem heutigen Erleben.« Er erschauerte bei der Erinnerung. »Vierundvierzig Mann, Sir, in zehn Minuten über die Seite, einer nach dem anderen, wie Säcke mit Abfall.«

»Vierundvierzig?« Brooks blickte auf. »So viele, Johnny?«

»Strenggenommen nicht. So viele wurden vermißt. Ungefähr dreißig und Gott weiß wie viele Stücke und Fetzen... Im Flugzeug-Ortungsraum mußte mit Schaufel und Besen gearbeitet werden.« Er lächelte freudlos. »Ich habe heute nichts gegessen, und wohl auch kein anderer vom Bestattungstrupp... Aber jetzt will ich lieber da abblenden.«

Rasch wandte er sich um und schritt durch den Raum ans Bullauge. Dicht über dem Horizont sah er durch dünn fallenden Schnee für Augenblicke einen Abendstern, ein Zeichen, daß der Nebel sich verzogen hatte – der Nebel, der dem Konvoi zur Rettung geworden war, indem er ihn bei der scharfen Wendung nach Norden vor den U-Booten verbarg. Er konnte *Vectra* sehen, ihre leeren Wasserbombengerüste, leer gemacht ohne Erfolg. Er sah ganz in ihrer Nähe die *Vytura*, den beschädigten Tanker, der, fast bis zur Reling im Wasser, zäh im Konvoi mithielt. Ferner sah er vier von den Victory-Schiffen, groß, stark, beruhigend, und doch so täuschend, weil sie unzerstörbar erschienen... Er knallte die Blende zu, schraubte alle Flügelmuttern fest, dann drehte er sich ruckartig um.

»Weshalb, zum Donnerwetter, machen wir nicht kehrt?« platzte er los. »Wen glaubt der Alte denn zu nasführen – uns oder die Deutschen? Keine Luftsicherung, kein Radar, nicht die leiseste Aussicht auf Hilfe! Die Deutschen haben unsere Position jetzt haargenau, und je weiter wir vordringen, um so leichter wird es für sie. Und dabei haben wir noch 1000 Meilen vor uns!« Seine Stimme wurde lauter. »Und auf allen feindlichen Schiffen, U-Booten und Flugzeugen in der Arktis schmatzen sie mit den Lippen und warten, bis sie uns gemütlich aufgabeln können.« Er schüttelte verzweifelt den Kopf. »Ich stehe, wenn's hart auf hart geht, ebenso meinen Mann wie jeder andere, Sir, das wissen Sie – aber dies ist Mord, oder Selbstmord. Wie Sie es nennen wollen. Für die Toten ist es freilich einerlei.«

»Aber Johnny, Sie werden doch nicht –?«

»Weshalb kehrt er nicht um, was?« Nicholls hatte den Einwurf nicht einmal gehört. »Er braucht doch bloß den Befehl zu geben. Was will er denn? Tod oder Ruhm? Wonach jagt er? Unsterblichkeit auf meine, auf unser aller Kosten?« Er schimpfte erbittert. »Vielleicht hatte Riley recht. Wunderbare Schlagzeilen: ›Kapitän z.S. Richard Vallery, Träger des Frontverdienstkreuzes, ist nach dem Tode ausgezeichnet worden durch –‹«

»Klappe halten!« Brooks Augen waren so kalt wie das Eis im Polarmeer, seine Worte wie Peitschenhiebe.

»So wagen Sie über Kapitän Vallery zu reden?« sagte er leise. »Sie wagen es, den Namen des ehrenwertesten...« Zornig und erstaunt schüttelte er den Kopf. Um seine Worte sorgfältig zu wählen, schwieg er eine Weile, ohne den Blick von dem weißen, nervös gespannten Gesicht des anderen zu lassen.

»Er ist ein guter Offizier, Assistenzarzt Nicholls, vielleicht sogar ein großartiger, was hier im Moment verdammt unwichtig ist. Wichtig, daß er der feinste Gentleman ist – ich sage Gentleman –, den ich bisher kennengelernt habe, der vornehmste Mensch, der je über diese verdorbene, von Gott verlassene Erde wandelte. Mit Ihnen oder mit mir gar nicht zu vergleichen. Überhaupt ohne Vergleich. Er geht seinen Weg allein, ist aber nie einsam, denn er hat immer Gesellschaft – Männer wie Petrus oder einen Franz von Assisi.« Er lachte kurz. »Komisch, was, einen hartgesottenen alten

Sünder wie mich so reden zu hören? Sie könnten es sogar Blasphemie nennen. Und ich weiß, wovon ich rede.«

Nicholls sagte nichts, sein Gesicht war wie versteinert.

»Tod, Ruhm, Unsterblichkeit«, fuhr Brooks unerbittlich fort, »das waren doch Ihre Worte, wie? Tod?« Er lächelte wieder kopfschüttelnd. »Für Richard Vallery gibt es keinen Tod. Ruhm? Gewiß, Ruhm will er, wir alle wollen ihn, doch sämtliche Zeitungen vom Schlage der London Gazette und alle Buckingham-Paläste der Welt können ihm nicht den Ruhm geben, den er sich wünscht. Kapitän Vallery ist kein Kind mehr, und nur Kinder beschäftigen sich mit Spielzeug... Und die Unsterblichkeit?« Er lachte, jetzt ohne den geringsten Groll, und legte Nicholls eine Hand auf die Schulter. »Ich frage Sie, Johnny – müßte er nicht beschränkt sein, um sich das zu wünschen, was er schon besitzt?«

Nicholls sagte nichts. Das Schweigen lastete immer schwerer, das Rauschen der Luft aus der Ventilationsklappe wurde bedrückend laut. Endlich hustete Brooks, indem er einen bezeichnenden Blick auf die Flasche mit ›Lysol‹ warf.

Nicholls füllte die Gläser und brachte sie zurück. Brooks sah ihm tief in die Augen und wurde plötzlich von Mitleid erfaßt. Wie lautete doch der schon klassisch gewordene Satz, mit dem Cunningham während der deutschen Invasion auf Kreta die Zustände so betont reserviert gekennzeichnet hatte? »Es ist nicht ratsam, Menschen über einen gewissen Punkt hinaus zu strapazieren.« Trivial, aber wahr. Und es traf sogar für Leute wie Nicholls zu. Brooks stellte sich vor, welche gerade für ihn bittere Hölle dieser junge Mann morgens erlebt hatte, als er die zerschmetterten, zerrissenen Körper, die einmal Menschen gewesen waren, aus den Trümmern zerrte. Und als der damit beauftragte Arzt hatte er sie doch alle untersuchen müssen, das heißt: sämtliche Stücke, die er finden konnte...

»Beinah wäre ich ordinär geworden.« Nicholls sagte es sehr leise. »Ich weiß nicht, was ich sagen soll, Sir, und weiß auch nicht, warum ich mich so ausgedrückt habe... Tut mir leid.«

»Mir auch«, sagte Brooks aufrichtig. »Daß ich so grob gesprochen habe. Und es war mir Ernst.« Er hob sein Glas und betrachtete liebevoll den Inhalt. »Auf unsere Feinde, Johnny: auf ihren hoffnungslosen Zusammenbruch, und nicht zu vergessen: auf Admiral Starr.« Er leerte sein Glas in einem Zug, setzte es hin und blickte Nicholls sekundenlang an. »Ich glaube, Sie müssen auch das weitere erfahren, nämlich: weshalb Vallery nicht umkehrt.« Er lächelte schief. »Nicht etwa, weil von den verdammten U-Booten ebenso viele hinter uns sind wie vor uns – ohne jeden Zweifel.« Nachdem er sich eine neue Zigarette angesteckt hatte, fuhr er in ruhigem Ton fort: »Der Kapitän hat heute früh nach London funken lassen. Hat seine wohlüberlegte Meinung zum Ausdruck gebracht, daß F.R.77 erledigt würde – ›aufgerieben‹ war das Wort, das er gebrauchte, und ein stärkeres gibt's da wohl nicht –, schon lange bevor er das Nordkap erreicht. Er bat darum, wenigstens in einem Bogen nach Norden laufen zu dürfen, anstatt das Kap mit direktem Ostkurs anzusteuern... Schade, daß wir heute keinen Sonnenuntergang hatten, Johnny«, fügte er halb scherzhaft hinzu, »den hätte ich gern gesehen.«

»Ja, ja.« Nicholls war ungeduldig. »Und die Antwort?«

»Bitte? Ach so, die Antwort. Vallery erwartete sie umgehend.« Brooks zuckte die Achseln. »Sie kam aber erst nach vier Stunden.« Er lächelte jetzt, doch seine Augen blieben ernst. »Irgendwo braut sich etwas Großes zusammen, ein Unternehmen von gewaltigem Ausmaß steht bevor. Es kann sich nur um eine größere Invasion handeln – dies im Vertrauen, klar, Johnny?«

»Selbstverständlich, Sir.«

»Was es ist, kann ich nicht 'raustüfteln. Vielleicht wird es sogar die lange erwartete zweite Front. Jedenfalls scheint man Unterstützung durch die Home Fleet als entscheidend wichtig für den Erfolg zu betrachten. Aber die Flotte ist gebunden – durch die *Tirpitz*. Und deshalb lauten die Befehle ›Packt die *Tirpitz*. Packt sie um jeden Preis‹!« Brooks lächelte, mit einem Gesicht, das ganz erkaltet wirkte. »Wir sind große Fische, Johnny, sind bedeutende Leute. Wir sind der fetteste, saftigste Köder, der bisher für die zur Zeit größte und saftigste Beute ausgeworfen worden ist. Ich fürchte freilich, daß die Scharniere der Falle ein bißchen rostig sind... Der Funkspruch kam vom Ersten Seelord und – von Starr. Die Entscheidung ist ›auf Kabinettsebene‹ gefällt worden. Wir müssen vorwärts, müssen Ostkurs halten.«

»›Um jeden Preis‹, das sind wir«, sagte Nicholls tonlos. »Ein Preis, der gezahlt werden darf.«

»Der gezahlt werden darf«, stimmte Brooks bei. Der Lautsprecher über ihm klickte ein. Er stöhnte. »Den Teufel auch, da geht's schon wieder los!«

Er wartete, bis das grelle Trompetensignal für den Abendalarm verklungen war, dann streckte er, da Nicholls rasch zum Ausgang wollte, die Hand aus. »Sie nicht, Johnny. Noch nicht. Ich sagte Ihnen doch, daß der Kapitän Sie sprechen will. Auf der Brücke, zehn Minuten nach Beziehen der Gefechtsstationen.«

»Was? Auf der Brücke? Warum denn da, zum Kuckuck?«

»Ihre Ausdrucksweise ziemt sich nicht für einen jüngeren Offizier«, sagte Brooks feierlich. »Wie fanden Sie unsere Männer heute?« fuhr er abweichend fort. »Sie haben ja mit ihnen den ganzen Vormittag gearbeitet. Waren sie wie sonst?«

Nicholls blinzelte, dann hatte er sich wieder gefaßt.

»Ich denke, ja.« Er zögerte. »Komisch: vor ein paar Tagen kam mir ihre Stimmung erheblich besser vor, aber – nun, jetzt sind sie wieder so wie in Scapa Flow. Wandelnde Vogelscheuchen. Noch schlimmer, denn wandeln können sie kaum noch.« Kopfschüttelnd erklärte er das. »Fünf, sechs Mann zum Tragen einer Bahre. Stolperten und fielen immerzu und schliefen fast, so elend müde, daß sie gar nicht darauf achteten, wo sie gingen.«

Brooks nickte. »Ich weiß, Johnny, ich weiß. Habe es selbst gesehen.«

»Sie haben nichts mehr von Meuterern an sich und nicht die finster drohenden Gesichter.« Nicholls suchte in seinem müden Kopf die verschwommenen, flüchtig aufgenommenen Eindrücke in Zusammenhang zu bringen. »Für eine Meuterei haben sie, glaube ich, jetzt keine Energie und keine Initiative mehr, aber darum geht es wohl auch gar nicht. Im Flugzeug-Ortungsraum murmelten sie andauernd vor sich hin. ›Glück gehabt, der Kerl. Der ist leicht gestorben‹, und dergleichen. Oder: ›Der alte Farmer kippt bald aus den Pantinen‹. Immerzu schüttelten sie die Köpfe, Sie können sich das vorstellen. Aber kein Humor, nicht einmal die schauderhaft brutalen Witze, mit denen sie sonst –.« Jetzt schüttelte er selbst den Kopf. »Ich kenne mich einfach nicht mehr aus, Sir. Apathisch, gleichgültig, hoffnungslos sind die Männer – Sie mögen es bezeichnen, wie Sie wollen. Ich würde es nennen ›verloren‹.«

Brooks sah ihn lange an, dann sagte er sanft: »So, würden Sie das?« Er grübelte. »Und ich muß sagen, Johnny, daß Sie damit wahrscheinlich recht haben... Aber egal«, setzte er energisch hinzu, »gehen Sie jetzt nach oben, der Kommandant will gleich eine Runde durchs Schiff machen.«

»Was?!« Nicholls war ganz bestürzt. »Jetzt, beim Abendalarm? Will die Brücke verlassen?«

»Ganz richtig.«

»Aber – aber das kann er doch nicht, Sir. Das hat – hat's noch nie gegeben.«

»Auch noch keinen Kapitän Vallery, wie ich Ihnen ja schon den ganzen Abend zu erklären versuche.«

»Aber damit bringt er sich doch um!« widersprach Nicholls erregt.

»Genau das habe ich auch gesagt«, stimmte Brooks sarkastisch zu. »Klinisch betrachtet stirbt er schon. Müßte bereits tot sein. Was ihn noch in Gang hält, weiß nur Gott allein – wörtlich, wie ich's sage. Bestimmt weder Plasma noch starke Mittel... Hin und wieder, Johnny, ist es ganz heilsam für uns, die Grenzen der ärztlichen Kunst zu erkennen. Na, immerhin habe ich ihn überredet, daß er Sie mitnimmt... Lassen Sie ihn lieber nicht warten.«

Für Assistenzarzt Nicholls wurden die nächsten zwei Stunden so furchtbar wie ein Gang durchs Fegefeuer. Zwei Stunden nahm sich der Kommandant für seinen Rundgang, zwei Stunden, in denen sie ständig auf den Beinen blieben, über Schlechtwetter-Sülls und durch ein Chaos von zertrümmertem Stahl kletterten, sich durch engste Spalten klemmten, wo das unmöglich schien, hundert Niedergänge und Leitern hinauf und hinunter stiegen. Zwei Stunden zermürbender Tortur in der grimmigen Kälte, die einem das Blut aus dem Herzen zog. Aber für Nicholls wurden die zwei Stunden zu einer bleibenden Erinnerung, an die er nie zurückdenken konnte ohne ein seltsames wunderbares Gefühl tiefer Dankbarkeit.

Sie begannen auf dem Achterdeck – Vallery, Nicholls und Stabsoberbootsmann Hartley. Vallery wollte Hastings, der als Wachtmeister sonst den Kapitän auf seinen Runden zu begleiten pflegte, keinesfalls bei sich haben. Von der kraftvollen Gestalt des tüchtigen Oberbootsmanns strömte etwas merkwürdig Beruhigendes aus. Er schuftete in dieser Nacht wie ein Trojaner, indem er Dutzende von wasserdichten Türen öffnete und schloß, zahllose schwere Lukendekkel anhob und senkte, Hunderte von Verschlüssen zurückklopfte und wieder festriegelte und, noch ehe zehn Minuten vergangen waren, Vallery trotz aller Proteste mit seinem muskulösen Arm stützte.

Sie stiegen die lange senkrechte Leiter zur Munitionskammer Y hinab, in den halbdunklen, düsteren Kerker, den kleine Lampen mit häßlichem Schein erleuchteten. Hier befanden sich die Schlächter, Bäcker und Kerzenzieher, die keine kriegerische Sonderausbildung gehabt hatten. Fast ohne Ausnahme nur ›zum Gefecht‹ eingeteilt, wenn Not am Mann war, hatten sie hier unter dem Kommando eines Artilleristen in einem eiskalten Raum ihre schmutzige, ruhmlose Arbeit zu leisten, seltsam vernachlässigt und vergessen – seltsam, weil ihr Leben da unten so furchtbar gefährlich war. Die 10-Zentimeter-Panzerung um die Kammer bot gegen eine 20-Zentimeter-Granate oder einen Torpedo nicht mehr Schutz als ein Blatt Zeitungspapier...

Die Wände der Kammer mit den Stapeln von Granaten und Kartuschen in Kisten waren triefend naß. Pausenlos rann und tropfte eisiges Kondenswasser an ihnen herab. Die Hälfte der Männer hatte sich an die Gestelle gelehnt, oder gelegt, vor Kälte bebend, blau die spitz gewordenen Gesichter. Dick hing die ausgeatmete Luft in dem kalten Raum. Die übrigen trapsten schwerfällig immerfort rund um den Aufzug, ihre Füße patschten durch Wasserpfützen, vor Erschöpfung wankten und rutschten sie hin und her, die Hände mit Handschuhen tief in den Taschen, die Köpfe schlaff auf der Brust hängend. »Vogelscheuchen«, dachte Nicholls, »nur noch lebende Vogelscheuchen. Weshalb legen sie sich nicht hin?«

Allmählich merkte einer nach dem anderen, daß Vallery da war. Sie blieben stehen oder versuchten mühsam, stramme Haltung anzunehmen. Verwunderung oder Erstaunen zu zeigen, waren sie zu abgestumpft, ihre Augen zu müde.

»Weitermachen, weitermachen«, sagte Vallery rasch. »Wer hat hier das Kommando?«

»Ich, Sir.« Ein untersetzter Mann im Overall kam langsam nach vorn und machte vor Vallery halt.

»Ah ja, Gardiner, nicht wahr?« Vallery deutete auf die anderen, die um den Aufzug wanderten. »Was soll das Gelaufe da für einen Zweck haben?«

»Eis«, antwortete er kurz. »Wir müssen das Wasser in Bewegung halten, sonst friert es in zwei Minuten zu, und Eis hier auf dem Fußboden, das geht doch nicht, Sir.«

»Nein, nein, natürlich nicht. Aber – aber wie ist's mit den Pumpen und den Entwässerungshähnen?«

»Festgefroren.«

»Aber ununterbrochen brauchen sie doch wohl nicht herumzulaufen?«

»Wenn kein Seegang ist, müssen sie's, Sir.«

»Du lieber Gott!« Vallery schüttelte ungläubig den Kopf, patschte durchs Wasser bis zu der kleinen Schar, wo ein schlanker, knabenhafter Mensch grausam in sein riesiges, grün und weiß gemustertes Halstuch hustete. Besorgt legte Vallery ihm den Arm um die bebenden Schultern.

»Sind Sie auch gesund, mein Junge?«

»Jawohl, Sir, klar bin ich das.« Er hob sein hageres, weißes, schmerzverzerrtes Gesicht. »Mir geht's prima«, sagte er fast empört.

»Wie heißen Sie?«
»McQuater, Sir.«
»Und was ist Ihre Aufgabe, McQuater?«
»Kochsgast, Sir.«
»Wie alt?«
»Achtzehn, Sir.«
›Barmherziger Himmel‹, dachte Vallery, ›ich habe hier keinen Kreuzer zu führen, sondern einen Kindergarten!‹
»Aus Glasgow, ja?« Er lächelte.
»Jawohl, Sir.« Es klang abwehrend.
»Ach so.« Er blickte zu Boden, auf McQuaters halb mit Wasser bedeckte Schuhe. »Weshalb tragen Sie denn nicht Ihre Seestiefel?« fragte er schroff.
»Werden für uns nicht ausgegeben, Sir.«
»Aber Ihre Füße, Mann, die müssen doch ganz naß sein!«
»Ach, ich weiß nicht, Sir. Sind sie wohl. Ist aber ganz egal«, erklärte McQuater schlicht, »ich fühle sie sowieso nicht.«
Vallery zuckte innerlich zusammen. Nicholls, der ihn beobachtete, fragte sich, ob er wohl spürte, welches elende, Mitleid erregende Bild er selbst bot mit seinem eingefallenen, blutleeren Gesicht, den roten entzündeten Augen, Mund und Nase rot befleckt, das unvermeidliche dunkle, beschmutzte Handtuch in der Linken. Plötzlich schämte sich Nicholls, denn auf den Gedanken – das wußte er – würde dieser Mann nie kommen.
Vallery lächelte auf den kleinen McQuater hinab. »Sagen Sie mal ehrlich, mein Junge, sind Sie nicht müde?«
»Das bin ich. Wollte sagen: Jawohl, Sir.«
»Ich auch«, gestand Vallery. »Aber – können Sie's vielleicht noch eine Weile aushalten?«
Er spürte, wie sich die schmalen Schultern unter seiner Umarmung spannten. »Klar kann ich das, Sir.« Es klang beleidigt, beinah ruppig. »Klar, kann ich.«
Vallery ließ den Blick langsam über die Gruppe wandern, in seinen dunklen Augen leuchtete es, als er das zustimmende Gemurmel hörte. Er setzte zum Sprechen an, mußte

plötzlich laut husten und beugte den Kopf. Als er wieder hochblickte, betrachtete er noch einmal der Reihe nach die jetzt gespannten Gesichter, dann wandte er sich jäh ab.

»Wir werden euch nicht vergessen«, murmelte er undeutlich, »das verspreche ich.« Rasch patschte er durchs Wasser, aus dem Lichtschein in die Dunkelheit am Fuß der Leiter.

Zehn Minuten später traten sie aus dem Geschützturm Y. Der Nachthimmel war jetzt wolkenlos, mit Sternen wie mit Brillanten übersät, kleine Brocken gefrorenen Feuers auf dem samtdunklen unendlichen Hintergrund. Die Luft war schneidend kalt. Kapitän Vallery zitterte unwillkürlich, als die Turmtür hinter ihm zuknallte.

»Hartley?«

»Sir?«

»Da drin habe ich Rum gerochen?«

»Jawohl, Sir, ich auch.« Hartley sagte das ganz vergnügt, ohne Verlegenheit. »Man kann schon sagen, es stank danach. Aber deshalb brauchen Sie sich keine Sorgen zu machen, Sir. Die Hälfte der Männer spart sich ihre Ration in Flaschen, um ihn bei Gefechtstätigkeit zu haben.«

»Nach den Bestimmungen absolut verboten, Hartley, das wissen Sie ebensogut wie ich.«

»Gewiß, Sir, aber es passiert wirklich nichts dadurch. Wärmt sie auf, und wenn sie sich ein bißchen frischen Mut antrinken, um so besser. Erinnern Sie sich noch an den Abend, als der vordere Vierling zwei Stukas abschoß?«

»Selbstverständlich.«

»Voll waren die Kerle, sonst wäre ihnen das gar nicht gelungen. Und jetzt, Sir, jetzt brauchen sie den Rum.«

»Sicher werden Sie recht haben, Oberbootsmann, sie brauchen ihn, und ich nehme es keinem übel.« Er lachte. »Seien Sie unbesorgt, daß ich's erfahren habe – ich hab's immer gewußt. Aber da unten roch's ja wie in einer Kneipe...«

Sie kletterten auch in den mit Seesoldaten bemannten Turm X und in die Munitionskammer darunter. Wohin der Kommandant sonst noch gehen mochte, überall war die Besatzung – genauso wie in der Munitionskammer von Turm

Y – durch sein Erscheinen neu belebt. Im persönlichen Umgang besaß er eine unerklärliche Macht, durch die er seine Männer zu Großem begeistern konnte, in ihnen Kräfte erweckte, deren sie sich vorher gar nicht bewußt gewesen waren. Wer sah, wie aus ihrer stumpfen Gleichgültigkeit und Hoffnungslosigkeit langsam eine entschlossene Haltung wurde, stand fassungslos vor dieser Wirkung seiner Persönlichkeit – wenn auch die neue Energie der Männer von der dumpfen Verzweiflung noch nicht ganz frei war. Nicholls wußte wohl, daß sie körperlich wie geistig längst über den Punkt, von dem es keine Rückkehr gibt, hinaus waren.

Er versuchte, ohne konzentriert denken zu können, zu ergründen, wie Vallery seinen Einfluß geltend machte, welche ›Technik‹ er anwandte. Aber er mußte sehen, daß der Kommandant es in jedem Fall verschieden anfing, daß seine Haltung nie mehr war als eine natürliche Reaktion auf die jeweiligen Zustände, die er antraf, und daß jede Berechnung und Finesse ihm fernlag. Von einer ›Technik‹ konnte keine Rede sein. War bei den Leuten denn das Mitleid die anspornende Kraft, Mitleid mit dem Mann, der, obwohl sichtlich schon dem Tode verfallen, so rührend tapfer alles auf sich nahm? Oder war es Scham: wenn der das kann, wenn der dem Wrack seines Körpers all das noch zuzumuten vermag, wenn der sich töten kann, bloß um nachzusehen, wie es uns geht – wenn er das sogar noch lächelnd zu tun vermag –, dann, bei Gott, dann können wir wohl auch noch durchhalten, was? – »Ja, das ist es«, sagte sich Nicholls, »Mitleid und Scham sind es.« Und er haßte sich selbst, weil er das dachte, nicht dieses Gedankens wegen, sondern weil er wußte, daß er sich belog... Er war zum Denken auch zu erschöpft, sein Gehirn schien wie durch Wolle verstopft und am Rand ausgefranst, seine Gedanken zerfahren und unlenkbar. Wie bei allen anderen an Bord. Sogar Andy Carpenter, von dem man das zuletzt gedacht hätte – selbst der fühlte sich so und gab es auch zu... Was Kapok Kid wohl zu dem Bild hier sagen würde...? Auch er wanderte gewiß mit seinen Gedanken, aber auf seine eigene Art – zurück zur Themse, wie immer. Nicholls versuchte, sich das junge

Mädchen in Henley vorzustellen. Ihr Name fing mit J an – Joan? Jean? – er wußte es nicht. Carpenter hatte auf der rechten Brustseite seines Kapokanzugs das große goldene J, das sie ihm angenäht hatte. Aber wie mochte sie aussehen? Blond und fröhlich wie Kapok Kid selbst? Oder dunkel, freundlich und sanft, wie Franz von Assisi? Der heilige Franziskus von Assisi? Wie kam er denn bloß auf den? Ach, richtig, der alte Sokrates hatte ihn erwähnt. War das nicht der Mann, von dem Axel Munthe...?

»Nicholls, sind Sie noch gut zuwege?« erklang scharf vor Besorgnis Vallerys Stimme.

»Ja, selbstverständlich, Sir.« Nicholls schüttelte den Kopf, wie um sein Gehirn zu klären. »War nur in Gedanken. Wohin jetzt, Sir?«

»Maschinistenwohndeck, Lecksicherungstrupp, Hauptschaltraum, Niederspannungsraum 3 – nein, den natürlich nicht, er existiert ja nicht mehr. Da ist doch Noyes zu Tode gekommen, nicht wahr? ... Hartley, ich wäre Ihnen dankbar, wenn Sie mich dann und wann auf den eigenen Füßen gehen ließen...«

Alle genannten Plätze und noch zahlreiche andere suchten sie auf – Vallery ließ auch die am schwersten zugänglichen Winkel nicht aus, wenn er wußte, daß sich dort ein Mann auf Gefechtsstation befand.

Schließlich kamen sie zur Maschine und zum Kesselraum, wo sie unter dem ungewohnten Druck auf die Trommelfelle hart schlucken mußten, während sie die Luftschleusen passierten und ihnen sogleich in jähem Kontrast die fauchende Hitze den Atem raubte. Im Kesselraum A verlangte Nicholls kategorisch ein paar Minuten Rast für den Kommandanten, der vor Schmerzen und Schwäche ganz grau aussah und nur mühselig atmen konnte. Der Assistenzarzt bemerkte, daß Hartley in einem Winkel mit jemand sprach, und ihm schien, als verließe einer den Kesselraum. Und schon kam ein stämmiger, dunkelhäutiger Heizer mit verschrammten Backen und einem prächtigen, schon abgeschwollenen ›blauen Auge‹ über die Bodenplatten gebolzt. Er trug einen mit Segeltuch bespannten Stuhl, den er laut aufstampfend hinter Vallery stellte. »Ein Platz für Sie, Sir«, knurrte er.

»Danke schön, danke.« Vallery setzte sich dankbar hin, dann blickte er überrascht auf. »Riley?« murmelte er und wandte sich an den Obermaschinisten Hendry. »Erfüllt seine Pflicht wohl so ungnädig wie möglich, wie?«

Hendry bewegte sich unbehaglich. »Das hat er von allein getan, Sir.«

»Oh, Entschuldigung«, sagte Vallery aufrichtig. »Seien Sie mir nicht böse, Riley. Vielen Dank auch.« Sehr verwundert starrte er hinter ihm her, ehe er wieder mit fragend hochgezogenen Brauen Hendry anblickte.

Hendry schüttelte den Kopf. »Rätselhaft, Sir. Werde nie schlau aus dem Mann. Komischer Kerl. Solche Sachen macht er. Er würde einem ohne Wimperzucken ein Bleirohr über den Schädel hauen, aber mit seiner Sorge um Katzen und lahme Hunde ist er ganz verrückt. Wenn jemand einen flügellahmen Vogel gefunden hat, dann ist Riley der gegebene Mann. Über seine Mitmenschen aber denkt er sehr schlecht, Sir.«

Langsam, ohne zu sprechen, nickte Vallery, der sich im Stuhl anlehnte und ermattet die Augen schloß. Nicholls neigte sich über ihn. »Hören Sie bitte, Sir«, sagte er eindringlich und ruhig, »warum wollen Sie nicht abbrechen jetzt? Offen gesagt, Sie bringen sich hierbei um, Sir. Können wir nicht ein andermal die Runde weitermachen?«

»Leider wohl nicht, mein Junge.« Vallery war sehr geduldig. »Sie verstehen mich nicht: ein andermal wird es zu spät sein.« Er fragte Hendry: »Sie glauben also, hier weiter gut zurechtzukommen, ja?«

»Um uns brauchen Sie keine Sorgen zu haben, Sir«, antwortete der Obermaschinist. Es klang grimmig entschlossen und sanft zugleich. »Geben Sie nur gut auf sich selbst acht, Sir. Die Heizer werden Sie nicht im Stich lassen.«

Mühsam stand Vallery auf und berührte ihn leise am Arm. »Seien Sie versichert, Hendry, daß ich das auch nie angenommen habe... Fertig, Hartley?« Auf dem Weg zum Ausgang blieb er plötzlich stehen, als er eine Riesengestalt im Düffelrock, das Gesicht unter der Haube ernst und düster, am Fuß der steilen Eisentreppe warten sah. »Wer ist denn das? Oh, ich weiß schon. Hätte nie geglaubt, daß Heizer sich so sehr gegen Kälte schützen müssen«, sagte er lächelnd.

»Ja, Sir, es ist Petersen«, sagte Hartley leise. »Er begleitet uns jetzt.«

»Wer hat das angeordnet? Und – und Petersen? War das nicht der –:«

»Jawohl, Sir, Rileys – hm – Adjutant bei der Geschichte in Scapa... Auf Befehl des Oberstabsarztes soll Petersen uns behilflich sein.«

»Uns? Sie meinen wohl: mir?« In Vallerys Stimme war kein Ärger, keine Erbitterung zu spüren. »Hartley, Ihnen möchte ich eins raten: begeben Sie sich nie in die Hände der Ärzte... Meinen Sie, daß wir bei Petersen sicher sind?« fügte er halb scherzend hinzu.

»Der würde wahrscheinlich jeden erschlagen, der Ihnen nur einen schiefen Blick zuwirft«, stellte Hartley sachlich fest. »Ist ein ordentlicher Mann, Sir. Simples Gemüt, leicht zu lenken, aber in Ordnung.«

Am Fuß der Treppe trat Petersen beiseite, um sie vorbeizulassen, doch Vallery blieb stehen und blickte zu dem Riesen empor, der ihn fast um einen Kopf überragte. Blickte in die tiefernsten, blauen Augen unter dem flachsblonden Haar. »Hallo, Petersen, Hartley sagt mir gerade, daß Sie mit uns gehen. Tun Sie das auch wirklich gern? Sie brauchen es nämlich nicht.«

»Bitte, Herr Kapitän.« Petersen sprach langsam und deutlich, seine unglückliche Miene verlieh ihm eine sonderbare Würde. »Ich bereue sehr, was neulich geschehen ist und –«

»Nein, nein!« Vallery bedauerte sofort seine Worte. »Sie mißverstehen mich. Oben an Deck ist es bitter kalt heute abend. Aber ich hätte sehr gern, daß Sie mitgehen. Nun, wie ist es?«

Petersen starrte ihn an, dann begann er langsam zu lächeln, sein Gesicht wurde dunkelrot vor Freude. Sobald der Kommandant den Fuß auf die erste Stufe gesetzt hatte, legte sich der Arm des Riesen um ihn. Es war, so beschrieb Vallery es später, als trüge ihn ein Fahrstuhl nach oben.

Sie suchten jetzt den Leitenden Ingenieur Korvettenkapitän Dodson in seinem Maschinenraum auf, einen frohen, Zuversicht ausströmenden, außerordentlich tüchtigen Dodson, Ingenieur bis in die Fingerspitzen, der nur für die großen Maschinen lebte, die er zu betreuen hatte. Dann ging's weiter nach achtern, durchs Heizerwohndeck zwischen der zertrümmerten Kantine und der Wachtmeisterei aufs Oberdeck hinaus. Nach der Hitze im Kesselraum wirkte der Temperatursturz um rund 40 Grad, der den Atem abwürgte, daß sich die Kehle unwillkürlich zusammenzog und die ›Eismeerkleidung‹ lächerlich wenig Schutz bot, buchstäblich lähmend.

Bis zu den Torpedorohren an Steuerbord – die anderen waren nicht bemannt – hatten sie nur vier Schritte. Die Bedienung, die sich im Windschutz bei dem durch die Granaten von *Blue Ranger* zerstörten Vorratsraum des Bootsmanns zusammendrängte, war auch im Dunkeln leicht zu finden, denn die Männer stampften mit den erfrorenen Füßen und konnten das Zähneklappern nicht unterdrücken.

Vallery spähte in die Düsternis. »Torpedo-Obermechaniker hier?«

»Herr Kapitän?« fragte jemand überrascht und zweifelnd.

»Ja, wie geht es hier?«

»All right, Sir.« Der Mann war noch unsicher, aus dem Gleichgewicht gebracht. »Ich glaube, Smiths linker Fuß ist hin, hat Frost drin.«

»Bringen Sie ihn unter Deck, sofort. Und teilen Sie Ihre Männer für Zehnminutenwache ein. Einer soll hier beim Telefon bleiben, die anderen vier im Gang vor dem Maschinistendeck. Ab sofort. Richtig verstanden?« Er ging eilig weiter, als wollte er sich nicht durch Dank und das erfreute Gemurmel in Verlegenheit bringen lassen.

Sie kamen an der Torpedolast vorbei, wo die Reservetorpedos und die Preßluftzylinder lagerten, und stiegen die Treppe zum Bootsdeck hinauf. Vallery ruhte einen Moment aus, eine Hand an der Bootswinsch, mit der anderen hielt er sein blutiges, fast zum Brett gefrorenes Halstuch vor Mund und Nase. Er konnte die massigen Leiber der Frachtschiffe zu beiden Seiten eben noch als schwache Schatten erkennen. Sonderbar, ihre Masten hoben sich deutlich ab, träge und sanft schwangen sie vor den Sternen hin und her, während die Schiffe in der allmählich einsetzenden leichten Dünung zu schlingern begannen. Er erschauerte und zog sich den Schal höher um den Hals. Gott, war das eine Kälte! Auf Petersens Arm gestützt, bewegte er sich schwerfällig weiter. Der ungefähr 10 Zentimeter hohe Schnee dämpfte weich seine Schritte, als er hinter einem der Oerlikon-Geschütze ankam. Ruhig legte er dem ganz zusammengekauert auf seinem Richtsitz hockenden Kanonier eine Hand auf die Schulter.

»Na, alles soweit in Ordnung, Geschützführer?«

Keine Antwort. Der Mann schien sich zu rühren, sein Oberkörper wich etwas nach vorn, dann saß er wieder so starr da.

»Ich habe gefragt, wie es Ihnen hier geht«, sagte Vallery in härterem Ton. Er schüttelte den Mann an der Schulter und wandte sich ungeduldig an Hartley.

»Schläft, Hartley. Auf Gefechtsstation. Wir sind ja alle fast tot vor Schlafmangel, das weiß ich, aber seine Kameraden unten verlassen sich auf ihn. Da gibt's keine Entschuldigung. Seinen Namen notieren.«

»Seinen Namen notieren«, wiederholte Nicholls leise, während er sich über den Richtsitz beugte. Er wußte, daß er so nicht sprechen durfte, konnte aber nicht anders. »Seinen Namen notieren«, sagte er noch einmal. »Wozu? Für seine Verwandtschaft? Dieser Mann ist tot.«

Es begann wieder zu schneien, kalter, nasser, federiger Schnee, bei etwas auffrischendem Wind. Vallery spürte die ersten eisigen Flocken, die er in der Dunkelheit nicht sah, über sein Gesicht streichen, hörte das fern, einsam und verloren klingende Stöhnen des Windes in der Takelage, und erbebte.

»Sein Heizkörper ist aus«, sagte Hartley, sich aufrichtend. Er hatte sich gebückt und die Wand der Geschützbucht abgetastet. Auch seine Stimme klang jetzt müde. »Bei diesen

Oerlikons sind die Heizkörper im Cockpit an der Seite angebracht. Die Kanoniere lehnen sich dagegen, Sir, manchmal stundenlang... Ich fürchte, die Sicherung ist durchgebrannt. Gewarnt worden sind sie davor tausendmal.«

»Lieber Gott, lieber Gott!« Langsam bewegte Vallery den Kopf. Er fühlte sich alt und schrecklich matt. »So vergeblich sterben zu müssen... Lassen Sie ihn zur Kantine tragen, Hartley.«

»Wäre verkehrt, Sir.« Nicholls richtete sich auch auf. »Damit würde ich warten bei der Kälte, in der die Totenstarre schnell eintritt. Wenn sie gelöst ist, geht's leichter.«

Vallery nickte zustimmend und wandte sich schweren Schrittes zum Gehen. Im selben Augenblick plärrte der Lautsprecher hinter der Winsch rauh los. Es war wie eine grobe Entweihung des fast feierlichen Schweigens an diesem kalten Abend.

»Achtung, hören Sie? Hören Sie? Kommandant dort? Sonst benachrichtigen, soll sich bitte sofort mit Brücke verbinden.« Dreimal wurde die Meldung wiederholt, dann schaltete der Lautsprecher ab.

Rasch wandte Vallery sich an Hartley. »Wo ist das nächste Telefon?«

»Direkt hier, Sir.« Hartley ging ans Oerlikon-Geschütz, streifte Kopfhörer und Sprechmuschel vom Körper des Toten. »Das heißt, es geht nur, wenn der Flakleitstand noch bemannt ist.«

»Was von ihm noch übrig ist, ja.«

»Leitstand? Kommandant will mit Brücke sprechen. Gleich durchstellen.« Er gab Vallery den Hörer. »Bitte, Sir.«

»Danke schön. Brücke? Ja, am Apparat... Ja, ja... Sehr gut. Detachieren Sie *Sirrus*... Nein, I.O., weiter wüßte ich auch nichts zu tun – nur Position halten, das ist alles.« Er nahm das Gerät wieder ab und gab es Hartley zurück.

»Asdic-Kontakt von *Viking*«, sagte er kurz. »Rot 90.« Drehte sich um, blickte auf das dunkle Meer und erkannte die Nutzlosigkeit seiner instinktiv getroffenen Maßnahme. Achselzuckend sagte er: »Wir haben *Sirrus* hinterhergeschickt. Kommen Sie.«

Ihr Rundgang zu den Geschützständen auf dem Bootsdeck schloß mit dem Besuch bei der bis ins Mark frierenden Bedienung des Vierlings mittschiffs. Sie unterstand dem Kommando des vollbärtigen Doyle, der in seinen Bemerkungen über das Wetter bei allem Respekt ganz giftig wurde. Dann stiegen sie wieder aufs Mitteldeck hinunter. Vallery protestierte nun nicht mehr, nicht einmal durch Gesten, gegen Petersens helfende und stützende Hände. Er war nur zu froh, sie zu haben. Im stillen segnete er Brooks für seine rücksichtsvolle Fürsorge und war ganz gerührt über das feine Taktgefühl, mit dem der große Norweger jedesmal den stützenden Arm zurückzog, wenn sie an einer Gruppe von Männern vorbeikamen oder Vallery mit jemandem sprach.

Als Vallery und Nicholls an Backbord, ein Stück vor der Kombüse, innen neben der Verdunkelungstür standen und warteten, bis die anderen die Klampen des zum Heizerwohndeck führenden Schotts zurückgeschlagen hatten, hörten sie gedämpft das ferne Donnern von Wasserbomben – vier im ganzen – und spürten, wie die vom Explosionsdruck erzeugten Wellen gegen den Rumpf der *Ulysses* klatschten. Beim ersten Knall hatte Vallery sich steif hochgereckt und, den Blick gleichsam ins Unendliche gerichtet, aufmerksam gehorcht, wie ein für alle Zeiten gültiges Denkmal eines Menschen, dessen Ohren die Arbeit für alle Sinne leisten müssen. Einen Augenblick zögerte er, während er schon den Arm beugte, um ein Bein über die Kante des Sülls zu heben. Aber was hätte er tun können! Nichts.

In der Mitte des Heizerdecks befand sich ein weiteres Luk mit schwerem Deckel. Auch dieses wurde geöffnet. Von hier führte die Leiter in den Notruderraum, der, wie auf den meisten modernen Kriegsschiffen, weit entfernt von der Brücke lag, tief im Leibe des Schiffes, unterhalb des Seitenpanzers. Hier sprach Vallery in aller Ruhe einige Minuten mit dem Reserve-Rudergänger, während Petersen, der draußen auf engem Raum arbeiten mußte, den 200 Kilo schweren, durch Gegengewicht am Flaschenzug bewegten Stahldeckel öffnete, durch den sie bis zum Boden des Schiffes hinabstiegen, um in die Artilleriezentrale und den Niederspannungsraum 2 zu gelangen.

Dieser Transformatorenraum bot ein für Auge und Ohr verwirrendes, unentzifferbares Bild. Ringsum an allen Wänden saßen reihenweise, mehrere übereinander, Hunderte von Sicherungen, zwischen ihnen zahlreiche Schalter, Unterbrecher und Rheostaten, in ihrer Vielfalt für das ungewohnte Auge ein wahres Muster komplizierter Technik. Verblüffend wirkten auch auf den Nichtfachmann die zwanzig oder mehr Generatoren, deren schrilles Gesumm sich mit krassen Dissonanzen in die Nerven bohrte. Nicholls schüttelte sich unwillkürlich als er unten ankam. Ein böser Ort. Wie leicht konnten Verstand und Nerven bei dem unaufhörlichen Klingen und Klopfen, das sich zu einer abscheulichen Disharmonie vereinigte, über den Rand des Wahnsinns gleiten.

Als sie kamen, waren unten nur zwei Mann, ein Elektromechaniker und sein Assistent, die über den mächtigen Kreisel gebeugt standen, um in der sehr komplizierten Maschinerie für den Kompaß eine kleine Korrektur durchzuführen. Sie blickten kurz hoch, und schon verwandelte sich in den müden Gesichtern das Staunen in ehrliche Freude. Vallery sprach ein paar Worte mit ihnen – eine Unterhaltung war in diesem Babel von Lärm kaum möglich – und ging nach der Tür zur Artilleriezentrale.

Sein Handschuh berührte schon den Türgriff, als er wie versteinert stehenblieb. Wieder war ein Satz Wasserbomben explodiert, diesmal viel näher, höchstens zwei Kabellängen entfernt. Daß es Wasserbomben waren, wußten sie nur durch Verstand und Erfahrung, denn tief unten in einem gepanzerten Schiff hat man dabei nicht das Gefühl einer Explosion, hört von einer detonierenden Wasserbombe auch keinen donnernden Schlag, sondern nur ein, freilich gewaltiges, metallenes Klingen, merkwürdig blechern, als schlüge ein Riese mit einem Schmiedehammer gegen die Bordwand und träfe gelockerte Panzerplatten.

Dem Reihenwurf folgten fast unmittelbar noch zwei Explosionen. Als *Ulysses* noch unter dem Anhieb der zweiten erbebte, drehte Vallery die Klinke und trat ein, die anderen einzeln nach ihm. Petersen zog leise die Tür zu. Sofort war, zu ihrer Erlösung, in der gedämpften Ruhe der Artilleriezentrale das Geheul der elektrischen Motoren ausgelöscht.

Die Artilleriezentrale, das Kämpferherz des Schiffes, in der auch, ähnlich wie im Transformatorenraum, Sicherungen reihenweise an den Wänden saßen, wurde beherrscht durch die zwei riesigen elektronischen Rechentische, die fast die Hälfte der Bodenfläche bedeckten. Diese Tische, lebenswichtige Bindeglieder zwischen den Feuerleitständen und den Turmgeschützen, boten meistens ein Bild intensiver und gut regulierter Geschäftigkeit, doch jetzt hatte die am Vormittag erfolgte, fast völlige Zerstörung der Feuerleitstände sie beinah nutzlos gemacht, so daß es in der schwach besetzten Zentrale auffallend still war. Insgesamt befanden sich an den Tischen nur acht Matrosen und ein Offizier.

Die Luft in dem Raum, in dem sehr deutlich sichtbar die Rauchverbotsschilder hingen, war blau von Tabaksqualm, der als flache, träge schwankende Wolke unter der Decke hing, von wo aus die sich nach unten verjüngenden Spiralen auf glimmende Zigarettenstummel aufmerksam machten. Nicholls fand, daß von diesen brennenden Zigaretten eine eigenartig beruhigende Wirkung ausging, sie waren in der unnatürlichen, äußerst gespannten Stille, bei der beinah unmenschlichen Reglosigkeit der Männer, die einzigen sicheren Zeichen vorhandenen Lebens.

Er betrachtete in gleichsam unbeteiligter Neugier den Mann dicht neben sich, einen hageren, dunkelhaarigen Menschen, der, Ellbogen aufgestützt, die zwischen die Finger geklemmte Zigarette dicht vor dem halb geöffneten Mund, vorwärts gebeugt am Tisch hockte. Der Rauch aus der Zigarette stieg ihm schmerzend in die ausdruckslosen Augen, doch er achtete nicht darauf. Die Asche, fast einen halben Finger lang, hing schon gekrümmt. Wie lange mochte der ganz unbewegt so gesessen haben? Und warum so regungslos...?

In Erwartung selbstverständlich. Das war es – Erwartung. Nur wartend, wartend. Aber auf was? Zum erstenmal empfand Nicholls ganz klar, fast wie einen Schlag, was es hieß, nur zu warten und zu warten, mit Nerven, die so angespannt waren, daß sie längst nicht mehr zitterten, sondern so erstarrten, daß sie nur noch zerspringen konnten – zu warten auf den Torpedo, der den Wartenden mit Donnerkrachen ins ewige Nichts schleuderte. Zum erstenmal ward ihm auch klar, weshalb die Männer, die, wie es schien, in jeder und jeder Situation unweigerlich, auch wenn sie klagten, noch einen gewissen Humor zeigten, niemals Witze über die Artilleriezentrale machten. Eine Todesfalle ist nicht zum Lachen. Die Zentrale lag 6 Meter unter der Wasserlinie, vor ihr lag die Munitionskammer B, hinter ihr der Kesselraum A, zu beiden Seiten lagen Brennstofftanks, und unter ihr war der ungeschützte Schiffsboden, das bevorzugte Ziel für akustische Minen und Torpedos. So waren sie ganz umringt von den Elementen und allen Drohungen des Todes, und es bedurfte nur eines Blitzes, eines fliegenden Funkens, um den Schrecken der vernichtenden Wirklichkeit auszulösen... Und über ihnen gab es – stand ihre Aussicht, den Schlag zu überleben, auch so nur eins zu tausend – eine Reihe von Luken, die sich, eine wie die andere, unter dem Hieb der gewaltigen Explosion, die Stahl verdrehte, leicht verwerfen und unverrückbar verklemmen konnten. Im übrigen sollten diese absichtlich besonders massiv gebauten Luken im Fall einer Beschädigung des Schiffes gerade geschlossen bleiben, um die überfluteten unteren Räume abzuriegeln. Auch das wußten die Männer in der Zentrale.

»Guten Abend. Na, alles in Ordnung hier unten?« Vallerys Stimme, ruhig und gelassen wie gewohnt, klang unnatürlich laut. Erschrockene Gesichter, weiß und angespannt, drehten sich herum, Augen wurden erstaunt aufgerissen. Durch das Getöse der Wasserbomben, überlegte Nicholls, hatten die Männer ihr Kommen überhört.

»Würde mir an Ihrer Stelle aus dem Spektakel da draußen nicht viel machen«, fuhr Vallery beruhigend fort. »Ein streunendes U-Boot, *Sirrus* jagt schon hinter ihm her. Sie können Ihrem guten Stern danken, daß Sie hier und nicht in dem U-Boot sitzen.«

Niemand sonst hatte gesprochen. Nicholls, der alle beobachtete, sah, wie ihre Blicke nervös von Vallerys Gesicht zu den verbotenen Zigaretten wanderten. Er verstand ihre peinliche Verlegenheit, sich so in flagranti vom Kommandanten ertappt zu sehen.

»Meldungen vom Hauptgefechtsstand gekommen, Brierley?« fragte Vallery den diensthabenden Offizier, als bemerke er nichts von der harten Spannung.

»Nein, Sir, überhaupt keine. Oben ist alles still.«

»Fein! Keine Nachricht heißt gute Nachricht.« Vallery sagte das geradezu heiter. Er zog die Hand aus der Tasche und bot Brierley sein Zigarettenetui an. »Rauchen Sie? Und Sie? Nicholls?« Nahm selbst eine, steckte das Etui wieder ein und ergriff zerstreut eine Schachtel Streichhölzer, die vor dem nahe bei ihm sitzenden Matrosen lag. Er ließ sich nicht anmerken, ob ihm dessen ungläubiges Erschrecken auffiel, sein zaghaft aufdämmerndes Lächeln und der lange, geräuschlose Seufzer der Befreiung, nur erkennbar am leichten Einsinken der Schultern.

Das donnernde Klingen weiterer Wasserbomben übertönte das Kratzen des Streichholzes, übertönte Vallerys harten krampfigen Husten, als der Rauch ihm in die Lungen drang. Nur das vermehrte Rot in dem schmutzigen Handtuch verriet den Anfall. Als die letzten Zuckungen vorbei waren, blickte er sorgenvoll auf.

»Gütiger Gott! Klingt das denn hier unten immer so?«

Brierley lächelte schwach. »Mal stärker, mal schwächer, Sir. Meistens stärker.«

Langsam blickte Vallery die Männer der Reihe nach an und wies mit dem Kopf nach vorn. »Da liegt Munitionsraum B, nicht wahr?«

»Jawohl, Sir.«

»Und hier rings um Sie lauter schöne große Brennstofftanks?«

Brierley nickte. Alle Augenpaare waren auf den Kommandanten gerichtet.

»Ja, ja. Offen gesagt, mein Job ist mir lieber, Ihren möchte ich nicht haben, und wenn ich sonstwas dafür bekäme...

Nicholls, ich denke, wir bleiben ein paar Minuten hier und rauchen in Ruhe. Im übrigen« – er lächelte – »denken Sie daran, wie besonders froh wir nachher sein werden, hier wieder herauszukommen.«

Er blieb fünf Minuten und unterhielt sich gelassen mit Brierley und seinen Leuten. Dann drückte er seine Zigarette aus, verabschiedete sich und ging zur Tür.

»Sir.« Die Stimme veranlaßte ihn, an der Schwelle stehenzubleiben. Es war der hagere Matrose mit dem dunklen Haar, von dem er sich das Zündholz entliehen hatte.

»Ja, was gibt's denn?«

»Ich dachte, Sie würden dies vielleicht gern nehmen.« Er hielt Vallery ein sauberes weißes Handtuch hin. »Das, was Sie da haben, ist ja – ich meine, es –«

»Danke schön.« Vallery nahm das Tuch ohne Zögern an. »Vielen Dank.«

Trotz Petersens Beistand war er nach dem langen Aufstieg zum Oberdeck sehr schwach und zog die Füße schleppend nach.

»Aber Sir, das ist doch Wahnsinn!« Nicholls war ganz verzweifelt vor Sorge. »Verzeihung, Sir, so meinte ich es nicht, aber – kommen Sie doch bitte mit zum Oberstabsarzt. Bitte!«

»Mache ich.« Die Antwort war nur ein heiseres Flüstern. »Ist sowieso unser nächster Bestimmungshafen.«

Mit wenigen Schritten waren sie an der Tür zum Revier, wo Vallery unbedingt mit Brooks allein sprechen wollte. Als er nach einer Weile aus dem Operationsraum kam, schien er eigenartig erfrischt, sein Gang war leichter. Er lächelte, Brooks ebenfalls. Nicholls blieb, als der Kommandant ging, absichtlich zurück.

»Haben Sie ihm ein Mittel gegeben, Sir?« fragte er. »Bei Gott, er bringt sich selbst um!«

»Eingenommen hat er etwas, aber nicht viel.« Brooks lächelte sanft. »Ich weiß, daß er sich umbringt und warum, und er weiß, daß ich es weiß. Jedenfalls fühlt er sich jetzt besser. Belasten Sie sich damit nicht, Johnny.«

Nicholls wartete oben an der Treppe vor dem Revier, bis

der Kommandant und die anderen aus der Telefonzentrale und dem Niederspannungsraum 1 heraufkamen. Er trat beiseite, als sie über das Süll stiegen, doch Vallery nahm ihn beim Arm und führte ihn an der Kammer des Torpedo-Offiziers vorbei. Unterwegs nickte er Carslake, der, wenigstens der Form nach, einen Lecksicherungstrupp befehligte, kurz zu. Carslake, das Gesicht noch in weißem Verband, blickte ihn mit vor Staunen fast wild aufgerissenen Augen an, als erkenne er ihn kaum wieder. Vallery wollte stehenbleiben, schüttelte jedoch nur den Kopf und wandte sich lächelnd an Nicholls.

»Britischer Ärzteverband in Geheimsitzung, wie?« fragte er. »Schadet nichts, Nicholls, keine Sorge deshalb. Ich bin derjenige, der sich Sorgen machen müßte.«

»Wirklich, Sir? Warum?«

Vallery schüttelte wieder den Kopf. »Rum in den Geschütztürmen, Zigaretten in der Artilleriezentrale, und nun feiner alter Whisky in einer angeblichen Lysolflasche. Dachte schon, der Oberstabsarzt wollte mich vergiften – und was für ein herrlicher Tod! Vorzügliches Getränk. Er läßt Sie um Entschuldigung bitten, daß er in Ihren Privatvorrat eingegriffen hat.«

Nicholls wurde dunkelrot. Er begann eine Entschuldigung zu stammeln, doch Vallery fiel ihm gleich ins Wort. »Reden wir nicht davon, lassen wir das. Was macht es schon aus? Aber ich beginne mich zu fragen, was wir nun noch entdecken werden. Eine Opiumhöhle im Bugspillraum vielleicht oder Tanzgirls in Turm B?«

Sie fanden aber dergleichen weder dort noch an anderen Plätzen, nur Kälte, Elend und Erschöpfung mit Hungerzuständen. Und wie überall – beobachtete Nicholls – kamen durch ihr, nein: durch Vallerys Erscheinen die Männer in bessere Stimmung. Aber sie selbst – das mußte Nicholls auch erkennen – waren jetzt in recht schlechter Verfassung. Seine Beine fühlten sich an wie aus Gummi, das dauernde Zittern hatte ein Schwächegefühl hervorgerufen. Wo Vallery die Energie zum Durchhalten hernahm, ging über seine Begriffe. Sogar Petersens gewaltige Kraft begann nachzulassen, weniger, weil er Vallery so oft halb trug als von dem unaufhörlichen Hämmern an den eingefrorenen Klampen und Riegeln der Türen und Luks.

Gegen ein Schott gelehnt, schwer atmend nach dem Aufstieg aus der Munitionskammer A, blickte Nicholls hoffnungsvoll den Kommandanten an. Vallery, der den Blick richtig deutete, schüttelte lächelnd den Kopf.

»Machen am besten unsere Runde nun ruhig zu Ende, mein Junge. Nur noch zum Bugspillraum. Da ist zwar sowieso kein Mensch, aber hineinschauen können wir doch.«

Langsam gingen sie rund um die schwere Maschinerie in dem Raum, dann tiefer ins Vorschiff, vorbei am Batterielager, am Vorratsraum des Segelmachers, an der Elektrowerkstatt und der Arrestzelle bis zur verschlossenen Tür der Farbenlast, der vordersten Abteilung des Schiffes.

Vallery streckte die Hand aus, berührte symbolisch diese Tür, lächelte müde und kehrte um. An der Tür zur Zelle machte er, ohne sich etwas dabei zu denken, die Schauklappe auf, blickte flüchtig hindurch und ging weiter. Blieb mit einem Ruck stehen, fuhr rasch herum und riß die Klappe noch einmal auf.

»Was ist das, zum –! Ralston? Donnerwetter, was machen Sie denn hier?«

Ralston lächelte. Auch durch die dicke Scheibe aus Spiegelglas sah das Lächeln nicht angenehm aus, denn die blauen Augen blieben ernst. Hinter der Vergitterung deutete er durch Zeichen an, daß er nichts hören könne.

Ungeduldig drehte Vallery an dem Hebel, der das Gitter öffnete.

»Was Sie hier zu suchen haben, Ralston, will ich wissen!« Über seinen zornfunkelnden Augen waren die Brauen dicht zusammengezogen. »In der Zelle – zu dieser Zeit! Reden Sie, Mann, heraus mit der Sprache!«

Nicholls begann sich über Vallery zu wundern. Der Alte – so im Zorn? Das kannten sie ja gar nicht!

»Ich bin hier eingesperrt worden, Sir.« Ralstons Worte waren harmlos, doch an ihrem Ton war zu erkennen, daß er die Frage für dämlich hielt. Eine leichte Röte stieg in Vallerys Wangen.

»Wann?« fragte er.

»Heute vormittag, 10 Uhr 30, Sir.«

»Und von wem, wenn ich fragen darf?«

»Vom Profoß, Sir.«

»Auf wessen Befehl?« rief Vallery wütend.

Ralston sah ihn sekundenlang stumm und ausdruckslos an.

»Auf Ihren, Sir.«

»Meinen?« Vallery wollte es nicht glauben. »Ich habe ihm nicht gesagt, daß er Sie einsperren soll.«

»Aber Sie haben ihm auch nicht gesagt, daß er's nicht tun soll«, entgegnete Ralston ruhig.

Vallery fühlte sich schmerzhaft getroffen, denn das Versehen, die mangelnde Überlegung, war seine Schuld.

»Welchen Gefechtsposten haben Sie bei Nachtalarm?« fragte er scharf.

»Torpedosatz an Backbord, Sir.«

Jetzt hatte Vallery die Erklärung, weshalb nur die Rohre an Steuerbord bemannt waren.

»Und warum – warum hat man Sie während des Alarms hier gelassen? Wissen Sie nicht, daß das verboten ist, gegen alle Bestimmungen?«

»Jawohl, Sir.« Wieder diese Andeutung eines eisigen Lächelns. »Ich weiß das. Aber weiß es auch der Profoß?« Nach einer kleinen Pause lächelte er wieder. »Vielleicht hat er's auch bloß vergessen«, gab er zu bedenken.

»Hartley!« Der Kommandant hatte sich wieder gefaßt, sein Ton klang grimmig, aber kühl. »Sofort den Profoß herholen lassen. Er soll seine Schlüssel mitbringen!« Ein böser Hustenanfall schüttelte ihn, er spie Blut in das Handtuch, dann blickte er Ralston wieder an.

»Mir tut das sehr leid, mein Junge«, sagte er langsam. »Wirklich sehr.«

»Wie geht's dem Tanker?« fragte Ralston leise.

»Wie? Was sagten Sie eben?« Vallery war auf diese Gesprächswendung nicht vorbereitet. »Welchem Tanker denn?«

»Dem, der heute morgen beschädigt wurde, Sir.«

»Der läuft noch mit«, sagte Vallery verwundert. »Ist noch bei uns, liegt aber tief im Wasser. Besonderen Grund zu der Frage?«

»Nur aus Interesse, Sir.« Das Lächeln war schief, aber es war ein Lächeln. »Es ist nämlich –«

Er schwieg jäh, denn ein tiefer, dumpfer Donnerschlag krachte durch die stille Nacht, unter dem Druck der Explosion krängte *Ulysses* heftig nach Steuerbord. Vallery rutschte, stolperte und wäre gestürzt, hätte Petersen nicht den Arm vor ihn gehalten. Er stemmte sich gegen das Rückschlingern des Schiffes und blickte entsetzt Nicholls an. Das Geräusch war zu vertraut.

Nicholls tat das Herz weh bei dem Gedanken an diese neue Bürde, die der sterbende Mann auf sich nehmen mußte. Er nickte langsam, nur zögernd bestätigte er, was er unausgesprochen in Vallerys Augen las. »Fürchte, daß Sie recht haben, Sir. Torpedo. Da hat einer seine Wucht gekriegt.«

»Achtung, hören Sie?« klang es hastig, erregt, überlaut in das Schweigen nach der Explosion aus dem Lautsprecher im Bugspillraum. »Achtung, hören Sie? Kommandant auf die Brücke! Dringend. Kommandant auf die Brücke, dringend! Kommandant auf die Brücke! Dringend...!«

Freitag abend

In stark gekrümmter Haltung klammerte Vallery sich an das Geländer des Backbordaufgangs zur Back. Angestrengt spähte er über die dunkle Wasserfläche, vermochte aber nichts zu erkennen. Ein Nebel, ein düsterer, wirbelnder Nebel, wie mit Blut durchsetzt, ein Nebel, durch den grelles Licht zuckte, schwamm vor seinen Augen und blendete sie völlig. Er atmete keuchend, in heftigen Stößen, die seine gequälten Lungen noch mehr peinigten, seine unteren Rippen wurden von großen Kneifzangen umklammert, die das Leben aus ihm herauszuquetschen schienen. Er fühlte dumpf, daß das hastige Stolpern und Rutschen von der Vorpiek bis hierher ihn an den Rand des Todes gebracht hatte. ›Nahe an den Rand, verdammt nahe‹, dachte er. ›Ich muß künftig vorsichtiger sein.‹

Langsam nur kam seine Sehschärfe wieder, doch das grelle Licht blieb. ›Lieber Himmel‹, dachte er, ›selbst ein Blinder müßte alles sehen, was es hier zu sehen gibt!‹ Denn es war ›nichts weiter‹ zu sehen als die finstere Silhouette eines Tankers – schwach wie ein Fantasiebild –, eines ganz tief im Wasser liegenden Tankers und – eine mächtige, wohl hundert Meter hohe Feuersäule, emporspringend aus einem dichten Rauchpilz, unter dem der Bug des torpedierten Schiffes ganz verborgen war. Sogar auf die Entfernung von einer halben Meile war das brüllende Geprassel der Flammen fast unerträglich. Entsetzt betrachtete Vallery das Bild. Hinter sich konnte er Nicholls leise, aber erbittert und lange fluchen hören.

Er spürte Petersens Hand auf seinem Arm. »Wünschen Herr Kapitän auf die Brücke zu gehen?«

»Einen Moment noch, Petersen, einen Moment. Halten Sie mich nur so.« Sein Gehirn arbeitete wieder, seine Augen, in vierzig Jahren Seefahrt geübt, forschten gewohnheitsmäßig den ganzen Horizont ab. »Komisch, daß man den Tanker kaum sehen kann – *Vytura* muß es sein –, er ist wahrscheinlich durch den dicken Qualmvorhang verdeckt.« Aber die anderen Schiffe im Konvoi hoben sich, in dem tödlich grellen Licht förmlich gebadet, geisterhaft weiß und scharf umrissen vom indigoblauen Himmel ab, auf dem sogar die Sterne unsichtbar geworden waren.

Vallery merkte, daß Nicholls mit seinen immerfort wiederholten Flüchen aufgehört hatte und zu ihm etwas sagte. »Ein Tanker, nicht wahr, Sir? Sollten wir nicht lieber Dekkung nehmen? Denken Sie daran, wie es mit dem andern gegangen ist.«

»Welchem andern?« Vallery hörte kaum hin.

»Der *Cochella*. Vor ein paar Tagen war es wohl. Lieber Gott, nein – das war ja erst heute morgen!«

»Wenn Tanker hochgehen, gehen sie hoch, Nicholls.«

Vallery schien merkwürdig weit entfernt. »Wenn sie nur brennen, können sie noch lange leben. Tanker sterben schwer, schrecklich schwer, mein Junge. Die schwimmen noch, wenn andere Schiffe schon sinken würden.«

»Aber – aber dieser muß doch ein Loch so groß wie ein Haus in der Bordwand haben!« widersprach Nicholls.

»Macht nichts«, erwiderte Vallery. Er schien etwas abzuwarten, zu beobachten. »Eine ungeheure Schwimmfähigkeit haben diese Schiffe in Reserve. Über zwei Dutzend dicht verschlossene Tanks, ganz abgesehen von Kastendämmen, Pumpenräumen, Maschinenraum... Nie gehört von der Vorrichtung, durch die Preßluft in die Öltanks gepumpt werden kann, um einen Tanker schwimmend zu erhalten? Nie von Kapitän Dudley Mason und seiner *Ohio* gehört? Nie von –?« Plötzlich schwieg er, und als er wieder sprach, hatte seine Stimme nicht mehr den lethargischen Ton.

»Habe ich mir doch gedacht!« rief er, vor Erregung beinah schrill. »Dachte ich mir doch! *Vytura* läuft noch mit, sie steuert noch. Mein Gott, sie schafft wohl sogar noch ihre 15 Meilen! Zur Brücke, schnell.«

Seine Füße hoben sich vom Deck und berührten kaum wieder Boden, bis Petersen ihn behutsam vor dem verblüfften I.O. auf die Gräting stellte. Vallery lächelte matt über Turners Erstaunen, über die buschigen Brauen, die das dunkle hagere Freibeutergesicht beschirmten, das im gleißenden Schein des brennenden Tankers noch hagerer, noch kühner geschnitten aussah als sonst. »Wenn überhaupt einer, dann ist dieser Mann um vierhundert Jahre zu spät geboren –!« dachte Vallery unlogisch. Aber so einen Mann um sich zu haben war etwas wert!

»Ist alles gut so, I.O.« Er lachte kurz. »Brooks hat gedacht, ich als Robinson brauchte auch einen Freitag – den Heizer Petersen nämlich. Übereifrig im besten Sinne, vielleicht ein bißchen geneigt, Befehle zu wörtlich zu nehmen... War für mich heute abend allerdings ein wahrer Segen... Aber ich bin jetzt Nebensache.« Er wies mit dem Daumen nach dem Tanker, der jetzt einen noch grelleren Schein warf, ein so scharfes Licht wie die Sonne im Zenit, so daß man kaum hineinschauen konnte. »Wie wird es mit dem da?«

»Gibt einen verdammt feinen Leuchtturm ab für jedes deutsche Schiff oder Flugzeug, das sich zufällig nach uns erkundigen will«, sagte Turner knurrig. »Ebensogut könnten wir unsere genaue Position direkt nach Drontheim funken.«

»Sehr richtig.« Vallery nickte. »Rückt außerdem für das U-Boot, das eben *Vytura* getroffen hat, noch ein paar schöne Ziele ins günstigste Licht. Ein gefährlicher Bursche, I.O. War eine glänzende Leistung von dem – noch dazu in fast völliger Finsternis.«

»Wahrscheinlich hatte einer vergessen, ein Bullauge abzublenden. So viel Sicherungsschiffe haben wir nicht, um noch dauernd die Verdunkelung zu überwachen. Ich finde jedenfalls die Leistung für ein U-Boot durchaus nicht so glänzend. *Viking* hat es bereits in Kontakt, kreuzt über seinem Kopf... Ich habe sie sofort losgeschickt.«

»Gut, der Mann!« sagte Vallery herzlich. Er drehte sich um, warf einen Blick auf den brennenden Tanker und schaute wieder Turner an. »Er wird sinken müssen, I.O.«

Langsam nickend wiederholte Turner: »Er wird sinken müssen.«

»Es ist doch bestimmt *Vytura*, nicht wahr?«

»Ja, sie ist es. Dieselbe, die heute früh schon einen abgekriegt hat.«

»Wie heißt ihr Kapitän?«

»Habe keinen Schimmer«, mußte Turner zugeben. »Lotse, haben Sie eine Ahnung, wo die Liste vom Konvoi steckt?«

»Nein, Sir.« Kapok Kid brachte das zögernd heraus, merkwürdig unsicher. »Weiß nur, daß der Admiral sie gehabt hat. Jetzt ist sie also vermutlich weg.«

»Wie kommen Sie denn auf diese Idee?« fragte Vallery schroff.

»Spicer, sein Pantrysteward, ist heute nachmittag am Qualm beinah erstickt, als er in den Baderaum kam, wo der Admiral ein großes Feuer angemacht hatte. Sagte zu Spicer, er wolle wichtige Dokumente verbrennen, die nicht in Feindeshand fallen dürfen. Sicher hauptsächlich alte Zeitungen, aber ich vermute, daß die Liste dabei war, denn sie ist nirgends zu finden.«

»Der arme alte –« Turner besann sich noch rechtzeitig, daß er vom Admiral sprach. So schüttelte er nur bedauernd und verständnisvoll den Kopf und fragte: »Soll ich bei Fletcher auf der *Cape Hatteras* anfragen lassen?«

»Ach was«, erwiderte Vallery ungeduldig, »dazu ist keine Zeit. Bentley – an Kapitän der *Vytura*: ›Bitte Schiff sofort verlassen, müssen versenken‹.«

Plötzlich taumelte er, hielt sich an Turners Arm fest. »Verzeihung«, sagte er. »Fürchte, meine Beine machen nicht mehr mit. Sind ziemlich erledigt.« Er lächelte mit verzerrtem Gesicht. »Hat keinen Zweck, noch länger zu markieren, nicht wahr? Jedenfalls nicht, wenn die eigenen Beine zu meutern beginnen. O du lieber Gott, wie bin ich ausgepumpt!«

»Und das ist verdammt kein Wunder!« schimpfte Turner. »Einen tollen Hund würde ich nicht so behandeln wie Sie sich selbst. Kommen Sie, Sir, jetzt gehören Sie in den Stuhl vom Admiral. Wenn Sie sich nicht freiwillig setzen, lasse ich Sie von Petersen hinpacken«, drohte er, da Vallery protestieren wollte. Aber der Protest erstarb in einem Lächeln: kleinlaut ließ Vallery sich helfen, in den Stuhl zu kommen. Er seufzte tief, als er die Wohltat der Stütze für Rücken und Arme spürte, denn er fühlte sich gräßlich elend, kraftlos, sein verbrauchter Körper, tödlich durchkältet, war ein Meer von Schmerzen – und trotz allem war er stolz und dankbar, weil Turner nicht einmal angedeutet hatte, er müsse unter Deck gehen.

Hinter sich hörte er die Klapptür krachen, hörte Gemurmel, und dann stand Turner neben ihm. »Der Profoß, Sir. Hatten Sie ihn rufen lassen?«

»Und ob!« Vallery drehte sich in dem Stuhl und sagte mit grimmiger Miene. »Kommen Sie her, Hastings!«

Der Profoß stellte sich in strammer Haltung vor ihn hin. Wie stets war sein Gesicht maskenhaft, undurchdringlich, leer, und jetzt, in dem krassen Licht beinah unmenschlich.

»Hören Sie gut zu.« Vallery mußte laut sprechen, um bei dem Brüllen der Flammen verstanden zu werden, und überhaupt sprechen zu müssen, war für ihn eine bittere Anstrengung. »Ich habe jetzt keine Zeit, mit Ihnen zu reden, das kommt morgen vormittag. Zunächst werden Sie Maat Ralston aus dem Arrest lassen. Sofort! Dann werden Sie Ihre Dienstgeschäfte, Ihre Papiere und Schlüssel an Wachtmeister Perrat übergeben. Sie haben nun zweimal die Grenzen Ihrer Befugnisse überschritten, eine Unverschämtheit, die schließlich noch durchgehen könnte. Außerdem aber haben Sie einen Mann während des Gefechtsalarms in der Arrestzelle gelassen. Der Gefangene hätte wie eine Ratte in der Falle sterben müssen. Sie sind nicht mehr Profoß auf *Ulysses*. Das wäre alles.«

»Meiner Dienstpflicht enthoben? Meiner Dienstpflicht enthoben! Aber das können Sie doch nicht tun, Sir, Sie können nicht einfach...«

Er brach mit einem Schmerzenslaut ab, als Turners eiserner Griff seinen Ellbogen umklammerte. »Sie dürfen zum Kommandanten nicht sagen ›Sie können nicht‹«, raunte der I.O. ihm bedrohlich leise ins Ohr. »Sie haben ihn verstanden! Verlassen Sie die Brücke!«

Die Pforte klappte hinter Hastings zu. Carrington sagte in ruhigem Ton: »Auf *Vytura* benutzt einer seinen Verstand: hat vor seinen Signalscheinwerfer einen roten Filter gesetzt, sonst könnte man nichts entziffern.«

Sofort war die Spannung gelöst. Alle Augen richteten sich auf das blinkende rote Licht, 30 Meter achteraus von den Flammen und doch nur mit Mühe erkennbar. Plötzlich hörte es auf.

»Was sagt er, Bentley?« fragte Vallery schnell.

Bentley hustete wie zur Entschuldigung. »Meldung lautet: ›So sehen Sie aus. Versuchen Sie es, dann ramme ich Sie. Maschine intakt, wir können es schaffen‹.«

Vallery schloß einen Moment die Augen, er empfand jetzt so recht, welche inneren Qualen Tyndall manchmal gelitten haben mußte. Als er wieder aufblickte, hatte er seinen Entschluß gefaßt.

»Blinkspruch: ›Sie gefährden ganzen Konvoi. Sofort Schiff verlassen. Sofort bestätigen‹.« Er wandte sich mit bitterer Miene an Turner. »Vor dem Mann nehme ich den Hut ab. Wie würde es Ihnen gefallen, auf so viel Brennstoff zu sitzen, daß Sie bis in den Himmel gepustet werden können...? Muß in einigen Tanks Öl haben... Gott, wie mir das zuwider ist, so einem Mann zu drohen!«

»Ich weiß, Sir«, murmelte Turner. »Ich weiß, wie es ist... Was tut bloß *Viking* da draußen? Müßten eigentlich jetzt von ihr was hören.«

»Machen Sie einen Funkspruch«, ordnete Vallery an, »soll Auskunft geben.« Er spähte nach achtern, auf der Suche nach dem Torpedo-Offizier. »Wo ist Oberleutnant Marshall?«

»Marshall?« Turner war überrascht. »Im Revier natürlich. Haben Sie vergessen, daß er verletzt ist? Vier Rippen gebrochen.«

»Richtig, natürlich!« Vallery schüttelte müde, ärgerlich auf sich selbst, den Kopf. »Und der Rohrmeister – Noyes, nicht wahr? – ist gestern im Raum 3 getötet worden. Wie steht's mit Vickers?«

»War im Flugzeug-Ortungsraum.«

»So, so, da war er«, sagte Vallery langsam. Er wunderte sich, daß sein Herz nicht stehenblieb. Über das Stadium des Frierens bis ins Mark und des gerinnenden Blutes war er längst hinaus, sein ganzer Körper fühlte sich an wie ein Eisblock. Er hatte nie gewußt, daß es solche Kälte gab. ›Sehr merkwürdig, daß ich nicht mehr zittere‹, dachte er...

»Ich werde es selbst machen, Sir«, unterbrach Turner sein Grübeln. »Werde den Torpedoleitstand Brücke bedienen – war mal der schlechteste Torpedo-Offizier beim Chinageschwader.« Er lächelte matt. »Vielleicht hat meine Hand das bißchen Geschick, das sie besaß, noch nicht verloren.«

»Ich danke Ihnen, tun Sie das nur.« Vallery war ihm wirklich dankbar.

»Wir müssen ihn mit dem Steuerbordsatz kriegen, der Backbord-Leitstand wurde ja heute morgen zerschmettert, der fallende Mast ist ihm schlecht bekommen... Ich will gleich am Torpedozielgerät kontrollieren. Mein Gott!« Er packte Vallery so hart an der Schulter, daß er zusammenzuckte. »Der Admiral, Sir. Er kommt auf die Brücke!«

Ungläubig drehte sich Vallery auf seinem Stuhl zur Seite. Turner hatte recht: Tyndall kam durch die Klapptür zielbewußt auf ihn zu. Im tiefen Schatten von der Seitenwand der Brücke erschien er wie körperlos. Der kahle Kopf, spärlich bedeckt mit dünnen weißen Haarsträhnen, das graue, jammervoll eingeschrumpfte Gesicht, die auf einmal krumm gewordenen Schultern, die unter dem schwarzen Ölmantel auffallend mager wirkten – das alles wurde im grellen Flammenschein zur scharfen Silhouette. Vom Unterkörper war nichts sichtbar. Stumm tappte Tyndall über die Brücke und stellte sich wartend neben Vallery.

Mühsam, auf Turners breiten Arm gestützt, kletterte Vallery von dem Stuhl. Tyndall blickte ihn an, nickte ernst und zog sich auf seinen Sitz. Er nahm das vor ihm auf der Brükkenkante liegende Fernglas und suchte langsam den Horizont ab.

Turner war der erste, dem es auffiel –. »Sir! Sie haben ja keine Handschuhe an!«

»Wie? Was sagten Sie?« Tyndall legte das Fernglas wieder hin und betrachtete ohne Neugier seine Hände in den blutigen Verbänden. »Ah ja. Ich wußte doch, daß ich etwas vergessen hatte! Schon zum zweitenmal. Danke Ihnen, I.O.« Er lächelte höflich, nahm abermals das Fernglas, um den Horizont abzusuchen. Und sofort spürte Vallery eine neue, tödlichere Kälte im Körper, die nichts mit der bitterkalten arktischen Nacht zu tun hatte. Turner zögerte ratlos, nur eine Sekunde, dann drehte er sich rasch nach Carpenter um: »Lotse! Habe ich nicht in Ihrem Kartenhaus Stulpenhandschuhe hängen sehen?«

»Jawohl, Sir. Sofort!« Kapok Kid eilte von der Brücke.

Turner betrachtete wieder den Admiral. »Ihr Kopf, Sir – Sie haben nichts aufgesetzt. Möchten Sie nicht einen Düffelrock, eine Haube haben, Sir?«

»Eine Haube?« Tyndall schien das spaßig zu finden. »Wozu denn bloß? Mir ist nicht kalt ... Entschuldigen Sie mich bitte, I.O.« Damit richtete er das Fernglas genau in die grellen Flammen auf der *Vytura*. Turner beobachtete ihn wieder, blickte Vallery an und trat nach kurzem Zögern in den Hintergrund.

Eben kam Carpenter mit den Handschuhen zurück, da knackte es im Lautsprecher vom Funkraum.

»Funkraum an Brücke, Funkraum an Brücke! Meldung von *Viking:* ›Kontakt verloren, setze Suche fort‹.«

»Kontakt verloren!« rief Vallery. Verlorener Kontakt war das Schlimmste, was passieren konnte. Ein U-Boot draußen, unentdeckt, und der ganze F.R.77 beleuchtet wie ein Rummelplatz! ›Ein Jahrmarkt‹, dachte er bitter, ›und wir wie die Tonpfeifen in der Schießbude, wehrlos nach dem verlorenen Kontakt.‹ Jede Sekunde konnte jetzt –.

Er warf sich herum, klammerte sich stützend ans Kompaßgehäuse, denn er hatte vergessen, wie schwach er war, wie sehr die Neigung der halb zertrümmerten Brücke das Gleichgewicht störte. »Bentley! Noch keine Antwort von *Vytura*?

»Nein, Sir.« Bentley machte sich ebensoviel Sorge wie der Kommandant und wußte, wie verzweifelt notwendig für den Konvoi jetzt Schnelligkeit war. »Vielleicht hat sie keinen Strom mehr. – Nein, nein, nein, da kommt sie jetzt durch, Sir!«

»Herr Kapitän?«

Vallery blickte sich um. »Ja, I.O., was haben Sie? Hoffentlich nicht noch mehr Hiobsbotschaften!«

»Leider doch, Sir. Steuerbordrohre verklemmt, lassen sich nicht schwenken.«

»Lassen sich nicht schwenken«, fuhr Vallery gereizt auf. »Das ist doch wohl nichts Neues. Eis und gefrorener Schnee. Hauen Sie's ab, lassen Sie kochendes Wasser nehmen, Lötlampen, einerlei was –«

»Bedaure, Sir, daran liegt's nicht«, erwiderte Turner kopfschüttelnd. »Schlitten und Drehscheibe haben sich verworfen. Muß eine von den Granaten gewesen sein, die in die Vorratskammer des Bootsmanns und in Niederspannungsraum 3 einschlugen. Jedenfalls – kaputt!«

»Also gut, dann müssen eben die Backbordrohre genommen werden.« Vallery verlor die Geduld.

»Einsteuerung von der Brücke wegen der Beschädigungen nicht möglich«, widersprach Turner. »Nur wenn sie direkt richten.«

»Wüßte nicht, warum das nicht gehen sollte, oder?« fragte Vallery energisch. »Schließlich sind doch die Leute entsprechend ausgebildet. Begeben Sie sich zum Leitstand Backbord – die Sprechverbindung dorthin ist doch vermutlich noch klar? – und befehlen Sie ›An die Rohre‹.«

»Jawohl, Sir.«

»Noch eins, Turner.«

»Sir?«

»Verzeihen Sie mir.« Er lächelte verzerrt. »Was unser Farmer von sich selbst behauptete, gilt auch für mich: bin bloß ein verknöcherter alter Krauter. Haben Sie Nachsicht mit mir, ja?«

Turner lächelte verständnisinnig, wurde aber gleich wieder ernst. Er deutete mit dem Kopf nach vorn. »Wie geht es ihm?«

Vallery blickte seinen I.O. lange an, um dann fast unmerklich den Kopf zu schütteln. Turner nickte ernst und verließ die Brücke.

»Na, Bentley, was antwortet er?«

»Bißchen unklar durchgekommen, Sir«, entschuldigte sich Bentley. »Konnte nicht alles mitkriegen. Sagt, er will den Konvoi verlassen und auf eigene Faust weiterfahren, oder so ähnlich, Sir.«

Auf eigene Faust weiter –! Vallery wußte, daß das keine Lösung der Situation sein konnte. Der Tanker mochte noch stundenlang brennen und würde auch bei abweichendem Kurs die Nähe des Konvois verraten. Auf eigene Faust! Ein ungeschützter, halb lahmer, brennender Tanker – noch 1000 Meilen von Murmansk, die denkbar schlimmsten Meilen! Vallery schloß, elend bis ins Herz, die Augen. So ein Mann da drüben, und so ein Schiff – und beide sollte er zerstören!

Plötzlich sprach Tyndall.

»Backbord 30!« befahl er laut und energisch. Vallery richtete sich entsetzt auf. Mit Backbord 30 mußten sie in die *Vytura* hineinrennen.

Zwei stumme Sekunden vergingen, dann beugte sich Carrington, der Wachoffizier, über das Sprachrohr und wiederholte »Backbord 30!« Vallery wollte hineilen, blieb aber stehen, als er Carrington auf das Mundstück deuten sah. Er hatte einen großen Handschuh hineingestopft –.

»Mittschiffs!« kam es von Tyndall.

»Mittschiffs, Sir.«

»Recht so! – Kommandant?«

»Sir?«

»Der Lichtschein macht mir Augenschmerzen«, klagte Tyndall. »Können wir das Feuer nicht löschen?«

»Werden es versuchen, Sir.« Vallery ging zu ihm hinüber und sagte leise: »Sie sehen übermüdet aus, Sir. Möchten Sie nicht unter Deck gehen?«

»Was?! Unter Deck? Ich?«

»Ja, Sir. Wir werden Sie holen lassen, wenn wir Sie brauchen«, redete Vallery ihm zu.

Tyndall überlegte sich das einen Moment, lehnte aber kopfschüttelnd ab. »Nein, geht nicht, Richard. Nicht fair gegen Sie...« Seine Stimme verlor sich, er murmelte noch etwas Undeutliches, das wie ›Admiral Tyndall‹ klang.

»Sir? Ich verstand nicht ganz –«

»Nichts.« Tyndall sprach sehr schroff. Er blickte nach der *Vytura* hinüber, stieß plötzlich einen Schmerzensschrei aus und hob einen Arm, um seine Augen zu schützen. Vallery schrak ebenfalls zurück, er kniff die Augen vor den blendend hellen Flammen der *Vytura* zusammen.

Fast im selben Moment schlug ihnen das Krachen der Explosion in die Ohren, sie taumelten unter dem Luftdruck. *Vytura* war wieder von einem Torpedo getroffen, dicht am Maschinenraum, wo ein heftiger Brand aufquoll. Nur der Brückenaufbau, mittschiffs, war seltsamerweise frei von Feuer und Qualm. Schon im ersten Erschrecken dachte Vallery: »Jetzt muß sie doch sinken, sie kann sich nicht mehr halten!« Doch er wußte, daß er sich täuschte, wenn er meinte, dem Unvermeidbaren, der Entscheidung, die er treffen mußte, ausweichen zu können. Tanker starben ja oft schwer, wie er selbst zu Nicholls gesagt hatte, furchtbar schwer. ›Armer alter Tyndall‹, dachte er unwillkürlich, ›armer Tyndall!‹

Er ging bis an die Backbord-Klapptür zurück, wo Turner zornig ins Telefon schrie: »Sie werden tun, was Ihnen befohlen wird, zum Donnerwetter noch mal! Haben Sie mich verstanden? Sofort klarmachen die Torpedos! Jawohl, sofort habe ich gesagt!«

Erstaunt berührte Vallery ihn am Arm. »Was ist denn los, I.O.?«

»So eine Frechheit, das ist doch die Höhe! Will mir erzählen, was gemacht werden muß!«

»Wer?«

»Der Obermechaniker an den Rohren, Ihr Freund Ralston!« sagte Turner wütend.

»Ralston! Natürlich!« fiel es Vallery wieder ein. »Er sagte mir ja, daß er da bei Abendalarm seine Gefechtsstation hat. Was klappt denn nicht?«

»Was nicht klappt? Sagt, er glaubt, das nicht tun zu können! Mag es nicht gern, möchte es nicht – wie Sie es nennen wollen. Verfluchte Insubordination!« Turner dampfte fast vor Wut.

Vallery blinzelte ihn an. »Ralston? Sind Sie dessen sicher? Aber natürlich wissen Sie's... Ich begreife nicht recht. Der Junge hat persönlich eine wahre Hölle durchgemacht, Turner. Meinen Sie nicht–?«

»Ich weiß nicht, was ich denken soll!« Turner nahm wieder die Sprechmuschel vom Telefon. »Rohre auf 90? 9-0? Endlich!... Was? Was sagten Sie?... Weshalb wir nicht... Geschützfeuer? Geschützfeuer!« Krachend warf er das Sprechgerät hin und drehte sich nach Vallery um.

»Bittet mich, fleht mich an, Geschützfeuer statt Torpedos einzusetzen! Verrückt ist der, muß er sein! Aber egal, ich gehe jetzt 'runter und bläue dem meuterischen Bengel persönlich Vernunft ein!« Turner war so erbost, wie Vallery ihn noch nicht erlebt hatte. »Würden Sie inzwischen Carrington dieses Telefon übernehmen lassen, Sir?«

»Ja, ja, gewiß!« Vallery wurde allmählich von Turners Ärger angesteckt. »Wie dem auch zumute sein mag, jetzt ist für Gefühlsfragen keine Zeit!« sagte er scharf. »Setzen Sie ihm den Kopf zurecht... Vielleicht bin ich zu nachsichtig gewesen, zu nett mit ihm, und er denkt nun, wir seien in seiner Schuld – psychologisch im Nachteil gewissermaßen –, weil er so schäbig behandelt worden ist... Schon gut, schon gut, I.O., gehen Sie nur gleich.« Turners steigende Ungeduld war zu offenkundig. »In drei bis vier Minuten fahre ich den Angriff.« Schroff wandte er sich ab und ging zur Kompaßplattform.

»Bentley!«

»Sir?«

»Letztes Signal –«

»Schauen Sie lieber mal 'rüber, Sir«, unterbrach ihn Carrington, »*Vytura* verlangsamt die Fahrt.«

Vallery trat vor und blickte über die Windschutzscheibe. *Vytura* fiel, ganz in Flammen gehüllt, schnell hinter den Konvoi zurück.

»Sie machen die Davits klar, Sir«, meldete Kapok Kid aufgeregt. »Ich glaube – ja, ja, ich sehe, daß ein Boot zu Wasser kommt!«

»Gott sei Dank!« flüsterte Vallery. Ihm war, als hätte das Schicksal ihm ein Stück neues Leben geschenkt. Den Kopf gebeugt, klammerte er sich mit beiden Händen an die Brüstung – die Reaktion hatte ihn furchtbar geschwächt. Nach einigen Sekunden blickte er wieder hoch.

»Funkspruch, verschlüsselt, an *Sirrus*, befahl er ruhig. »›Weit achtern Kreis schlagen, Überlebende aus Rettungsboot der *Vytura* aufnehmen.‹«

Als er Carringtons raschen Blick auffing, zuckte er die Achseln. »Eine kleine Chance ist immerhin dabei, also zum Kuckuck mit den Befehlen der Admiralität! – Gott«, setzte er hinzu, auf einmal erbittert, »wie gern würde ich mal ein Rettungsboot, voll besetzt mit diesen Kriegern aus Whitehall, die uns verbieten, Überlebende zu retten, in der Barentsee treiben sehen!« Er wandte sich zur Seite und entdeckte Nicholls und Petersen.

»Sie noch hier, Nicholls? Wäre es nicht besser, Sie gingen nach unten?«

»Wenn Sie wünschen, Sir.« Nicholls zögerte, indem er mit dem Kopf auf Tyndall wies. »Ich dachte, ich könnte hier–«

»Vielleicht haben Sie recht, vielleicht haben Sie recht«, sagte Vallery müde und ratlos. »Wir werden sehen. Warten Sie bitte hier noch eine Weile.« Er hob die Stimme.

»Lotse!«

»Sir?«

»Beide Maschinen langsam voraus!«

»Beide langsam voraus, Sir.«

Allmählich, dann schneller, verlor *Ulysses* an Fahrt und blieb mehr und mehr hinter dem Konvoi zurück. Und bald waren auch die letzten Schiffe der drei Kolonnen, deren Steven nordostwärts in die See hieben, ihr voraus. Obwohl der Schnee jetzt dichter fiel, lagen sie alle noch im Schein der grellen Flammen, beängstigend leicht verletzlich in ihrer wehrlosen Nacktheit.

Siedend vor Zorn, blieb Turner beim Torpedosatz an Backbord stehen. Die Rohre waren ausgeschwenkt, ihre böse klaffenden Mäuler zeigten über die rotbestrahlten Hügel der dünenden See. Turner sah Ralston sofort, der hoch oben auf dem ungeschützten Richtsitz über dem mittleren Rohr saß.

»Ralston!« rief er im groben Kommandoton. »Ich habe mit Ihnen zu reden!«

Rasch drehte Ralston sich um und sprang sofort an Deck. Stand vor dem I.O. Sie hatten dieselbe Größe, ihre Augen trafen sich in gleicher Höhe, Ralstons blaue still und sorgenvoll, Turners dunkle zornsprühend.

»Ralston, was ist mit Ihnen los, zum Teufel?« knirschte Turner. »Wollen Sie etwa Befehle verweigern, wie?«

»Nein, Sir.« Ralstons Stimme klang ruhig, aber sonderbar gepreßt. »Das trifft nicht zu.«

»Trifft nicht zu!« Turner verkniff in kaum beherrschter Wut die Augen. »Was soll dann das ganze blöde Geschwätz – daß Sie die Rohre nicht bedienen wollen? Möchten Sie etwa Heizer Riley nacheifern, oder haben Sie bloß den Verstand verloren – falls Sie überhaupt Verstand besitzen?«

Ralston schwieg.

Dieses Schweigen, das nur zu leicht als stumme Unverschämtheit ausgelegt werden konnte, machte Turner wild. Seine kräftigen Fäuste packten Ralston an der Düffeljacke. Er riß ihn vorwärts, so daß ihre Gesichter sich ganz nahe waren.

»Ich habe Sie etwas gefragt, Ralston, aber noch keine Antwort gehört«, sagte er gedämpft. »Ich warte. Also was bedeutet Ihr Benehmen?«

»Nichts, Sir.« Aus seinen Augen sprach innere Not, doch keine Angst. »Ich – ich möchte es eben nicht, Sir. Es ist mir zuwider – eins unserer eigenen Schiffe in den Grund zu bohren!« Seine Stimme klang nun flehend, von Verzweiflung gefärbt, aber dafür hatte Turner jetzt kein Ohr. »Warum muß sie denn sinken, Sir?« schrie er. »Warum? Warum? Warum?«

»Das geht Sie verdammt nichts an – aber zufällig gefährdet sie den ganzen Konvoi!« Turners Gesicht war noch ganz dicht vor seinem. »Sie haben eine dienstliche Pflicht zu erfüllen und Befehle auszuführen. Los, wieder 'rauf und parieren! Fix!« brüllte er, als Ralston zögerte. »'rauf!« Er spie fast die Worte aus.

Ralston rührte sich nicht. »Es sind doch noch andere Torpedomechaniker an Bord, Sir. Könnten die nicht –?« sagte er, indem er die Arme bittend hochhob. Etwas in seiner Stimme drang durch Turners blinden Zorn. Fast erschreckt erkannte er, daß dieser junge Mensch am Verzweifeln war.

»Das Unangenehme sollen andere für Sie tun, was? So meinen Sie es doch, wie?« sagte er mit schneidendem Hohn. »Von andern verlangen, was Sie selber nicht mögen, Sie – Sie übler, würdeloser Bursche! Verbindungsmann? Geben Sie Ihr Sprechgerät her, ich will selbst die Weisungen von der Brücke übernehmen.« Er nahm das Telefon und beobachtete, wie Ralston langsam wieder auf den Sitz kletterte und in krummer Haltung den Kopf über das Zielgerät senkte.

»I.W.O. da? Hier I.O. Alles klar hier, Kommandant da?«

»Jawohl, Sir, werde ihn holen.« Carrington legte das Telefon ab und ging durch die Klapptür. »Herr Kapitän, der I.O. ist am –«

»Moment!« Die erhobene Hand, die gespannte Stimme geboten ihm Schweigen. »Sehen Sie mal hin, I.W.O. Was halten Sie davon?« Vallery deutete nach der *Vytura*, vorbei an der vom Ölmantel umhüllten Gestalt des Admirals. Tyndalls Kopf hing auf der Brust, er stammelte zusammenhanglose Worte vor sich hin.

Carrington folgte Vallerys Zeigefinger. Das Rettungsboot, durch den noch zunehmenden Schnee kaum sichtbar, hatte die Läufer schon geschlippt, während *Vytura* noch in Fahrt war. Vollgepfropft mit Männern, fiel es unter der mächtigen Säule sich windender Flammen schnell achteraus – viel zu schnell, wie Carrington jäh erkannte. Als er sich drehte, traf sein Blick in Vallerys Augen, die so leer, so müde und alt schienen. Er nickte langsam.

»Sie erhöht die Fahrt, Sir. Macht Fahrt und gehorcht dem Ruder...! Was werden Sie tun, Sir?«

»Gott helfe mir, ich habe keine Wahl. Nichts von *Viking*, nichts von *Sirrus*, nichts von unserem Asdic – und das U-Boot lauert noch draußen... Sagen Sie Turner, was geschehen ist. – Bentley!«

»Sir?«

»Signal an *Vytura*.« Der Mund, so hart gepreßt, daß er weiß aussah, paßte nicht zu den vor Schmerz ganz dunklen Augen. »›Schiff verlassen. Torpediere Sie in drei Minuten. Letztes Signal‹. – Lotse: Backbord 20!«

»Ruder liegt Backbord 20, Sir.«

Vytura schor plötzlich schräg aus und nahm Nordkurs. Langsam drehte auch *Ulysses*, fast parallel mit ihr, ein Stück dahinter.

»Halbe Kraft voraus, Lotse?«

»Halbe voraus, Sir.«

»Lotse?«

»Sir?«

»Was sagt Admiral Tyndall? Können Sie es verstehen?«

Carpenter beugte sich lauschend vor. Er schüttelte den Kopf.

Kleine Schneeklumpen wirbelten von seiner Pelzkappe. »Bedaure, Sir, kann nicht klug daraus werden – zuviel Lärm von *Vytura*... Ich glaube, er summt vor sich hin, Sir.«

»O Gott!« Vallery neigte den Kopf und vermochte nur langsam, unter Schmerzen, wieder hochzublicken. Selbst eine so kleine Anstrengung wurde ihm unsagbar schwer.

Als er wieder zur *Vytura* blickte, wurde seine Haltung plötzlich straffer: die rote Morselampe blinkte wieder. Er versuchte mitzulesen, doch es ging zu schnell. Vielleicht aber waren nur seine Augen zu alt, zu müde, oder er konnte gar nicht mehr denken...? Das kleine Licht zwischen diesen mächtigen Flammenwänden, die langsam, verhängnisvoll, majestätisch in der Unabänderlichkeit der Gewalten von vorn und achtern ineinandergriffen. Und dann war das kleine rote Licht erstorben, so unerwartet plötzlich, daß Vallery schon Bentleys Stimme hörte, bevor das in sein Bewußtsein gedrungen war.

»Spruch von *Vytura*, Sir.«

Vallery packte das Kompaßgehäuse noch fester. Bentley erriet, ohne es sehen zu können, daß er auffordernd nickte.

»Meldung lautet: ›Weshalb hauen Sie nicht ab? Zur Hölle mit der Marine! Bestellen Sie ihm herzlichste Grüße von mir‹.« Bentleys Stimme war heiser und verstummte – zu hören war nur noch das Tosen der Flammen und das einsame Ping-ping im Asdic.

»Herzlichste Grüße!« Vallery schüttelte in stummer Verwunderung den Kopf. »Herzlichste Grüße! Er ist wahnsinnig, bestimmt. ›Herzlichste Grüße‹, während ich dabei bin, ihn zu vernichten!...I.W.O.!«

»Sir?«

»An I.O. durchsagen ›Klar zum Feuern!‹«

Turner wiederholte diesen von der Brücke kommenden Befehl und rief Ralston zu: »Klar zum Feuern, Ralston!« Er sah, daß *Vytura* jetzt ein wenig voraus war, während *Ulysses* noch im Winkel schräg auf sie zuhielt. »Noch zwei Minuten ungefähr, schätze ich.« Als er spürte, wie das Vibrieren unter seinen Füßen nachließ, wußte er, daß *Ulysses* die Fahrt verlangsamte. Jede Sekunde mußte sie jetzt nach Steuerbord schwenken. Wieder knackte es in seinem Kopfhörer, ein beim Prasseln der Flammen kaum hörbares Geräusch. Er horchte, die Augen nach oben gerichtet. »Nur Rohr X und Y. Einstellung mittlere Laufzeit. Ziel läuft 11 Meilen.« Er sprach in das Mundstück. »Wie lange noch?«

»Wie lange noch, Sir?« wiederholte Carrington.

»Neunzig Sekunden«, brachte Vallery heiser heraus. »Lotse – Steuerbord 10!« Er fuhr schreckhaft zusammen, als er ein Fernglas zu Boden krachen hörte. Sah den Admiral umkippen, so daß er mit Gesicht und Hals grausam auf die Kante der Schutzscheibe schlug, während die Arme lose an den Schultern baumelten.

»Lotse!«

Aber Kapok Kid war bereits da. Er schob einen Arm unter Tyndalls Oberkörper und hob ihn so weit an, daß die harte Kante ihn nicht mehr drückte. »Was ist Ihnen denn, Sir?« fragte er mit vor Besorgnis unsicherer Stimme. »Was ist geschehen?«

Tyndall rührte sich ein wenig, seine Wange lag noch an der Scheibenkante. »Kalt, kalt, kalt«, hauchte er, in der zittrigen Sprache eines uralten Mannes.

»Wie? Wie meinten Sie, Sir?« fragte Carpenter bittend.

»Kalt. Kalt ist mir, fürchterlich kalt. Meine Füße, meine Füße!« Die alte Stimme verlor sich, der Körper rutschte in den Brückenwinkel am Stuhl, das graue Gesicht war nach oben gewandt, in den fallenden Schnee.

Intuitiv warf Kapok Kid sich auf die Knie und erkannte entsetzt, daß ihn sein Gefühl nicht getäuscht hatte. Vallery hörte seinen gedämpften Ausruf und sah, wie er sich erhob und sich mit einem vor Grauen starren Gesicht umdrehte.

»Er – er hat nichts an, Sir«, sagte er mit schwankender Stimme. »Nackte Füße! Sie sind gefroren – hart gefroren!«

»Nackte Füße?« wiederholte Vallery fassungslos. »Barfuß? Das ist doch unmöglich!«

»Und Schlafanzug, Sir! Mehr Zeug hat er nicht an.«

Vallery ging taumelnd hinüber, zog seine Handschuhe ab

und tastete nach Tyndalls Füßen. Als seine Finger die vereiste Haut berührten, wollte sich sein Magen vor Entsetzen umdrehen. Nackte Füße! Und ein Schlafanzug nur! Barfuß – kein Wunder, daß er so leise über die Gräting tappen konnte! Dumpf erinnerte er sich, daß die Temperatur zuletzt mit 20 Grad Frost gemeldet war. Und Tyndall hatte, die Füße im gefrorenen Schnee und Matsch, fast fünf Minuten dagesessen! ... Er spürte große Hände unter seinen Achselhöhlen und fühlte, daß ihn jemand mühelos auf die Beine stellte. Petersen. Nur Petersen konnte das sein, natürlich. Und hinter ihm war Nicholls.

»Überlassen Sie ihn mir, Sir. Recht so, Petersen, bringen Sie ihn unter Deck.« Nicholls' energische, sichere Sprache, die Sprache eines in seinem Fach tüchtigen Menschen, beruhigte Vallery, rief ihn in die Gegenwart zurück, mahnte ihn so deutlich, wie nichts anderes es gekonnt hätte, an die Forderung des Augenblicks. Er hörte Carringtons knappe, gemessene Sprache, die Sprache eines in seinem Fach tüchtigen Menschen, beruhigte Vallery, rief ihn in die Gegenwart zurück, mahnte ihn so deutlich, wie nichts anderes es gekonnt hätte, an die Forderung des Augenblicks. Er hörte Carringtons knappe, gemessene Sprache, die Kurse, Geschwindigkeiten, Richtungen angab, sah *Vytura* 50 Grad an Backbord, wie sie langsam immer mehr zurückblieb. Sogar auf diese Entfernung noch war die Hitze ihrer Brände kaum auszuhalten – wie mochte es, in Gottes Namen, auf der Brücke des Tankers sein?

»Kurs wie angegeben, I.W.O.!« rief er. »Direktes Schießen.«

»Kurs wie angegeben, direktes Schießen«, bestätigte Carrington ruhig wie bei einer friedensmäßigen Flottenübung vor Portsmouth.

»Direktes Schießen«, wiederholte Turner in der Leitung, hängte sein Gerät an den Haken und hielt Umschau. »Jetzt haben Sie zu handeln, Ralston«, sagte er halblaut.

Es kam keine Antwort. Die gekrümmt vor den Steuerhebeln hockende Gestalt, unbeweglich wie ein Steinbild, gab kein Zeichen, daß sie verstanden hatte.

»Dreißig Sekunden noch«, sagte Turner scharf. »Alles klar?«

»Jawohl, Sir.« Die Gestalt rührte sich. »Alles klar.« Plötzlich fuhr Ralston herum zu einer letzten verzweifelten Bitte. »Um Gottes willen, Sir, kann denn nicht ein anderer –?«

»Zwanzig Sekunden«, sagte Turner böse. »Wollen Sie tausend Menschenleben auf Ihr mimosenhaftes Gewissen laden? Und wenn Sie das Ziel verfehlen...«

Ralston drehte sich langsam zurück. Für die Dauer eines Atemzugs lag sein Gesicht voll im grellen Feuerschein von der *Vytura*. In jähem Erschrecken sah Turner, daß seine Augen durch Tränen verschleiert waren. Und dann sah er, wie Ralstons Lippen sich bewegten. »Keine Sorge, Sir, ich werde es nicht verfehlen.« Tonlos klang die Stimme unter der Last einer unsagbaren Niederlage.

Turner, der den Mann nicht begriff und jetzt vor Bestürzung beinah seinen Zorn vergaß, sah, wie sich Ralston mit dem linken Ärmel über die Augen wischte, die rechte Hand vorstreckte und den Abzugshebel für Rohr X packte. Und plötzlich, so überraschend schnell, daß Turner unwillkürlich erschrak, fuhr die Hand mit einem Ruck zurück. Turner hörte die Sperrklinke ausschnappen, hörte das dumpfe Donnern in der Explosionskammer, das Zischen der Preßluft – und der Torpedo war hinaus. Einen Moment erglänzte sein glatter Leib unheilkündend im Flammenschein, ehe er sich klatschend unter die Meeresfläche warf. Kaum war er aus Sicht, da erbebten die Rohre noch einmal: der zweite Torpedo war unterwegs.

Fünf oder zehn Sekunden starrte Turner hinaus und beobachtete, wie die pfeilgeraden, blasigen Laufbahnen in die Ferne verschwanden. Über 600 Kilo Amatol in den beiden Torpedoköpfen – Gott gnade den armen Kerlen auf *Vytura*! Der Lautsprecher an Deck schaltete sich ein.

»Achtung, herhören! Achtung, herhören! Sofort Deckung nehmen!«

Turner rührte sich, riß den Blick von der See los und sah Ralston noch ebenso gekrümmt auf seinem Sitz hocken.

»Kommen Sie da 'runter, Sie Schafskopf!« rief er. »Wollen

Sie durchlöchert werden, wenn die *Vytura* hochgeht? Haben Sie nicht verstanden?«

Schweigen. Kein Wort, keine Bewegung, nur das Prasseln der Flammen.

»Ralston!«

»Lassen Sie mich nur.« Ralstons Stimme klang gedämpft, er drehte nicht einmal den Kopf.

Turner schimpfte, sprang auf die Rohre, zerrte Ralston vom Sitz herunter an einen geschützten Platz. Der wehrte sich nicht, er schien in tiefe Apathie versunken, so daß ihm alles gleichgültig war.

Beide Torpedos trafen. Das Ende kam schnell, seltsam undramatisch. Die Hörenden an Bord der *Ulysses* – zum Beobachten des Vorgangs war keiner an Deck – erwarteten mit gespannten Nerven die schmetternde Detonation, doch es erfolgte keine. Mit zerschlagenem Rückgrat, des Ringens müde, brach *Vytura* einfach in der Mitte zusammen, legte sich allmählich, wie ermattet, auf die Seite und versank.

Drei Minuten später öffnete Turner die Tür zum Schutzraum des Kommandanten und stieß Ralston hinein. »Hier haben wir ihn, Sir«, sagte er grimmig. »Dachte mir, Sie würden gern mal einen Kriegsdienstverweigerer ›aus Gewissensgründen‹ persönlich sehen.«

»Ja, den möchte ich sehen!« Vallery legte das Logbuch zur Seite und maß den Torpedomechaniker mit kaltem Blick von oben bis unten. »Gut gemacht, Ralston, aber das ist für Ihr Benehmen keine Entschuldigung. Eine Minute noch, I.O.«

Er wandte sich nach Kapok Kid um. »Ja, scheint mir alles in Ordnung, Lotse. Wird schöner Lesestoff für Ihre Lordschaften sein«, fügte er grimmig hinzu. »Die Schiffe, die der Deutsche nicht schnappt, erledigen wir selber für ihn... Denken Sie daran, daß wir morgen früh auf *Hatteras* nach dem Namen des Kapitäns der *Vytura* anfragen.«

»Er ist tot... die Mühe können Sie sich sparen!« sagte Ralston erbittert, und schon taumelte er, da ihm die offene Hand des I.O. übers Gesicht klatschte. Turner atmete schwer, seine Augen waren vom Zorn verdunkelt. »Sie unverschämter grüner Bengel!« sagte er leise. »Das war denn doch ein zu starkes Stück von Ihnen.«

Ralston hob langsam die Hand und betastete seine Wange, die sich rötete. »Sie mißverstehen mich, Sir«, sagte er ohne Ärger, seine Stimme sank zu einem Gemurmel, sie mußten aufmerksam lauschen, um ihn zu verstehen. »Der Kapitän der *Vytura* – ich kann Ihnen seinen Namen sagen: Ralston. Kapitän Michael Ralston. Er war mein Vater...«

Samstag

Alle Dinge haben ein Ende, jeder Nacht folgt ein Morgen. Selbst auf die längste Nacht, die nie ein Ende zu nehmen scheint, folgt der Morgen. Und er kam auch für F.R. 77, so grau, so bitter kalt, so hoffnungslos, wie die Nacht gewesen war.

Er kam und fand den Geleitzug 350 Meilen nördlich des Polarkreises, wo er genauen Ostkurs auf dem 72. Breitengrad hielt, zwischen Jan Mayen und dem Nordkap. Befand sich, wie Kapok Kid ungefähr berechnet hatte, auf 8 Grad 45 Minuten östlicher Länge. Bei dem heftigen Schneegestöber und 10/10 Bewölkung war Carpenter auf Kopplung angewiesen. Das sowieso schon, weil die Granate, die den Hauptgefechtsstand traf, auch den automatischen Koppeltisch zerstört hatte. Rund gerechnet, mußten sie noch 600 Meilen zurücklegen. 600 Meilen, also vierzig Stunden Fahrt, dann konnte der Konvoi – vielmehr, was dann noch von ihm übrig war – in die Kolabucht schwenken und flußaufwärts nach Polyarnoje und Murmansk einlaufen... in vierzig Stunden.

Der Morgen kam und fand den Konvoi – vierzehn Schiffe nur noch – über eine Seefläche von dreiviertel Quadratmeilen verstreut, schwer schlingernd in der wachsenden Dünung aus Nordosten. Vierzehn Schiffe, denn in tiefster Nacht war noch eins gesunken. Durch Mine oder Torpedo? Niemand wußte es, niemand sollte es erfahren. *Sirrus* hatte gestoppt und eine Stunde mit umhüllten Signalscheinwerfern das Gebiet abgesucht, aber keinen Überlebenden gefunden. Kapitän Orr hatte damit bei einer Lufttemperatur von mehreren Graden unter Null auch kaum gerechnet.

Der Morgen kam nach einer schlaflosen Nacht der nie endenden Alarme, fortwährender Asdic-Kontakte und dauernder Wasserbombenwürfe, einer Nacht, in der nichts ausgerichtet wurde. Das heißt: nichts zum Vorteil der Sicherungsfahrzeuge, wohl aber für den Feind, dem sie einen doppelten Sieg brachte, denn die ganze Nacht mußten erschöpfte Männer auf Gefechtsstationen bleiben, wodurch – in vielleicht nie wieder gutzumachender Weise – der letzte Rest ihrer scharfen Wachsamkeit abstumpfte, die allein ihnen die Hoffnung geben konnte (mehr als eine Hoffnung war es nie), die arktische Fahrt zu überstehen. Eine noch tödlichere Gefahr: sämtliche Wasserbomben im Konvoi waren verbraucht... Es war ein Maßstab für die Intensität der Angriffe und die unablässige Verfolgung des unsichtbaren Feindes, daß das vorher noch nie geschehen war. Jetzt aber war es geschehen. Keine Wasserbombe war mehr vorhanden – nicht eine einzige. Wehrlos vor den Fangzähnen der Meute –. Es war nur eine Zeitfrage, bis das Wolfsrudel entdeckte, wann es ganz nach Belieben zupacken konnte...

Und mit der Frühdämmerung kam selbstverständlich der Morgenalarm, vielmehr: was Morgenalarm hätte genannt werden können, wären die Männer nicht schon seit fünfzehn Stunden in Gefechtsbereitschaft gewesen, fünfzehn Stunden scharfer Kälte und harten Leidens, fünfzehn Stunden, in denen die ganze Besatzung mit Kakao und zwei dünnen, altbackenen Scheiben Brot mit Cornedbeef aushalten mußte, denn am Tage vorher war zum Backen keine Zeit gewesen. Doch der Morgenalarm war sowieso von tiefgreifender Wirkung, denn er verlängerte das Warten um zwei weitere endlose Stunden – und ein Mensch, der schon so in unvorstellbarer Müdigkeit auf den Beinen schwankt, der buchstäblich seine zuckenden Augenlider mit Daumen und Zeigefinger offenhält, während ein absterbendes Gehirn kein Gehirn mehr, sondern eine Quelle furchtbar quälender

Kopfschmerzen, ihn bittet, sich einmal gehen zu lassen, nur für eine Sekunde, nur dieses eine Mal und dann nie wieder – so ein Mensch empfindet schon eine Minute als grausame Ewigkeit. Und die Minuten wogen noch schwerer, weil alle erkannten, daß jetzt die härteste Stunde für den Rußlandkonvoi nahte, die Erprobung, bei der sich klar zeigen mußte, was der einzelne wert war. Und als Besatzung eines ›Meutererschiffs‹, als Männer, die schon verhört und verurteilt worden waren, körperlich gebrochene und geistig gequälte Männer, die an Körper und Seele nie wieder werden konnten, was sie gewesen waren – brauchten sich die auf *Ulysses* ihrer Haltung nicht zu schämen. Nicht alle selbstverständlich – denn sie waren ja Menschen –, aber viele von ihnen hatten erkannt oder erkannten jetzt, daß der Punkt, von dem es keine Rückkehr gibt, nicht unbedingt der Rand des Abgrunds sein muß: er konnte tief im Tal liegen, als Anfang eines langen Aufstiegs am Abhang auf der anderen Seite. Und wenn einer erst begonnen hatte, diesen Hang zu erklimmen, blickte er niemals zur anderen Seite zurück.

Für manche Männer gab es weder den Abgrund noch das Tal. Für Carrington zum Beispiel. Achtzehn Stunden ohne Pause auf der Brücke, war er noch immer derselbe: unzerstörbar in seiner gespannten, anscheinend lässigen, aber nie versagenden Wachsamkeit, ein Mann von unendlicher Ausdauer, der nie zusammenbrechen konnte und bei dem man das auch fühlte, denn die Fantasie sträubte sich gegen diese Vorstellung. Warum er ein so großartiger Mensch war, hätte niemand erklären können. Von seinem Schlage waren auch Männer wie Stabsoberbootsmann Hartley, Obermaschinist Hendry, Feldwebel Evans und Sergeant MacIntosh – vier Männer von sonderbarer Ähnlichkeit: groß, zäh, freundlich, nicht mehr jung, tief verwurzelt in den Traditionen der Marine. Schweigsam, niemals über sich selbst redend, waren sie sich ihres Wertes durchaus sicher. Sie wußten – was auch jeder Seeoffizier ohne weiteres zugegeben hätte –, daß sie, als dienstälteste Unteroffiziere, sie und nicht die Offiziere, das Rückgrat der Royal Navy bildeten. Aus ihrem ernsten Verantwortungsgefühl erwuchs ihre eiserne Standhaftigkeit. Und es gab natürlich auch noch andere Männer, wie Turner, Kapok Kid und Dodson – nur wenige allerdings –, die in der Morgendämmerung über sich hinauswuchsen und sich in Gefahr und Erschöpfung noch wohl fühlten, weil sie nur so ihre Fähigkeiten beweisen konnten, nur dafür geboren waren. Und schließlich Männer wie Vallery, der kurz nach Mitternacht zusammengebrochen war und noch im Schutzraum schlief, und Oberstabsarzt Brooks. Ihr Notanker war Weisheit, denn sie wußten klar einzuschätzen, wie relativ unbedeutend sie selbst und das Schicksal von F.R. 77 waren, und beurteilten mit kühlem Verstand und unendlichem Mitleiden die Torheiten und Qualen der Menschheit.

Am anderen Ende der Skala fand der junge Tag auch Männer – ein paar Dutzend mochten es sein –, die rettungslos verloren waren. Verloren durch Selbstsucht, in Selbstbedauern und Furcht, wie Carslake, oder verloren, weil ihnen ihre Rüstung, die Schmuckzeichen ihrer Befehlsgewalt, genommen waren, wie Hastings oder wie Sanitätsmaat Johnson und viele andere, die so weit getrieben worden waren, daß kein Notanker sie halten konnte. Und zwischen den beiden Extremen standen diejenigen – die Mehrzahl –, die den Tiefpunkt berührt und erkannt hatten, daß der Mensch unendlich viel aushalten kann, und in dieser Erkenntnis die Triebfeder für neue Kräfte fanden. Der andere Abhang hinter dem Tal ließ sich erklimmen, doch nicht ohne einen stützenden Stab. Für Nicholls, der über die Maßen erschöpft war, nachdem er sich eine lange Nacht im Lazarett gegen den Operationstisch gestemmt hatte, bestand der Stab aus Stolz und Scham. Für Bootsmann Doyle, der hundeelend im Schutz des vorderen Schornsteins kauerte und die spitzen, schmerzverzerrten Gesichter, das pausenlose Zittern seiner jungen Mannschaft am Vierling mittschiffs beobachtete, bestand er aus Mitleid, was er selbstverständlich fluchend abgestritten hätte. Für den kleinen Spicer, Tyndalls ergebenen Messesteward, war es auch das Mitleid und wilder Kummer um den sterbenden Mann in der Admiralskajüte. Auch nachdem ihm beide Beine unter den Knien amputiert waren, hätte Tyndall nicht zu sterben brauchen. Aber seine Widerstandskraft und sein Kampfwille waren gebrochen, und Brooks wußte, daß der ›alte Farmer‹ gern ins Jenseits ging. Und für viele, Hunderte vielleicht, Männer, wie den von Tuberkulose gequälten McQuater, der sich in seinem durchweichten Zeug zu Tode erkältet hatte, aber nicht mehr wie betrunken um den Munitionsaufzug im Turm X zu trotten brauchte, da bei dem schweren Schlingern des Schiffes das Wasser genügend bewegt wurde, oder wie Petersen, der seine Riesenkräfte rücksichtslos verschwendete, um den ermatteten Kameraden zu helfen; wie Chrysler, dessen scharfe junge Augen nach Verlust der Radarschirme, unschätzbar wertvoll geworden, unaufhörlich den Horizont absuchten – für diese Männer war Vallery der Stab, war es der ungeheure Respekt und die Verehrung, die er bei ihnen genoß, und die Gewißheit, daß er sie nie im Stich lassen würde.

Das also waren die Stützen, die unsichtbaren Notanker, die in dieser grimmen, öden Morgendämmerung, die Männer auf *Ulysses* auf den Beinen hielten – Stolz, Mitleid, Scham, Zuneigung, Kummer – und der urhafte Selbsterhaltungstrieb, obwohl dieser inzwischen nahezu bedeutungslos geworden war. Zweierlei kam als Triebkraft der Ausdauer nicht im mindesten in Frage, wurde nie erwähnt, nicht einmal in Betracht gezogen, existierte einfach nicht für die Besatzung der *Ulysses*, zweierlei, das die Sentimentalen in der Heimat, die tapferen Leitartikler der populären Blätter, die Leute, die den nationalistischen Humbug propagierten, der Menschheit als Grund zur Begeisterung und Ausdauer aufreden wollten: Haß gegen den Feind und Liebe zu Volk und Vaterland.

Es gab keinen Haß gegen den Feind. Zum Haß gehört als Vorspiel die Kenntnis, und sie kannten den Feind nicht. Wohl verfluchten sie ihn, hatten Respekt vor ihm, fürchteten ihn und töteten ihn, wenn sie konnten, denn wenn sie das nicht taten, tötete er sie. Auch sahen die Männer sich nicht als Kämpfer für König und Vaterland. Sie begriffen wohl die Unvermeidlichkeit des Krieges, widersetzten sich aber der Zumutung, dieses Notwendige mit trügerischem Mantel als glühenden Patriotismus zu tarnen. Sie führten einfach aus, was ihnen befohlen wurde. Taten sie das nicht, so stellte man sie gegen eine Wand und erschoß sie. Liebe zu ihrem Volk – sie hatte eine gewisse Gültigkeit, wenn auch nicht viel. Es ist natürlich, daß der Mensch seine Sippe zu beschützen wünscht, doch hier lag eine Gleichung vor, deren Gültigkeit vom Faktor ›Entfernung‹ abhing. Für einen Mann, der in Höhe der Bäreninsel in der eisbedeckten engen Mulde seines Oerlikon-Geschützes kauert, war es ein bißchen schwierig, sich vorzustellen, daß er hier ein von Rosen umranktes Häuschen in der Heimat zu verteidigen hätte. Im übrigen sind der künstlich erzeugte Nationalitätenhaß und die sorgsam gehegten Mythen um König und Vaterland nichts, sogar weniger als nichts, wenn Menschen an der äußersten Grenze der Hoffnungen und Leidensfähigkeit stehen, denn nur die grundlegenden, einfachen menschlichen Gefühle, das Positive, wie Liebe, Sorge, Mitleid und Schmerz, vermögen einen Menschen über diese letzte Grenze zu tragen.

Nachmittag, und noch schlingerte der Konvoi, dicht aufgeschlossen, blind im Schnee gen Osten. Die mitten in den Morgenalarm fallende erhöhte Gefechtsbereitschaft war die letzte an diesem Vormittag. Noch sechsunddreißig Stunden zu fahren, nur sechsunddreißig Stunden. Und wenn dieses Wetter anhielt, der starke Wind, der dichte Schnee, in dem Flugzeuge nicht operieren konnten, wenn die Sicht gleich Null blieb und der Seegang so schwer, daß jedes Periskop überspült werden mußte – dann hatten sie immer noch eine Chance. Nur sechsunddreißig Stunden...

Admiral John Tyndall starb einige Minuten nach Mittag. Brooks, der den ganzen Morgen bei ihm gesessen hatte, trug als Todesursache offiziell ein: »Nachoperativer Schock und Erfrierung«. In Wahrheit war der ›Farmer‹ gestorben, weil er nicht mehr leben wollte. Sein berufliches Ansehen war dahin: sein Glaube, sein Selbstvertrauen waren geschwunden, und nur Reue über die Hunderte von Männern, die sterben mußten, war ihm geblieben. Nach dem Verlust beider Beine war auch das einzige Leben, das er gekannt hatte, das Leben, das er so geliebt und gehegt und dem er froh und ohne sich je zu schonen, fünfundvierzig Jahre gewidmet hatte, für immer dahin. Tyndall war gern gestorben, er hatte es gewünscht. Kurz vor der Mittagsstunde hatte er das Bewußtsein wiedererlangt und Brooks und Vallery mit einem Lächeln begrüßt, in dem keine Spur geistiger Gestörtheit zu entdecken war. Brooks wand sich innerlich unter diesem grauen Lächeln, das nur ein höhnischer Schatten von dem herzhaften Lachen des »Farmers« früherer Tage war. Tyndall schloß die Augen und murmelte etwas von seiner Familie – und Brooks wußte doch, daß er gar keine Angehörigen hatte. Wieder öffnete er die Augen, blickte Vallery an, als sähe er ihn zum erstenmal und verdrehte die Augen, bis er Spicer entdeckte. »Einen Stuhl für den Kommandanten, mein Junge«, sagte er und starb.

Er wurde um zwei Uhr ins Meer gesenkt, mitten in einem Schneesturm. Die Stimme des Kapitäns, als er die Totenpredigt las, wurde vom Schnee und Wind zerfetzt, der Union Jack flatterte noch über der leeren gekippten Planke, bevor die Männer wußten, daß Tyndall schon in die Tiefe gegangen war. Die Trompetentöne klangen gebrochen, so fern und einsam, fern und verschwimmend wie die Hörner im Zwergenland. Und dann wandten sich die Männer, über zweihundert, schweigend ab und trotteten in ihre eisigen Wohndecks zurück.

Kaum eine halbe Stunde später war der Schneesturm vorbei, ebenso plötzlich wie er aufgekommen war. Auch der Wind war abgeflaut, und obwohl der Himmel noch dunkel und von Schnee verhängt, der Seegang noch so stark war, daß Schiffe von 15 000 Tonnen bis zu 30 Grad schlingerten, wurde erkennbar, daß das Wetter sich nicht mehr verschlechterte. Auf der Brücke, in den Türmen und Wohndecks wichen die Blicke der Männer einander aus, und sie blieben stumm.

Kurz vor 15 Uhr fing *Vectra* im Asdic einen Kontakt auf. Als Vallery die Meldung bekam, zauderte er vor der Entscheidung. Wenn er *Vectra* zur Erkundung detachierte, der Zerstörer das U-Boot genau ausmachte und sich darauf beschränken mußte, über ihm enge Kreise zu ziehen, weil er keine Wasserbomben hatte, merkte zweifellos der Kommandant des U-Boots schon nach Minuten, daß dem Gegner diese Waffe fehlte. Und dann war es nur eine Frage der Zeit, bis er sich entschied, daß er ohne Gefahr auftauchen und sein Funkgerät benutzen konnte – also alle U-Boote nördlich des Polarkreises erfuhren, daß sie F.R. 77 gefahrlos attackieren durften. Andererseits war es unwahrscheinlich, daß bei solchem Wetter Torpedoangriffe gefahren wurden, nicht allein, weil Beobachtungen durchs Periskop bei der schweren See fast unmöglich waren, sondern auch das U-Boot selbst beim Feuern eine sehr unsichere Basis war, denn die Wellenbewegung beschränkt sich nicht auf die Oberfläche, sie kann noch in 12 bis 15 Meter Tiefe recht unangenehm das Gleichgewicht stören und ist in äußersten Fällen fast bis zu 30 Meter spürbar. Wiederum ergriff vielleicht ein U-Boot-Kommandant sogar die Chance eins zu tausend und erzielte einen glückhaften Treffer... Vallery erteilte *Vectra* den Befehl, nachzuforschen.

Er tat es zu spät. Das heißt: zu spät wäre es sowieso gewesen. Noch blinkte von *Vectra* die Bestätigung des Signals, noch hatte der Zerstörer seine Wendung nicht gemacht, als das Rummeln einer schweren Explosion auf der Brücke von *Ulysses* gehört wurde. Alle Augenpaare suchten sofort ringsum den Horizont ab, suchten nach Rauch oder Flammen, nach einem schräg hängenden Schiff, das ihnen zeigte, wo der Torpedo eingeschlagen hatte. Sie entdeckten jedoch nichts, fast eine halbe Minute lang nichts, aber dann fiel ihnen auf, gleichsam nebenbei, daß *Electra*, das vorderste Schiff in der Steuerbordkolonne, langsam wurde, zum Stop kam und auf ebenem Kiel, ohne merkliche Neigung vorn oder achtern, bereits zu sinken begann. Woraus fast mit Sicherheit geschlossen werden konnte, daß sie am Maschinenraum aufgerissen war. Der Signalscheinwerfer auf *Sirrus* fing an zu blitzen. Bentley las ab und sagte zu Vallery: »Kapitän Orr bittet um Erlaubnis, an Backbord längsseit zu gehen, um Überlebende zu retten.«

»Backbord, sagten Sie doch?« Turner nickte. »Die vom U-Boot abgewandte Seite. Wäre eine gewisse Chance, Sir – bei ruhiger See. So aber...« Er blickte nach *Sirrus* hinaus, die in der Quersee heftig schlingerte, und zuckte die Achseln. »Wird ihrer Farbe schlecht bekommen.«

»Was hat *Electra* geladen?« fragte Vallery. »Hat jemand eine Ahnung? Explosivstoffe?« Er schaute um sich, sah überall stummes Kopfschütteln, und sagte zu Bentley: »Bei *Electra* anfragen, ob sie Explosivstoffe geladen hat.«

Bentleys Morselampe klapperte, verstummte wieder. Nach einer halben Minute wurde klar, daß keine Antwort kommen würde.

»Strom ausgefallen vielleicht, oder Signalscheinwerfer zertrümmert«, erlaubte sich Kapok Kid zu bemerken. »Wie wäre es, wenn wir ihn aufforderten, für Explosivstoffe eine Flagge und für Nein zwei zu setzen?«

Vallery nickte einverstanden. »Sie haben's gehört, ja, Bentley?«

Er blickte nach Steuerbord über die See, als der Spruch hinausging. *Vectra* war fast eine Meile entfernt, sie rollte und stampfte, während sie ihren engen Kreis drehte. Das mörderische Boot hatte sie gefunden – und ihre Wasserbombenracks waren leer.

Vallery richtete den Blick auf *Electra*. Noch keine Antwort, nichts... Dann sah er zwei Flaggen an der Rah des Dampfers hochgehen.

»Signal an Sirrus«, befahl er. »Gehen Sie längsseit, mit äußerster Vorsicht.«

Plötzlich spürte er Turners Hand auf seinem Arm. »Können Sie sie hören?« fragte Turner.

»Hören – was?« gab Vallery zurück.

»Das weiß Gott allein. *Vectra* ist es. Sehen Sie!«

Vallery folgte seinem Fingerzeig. Es dauerte ein Weilchen, bis er im Kielwasser des Zerstörers kleine Wasserfontänen aufspritzen sah, die schnell von den schweren Seen verschluckt wurden. Dann fing sein angestrengt lauschendes Ohr ein gegen den Wind kaum wahrnehmbares fernes Brummeln von Unterwasserexplosionen auf.

»Was macht *Vectra* da eigentlich, zum Donnerwetter?« fragte er. »Was benutzt sie da für Zeugs?«

»Kommt mir wie Feuerwerk vor«, knurrte Turner. »Für was halten Sie's, I.W.O.?«

»Sprengladungen – 10 Kilo«, sagte Carrington kurz.

»Er hat recht, Sir«, gab Turner zu. »Natürlich sind's Sprengladungen, aber ebensogut könnte sie Feuerwerkskörper benutzen«, ergänzte er geringschätzig.

Doch darin irrte er. Eine Sprengladung hat zwar nur ein Zehntel der Zerstörungskraft der Wasserbombe – wenn aber eine genau den Kommandoturm eines U-Bootes trifft oder neben dem Ruderblatt explodiert, kann sie beinah ebenso vernichtend wirken. Kaum hatte Turner ausgesprochen, als ein U-Boot – das erste, das *Ulysses* seit fast einem halben Jahr gesehen hatte – hoch über die Wasserfläche emporschoß, für zwei bis drei Sekunden stillzustehen schien und dann hart auf ebenen Kiel klatschte, in den Wellentälern gefährlich schaukelnd.

Das dramatisch Plötzliche seines Erscheinens – erst die leere See, im nächsten Augenblick ein U-Boot in voller Sicht des ganzen Konvois – überraschte alle Schiffe, auch *Vectra*, die auf dem ›falschen Fuß‹ überrascht wurde, als sie gerade den Außenbogen ihrer ›Acht‹ drehte. Ihr Vierling eröffnete sofort das Feuer, aber dieses kleine Geschütz, für seine Ungenauigkeit auch unter besten Bedingungen bekannt, schießt von dem schlingernden und ruckartig überholenden Deck eines Zerstörers, der bei schwerer See schnelle Wendungen macht, hoffnungslos unsicher. Die 2-Zentimeter-Oerlikon-Kanonen erzielten ein paar Treffer im Kommandoturm, doppelläufige MG's bepfefferten den Rumpf mit nicht größerer Wirkung als ein Schwarm hungriger Hornissen sticht, doch bis *Vectra* ihren Kreis gerundet hatte und ihre Hauptwaffen zum Tragen kamen, war das U-Boot langsam unter Wasser verschwunden.

Trotzdem eröffnete *Vectra* mit den 12-Zentimeter-Geschützen das Feuer und schoß ins Meer, wo das Boot getaucht war, hörte aber sehr bald wieder zu feuern auf, als zwei Granaten nacheinander vom Wasser abprallten und gefährlich durch den Konvoi pfiffen. Dann nahm sie Kurs auf die Stelle, wo das

Boot getaucht war. Beobachter auf *Ulysses* konnten mit Ferngläsern gerade noch auf ihrem Achterdeck die Männer in Düffelröcken ausmachen, wie sie Sprengladungen über die Seite warfen. Fast sofort legte *Vectra* hart Ruder und preschte wieder nach Süden, ihre Geschütze wiesen in Tiefstellung nach Steuerbord ins Wasser.

Das U-Boot mußte beschädigt sein, diesmal schwerer, entweder durch die Granaten oder die letzten Sprengladungen. Es tauchte wieder auf, mit noch größerem Schwung als vorher, in einem siedenden Schaumwirbel, und wieder lief *Vectra* gerade auf dem falschen Fuß, denn das U-Boot kam an Steuerbord hoch, 500 bis 600 Meter von ihr entfernt.

Und diesmal blieb es oben. Eins fehlte der Besatzung und ihrem Kommandanten bestimmt nicht: Courage. Das Turmluk war offen, über den Rand des Turmes kletterten Männer, um das Geschütz zu bedienen, zum Zeichen, daß sie sich auch gegen erdrückende Übermacht wehren wollten.

Die beiden ersten, die ganz aus dem Turm kamen, gelangten nicht bis ans Geschütz – mächtige Brecher, die hoch über Deck des U-Bootes fegten, spülten sie herunter auf Nimmerwiedersehen. Aber andere warfen sich nach vorn, um an ihrer Stelle das Geschütz zu bemannen. In wilder Hast schwenkten sie das Rohr um 90 Grad, auf den Bug der heranstürmenden *Vectra*. Unglaublich – da das Deck von den Wellen überspült wurde, die immerfort wieder den einen oder anderen herunterrissen, während ihr U-Boot unerhört schnell und heftig schlingerte –, unglaublich, aber: ihre erste Granate, ohne Richtgerät gezielt, schlug mitten in die Brücke der *Vectra*. Die erste war es und die letzte, denn plötzlich sackten die Männer am Geschütz sterbend zusammen oder stürzten zuckend über Bord.

Ein Massaker hatte begonnen. – Der Zerstörer trug auf der Back zwei Türme mit hydraulisch gesteuerten 8-Millimeter-Vierlingskanonen unter durchsichtiger Kuppel, die gleichzeitig Feuer eröffnet hatten. Sie jagten zusammen alle zehn Sekunden die fantastische Menge von dreihundert kleinen Granaten aus ihren acht Rohren. Hier paßte die oft mißbrauchte Redensart vom ›Bleihagel‹ genau. Auf dem offenen Deck des

U-Bootes konnte diesem Todessturm der Geschosse niemand länger als zwei Sekunden entgehen. Einer nach dem andern schwang sich noch in selbstmörderischer Tapferkeit vom Turm, doch bis zum Geschütz kam keiner mehr.

Auf *Ulysses* hätte später kein Mensch sagen können, wann ihm zuerst aufgefallen war, daß *Vectra,* als sie heftig schlingernd durch die groben Seen stürmte, das U-Boot rammen wollte. Vielleicht hatte ihr Kommandant das gar nicht beabsichtigt, vielleicht erwartete er, daß das Boot wieder wegtauchte, und wollte ihm nur den Turm und das Periskop abscheren, damit es nicht mehr entweichen konnte. Vielleicht war er auch durch die auf der Brücke einschlagende Granate getötet worden oder hatte erst im letzten Moment seine Absicht geändert, denn der Zerstörer machte, nachdem er zunächst schnurgerade auf den Kommandoturm lospreschte, plötzlich eine scharfe Wendung nach Steuerbord.

Für einen Augenblick schien es, als käme er noch eben am Bug des Bootes vorbei, doch diese Hoffnung starb schon in derselben Sekunde: in voller Wucht an der steilen Seite einer mächtigen See hinabschießend, hieb sein Steven mit einem Schlag den Rumpf des Unterseeboots durch, ungefähr 10 Meter hinter dem Bug. Er schnitt durch den harten Spezialstahl des Druckkörpers wie durch einen Pappkarton. Noch als *Vectra* mitten im Abwärtsschwung war, begruben zwei schmetternde Explosionen, so kurz nacheinander, daß sie fast zu einem gewaltigen Knall verschmolzen, beide Fahrzeuge völlig unter einem hoch gen Himmel steilenden, pilzförmigen Schwall brodelnden Wassers, der verdrehte Stahlteile hochwarf. Die Ursache der Explosion ließ sich nur vermuten, aber wie es dazu kommen konnte, war klar genug. Durch einen unseligen Zufall mußte im Gefechtskopf eines Torpedos das Trinitrotoluol – eigentlich ein sehr widerstandsfähiger und reaktionsträger Sprengstoff – zur Detonation gebracht worden und mußten auch die dahinter gestapelten Torpedos hochgegangen sein. Vielleicht, wahrscheinlich sogar, detonierte fast gleichzeitig die vordere Munitionskammer auf *Vectra.*

Langsam, fast wie mit Absicht langsam, stürzten die dicken Wasserwolken in sich zusammen, und jäh erschienen *Vectra* und das Unterseeboot – das Wenige, was von ihnen noch übrig war – wieder im Blickfeld. Von den Beobachtern auf *Ulysses* konnte keiner begreifen, daß überhaupt eins der Fahrzeuge noch schwimmfähig blieb. Das U-Boot lag sehr tief im Wasser, es schien dicht vor der Geschützplattform zu enden, während *Vectra* aussah wie von einem großen Messer kurz vor der Brücke quer durchgeschnitten. Der Rest beider Schiffe war völlig verschwunden. Und im ganzen Konvoi wollten die Beobachter einfach nicht glauben, was sie sahen, und hielten es noch für eine Augentäuschung – da rutschte der zerschmetterte Rumpf der *Vectra* mit dem U-Boot in dasselbe Wellental und rollte schwerfällig, müde, so über es hinweg, daß Brücke und Mast den Kommandoturm des Bootes gleichsam in die Arme nahmen. Und dann schloß sich das Wasser über beiden, langsam sanken sie, ineinander verkrallt, auf den Meeresgrund.

Die letzten Schiffe im Konvoi waren jetzt 2 Meilen entfernt, und auf diesen Abstand ließ sich bei den schweren Brechseen unmöglich erkennen, ob irgendwo noch Überlebende trieben, womit freilich kaum zu rechnen war. Und falls noch Männer in der mörderischen Kälte der eisigen See schwimmend um ihr Leben rangen und nach Hilfe schrien, hätten sie froh sein müssen, bald sterben zu können. Sie mußten längst tot sein, bevor ein Schiff auch nur den Kurs ändern konnte, um sie zu bergen.

Der Geleitzug dampfte weiter in Ostrichtung. Das heißt: alle Schiffe bis auf zwei, *Electra* und *Sirrus*.

Electra lag mit 15 Grad Krängung auf der Seite, träge schwankend wie ein Leichnam. Auf ihren Decks, vor und hinter der Brücke, standen in Reihen wartende Männer. Den Versuch, im Rettungsboot vom Schiff abzusetzen, hatten sie aufgegeben, als sie sahen, daß *Sirrus* schlingernd hinter ihnen aufkam, ein paar Strich an Backbord. Sie hatten vorher schon ein Boot an den Davits ausgeschwungen, das sich bei der Schräglage der *Electra* und dem Seegang nicht wieder heranholen ließ. Es hing weit von der Bordwand ab und schwang etwa 6 Meter über der Wasserfläche. Bei der Annäherung hatte Orr schon zweimal durch Blinksprüche ärgerlich verlangt, man solle die Läufer kappen, doch das Rettungsboot blieb so hängen, als bedrohliches Pendel auf dem Pfad der *Sirrus*. Vielleicht wurde es nicht eingeholt, weil eine Panik an Bord herrschte, wahrscheinlich aber, weil die Winschbremsen fest vereist waren. In beiden Fällen durfte keine Zeit verloren werden, denn nach weiteren zehn Minuten war *Electra* voraussichtlich schon gesunken.

Sirrus lief zweimal nahe an *Electra* entlang. Orr hatte nicht die Absicht, längsseit zu stoppen und seinen Zerstörer von einem kenternden, 15 000 Tonnen schweren Frachter erdrükken zu lassen. Beim erstenmal dampfte er mit nur 5 Meilen Fahrt in 6 Meter Abstand vorbei. Näher heranzugehen wagte er nicht, da der Seegang es so wollte, daß die beiden Schiffe einander entgegenschlingerten.

Als der auf und nieder wippende Bug des Zerstörers unterhalb der Brücke von *Electra* vorbeiglitt, begannen die wartenden Männer zu springen. Sie sprangen, als das Vorschiff von *Sirrus* in Höhe mit ihrem eigenen Deck lag, und sprangen auch, als es unter ihren Füßen 4 bis 6 Meter hinabtauchte. Ein Mann im Wettermantel stieg mit einem Handkoffer ganz lässig im Bruchteil der Sekunde, da die Schiffe beinah bewegungslos nebeneinander lagen, von der Reling des Dampfers auf die des Zerstörers, andere fielen mit gräßlichem Krachen auf das tief absackende vereiste Stahldeck, verstauchten sich die Füße, brachen die Beine oder Oberschenkel und verrenkten sich die Hüften. Und zwei Mann verfehlten beim Sprung ihr Ziel. Selbst durch den furchtbaren Lärm drang der markerschütternde, gurgelnde Schrei des einen, als ihm ein schwingender Schiffsleib das Leben ausquetschte, und drangen die grellen Verzweiflungsschreie des andern, den die mächtige eiserne Bordwand der *Electra* in die Schrauben von *Sirrus* drängte.

Und gerade in diesem Augenblick geschah es, ohne daß Kapitän Orr, der seinen Zerstörer glänzend handhabte, ein Vorwurf gemacht werden konnte. Gegen die Tücke der zwei ungewöhnlich hohen Seen, die heranwuchteten, half ihm auch seine Geschicklichkeit nicht. Die erste Woge warf *Sirrus* ganz dicht an *Electra*, unterlief den Dampfer, daß er weit nach Backbord krängte, während die zweite *Sirrus* hart nach Steuerbord schleuderte. Ein knirschender, quietschender Anprall – auf *Sirrus* wurden die oberen Seitenplatten mit dem Maschinenraumgeländer in 50 Meter Länge verbeult und aufgerissen. Gleichzeitig wurde das Rettungsboot mit dem Bug gegen die Vorderseite der Brücke geschmettert und zersprang in tausend Stücke. Sofort klingelten die Maschinentelegrafen, unterm Heck des Zerstörers brandeten weiße Schaumwirbel – für den unseligen Mann im Wasser mußte es eine letzte Gnade sein, daß zwischen der Drohung des Todes und seinem Kommen nur eine Haaresbreite lag –, dann kam der Zerstörer frei und drehte scharf von *Electra* ab.

In fünf Minuten war *Sirrus* wieder da. Es war typisch für Orrs starke Nerven, seine eiskalte sachliche Berechnung und sein nie versagendes Glück, daß er es beim neuen Anlauf riskierte, *Sirrus* mit der beschädigten Steuerbordwand dicht an *Electra* entlangzusteuern – die jetzt schon so tief im Wasser lag, daß sie nicht mehr auf ihn fallen konnte –, und daß er dieses Manöver gerade während eines ruhigen Wellenzugs durchführte. Fangbereite Hände griffen nach den abspringenden Männern, um ihren Sturz zu dämpfen. Dreißig Sekunden, dann war der Zerstörer wieder davongebraust und auf *Electra* niemand zurückgeblieben. Nach weiteren zwei Minuten erbebte das Schiff unter dumpfem Donnergetöse – die Kessel hatten sich losgerissen! Und dann kippte es langsam zur Seite, Maste und Schornstein lagen auf der Wasserfläche, tauchten ein und verschwanden. Für einen Augenblick glänzte im Grau von See und Himmel der platte Schiffsboden mit dem geraden Kiel schwarz auf, dann war *Electra* verschwunden. Noch eine Minute lang stieß Luft in dicken Blasenstrudeln an die Oberfläche, die Blasen wurden kleiner und kleiner, und dann kamen keine mehr.

Sirrus, dessen von Menschen überfüllte Decks heftig bebten, als die Maschinen hohe Umdrehungen machten, nahm wieder Kurs auf den Konvoi, um ihn einzuholen. Den Geleitzug F.R. 77. Den Geleitzug, den die Royal Navy am liebsten für immer vergessen würde. Sechsunddreißig Schiffe waren von Neufundland und Scapa Flow ausgelaufen – jetzt waren es noch zwölf. Nur noch zwölf. Und bis zur Kolabucht noch zweiunddreißig Stunden Fahrt...

Verdrießlich, da auch seine ungeheure Vitalität und Frische zeitweilig nachließen, beobachtete Turner die achtern in windender Fahrt aufkommende *Sirrus*. Er wandte sich jäh ab und betrachtete verstohlen und mitleidig Kapitän Vallery, der jetzt einem lebenden Skelett glich. Nur Gott konnte wissen, welche geheimnisvollen Kräfte diesen Mann befähigten, gegen alle Wahrscheinlichkeit dem Tode noch eine Stunde nach der andern abzuringen. Für ihn mußte, fühlte Turner plötzlich instinktiv, der Gedanke an den baldigen Tod, sogar schon die Hoffnung zu sterben, unendlich schön sein. Als er die Spuren von Entsetzen und Sorge in dem grauen, maskenhaften Gesicht sah, fluchte er unhörbar, aber tief erbittert. Und als sich dann die übermüdeten, stumpfen Augen auf ihn richteten, räusperte er sich rasch.

»Wie viele Überlebende wird *Sirrus* jetzt insgesamt an Bord haben?« fragte er.

Vallery hob müde, mit einer ganz schwachen Bewegung, die Schultern. »Keine Ahnung, I.O. Hundert wohl, oder noch mehr. Warum?«

»Hundert«, sagte Turner sinnend. »Und dabei hieß der Befehl ›Keine Überlebenden aufnehmen‹! Möchte wissen, was unser braver Orr sagen wird, wenn er Admiral Starr dieses Häufchen in den Schoß packt, falls wir nach Scapa Flow zurückkommen.«

Samstag nachmittag

Zerstörer *Sirrus* befand sich noch eine Meile hinter dem Geleitzug, als sein Signalscheinwerfer zu flackern begann. Bentley nahm den Spruch auf und meldete dem Kommandanten:

»Signal von *Sirrus*, Sir: ›Habe fünfundzwanzig bis dreißig Verwundete an Bord. Drei sehr schwere Fälle, vielleicht Lebensgefahr. Benötige dringend Arzt‹.«

»Bestätigen«, sagte Vallery. Und nach kurzem Zögern: »Meine Empfehlung an Assistenzarzt Nicholls, ich lasse ihn bitten, auf die Brücke zu kommen.« Er wandte sich an den I.O. und lächelte matt. »Ich kann mir eigentlich Brooks bei so einem Wetter nicht als guten Leichtathleten in der Hosenboje vorstellen, denn die Reise durch die Luft ist nicht ganz einfach.«

Turner blickte wieder nach *Sirrus*, die manchmal bis zu 40 Grad krängte, als sie heftig rollend von Westen herangeprescht kam.

»Ja, ein Sonntagsausflug ist es nicht«, bestätigte er. »Hosenbojen sind auch nicht gerade zur Bequemlichkeit unseres verehrten Oberstabsarztes eingerichtet.« Komisch, dachte er, wie sachlich und nonchalant sich alle geben. Keiner erwähnte überhaupt *Vectra* noch, seitdem sie das U-Boot gerammt hatte.

Die Klapptür knarrte. Langsam drehte Vallery sich um und erwiderte Nicholls' angedeutete Ehrenbezeigung. »*Sirrus* benötigt einen Arzt«, sagte er ohne Einleitung. »Hätten Sie daran Spaß?«

Nicholls stützte sich gegen die Neigung der Brücke und das Schlingern. Die *Ulysses* verlassen? Auf einmal war ihm der Gedanke so verhaßt, daß er sich wundern mußte. Ausgerechnet er, Johnny Nicholls, der im Offizierskorps auffiel, weil er alles, was mit der Marine zusammenhing, so gründlich und hartnäckig verachtete, ertappte sich bei diesem Empfinden! ›Muß eine weiche Birne haben‹, dachte er. Und ebenso plötzlich ward ihm klar, daß er keineswegs geistig versagte, sondern wußte, weshalb er an Bord bleiben wollte. Es war weder Stolz noch ein Prinzip, auch nichts Romantisches – eigentlich nur das Bewußtsein, daß er – daß er eben hierher gehörte. Dieses Gefühl der Zugehörigkeit – auch vor sich selbst hätte er es nicht genauer und deutlicher als mit diesem Wort bezeichnen können –, es ergriff mit erstaunlicher Gewalt von ihm Besitz. Auf einmal merkte er, daß ihn neugierige Augenpaare musterten und blickte verwirrt auf die wild wogende See.

»Nun?« Aus Vallerys Ton klang Ungeduld.

»Spaß macht mir das durchaus nicht, Sir«, antwortete Nicholls, »aber ich gehe selbstverständlich hinüber. Soll es sofort sein?«

»Sobald Sie Ihr Material zusammenpacken können.«

»Schon in Ordnung. Wir haben einen Notverbandskasten immer griffbereit.« Er warf wieder einen scheelen Blick auf den schweren Seegang. »Wie soll ich hinüber, Sir – springen?«

»Ach, Unsinn!« Turner klopfte ihm mit seiner großen Hand freundlich auf den Rücken. »Sie brauchen sich nicht die leiseste Sorge zu machen«, dröhnte ermunternd sein Baß, »werden absolut keine Schmerzen spüren – so lauteten doch, wenn ich mich recht erinnere, Ihre eigenen Worte, als Sie mir vor ein paar Wochen den alten Backenzahn 'rauszogen?« Er zischte beim Gedanken an die Schmerzen, die er dabei gelitten hatte. »Hosenboje, mein Jungchen, Hosenboje!«

»Hosenboje?« protestierte Nicholls. »Ist Ihnen das Wetter noch gar nicht aufgefallen? Da werde ich auf und ab tanzen wie ein blödes Jojo!«

»Ach, die Unwissenheit der Jugend!« Turner schüttelte in gespielter Bekümmernis den Kopf. »Wir werden natürlich in den Seegang drehen. Wird Ihnen vorkommen wie eine Fahrt im Rolls Royce, mein Sohn. Wollen das Ding gleich aufriggen.« Er drehte sich um. »Chrysler! Laufen Sie zu Stabsoberbootsmann Hartley, er soll auf der Brücke erscheinen.«

Chrysler gab kein Zeichen, daß er verstanden hatte. Er hatte seine seit Tagen bevorzugte Stellung eingenommen, an der Steuerbordseite: die Hände in den dicken Stulpen auf den Dampfrohren, die obere Gesichtshälfte fest an den

Gummirand des starken Fernglases auf dem Scheinwerferleitstand gepreßt. Alle paar Sekunden hatte er seine Hand gesenkt, um den Rädelknopf am Richtgestell ein bißchen weiterzudrehen. Dann erstarrte er wieder zu völliger Reglosigkeit.

»Chrysler!« brüllte Turner. »Sind Sie taub?«

Drei, vier, fünf stumme Sekunden folgten. Alle Augen waren auf Chrysler geheftet, der jäh zurückfuhr, auf den unter ihm befindlichen Peilungsanzeiger blickte und sich rasch herumwarf mit vor Erregung zuckendem Gesicht.

»Grün 1-0-0!« schrie er. »Grün 1-0-0! Flugzeuge! Dicht über der Kimm!« Er stürzte förmlich wieder an das Fernglas. »Vier, sieben – nein: zehn! Zehn Maschinen!« rief er gellend.

»Grün 1-0-0?« Turner hatte sein Glas an die Augen gesetzt. »Kann gar nichts entdecken. Stimmt das wirklich, Junge?« rief er gespannt.

»Noch dasselbe, Sir.« Die unbedingte Überzeugung war auch in der Aufregung der jungen Stimme nicht mißzuverstehen.

Mit vier schnellen Schritten war Turner durch die Klapptür und stand neben ihm. »Lassen Sie mich mal sehen«, befahl er, blickte durch das Fernglas, indem er ein paarmal am Richtgestell drehte, dann trat er zurück und rief mit zornig zusammengezogenen Augenbrauen: »Irgendwas kommt mir hier verdammt komisch vor! Liegt's an Ihren Augen oder Ihrer Fantasie? Und wenn Sie mich fragen –«

»Er hat recht«, unterbrach Carrington ihn gelassen. »Ich sehe sie auch.«

»Ich auch!« rief Bentley.

Turner eilte wieder an das montierte Fernglas, schaute kurz hindurch, richtete sich auf und blickte sich nach Chrysler um. »Erinnern Sie mich, daß ich mich später bei Ihnen entschuldige«, sagte er lächelnd und war schon wieder auf der Kompaßplattform, ehe er den Satz ausgesprochen hatte.

»Signal an Konvoi«, sagte Vallery rasch. »›Code H. Äußerste Kraft voraus!‹ – Bootsmannsmaat? Lautsprecher: Alarm für alle Geschütze. – I.O.?«

»Sir?«

»Einzelfeuer für alle Flakwaffen? Einverstanden? Und die Türme?«

»Kann ich noch nicht entscheiden... Chrysler, können Sie feststellen, was für –?«

»Condors, Sir«, kam ihm Chrysler zuvor.

»Condors!« Turner starrte ihn ungläubig an. »Ein Dutzend Condormaschinen!? Sind Sie auch ganz sicher, daß... Ja, ja, schon gut«, unterbrach er sich hastig, »Condors sind es.« Verwundert den Kopf schüttelnd, wandte er sich an Vallery. »Wo ist nur mein dämlicher Stahlhelm? Condors, sagt er.«

»Also Condors sind es«, wiederholte Vallery lächelnd. Turner war erstaunt über seine unerschütterte Ruhe.

»Zielverteilung von Brücke, Türme selbständiges Feuern?« fragte Vallery weiter.

»Ich denke, ja, Sir.« Turner musterte die zwei Telefonposten, die dicht hinter der Kompaßplattform ihre Plätze hatten, jeder als Verbindungsmann für einen Geschützturm. »Ohren aufgeknöpft, ihr beiden! Und sobald ein Befehl kommt, Tempo, Tempo.«

Vallery winkte Nicholls zu. »Gehen Sie lieber unter Deck, junger Mann«, riet er ihm. »Tut mir leid, daß Ihr kleiner Ausflug vertagt werden muß.«

»Mir nicht«, gab Nicholls grob zurück.

»Nein?« sagte Vallery lächelnd. »Angst gehabt?«

»Nein, Sir«, erwiderte Nicholls, ebenfalls lächelnd, »Angst nicht, und das wissen Sie auch.«

»Ja, weiß ich«, stimmte Vallery ruhig zu. »Ich weiß es und danke Ihnen.«

Er beobachtete, wie Nicholls die Brücke verließ, gab dem Läufer vom Funkraum einen Wink und fragte Carpenter: »Wann haben wir den letzten Funkspruch an die Admiralität gegeben? Schielen Sie mal ins Wachbuch!«

»Gestern mittag«, sagte Kapok Kid sofort.

»Weiß nicht, was ich ohne Sie anfangen sollte«, murmelte Vallery. »Position im Augenblick?«

»72/20 Nord, 13/40 Ost.«

»Danke.« Er sah Turner an. »Funkstille brauchen wir jetzt wohl nicht, I.O.?«

Turner schüttelte den Kopf.

»Nehmen Sie folgenden Spruch auf«, sagte Vallery schnell zum Läufer. »›An Seekriegsleitung, London...‹ Was machen unsere Freunde im Moment, I.O.?«

»Kreisen weit westlich, Sir. – Übliches Eröffnungsmanöver, in großer Höhe von achtern anfliegend, vermute ich«, setzte er verdrossen hinzu. »Immerhin« – das klang zuversichtlicher –, »die Wolkenhöhe beträgt knapp 300 Meter.«

Vallery nickte. »›F.R. 77, 16 Uhr Position 72/20, 13/40. Halten Kurs 090. Wind nördlich, Stärke 5, schwere Dünung. Lange verzweifelt. Bedauern tief, daß Admiral Tyndall heute 12 Uhr gestorben. Tanker *Vytura* letzte Nacht torpediert, selbst versenkt. *Washington State* heute 01.45 gesunken. *Vectra* in Kollision mit U-Boot 15.15 gesunken. Werde heftig angegriffen von 12, mindestens 12 Focke-Wulf 200‹. Ich denke, das dürfen wir schon voraussetzen, I.O.«, sagte er mit schiefem Lächeln. »Es wird auch die Lords ein bißchen aufrütteln. Die denken nämlich, so viele Condors gäbe es in ganz Norwegen nicht. ›Unterstützung dringend geboten, Luftsicherung lebenswichtig. Erbitte sonstige Anweisungen.‹ – Sorgen Sie bitte, daß das sofort hinausgeht.«

»Ihre Nase, Sir«, sagte Turner scharf.

»Danke Ihnen.« Vallery rieb seine erfrorene Nase, die tödlich weiß in dem abgezehrten, grau und blau verfärbten Gesicht stand, gab es aber nach wenigen Sekunden wieder auf, denn es war der Mühe nicht wert, weil es ihm zuviel von seiner nur noch winzigen Kraftreserve nahm. »Mein Gott, es ist bitter, I.O.«, murmelte er ruhig.

Vor Kälte zitternd, hob er sich vom Sitz auf die Füße und musterte durch sein Fernglas die Schiffe von F.R. 77. – Code H wurde befolgt: die Transporter zogen sich, anscheinend aufs Geratewohl, über einen weiten Seeraum auseinander, lösten also ihre Formation der zwei Kiellinien auf, in denen sie für Bombenschützen bei einem Angriff der Flugzeuge von achtern zu leichte Ziele gebildet hätten. Jetzt mußten sich die Angreifer ihre Ziele einzeln aussuchen.

Verstreut mußten sie anfliegen, doch wiederum noch so nahe beieinander, daß sie alle ›in den Genuß‹ des konzentrierten Abwehrfeuers der Konvoischiffe kamen, dachte Vallery befriedigt, während er sich umdrehte und mit dem Glas nach Westen spähte.

Ja, einen Irrtum konnte es nicht mehr geben – es waren tatsächlich Condormaschinen. Sie befanden sich jetzt fast genau achteraus. Schon neigten die großen viermotorigen Flugzeuge ihre starken Tragflächen, wendeten langsam und gewichtig nach Steuerbord und schlugen, ständig steigend, einen Halbkreis, der sie wieder hinter den Konvoi führte.

Zweierlei ward Vallery plötzlich klar, zweierlei, was offenbar dem Feind bekannt war. Sie hatten gewußt, wo sie F.R. 77 finden würden – der Luftwaffe fiel es gar nicht ein, schwere Bomber auf gut Glück ins Polarmeer zu schicken, sie hatte sich nicht einmal die Mühe gemacht, erst einen Charlie zur Erkundung wegzuschicken. Bestimmt hatte ein Unterseeboot den Konvoi längst ausgemacht und Position und Kurs gemeldet. Bei dem schweren Seegang wäre ein Sehrohr auch ziemlich in der Nähe kaum entdeckt worden. Ad 2 wußten die Deutschen, daß *Ulysses* kein Radar mehr hatte. Die Focke-Wulfs flogen so hoch, um über die niedrige Wolkenbank zu kommen. Sie würden erst wenige Sekunden vor dem Angriff von oben durchstoßen. Bei durch Radar gelenktem Abwehrfeuer wäre das beinah Selbstmord gewesen, doch sie wußten, daß sie es ungestraft wagen konnten...

Während er sie noch beobachtete, verschwand auch die letzte Condor durch die niedrige dicke Wolkendecke. Müde zuckte er die Achseln und senkte sein Fernglas. »Bentley!«

»Sir?«

»Code R. Sofort.«

Die Signalflaggen stiegen hoch. Fünfzehn, zwanzig Sekunden lang – die dem ungeduldig wartenden Kommandanten zehnmal so lang vorkamen – geschah nichts. Und dann schwangen sich, präzis wie die Puppen am Draht des Marionettenspielers, die Steven aller Konvoischiffe herum: die an Backbord von *Ulysses* laufenden nach Norden, die an

Steuerbord nach Süden. Wenn die Flugzeuge durchbrachen – Vallery rechnete damit in spätestens zwei Minuten –, würden sie unter sich nur die leere See finden. Das heißt: leer bis auf *Ulysses* und *Stirling*, zwei Schiffe, die prächtig ausgerüstet waren, um es mit ihnen aufzunehmen. Und dann erwartete die Condors schweres Kreuzfeuer von den Transportern und Zerstörern, und zwar bemerkten sie das zu spät – bei der geringen Höhe viel zu spät –, um ihren Kurs schnell so zu ändern, daß sie einzeln die Frachtschiffe von hinten anfliegen konnten. Vallery lächelte grimmig in sich hinein. Eine bescheidene Defensivtaktik, dachte er, aber Besseres ließ sich unter den gegebenen Umständen nicht machen...

Er konnte Turner hören, der Befehle durch den Lautsprecher donnerte, und war sehr zufrieden, die Verteidigung des Schiffes in den Händen dieses tüchtigen I.O. zu wissen. Wenn er selbst nur nicht so schrecklich erschöpft gewesen wäre...

Neunzig Sekunden verstrichen, hundert, zwei Minuten – und noch kein Anzeichen von den Condors. Fünfzig Augenpaare starrten in die Wolkenmasse achteraus: sie schien absolut so aufregend grau und gestaltlos bleiben zu wollen.

Zweieinhalb Minuten vergingen. Noch nichts –.

»Sieht irgend jemand was?« fragte Vallery besorgt. Er ließ den Blick keinen Moment von der Wolkenbank. »Nichts? Überhaupt nichts?« Ungebrochen lastete das quälende Schweigen über ihnen.

Drei Minuten. Drei und eine halbe. Vier. Vallery wandte den Blick ab, um seine angestrengten Augen auszuruhen. Er sah, wie Turner ihn anblickte, erkannte in seinen Mienen die wachsende Besorgnis und sah in dem hageren Gesicht langsam einen Verdacht aufdämmern, bei dem es heller wurde. Wortlos machten beide im selben Moment kehrt und starrten in den Himmel vor dem Geleitzug.

»Das ist es!« sagte Vallery hastig. »Sie haben recht, I.O., so muß es sein!« Er merkte, daß sich inzwischen alle umgedreht hatten und ebenso angespannt Ausschau hielten wie er selbst. »Sie sind an uns vorbeigezogen, wollen von vorn angreifen. Bescheid an die Geschütze! Lieber Gott, beinah hätten sie uns gehabt!« flüsterte er.

»Augen aufgemacht, alle Mann«, dröhnte Turners Stimme. Von Beklemmung war ihm nichts mehr anzumerken: Er hatte seinen unbezähmbaren Frohsinn wieder und die willkommene Vorfreude auf Taten. »Alle, habe ich gesagt! Wir sitzen alle im selben Boot, und das soll kein Scherz sein. Vierzehn Tage Urlaub für den, der zuerst eine Condor entdeckt!«

»Mit Wirkung ab wann?« fragte Kapok Kid trocken.

Turner lächelte ihn an, doch sogleich erstarb das Lächeln: Er hob in schärfster Aufmerksamkeit den Kopf.

»Könnt ihr sie hören?« fragte er, so leise, als fürchte er beinah, der Feind belausche ihn. »Sie sind da oben irgendwo – ich weiß nur verdammt nicht, wo. Wenn nur dieser Wind –«

Das häßliche Ballern der Oerlikons auf dem Bootsdeck riß ihm den Satz durch. Er wirbelte herum und stürzte wie elektrisiert mit einem einzigen Schwung ans Sprachrohr für den Lautsprecher. Doch trotz seiner Schnelligkeit kam er damit zu spät. Und in jedem Fall wäre es zu spät gewesen: die Condors – die ersten drei in Kiellinie, kamen bereits in Sicht – hatten die Wolken schon durchstoßen und erschienen in 150 Meter Höhe, knapp eine halbe Meile entfernt, genau achteraus! Achteraus! Sie mußten also, sobald sie über den Wolken waren, einen Kreis zurück nach Westen geschlagen haben und hatten die Beobachter an Bord dadurch vollkommen getäuscht... Sechs Sekunden – sechs Sekunden sind auch für schwere Bomber mehr als genug Zeit, um eine halbe Meile im Tiefflug zurückzulegen. Und für die Überraschten reichte die Zeit kaum aus, um zu erkennen, was vorging, nicht einmal für die erste Regung von Zorn und Enttäuschung reichte sie – denn schon fielen die Condors über sie her.

Es war fast dunkel, das unheimliche Zwielicht der Arktis herrschte. Leuchtspurgeschosse, die wie glühende Nadelspitzen durch den dunkler werdenden Himmel flitzten, waren deutlich zu verfolgen. Erst zogen sie regellose, verschieden gekrümmte Kurven, in der Ferne wurde ihre Lichtspur schwächer, auf einmal schienen sie eine klare Richtung zu haben und starben, kaum geboren, indem sie in den Rumpf einer herabbrausenden Condor schlugen. Aber die Zeit war zu kurz – höchstens zwei Sekunden konnten die Geschütze am Ziel bleiben – , und die riesigen Focke-Wulf-Maschinen waren ungeheuer hart im Nehmen. Die führende Condor ging auf etwa 100 Meter Höhe in die Waagerechte, für einen Moment hielten sich ihre Bomben in paralleler Bahn zum Rumpf des Flugzeugs, um dann träge in einem Bogen auf *Ulysses* zu stürzen. Und schon riß der Pilot seine Condor wieder hoch, er zog sie nahezu senkrecht empor, wobei die vier starken Maschinen in ungleichem Takt hart arbeiteten, als strebten sie ängstlich in den Schutz der Wolken.

Die Bomben gingen vorbei. Um ungefähr 10 Meter verfehlten sie das Schiff und explodierten beim Prall auf die Meeresfläche dicht hinter der Brücke. Für die Männer in der Artilleriezentrale, in den Maschinenräumen und bei den Kesseln mußten der Krach und der Schlag der Explosionswelle fürchterlich gewesen sein, wirklich ohrenzerreißend. Wasserstrudel, die am Fuß, wo sie toll brodelten, 6 Meter Durchmesser hatten, schossen weißlich ins Zwielicht, hoch über die verstümmelten Masten, wo sie einen Augenblick stillzustehen schienen, um dann in Kaskaden über Brücke und Bootsdeck zu klatschen, alle Mann an den Vierlingen und in den offenen Ständen der Oerlikons bis auf die Haut durchnässend. Das Thermometer zeigte 17 Grad unter Null.

Schlimmer noch: die Wasserwände nahmen den Kanonieren jede Sicht. So konnte die nächste Condor ihre Attacke fast ohne Gegenwehr fliegen: nur eine 2-Zentimeter-Kanone auf einer Plattform unterhalb der Brücke an Steuerbord feuerte. Der Anflug war äußerst exakt: Die Maschine stürmte genau über die Längsachse des Schiffes, doch der Pilot hatte zu stark aufgedreht, vielleicht in dem Bestreben, genauen Kurs zu halten. Drei Bomben waren es diesmal. Für einen Moment schien es, als gingen sie vorbei, aber die erste schlug zwischen Wellenbrecher und Bugspill ins Vorschiff, explodierte im Raum darunter und warf das Deck als wirre

Masse zerrissenen Stahls nach oben. Noch im Verklingen der Explosion konnten die Männer auf der Brücke ein tolles, metallisches Rattern hören: die Bombe mußte das Spill mit dem Kettenstopper zugleich zerschlagen und den Schäkel von der Ankerkette gerissen haben, so daß der Steuerbordanker, aller Fesseln ledig, in die Tiefe des Eismeeres rauschte.

Die anderen Bomben fielen so dicht vor dem Schiff in die See, daß es von der eine Meile entfernten *Stirling* aus scheinen mußte, als verschwände *Ulysses* unter einer riesigen Wassersäule. Doch das Wasser sank zusammen, und *Ulysses* dampfte weiter, anscheinend unbeschädigt. Von vorn gesehen, verbarg der Bug durch seine mächtigen Bewegungen die Zerstörung. Weder Feuer noch Rauch waren zu bemerken. Viele hundert Liter Wasser, die von oben in die großen, gezackten Löcher im Deck klatschten, hatten den Brand – falls Feuer entstanden war – gleich gelöscht. *Ulysses* war noch immer ein glückhaftes Schiff... Und dann, nach zwanzig Monaten, in denen der Kreuzer in gefährlichsten Lagen so fabelhaftes Glück gehabt hatte, daß sein Name im ganzen Norden zu einem besonderen Begriff für Immunität geworden war – dann war es mit seinem Glück vorbei...

Ironisch fügte es das Schicksal, daß *Ulysses* selbst das Unheil auf sich zog. Die 13,2-Zentimeter-Geschütze im achteren Turm hatten das Feuer eröffnet und schleuderten ihre fast einen Zentner schweren Granaten den im Tiefflug anbrausenden Bombern entgegen, ohne Richtgerät übers Visier gezielt. Und die erste Granate vom Turm X schlug der dritten Condor das rechte Tragdeck zwischen den Motoren völlig heraus, so daß das Stück, in langsamen Drehungen, wie ein Blatt im Winde in die dunkel wogende See fiel. Für den Bruchteil einer Sekunde hielt die riesige Focke-Wulf noch Kurs, dann kippte sie jäh vornüber und stürzte kreischend fast senkrecht ab, wobei – kaum erklärlich – ihre anderen Motoren in ohrenbetäubendem Crescendo auf noch höhere Touren kamen, während sie pfeilgerade auf *Ulysses* zustürzte.

Zum Ausweichen war keine Zeit, nicht einmal zum Denken oder Hoffen. Ein Knäuel blind abgeworfener Bomben krachte ins brodelnde Kielwasser. – *Ulysses* hatte die Fahrt bereits auf über 30 Meilen gesteigert –, und zwei andere sausten durchs Achterschiff: eine explodierte im achteren Matrosenwohndeck, die andere im Wohndeck der Seesoldaten. Eine Sekunde später krachte die Condor selbst unter ungeheuerlichem Spektakel in einer blendenden Benzinflamme mit einer Geschwindigkeit von gut 500 Kilometern in der Stunde voll gegen die Vorderseite von Turm Y.

Unglaubhaft, aber es war die letzte Attacke auf *Ulysses* – unglaubhaft, weil *Ulysses* jetzt wehrlos und für jeden Angriff von achtern ganz frei lag. Turm Y war erledigt, Turm X, wie durch ein Wunder unbeschädigt, war halb unter dem zersplitterten Wrack der Condor begraben und hatte zwischen dem Rauch und den lodernden Flammen keine Sicht mehr. Auch die Oerlikons auf dem Bootsdeck waren verstummt. Die Richtschützen, vor einer Minute durch den Wasserschwall halb ertränkt, wurden in größter Hast aus ihren engen Sitzen gezerrt. War das sonst schon schwierig, so jetzt beinah unmöglich, da ihr Zeug schon hartgefroren war und ihre Düffeljacken wie zersplitternde Streichholzschachteln knackten und krachten, als man sie mühsam über die Brüstung zog. So schnell wie irgend möglich wurden sie unter Deck geschafft und in den Gang vor der Kombüse geschoben, um dort aufzutauen, buchstäblich aufzutauen. Ein furchtbar schmerzhafter Vorgang, aber in ihren vereisten Geschützständen wäre ihnen ein schneller Tod sicher gewesen.

Die übrigen Condors hatten, langsam steigend, nach Steuerbord abgedreht, von allen Richtungen eingegabelt durch zahlreiche Flakgeschosse, die im Platzen kleine, wie Wattebäusche aufquellende Wölkchen erzeugten. Aber die Maschinen flogen glatt mitten hindurch, unverletzt und anscheinend unverletzbar. Schon verschwanden sie, eine nach der andern, in den Wolken und legten sich auf Südwestkurs, in Richtung ihres Stützpunktes. ›Merkwürdig‹, überlegte Vallery flüchtig. ›Man hätte doch erwarten sollen, daß sie sich nach ihrem anfänglichen Überraschungserfolg auf die verkrüppelte *Ulysses* stürzten. Bisher haben doch die Condorbesatzungen es an Mumm nicht fehlen lassen...‹ Er gab das Grübeln auf und richtete seine Gedanken auf die dringenderen Sorgen. Und Sorgen gab es jetzt mehr als genug.

Im Achterschiff loderten schwere Brände – gewiß, es brannte ›nur‹ ein Wohndeck, aber gerade das konnte verhängnisvoll werden, denn die Munitionskammern der Türme X und Y lagen unmittelbar unter ihm. Schon rannten Dutzende von Männern stolpernd und fallend auf dem schlingernden, vereisten Deck nach achtern, indem sie hinter sich die Schläuche von den Trommeln abrollten. Manchmal fielen sie flach aufs Gesicht, wenn zwei Windungen zusammengefroren waren und die plötzliche Straffung des Schlauchs sie von den Füßen riß. An ihnen stolperten andere vorbei, die die großen roten Feuerlöscher auf den Schultern oder unter den Armen trugen. Ein bedauernswerter Seemann – Matrose Ferry, der trotz strengen Verbots das Revier verlassen hatte – glitschte aus, als er durch den äußeren Gang an der zertrümmerten Kantine vorbeilief. Er stürzte neben Turm X an Deck, gerade da, wo die linke Tragfläche der Condor, als sie abbrach und über Bord fiel, die Reling abgerissen hatte. Mit seinem gebrochenen Arm versuchte Ferry vergeblich, sich an eine stehengebliebene Relingstütze zu klammern: er glitt langsam, rettungslos verloren, über die Bordkante und verschwand. Eine Sekunde drang sein schriller Angstschrei dünn, aber deutlich durch das Röhren der Flammen, um jäh zu verstummen, als das Wasser sich um ihn schloß. Fast unmittelbar unter seiner Absturzstelle befanden sich die Schrauben –.

Die Männer mit den Feuerlöschern waren die ersten, die zu Taten kamen, und das war sehr nötig, denn es galt Kampf gegen brennendes Benzin. Durch Wasser wäre das Feuer nur schlimmer geworden, weil es das leichtere Benzin, das sich nicht mit ihm vermischt, nach allen Richtungen gespült und es dann nur noch wütender gebrannt hätte. Die Feuerlöscher aber waren nur begrenzt leistungsfähig, weniger, weil einige Ventile, durch die scharfe Kälte eingefroren, sich nicht öffnen ließen, als weil es bei der furchtbaren Hitze unmöglich war, nahe genug heranzugehen, während die kleineren Löscher mit Tetrachlorkohlenstoff, die unter Deck gegen Brände in elektrischen Anlagen eingesetzt wurden, erschreckend wenig Wirkung zeigten. Und auch das hatte seinen Grund: Diese Apparate waren noch nie benutzt worden, und die Besatzung des Schiffes kannte schon seit langem die wunderbaren Eigenschaften der Löschflüssigkeit beim Entfernen der hartnäckigsten Flecke und Beschriftungen aus Zeug. Ein Funker läßt sich vielleicht überzeugen, daß 2000 Volt tödlich sein können; ein Kanonier mag einsehen, daß es Wahnsinn ist, neben Pulver mit brennenden Streichhölzern zu hantieren; der Torpedomann wird kaum bestreiten, daß es verrückt ist, mit Knallquecksilber zu jonglieren, doch keinen von ihnen wird man überzeugen können, daß es dumm und geradezu verbrecherisch ist, nur ein paar Tropfen vom Tetrachlorkohlenstoff abzuzapfen... Trotz schärfster Kontrolle in regelmäßigen Abständen waren die meisten Löscher nur halb voll und einige ganz leer.

Die Schläuche richteten auch nicht viel mehr aus. Auf der Steuerbordseite ließen zwei sich an die Hauptwasserleitung kuppeln und auch die Ventile sich aufdrehen, aber die Schläuche blieben leer, sie rührten sich nicht. Diese Salzwasserleitung war völlig eingefroren, was bei Süßwasser oft, bei Salzwasser kaum je vorkommt. An der Backbordseite wurde ein dritter Schlauch angekuppelt, doch das Ventil ließ sich nicht drehen. Unter Schlägen mit Hämmern und Brechstangen brach es an der Verschraubung ab (bei ganz tiefen Temperaturen wird durch molekulare Veränderungen die Dehnbarkeit der Metalle vermindert), und das unter hohem Druck herausschießende Wasser durchtränkte alle in der Umgebung befindlichen Männer bis auf die Haut. Spicer, der Messesteward des verstorbenen Admirals, früher so heiter und frisch, jetzt nur noch ein trister, hohläugiger Schatten, warf seinen Hammer fort und weinte vor Wut und Enttäuschung. Das Ventil am zweiten Backbordschlauch funktionierte, aber es dauerte eine Ewigkeit, bis das Wasser sich seinen Weg durch den flachgerollten, hartgefrorenen Schlauch erzwang.

Allmählich wurde das Feuer an Deck eingedämmt, weniger durch die Bemühungen der Löschenden, als weil nach dem Ausbrennen des Benzins nur noch wenig entflammbares Material vorhanden war. Nun wurden die Schläuche und Löschgeräte durch die großen, zackigen Risse auf dem Achterdeck geführt, um die in den Wohnräumen wütenden Brände zu bekämpfen, während oben zwei Gestalten in Asbestanzügen sich über und durch die verschlungene Masse rotglühender Trümmerstücke zwängten. Einen dieser Anzüge trug Nicholls, den andern Funkmaat Brown, der für solche Rettungsarbeiten ausgebildet war.

Brown war als erster zur Stelle. Behutsam den günstigsten Weg wählend, kletterte er aufs Geschützdeck am Turm Y und ging an die stählerne Tür. Die Beobachter unten in den Gängen auf beiden Seiten sahen, wie er dort haltmachte und unter Aufbietung aller Kräfte die schwere Tür festzusetzen suchte, die beim Schlingern des Schiffes monoton vor- und zurückgekracht war. Dann sahen sie ihn einsteigen und nach weniger als zehn Sekunden schon wieder in der Tür erscheinen, auf den Knien. Verzweifelt stützte er sich am Seitenrahmen, sein ganzer Körper zuckte krampfhaft: Er erbrach sich heftig in seine Sauerstoffmaske.

Nicholls, der das sah, verschwendete keine Zeit an Turm Y und die verkohlten Skelette, die noch im verbrannten Rumpf der Condor verklemmt waren. Er kletterte rasch die senkrechte Eisenleiter zum Geschützdeck von Turm X hinauf, ging zur Rückseite herum und versuchte, die Tür zu öffnen. Die Klampen waren verbogen, unbeweglich – ob durch die Kälte oder Verzerrung des Metalls infolge der Detonation, wußte er nicht. Als er sich nach einem Hebel zum Aufdrücken umschaute, sah er, daß Doyle im angebrannten Düffelrock mit einem Schmiedehammer in der Hand herankam. Grimme Entschlossenheit stand in seinem bärtigen Gesicht. Ein Dutzend schwerer, wohlgezielter Schläge, die Tür war offen. Das Dröhnen, sagte sich Nicholls, mußte in dem als Lautverstärker wirkenden hohlen Turm fast unerträglich gewesen sein. Doyle setzte die Tür außen fest und trat beiseite, um ihn zuerst eintreten zu lassen.

Nicholls kletterte hinein. Traurig erkannte er, daß seine Sorge um den Lärm beim Hämmern unnötig gewesen war: im Turm waren alle tot. Fahnenunteroffizier Evans saß kerzengerade auf seinem Richtsitz, so steif und wachsam, wie er auch im Leben gewesen war. Neben ihm lag Foster, der schneidige und hitzige Hauptmann der Seesoldaten, der im Tode unschön aussah. Die übrigen saßen oder lagen still auf ihren Posten, anscheinend unverletzt und ohne sichtbare Spuren. Nur bei einigen waren winzige Blutrinnsale aus Ohren und Mund getreten, Blutstropfen, die in der scharfen Kälte schon geronnen waren, da durch die hohe Fahrt der *Ulysses* die Flammen achteraus gedrückt wurden, vom Turm weg. Die Erschütterung mußte ungeheuer gewesen und der Tod im selben Augenblick eingetreten sein. Schwerfällig beugte Nicholls sich über den toten Melder, nahm ihm schonend den Kopfhörer ab und rief die Brücke an.

Valley selbst nahm seine Meldung entgegen. Er drehte sich nach Turner um. Alt sah er aus, ein geschlagener Mann.

»Das war Nicholls«, sagte er. Trotz seiner Beherrschtheit zeigten sich Entsetzen und Besorgnis deutlich in allen tiefgeätzten Furchen des jammervoll schmalen Gesichts. »Turm Y ist hin – kein Überlebender. X scheint noch intakt – aber alle Insassen sind auch tot. Durch die Erschütterung, sagt er. Brand im Mannschaftsdeck noch nicht eingedämmt... Ja, Junge, was gibt's?«

»Munitionskammer Y, Sir«, sagte der Matrose zaghaft. »Sie wollen mit dem Artillerieoffizier sprechen.«

»Sagen Sie, er ist nicht erreichbar«, erwiderte Vallery kurz. »Wir haben keine Zeit, zu...« Er brach ab, blickte scharf auf. »Sagten Sie ›Munitionskammer Y‹? Hier, geben Sie mir mal das Telefon.«

Er nahm den Hörer und schob die Haube seines Düffelrocks zurück. »Hier Kommandant, Magazin Y. Was ist dort los?... Was?! Reden Sie deutlich, Mann, ich kann Sie nicht hören!... Oh, verdammt!« Er drehte sich rasch nach dem auf der Brücke stationierten Torpedo-Obermechaniker um. »Können Sie diesen Hörer ans Verstärkerrelais schließen? Ich kann nicht einen Ton – ... Aha, jetzt ist's besser.«

Der Verstärker über dem Kartenhaus wurde knackend lebendig, seltsam kehlig und rauh kamen über ihn die Worte, doppelt schwer zu verstehen in dem breit schleppenden Glasgower Dialekt.

»Können Sie mich jetzt hören?« dröhnte die Stimme aus dem Munitionsraum.

»Ich kann Sie hören.« Auch Vallerys Stimme erweckte im Verstärker ein lautes Echo. »McQuater, sind Sie das?«

»Ja-a, ich bin's, Sir. Woran merken Sie das?« kam die Gegenfrage, unverkennbar erstaunt auch im entstellenden Klang des Lautsprechers. So entsetzt und erschöpft Vallery war – er mußte lächeln.

»Das ist jetzt nebensächlich, McQuater. Wer ist Vorgesetzter da unten – Gardiner, nicht wahr?«

»Jawohl, Sir, Gardiner.«

»Lassen Sie ihn bitte ans Telefon.« Eine Pause entstand.

»Geht nicht, Sir. Gardiner ist tot.«

»Tot?« Vallery wollte es nicht glauben. »Sagten Sie ›tot‹, McQuater?«

»Ja-a, und er ist nicht der einzige.« Jetzt klang die Stimme fast trotzig, doch Vallery hörte das leise Beben im Unterton. »Ich war selber k.o., aber nun geht's mir gut.«

Vallery wartete schweigend, bis der rauhe Husten, der den Jungen überfiel, vorbei war. »Aber – aber was ist denn passiert?«

»Wie soll ich das wissen? Ich meine, ich kann's nicht wissen, ich weiß es nicht, Sir. Ein toller Knall und dann – ach, ich kann nicht genau sagen, was passiert ist... Gardiner ist am Mund ganz blutig.«

»Wie – wie viele leben von euch noch?«

»Bloß Barker, Williamson und ich, Sir. Sonst kein Mensch, bloß wir.«

»Und – denen geht's gut, McQuater?«

»Ach ja, denen geht's gut, aber Barker denkt, er muß sterben. Sehr schlecht sieht er ja aus. Ich glaube, der ist ganz von der Karre gefallen, Sir.«

»Was ist er?«

»Verrückt, Sir«, erklärte McQuater geduldig. »Bekloppt. Redet dummes Zeug, daß er seinem Schöpfer begegnen wird, und dabei hat er sein ganzes Leben lang bloß die Kameraden behumpst.« Als Vallery plötzlich Turner kichern hörte, fiel ihm ein, daß Barker die Kantine verwaltet hatte. »Williamson arbeitet, der schiebt die Kartuschen wieder in die Gestelle, der ganze Fußboden liegt ja voll von den schietigen Dingern.«

»McQuater!« Vallery rief das streng, einen Tadel aus alter Gewohnheit.

»Aye – 'tschuldigen, Sir, hatte ganz vergessen... Was sollen wir unternehmen, Sir?«

»Womit unternehmen?« Vallery wurde nervös.

»Mit dem Raum hier, Magazin Y. Brennt's denn draußen im Schiff? Hier drin ist's kochend heiß – schlimmer als mitten in der Hölle!«

»Wie? Was haben Sie gesagt?« schrie Vallery. Diesmal vergaß er, McQuater zurechtzuweisen. »Heiß, sagten Sie? Wie heiß? Rasch, antworten Sie, Junge!«

»Ich kann das achtere Schott nicht anfassen, Sir«, antwortete McQuater schlicht, »meine Finger würden klebenbleiben.«

»Aber die Berieselungsanlage – was ist damit?« rief Vallery. »Funktioniert die nicht? Lieber Gott, Junge, das Magazin kann jede Minute hochgehen!«

»Ja-a.« McQuaters Stimme klang ganz sachlich. »Ja-a, kann ich mir vorstellen, daß es so kommen mag. Nein, Sir, die Berieseler funktionieren nicht – und die Hitze ist schon weit über dem, was sie sein darf, Sir.«

»Stehen Sie da nicht bloß herum! Drehen Sie sie mit der Hand auf. Das Wasser in der Anlage kann doch unmöglich gefroren sein, wenn's da so heiß ist, wie Sie sagen. Los, Mann, Beeilung! Fliegt die Munitionskammer hoch, so ist's aus mit *Ulysses*. Um Gottes willen, beeilen Sie sich!«

»Hab's schon probiert«, sagte McQuater sanft. »Hat verdammt keinen Zweck, Ventile sitzen zu fest!«

»Dann schlagen Sie sie auf! Irgendwo muß doch ein Brecheisen sein. Zerschlagen Sie sie, Mann, rasch!«

»Aye, aye, recht haben Sie, Sir, aber – aber wenn ich das mache, wie kriege ich die Ventile wieder zu?« So ruhig die Stimme des jungen Mannes klang, es lag Verzweiflung in ihr. ›Oder entstellt sie der Verstärker so?‹ dachte Vallery.

»Das können Sie nicht! Ist unmöglich! Aber das ist auch egal!« rief er ungeduldig, heiser vor Erregung. »Wir pumpen es später 'raus. Schnell, McQuater, schnell doch!«

Ein kurzes Schweigen folgte, dann ein unterdrückter Ausruf, ein weiches Klopfen, und dann hörten sie im Verstärker den Widerhall eines dünnen metallischen Klingens, viel rasend schnell ausgeführte kurze Schläge. McQuater bearbeitete offenbar die Ventilgriffe mit einem wahren Hagel von Hieben. Plötzlich hörte das Geräusch auf.

Vallery wartete, bis er merkte, daß McQuater sein Sprechgerät aufnahm, dann fragte er gespannt: »Na, wie ist es, läuft die Berieselung?«

»Läuft fein, wie 'ne Kinderklapper, Sir.« In seinen Worten lag ein neuer Ton, Stolz und Befriedigung klangen aus ihnen. »Habe eben Barker eins mit der Brechstange auf'n Kopf gegeben«, fügte er ganz heiter hinzu.

»Was haben Sie?«

»Habe Barker flachgelegt«, erklärte McQuater deutlich. »Wollte mich hindern, der. Ein ganz verfluchter Windbeutel... Ach, er ist gar nicht das Reden wert... O je, die Berieselung ist doch 'ne großartige Sache, Sir, die hatte ich ja noch nie in Betrieb gesehen. Stehe schon bis an die Knöchel im Wasser, und vom achteren Schott zischt der Dampf nur so weg!«

»Genug damit!« sagte Vallery streng. »Nun fix 'raus da, und daß Sie mir Barker unbedingt mitnehmen!«

»Ich habe mal 'n Film gesehen. Im Paramount in Glasgow, glaube ich. Muß gerade mal gut bei Kasse gewesen sein.« Es klang wie ein gemütliches Gespräch über angenehme Erinnerungen. Vallery wechselte einen Blick mit Turner und erkannte, daß auch der seinen Sinnen nicht trauen wollte. »›Regen‹ hieß das Ding. War aber nicht halb so schlimm wie dies hier. Bestimmt gab's da nicht halb soviel von dem widerlichen Dampf. Ein Treibhaus im Botanischen Garten ist ein Dreck dagegen!«

»McQuater!« brüllte Vallery. »Hören Sie mich? Sofort den Raum verlassen, habe ich gesagt! Sofort – verstanden?«

»Geht mir schon bis an die Knie«, sagte McQuater anerkennend. »Ist ganz hübsch kalt... Sagten Sie was, Sir?«

»Ich sagte ›sofort 'raus‹!« knirschte Vallery. »Hinaus da unten!«

»Aye – verstehe. 'raus! Ja, ich glaube, das sagten Sie. 'raus –. Tja, das ist nicht so leicht. Wir können nämlich nicht. Rand vom Einstiegluk ist krumm und Lukendeckel auch – völlig verrammelt, Sir.«

Das Echo aus dem Lautsprecher dröhnte gedämpft über die demolierte Brücke. Ein frostiges Schweigen folgte. Unbewußt ließ Vallery das Telefon an der Hand baumeln, beklommen wanderte sein Blick ringsum. Turner, Carrington, Kapok Kid, Bentley, Chrysler und die übrigen – alle schauten ihn an, alle mit dem merkwürdig leeren und doch so gespannten Gesicht, in dem langsam das Grauen des Begreifens durchbrach. Und er wußte, daß ihre Augen und Mienen nur sein eigenes Gesicht widerspiegelten. Für eine Sekunde schloß er, als müsse er seine Gedanken klären, fest die Augen, dann nahm er das Sprechgerät wieder vor den Mund.

»McQuater! McQuater, sind Sie noch da?«

»Klar bin ich noch hier!« Auch in der Härte des Lautsprechers klang die Stimme verdrießlich und halb heiser. »Wo, zum Teufel –?«

»Ist der Deckel denn bestimmt verklemmt, Junge?« unterbrach ihn Vallery verzweifelnd. »Vielleicht, wenn Sie gegen die Klampen mit einer Brechstange –?«

»Und wenn ich 'ne Stange Dynamit an das Mistding setzte, wäre das ganz wurscht«, sagte McQuater sachlich. »Ist ja auch schon beinah rotglühend – der Deckel, meine ich. Dicht bei muß ja 'n verdammt großes Feuer im Gange sein.«

»Warten Sie eine Minute«, rief Vallery und drehte sich

nach Turner um. »I.O. – Dodson soll einen Heizer nach achtern schicken, ans Hauptflutventil für die Munitionsräume. Auf Befehl muß der Mann es sofort abstellen.«

Er ging zum nächststehenden Melder. »Haben Sie gerade Verbindung mit der Schanz? Schön. Geben Sie mal her... Hallo, hier Kommandant. Ist – aha, Sie sind's, Hartley. Machen Sie mir doch bitte Meldung, wie es mit dem Feuer in den Wohndecks aussieht. Ich brauche sie sehr dringend. In Munitionskammer Y sind einige Männer eingeschlossen, die Berieselungsanlage läuft, und der Lukendeckel ist verklemmt... Ja, ja, ich bleibe in der Leitung.«

Unruhig wartete er auf die Antwort, seine behandschuhte Rechte klopfte mechanisch auf die Verschalung hinter den Sprachrohren. Langsam streiften seine Blicke über den Konvoi, er sah die Dampfer zusammenkommen, sie rückten wieder auf ihre Position. Plötzlich reckte er sich, ins Leere starrend.

»Ja, hier Kommandant... Ja... Ja... Halbe Stunde, vielleicht eine ganze...? O Gott, nein! Wissen Sie das genau? – Nein, das ist alles.«

Er gab den Hörer zurück, blickte langsam auf mit ausdruckslosem Gesicht. »Feuer im Matrosenwohndeck eingedämmt«, sagte er dumpf. »Im Seesoldatendeck tobt es ganz schlimm, direkt über Magazin Y. Hartley sagt, das Löschen würde mindestens noch eine Stunde dauern... I.W.O., ich glaube, Sie gehen lieber mal 'runter.«

Eine ganze Minute verstrich, eine Minute, in der nichts weiter zu hören war als das Pingen im Asdic und das regelmäßige Krachen der See, wenn *Ulysses* in die Täler der mächtigen Wellen schwankte.

»Vielleicht ist der Munitionsraum jetzt genug gekühlt«, meinte Carpenter schließlich. »Vielleicht könnten wir das Wasser so lange abstellen, bis...« Seine Stimme verlor sich ins Unhörbare.

»Genug gekühlt?« Turner räusperte sich laut. »Wie sollen wir das wissen? Nur McQuater könnte es uns sagen...« Er unterbrach sich, als ihm bewußt wurde, welche schreckliche Möglichkeit er damit andeutete.

»Wir werden ihn fragen«, sagte Vallery schwerfällig. Er nahm das Sprechgerät wieder. »McQuater?«

»Hallo!?«

»Wir könnten, wenn es sicher ist, die Berieselung von außen abschalten. Meinen Sie, daß die Temperatur...«

Er war nicht fähig, den Satz zu vollenden. Das Schweigen vor schwerwiegenden Entscheidungen dehnte sich, die Spannung war fast greifbar. Vallery überlegte, stumpf im Gehirn, was McQuater denken mochte, was er selbst an seiner Stelle denken würde.

»Bleiben Sie noch 'ne Minute dran«, dröhnte es plötzlich von unten, »ich will's mal oben nachprüfen.«

Wieder lastete das Schweigen, die unnatürliche, gespannte Stille schwer über der Brücke. Vallery schrak zusammen, als der Lautsprecher wieder dröhnte.

»So'n verfluchter Mist! Auf diese Leiter könnte ich nicht wieder klettern, auch wenn ich den größten Lotteriegewinn kriegte... Ich bin jetzt drauf, aber ich glaube, nicht mehr lange.«

»Das ist im Moment unwichtig...« Vallery hielt inne, entsetzt über das, was er hatte sagen wollen. Wenn McQuater von der Leiter fiel, mußte er in dem überfluteten Raum wie eine Ratte ersaufen.

»Ach so, ja, das Magazin...« Zwischen den quälenden Hustenanfällen, die McQuater schüttelten, klangen die Worte merkwürdig fest. »Die Granaten ganz oben schmelzen beinah schon. Ist noch schlimmer geworden, Sir.«

»Ja, ja.« Vallery wußte nichts anderes zu sagen. Er hatte die Augen geschlossen und fühlte, daß er schwankte. Es kostete ihn Mühe, weiterzusprechen. »Wie geht's Williamson?« Weiter wollte ihm nichts einfallen.

»Der ist gleich weg. Bis an den Hals drin, hält sich an den Gestellen fest.« McQuater mußte wieder husten. »Sagt, er hat dem I.O. und Carslake was mitzuteilen.«

»Etwas – mitzuteilen?«

»Hm-m. Ich soll dem alten Piraten sagen, er möchte sich zusammennehmen und nicht mehr saufen«, meldete

McQuater frohlockend. Die Mitteilung für Carslake läßt sich nicht drucken –.

Vallery konnte nicht einmal empört sein. »Und Sie selbst, McQuater?« fragte er. »Keine Mitteilung, nichts, was Sie gern...« Wieder unterbrach er sich, da er fühlte, wie lächerlich wenig diese Worte hier jetzt bedeuteten, wie vergeblich sie waren.

»Ich? Ach, ich habe keine Wünsche... Ja, vielleicht hätte ich mich gern ins Oberkommando Schottland West – nach Glasgow – versetzen lassen, aber ich denke mir, dafür ist's wohl jetzt ein klein bißchen zu spät. – Williamson!« Seine Stimme wurde in größter Besorgnis plötzlich laut. »Williamson! Halt dich fest, Junge, ich komme ja!« Sie vernahmen ein hartes Klappern im Lautsprecher, als McQuaters Kopfhörer gegen Metall krachte, und dann wurde es still. Schweigen.

»McQuater!« schrie Vallery in sein Gerät. »McQuater, antworten Sie mir doch, Mann! Hören Sie mich nicht? McQuater!« Doch der Lautsprecher über ihm blieb tot, endgültig, unwiderruflich verstummt. Er erschauerte in dem eisigen Wind. Der Munitionsraum, dieses überflutete Magazin – vor kaum vierundzwanzig Stunden war er selbst erst dort gewesen. Er konnte es vor sich sehen, so deutlich wie am letzten Abend. Nur sah er es jetzt dunkel, wie eine Höhle, in der als winzige Pünktchen die Notlampen brannten und das Wasser dunkel und langsam an den Wänden emporquoll. Und sah den kleinen, jämmerlich elend gewordenen schottischen Jungen mit den schmalen Schultern und den schmerzerfüllten Augen, wie er verzweifelt rang, um den Kopf seines Kameraden über dem eiskalten Wasser zu halten, und dabei das bißchen Kraft verbrauchte, das ihm noch geblieben war. In diesem Augenblick mußte sein Schicksal besiegelt sein. Vallery wußte, daß nichts mehr zu hoffen war. Plötzlich empfand er mit aller Gewißheit, daß diese zwei, wenn sie untergingen, zusammen ertranken, denn McQuater ließ den andern keinesfalls im Stich. Achtzehn Jahre alt war er, gerade achtzehn. Vallery drehte sich um und stolperte wie blind durch die Klapptür zur zertrümmerten Kompaßplattform. Es begann wieder zu schneien, und ringsum senkte sich die Dunkelheit...

Samstag abend I

Kreuzer *Ulysses* schlingerte weiter durchs arktische Zwielicht, rollte heftig und unangenehm in unberechenbar wechselnden Wellenformationen. Er war jammervoll entstellt: beide Maste, alle Boote und Flöße fehlten ihm, die Aufbauten waren zertrümmert, die zerbrochene Brücke hing lächerlich schief, der verstümmelte achtere Turm war halb begraben unter dem Skelett der an Deck gestürzten Condor. Und trotzdem, trotz der großen grellroten Mennigeflecke und der klaffenden Löcher im Vorschiff und im Achterdeck, aus dem, durchzuckt von Flammenzungen, dunkler Qualm quoll, trotzdem blieb Kreuzer *Ulysses*, unheimlich geisterhaft und graziös und doch von unendlicher Ausdauer und immer noch eine tödliche Drohung für den Feind. Er besaß noch seine Geschütze und – seine Maschinen. Vor allem diese gewaltigen, auf unerklärliche Art offenbar ewig gegen Unheil gefeiten Maschinen. So schien es jedenfalls...

Fünf endlos lange Minuten vergingen, fünf Minuten, in denen der Himmel dunkler wurde, während Meldungen vom Achterdeck kamen, daß der Feuerlöschtrupp alle Mühe hatte, das Feuer wenigstens abzugrenzen. Fünf Minuten, in denen Vallery seine ruhige Haltung einigermaßen wiederfand. Er fühlte sich freilich furchtbar schwach.

Eine Glocke schrillte, scharf zerschnitt sie das bedrückte Schweigen. Chrysler ging an den Apparat.

»Herr Kapitän«, rief er. »Achterer Maschinenraum möchte Sie sprechen!«

Turner blickte den Kommandanten an und sagte schnell: »Soll ich's annehmen, Sir?«

»Ja, bitte.« Vallery nickte dankbar. Turner ging zum Telefon hinüber.

»Hier I.O. Wer ist da?... Oberleutnant Grierson? Ja, Grierson, was gibt's? Vielleicht mal zur Abwechslung was Gutes?«

Fast eine Minute schwieg Turner. Die andern auf der Brücke konnten das leise Knacken im Empfänger hören und spürten mehr als sie sahen die Spannung, unter der sich seine Lippen zusammenpreßten.

»Wird sie durchhalten?« fragte Turner plötzlich. »Ja, ja, natürlich. Sagen Sie ihm, daß wir hier oben unser möglichstes tun werden... Ja, machen Sie das. Halbstündlich, bitte.«

»Wenn's regnet, wird es naß«, knurrte Turner, indem er das Gerät zurückhängte. »Maschine läuft hart, Temperatur wird zu hoch. Verbiegung der inneren Steuerbordwelle. Dodson ist gerade selbst im Wellentunnel. Gebogen wie 'ne Banane, sagt er.«

Vallery lächelte matt. »Wie ich Dodson kenne, hat die Welle vermutlich nur ein paar tausendstel Millimeter mehr Spiel als normal.«

»Kann sein.« Turner war ernst geworden. »Wichtig ist, daß das Hauptlager der Welle beschädigt und die Ölleitung gebrochen ist.«

»So schlimm steht es?« fragte Vallery leise.

»Dodson ist sehr geknickt. Meint, der Schaden sei nicht jetzt erst entstanden, sondern wahrscheinlich schon in der Nacht, als wir unsere Wasserbomben verloren.« Turner schüttelte den Kopf. »Der Himmel weiß, was diese Welle schon ausgehalten hat seitdem... Heute nacht hat sie wohl den Rest gekriegt... Das Lager wird von Hand geschmiert werden müssen. Dodson verlangt kleinste Umdrehungszahl oder Stoppen der Maschine. Er will uns laufend informieren.«

»Und keine Reparaturmöglichkeit?« fragte Vallery.

»Nein, Sir, keine.«

»Na schön, dann also Konvoigeschwindigkeit. Im übrigen, I.O. –«

»Bitte?«

»Für die Nacht alles auf Gefechtsstationen. Sie brauchen

den Leuten vorher nicht zu sagen, daß es so lange dauert, aber – ich halte das jedenfalls für klug. Habe nämlich ein Gefühl, als wenn –«

»Was ist denn das!?« rief Turner. »Sehen Sie doch! Was macht der Kahn da, zum Donnerwetter!« Er wies mit dem Finger nach dem letzten Transporter in der Steuerbordkolonne, dessen Geschütze auf ein unsichtbares Ziel feuerten. Weißlich durchstachen die Leuchtspurgeschosse den halbdunklen Himmel. Während Turner ans Sprachrohr für den Lautsprecher sprang, sah er, daß auch *Viking* feuerte: aus den Kanonen des Zerstörers stieß Rauch um stechende Flammen.

»Alle Geschütze!« rief er in den Apparat. »Grün 110! Flugzeuge! Einzelfeuer, Einzelziele! Einzelfeuer – Einzelziele!« Als er Vallery Befehl für Steuerbordruder geben hörte, wußte er, daß der Kommandant die vorderen Türme zum Tragen bringen wollte.

Sie handelten zu spät. Kaum begann *Ulysses* dem Ruder zu gehorchen, da setzten auch schon die Flugzeuge zum Tiefangriff an. Als große plumpe Schatten tauchten sie auf, sie schienen gleichsam gestaltlos im tristen Halbdunkel, doch den Männern an Bord, die jäh erschraken, wurden sie sofort erkennbar am Klang ihrer plötzlich auf hohe Touren gebrachten Maschinen. Condors, ohne jeden Zweifel. Condors, von denen sie erneut überlistet worden waren, Condors, die nur abgedreht hatten, um wiederzukommen, in einem langsamen Gleitflug bei gedrosselten Motoren so anschleichend, daß das gedämpfte Dröhnen mit dem Wind vom Geleitzug forttrieb. Großartig hatten ihre Piloten das Zeitmoment erfaßt und die Entfernungen geschätzt!

Der Transporter wurde zweimal eingegabelt und von mindestens sieben Bomben direkt getroffen. In der Düsternis war es unmöglich, das Einschlagen der Bomben zu beobachten, doch die Explosionen sagten genug. Und jedes Flugzeug beharkte beim Überfliegen des Schiffes die Decks mit heftigem Maschinengewehrfeuer. Alle Geschützstellungen auf den Dampfern waren völlig ohne Deckung, selbst nach vorn fehlte der primitivste Schutz. Die Bedienungen,

Matrosen an den leichten, Marineartilleristen an den schweren Geschützen, hatten sich, als sie auf Frachtschiffe für einen Geleitzug nach Rußland eingeteilt wurden, keine Illusionen gemacht über ihre Aussicht, lebend zurückzukommen. Für die wenigen, die eben den Bombenangriff noch überlebt hatten, wurde sicherlich das bösartige Tuckern dieser Maschinengewehre zum letzten Geräusch, das sie vor dem Tode vernahmen.

Als Bomben auf das nächste Schiff in der Kolonne zutaumelten, zuckten aus dem ersten Frachtdampfer mit dem zerbrochenen Rückgrat schon lodernd die Flammen. Und dem Schiff mußte auch der Leib aufgerissen sein, denn nachdem es sofort stark gekrängt hatte, brach es jetzt, langsam und glatt, kurz hinter der Brücke auseinander, als seien beide Teile unter der Wasserlinie durch Scharniere verbunden gewesen. Und es war schon gesunken, ehe das Motorengeräusch des letzten Flugzeugs in der Ferne verklang.

Die taktische Überraschung war vollkommen gelungen. Ein Schiff auf den Meeresgrund geschickt, ein zweites, steuerlos geworden, begann wild zu drehen, stoppte jäh, mit dem Bug tief im Wasser – es war beunruhigend und wie ein böses Omen, daß kein Rauch, kein Feuer, keine heftigen Bewegungen zu bemerken waren –, ein drittes schwer beschädigt, aber noch dem Ruder gehorchend. Und keine einzige Condor abgeschossen –.

Turner befahl, das Feuer einzustellen – einige Richtschützen feuerten noch blindlings in die Finsternis, vielleicht aus Freude am Schießen oder nur, weil die Fantasie einem umwölkten Gehirn und den blutrot unterlaufenen Augen, die schon so viele Stunden und Tage keine Ruhe gehabt hatten, tolle Streiche spielte. Und dann, als die letzte Oerlikon verstummte, hörte er es wieder – das Gedröhn schwerer Flugzeugmotoren, mit den Böen anschwellend und abebbend wie die Brandung an einem fernen Gestade.

Und niemand konnte etwas dagegen unternehmen. Die Focke-Wulf, vom tiefhängenden Gewölk fast umhüllt, versuchte ihre Anwesenheit gar nicht zu verheimlichen, ihr unheilkündendes Brummen blieb nie lange unhörbar. Es ließ erkennen, daß sie fast unmittelbar über dem Geleitzug ihre Kreise zog.

»Was schließen Sie daraus, Sir?« fragte Turner.

»Ich weiß nicht«, sagte Vallery langsam, »kenne mich nicht mehr aus. An weitere Besuche der Condors glaube ich nicht, denn dafür ist es ein bißchen zu dunkel, und die wissen, daß sie uns nicht wieder einholen können. Der Charlie hält vermutlich bloß Fühlung.«

»Aber in einer halben Stunde haben wir pechschwarze Dunkelheit!« widersprach Turner. »Meiner Ansicht nach ist das psychologische Kriegführung.«

»Das mag Gott wissen.« Vallery seufzte müde. »Ich weiß nur eins: daß ich alles, was mir bleibt und was mich im Jenseits erwartet, für ein paar Corsairs oder Radar oder Nebel geben würde, oder für eine Nacht, wie wir sie in der Dänemarkstraße hatten.« Sein kurzes Lachen brach unter einem Hustenanfall ab. »Haben Sie gehört, was ich sagte?« flüsterte er. »Ich hätte nie gedacht, daß ich mir so etwas je wieder wünschen würde... Wie lange ist es her, daß wir Scapa verließen, I.O.?«

Turner überlegte nicht lange. »Fünf – nein: sechs Tage.«

»Sechs Tage!« Ungläubig schüttelte Vallery den Kopf. »Sechs Tage. Und – und dreizehn Schiffe – dreizehn Schiffe haben wir jetzt.«

»Zwölf«, verbesserte Turner gelassen, »ein weiteres ist so gut wie erledigt. Sieben Frachter, ein Tanker und wir vier Bewacher. Zwölf... Ich wünschte, sie wischten der alten *Stirling* auch gelegentlich eins aus«, fügte er verdrießlich hinzu.

Vallery erschauerte in einer Schneeböe, er beugte sich vorwärts, hielt den Kopf gegen den scharfen Wind und den schräg wehenden Schnee und grübelte.

Plötzlich sagte er wie abwehrend: »Gegen Morgen werden wir in Höhe des Nordkaps sein, dann kann es ein bißchen schwierig werden, I.O. – sie werden gegen uns alles aufbieten, was möglich ist.«

»Wir sind ja nicht das erstemal da 'rumgekommen«, sagte Turner abschwächend.

»Unsere Chancen stehen fünfzig zu fünfzig.« Vallery schien ihn nicht gehört zu haben, sondern mit sich selbst zu sprechen. »*Ulysses* –! Odysseus und die Sirenen – ›Vielleicht verschlingen die Schlünde uns‹ ... Ich wünsche Ihnen Glück, I.O.«

Turner starrte ihn an. »Wie meinen Sie das?«

»Oh, mir selbst auch.« Vallery lächelte, er hob den Kopf. »Ich habe auch alles Glück nötig.« Seine Stimme klang sehr leise.

Turner tat, was er noch nie vorher getan und sich nicht einmal im Traum zugetraut hätte: er neigte sich im Halbdunkel der Brücke über den Kommandanten, drehte ihm sanft den Kopf herum und forschte angstvoll in seinem Gesicht. Vallery wehrte ihm nicht, und nach einigen Sekunden richtete Turner sich auf.

»Tun Sie mir einen Gefallen, Sir«, sagte er ruhig, »gehen Sie unter Deck, ich kann alles übernehmen, und Carrington ist in einer halben Stunde auch hier, sie haben den Brand achtern bald gelöscht.«

»Nein, heute abend nicht.« Vallery lächelte, doch seine Worte klangen auffallend bestimmt. »Und es hat auch keinen Zweck, einen Ihrer Lieblinge loszuschicken, um unseren Sokrates auf die Brücke zu rufen. Bitte, I.O. – ich wünsche hierzubleiben und will heute nacht durchhalten.«

»Ja, gewiß, natürlich.« Turner wunderte sich selbst, warum er auf einmal nicht mehr zu widersprechen vermochte. Er wandte sich ab. »Chrysler! Ich gebe Ihnen zehn Minuten Zeit, dann haben Sie einen Riesentopf kochend heißen Kaffees im Kommandantenschutzraum, verstanden ...? Und Sie gehen für eine halbe Stunde da hinein«, sagte er energisch zu Vallery, »und dann trinken Sie das verdammte Zeug, sonst – sonst ...«

»Mit Genuß!« murmelte Vallery, »und gemixt mit Ihrem unvergleichlichen Rum selbstverständlich, wie?«

»Aber sicher! Hm – ach ja, dieser verflixte Barker«, knurrte Turner gereizt. Nach kurzem Schweigen sagte er langsam: »Hätte ich nicht sagen dürfen ... die armen Kerle werden inzwischen hin sein.« Er schwieg. Sogleich neigte er lauschend den Kopf seitwärts. »Bin neugierig, wie lange unser alter Charlie da oben noch herumspitzeln will«, murmelte er.

Vallery räusperte sich und hustete. Ehe er wieder sprechen konnte, begann es im Lautsprecher vom Funkraum zu knacken.

»Funkraum an Brücke, Funkraum an Brücke! Zwei Meldungen.«

»Wette fünf Pfund, daß eine von unserem schneidigen Orr kommt«, brummte Turner.

»Erste Meldung von *Sirrus*: ›Erbitte Genehmigung, längsseit zu gehen, Überlebende aufzunehmen. So oder so kaputt‹.«

Vallery starrte durch den dünn fallenden Schnee über das in der Finsternis wogende Meer.

»Bei diesem Seegang?« murmelte er. »Und in solcher Finsternis? Er wird sich umbringen dabei!«

»Das ist noch gar nichts gegen das, was Papa Starr ihm antun würde, wenn er ihn vor sich hätte«, sagte Turner ermunternd.

»Er kann das nicht schaffen. Ich – ich könnte niemand dazu auffordern, und es gibt keinen vernünftigen Grund, um das zu riskieren. Im übrigen ist der Dampfer so schwer getroffen, daß an Bord kaum noch jemand am Leben sein kann.«

Turner erwiderte nichts.

»Funkspruch machen«, sagte Vallery deutlich. »›Genehmigung erteilt. Hals und Bein.‹ Und die Funker sollen sich beeilen damit.«

Wieder ein kurzes Schweigen, dann knatterte abermals der Lautsprecher.

»Zweiter Spruch, von London für Kommandant. Wird gerade entschlüsselt. Läufer kommt schnellstens Brücke.«

»Sagen Sie ihm, er soll's gleich vorlesen«, befahl Vallery.

»An Kommandierenden Offizier, 14. A.C.S. – F.R. 77«, dröhnte es nach wenigen Sekunden aus dem Lautsprecher. »Tief bekümmert über Ihre Meldung. Hochwichtig 090 zu halten. Schlachtgeschwader dampft volle Kraft auf Schnittkurs. Berührung ungefähr 14 Uhr morgen. Ihre Lordschaften übermitteln ausdrücklich beste Wünsche an Konteradmiral, wiederhole: Konteradmiral Vallery. – Seekriegsleitung, London.«

Das Gerät wurde abgeschaltet – es blieben nur das einsam klingende Pingen des Asdic, das monotone Pochen der Motoren der spionierenden Condor und der Nachklang des freudigen Untertons, den die Stimme im Lautsprecher gehabt hatte.

»Ungewohnt höflich von Ihren Lordschaften», murmelte Kapok Kid, wie immer der Situation gewachsen. »Sogar sehr anständig, könnte man fast sagen.«

»Und verdammt längst fällig«, sagte Turner verbissen. »Gratuliere Ihnen, Sir«, setzte er in herzlichem Ton hinzu. »Endlich ein Zeichen der Gnade von den Ufern der Themse.« Erfreutes Gemurmel auf der ganzen Brücke. Disziplin hin oder her: keiner versuchte, seine Befriedigung über das Gehörte zu verbergen.

»Danke Ihnen, danke sehr.« Vallery war gerührt, tief bewegt. Endlich, endlich ein Versprechen, uns zu helfen. Eins, das vielleicht eingelöst wird. Das könnte für alle an Bord den Unterschied zwischen Leben und Tod bedeuten, und diesen Männern schien es wichtiger, sich über seine Beförderung zu freuen! Über die ›Schuhe eines Toten‹, dachte er und wollte es schon aussprechen, ließ aber den Gedanken gleich fallen. Es wäre für die Männer in ihrer ehrlichen Freude wie ein Schlag vor den Kopf gewesen.

»Ich danke Ihnen sehr«, wiederholte er. »Aber meine Herren, Sie scheinen das einzige wirklich Bedeutsame in der Nachricht überhört zu haben –.«

»O nein, das haben wir nicht«, knurrte Turner. »Schlachtgeschwader! Zu – spät, wie gewöhnlich. Oh, eins ist sicher: Bei unserem Ende werden sie da sein – oder gleich nachher jedenfalls. Vielleicht noch rechtzeitig, um ein paar Überlebende zu retten. Ich nehme an, *Illustrious* und *Furious* werden dabeisein?«

»Vielleicht. Ich weiß es nicht.« Vallery lächelte kopfschüttelnd. »Trotz meiner neuesten – hm – Rangerhöhung genieße ich noch nicht das Vertrauen Ihrer Lordschaften. Ein paar Träger werden aber mitkommen, und die könnten schon in mehreren Stunden Entfernung ihre Flugzeuge starten und uns von Sonnenaufgang an Luftsicherung geben.«

»O nein, das werden sie nicht«, sagte Turner prophetisch. »Das Wetter wird so schlecht werden, daß Fliegen unmöglich ist. Passen Sie auf, ob ich nicht recht habe.«

»Vielleicht, Cassandra, vielleicht«, lächelte Vallery. »Wir werden ja sehen ... Was war das eben, Lotse? Ich habe nicht ganz verstanden ...«

Kapok Kid grinste. »Mir ist nur eingefallen, daß morgen ein großer Tag für unseren jungen Doktor sein wird – er ist nämlich der Überzeugung, daß außer bei friedensmäßigen Flottenparaden vor Spithead keins unserer Schlachtschiffe in See ginge.«

»Dabei fällt mir ein«, sagte Vallery sinnend, »hatten wir nicht *Sirrus* versprochen –?«

»Nicholls sitzt bis zum Hals in Arbeit«, warf Turner ein. »Uns – das heißt die Marine, liebt er nicht gerade sehr, aber seinen Job liebt er wirklich. Hat sich einen Asbestanzug zum Feuerlöschen geben lassen, und Carrington sagte mir, daß er bereits ... Hallo!« Er unterbrach sich, blickte angestrengt empor in den dünn stiebenden Schnee. »Charlie wird verdammt vorwitzig, finden Sie nicht?«

Das Dröhnen der Condormotoren wurde jede Sekunde stärker, es steigerte sich zu lautem Brüllen, als der Bomber direkt übers Schiff hinwegbrauste, kaum hundert Meter über den Maststümpfen. Dann verminderte es sich zu gleichmäßigem Brummen, als die Maschine den Konvoi umkreiste.

»Funkspruch an Sicherungsfahrzeuge!« rief Vallery rasch. »›Laßt ihn laufen, rührt ihn nicht an, keine Leuchtgranaten, nichts!‹ Er will uns nur verlocken, damit wir unsere genaue Position verraten ... Es ist nicht anzunehmen, daß die Transporter ... O Gott – diese Narren, diese Schafsköpfe! Zu spät – zu spät!«

Ein Dampfer in der Steuerbordkolonne hatte das Feuer eröffnet, ob mit 2-Zentimeter- oder 4-Zentimeter-Kanonen war schwer zu unterscheiden. Sie feuerten blind, und bei dem Sturm, dem Schnee und der Dunkelheit war die Chance, ein Flugzeug allein nach dem Geräusch auszumachen, verschwindend klein.

Das Schießen hielt nicht lange an, höchstens zehn, fünfzehn Sekunden, aber lange genug, um das Unheil herbeizuführen. Charlie hatte sich entfernt, und die sorgenvoll lauschenden Ohren fingen den plötzlich tiefer werdenden Ton seiner Maschinen auf, als die Kompressoren eingeschaltet wurden, um äußerste Steigfähigkeit zu entwickeln.

»Was erwarten Sie davon, Sir?« fragte Turner unvermittelt.

»Unheil.« Vallery sagte das ruhig, aber mit Entschiedenheit. »So ist es noch nie gewesen, und das ist nicht, wie Sie es nannten, psychologischer Krieg, I.O. Der Feind raubt uns ja nicht einmal den Schlaf, wo wir dem Nordkap schon so nahe sind. Und er kann nicht hoffen, uns noch lange zu verfolgen: ein paar schnelle Kursänderungen und – ah!« Er zog leise Luft ein. »Was habe ich Ihnen gesagt, I.O.?«

So plötzlich, daß alles Denken stockte, so grell blendend, daß es wie ein weißer Schlag die Augen grausam traf, wurde die Nacht in Tag verwandelt. Hoch über *Ulysses* war eine Leuchtkugel geplatzt, die mit ihrem starken Schein den fallenden Schnee zu hauchdünner, durchsichtiger Gaze machte. Im böigen Wind unter seinem Fallschirm heftig hin und her schwingend trieb der Leuchtkörper langsam abwärts, über eine See, die nicht mehr unsichtbar, sondern plötzlich schwarz wie die Nacht war, eine See, auf der sich jedes Schiff in seinem glitzernden Kleid aus Eis und Schnee strahlend weiß und in scharfen Konturen gegen die dunkle Kulisse von Wasser und Himmel abhob.

»Die Leuchtkugel abschießen!« schrie Turner ins Sprachrohr. »Alle 2- und 4-Zentimete, holt sie runter!« Er legte die Sprechmuschel wieder ab. »Können ebensogut mit leeren Bierflaschen nach dem Ding werfen, wenn unser alter Kasten so schlingert«, murmelte er. «Gott, ist das ein komisches Gefühl!«

»Ich weiß«, ergänzte Carpenter, »so ähnlich wie im

Traum, wenn man durch eine belebte Straße geht und auf einmal merkt, daß man außer einer Armbanduhr nichts am Leibe hat. ›Nackt und wehrlos‹ ist, glaube ich, ein populärer Begriff für diese Lage. Weniger fein ausgedrückt würde man sagen ›in Unterhosen überrascht‹.« Gedankenlos wischte er den Schnee von seinem wattierten Kapokanzug, daß das gestickte ›J‹ auf der Brust wieder sichtbar wurde, während er sehr besorgt ringsum über das Lichtmeer hinaus zu spähen suchte. »Mir gefällt das durchaus nicht«, sagte er klagend.

»Mir auch nicht.« Vallery war bedrückt. »Und Charlies schnelles Verschwinden ebensowenig.«

»Der ist nicht verschwunden«, sagte Turner grimmig. »Hören Sie!« Angestrengt horchend konnten sie, in kurzen Zwischenräumen, den fern klingenden Donner der schweren Motoren wahrnehmen. »Er ist hinter uns, kommt näher.«

Knapp eine Minute später schon zog die Condor wieder über sie hinweg, diesmal nicht so tief, sondern im Wolkenschutz. Wieder löste sie eine Leuchtkugel aus, höher, viel höher als die erste, und diesmal genau über der Mitte des Geleitzugs.

Abermals erstarb das Gedonner bis auf ein leises, fernes Grollen und wurde abermals laut im überschneidenden Klang der Motoren, als die Condor den Konvoi zum zweitenmal überholte. Nur für Momente in den »Höhlen« zwischen den schnell ziehenden Wolken sichtbar, flog sie diesmal weit seitlich an ihm entlang, an Backbord, und hielt sich klar abgesetzt über den erbarmungslos grellen Lichtkreisen der sinkenden Leuchtkörper. Und als sie so vorbeiflog, traten explosiv weitere Leuchtkugeln grell ins Leben – vier, dicht unterhalb der Wolkendecke, in Abständen von vier Sekunden. Jetzt war der Horizont im Norden voll ausgeleuchtet, er glühte in vibrierendem, scharfem Licht, das selbst die kleinsten Einzelheiten in hartem Relief abzeichnete. Und im Süden war es ganz finster: Die Lichtflut endete wie abgeschnitten kurz hinter der Schiffskolonne an Steuerbord.

Es war Turner, der zuerst die volle Bedeutung dieses Geschehens und die Hintergründe erkannte. Und die Erkenntnis traf ihn rein körperlich mit der Wucht eines elektrischen Schocks. Er stieß einen heiseren Schrei aus und stürzte sich förmlich auf das Sprachrohr für den Lautsprecher. Erlaubnis vom Kommandanten abzuwarten war keine Zeit.

»Turm B!« brüllte er in das Mundstück. »Leuchtgranaten nach Süden feuern! Grün 90, Grün 90! Sofort! Beeilung! Leuchtgranaten, Grün 90. Erhöhung 10 Grad, Frühzünder. Sofort feuern, wenn fertig!« Er warf einen schnellen Blick über die Schulter. »Lotse! Können Sie sehen, ob –?«

»Turm B nimmt schon Richtung, Sir.«

»Gut, gut!« Er hob wieder die Sprechmuschel an den Mund. »Alle Geschütze! Alle Geschütze! Achtung, bereit halten, Luftangriff von Steuerbord abzuweisen! Voraussichtlich auf Grün 90. Feind wahrscheinlich Torpedoflugzeuge.« Noch während er sprach, bemerkte er die signalisierenden Blitze der Gefechtslaternen an der Unterrah des Fockmastes: Der Kommandant ließ ein Notsignal an den Konvoi senden.

»Sie haben recht gehabt, I.O.«, flüsterte Vallery. In seiner asketischen Blässe, mit der straff über die scharf hervortretenden Knochen gespannten Haut, war sein Gesicht in der krassen, blendenden Beleuchtung ein schrecklicher Hohn auf das Menschenbild. Ein Totenkopf war es, an Menschliches nur erinnernd durch das Aufglühen der tief eingesunkenen Augen und das plötzliche Flackern der blutlosen Lider, als der peitschende Krach der Abschüsse vom Turm B die Stille zerschlug. »Sie müssen recht haben«, fuhr er langsam fort, »jedes Schiff nach Norden eine klare Silhouette, und von Süden möglichst langer Anflug im Schutz der Dunkelheit.« Er brach plötzlich ab, als die Granaten hintereinander, zwei Meilen südlich vom Schiff, zu großen Lichtkugeln explodierten. »Sie haben recht«, sagte er sanft, »da kommen sie schon –.«

Sie kamen aus Süden, Tragfläche dicht an Tragfläche, in drei Wellen von je vier oder fünf Maschinen. Kamen in ungefähr 150 Meter Höhe und hatten, als die Leuchtgranaten platzten, schon zum Tiefflug für die typische Attacke der

Torpedobomber angesetzt. Und während sie gleitend herabstießen, bildeten sie eine Fächerformation, als suchten sie einzeln ihre Ziele – oder was beim ersten Anblick als Einzelziele gemeint sein konnte. Doch in Sekundenschnelle wurde offenbar, daß sie sich ganz auf zwei Schiffe konzentrierten, und nur auf diese: *Stirling* und *Ulysses*. Sogar das ideale Doppelziel des verkrüppelten Transporters mit dem Zerstörer *Sirrus* neben ihm wurde strikt ignoriert. Also flogen sie genau nach Auftrag –.

Turm B jagte noch zwei Leuchtgeschosse mit Frühzündung hinaus und lud sofort scharfe Granaten nach. Inzwischen hatte der Geleitzug aus sämtlichen Rohren zu feuern begonnen. Der Geschoßhagel war gewaltig. Die Torpedobomber – sonderbar schwer zu identifizieren, da sie wie Heinkels aussahen – mußten durch einen tödlich dichten Vorhang aus Stahl und hochbrisanten Sprengstoffen stoßen. Das Überraschungsmoment war verloren, die Leuchtgranaten von *Ulysses* hatten für die Abwehr unschätzbar wertvolle zwanzig Sekunden gewonnen.

Fünf Bomber stürmten jetzt auf *Ulysses* los, teilten sich zum Fächer, um das Feuer zu verzetteln, und nahmen rasch wieder die pfeilartige Formation ein. In gleicher Höhe versammelt, drehten sie, gegen den Seegang, dicht über der Meeresfläche zum Angriff auf. Ein Pilot hatte seine Maschine um eine Idee zu spät in Linie gebracht: sie streifte leicht den Kamm eines Brechers, ohne Schaden zu erleiden, doch dann, als sie auch die nächste Welle berührt hatte, sprang sie wie toll von einem Kamm zum andern – und verschwand in einem Tal. Entweder hatte der Pilot seine Höhe falsch geschätzt oder seine Windschutzscheibe war durch Schnee getrübt.

Eine Sekunde später löste sich das in der Mitte vornliegende Flugzeug in einer schneidenden Stichflamme auf – direkter Treffer gegen den Gefechtskopf seines Torpedos. Ein drittes, weiter zurück, an der Westseite, schob heftig im Bogen links aus, um den sausenden Trümmern zu entgehen. Der Abwurf seines Torpedos blieb ein nutzloses Manöver: er lief eine halbe Kabellänge hinter *Ulysses* vorbei und endete seine Laufbahn in der einsamen See.

Zwei Maschinen waren noch übrig, die mit selbstmörderischem Mut ihren Angriff durchzuführen suchten, indem sie vor der drohenden Vernichtung rasche Wendungen in Schlangenlinien machten. Zwei Sekunden vergingen – drei, vier –, und noch hielten sie Kurs im Schneegestöber und dem schweren konzentrierten Feuer. Sie schienen auf wunderbare Weise gegen alles gefeit. Theoretisch ist nichts so leicht zu treffen wie ein in gerader Richtung aufs Ziel zufliegendes Flugzeug, doch im Ernstfall ergab sich das nie. Im Eismeer, im Mittelmeer und im Stillen Ozean haben die Experten nie aufgehört, sich über die ›relative Immunität‹ der Torpedobomber und den hohen Prozentsatz der von ihnen auch im dichtesten Abwehrfeuer erfolgreich durchgeführten Angriffe zu wundern. Übergroße Spannung und Furcht sind, wenigstens zum Teil, schuld daran gewesen, daß sie ›durchkamen‹, denn gegen Torpedoflugzeuge sind halbe Maßnahmen nutzlos, da kann es nur heißen ›er oder ich‹. Und es gibt keine härtere Nervenprobe (immer ausgenommen natürlich den kreischenden, fast senkrechten Sturzflug der Stukas mit den Möwenflügeln), als ein Torpedoflugzeug übers offene Fadenkreuz der eigenen Kanone riesengroß, furchterregend heranbrausen zu sehen und zu wissen, daß einem unerbittlich nur noch fünf Sekunden zum Leben bleiben … Und auf *Ulysses* machte jetzt natürlich das heftige Schlingern in der groben Kreuzsee genaues Zielen sowieso unmöglich.

Diese beiden letzten Maschinen näherten sich zusammen, Flügelspitze an Flügelspitze. Die dem Schiffsbug nächste warf ihren Torpedo in weniger als 200 Meter Entfernung, zog sich steil hoch in eine Rechtskurve, indem sie einen Hagel von Geschossen aus ihren Bordkanonen und MGs in die oberen Aufbauten der Brücke jagte. Der Torpedo schlug schräg aufs Wasser, machte einen Luftsprung und klatschte, Nase voran, steil in eine hohe See hinab. Er lief unterm Kiel der *Ulysses* hindurch.

Nur Sekunden bevor er fort war, hatte auch der letzte Torpedoflieger seinen Angriff gemacht – einen vergeblichen Angriff, der ihn das Leben kostete. Er war donnernd, kaum

3 Meter über dem Wasser, in schnurgerader Linie herangekommen, ohne seinen Torpedo auszuklinken und ohne auch nur ein wenig höher zu gehen, bis die Kreuze oben auf den Tragflächen von Bord aus deutlich zu sehen waren und er sich kaum noch 100 Meter vom Schiff befand. Plötzlich begann die Maschine wie in verzweifelter Anstrengung zu steigen, und sofort wurde offenbar, daß die Auslösevorrichtung am Torpedo verklemmt sein mußte, entweder infolge einer mechanischen Störung oder durch Vereisung in der strengen Kälte. Außerdem hatte der Pilot gewiß seinen Torpedo erst im letzten Moment ausklinken wollen und sich darauf verlassen, daß der Auftrieb durch den plötzlichen Gewichtsverlust seine Maschine gut über *Ulysses* hinwegtragen würde.

Der Bomber schlug mit der Spitze voll gegen den vorderen Schornstein, seine rechte Tragfläche riß ab wie Pappe, als sie über das achtere Bein des Dreibeinmastes säbelte. Im selben Moment schoß eine Stichflamme von brennendem Benzin empor, doch es war weder Rauch zu sehen noch eine Explosion zu hören. Und im Nu stürzte der zusammengedrückte, zerschlagene Bomber, kein Flugzeug mehr, sondern ein flammendes Kruzifix, 10 Meter vom Schiff zischend ins Meer. Kaum hatten sich die Wogen über ihm geschlossen, als eine gewaltige Explosion unter Wasser den Kreuzer weit nach Steuerbord schleuderte, ein tückischer Hammerschlag, der die Männer an Deck umwarf und die Lichtleitung an der Backbordseite zerstörte.

Turner kam nach dem Sturz mühsam und unter Schmerzen wieder auf die Beine. Er bewegte heftig den Kopf hin und her, als müsse er den Korditrauch und die sinnverwirrende Betäubung abschütteln, nachdem Granaten der Bordkanone des Flugzeugs ganz dicht neben ihm explodiert waren. Nicht die Erschütterung durch den detonierenden Torpedo hatte ihn zu Boden geworfen, sondern er selbst hatte sich vor fünf Sekunden fallen lassen, als die feuerspeienden Rohre des anderen Flugzeugs die Brücke aus nächster Nähe mit Geschossen überschütteten.

Sein erster Gedanke galt Vallery. Der Kommandant lag

auf der Seite, sonderbar verkrümmt, vor dem Kompaßgehäuse. Trockenen Mundes und von einer Kälte durchschauert, die nicht durch den eisigen Wind kam, bückte Turner sich rasch und drehte ihn vorsichtig herum.

Vallery blieb bewegungslos liegen, wie tot. Kein Tropfen Blut, keine klaffende Wunde zu sehen – Gott sei Dank! Turner streifte einen Handschuh ab und schob die Hand zwischen Vallerys Düffelrock und Uniformjackett. Er meinte, einen ganz schwachen Herzschlag zu spüren. Sanft hob er Vallerys Kopf aus dem vereisten Schneewasser und blickte rasch hoch: groß stand über ihm Kapok Kid.

»Lassen Sie Brooks heraufkommen, Lotse«, sagte er hastig, »es ist sehr nötig.«

Auf schwankenden Beinen schritt Carpenter über die Brücke zur Klapptür, an die sich außen, Telefon in der Hand, der Melder gelehnt hatte.

»Revier anrufen, rasch!« befahl er. »Der Oberstabsarzt soll...« Er hielt plötzlich inne, da er den Eindruck hatte, daß der Mann noch zu benommen war, ihn zu verstehen. »Hier, geben Sie mir das Telefon!« Ungeduldig streckte er die Hand aus und ergriff es, dann blieb er wie gelähmt vor Schreck stehen, als der Melder ihm nach rückwärts entglitt. Seine ausgestreckten Arme rutschten brettsteif über die Türkante, dann war er verschwunden. Carpenter öffnete die Tür und starrte den Toten zu seinen Füßen an: Er hatte zwischen den Schulterblättern ein Loch, in das eine Faust mit Stulphandschuh hineingepaßt hätte.

Er lag neben der Asdic-Kabine, die – das fiel Kapok Kid jetzt zum erstenmal auf – von Maschinengewehrkugeln und kleinen Granaten durchlöchert und zerhauen war. Sofort, noch in halber Betäubung, dachte er daran, daß das Gerät gewiß völlig zerschmettert und damit ihre letzte Verteidigung gegen die U-Boote verloren war. Und dann ward ihm ganz elend bei dem Gedanken, daß ja in der Kabine auch ein Mechaniker gewesen sein mußte... Als er um sich blickte, entdeckte er Chrysler, der sich eben beim Torpedoleitstand aufrichtete. Auch er starrte ausdruckslos die Kabine an. Bevor Carpenter etwas sagen konnte, taumelte Chrysler vorwärts und schlug in blinder, ohnmächtiger Wut mit den Fäusten an die verklemmte Kabinentür. Wie im Traum hörte Kapok Kid ihn schluchzen... Und nun fiel ihm alles ein. Der Asdic-Mechaniker hieß ja auch Chrysler. Wehen Herzens nahm er das Telefon wieder hoch....

Turner bettete den Kopf des Kommandanten weich und ging in den Winkel der Kompaßplattform an der Steuerbordseite. Bentley, ruhig und unaufdringlich wie stets, saß am Boden, den Rücken zwischen zwei Dampfrohren eingekeilt. Sein Kopf ruhte friedlich auf der Brust. Bentleys Kinn mit der Hand stützend, schaute Turner in seine blicklosen Augen, denn weiter war von dem einst menschlichen Gesicht nichts mehr zu erkennen. Er fluchte leise und ingrimmig und versuchte, die um den Handgriff der Morselampe gekrampften toten Finger zu lösen, gab es aber wieder auf. Der eingeschaltete Lichtstrahl schien unheimlich über die dunkler werdende Brücke.

Methodisch suchte Turner das Brückendeck nach weiteren Toten ab. Er entdeckte noch drei und fand keinen Trost darin, daß sie ahnungslos gestorben sein mußten. Fünf Tote durch einen Feuerstoß von drei Sekunden – ein sehr gutes Ergebnis, dachte er bitter. Während er am Niedergang zum Mitteldeck stehenblieb, erstarrte sein Gesicht, denn er vermochte nicht zu glauben, daß er da mitten in die Öffnung des zerschmetterten Schornsteins blickte. Mehr konnte er nicht erkennen, das Bootsdeck verschwamm im erlöschenden Schein der Leuchtkugeln schon zu einer undefinierbaren Masse. Er machte kehrt und ging wieder auf die Kompaßplattform.

Schwierig war es wenigstens nicht, *Stirling* zu sehen, dachte er ergrimmt. Was hatte er doch gesagt – vor weniger als zehn Minuten? »Ich wünschte, sie wischten der alten *Stirling* gelegentlich auch mal eins aus«, oder so ähnlich. Er verzog den Mund. Sie hatten ihr, weiß der Himmel, eins ›ausgewischt‹! *Stirling*, eine Meile von *Ulysses* entfernt, drehte stark krängend nach Steuerbord, also nach Südosten, die vorderen Aufbauten waren ganz in wirbelnde helle Flammen gehüllt. Er starrte durch sein Nachtglas, versuchte abzuschätzen, wie schwer die Beschädigungen waren, aber das ganze Vorschiff war bis hinter die Brücke durch eine dichte Feuerwand verdeckt. Nichts konnte er da erkennen, überhaupt nichts, aber sehen konnte er, sogar über die schwere Dünung hinweg, daß *Stirling* nach Steuerbord hing. Später erfuhr er, daß der Kreuzer zweimal getroffen war: Ein Torpedo war in den vorderen Kesselraum gefahren, und Sekunden später war ein Flugzeug, das seinen Torpedo noch unter dem Rumpf hängen hatte, seitlich gegen die Brücke gekracht. Fast mit Sicherheit konnte angenommen werden, daß, ähnlich wie bei der ersten Condor, die aufs Deck der *Ulysses* stürzte, die Ausklinkvorrichtung vereist war. Alle Mann auf der Brücke und in den Decks unter ihr mußten sofort tot gewesen sein, auch Kapitän Jefferies, sein Erster Wachoffizier und der Navigationsoffizier.

Kaum war der letzte Bomber in die Dunkelheit verschwunden, als Carrington auf dem Achterdeck das Telefon ablegte und sich an Hartley wandte. »Meinen Sie, daß Sie es jetzt allein schaffen, Chief? Ich werde auf der Brücke verlangt.«

»Ich glaube, ja, Sir.« Hartley, vom Rauch geschwärzt und mit Schaum vom Feuerlöscher beschmiert, wischte sich erschöpft mit dem Ärmel übers Gesicht. »Das Schlimmste ist überstanden... Wo steckt Leutnant Carslake? Sollte er denn nicht –?«

»Ach, lassen Sie den«, unterbrach ihn Carrington schroff. »Weiß nicht, wo er ist – soll mir auch egal sein. Wir brauchen gar nicht erst auf den Busch zu klopfen – es geht besser ohne ihn. Auch wenn er wiederkommt, haben Sie hier die Leitung. Passen Sie mir gut auf.«

Er entfernte sich rasch durch den Außengang an der Backbordseite. Auf dem angehäuften Schnee und Eis war der weiche Tritt seiner Gummistiefel unhörbar.

Als er an der zerstörten Kantine vorbeikam, sah er als Schatten eine große Gestalt in der Lücke zwischen der mit Schnee bedeckten Mündung des Torpedorohrs an der Außenseite und der letzten Relingstütze stehen, jemand, der ein vereistes Ventil am Feuerlöscher zu öffnen versuchte, indem er es gegen die eiserne Stütze schlug. Eine Sekunde später sah er undeutlich eine zweite Gestalt, die sich behutsam aus dem Schatten löste, vorsichtig hinter den Mann mit dem Löschgerät schlich, einen schweren Knüppel aus Holz oder Metall hoch über dem Kopf schwingend.

»Aufpassen! Hinter Ihnen!« schrie Carrington.

In zwei Sekunden war alles vorbei – der plötzliche wuchtige Ansturm des Angreifers, der krachende Fall, als das Opfer, blitzschnell reagierend, seinen Feuerlöscher losließ und sich auf die Knie warf – der spitze, durchdringende Angstschrei des Angreifers, als er über den gebückten Körper und durch die Lücke zwischen dem Torpedosatz und der Reling über Bord flog – und das Aufklatschen. Dann war es still.

Carrington lief zu dem Mann an Deck und half ihm beim Aufstehen. Da die letzte Leuchtkugel noch nicht ganz erloschen war, konnte er erkennen, wen er vor sich hatte – Ralston, den Torpedomechaniker. Er faßte ihn bei den Armen und blickte ihm forschend ins Gesicht.

»Wie steht's mit Ihnen? Hat er Sie getroffen? Lieber Gott, wer kann denn das nur –?«

»Vielen Dank, Sir.« Ralston atmete hastig, doch sein Gesicht war schon wieder beinah so ausdruckslos wie sonst. »Das war aber knapp! Ich danke Ihnen vielmals, Sir.«

»Aber wer, zum Donnerwetter –?« wiederholte Carrington verwundert.

»Habe ihn gar nicht gesehen, Sir«, erwiderte Ralston grimmig. »Weiß aber, wer es gewesen ist – Leutnant Carslake. Er hat mich die ganze Nacht verfolgt und mich überhaupt nicht aus den Augen gelassen. Jetzt weiß ich auch, warum.«

Es gehörte viel dazu, den eisernen Gleichmut des I.W.O. zu erschüttern, aber jetzt schüttelte er ungläubig den Kopf. »Ich wußte, daß zwischen Ihnen böses Blut war«, murmelte er, »doch daß es so weit kommen würde! Was der Kommandant dazu sagen wird, kann ich mir wirklich –«

»Warum ihm das erzählen?« sagte Ralston gleichgültig. »Warum es überhaupt jemand erzählen? Vielleicht hat Carslake Verwandte. Warum sollen wir die, oder sonst jemand, kränken? Lassen Sie doch die Menschen denken, was sie wollen.« Er lachte kurz. »Mögen sie doch glauben, daß er den Heldentod gestorben ist beim Feuerlöschen, über Bord gefallen oder sonstwas.« Er blickte in die dunkel vorbeirauschende See hinab und erschauerte plötzlich. »Lassen Sie ihn, bitte, Sir, er hat seine Schuld bezahlt.«

Carrington blickte auch eine Weile an der Bordwand herunter und sah dann wieder den großen jungen Menschen an, der vor ihm stand. Er klopfte ihm auf den Arm, nickte langsam und ging.

Turner hörte die Brückentür laut klappen. Er ließ sein Fernglas sinken und fand neben sich Carrington, der stumm zur brennenden *Stirling* hinüberschaute. Soeben stöhnte Vallery leise. Carrington blickte überrascht auf die zu seinen Füßen ausgestreckte Gestalt. »Mein Gott! Unser Alter? Ist er schwer verletzt, Sir?«

»Ich weiß nicht, I.W.O.«, erwiderte Turner. »Wenn nicht, wär's verdammt ein Wunder«, fügte er bitter hinzu. Er bückte sich und hob den noch halb bewußtlosen Kommandanten so weit an, daß er sitzen konnte.

»Geht es Ihnen schlecht, Sir?« fragte er besorgt. »Haben Sie – sind Sie getroffen worden?«

Vallery zuckte unter einem langen erschöpfenden Hustenanfall, dann schüttelte er schwach den Kopf. »Mir geht's gut«, flüsterte er matt. Er wollte lächeln, doch es wurde im Abglanz des Lichts von der noch eingeschalteten Morselampe die kümmerliche, grausige Karikatur eines Lächelns. »Ich wollte mich an Deck werfen, da ist mir wohl das Kompaßgehäuse in den Weg gekommen.« Er rieb sich die durch Beulen verfärbte Stirn. »Wie geht's dem Schiff, I.O.?«

»Zum Teufel mit dem Schiff!« sagte Turner grob. Er legte einen Arm um Vallery und hob ihn behutsam auf die Beine. »Wie sieht's denn achtern aus?« fragte er Carrington.

»Feuer ist unter Kontrolle. Brennt noch, aber eingedämmt. Habe Hartley das Weitere überlassen.« Carslake erwähnte er gar nicht.

»Schön. Übernehmen Sie Ihre Wache. An *Stirling* und *Sirrus* funken lassen. Anfrage, wie's denn geht. Sie kommen jetzt mit, Sir. In den Schutzraum!«

Vallery protestierte matt, es war nur eine Geste, denn er konnte nicht mehr auf den Beinen stehen. Aber unwillkürlich verhielt er den Schritt, als er sah, wie der Schnee weißleuchtend durch den Lichtstrahl der Morselampe fiel. Langsam folgte sein Blick diesem Lichtschein bis zum Ursprung.

»Bentley?« flüsterte er. »Sagen Sie mir nur nicht, daß der auch –.« Als er Turners stummes Nicken wahrnahm, wandte er sich bekümmert ab.

Sie gingen an dem neben der Brückentür ausgestreckten Toten vorüber und blieben vor der Asdic-Kabine stehen. Schluchzend kauerte jemand im Winkel zwischen dem Schutzraum und der verklemmten, halb zerschlagenen Tür zu der kleinen Kabine, den Kopf auf seinen hoch an die Tür gedrückten Unterarm gebettet.

Vallery legte ihm eine Hand auf die bebende Schulter und spähte in sein abgewendetes Gesicht.

»Was ist denn los? Oh, Sie sind's, Junge.« Das weiße Gesicht sah ihn jetzt an. »Was ist denn geschehen, Chrysler?«

»Die Tür, Sir.« Chryslers zitternde Stimme klang halb erstickt. »Die Tür – ich kann sie nicht aufkriegen.«

Zum erstenmal betrachtete Vallery jetzt genauer die Kabine, die Löcher und Risse in dem Metall. Er war geistig noch wie betäubt, ganz kraftlos, und kam, eigentlich nur indirekt, auf einen Gedanken, der ihn mit Grauen erfüllte: daß hinter der Tür, die sich nicht öffnen ließ, verstümmelt der Asdic-Mechaniker liegen mußte.

»Ja«, sagte er ruhig, »die Tür hat sich verworfen... Das kann niemand mehr ändern, Chrysler.« Er blickte jetzt schärfer in die vom Kummer getrübten Augen. »Aber, mein Junge, deshalb brauchen Sie doch nicht –«

»Mein Bruder ist da drin, Sir!« Die völlige Verzweiflung, die aus diesen Worten klang, traf Vallery wie ein Schlag. Lieber Gott! Das hatte er ganz vergessen... Natürlich, Asdic-Obermechaniker Chrysler... Er starrte auf den anderen Toten zu seinen Füßen, der schon dünn mit Schnee bedeckt war. »Lassen Sie bitte die Morselampe abschalten, I.O.«, bat er in Gedanken verloren. »Und Sie, Chrysler –«

»Bitte, Sir?« kam monoton die Antwort.

»Gehen Sie zur Messe und bringen Sie bitte Kaffee herauf.«

»Kaffee, Sir?« Chrysler war so bestürzt, daß er nichts begriff. »Kaffee? Aber – aber – mein – mein Bruder...«

»Ich weiß«, entgegnete Vallery weich, »ich weiß – holen Sie jetzt Kaffee, ja?«

Chrysler stolperte davon. Als sie die Tür zum Schutzraum hinter sich zugezogen hatten, die automatisch das Licht einschaltete, sagte Vallery zu Turner: »Etwas zum Moralisieren über das Glorreiche am Krieg! *Dulce et decorum* und so weiter, und das stolze Privileg, zu den Söhnen Nelsons und Drakes zu gehören! Es ist noch nicht vierundzwanzig Stunden her, seit Ralston seinen Vater sterben sah – und nun dieser Junge. Vielleicht –«

»Ich werde mich seiner annehmen«, sagte Turner kopfnickend. Er konnte sich das, was er Ralston am Abend zuvor gesagt und angetan hatte, noch nicht verzeihen, obwohl Ralston so schnell freundliches Verstehen gezeigt und seine Entschuldigungen so willig akzeptiert hatte. »Werde ihn beschäftigen und von hier fernhalten, bis wir die Kabine geöffnet haben... Setzen Sie sich, Sir. Trinken Sie hiervon einen Schluck.« Er lächelte ein wenig. »Freund Barker hat ja mein geheimes Laster verraten... Hallo, wir kriegen Gesellschaft.«

Das Licht schaltete sich aus, eine stämmige Gestalt stand einen Moment wie ein Block im grauen Rechteck der offenen Tür. Sie klappte zu, blinzelnd stand Brooks, das Gesicht hochrot, um Atem ringend, in der plötzlichen Beleuchtung. Seine Augen richteten sich auf die Flasche in Turners Hand.

»Ha!« sagte er schließlich. »Wir veranstalten eine kleine Party mit starken Getränken, wie? Jeder Beitrag wird dankbar entgegengenommen, daran zweifle ich nicht.« Er öffnete seine ärztliche Tasche auf einem Tisch dicht neben sich und durchwühlte sie gerade, als jemand scharf an die Tür klopfte.

»Herein!« rief Vallery. Ein Funkgast trat ein und übergab ihm ein Formular. »Von London, Sir. Oberfunkmeister meint, es müßte vielleicht beantwortet werden.«

»Danke schön. Ich werde durchrufen.«

Wieder ging die Tür auf und zu. Vallery bemerkte, daß Turner jetzt mit leeren Händen dastand.

»Danke Ihnen, daß Sie das Corpus delicti so schnell entfernt haben«, sagte er lächelnd. Dann fügte er kopfschüttelnd hinzu: »Meine Augen – sie scheinen nicht mehr so gut zu sein. Vielleicht würden Sie den Funkspruch vorlesen, I.O.?«

»Und Sie nehmen vielleicht eine anständige Medizin anstatt das greuliche Gesöff von Turner«, sagte Brooks in lautem Baß, während er aus seiner Tasche eine Flasche mit bernsteingelbem Inhalt holte. »Unter allen Errungenschaften der modernen Medizin – das heißt: ungefähr allen –, die mir zur Verfügung stehen, kann ich nichts finden, was dieser gleichkommt.«

»Haben Sie das Nicholls schon gesagt?« Vallery lag jetzt mit geschlossenen Augen auf der Ruhebank, um seine blutleeren Lippen spielte der Schatten eines Lächelns.

»Ach so. Nein«, gestand Brooks. »Dazu ist noch reichlich Zeit. Wollen Sie einen haben?«

»Nein, danke. Lassen Sie uns die guten Neuigkeiten hören, Turner.«

»Gute Neuigkeiten!« Die plötzliche tödliche Ruhe in Turners Stimme legte sich eiskalt über die Wartenden. »Nein, Sir, gute Nachrichten sind's nicht.«

»›An Konteradmiral Vallery, Befehlshaber 14. A.C.S. – F.R. 77‹« Jetzt klang seine Stimme ganz monoton. »›Berichten zufolge bereitet *Tirpitz* mit Sicherung durch Kreuzer und Zerstörer Auslaufen Altafjord für Sonnenuntergang vor. Intensive Tätigkeit auf Flugplatz Altafjord. Befürchten Vorstoß unter Luftsicherung. Alle Maßnahmen zur Vermeidung unnötiger Verluste Transporter und Seestreitkräfte treffen. – Seekriegsleitung, London‹.«

Mit betonter Sorgfalt faltete Turner das Papier zusammen und legte es auf den Tisch. »Wenn das nicht einfach wundervoll ist!« murmelte er. »Und was kommt nun noch?«

Vallery saß kerzengerade auf der Bank, ohne das Blut zu beachten, das ihm in einem dünnen Rinnsal aus dem Mundwinkel lief. Sein Gesicht war gesammelt, frei von sichtbarer Besorgnis.

»Ich glaube, jetzt nehme ich das angebotene Glas, Brooks – wenn's Ihnen recht ist«, sagte er ruhig. Die *Tirpitz*! Die *Tirpitz* –. Er schüttelte wie träumerisch den Kopf. Die *Tirpitz* – der Name, den keiner erwähnte, ohne ein fernes Echo von Entsetzen und Furcht zu spüren, der Name, der in den letzten zwei Jahren die Seestrategie im Nordatlantik völlig beherrschte. Endlich kam sie heraus, ein gepanzerter Koloß, Schwesterschiff des Titanen, der die *Hood* mit einem einzigen Schlag von furchtbarer Wucht vernichtet hatte – die *Hood*, den Liebling der Royal Navy, das stärkste Kriegsschiff der Welt –, so hatte man jedenfalls gedacht. Welche Aussicht hatte ihr kleiner Kreuzer, diese Nußschale... Wieder schüttelte er den Kopf, diesmal zornig, und zwang sich, an die augenblickliche Lage zu denken.

»Tja, meine Herren, ich glaube, die Zeit bringt alles mit sich – sogar die *Tirpitz*. Eines Tages mußte das ja kommen. Ist eben unser Pech – der Köder war zu nahe, zu verlokkend.«

»Mein junger Kollege wird geradezu entzückt sein«, sagte Brooks grimmig, »endlich, endlich ein richtiges Schlachtschiff.«

»Sonnenuntergang«, grübelte Turner. »Sonnenuntergang. Mein Gott!« sagte er scharf. »Selbst unter Berücksichtigung langsamen Lavierens aus dem Fjord wird sie uns auf diesem Kurs in vier Stunden fassen können!«

»Genau«, nickte Vallery. »Und nach Norden zu laufen ist zwecklos. Sie würde uns überholen, bevor wir ihnen bis auf 100 Meilen nahe gekommen wären.«

»Ihnen? Unseren dicken Pötten im Norden?« höhnte Turner. »Ich wirke nicht gern wie eine Grammophonplatte, aber Sie werden sich erinnern, was ich früher von denen behauptet habe: zu – spät – wie gewöhnlich.« Er schwieg, um wieder vor sich hin zu fluchen. »Hoffentlich ist dieser Kerl, der Starr, jetzt endlich zufrieden«, schloß er erbittert.

»Warum nur so deprimiert?« Vallery blickte fast verschmitzt auf und sprach leise weiter. »Wir könnten noch immer heil und gesund in achtundvierzig Stunden in Scapa sein... ›Vermeidung unnötiger Verluste von Transportern und Seestreitkräften‹ hat er gefunkt. *Ulysses* ist zur Zeit wahrscheinlich das schnellste Kriegsschiff der Welt. Es wäre ganz einfach, meine Herren.«

»Nein, nein«, stöhnte Brooks. »Das wäre eine zu große Blamage, das hielte ich nicht aus!«

»Wieder einen PQ 17«[1], fragte Turner lächelnd, aber mit tiefernsten Augen. »Das könnte die Royal Navy keinesfalls mehr ertragen. Kapitän – nein, Konteradmiral Vallery würde es nie zulassen, und wenn ich von mir selbst reden darf: Ich bin ziemlich überzeugt, daß unser Verein ›mörderischer Meuterer‹ – na, ich glaube, wir würden nie wieder nachts so ruhig schlafen können.«

»Gott!« murmelte Brooks. »Der Mann ist ja ein Dichter!«

»Sie haben recht, Turner.« Vallery trank sein Glas aus und lehnte sich erschöpft zurück. »Es scheint uns auch kaum eine andere Wahl zu bleiben... Wie aber, wenn wir Befehl zu einem – eh – einem Rückzug in Höchstfahrt bekommen?«

»Sie können nicht lesen«, sagte Turner grob. »Denken Sie daran, daß Sie eben erst bemerkt haben, Ihre Augen wollten nicht mehr recht.«

»›O Menschenseelen, die ihr euch mit mir geplackt, gerungen und gekämpft habt‹«, zitierte Vallery leise. »Ich danke Ihnen, meine Herren, Sie machen mir die Sache sehr leicht.« Er stützte sich auf einen Ellenbogen – sein Entschluß war gefaßt. Als er jetzt Turner zulächelte, hatte sein Gesicht wieder einen fast kindlichen Zug.

»Weisen Sie alle Transporter und alle Sicherungsschiffe an: Durchbruch nach Norden.«

Turner starrte ihn an. »Norden? Sagten Sie ›Norden‹? Aber die Admiralität...«

[1] PQ 17, ein anderer Nordmeer-Konvoi mit 30 Schiffen, wurde im Juli 1942, auf das Gerücht hin, das Schlachtschiff *Tirpitz* sei ausgelaufen, von seiner Bewachung verlassen und nachher bis auf 7 Schiffe von U-Booten und Flugzeugen aufgerieben.

»Norden habe ich gesagt«, wiederholte Vallery gelassen. »Die Admiralität mag dagegen unternehmen, was ihr beliebt. Wir haben lange genug nach ihren Regeln gespielt. Wir haben die Falle geöffnet – was wollen sie noch mehr? Auf diese Art besteht noch eine Aussicht – vielleicht eine fast hoffnungslose, aber doch eine Chance, im Kampf durchzustehen. Nach Osten laufen hieße Selbstmord.« Er lächelte wieder, fast träumerisch. »Wie es endet, ist nicht übermäßig wichtig«, sagte er leise. »Ich glaube kaum, daß ich mich dafür noch verantworten muß. Weder jetzt – noch jemals später.«

Nun lächelte ihn Turner offen an, leuchtenden Gesichts. »Norden, sagten Sie.«

»Geschwaderchef informieren«, fuhr Vallery fort. »Carpenter soll uns entsprechenden Kurs ausrechnen. Konvoi unterrichten, daß wir ihm langsam nachkommen, um ihn so gut zu schützen wie wir können, und solange wir können... Solange wir können. Wollen uns doch keiner Täuschung hingeben: Es steht für uns höchstens eins zu tausend... Was könnten wir sonst noch tun, I.O.?«

»Beten«, sagte Turner kurz.

»Und schlafen«, setzte Brooks hinzu. »Warum wollen Sie sich nicht auch eine halbe Stunde gönnen, Sir?«

»Schlafen?« Vallery schien das wirklich komisch zu finden. »Wir werden viel mehr Zeit zum Schlafen haben, als wir brauchen – schon sehr bald.«

»Ein Punkt für Sie«, gab Brooks zu. »Sehr wahrscheinlich werden Sie recht behalten.«

Samstag abend II

Auf der Brücke hagelte es jetzt Meldungen und Anfragen. Fragen von den Kapitänen der Transportschiffe, die entsetzt und ungläubig um Bestätigung baten, ob *Tirpitz* tatsächlich vorstoßen werde. Meldung von *Stirling,* daß das Feuer an Oberdeck eingedämmt sei und die wasserdichten Querschotten im Maschinenraum standhielten, und eine Meldung von Orr, daß die Pumpen dem Wassereinbruch auf *Sirrus* gerade noch gewachsen seien – *Sirrus* hatte eine schwere Kollision mit dem sinkenden Transporter gehabt –, daß er vierundvierzig Überlebende an Bord genommen und *Sirrus* nun wohl ihren Teil geleistet habe. Ob sie nicht zum Stützpunkt zurücklaufen dürfe? Diese Meldung war gekommen, bevor *Sirrus* die böse Neuigkeit erfuhr. Turner lächelte. Jetzt – das wußte er, würde auch das schönste Lockmittel Orr nicht dazu bewegen können, den Konvoi im Stich zu lassen.

Immer weiter kamen Meldungen, Winksprüche wie Funksprüche. Es hatte keinen Sinn mehr, die Funkstille zu wahren, um den Feind am Abhorchen zu hindern, denn er wußte auf die Meile genau, wo sie sich befanden. Auch für ein Verbot von Blinksignalen bestand keine Veranlassung, solange die Brände auf *Stirling* noch so wild loderten, daß das Meer eine Meile im Umkreis erhellt war. Und so kamen weiter die Meldungen, diktiert von Furcht, Entsetzen, Besorgnis. Für Turner aber kam die aufregendste Nachricht weder durch Morselampe noch durch Funk.

Eine volle Viertelstunde war seit dem Ende des Luftangriffs vergangen. *Ulysses* stampfte und schlingerte in der Gegensee auf dem neuen Kurs, 350 Grad, als eine Brückentür krachend aufsprang und ein vor Erschöpfung keuchender Mann zur Kompaßplattform stolperte. Turner, der wieder auf der Brücke war, blickte ihm im roten Widerschein der brennenden *Stirling* genau ins Gesicht und erkannte in ihm einen Heizer, auf dessen schweißbedecktem Gesicht sich in der scharfen Kälte schon Eis kristallisierte. Und trotz dieser Kälte kam der Mann ohne Mütze und Jacke, nur in seinen dünnen Baumwollhosen. Er zitterte heftig, vor Aufregung, nicht durch den eisigen Wind – an dergleichen dachte er jetzt nicht.

Turner packte ihn an der Schulter. »Was bringen Sie, Mann?« fragte er beklommen. »Was ist passiert? Fix!« Der Heizer war noch so außer Atem, daß er nicht sprechen konnte.

»Der B.Ü.-Raum, Sir!« Sein Atem ging so kurz, der Schmerz würgte ihn derart, daß die Worte wie ein Keuchen herauskamen. »Er – ist – vollgelaufen!«

»Der B.Ü.-Raum?« Turner vermochte es nicht zu fassen. »Überflutet? Seit wann denn?«

»Genau weiß ich's nicht, Sir.« Er rang immer noch keuchend nach Luft. »Es gab doch eine verflucht tolle Explosion, Sir, fast genau unter der Br...«

»Weiß ich, weiß ich!« warf Turner ungeduldig dazwischen. »Bomber hat den vorderen Schornstein weggerissen und ist im Wasser explodiert, an Backbord. Aber das war vor fünfzehn Minuten, Mann! Fünfzehn Minuten! Du lieber Gott, da hätten Sie doch –«

»Die Schalttafel im B.Ü.-Raum ist kaputt, Sir.« Der Heizer erholte sich allmählich und wollte sich vor dem Wind zusammenducken, doch wildgemacht durch diese Überlegungen des I.O., die Zeit kosteten, richtete er sich auf und packte Turner vorn am Düffelrock, ohne daß ihm bewußt ward, was er sich da erlaubte. Er sprach noch hastiger, noch erregter. »Der ganze Strom ist weg, Sir. Und das Luk zum B.Ü.-Raum ist verklemmt, die Leute können nicht 'raus!«

»Das Luk verklemmt?« Turner zog sorgenvoll die Stirn zusammen. »Was ist damit passiert?« stieß er hervor. »Hat sich's verworfen?«

»Das Gegengewicht ist abgebrochen, Sir, es liegt oben drauf. Wir können das Luk keinen Zentimeter öffnen, Sir, es ist nämlich –«

»I.W.O.! schrie Turner.

»Hier, Sir!« Carrington stand dicht hinter ihm. »Ich hab's gehört... Weshalb könnt ihr's nicht öffnen?«

»Es ist doch das Luk zum B.Ü.-Raum!« rief der Heizer verzweifelt. »Das verdammte Ding wiegt mindestens seine fünf Zentner, Sir. Sie wissen doch, das unter dem Niedergang neben dem Ruderraum. Da können nur zwei Mann zu gleicher Zeit anfassen. Wir haben's versucht... Machen Sie schnell, Sir, bitte!«

»Eine Minute noch.« Carrington war aufreizend ruhig, unerschütterlich. »Hartley? Nein, der ist ja beim Feuerlöschen. Evans, MacIntosh? Tot –.« Es war, als dächte er nur laut, für sich allein. »Bellamy vielleicht?«

»Was denn, was denn, I.W.O.?« brauste Turner ärgerlich auf, jetzt auch angesteckt von der angstvollen Sorge und Ungeduld des Heizers. »Was haben Sie denn im Sinn?«

»Lukendeckel plus Flaschenzug gleich neun Zentner«, murmelte Carrington.

»Besonderer Job für einen besonderen Mann.«

»Petersen, Sir!« Der Heizer hatte ihn sofort verstanden. »Petersen!«

»Natürlich!« Carrington klatschte beifällig mit den dicken Handschuhen. »Wir sind schon unterwegs, Sir. Azetylenbrenner? Keine Zeit dafür! Heizer – Brechstangen, schwere Hämmer 'ran... Vielleicht rufen Sie gleich den Maschinenraum an, Sir?«

Turner hatte das Telefon bereits ergriffen.

Auf dem Achterdeck hatten sie das Feuer in der Gewalt, nur in einigen Winkeln, wo starker Durchzug herrschte, brannte es noch. In den Wohndecks waren die Schotten, die eisernen Treppen, die Zwischenwände und Spinde durch die gewaltige Hitze zu seltsamen Formen verdreht und ausgebeult, an Deck hatten die durch Benzin genährten Flammen wie mit einem gewaltigen Schweißbrenner die über 6 Zentimeter dicken Planken und den Teer in den Nähten zu Asche verkohlt, so daß die nackten Stahlplatten bloßlagen, Platten, die unheilvoll rötlich glühten, die wie vor Wut zischten und spuckten unter den dicken, auf ihnen verlöschenden Schneeflocken.

Auf und unter den Decks schufteten Hartley und seine Trupps, eben beinah zu Eis erstarrend, im nächsten Moment vor fauchenden Glutwellen zurückprallend, wie Irrsinnige. Woher ihre abgemagerten, ermatteten Körper die Kräfte nahmen, mochte der Himmel wissen. Aus den Türmen, aus der Registratur, aus den Wohndecks und dem Notruderraum zerrten sie, einen nach dem andern, die Männer heraus, die lebend dort gewesen waren, als die Condor aufs Schiff krachte. Zogen sie heraus, blickten sie an, fluchten oder weinten und stürzten sich immer wieder in die Nachmahd des verheerenden Feuers, weder Schmerzen noch Gefahren achtend. Rissen mit halb verkohlten Handschuhen überall Trümmerstücke zur Seite, die noch brannten oder grell glühten, und wenn die Handschuhe, von der Hitze zerbrochen, abfielen, griffen sie mit den nackten Händen zu.

Im Hauptgang an der Steuerbordseite, wo sie die Toten in Reihe legten, wartete Bootsmaat Doyle auf sie. Vor knapp einer halben Stunde noch hatte derselbe Doyle sich neben der vorderen Kombüse stumm in bitteren Schmerzen gewälzt, als sein steifgefrorener Körper unter der vereisten Kleidung auftaute, weil ihn bei seiner 4-Zentimeter-Kanone ein Wasserschwall völlig durchnäßt hatte. Fünf Minuten später war er wieder an seinem Geschütz gewesen und hatte, ehern wie ein Felsblock und ohne mit der Wimper zu zucken, Granate auf Granate über Kimme und Korn in die Torpedobomber gejagt. Und jetzt war er, gelassen und ausdauernd wie stets, auf dem Achterschiff. Ein eiserner Mann, dessen Gesicht in dem bärtigen Löwenkopf jetzt auch wie aus Eisen schien, während er, wortlos und ohne Gefühle zu zeigen, einen Toten nach dem andern aufhob, ihn zur Reling trug und dort sanft in die Tiefe gleiten ließ. Wie oft er in jener Nacht den kurzen Weg so zurücklegte, wird er selbst nicht gewußt haben: Nach den ersten zwanzig zählte er nicht mehr. Selbstverständlich hatte er zu dem, was er da tat, kein Recht, denn die Marine legt den größten Wert auf anständige Bestattung, und dies war keine anständige. Aber der Segelmacher war tot, und keiner hätte diese grausigen, halb verkohlten Häufchen ordentlich in Segeltuch nähen und mit Ballast ausrüsten können und wollen. ›Den Toten macht es nichts aus‹, dachte Doyle in sachlichem Gleichmut, ›sie müssen sehen, wie sie weiterkommen.‹ Und ebenso dachten Carrington und Hartley, die keine Bewegung machten, ihn zu hindern.

Unter ihren Füßen scholl in den verqualmten Wohndecks hohl ein gewaltiges metallisches Klingen, als Nicholls und

Funkmaat Brown, noch gespenstisch anzusehen in ihren weißen Asbestanzügen, mit schweren Hämmern gegen die Stahlklampen des Luks zum Munitionsraum Y hieben. In dem Rauch und der Düsternis konnten sie bei ihrer Hast einander kaum sehen, geschweige denn die Klampen. Sie trafen häufig daneben, so daß die Hämmer aus ihren abgestorbenen Händen ins Dunkel flogen.

›Noch Zeit‹, dachte Nicholls verzweifelnd, ›vielleicht ist es noch Zeit.‹ Das Hauptflutventil war vor fünf Minuten abgestellt worden, es war möglich, äußerstenfalls möglich, daß die beiden eingeschlossenen Männer sich noch an der Eisenleiter über Wasser festhielten.

Eine Klampe, nur eine hielt jetzt noch den Lukendeckel fest. Abwechselnd schlugen sie beide mit wütender Kraft dagegen. Und plötzlich, unerwartet, brach sie am dicken Ende glatt ab, und der Deckel krachte, unter dem Druck der komprimierten Luft im Raum, explosiv auf. Brown stieß einen Schmerzensschrei aus, der wie heftiges Husten klang, als die dicke Stahlplatte mit knochenbrechender Wucht gegen seine rechte Hüfte schlug. Dann fiel er an Deck, wo er leise stöhnend liegenblieb...

Nicholls hatte jetzt keinen Blick für ihn. Er beugte sich weit durch das Luk hinab, der Strahl seiner Taschenlampe stach in die Finsternis unter ihm. Und er konnte nichts sehen, gar nichts – jedenfalls nichts, was er sehen wollte. Nur Wasser sah er, dunkel, zähflüssig und tückisch, Wasser, das stieg und fiel wie Flut und Ebbe, aber, durch das Öl gebunden, sich unheimlich geräuschlos bewegte, während die *Ulysses* in der schweren See auf und nieder stampfte.

»Hallo, unten!« rief Nicholls laut. Seine Stimme, die, wie er ganz unpersönlich feststellte, vor Anstrengung rauh und zittrig klang, dröhnte gräßlich in vielfachem Echo in den eisernen Tunnel hinab. »Hallo«, schrie er noch einmal, »ist da unten jemand?« Er spannte sein Gehör an, um auch das kleinste Geräusch, die leiseste Antwort wahrzunehmen, doch nichts war zu hören.

»McQuater!« schrie er, ein drittes Mal. »Williamson! Könnt ihr mich hören?« Wieder blickte er hinunter, wieder lauschte er, aber da war nur die Finsternis und das Plätschern des verölten Wassers, das weich hin und her schwappte. Wieder starrte er am Lichtstrahl seiner Lampe hinab und wunderte sich, daß eine Flüssigkeitsfläche sich so rasch zerteilen und den blendend hellen Lichtschein verschlucken konnte. Und unter der Fläche... Ihn schauderte. Das Wasser – sogar das Wasser schien tot zu sein, alt, faul, unendlich widerwärtig. In jähem Zorn schüttelte er den Kopf, um ihn von diesen dummen, primitiven Ängsten zu befreien. Seine Fantasie –! Vorsichtig, ganz sanft schloß er den hin und her rackelnden Lukendeckel. Laut hallten im Deck seine Hammerschläge gegen die Klampen, noch einer und immer noch einer.

Ingenieur Dodson rührte sich stöhnend. Er gab sich alle Mühe, seine Augen zu öffnen, doch die Lider wollten nicht. Wenigstens meinte er das, denn die Schwärze rings um ihn blieb wie sie war: völlig undurchdringlich, er konnte sie beinah schmecken.

Er versuchte dumpf, zu ergründen, was geschehen war, wie lange er sich hier schon befand. Ja, was war geschehen? Auf einer Seite, dicht unter dem Ohr, schmerzte sein Kopf entsetzlich. Langsam, schwerfällig zog er einen Handschuh aus und tastete nach oben. Die Hand wurde naß und klebrig, sein Haar war – was ihn in Erstaunen setzte – dick mit Blut verkrustet. Blut mußte es sein – er fühlte, wie es langsam und zäh an seiner Backe herabsickerte.

Und dieses tiefe starke Vibrieren, aus dem so unverkennbar eine maschinelle Überlastung klang, daß es ihm als Ingenieur durch Mark und Bein ging – er hörte es deutlich ganz in seiner Nähe.

Er streckte die bloße Hand aus, prallte aber im selben Augenblick zurück, als sie etwas Glattes berührte, das sich drehte und – brennend heiß war.

Der Wellentunnel! Natürlich, da befand er sich – im Wellentunnel an Steuerbord! Sie hatten auch bei den Wellen an Backbord gebrochene Ölleitungen entdeckt, und er hatte angeordnet, diese Maschine in Gang zu halten. Hier unten in die Eingeweide des Schiffes drang kein Geräusch: er hatte nichts von den Flugzeugmotoren gehört, nicht einmal das Abfeuern der eigenen Geschütze. Doch eins konnte er nicht mißverstehen: den heftigen Ruck im Schiff, als die 13,3-Zentimeter-Rohre gegen den Widerstand ihrer hydraulischen Bremsen zurückschlugen. Und dann – ein Torpedo vielleicht oder eine knapp neben dem Schiff einfallende Bombe. Gott sei Dank hatte er, als *Ulysses* plötzlich blockte, mit dem Gesicht binnenbord gesessen. Umgekehrt, dann wäre es mit ihm aus gewesen: Es hätte ihn auf die Welle geschleudert und um sie gewickelt...

Die Welle! Lieber Gott, die Welle: sie lief beinah rotglühend auf trockenen Lagern! Wie toll tastete er um sich, fand seine Notlampe und drehte am Bodenstück. Kein Licht! Wieder drehte er mit aller Kraft, tastete nach oben, fühlte, daß Glasmantel und Birne zerbrochen waren. Warf die nutzlos gewordene Lampe an Deck und zog seine Taschenlampe hervor: auch die war entzwei! Am Verzweifeln jetzt, tastete er blind nach seiner Ölkanne: sie lag an der Seite, der gefederte Patentdeckel daneben. Leer –.

Kein Öl, keins –. Nur der Himmel wußte, wie nahe das überanstrengte Metall der kritischen Grenze war. Er wußte es nicht, das gestand er sich ein, denn selbst für die besten Ingenieure ist die Ermüdung von Metallen eine unberechenbare Größe. Aber er hatte, wie alle Menschen, die ihr ganzes Leben zwischen Maschinen verbringen, für diese Dinge einen sechsten Sinn entwickelt – und jetzt, gerade jetzt, meldete sich dieser wie mit Rippenstößen, immer wieder, unbarmherzig. Öl – Öl mußte er haben. Er wußte freilich, daß er in schlechter Form war, schwindlig vom Schock und vom Blutverlust, und der Tunnel war lang, gefährlich glitschig und – unbeleuchtet. Ein Ausgleiten, einmal stolpern und gegen oder über diese gnadenlose Welle fallen...

Behutsam streckte er wieder die Hand aus, legte sie für einen winzigen Moment auf die Welle, zog sie aber in plötzlichem Schmerz rasch wieder zurück. Hob sie an seine Wange und wußte, daß ihm nicht die Reibung die Haut von den Fingerspitzen gebrannt hatte. Es gab keine Wahl –.

Entschlossen rappelte er sich auf, kam schwindlig auf die Füße, den Rücken unter der Tunnelwölbung beugend.

Und jetzt bemerkte er es zum erstenmal – ein Licht, ein kleines, schwingendes Lichtpünktchen, unwägbar fern zwischen den zusammenlaufenden Wänden des dunklen Tunnels, obgleich er wußte, daß es nur Meter waren. Er blinzelte, schloß erst die Augen und blickte dann wieder hin. Das Licht war noch da, es kam immer näher, und jetzt konnte er schleppende Schritte hören. Sofort fühlte er sich schwach, leer im Kopf, und war dankbar, wieder niedersinken zu können, indem er die Füße wie vorher fest gegen den Lagerbock stemmte.

Der Mann mit dem Licht blieb wenige Schritte vor ihm stehen, hängte seine Lampe an einen Wandarm und setzte sich langsam neben Dodson auf den Boden. Die Strahlen der Lampe fielen voll auf das ernste dunkle Gesicht, die kantigen Kinnbacken und das vorgeschobene Kinn. Dodson war so erstaunt, daß er eine gerade Haltung annahm.

»Riley! Heizer Riley!« Er kniff in mißtrauischer Erwartung die Augen zusammen. »Was suchen Sie hier, zum Donnerkiel?«

»Ich habe einen 10-Liter-Kanister Schmieröl mitgebracht«, knurrte Riley. Er drückte dem Leitenden Ingenieur eine Thermosflasche in die Hände. »Und hier ist Kaffee. Ich werde die Arbeit machen – trinken Sie den Kaffee... Barmherziger Christus! Dies verdammte Lager ist ja beinah glühend!«

Dodson stellte die Thermosflasche mit einem Bums hin. »Sind Sie taub?« fragte er grob. »Weshalb kommen Sie her? Wer hat Sie geschickt. Ihre Station ist doch Kesselraum B!«

»Grierson hat mich geschickt«, sagte Riley rauh. Sein düsteres Gesicht blieb gleichgültig. »Sagt, von den Maschinisten könnte er keinen entbehren – sind verdammt zu wertvoll –. Ist das zuviel?« Er goß das dicke Öl langsam auf das heißgelaufene Lager.

»Oberleutnant Grierson haben Sie zu sagen!« Dodson wurde beinah tückisch, seine eisige Stimme wirkte bei diesem Tadel wie ein Peitschenhieb. »Im übrigen ist das verdammt gelogen, Riley! Oberleutnant Grierson hat Sie bestimmt nicht hergeschickt. Ich glaube, Sie haben ihm gesagt, Sie hätten von anderer Seite den Auftrag, herzukommen, wie?«

»Trinken Sie Ihren Kaffee«, riet ihm Riley verdrießlich. »Sie werden im Maschinenraum verlangt.«

Dodson ballte die Faust und beherrschte sich nur mit Mühe. »Sie sind ein verdammt frecher Hund!« brauste er auf. Sofort aber hatte er sich wieder in der Gewalt und sagte in ruhigem Ton: »Morgen früh zum Rapport beim I.O. Dafür werden Sie büßen.«

»Nein, werde ich nicht.«

›Zum Kuckuck noch eins‹, dachte Dodson, ›der Kerl grinst tatsächlich noch, dieser unverschämte...‹ Er hielt inne bei dem Gedanken. »Wieso nicht?« fragte er drohend.

»Weil Sie mich nicht melden werden.« Riley schien sich köstlich zu amüsieren.

»Soso, das ist es!« Dodson schaute sich schnell in dem verdunkelten Tunnel um. Er preßte die Lippen zusammen, als ihm jetzt erst klar wurde, wie gänzlich allein sie waren. In plötzlicher Gewißheit blickte er sich nach der bedrohlich großen, gebückten Gestalt Rileys um. Der lächelte noch, aber Dodson fand, daß selbst das freudigste Lächeln dieses häßliche, brutale Gesicht nicht verschönen konnte. Das Lächeln auf dem Gesicht eines Tigers... Furcht, Ermattung, die nie aufhörenden Strapazen – sie setzten dem Menschen furchtbar zu, und für seine natürliche Veranlagung konnte niemand Riley einen Vorwurf machen. Aber schließlich hatte er, Dodson, jetzt in erster Linie an sich selbst zu denken. Mit Ingrimm erinnerte er sich, wie Turner ihn ausgezählt, ihn ein übers andere Mal einen Dummkopf genannt hatte, weil er dagegen gewesen war, daß Riley ins Gefängnis gebracht wurde.

»So, das ist es, wie?« wiederholte er leise. Er drehte sich, die Füße noch stramm gegen den Lagerbock gepreßt, zur Seite. »Seien Sie nicht zu sicher, Riley: Ich kann Ihnen fünfundzwanzig Jahre verschaffen, aber –«

»Ach, herrje!« fuhr Riley verärgert auf. »Wovon reden Sie

eigentlich, Sir? Trinken Sie Ihren Kaffee – bitte. Sie werden im Maschinenraum verlangt, sage ich Ihnen!« wiederholte er ungeduldig.

Zögernd lockerte Dodson seine Haltung und schraubte die Thermosflasche auf. Ihm kam plötzlich alles sonderbar unwirklich vor, als sei er nur Beobachter, ein in keiner Weise an dieser Szene beteiligter Zuschauer. Seinen Kopf freilich spürte er, denn der schmerzte heftig.

»Sagen Sie mir mal, Riley«, fragte er behutsam, »weshalb fühlen Sie sich so sicher, daß ich Sie nicht melden werde?«

»Oh, Sie können mich ruhig melden.« Riley war wieder ganz vergnügt. »Aber vor dem Tisch des I.O. werde ich morgen früh nicht sein.«

»So?« Sein Ton mußte Riley zur Antwort reizen.

»Nein.« Er grinste. »Weil's morgen keinen I.O. und keinen Rapport mehr geben wird.« Genießerisch verschränkte er die Hände hinter dem Kopf. »Es wird überhaupt nichts mehr dasein.«

Dodson horchte gespannt auf. Er spürte sofort, daß Riley trotz seines Lächelns nicht scherzte. Neugierig, aber ohne auf die Bemerkung einzugehen, blickte er ihn an.

»Der I.O. hat eben über Lautsprecher gesagt, daß die *Tirpitz* draußen ist«, fuhr Riley fort. »Uns bleiben noch vier Stunden.«

Diese klare nüchterne Feststellung, ohne jede Effekthascherei, ohne aufgeregte Geste, schloß alle Zweifel aus. Die *Tirpitz* – draußen. Die *Tirpitz* – draußen... Immerfort wiederholte Dodson in Gedanken diesen Satz. Vier Stunden, bloß vier Stunden noch... Ihn überraschte seine eigene Reaktion: daß er sich offenbar gar keine Sorgen machte.

»Na? Gehen Sie nun hin oder nicht?« fragte Riley hartnäkkig, fast nervös jetzt. »Ich verkohle Sie nicht, Sir – Sie werden verlangt – dringend!«

»Sie lügen ja«, sagte Dodson freundlich. »Weshalb haben Sie den Kaffee gebracht?«

»Für mich selber.« Das Lächeln war verschwunden, Rileys Gesicht mürrisch und verkniffen. »Aber ich dachte mir, Sie hätten ihn nötig, sehen nämlich gar nicht gut aus... Na, vorn im Maschinenraum werden Sie schon wieder zurechtgeflickt.«

»Und dahin begeben Sie sich jetzt, aber sofort«, sagte Dodson ruhig und bestimmt.

Riley gab kein Zeichen, daß er gehört hatte.

»Los, marsch, Riley.« Dodsons Ton klang jetzt scharf. »Das ist ein Befehl.«

»– Befehl zurück!« knurrte Riley. »Ich bleibe hier. Man braucht nicht drei breite Goldstreifen am Ärmel zu haben, um 'ne blöde Ölkanne zu schwingen«, setzte er verächtlich hinzu.

»Vielleicht nicht –.« Dodson stemmte sich gegen ein jähes heftiges Stampfen des Schiffes, konnte aber nicht verhindern, daß er gegen Riley rutschte. »Entschuldigen Sie, Riley. Wetter scheint leider schlechter zu werden. Wir scheinen – hm – ein Impasse erreicht zu haben.«

»Was meinen Sie damit?« fragte Riley argwöhnisch.

»Eine Sackgasse – einen unentschiedenen Kampf... Sagen Sie mir jetzt, Riley«, fragte er ruhig, »weshalb kommen Sie hierher?«

»Habe ich Ihnen doch gesagt.« Riley war ganz gekränkt. »Grierson – nein: Oberleutnant Grierson hat mich geschickt.«

»Zu was kommen Sie hierher?« fragte Dodson hartnäckig, als hätte Riley noch gar nichts gesagt.

»Das ist verdammt meine eigene Sache!« erwiderte Riley zornig.

»Zu was Sie herkommen, will ich wissen!«

»Oh, um Christi willen, lassen Sie mich zufrieden!« schrie Riley. Laut schallte das Echo seiner Stimme durch den dunklen Tunnel. Plötzlich drehte er Dodson voll sein Gesicht mit dem bitter verzerrten Mund zu. »Sie wissen verflucht genau, weshalb ich hergekommen bin.«

»Vielleicht, um mich kaltzumachen?«

Riley maß ihn mit einem langen Blick, dann wandte er sich ab. Seine Schultern waren gebeugt, sein Kopf hing auf die Brust. »Sie sind der einzige Kerl auf diesem Schiff, der mir mal eine Chance gegeben hat«, murmelte er. »Überhaupt der einzige in meinem ganzen Leben«, fügte er langsam hinzu. (›»Kerl‹« war, so mußte Dodson annehmen, Rileys vertraulichste Freundschaftsbeteuerung. Er schämte sich nun seiner letzten Äußerung.) »Wären Sie nicht gewesen«, fuhr Riley leise fort, »hätte man mich das erstemal in Arrest gesperrt und beim zweiten an Land ins Gefängnis. Das wissen Sie doch noch, Sir?«

Dodson nickte. »Sie hatten sich recht dämlich benommen, Riley.«

»Weshalb haben Sie mir so beigestanden?« fragte der große Heizer angstvoll gespannt. »Gott, jeder weiß doch, was für einer ich bin –.«

»Meinen Sie? Ich bin mir im Zweifel... Ich dachte, Sie hätten das Zeug in sich, ein besserer Mensch zu –«

»Ach, lassen Sie mich mit dem Quatsch in Ruhe!« höhnte Riley. »Ich weiß, wie ich bin. Weiß, was ich bin. Ich – tauge nichts! Und recht haben die...« Er beugte sich vor. »Soll ich Ihnen mal was sagen? Ich bin Katholik. Und in vier Stunden...« Er unterbrach sich. »Müßte eigentlich auf den Knien liegen, was?« höhnte er weiter. »Reue zeigen und warten auf die – na, wie heißt das noch?«

»Absolution?«

»Aye. Das ist es: Absolution. Und wissen Sie was?« Ganz langsam und betont sagte er: »Keinen verdammten roten Heller gebe ich dafür!«

»Brauchen Sie vielleicht auch gar nicht«, murmelte Dodson. »Und zum letztenmal jetzt: scheren Sie sich wieder in den Maschinenraum!«

»Nein!«

Der Leitende Ingenieur seufzte und nahm die Thermosflasche. »Na, dann sind Sie vielleicht so freundlich, eine Tasse Kaffee mit mir zu trinken?«

Riley hob den Kopf, lächelte und sagte, im gut nachgeahmten Ton eines bekannten Rundfunkhumoristen: »Wäre mir in der Tat recht angenehm...«

Vallery wälzte sich auf die Seite, zog die Beine an und griff mechanisch nach dem Handtuch. Sein ausgezehrter Körper bebte unter heftigen Zuckungen, und das Geräusch seines harten, würgenden Hustens schlug ihm, von den Eisenwänden seines Schutzraums widerhallend, grob an die Ohren. ›O Gott‹, dachte er, ›so schlimm ist es ja noch niemals gewesen!‹ Und es schien ihm komisch, daß er keinen Schmerz mehr spürte, nicht den geringsten. Der Anfall ließ nach. Er betrachtete das rotbeschmierte Handtuch und warf es angeekelt, mit dem Rest von Kraft, den er noch aufbringen konnte, in den dunkelsten Winkel.

»Sie tragen dieses verdammte Schiff auf Ihrem Rücken!« Ungewünscht kam ihm der Satz des ›alten Sokrates‹ wieder ins Gedächtnis. Er lächelte schwach. Nun, wenn seine Männer ihn jemals gebraucht hatten, dann jetzt –. Und wenn er noch zögerte, dann – das wußte er auch – konnte er nie wieder hochkommen.

Er richtete sich zum Sitzen auf, vor Anstrengung schwitzend, und schwang vorsichtig die Beine über die Kante der Ruhebank. Als seine Füße den Boden berührten, schlug das Vorschiff so hart und so steil in eine See, daß er nach vorn gegen einen Stuhl fiel und hilflos liegenblieb. Er brauchte eine Ewigkeit, unter schwerster Anstrengung, um wieder auf die Beine zu kommen. Noch so eine Strapaze wäre, spürte er deutlich, sein Ende gewesen.

Und nun kam die Tür – die schwere stählerne Tür. Irgendwie mußte er sie öffnen, doch das war ihm unmöglich. Aber als er den Griff anfaßte, ging sie wirklich auf, und wie durch ein Wunder war er draußen. Zischend schloß er den Mund, als der eisige Wind ihm grausam in die Kehle schnitt und bis in seine verwüsteten Lungen fuhr.

Er betrachtete sein Schiff, blickte nach vorn und achtern. Die Flammen erstarben, die Brände auf dem Achterdeck und auch die auf *Stirling*. Gottlob, wenigstens ein Trost! Neben ihm arbeiteten zwei Mann, denen es gerade gelungen war, die Tür zur Asdic-Kabine aufzubrechen. Sie leuchteten mit einer Taschenlampe hinein. Er hätte den Anblick da drin jetzt nicht ertragen können: abgewandten Gesichts stolperte er, die Hände vorgestreckt, zur Klapptür nach der Kompaßplattform.

Turner, der ihn kommen sah, eilte ihm entgegen und half ihm langsam auf seinen Sitz. »Sie haben kein Recht, hier zu sein«, sagte er ruhig, indem er ihn aufmerksam ansah. »Wie fühlen Sie sich, Sir?«

»Mir geht's jetzt erheblich besser, danke«, erwiderte Vallery. Lächelte und fuhr fort: »Wir Konteradmirale haben ja unsere besonderen Verpflichtungen, I.O. Es wird Zeit, daß ich anfange, mir mein fürstliches Gehalt zu verdienen.«

»Zurücktreten da!« befahl Carrington kurz. »Ins Ruderhaus oder oben auf die Treppe – alle Mann! Wollen uns das hier mal ansehen.«

Während er auf den mächtigen stählernen Lukendeckel niederblickte, ward ihm klar, was er sonst nie beachtet hatte: wie schwer und massiv gerade dieser Deckel war. Um kaum mehr als 2 Zentimeter hochgezwängt, lag er auf einer untergeschobenen Brechstange. Carrington sah den zerstörten Flaschenzug mit dem zerfransten Seil und das klobige Gegengewicht, das vor dem Süll zum Ruderhaus lag. ›Na, diese Probe ist, zum Glück, wenigstens schon erledigt‹, dachte er.

»Mal mit Block und Talje versucht?« fragte er plötzlich.

»Jawohl, Sir«, antwortete der neben ihm stehende Mann, indem er auf einen wirren Haufen Tauwerk in der Ecke wies. »Hat keinen Zweck, Sir. Die Treppe hält den Zug schon aus, aber wir können den Haken nicht unter das Luk kriegen, höchstens seitlich, und dann rutscht er jedesmal weg.« Er machte entsprechende Bewegungen. »Und die Klampen sind alle hin: entweder verbogen – mußten ja durch Hammerschläge geöffnet werden – oder sitzen jetzt verwinkelt... Ich glaube, ich verstehe sonst mit Block und Talje umzugehen, Sir.«

»Sicher«, sagte Carrington in Gedanken. »Hier, packen Sie mal mit zu, ja?«

Er hakte die Finger unter den Deckelrand und holte tief Luft. Der Matrose an der anderen Seite des Deckels – die ganz dicht an das achtere Schott grenzte – tat dasselbe. Gemeinsam mühten sie sich, so sehr, daß ihre Rücken und Schenkel zitterten. Als Carrington fühlte, wie ihm das Blut in den Kopf drang, daß es hart in den Ohren hämmerte, gab er nach. Und wenn sie sich ruiniert hätten – der verfluchte Deckel rührte sich kein bißchen. Daß jemand ihn vorher schon so weit angelüftet hatte, war eine beachtliche Leistung. Immerhin: obgleich sie übermüdet und bestimmt nicht in bester Form waren, hätten nach Carringtons Ansicht zwei Mann doch das Ding wenigstens ein Stückchen höher kriegen müssen. Er vermutete, daß die Scharniere sich verworfen hatten, oder das Deck. Traf das zu, so konnte ihre Arbeit wenig nützen, selbst wenn es möglich gewesen wäre, eine Talje richtig anzusetzen, denn die war nicht praktisch, wo es auf plötzliche Anwendung großer Gewalt ankam, weil sie vor dem Straffwerden des Seils jedesmal nachgab.

Er ließ sich auf die Knie nieder und beugte den Mund bis über den Rand des Luks.

»Könnt ihr mich hören da unten? Hallo!« rief er.

»Wir können Sie hören.« Die Stimme klang schwächlich, gedämpft. »Um Gottes willen, holen Sie uns hier 'raus! Wir sitzen wie die Ratten in der Falle.«

»Sind Sie das, Brierley? Keine Sorge – wir werden euch rauskriegen. Wie ist's mit dem Wasser da?«

»Wasser? Verdammt mehr Öl als Wasser! Der Öltank an der Backbordseite muß aufgerissen sein. Ich glaube, der Mittelgang ist auch überflutet.«

»Wie hoch steht bei euch das Wasser?«

»Schon in dreiviertel Raumhöhe! Wir stehen auf Generatoren und klammern uns an die Schalttafeln. Einer ist schon erledigt – wir konnten ihn nicht halten.« Sogar im gedämpften Schall, bei dem fast geschlossenen Luk, war dem Ton des Sprechers die nahe Verzweiflung anzumerken. »Nur rasch, um Himmels willen!«

»Ich habe gesagt, wir holen euch raus!« Carrington sprach in scharfem Befehlston, doch seine Zuversicht lag nur in der Stimme. Er wußte, wie schnell es in dem Raum zu einer Panik kommen konnte. »Könnt ihr von unten überhaupt drükken helfen?«

»Auf der Treppe ist nur Platz für einen«, schrie Brierley

herauf. »Das Luk hochdrücken ist unmöglich, weil es keinen festen Ansatzpunkt gibt.«

Plötzlich war es still, dann folgten mehrmals gedämpfte Flüche.

»Was ist los?« rief Carrington scharf.

»Das Festhalten ist schwierig«, schrie Brierley, »das Wasser schlägt Wellen, fast einen halben Meter hoch. Ein Mann ist eben runtergespült worden... Ich glaube, er ist wieder da – es ist stockdunkel hier.«

Carrington vernahm über sich das Klappern schwerer Schritte. Er richtete sich auf. Es war Petersen. In der Enge des Raumes wirkte dieser blonde norwegische Heizer gigantisch. Carrington betrachtete ihn, die gewaltige Breite seiner Schultern, den mächtigen Brustkasten. Eine der riesigen Hände hing lose herab, in der anderen hielt er nachlässig drei schwere Brechstangen und einen Schmiedehammer, als wären es Rohrstöcke. Carrington spürte, als er in die stillen, schwermütigen Augen blickte, die unter dem flachsblonden Haar so überraschend blau wirkten, sofort starkes Vertrauen, daß die Arbeit gelingen würde.

»Wir kriegen das Ding nicht auf, Petersen«, stellte er trokken fest. »Können Sie das?«

»Werd's versuchen, Sir.« Er legte seine Werkzeuge ab, bückte sich, packte das Ende der Brechstange, das unter dem Lukendeckel ein wenig herausragte. Mit einer schnellen, gewandten Bewegung streckte er den Körper; der Dekkel kam ein bißchen höher, doch dann bog sich die Eisenstange, als sei sie knetbar wie Kitt, fast zum rechten Winkel.

»Ich glaube, der Deckel ist verklemmt.« Petersen war nicht einmal außer Atem. »Wird an den Scharnieren liegen, Sir.«

Er ging rundherum, betrachtete genau die Scharniere und knurrte befriedigt. Dreimal schmetterte der klobige Hammer, genau gezielt und mit der ganzen Kraft des gewaltigen Oberkörpers geschwungen, mitten auf das äußere Scharnier. Beim dritten Hieb brach der Hammer ab. Angewidert warf Petersen den zerbrochenen Stiel zur Seite und nahm eine ganz dicke Brechstange in die Fäuste.

Wieder bog sich die Stange, aber der Deckel kam wieder höher, ungefähr 3 Zentimeter mehr diesmal. Petersen nahm die zwei kleineren Hämmer, die zum Aufschlagen der Klampen benutzt worden waren, und hieb damit gegen die Scharniere, bis auch diese Hämmer beide zerbrochen und unbrauchbar geworden waren.

Jetzt legte er die beiden letzten Brechstangen übereinander und schob sie unter den Deckelrand. Fünf bis zehn Sekunden blieb er gebeugt stehen, regungslos. Er atmete tief und schnell, um plötzlich die Luft anzuhalten. Der Schweiß strömte ihm vom Gesicht, sein ganzer Körper bebte unter der titanischen Anstrengung, und dann – es war ein unglaublicher Anblick – begannen beide Brechstangen sich zu verbiegen –.

Fasziniert beobachtete Carrington den Vorgang. Noch nie hatte er annähernd ähnliche Leistungen gesehen, und gewiß auch von den andern keiner. Er hätte schwören mögen, daß keine dieser Brechstangen unter einem Druck von weniger als 10 Zentnern gebogen werden konnte. Es war fantastisch, aber hier geschah es, und während der Riese sich reckte, bogen die Stangen sich immer mehr. Und auf einmal – so unerwartet, daß alle heftig zusammenzuckten – sprang der Deckel gut 15 Zentimeter breit auf, und Petersen flog krachend rückwärts gegen die Wand, die Stangen fielen ihm aus den Händen und klatschten ins Wasser.

Mit der Wildheit eines Tigers stürzte Petersen sich wieder auf die Klappe. Seine Finger krallten sich unter den Rand, die mächtigen Muskeln seiner Arme und Schultern hoben und spannten sich, während er an dem schweren Deckel riß und zerrte. Dreimal, viermal hob er an, beim fünftenmal sprang der Deckel mit einem Kreischen, als könne das Metall diese Quälerei nicht mehr ertragen, jäh empor und krachte zitternd in den Schnappriegel am senkrechten Eisenträger hinter dem Luk. Nun war es offen. Petersen stand ruhig da und lächelte – schon lange hatte niemand an Bord ihn lächeln sehen –, das Gesicht in Schweiß gebadet. Seine Brust hob und senkte sich rasch, während die leergepumpten Lungen frische Luft in großen Zügen einsogen.

Das Wasser stand im Niederspannungsraum bis einen halben Meter unter dem Luk. Wenn *Ulysses* in eine besonders schwere See stampfte, klatschte die dunkle ölige Flüssigkeit über das Lukensüll in den Raum oben. Schnell wurden die Männer aus der furchtbaren Falle geborgen. Von Kopf bis Fuß mit Öl durchtränkt, die Augen völlig verklebt, waren sie, von dem plötzlichen Geschehen überwältigt, in ihrer tiefen Erschöpfung dem Zusammenbruch so nahe, daß die Ermattung sogar die Furcht in ihnen auslöschte. Drei insbesondere, die sich nur noch hilflos an die Treppe zu klammern vermochten, wären sicher in das brandende schwarze Ölwasser zurückgerutscht, hätte nicht Petersen sich über das Luk gebeugt und sie aus dem Raum heraufgehoben wie Säuglinge.

»Bringen Sie diese Männer sofort ins Revier!« befahl Carrington. Nachdem er dafür gesorgt hatte, daß die triefenden, zitternden Gestalten die Treppe hinaufbugsiert wurden, wandte er sich lächelnd an den riesigen Heizer. »Später werden wir uns alle bei Ihnen bedanken, Petersen. Wir sind hier noch nicht fertig. Dieses Luk muß wieder geschlossen und verkeilt werden.«

»Das wird schwer gehen, Sir«, sagte Petersen ernst.

»Schwer oder nicht, es muß gemacht werden.« Carrington blieb energisch. Jetzt platschte schon regelmäßig Wasser über den Lukenrand und leckte an der Schwelle zum Hauptruderraum. »Der Handruderraum achtern ist schon ausgefallen. Wird der Hauptruderraum überschwemmt, sind wir erledigt.«

Petersen sagte nichts. Er hob den Sperriegel ab und zerrte den kreischenden Lukendeckel etwa 30 Zentimeter hinab. Dann stemmte er seine Schulter gegen die Treppe, stellte die Füße auf den Deckel und spannte jäh den Rücken. Der Deckel neigte sich kreischend bis zur Hälfte seines Weges. Petersen hielt tief Luft, krümmte den Rücken wie einen Bogen, indem er sich so an der Treppe festhielt, daß die Hände sein ganzes Gewicht trugen, und stieß mit den Füßen wuchtig gegen den Rand des Deckels. Noch 30 Zentimeter, dann wäre er zu gewesen.

»Wir brauchen schwere Hämmer, Sir«, sagte er dringlich.

»Keine Zeit!« Carrington schüttelte rasch den Kopf. »In zwei Minuten schon wird es unmöglich sein, den Deckel gegen den Wasserdruck zu schließen. Zum Teufel auch!« rief er erbittert. »Wenn es nur andersherum ginge – von unten zu schließen! Das könnte ich sogar schaffen.«

Wieder schwieg Petersen. Er kauerte sich neben dem Luk nieder und spähte in die Dunkelheit unten.

»Ich habe eine Idee, Sir«, sagte er dann schnell. »Wenn zwei von Ihnen sich auf den Deckel stellen und gegen die Treppe drücken würden –. Jawohl, Sir, so meine ich's. Aber Sie könnten noch stärker drücken, wenn Sie mir den Rücken zudrehen.«

Carrington stemmte seine Handballen gegen eine der eisernen Treppenstufen und preßte mit aller Kraft gegen den Lukendeckel. Plötzlich hörte er ein Platschen, dann metallisches Klingen, und als er sich umdrehte, sah er gerade noch, wie eine Brechstange in einer riesigen Faust unter die Kante des Luks verschwand. Von Petersen war nichts zu sehen. Wie man es bei großen starken Männern oft findet, verstand er sich mit katzenhafter Geschwindigkeit zu bewegen: Geräuschlos war er durchs Luk hinabgestiegen.

»Petersen!« Carrington kniete neben dem Luk. »Was machen Sie denn, zum Donnerwetter? Kommen Sie sofort raus da! Sie sind wohl verrückt! Wollen Sie ersaufen?«

Keine Antwort. Völlige Stille herrschte unten, eine durch das sanfte Murmeln des Wassers noch betonte Stille. Plötzlich ward sie zerrissen durch das Geräusch aneinanderschlagenden Metalls, dem ein nervenpeinigendes Kreischen folgte, als der Deckel um 15 Zentimeter herabsank. Bevor Carrington richtig zum Denken kam, ging er noch weiter zu. In verzweifeltem Entschluß ergriff er eine Brechstange, die er unter den Rand des Deckels schob. Und fast im gleichen Moment schlug der schwere Stahldeckel auf sie nieder.

Carrington hatte jetzt den Mund dicht an dem schmalen Spalt. »Petersen – in Gottes Namen, haben Sie den Verstand verloren? Aufmachen, sofort aufmachen – hören Sie nicht?«

»Ich kann nicht. Und will auch nicht.« Die Worte kamen nur stockend durch, da ihm das Wasser über den Kopf rauschte. »Sie sagten doch selbst... daß keine Zeit ist... dies war die einzige Möglichkeit.«

»Aber ich habe doch nicht gemeint –«

»Weiß ich. Es schadet nichts... so ist's jedenfalls besser.« Seine Worte waren kaum noch zu verstehen. »Sagen Sie Kapitän Vallery, daß Petersen sehr bereut... Hab's ihm gestern schon selbst sagen wollen.«

»Bereuen? Was denn bereuen?« Carrington warf wie toll seine ganze Kraft gegen die Eisenstange, doch am Lukendeckel war nicht das kleinste Zittern zu spüren.

»Der tote Seesoldat in Scapa Flow... ich wollte den doch gar nicht töten... aber er hat mich wütend gemacht...«, sagte der große Norweger schlicht. »Er hatte meinen Freund getötet.«

Für eine Sekunde unterbrach Carrington sein Zerren an der Brechstange. Petersen! Natürlich – wer anders als Petersen hätte wohl einem Mann so leicht das Genick brechen können! Petersen, der lachende Skandinavier, der sich damals über Nacht in einen ernsten, nie mehr lächelnden Riesen verwandelte, der Tag und Nacht über die Decks, durch die Wohnräume und Gänge wanderte, ein Mann, den keiner mehr lachen oder schlafen sah. Blitzartig vermochte Carrington zu erkennen, was in der gequälten Seele dieses freundlichen einfachen Menschen vor sich ging.

»Hören Sie, Petersen«, bat er ihn, »mir ist das doch ganz unwichtig jetzt. Niemand wird es erfahren, das verspreche ich Ihnen. Bitte, Petersen, bitte...«

»So ist es besser.« Die gedämpfte Stimme klang seltsam zufrieden. »Es ist nicht gut, einen Menschen zu töten... ist nicht gut, dann weiterzuleben... Ich weiß... Bitte, es ist doch wichtig: Sie werden es meinem Kapitän sagen, daß Petersen bereut und sich sehr schämt... Ich tue dies für meinen Kapitän.« Ohne ein weiteres Wort wurde Carrington die Brechstange aus der Hand gezerrt. Der Deckel klappte klirrend zu. Für eine Minute dröhnte eine Reihe gedämpft klingender Schläge auf Metall durch den Ruderraum. Auf einmal verstummten sie, und zu hören war nur noch das Rauschen des Wassers an der Bordwand und innen das Knarren des Ruders, als *Ulysses* auf geraden Kurs gelegt wurde.

Hoch und rein erhob sich die schöne klare Stimme über das gedämpfte Brausen der Entlüfter vom Maschinenraum, über das Jaulen von hundert Elektromotoren und das Rauschen der See. Auch das metallisch Unpersönliche der Lautsprecherübertragung vermochte die Schönheit dieser Stimme nicht zu beeinträchtigen... Wenn die Lage nicht unbedingt Stille verlangte, ließ Vallery gern, um seinen Männern die langen dunklen Stunden zu erleichtern, den Plattenspieler ans Lautsprechernetz schließen.

Fast unabänderlich bestand dann das Repertoire aus klassischer Musik oder, wie es häufig dumm und geringschätzig bezeichnet wird, den volkstümlichen Klassikern. Bach, Beethoven, Tschaikowskij, Lehár, Verdi, Delius gehörten hier zu den beliebtesten. ›Nr. 1 in b-Moll‹, ›Air auf der G-Saite‹, ›Mondnacht auf der Alster‹, ›Claire de Lune‹, ›Schlittschuhläuferwalzer‹ – nie konnten die Männer der *Ulysses* sie oft genug hören.

›Lächerlich‹ oder ›unmöglich‹ – leicht kann man sich die Bemerkungen der Leute vorstellen, die den musikalischen Geschmack des Matrosen mit seiner beruflichen Ethik und kämpferischen Moral gleichsetzen möchten. Diese Leute werden wohl auch nicht das geradezu religiöse Schweigen im überfüllten Hangar eines der großen Flugzeugträger in Scapa Flow erlebt haben, wenn Yehudi Menuhins zauberisches Geigenspiel tausend Männer wie auf Schwingen aus der rauhen harten Wirklichkeit, hinweg von den bitteren Erinnerungen der letzten Patrouille oder Geleitfahrt, ins goldene Land der Musik trug –.

Jetzt aber sang ein Mädchen, Deanna Durbin. Und sie sang *Beneath the Lights oft Home*, das von allen sehnsüchtigen Liedern wohl am tiefsten ins Herz greifende. An und unter Deck, über die mächtigen Maschinen gebeugt oder bei ihren Geschützen zusammengekauert lauschten die Männer der lieblichen Stimme, die durch das verdunkelte Schiff und das Schneetreiben zu ihnen kam, ihre Gedanken nach innen und in die Heimat lenkte – Gedanken an den schroffen, schmerzlichen Gegensatz und den freundlichen Morgen, der nicht kommen wollte. Mitten im Lied brach der Gesang ab.

»Alles herhören!« dröhnte es aus den Lautsprechern. »Alles herhören! Hier – hier spricht der I.O.« Die stockende Stimme klang tief und ernst, sie fesselte sofort die Aufmerksamkeit aller bis zum letzten Mann.

»Ich habe schlechte Nachrichten für euch.« Turner sagte das langsam und ruhig. »Es tut mir so leid, ich...« Er brach ab, dann sprach er weiter, noch langsamer: »Kapitän Vallery ist vor fünf Minuten gestorben.« Einen Moment schwieg der Lautsprecher, dann knatterte er wieder. »Er starb auf der Brücke, in seinem Stuhl. Er wußte, daß sein Ende gekommen war, und ich glaube nicht, daß er Schmerzen gehabt hat... Er verlangte – er verlangte, daß ich Ihnen allen seinen Dank sage für Ihr Ausharren auf seinem Schiff. ›Sagen Sie ihnen‹ – lauteten seine Worte, die ich genau wiedergeben möchte, ›sagen Sie ihnen, daß ich ohne sie niemals hätte durchhalten können, daß sie die beste Besatzung sind, die Gott jemals einem Kommandanten gegeben hat‹. Und dann sagte er – seine letzten Worte – ›Entschuldigen Sie mich bei ihnen. Nach allem, was sie für mich getan haben – nun ja, also sagen Sie ihnen, daß es mich furchtbar betrübt, sie so im Stich zu lassen‹. – Und dann ist er gestorben...«

Samstag nacht

Richard Vallery war tot. Er starb tief betrübt bei dem Gedanken, daß er die Besatzung der *Ulysses* im Stich ließ, sie führerlos allein ließ. Doch nur kurze Zeit waren sie allein, er brauchte nicht lange zu warten: schon ehe es Morgen wurde, waren noch Hunderte von Männern auf den Kreuzern, den Zerstörern und den Handelsschiffen gestorben. Und sie starben nicht, wie er gefürchtet hatte, unter den Kanonen der *Tirpitz* – nicht unter den gleichen tragischen Aspekten wie die Männer von P.Q. 17 –, denn die *Tirpitz* hatte den Altafjord gar nicht verlassen. Sie starben vor allem, weil das Wetter sich geändert hatte.

Richard Vallery war tot, und sein Tod bewirkte eine große Veränderung unter den Männern der *Ulysses*. Als er starb, ging auch vieles andere zugrunde, das er mit sich nahm: der Mut, die Freundlichkeit, die Güte, der unerschütterliche Glauben, die unendliche Geduld und die selbstverständliche Tapferkeit im Leiden – alle die Eigenschaften, die bei ihm so ausgeprägt gewesen waren. Und daß *Ulysses* jetzt dieser Dinge beraubt war, schien nicht einmal wichtig. Die Männer auf diesem Kreuzer brauchten nicht mehr den hohen Mut und all das, was ihn erzeugt und erhält, denn sie kannten nun Furcht überhaupt nicht mehr. Vallery war tot, und erst als er fort war, wußten sie, wie sehr sie diesen ritterlichen Mann geachtet und geliebt hatten. Nun aber wußten sie das. Sie wußten, daß etwas Wundervolles, das untrennbar zu ihren Gedanken und Erinnerungen gehörte, etwas unendlich Schönes und Gutes dahin war, so daß sie es nie wieder spüren würden – und das machte sie wild vor Kummer. Und im Kriege ist ein in tiefem Kummer befangener Mann der schrecklichste Feind, den es gibt. Umsicht und Vorsicht, Furcht und Schmerz – sie zählen nicht mehr für so einen Mann. Er lebt nur noch, um blind auf den Feind loszuschlagen, um – wenn er kann – den Urheber seines Kummers zu vernichten. Recht oder Unrecht – auf *Ulysses* schob jeder die Schuld am Tode des Kommandanten einzig und allein dem Feind zu. Ihnen blieb nichts mehr als nur ihr Kummer und der blindwütige Haß. »Vogelscheuchen« hatte Nicholls sie einmal genannt, und jetzt erst war *Ulysses* so recht ein Schiff voll lebender Vogelscheuchen, die rastlos auf den schwankenden Decks zwischen Schnee und Eis hin und her trotteten und schlichen, wie Roboter nur auf das eine Wort ›Rache‹ eingestellt.

Das Wetter hatte sich kurz vor Ende der Mittelwache geändert. Der Seegang blieb wie er war – F.R. 77 stampfte noch immer in die grobe, rollende Dünung aus Norden, daß immer neue Schichten glitzernden Eises sich auf den Vorschiffen bildeten –, aber der Wind war abgeflaut, und fast augenblicklich hörte das Schneetreiben auf, die letzten dikken Bänke dunkler Wolken trieben nach Süden. Gegen 4 Uhr war der Himmel völlig klar.

Die Nacht war mondlos, doch die Sterne kamen heraus, klar und scharf in der eisigen Brise, die pausenlos aus Norden wehte.

Allmählich begann das Bild des Himmels sich zu verändern. Zuerst wurde nur der nördliche Horizont ein klein wenig heller, und dann verbreiterte sich langsam ein zitterndes pulsierendes Lichtband, das höher und höher stieg und sich, über den Zenit hinaus, mit jeder Minute weiter südwärts ausdehnte. Bald erschienen mehr von diesen zitternden Lichtbändern wie lange Flaggen in zartesten Pastellfarben, Blau, Grün und Violett, aber immer und an allen Stellen überstrahlt und umstrahlt vom reinen Weiß. Und diese Gassen vielfarbig spielenden Lichts stiegen höher und wurden immer heller. Und als Krönung erstreckte sich ein breites weißes Band von Horizont zu Horizont hoch über den Konvoi hinweg... Es war das Nordlicht, jedesmal von neuem ein wunderbares Naturschauspiel und in dieser Nacht unübertrefflich schön. Aber unten auf den Schiffen von F.R. 77, die nun deutlich beleuchtet gegen die dunklen Seen zu erkennen waren, betrachteten die Männer es haßerfüllt.

Auf der Brücke von *Ulysses* war Chrysler – Chrysler mit den unheimlich scharfen Augen und dem überfeinen Gehör – der erste, der es wahrnahm. Alsbald hörten es auch alle übrigen: das entfernte Brummen, mit kleinen Pausen wie aussetzender Pulsschlag – die Motoren einer von Süden anfliegenden Condor. Nach einer Weile merkten sie, daß sie nicht mehr näher kam, doch die plötzlich aufkeimende Hoffnung starb fast im selben Augenblick schon. Jetzt konnte es kein Mißverständnis mehr geben – das tiefe, schwere Brummen einer steil steigenden Focke-Wulf.

Der I.O. wandte sich müde an Carrington. »Charlie, wie

zu erwarten«, sagte er grimmig. »Der Schweinigel hat uns längst ausgemacht. Hat bestimmt schon nach Altafjord gefunkt, und ich wette hundert zu eins, daß er in ungefähr 3000 Meter Höhe eine Leuchtkugel zum Markieren auslöst, die 50 Meilen weit zu sehen ist.«

»Ihre Wette ist gewonnen«, erwiderte Carrington, nicht so frisch wie sonst. »Ich wette nie gegen absolut sichere Sachen... Und dann kommen vielleicht, nach und nach, noch mehr Leuchtkugeln in verschiedener Höhe, wie?«

»Ganz recht.« Turner nickte. »Lotse, wie weit sind wir nach Ihrer Berechnung vom Altafjord – in Flugzeit, meine ich.«

»Für eine Maschine, die 200 Meilen macht, etwas über eine Stunde«, antwortete Kapok Kid ruhig. Seinen frohen Übermut hatte er verloren, seit Vallerys Tod vor zwei Stunden war er still und deprimiert.

»Eine Stunde!« rief Carrington. »Und dann werden sie hier sein! Mein Gott, Sir«, sagte er unruhig grübelnd zu Turner, »diesmal wollen sie uns wirklich fertigmachen. Bisher haben wir nie Bomben oder Torpedos bei Nacht gekriegt. Und noch nie ist die *Tirpitz* hinter uns her gewesen. Wir haben nie -«

»Die *Tirpitz*«, unterbrach ihn Turner. »Wo, zum Teufel, steckt die denn? Hat Zeit genug gehabt, uns einzuholen. Oh, ich weiß, es ist dunkel, und wir haben den Kurs geändert«, fügte er hinzu, als Carrington widersprechen wollte, »aber eine Sicherungsgruppe von schnellen Zerstörern müßte uns längst gesichtet haben –. Preston!« Er rief dem Signalmeister in scharfem Ton zu: »Rasch, aufpassen, Mann! Das Schiff da drüben morst uns an!«

»Entschuldigen, Sir.« Der Signalmeister, der vor Erschöpfung auf den Füßen schwankte, hob seine Morselampe und klapperte eine Bestätigung herunter. Wieder begann der Dampfer wild zu blinken. »... Querbruch Maschinen – Bettungsplatte«, las Preston ab. »Schaden bedenklich, muß Fahrt vermindern.«

»Bestätigen«, sagte Turner kurz. »Welches Schiff ist es, Preston?«

»*Ohio Freighter*, Sir.«

»Der vorgestern einen Torpedo gekriegt hat?«

»Ja, der, Sir.«

»Geben Sie rüber ›Geschwindigkeit und Position unbedingt halten‹.« Turner schimpfte. »Ausgerechnet jetzt Bruch in der Maschine!... Lotse, wann sollen wir Kontakt mit der Flotte haben?«

»In sechs Stunden, Sir. Genau!« rief Carpenter.

»Sechs Stunden.« Turner biß die Lippen zusammen. »Bloß noch sechs Stunden – vielleicht!« fügte er erbittert hinzu.

»Vielleicht?« murmelte Carrington.

»Vielleicht«, wiederholte Turner. »Hängt ganz vom Wetter ab. Der Flottenchef wird kein Großkampfschiff so dicht an der Küste riskieren, wenn er keine Jäger zum Schutz gegen Luftangriffe starten kann. Und, wenn Sie mich fragen, ist das der Grund, weshalb die *Tirpitz* bis jetzt noch nicht aufgekreuzt ist – irgendein streunendes U-Boot hat ihr den Tip gegeben, daß unsere Flugzeugträger nach Süden dampfen. Der Befehlshaber wird das Wetter abwarten... Was meldet der Dampfer jetzt, Preston?« Der Signalscheinwerfer hatte nach kurzem Aufflackern abgedunkelt.

»Fahrtverminderung unvermeidlich«, wiederholte Preston. »Beschädigung schwer. Vermindere Fahrt.«

»Und er macht's schon«, sagte Carrington ruhig. Er blickte Turner an, sah das verkniffene Gesicht und den düsteren Blick und wußte, daß der I.O. dasselbe dachte wie er. »Der ist erledigt, Sir, ein toter Vogel. Hat gar keine Chance. Höchstens, wenn –«

»Wenn was?« fragte Turner grob. »Wenn wir ihm eine Eskorte beigeben, wie? Aber welche, I.W.O.? Etwa *Viking* – das einzige noch einwandfreie Schiff, das uns geblieben ist?« Er schüttelte langsam den Kopf. »Die größte Stärke liegt in der Zahl – das hat jetzt für uns zu gelten. Und das müssen die drüben auch wissen. – Preston, morsen Sie ›Bedaure, Ihnen keinen Beistand leisten zu können. Wieviel Zeit wird für Reparatur benötigt?‹«

Die Leuchtkugel barst schon, bevor Preston die Hand um

den Hebel seiner Morselampe gelegt hatte. Sie barst genau über F.R. 77. Ihre Höhe ließ sich schwer schätzen – zwischen 1800 und 2400 Meter –, und so hoch wirkte sie nur wie ein leuchtendes Pünktchen gegen das große helle Band des Nordlichts, das sich majestätisch über den Himmel wölbte. Doch sie fiel schnell und ward, immer lauter zischend, rasch heller. Der Fallschirm hielt sie im Gleichgewicht.

Das Knattern des Lautsprechers vom Funkraum brach durch das stotternde Geklapper der Morselampe.

»Funkraum an Brücke! Funkraum an Brücke! Meldung von *Sirrus*: ›Drei Gerettete tot. Viele Sterbende und Schwerverwundete. Ärztliche Hilfe dringend erforderlich. Wiederhole: dringend‹.« Das Gerät schaltete ab, gerade als auf *Ohio* die Antwort zu blinken begann.

»Lassen Sie Assistenzarzt Nicholls holen«, befahl Turner kurz. »Bitten Sie ihn, sofort auf der Brücke zu erscheinen.«

Carrington starrte auf die breiten dunklen, von milchigem Schaum gekrönten Seen, in die *Ulysses* immer wieder schwer und heftig einhieb. »Wollen Sie das riskieren, Sir?«

»Ich muß. Sie würden dasselbe tun, I.W.O.... Was sagt *Ohio*, Preston?«

»Ich verstehe. Habe sowieso keine Zeit, mich um die Royal Navy zu kümmern. Das geben wir euch noch zurück. *Au revoir*.«

»Das geben wir euch noch zurück. *Au revoir*«, wiederholte Turner leise. »Der belügt sich selbst und weiß es auch. Bei Gott«, fuhr es aus ihm heraus, »wenn mir je einer erzählen sollte, daß die Yankees als Seeleute keinen Mumm haben – dem zerkloppe ich seine freche Visage! – Preston, geben Sie ›*Au revoir*. Alles Gute‹... I.W.O., ich komme mir vor wie ein Mörder.« Er rieb sich mit der Hand die Stirn und nickte zum Schutzraum hinüber, wo Vallery, an die Sitzbank gebunden, lang ausgestreckt ruhte. »Monat für Monat hat er solche Entscheidungen treffen müssen. Kein Wunder, daß...« Er unterbrach sich, da die Klapptür quietschend aufging.

»Sind Sie das, Nicholls? Es gibt Arbeit für Sie, mein Sohn. Kann mir nicht erlauben, euch Medizinmänner den ganzen

Tag müßig herumlungern zu lassen.« Er hob die Hand. »Schon gut, schon gut«, sagte er lachend. »Ich weiß ja... Wie stehen die Dinge an der chirurgischen Front?« fuhr er ernsthaft fort.

»Wir haben alles getan, was möglich ist, Sir. Es blieb nur sehr wenig zu tun«, antwortete Nicholls ruhig. Sein Gesicht hatte tiefe Furchen, es war fast bis auf die Knochen abgemagert. »Aber mit Material sind wir schlecht versorgt. Es reicht kaum noch für einen einzigen Verband. Und überhaupt keine Betäubungsmittel mehr – nur das, was im Notverbandkasten ist, und den will der Oberstabsarzt keinesfalls angreifen.«

»Gut, gut«, murmelte Turner. »Wie fühlen Sie sich denn, Kerlchen?«

»Furchtbar.«

»So sehen Sie auch aus«, sagte Turner unverblümt. »Nicholls, es tut mir schrecklich leid, Junge – aber ich will Sie jetzt zur *Sirrus* rüberschicken.«

»Jawohl, Sir.« In seinem Ton lag kein Erstaunen, denn es war ja nicht schwer zu erraten, weshalb der I.O. ihn hatte rufen lassen. »Sofort?«

Turner nickte stumm. Sein hageres, kraftvolles Gesicht mit den dicken Brauen und den hohlen Augen wurde von der sinkenden Leuchtkugel markant beleuchtet. ›Ein Gesicht, das man nicht vergißt‹, dachte Nicholls.

»Wieviel Ausrüstung kann ich mitnehmen, Sir?«

»Nur Ihr ärztliches Gerät, weiter nichts. Sie reisen ja nicht im Salonwagen, Kerlchen.«

»Darf ich meine Kamera und Filme mitnehmen?«

»Einverstanden.« Turner lächelte einen Moment. »Sind wohl ganz versessen darauf, die letzten Sekunden der *Ulysses* zu fotografieren?... Bedenken Sie aber, daß *Sirrus* leck ist wie ein Sieb. – Lotse, rufen Sie den Funkraum an: *Sirrus* auffordern, längsseit zu kommen. Soll Arzt über Hosenboje an Bord nehmen.«

Die Klapptür knarrte wieder. Turner betrachtete die massige Gestalt, die müde zur Kompaßplattform stolperte. Brooks konnte sich, wie alle an Bord, kaum noch auf den

Füßen halten, aber in seinen blauen Augen blitzte es hell wie immer.

»Meine Spitzel sind überall«, verkündete er. »Was höre ich da? *Sirrus* will unseren kleinen Johnny schanghaien?«

»Tut mir leid, alter Freund«, sagte Turner entschuldigend, »es scheint drüben sehr böse auszusehen.«

»Ach so.« Brooks erschauerte. Vielleicht machte es der schrill klagende Gesang des Windes in der zerstörten Takelage, oder war es des Windes eisträchtiger Atem? Noch einmal erschauernd, blickte Brooks nach der herabschwebenden Leuchtkugel. »Hübsch, sehr hübsch«, murmelte er. »Welchem Zweck soll die Illumination dienen?«

»Wir erwarten Gesellschaft.« Turner lächelte schief. »Eine Sitte von alters her, o Sokrates. ›Die Lampe im Fenster‹, oder wie es so schön heißt.« Er richtete sich jäh auf, entspannte wieder, sein Gesicht war jetzt unbewegt, wie aus Granit gehauen. »Irrtum meinerseits«, murmelte er, »die Gesellschaft ist bereits da.«

Die letzten Worte gingen schon unter im grollenden Donner einer schweren Explosion. Turner hatte gewußt, daß sie kam – er hatte den dünnen Flammenspeer gesehen, der dicht vor der Brücke des *Ohio Freighter* nach oben stach. Der Schall brauchte fünf oder sechs Sekunden bis zur *Ulysses*, denn *Ohio* lag schon über eine Meile achteraus an Steuerbord. Unter dem Strahlenband des Nordlichts war sie deutlich zu sehen, desselben Nordlichts, das den Dampfer, der kaum noch Fahrt machte, einem suchenden U-Boot verraten hatte.

Er blieb nicht mehr lange sichtbar. Außer dem Schlag der Explosion erfolgte nichts. Kein Raum, keine Flamme, kein Geräusch. Aber dem Schiff mußte das Rückgrat gebrochen, der Boden herausgerissen sein – und seine Laderäume waren bis oben hin nur mit Panzern und Munition angefüllt. Es ging in sonderbar würdevoller Haltung zugrunde: schnell, still, ohne jeden Wirbel, versank es. Nach drei Minuten war von ihm keine Spur mehr geblieben.

Turner brach endlich das beklemmende Schweigen auf der Brücke. Er wandte sich ab, im Schein der Leuchtkugel bot sein Gesicht kein erfreuliches Bild. »*Au revoir*«, murmelte er vor sich hin. »*Au revoir*. Das hat er doch gesagt, dieser lügnerische...« Zornig schüttelte er den Kopf, tippte Kapok Kid auf den Arm. »Funkraum anrufen. *Viking* soll über dem U-Boot bleiben, bis wir klarkommen.«

»Wie soll das alles noch enden?« Brooks sah in dem Zwielicht sehr still und ernst aus.

»Das weiß Gott! Wie ich diese Hunde hasse, diese Mordbuben!« knirschte Turner. »Oh, ich weiß, ich weiß, wir tun ja dasselbe – aber nein: ich will die Gegner sehen, mit ihnen kämpfen können, Auge in Auge, ich will –«

»Sie werden schon bald genug die *Tirpitz* zu sehen kriegen«, unterbrach Carrington ihn trocken, »und die ist ja wahrhaftig groß genug.«

Turner blickte ihn an und lächelte plötzlich. Er klopfte ihm auf den Arm, dann verdrehte er den Kopf und starrte empor in die schimmernde Schönheit des Himmels. Wann mochte die nächste Leuchtkugel fallen...?

»Hast du eine Minute für mich über, Johnny?« Kapok Kid sprach leise. »Ich möchte dir etwas sagen.«

»Klar.« Nicholls sah ihn erstaunt an. »Klar habe ich eine Minute, zehn sogar – bis *Sirrus* rankommt. Was drückt dich denn, Andy?«

»Eine Sekunde noch.« Carpenter ging zum I.O. »Gestatten, daß wir mal ins Kartenhaus gehen, Sir?«

»Haben Sie auch bestimmt Ihre Streichhölzer bei sich?« Turner lächelte. »Genehmigt. Ab dafür.«

Kapok Kid lächelte matt, sagte aber nichts. Er nahm Nicholls beim Arm, führte ihn ins Kartenhaus, schaltete das Licht ein und zog seine Zigaretten aus der Tasche. Er blickte, während er eine mit dem flackernden Streichholz anzündete, Nicholls fest an. »Weißt du was, Johnny?« fragte er plötzlich. »Ich glaube, ich habe schottisches Blut in mir.«

»Schottenblut«, verbesserte Nicholls. »Aber verwünscht sei schon der Gedanke daran!«

»Ich fühle mich so – wie heißt das Wort noch? – *fey* sagt man wohl, todgeweiht. Ja, so fühle ich mich heute abend,

Johnny.« Er hatte die Zwischenbemerkung seines Freundes gar nicht aufgenommen. Erschauernd fuhr er fort. »Warum, weiß ich nicht. Habe dies Gefühl noch nie gehabt.«

»Ach, Unsinn! Verdauungsschwierigkeiten, mein Junge«, sagte Nicholls energisch, ohne ein sonderbares Unbehagen abwehren zu können.

»Nein, das haut diesmal nicht hin.« Carpenter schüttelte, halb lächelnd, den Kopf. »Im übrigen habe ich seit zwei Tagen nichts gegessen. Bin ganz gesund, Johnny.« Auf Nicholls machten seine Worte trotz inneren Sträubens starken Eindruck. So tiefer Ernst und schwermütige Ahnungen – das kam ihm bei Kapok Kid völlig fremd vor.

»Ich werde dich nicht wiedersehen«, fuhr Carpenter leise fort. »Willst du mir einen Gefallen tun, Johnny?«

»Sei doch nicht so albern und blöd«, sagte Nicholls ärgerlich. »Woher willst du denn wissen, zum Kuckuck –?«

»Nimm dies an dich.« Kapok Kid zog einen Streifen Papier hervor und drückte ihn Nicholls in die Hände. »Kannst du das lesen?«

»Ich kann's lesen.« Nicholls hatte seine Nervosität unterdrückt. »Ja, ich kann es lesen. Auf dem Papier standen ein Name und eine Adresse, der Name eines Mädchens und eine Adresse in Surrey. »So heißt sie also«, sagte er weich. »Juanita... Juanita.« Er sprach den Namen behutsam aus, in korrekt spanischer Betonung. »Mein Lieblingslied heißt so, und mein Lieblingsname«, murmelte er.

»Tatsache?« fragte Carpenter eifrig. »Ist das wahr? Meiner auch, Johnny.« Er schwieg ein Weilchen. »Wenn, vielleicht – ich meine, wenn ich nicht – also, willst du sie aufsuchen, Johnny?«

»Wovon redest du eigentlich, Mann?« Nicholls geriet in Verlegenheit. Halb ungeduldig, halb wie im Scherz tippte er ihm auf die Brust. »Mit diesem Anzug, du, könntest du von hier nach Murmansk sogar schwimmen! Hast du doch selbst gesagt, hundertmal schon.«

Kapok Kid lächelte ihn an, doch das Lächeln geriet nicht ganz. »Klar, ja, ich weiß, ich weiß – wirst du hingehen, Johnny?«

»Verdammt und zugenäht, ja!« rief Nicholls schroff. »Ich werde hingehen, und jetzt ist's höchste Zeit, daß ich anderswohin gehe. Komm.« Er drehte das Licht ab, zog die Tür zurück, blieb aber stehen, als er den Fuß schon über die Schwelle setzen wollte. Langsam trat er ins Kartenhaus zurück, schloß die Tür wieder und schaltete das Licht ein. Carpenter hatte sich nicht gerührt, er blickte ihn ruhig an.

»Verzeih mir, Andy«, sagte Nicholls aufrichtig. »Ich weiß gar nicht, wie ich dazu kam, so –«

»Schlechte Laune«, gab Kapok Kid heiter zurück. »Dir war es ja immer zuwider, wenn du merktest, daß ich recht hatte und du unrecht!«

Nicholls hielt die Luft an und schloß eine Sekunde die Augen. Dann streckte er die Hand aus. »Meine besten Wünsche, Vasco.« Er mühte sich um ein Lächeln. »Mach dir keine Sorge: ich werde sie aufsuchen, wenn – also ich verspreche dir, daß ich sie besuche. Juanita –. Aber wenn ich dich dann bei ihr finde, wehe dir...«, schloß er in drohendem Ton.

»Danke dir, Johnny. Vielen Dank.« Kapok Kid war beinah glücklich. »Alles Gute, Junge... Vaya con Dios. Das hat sie immer zu mir gesagt, auch bevor ich abfahren mußte. Vaya con Dios.«

Eine halbe Stunde später operierte Nicholls an Bord des Zerstörers die Verwundeten.

4 Uhr 45 morgens. Grimmige Kälte, bei einer leichten gleichmäßigen Brise aus Norden. In dem noch schwerer gewordenen Seegang wurden die Wellentäler tiefer und breiter. Die beschädigte *Sirrus* hatte, unter einer wahren Bergeslast von Eis, schwer zu arbeiten. Die Sicht war noch klar, bei einem Himmel von atemberaubender Reinheit. Die Sterne leuchteten wieder, denn das Nordlicht verblaßte. Der fünfte Leuchtschirm schwebte in ruhigem Flug abwärts, dem Meer entgegen.

4 Uhr 45 war es, als sie es hörten – das Rummeln von Geschützfeuer fern im Süden, ungefähr eine Minute, nachdem sie tief am Horizont eine Leuchtkugel grell aufblitzen sahen.

Was dort geschah, konnte nicht zweifelhaft sein. *Viking*, noch in Kontakt mit dem U-Boot, ohne es verwunden zu können, da sie keine Wasserbomben hatte, war schwer angegriffen worden. Es mußte eine kurze, harte und vernichtende Attacke gewesen sein, denn ihr Geschützfeuer verstummte sehr schnell. Ein böses Omen, daß kein Funkspruch kam. Niemand sollte erfahren, wie es *Viking* ergangen war, denn Überlebende gab es nicht –.

Kaum war das letzte Echo ihrer Kanonen verhallt, als das Motorengedröhn der Condor erklang, die mit äußerster Geschwindigkeit im Tiefflug nahte. Für fünf, vielleicht zehn Sekunden – es schien länger zu dauern, aber nicht so lange, daß ein Geschütz im Geleitzug die Maschine aufs Korn nehmen konnte – flog die große Focke-Wulf tatsächlich unter ihrer eigenen Leuchtkugel hindurch, dann war sie aus Sicht. Hinter ihr öffnete sich der Himmel in einer grellen Flamme, die schärfer blendete und den Augen mehr weh tat als das Licht der Mittagssonne. So unerhört stark war die Leuchtkraft dieser schwebenden Fackeln, so jäh zogen sich vor ihr die Pupillen zusammen und verkniffen sich instinktiv die Augen, daß die feindlichen Bomber schon durch den Lichtkreis waren, bevor im Geleitzug jemand richtig erkannte, was da vorging. Das auf Sekundenbruchteile berechnete Zusammenspiel zwischen dem markierenden Flugzeug und den Bombern war großartig.

In der ersten Welle kamen 12 Maschinen. Sie konzentrierten sich nicht, wie die früheren, auf ein einziges Ziel: einzeln oder zu zweien attackierten sie die Schiffe. Turner, der von der Brücke aus beobachtete, wie sie steil herabstießen und in die Gerade gingen, bevor noch das erste Geschütz auf *Ulysses* feuern konnte, hielt in jähem Entsetzen den Atem an, denn die Geschwindigkeit, die Art ihres Angriffs und die Umrisse dieser Flugzeuge kamen ihm erschreckend vertraut vor. Plötzlich wußte er's – Heinkels, bei Gott! Heinkel III! Und die Heinkel III trug – das wußte er – eine Waffe, die er am meisten fürchtete: die Gleitbombe.

Und jetzt, wie durch einen einzigen Schalter betätigt,

eröffneten auf *Ulysses* alle Rohre das Feuer. Die Luft füllte sich mit Rauch, dem beizenden Geruch brennenden Cordits. Der Lärm war unbeschreiblich. Und auf einmal fühlte sich Turner sonderbar glücklich, ingrimmig glücklich... ›Zur Hölle mit denen und ihren Gleitbomben!‹ dachte er. So Krieg zu führen gefiel ihm! Statt des Katze-und-Maus-Spiels, des enttäuschenden Versteckspiels, bei dem man versuchen mußte, die Tücken verborgener Wolfsrudel zu übertrumpfen, nun Kampf unter offenem Himmel, wo er den Feind sehen, ihn hassen konnte, oder ihn lieben im Kampf, wie Männer von Ehre ihn führen sollten, um mit äußerstem Einsatz den Gegner zu vernichten. Und Turner wußte, daß die Besatzung seines Kreuzers, wenn das überhaupt möglich war, den Gegner vernichten würde.

Es bedurfte keines besonderen Feingefühls, die große Verwandlung seiner Männer zu erkennen – ja, seine Männer waren es jetzt –, von denen keiner mehr an sich selbst dachte, denn sie hatten die Grenze der Furcht überschritten und hinter ihr nichts gefunden, was sie noch schrecken konnte. Sie würden ihre Geschütze laden und feuern, laden und feuern, bis der Feind sie überwältigte.

Die vorderste Heinkel wurde vom Himmel gefegt, und es war wie eine Gunst des Schicksals, daß Turm X sie zerstörte – der Turm der toten Seesoldaten, der Turm, an dem die Condor zerschellt war. In ihm bemannten wieder Seesoldaten die Geschütze. Die zweite Heinkel schwang sich schroff in die Höhe, um den fliegenden Stücken des zerspringenden Rumpfes und den durch die Luft wirbelnden Motoren auszuweichen. Dann ließ sie sich wieder fallen, sauste in kaum einer Bootslänge Abstand am Bug des Kreuzers vorüber, zog sich mit höchster Tourenzahl in einer Wendung nach Backbord höher und brauste erneut gegen *Ulysses* an. Sämtliche Geschütze an Bord waren nach der entgegengesetzten Seite gerichtet, so daß Sekunden vergingen, bis das erste aufs Ziel einschwenken konnte – reichlich Zeit für die Heinkel, im Winkel von 60 Grad das Schiff anzufliegen, ihre Bombe auszuklinken und zu schnellster Flucht abzudrehen, als das konzentrierte Feuer der 2-Zentimeter- und 4-Zentimeter-Kanonen sie aufs Korn nahm. Wie durch ein Wunder entkam sie.

Die geflügelte Bombe war hoch angesetzt, aber nicht zu hoch. Sie wackelte, kam ins Gleichgewicht, kippte und glitt durch den treibenden Qualm der Geschütze schräg hinab, um unter einer ungeheuren, betäubenden Explosion einzuschlagen, die *Ulysses* bis in den Kiel erschütterte und den Männern an Bord fast die Trommelfelle zerriß.

Turner, der von der Brücke übers Achterschiff blickte, mußte glauben, daß *Ulysses* diesen furchtbaren Hieb nicht überleben würde. Als früherer Torpedo-Offizier, der sich auf Explosivstoffe verstand, konnte er die Zerstörungskraft einer solchen Bombe beurteilen. Noch nie aber hatte er eine so gewaltige, verheerende Explosion so nahe erlebt. Wie sehr er diese Gleitbomben auch gefürchtet hatte, ihre vernichtende Gewalt übertraf seine Befürchtungen: Die Erschütterung war zweimal, dreimal stärker gewesen, als er erwartet hatte.

Freilich wußte er nicht, daß er in Wahrheit zwei Explosionen gehört hatte, die so dicht aufeinander folgten, daß sie zu einer verschmolzen. Die Gleitbombe schlug – ein tückischer Zufall – direkt in den Torpedorohransatz an Backbord. Nur noch ein Torpedo war im Rohr gewesen – die zwei anderen hatten *Vytura* in Grund gebohrt –, und im allgemeinen ist das Amatol, mit dem die Gefechtsköpfe gefüllt werden, ein sehr träger Sprengstoff, der sogar heftige Stöße verträgt. Aber die Bombe war so nahe und mit soch furchtbarer Gewalt detoniert, daß der Torpedo hochging.

Der angerichtete Schaden war groß, das Schiff hatte schwere Wunden, doch keine tödliche. Die Backbordseite war bis zur Wasserfläche aufgerissen, wie mit einem riesigen Büchsenöffner zerschnitten, der Rohrsatz verschwunden, die Decks waren durchlöchert und zersplittert, der Schornsteinaufbau ein Haufen eisernes Gerümpel, der Schornstein hing im Winkel von ungefähr 15 Grad nach Backbord, aber die volle Wucht der Explosion hatte sich nach hinten entladen, hatte die Kombüse und die früher schon schwer beschädigte Kantine zu einem Schrotthaufen gemacht und war im Kielwasser verpufft.

Kaum hatten Staub und Trümmer sich gesetzt, da verschwanden auch bereits die letzten Heinkelmaschinen. Dicht über den Wellenkämmen wichen sie in wilden Wendungen und Drehungen der Vernichtung aus, verfolgt und gehetzt von den hundert glühenden Streifen der Leuchtspurgeschosse. Dann waren sie fort, wie durch Zauber, und es blieben nur das plötzliche, betäubende Schweigen und die Leuchtkugeln, die langsam zum Erlöschen neigten. Sie bestrahlten noch die über *Ulysses* hinziehenden, von der zerschmetterten *Stirling* aufwallenden dunklen Rauchwolken und einen Tanker mit fast vernichteten Aufbauten. Aber keins der Schiffe im F.R. 77 hatte seine Position verlassen oder gestoppt, und sie hatten fünf Heinkels vernichtet. Ein teurer Sieg, grübelte Turner – wenn hier von Sieg die Rede sein konnte. Aber er wußte, daß die Flugzeuge wiederkommen würden, denn es war nicht schwer, sich die Wut und den verwundeten Stolz des Oberkommandos in Norwegen vorzustellen. Nach Turners Erfahrungen hatte noch kein Geleitzug für Rußland einen so weit südlichen Kurs genommen.

Riley streckte langsam und vorsichtig, um nicht die dicke, rasende Welle zu berühren, sein verkrampftes Bein. Vorsichtig goß er Öl auf das Lager, ganz behutsam, um den L.I. nicht zu stören, der sich schlafend gegen die Tunnelwand und seine Schulter stützte. Aber schon bei dieser kleinen Bewegung rührte sich Dodson und öffnete die dicken, verklebten Augenlider.

»Verdammt gut, daß ich hier bin«, knurrte Riley, mit einer Kopfbewegung nach dem Wellenlager. »Wäre bestimmt verflucht schwer, einen Feuerschlauch hier runterzubringen!« Das war unfair, und Riley wußte es: Dodson hatte ihn jede halbe Stunde beim Ölen abgelöst, so daß sie abwechselnd schlafen konnten. Aber er hatte das Gefühl, etwas sagen zu müssen, und fand es immer schwieriger, mit dem Ingenieur herausfordernd zu reden.

Dodson lächelte still, ohne zu antworten. Endlich räusperte er sich und murmelte gleichgültig: »*Tirpitz* nimmt sich allerhand Zeit, was?«

»Jawohl, Sir.« Riley war unbehaglich zumute. »Hätte längst hier sein müssen, die verdammte *Tirpitz*!«

»Der«, korrigierte Dodson gedankenlos. »Heißt nämlich ›*Admiral von Tirpitz*‹... Warum lassen Sie eigentlich nicht dies alberne Benehmen, Riley?«

Der Heizer gab nur ein Grunzen von sich. Dodson seufzte, dann hellte sein Gesicht sich auf. »Gehen Sie noch mehr Kaffe holen, Riley. Ich bin ganz ausgedörrt!«

»Nein«, sagte Riley kurz, »den holen Sie.«

»Tun Sie's mir zu Gefallen, Riley.« Dodson sprach sehr sanft. »Ich bin verdammt durstig.«

»Oh, dann will ich's machen.« Der große Heizer schimpfte und stellte sich mühsam auf die Beine. »Wo kriege ich welchen?«

»Im Maschinenraum, massenhaft. Trinken ja da dauernd bloß Eiswasser oder Kaffee. Aber für mich kein Eiswasser.« Dodson schüttelte sich fröstelnd.

Riley nahm die Thermosflasche und stolperte durch den Gang. Kaum hatte er ein paar Schritte getan, als sie die Erschütterung des Schiffes unter dem Rückschlag der Turmgeschütze spürten. Das war, ohne daß sie es wußten, bei Beginn des Luftangriffs.

Dodson stützte sich an der Wand, sah, wie Riley dasselbe tat und dann halb laufend in sonderbarer Gangart weitertrottete. Dieses groteske Traben kam Dodson merkwürdig vertraut vor. Die Geschütze schlugen wieder zurück, und die Gestalt krabbelte noch hastiger, wie ein Riesenkrebs in Todesangst... ›Das ist es‹, dachte Dodson, ›panische Angst! Kann's dem armen Teufel nicht verdenken, fange ja selbst hier unten schon an, unter Wahnvorstellungen zu leiden...‹

Abermals bebte der ganze Tunnel, noch heftiger als vorher – das mußte Turm X sein, fast unmittelbar über seinem Platz. »Nein, ich nehm 's ihm nicht übel. Aber Gott sei Dank, daß er weg ist.« Dodson lächelte vor sich hin. »Ich werde Freund Riley nicht wiedersehen – na, der ist sowieso unverbesserlich.« Erschöpft lehnte er sich wieder an die Wand. »Endlich allein«, murmelte er und wartete auf das Gefühl der Erleichterung. Doch das stellte sich nicht ein, vielmehr ein quälendes Gefühl, vereinsamt zu sein, im Stich gelassen. Eine sonderbare, enttäuschende Leere.

In einer Minute war Riley wieder da. Er kam in demselben unbeholfenen Krebsgang zurück, trug eine Thermosflasche für drei Liter sowie zwei Tassen und fluchte fortwährend, wenn er gegen die Tunnelwand rutschte. Keuchend ließ er sich neben Dodson nieder und füllte stumm eine Tasse mit dem dampfenden Kaffee.

»Warum mußten Sie denn wieder herkommen, zum Teufel!« fuhr Dodson ihn grob an. »Ich will Sie hier nicht haben und –«

»Sie haben Kaffee verlangt«, unterbrach ihn Riley, ebenfalls grob. »Hier haben Sie das Mistzeug. Trinken Sie's.«

In diesem Moment hallte die Erschütterung von der Explosion der Bombe beim Torpedosatz unheimlich durch den dunklen Tunnel und warf die beiden Männer hart gegeneinander. Der ganze Kaffee aus der Tasse klatschte Dodson übers Bein. Sein Gehirn war so abgestumpft und reagierte so langsam, daß er zuerst nur dachte, wie verflucht ihn fror und wie kalt dieser Tunnel mit den nassen Wänden war. Obwohl der kochend heiße Kaffee ihm bis auf die Haut drang, spürte er weder Wärme noch Nässe, so gefühllos waren seine Beine bis zu den Knien. Er blickte Riley kopfschüttelnd an. »Was war das eben, um Himmels willen? Was ist passiert? Haben Sie –?«

»Keinen Dunst habe ich. Bin nicht stehengeblieben, um nachzufragen.« Riley streckte sich behaglich aus und pustete in den dampfenden Kaffee. Ein glücklicher Gedanke kam ihm, ein breites frohes Lächeln verwandelte sein Gesicht, sosehr das überhaupt möglich war. »Wahrscheinlich ist's der *Tirpitz*«, sagte er hoffnungsvoll –.

Noch dreimal in dieser entsetzlichen Nacht stiegen die deutschen Bomberstaffeln vom Flugplatz am Altafjord auf und donnerten nach Nordnordwesten durch die grimmig kalte Polarnacht über das schwer dünende Eismeer – auf der Suche nach den zerschlagenen Resten von F.R. 77. Nicht, daß die Suche schwierig gewesen wäre, die Condor blieb die ganze Nacht beim Geleitzug und ließ sich durch nichts abschütteln. Sie schien einen endlosen Vorrat von den todkündenden Leuchtkugeln zu haben. Vielleicht – sehr wahrscheinlich sogar – hatte sie den ganzen Laderaum damit gefüllt. Und die Bomber brauchten sich ja nur nach diesen Fackeln zu richten –.

Die erste Attacke – gegen 5 Uhr 45 – war ein exerziermäßig korrekter Bombenangriff aus etwa 1000 Meter Höhe. Es schienen Dorniers zu sein, was aber schwer festzustellen war, da sie hoch über den drei schon unweit der Meeresfläche schwebenden Leuchtkugeln ankamen. Technisch gesehen hatte der Angriff nur geringen Erfolg, er wurde auch – bei dem heftigen Abwehrfeuer begreiflich – ohne besonderen Elan durchgeführt. Immerhin wurden zwei direkte Treffer erzielt: Einer riß einem Transporter das halbe Vorschiff weg, den zweiten empfing *Ulysses*. Die Bombe durchschlug das Signaldeck und die Admiralskajüte und explodierte mitten im Revier. Der Raum war überfüllt mit Kranken und Sterbenden, und für viele muß die Bombe eine von Gott gesandte Erlösung gewesen sein, denn an Bord gab es schon lange kein schmerzstillendes Mittel mehr. Keiner überlebte die Explosion. Unter den Toten befanden sich Marshall, der Torpedo-Offizier, Sanitätsmaat Johnson, der Profoß, eine Stunde vorher durch einen Splitter von den Torpedorohren leicht verwundet, und Burgess, der in der bösen Sturmnacht durch eine Gehirnerschütterung irre geworden war und in eine Zwangsjacke geschnallt werden mußte. Ferner Brown, dem der Lukendeckel über der Munitionskammer Y die Hüfte zerschmettert hatte, und Brierley, der mit seinen verölten Lungen schon im Sterben lag. Brooks war nicht im Revier gewesen.

Dieselbe Bombe hatte auch die Telefonzentrale zerstört, so daß nun außer den Leitungen von der Brücke zu den Geschützen und zum Maschinenraum alle Sprechverbindungen an Bord ausgefallen waren.

Der zweite Angriff um 7 Uhr früh wurde von nur sechs Bombern geflogen. Diese Staffel ignorierte, offenbar unter ausdrücklichem Befehl, die Transportschiffe und griff nur die Kreuzer an. Ein kostspieliger Angriff, denn der Feind verlor vier Maschinen und erzielte nur einen Treffer, auf dem Achterdeck von *Stirling*, allerdings mit dem traurigen Ergebnis, daß beide Turmgeschütze ausfielen.

Turner, der schweigsam, mit entzündeten Augen, ohne Mütze in dem eisigen Wind auf der zerstörten Brücke hin und her ging, wunderte sich, daß *Stirling* nach den vielen schweren Schlägen, die sie erhalten hatte, noch schwimmfähig blieb. Und dann betrachtete er sein eigenes Schiff, das kaum noch wie ein Schiff aussah, sondern wie ein schwimmendes Chaos von verdrehtem Stahl durch die groben Seen furchte. Unbegreiflich. Und da mußte er sich noch mehr wundern. Zerschossene, brennende Kreuzer, bis fast zur völligen Vernichtung zerstörte Kreuzer waren ihm nichts Neues: er hatte erlebt, wie die *Trinidad* und die *Edinburgh* auf dem gleichen Geleitweg nach Rußland buchstäblich zerhackt wurden, ehe sie sanken. Aber noch nie hatte er erlebt, daß Schiffe so unmenschlich hart, so mörderisch zugerichtet wurden wie *Ulysses* und die viel ältere *Stirling*, und daß sie trotzdem noch lebten.

Die dritte Attacke erfolgte kurz vor Tagesanbruch, im grauen Zwielicht, mit großem Mut und äußerster Energie von fünfzehn Heinkel III mit Gleitbomben durchgeführt. Wieder bildeten ausschließlich die Kreuzer ihr Ziel, mit dem Schwerpunkt *Ulysses*. Der Besatzung, die unter der Bedrohung keineswegs versagte oder gar das besondere Pech ihres Schiffes bejammerte – diesen merkwürdig selbstlosen ›wandelnden Vogelscheuchen‹ kam der Feind jetzt gerade recht: Sie begrüßten sein Erscheinen fast mit Freude, denn wie kann einer seinen Feind vernichten, wenn der ihm nicht näher kommt? Furcht oder angstvolles Warten auf den fast gewissen Tod kannten sie nicht mehr. Heimat und Vaterland, Familien, Frauen und Geliebte waren bloße Namen, leere Begriffe: Die Gedanken an sie berührten den Verstand der Männer nur flüchtig und vergingen, als seien sie niemals gewesen. »Sagen Sie ihnen«, hatte Vallery gesagt, »sagen Sie ihnen, daß sie die beste Besatzung sind, die Gott jemals einem Kapitän gegeben hat.« Vallery. Das allein war, was jetzt zählte: Diese Worte und der Geist eines Vallery, alles, was so unzertrennlich zu diesem gütigen, liebenswerten Mann gehörte, daß sie es im einzelnen nie recht empfunden hatten, weil der ganze Mensch Vallery so war. Und die Besatzung schleppte die Granaten, knallte die Verschlüsse zu und feuerte – gleichgültig gegenüber der Todesgefahr vergaßen diese Männer alles, aber auch alles außer der Erinnerung an den Mann, der gestorben war, indem er sich entschuldigte, sie im Stich lassen zu müssen! Nur ein Gedanke erfüllte sie jetzt: daß sie ihren Vallery nicht enttäuschen durften... Vogelscheuchen, aber Männer, die über sich selbst hinauswuchsen, wie es zu geschehen pflegt, wenn Menschen wissen, daß der nächste Schritt, der unvermeidbare Schritt sie über den Kamm des Abhangs an der anderen Seite des Tales führen wird...

Zuerst richtete sich der Angriff gegen *Stirling*. Turner sah zwei Heinkelmaschinen im Tiefangriff herandonnern, die, so unglaublich es schien, das schwere dichte Abwehrfeuer auf Kernschußweite überstanden. Ihre panzerbrechenden Bomben mit Verzögerungszünder trafen *Stirling* mittschiffs, dicht unter Deckshöhe, und explodierten tief im Schiffsleib, im Kesselraum und Maschinenraum. Die nächsten drei Bomber wurden nur vom Feuer der kleinen Kanonen und Maschinengewehre empfangen, denn die schweren Waffen waren verstummt. Vor Besorgnis ganz elend, machte sich Turner klar, was da geschehen war: Die Explosion hatte die Stromversorgung der Türme zerrissen. Rücksichtslos, verächtlich fast, preschten die Flugzeuge durch die schwächliche Abwehr, und jede ihrer Bomben traf. Turner erkannte, daß *Stirling* tödlich verwundet war: sie brannte wieder und hing weit nach Steuerbord über.

Plötzlich wachsender Donner von Flugzeugmotoren veranlaßte ihn, sich rasch umzudrehen und auf sein eigenes Schiff achtzugeben. Die erste Welle bestand aus fünf Heinkels. Sie flogen in verschiedener Höhe und in verschiedenen Winkeln an, um das Flakfeuer aufzusplittern – und nahmen dann gemeinsam das Achterdeck aufs Korn. Es entstand so viel Rauch und Lärm, daß Turner nur verworrene Eindrücke bekam. Auf einmal schien die Luft ringsum erfüllt von Gleitbomben und dem abgehackten, reißenden Krachen der deutschen Bordkanonen und MGs. Eine Bombe explodierte in der Luft, dicht vor dem achteren Schornstein. Ein mörderischer Sturm gezackten Stahls säbelte über das Bootsdeck: alle kleinen Fliegerabwehrgeschütze verstummten sofort, ihre Bedienungen von Splittern zerfetzt oder durch den Luftdruck getötet. Eine zweite durchschlug das Deck und die Maschinistenwohnräume und verwandelte den Funkraum in ein Schlachthaus. Die beiden anderen Treffer lagen höher: sie schlugen ins Batteriedeck bei Turm X und in den Turm selbst. Er wurde am oberen Rand ringsum und an beiden Seiten hinunter wie mit einem riesigen Beil aufgespalten und lag, aus seiner Bettung gefegt, grotesk auf dem zerschundenen Achterdeck.

Außer den Bedienungen der leichten Geschütze und den Bemannungen der Türme verlor nur noch ein Mann bei diesem Angriff sein Leben, aber dieser eine war praktisch unersetzbar. Sprengstücke von der ersten Bombe hatten einen Preßluftzylinder in der Torpedowerkstatt zerschlagen, und gerade dort hatte Hartley, der Mann, auf den sich jetzt die Besatzung der *Ulysses* vor allem verlassen konnte, einige Sekunden vorher Schutz gesucht...

Ulysses lief in eine dichte Wolke schwarzen Qualms, denn *Stirling* brannte heftig, die Brennstofftanks waren zertrümmert. Was in den nächsten zehn Minuten geschah, sollte niemand erfahren. In Rauch, Feuer und Schmerzen mußten die Männer Höllisches aushalten. Plötzlich lief *Ulysses* wieder in klarer Luft, und nun setzten die Flugzeuge, ihrer Bomben ledig, dem Kreuzer schwer zu, indem sie ihn unaufhörlich mit Bordkanonen und MGs beharkten, reißende Wölfe, die ihr Opfer in die Knie zwingen und es mit aller Gewalt erledigen wollten. Und doch feuerte, vereinzelt, hier und da noch ein Geschütz auf *Ulysses*.

Dicht unterhalb der Brücke zum Beispiel schoß noch eine

2-Zentimeter-Kanone. Turner gönnte sich einen kurzen Blick über die Brückenkante und sah, wie der Schütze seine Leuchtspurgeschosse einer heranfegenden Heinkel entgegenschickte. Aber dann begann das Flugzeug zu feuern. Turner warf sich zurück und riß dabei Carpenter um. Und schon war der Bomber fort, das Geschütz schwieg. Langsam zog Turner sich auf die Füße und spähte über die Seite: Der Schütze war tot, er hing in seinen zerfetzten Haltegurten.

Hinter sich hörte er ein Schurren und sah, wie eine schlanke Gestalt eine Hand wegstieß, die sie zurückhalten wollte, und über die Kante des unteren Brückenaufbaus kletterte. Für einen Augenblick sah er das bleiche starre Gesicht Chryslers, des kleinen Chrysler, der noch nicht wieder gesprochen oder gelächelt hatte, seitdem die Asdic-Kabine gewaltsam geöffnet worden war. Und gleichzeitig sah Turner, wie sich an Steuerbord drei Heinkels zu einer neuen Attacke vereinten.

»Runter da! Sind Sie verrückt?« schrie er. »Wollen Sie Selbstmord begehen?«

Chrysler sah ihn aus weit aufgerissenen Augen an, als erkenne er ihn gar nicht, und ließ sich auf den Geschützstand unterhalb der Brücke gleiten. Turner richtete sich mühsam wieder höher und blickte über die Brückenkante.

Mit der ganzen Kraft seines schlanken Körpers, beängstigend stumm und verbissen, quälte sich Chrysler, den Toten aus der Bucht der 2-Zentimeter-Kanone zu ziehen. Nach verzweifeltem Zerren und Rucken brachte er ihn über die Verkleidung, legte ihn sanft an Deck und kletterte selbst auf den Richtsitz. Turner sah gerade noch seine Hand, eine ungeschützte Hand, blutig und zerrissen – dann sah er aus dem Augenwinkel die Stichflamme der Flugzeugkanone und warf sich zurück.

Eine Sekunde lang, zwei, drei Sekunden prasselten Granaten und Kugeln gegen die starke Brückenpanzerung – dann vernahm er, noch halb betäubt, das Belfern der 2-Zentimeter-Doppelrohre unter sich. Der Junge mußte mit dem Feuern bis zum letzten Moment gewartet haben. Sechs Schuß jagte er aus der Oerlikon – nur sechs, und schon taumelte ein großes, graues Ungetüm, schwer getroffen, in einer Rauchwolke ganz niedrig, fast in Kopfhöhe, über die Brücke hinweg, zerschlug sich die linke Tragfläche am Gefechtsstand und klatschte auf der anderen Seite ins Meer.

Chrysler saß noch an seinem Geschütz. Mit der rechten Hand hielt er seine linke Schulter fest, die von Geschossen einer Bordkanone zermalmte Schulter – in hoffnungslosem Bemühen, das aus Schlagadern strömende Blut aufzuhalten. Auch als der nächste Bomber sich zum Angriff mit Bordwaffen auf geraden Kurs legte, sah Turner, während er sich duckte, noch Chryslers blutige, verstümmelte Hand nach dem Abzugshebel greifen –.

Fluchend neben Carrington und Kapok Kid auf der Brükke liegend, trommelte er in ohnmächtigem Zorn mit beiden Fäusten auf das Holz. Er dachte an Starr, den Mann, der das alles über sie gebracht hatte, dachte an ihn mit einem Haß, den er nie für möglich gehalten hätte. Bedenkenlos hätte er ihn töten können. Und er dachte an Chrysler: Welche fürchterlichen Schmerzen der Junge erduldet haben mußte, wenn die Rohrstütze der Kanone im Rückschlag der Abschüsse gegen seine zerschmetterte Schulter schlug. Dachte an die braunen Augen, die vor Schmerz und bitterem Kummer ganz glasig waren. Turner schwor sich, wenn er lebend davonkommen sollte, für den Jungen das Victoriakreuz zu beantragen. Jäh brach das Feuer der Heinkel ab, die Maschine drehte hart nach Steuerbord: Aus beiden Motoren quoll Rauch.

Rasch raffte Turner sich, gleichzeitig mit Kapok Kid, vom Boden auf und kletterte über die Seitenwand der Brücke. Er tat das, ohne hinzusehen, und wäre fast dabei umgekommen. Ein Feuerstoß von der dritten und letzten Heinkel – für Flugzeuge bildete die Brücke stets ein beliebtes Ziel – fegte ihm so dicht an Kopf und Schultern vorbei, daß er den Luftzug von den Geschossen im Gesicht und an den Händen spürte. Und schon lag er, außer Atem in dem plötzlichen Luftdruck, wieder lang auf der Gräting. Diese Gitterbretter waren nur wenige Zentimeter von seinen Augen entfernt, aber er sah sie nicht. Alles, was er zu sehen vermochte, war ein Bild, das sich ihm im Bruchteil einer Sekunde ins Hirn brannte: das Bild von Chrysler, wie er mit einer handgroßen Wunde im Rücken nach vorn über seine Geschützrohre hing, so daß das Gewicht seines Körpers sie steil empordrückte. Beide Rohre hatten noch gefeuert, sie feuerten noch und mußten feuern, bis die Geschoßtrommel leer war, denn die Hand des toten Jungen war um den Abzugsbügel geklammert.

Allmählich schwiegen, eins nach dem anderen, die Geschütze des Geleitzugs, und das Gedonner der Flugzeugmotoren verklang in der Ferne. Angriff beendet –.

Turner erhob sich, langsam und schwerfällig diesmal. Er blickte über die Seite auf den 2-Zentimeter-Geschützstand und wandte mit steinernem Gesicht den Blick wieder ab. Hinter sich hörte er jemand husten, ein merkwürdig blasiges Husten. Er drehte sich herum. Wie erstarrt blieb er stehen und ballte die Fäuste.

Kapok Kid, neben dem ratlos Carrington kniete, saß still auf der Gräting, mit dem Rücken an die Beine des Admiralsstuhls gelehnt. Von seiner linken Lende bis zur rechten Schulter zog sich, mitten durch das gestickte ›J‹ auf der Brust, wie eine Naht eine saubere Reihe runder Löcher in gleichmäßigen Abständen, vom Maschinengewehr einer Heinkel ›gesteppt‹. Der Aufprall der Geschosse mußte ihn glatt über die ganze Brücke geschleudert haben.

Turner stand reglos da. Carpenter hatte – das empfand er plötzlich mit weher Gewißheit – nur noch Sekunden zu leben. Er spürte, daß die kleinste Bewegung den seidendünnen Faden, der ihn noch am Leben hielt, durchreißen würde.

Allmählich merkte Kapok Kid, daß Turner in seiner Nähe war und ihn unverwandt anblickte. Müde schaute er zu ihm auf. Das lebhafte Blau seiner Augen wurde schon stumpf. Sein Gesicht war weiß und blutleer. Müßig ließ er die Hand an dem durchlöcherten wattierten Stoff auf und nieder gleiten und betastete die Wunden. Plötzlich lächelte er und blickte auf die gesteppte Jacke hinunter.

»Ruiniert«, flüsterte er. »Total ruiniert!« Dann glitt die wandernde Hand zur Seite, Innenfläche nach oben, und der Kopf sank ihm auf die Brust. Schlaff bewegte sich im Winde das flachsblonde Haar.

Sonntag morgen

Stirling starb im Morgengrauen. Sie machte noch Fahrt, stampfte noch durch den schweren Seegang, als schon ihre zerschlagene, verdrehte Brücke und die Aufbauten rot glühten. Auch als sie weißglühend wurden, da der Wind die Flammen aus den geplatzten Öltanks zu einem Glutofen anfachte. Ein seltsames und schreckliches Bild, aber nicht einzig in seiner Art, denn so sah auch das deutsche Schlachtschiff *Bismarck* aus, weißglühend, bevor die Torpedos der *Shropshire* es auf den Meeresgrund schickten.

Stirling wäre sowieso gestorben, aber die Stukas machten gründliche Arbeit. Das Nordlicht war schon lange erloschen, und jetzt schwand auch die Klarheit des Himmels: Im Norden zogen sich dunkle Wolken zu massigen Bänken zusammen. Die Männer hofften und beteten, daß die Wolken sich über F.R. 77 legen und ihn durch eine Schneedecke schützen würden. Aber die Stukas waren eher zur Stelle –.

Die Stukas – die gefürchteten Sturzkampfmaschinen Junkers 87 mit den Möwenflügeln – kamen von Süden, wendeten hoch über dem Konvoi und zogen wieder südwärts. Als sie im Westen querab von *Ulysses* waren, die am Schluß des Geleitzugs lief, schienen sie abermals einen Bogen fliegen zu wollen, doch plötzlich lösten sie sich, nach klassischer Stukataktik, einzeln aus dem Verband: jäh neigten sich ihre linken Tragflächen, sie stürzten in tollender Drehung aus dem Himmel und brausten pfeilgenau auf ihre Ziele los.

Ein Flugzeug, das im Sturzflug ohne Abweichung auf wartende Geschütze zusteuert, findet dabei sein sicheres Ende. Also behaupteten es die gelehrten Herren, die Instrukteure der Artillerieschule auf der Insel Whale, und machten sich daran, die offenkundige Wahrheit dieser Behauptung zu ihrer eigenen Genugtuung zu beweisen, indem sie Flakgeschütze einsetzten und die gedachte Situation so genau imitierten wie es in ihrer Macht lag. Leider aber konnten sie keine Stukas imitieren.

›Leider‹ – weil im Ernstfall die Kampfesweise der Stukas der einzige Faktor von entscheidender Bedeutung war. Man muß nur einmal hinter einem Geschütz gehockt und das ohrenzerreißende, pfeifende Kreischen einer Stuka bei ihrem fast senkrechten Sturzflug gehört haben, muß vor dem Hagel der Geschosse ihrer Bordwaffen zurückgezuckt sein, während sie im Fadenkreuz rasend schnell größer wird – um zu wissen, daß nun nichts mehr den Fall der noch unter ihrem Bauch hängenden Bombe aufhalten kann, und um zu ermessen, wie berechtigt das ›leider‹ ist. Hunderte von Männern, die noch leben – die Glücklichen, die einen Stukaangriff heil überstanden haben –, bestätigen ohne Zögern, daß der Krieg nichts so Entnervendes hervorgebracht hat wie den Anblick und das Geräusch dieser Junkersflugzeuge mit den V-förmig angesetzten Tragflächen, in den letzten Sekunden ihres Sturzflugs, bevor der Pilot sie wieder hochreißt.

Einmal aber in hundert, vielleicht einmal in tausend Fällen, wenn die menschlichen Schwächen der Richtschützen an den Abwehrkanonen ausgeschaltet waren – konnten die Theoretiker recht haben. Und hier ereignete sich der eine Fall unter tausend, denn das Phantom Furcht war in dieser Nacht verschwunden. Gegen die Sturzbomber richteten ihr Feuer nur ein einziger Vierling und ein halbes Dutzend 2-Zentimeter-Kanonen – die vorderen Turmgeschütze konnten nicht eingesetzt werden –, doch diese waren genug, mehr als genug, denn sie wurden bedient von Männern, die eine geradezu unmenschliche Ruhe besaßen, eiskalt waren wie der Polarwind, in dem sie kämpften, und mit fast Schrecken erregender Konzentration nur einen einzigen Vorsatz zu erfüllen entschlossen. Drei Stukas wurden in kaum mehr als drei Sekunden wie mit Krallen vom Himmel gerissen. Zwei krachten, ohne das Schiff zu beschädigen, ins Meer, der dritte vergrub sich mit ungeheurem Aufprall in die schon zerstörte Admiralskajüte.

Was mit größter Gewißheit zu erwarten war: daß die Benzintanks in einer versengenden Stichflamme hochgehen und die Bombe an der Maschine explodieren würde – es geschah beides nicht. Es schien nicht einmal besonderer Beachtung wert – denn in höchster Not wird Mut zur Selbstverständlichkeit –, als der bärtige Bootsmann Doyle jetzt seinen Vierling verließ, auf die Back kletterte und sich über die Bombe warf, die plump in dem hochexplosiven Benzin hin und her taumelte, das die Speigatten füllte. Ein winziger Funke von Doyles Schuhen oder ein Funke durch Reibung und Scheuern des zerbrochenen Stahls des Stukas an den Decksbauten hätte genügt, die Explosion auszulösen. Der auf Kontakt gestellte Zünder der Bombe war noch scharf, und während sie über das vereiste Deck rutschte und holperte, mit Doyle, der sich verzweifelt an sie klammerte, schien sie mit der Tücke eines lebenden Wesens entschlossen, ihre schlagempfindliche Nase gegen eine Wand oder eine Relingstütze zu stoßen. Falls Doyle diese Überlegungen anstellte, so erschütterten sie ihn nicht im geringsten. Kühl, beinah nachlässig, brach er das ihm im Wege stehende Stück der zerschmetterten Reling mit einem kräftigen Fußtritt ab, schob die Bombe, mit den Flügeln voran, über die Bordkante, indem er ihre Spitze so winkelte, daß der Zünder nicht an die Bordwand schlug. Harmlos platschte das Ungetüm ins Meer.

Die Bombe fiel ins Meer in dem Augenblick, als auf *Stirling* eine andere gleichsam verächtlich durch die nur zwei Finger dicke Deckpanzerung schlug und in den Maschinenraum krachte. Noch drei, vier, fünf, nein: sechs Bomben bohrten sich ins sterbende Herz des Kreuzers, indes die von ihrer Last befreiten Stukas sich, scharf nach rechts oder links abdrehend, wieder höher zogen. Die Zuschauer auf *Ulysses* hatten das unheimliche Gefühl, daß die Bomben geräuschlos einschlugen: Sie verschwanden einfach in dem Inferno von Rauch und Flammen, das den Schiffsleib einhüllte.

Stirling wurde nicht durch einen Hieb, sondern durch viele Schläge nacheinander vernichtet. Sie hatte ein Übermaß ertragen müssen. Wie ein taumelnder Boxer, der einem technisch ungeschickten, aber mörderisch starken Gegner ausgeliefert ist, versank sie unter einer Lawine von Schlägen.

Steinernen Gesichts, so erbittert über seine Machtlosigkeit, daß er keine Worte fand, beobachtete Turner das Sterben des Kreuzers. ›Merkwürdig‹, dachte er müde, ›er ist genau wie die anderen.‹ Kreuzer mußten wohl, so grübelte er, seltsam objektiv denkend, die zähesten Schiffe sein, die es gab. Er hatte viele in den Tod gehen sehen, aber nicht einen leicht, in dramatisch schneller Vernichtung. Für sie gab es keinen jähen Niederschlag, keinen *coup de grace* – immer, immer mußten sie regelrecht totgeprügelt werden... Wie auch *Stirling*.

Turners Griff an der zersprungenen Windschutzscheibe verkrampfte sich, bis ihm die Unterarme schmerzten. Für ihn, wie für jeden guten Seemann, war ein geliebtes Schiff wie ein lieber Freund: Fünfzehn Monate lang war die tapfere alte *Stirling* ihr treuer Begleiter gewesen, hatte in den schlimmsten Geleitfahrten des Krieges die Last der Leiden mit *Ulysses* geteilt. Sie war die letzte der alten Garde, denn nur *Ulysses* lief schon länger auf diesem schlimmen Schiffsweg in Nacht und Eis. Es war nicht gut, einen Freund sterben zu sehen. Turner wandte den Blick ab, er stierte auf die vereiste Gräting zwischen seinen Füßen, den Kopf in die gekrümmten Schultern gezogen.

Seine Augen konnte er schließen, aber nicht seine Ohren. Er zuckte zusammen, als er das gewaltige, brüllende Zischen von kochendem Wasser und Dampf hörte, mit dem die weißglühenden Aufbauten der *Stirling* tief ins eisige Polarmeer tauchten. Fünfzehn bis zwanzig Sekunden hielt dieses schreckliche, schmerzende Zischen an, um plötzlich, wie von einem Fallbeil abgeschnitten, zu verstummen. Als Turner wieder hochblickte, langsam, sah er vor sich nur die leer wogende See, sah große ölige Blasen aufsteigen, die an der Oberfläche unter dem feinen Regen zerplatzten, denn aus dem in der scharfen Kälte kondensierten Dampf hatten sich schon dicke Wolken gebildet.

Stirling war gesunken, die zerschlagenen Reste von F.R. 77 stampften und schwankten unentwegt weiter nach Norden. Sieben Schiffe waren noch übrig: die vier Transporter, unter ihnen das Schiff des Kommodore, der Tanker, *Sirrus* und *Ulysses*. Keins von ihnen war noch unversehrt: alle schwer beschädigt, doch keins so schwer verwundet wie *Ulysses*. Sieben Schiffe, nur sieben noch, und zweiunddreißig hatten die Fahrt nach Rußland angetreten...

Genau um 8 Uhr ließ Turner Signal an *Sirrus* machen: »Funkraum ausgefallen. Geben Sie an Chef Schlachtgeschwader Kurs, Geschwindigkeit, Position. 9 Uhr 30 als Kontaktzeit bestätigen. Verschlüsselt.«

Die Antwort kam genau eine Stunde später. »Durch schweren Seegang aufgehalten. Rendezvous etwa 10 Uhr 30. Unmöglich, Jagdschutz zu starten. Kommen näher. Geschwaderchef.«

»Kommen näher!« wiederholte Turner ergrimmt. »Wenn man so etwas hört! Kommen näher, sagt er! Was erwartet er denn von uns, zum Donnerwetter! Daß wir uns selbst versenken?« Zornig und verzweifelt schüttelte er den Kopf. »Ich wiederhole sehr ungern meine Äußerungen«, sagte er bitter, »aber jetzt muß ich's: ›Verdammt zu spät – wie gewöhnlich‹.«

Aus der Dämmerung war längst Tag geworden, doch es wurde bereits wieder dunkler. Dichte graue Wolken, bedrohlich in ihrer Formlosigkeit, bedeckten das ganze Himmelsgewölbe. Schneewolken waren es, und, wenn Gott es so wollte, mußte der Schnee bald fallen. Das hätte sie jetzt retten können, aber auch nur das, nichts anderes.

Doch der Schnee kam nicht – noch nicht. Abermals kamen an seiner Stelle die Stukas. Das wachsende und wieder schwächer werdende Gedonner ihrer Motoren kündigte sie an, als sie methodisch die leere See abkämmten, auf der Suche nach dem Geleitzug. Charlie hatte sich bei Tagesanbruch verzogen. Doch es war nur eine Frage der Zeit, bis das Sturzbombergeschwader den kleinen Geleitzug gefunden hatte: Schon zehn Minuten nachdem ihr Erscheinen sich ankündigte, kippte die erste Junkers 87 seitwärts ab und ließ sich aus dem Himmel fallen.

Zehn Minuten nur, aber Zeit genug für eine Beratung und die Ausführung einer Notwehrtaktik. Als die Stukas kamen, fanden sie den Geleitzug in veränderter Formation: in der Mitte der Tanker *Varella,* zu beiden Seiten je zwei Transporter in enger Kiellinie, *Sirrus* und *Ulysses* als Flankendekkung. In Gewässern mit U-Booten wäre diese Gruppierung geradezu Selbstmord gewesen, denn ein Torpedo von der Flanke hätte keinesfalls alle Schiffe verfehlt. Doch die Wetterlage war für U-Boote sehr ungünstig, und so bildete die Formation immerhin eine etwas bessere Verteidigung gegen die Stukas. Griffen sie von achtern an – ihre bevorzugte Technik –, dann gerieten sie ins massierte Abwehrfeuer von sieben Schiffen. Kamen sie von der Seite, so mußten sie zuerst die Eskorten angreifen, und kein Sturzbomber setzte freiwillig seinen ungeschützten Unterleib den Kanonen eines Kriegsschiffs aus...

Sie zogen es diesmal vor, von beiden Seiten anzugreifen: fünf Maschinen von Osten, vier von Westen. Und diesmal hatten sie, wie Turner erkannte, Benzintanks für Langstrekkenflug.

Er hatte keine Zeit, sich zu überzeugen, wie es *Sirrus* erging, ja: Er konnte kaum feststellen, wie es seinem eigenen Schiff ging, denn aus den Rohren der Türme A und B wehte dicker beizender Rauch über die Brücke. In den Pausen zwischen den donnernden Abschüssen der 13er konnte er das Schnellfeuer von Doyles Vierling und das häßliche Belfern der Oerlikons hören.

Plötzlich, so unerwartet, daß er zusammenfuhr, stachen zwei mächtige Strahlen weißen Lichts grell durch das dunstige Grau. Er starrte hin. In wilder Freude zog er die Lippen zurück, daß seine Zähne blinkten. Die großen Scheinwerfer, ein Meter Durchmesser! Natürlich! Die großen Scheinwerfer, die offiziell noch als Geheimwaffen galten – sie konnten einen Gegner auf 6 Meilen Entfernung erfassen. Wie dumm von ihm, daß er die vergessen hatte! Vallery hatte sie gegen angreifende Flugzeuge oft benutzt, bei Tage wie bei Nacht. In diese furchtbaren Augen, diese flammenden Lichtbogen konnte niemand blicken, ohne geblendet zu werden.

Durch den beizenden Qualm spähte Turner nach achtern, um zu sehen, wer die Scheinwerfer angestellt hatte. Aber er wußte, wer es war, schon ehe er ihn sah. Nur Ralston konnte es sein, denn der Scheinwerferleitstand war ja, wie Turner einfiel, seine Gefechtsstation bei Tage. Er hätte sich auch von keinem anderen als dem großen blonden Torpedomann dieses selbständige, energische Handeln vorstellen können, das schnelle Erkennen der Lage und den Entschluß, die Scheinwerfer ohne Erlaubnis einzuschalten.

In den Brückenwinkel bei der Klapptür geklemmt, beobachtete ihn Turner. Er vergaß sein Schiff, vergaß sogar die Bomber – gegen die er persönlich sowieso nichts ausrichten konnte – und starrte wie gebannt auf den Mann an den Richthebeln.

Ralstons Augen hafteten wie angeklebt am Richtgerät, sein Gesicht glich einer Maske. Hätte er nicht Hals und Rükken ein wenig bewegt, während das Gerät beim feinfühligen Drehen am Stellrad sich neigte, so hätte man ihn für ein Marmorstandbild halten können. Die Reglosigkeit seines Gesichts und seine äußerste Konzentration konnten einen Betrachter förmlich erschrecken.

Keinerlei Gefühl, keine Erregung war ihm anzumerken. Er zuckte nicht mit den Wimpern, als die erste Junkers sich wie in Qualen drehte und wand, um der in die Augen schneidenden kalten Flamme auszuweichen. Er rührte sich auch nicht, als sie im Sturzflug heftig aus der Bahn wich, der Pilot sie zu spät hochzog und sie 100 Meter vor *Ulysses* in die See klatschte.

Woran mochte der Junge denken? grübelte Turner. An seine Mutter, seine Schwestern, die unter den Trümmern ihres kleinen Hauses in Croydon begraben lagen? An seinen Bruder, schuldloses Opfer der Meuterei in Scapa Flow – wie unwirklich erschien diese jetzt, im Rückblick! –, oder an seinen Vater, dem die Hand des eigenen Sohnes den Tod gebracht hatte? Turner wußte es nicht. Auch der Versuch, es zu erraten, erschien ihm sinnlos, denn fast hellseherisch spürte er, daß es zu spät war und niemand es mehr erfahren würde.

Unmenschlich ruhig war Ralstons Gesicht. Nicht der Schatten eines Gefühls war auf ihm zu bemerken, als der zweite Sturzflieger zu spät ausklinkte und seine Bombe hinter *Ulysses* ins Meer fiel. Keine Regung, als die dritte Maschine in der Luft zerbarst, und keine, als die Bordkanonen der nächsten den einen Scheinwerfer zerschmetterten – und auch keine, als die Granaten der letzten das Richtgerät zerschlugen und ihm die halbe Brust abrissen. Er war sofort tot, stand noch einen Moment da, als wolle er seinen Posten nicht verlassen, dann sank er geräuschlos zu Boden. Turner ging hin und neigte sich über ihn. Blickte in das junge Gesicht, in die Augen, die auf die ersten federigen Schneeflokken zu starren schienen, denn es begann gerade zu schneien. Augen und Gesicht waren noch genau wie vorher: eine leere Maske. Schaudernd wandte Turner sich ab.

Eine Bombe – nur eine hatte *Ulysses* getroffen. Sie schlug ins Vordeck, dicht vor Turm A. Verluste gab es nicht, aber durch die jähe Erschütterung wurde die Hydraulik des Turms zerstört. Also war, zumindest vorläufig, B der einzige noch feuerbereite Turm auf dem Kreuzer.

Sirrus schnitt noch schlechter ab. Sie hatte zwar zwei Stukas abgeschossen – eine dritte hatte anscheinend der Transporter vernichtet –, wurde aber von zwei Bomben getroffen, die beide im hinteren Wohndeck explodierten. Überlastet mit Geretteten, trug *Sirrus* doppelt so viele Menschen wie sonst, so daß dieses Wohndeck durchweg überfüllt war. Doch jetzt, bei Alarm, war es leer gewesen. Nicht ein Mann kam ums Leben, nicht einer sollte in Zukunft auf dem Zerstörer *Sirrus* ums Leben kommen; auf späteren Geleitfahrten nach Rußland wurde er nie wieder beschädigt.

Die Hoffnung wuchs, sie wuchs schnell. Noch knapp eine Stunde, dann mußte das Schlachtgeschwader dasein. Es war dunkel, die graue Finsternis bei arktischem Sturm. Dick fiel der Schnee, sanft verzischten die Flocken in der düster wogenden See. Bei diesem Wetter konnte kein Flugzeug sie finden, und aus dem Bereich der Landflugzeuge waren sie sowieso schon fast heraus, erreichbar nur für Condors. Und für Unterseeboote war das Wetter nahezu unmöglich.

»Mag sein, wir finden die Glücklichen Inseln«, zitierte Carrington leise.

»Was?« Turner schaute ihn verblüfft an. »Was sagten Sie, I.W.O.?«

»Tennyson«, erwiderte Carrington wie entschuldigend. »Den hat der Kommandant immer zitiert... Vielleicht schaffen wir es noch.«

»Vielleicht, vielleicht«, sagte Turner nüchtern. »Preston!«

»Jawohl, Sir, ich sehe es.« Preston starrte nach Norden, wo die Morselampe von *Sirrus* rasend schnell blinkte.

»Ein Schiff, Sir!« meldete er aufgeregt. »Sirrus meldet ein Kriegsschiff, aus Norden kommend!«

»Aus Norden! Gott sei Dank, Gott sei Dank!« rief Turner frohlockend. »Aus Norden! Das müssen unsere sein! Früher als erwartet... Ich nehme alles zurück. Können Sie was erkennen, I.W.O.?«

»Überhaupt nichts, Sir. Keine Sicht. Klart aber, glaube ich, etwas auf... Da kommt *Sirrus* wieder durch.«

»Was sagt sie, Preston?« fragte Turner gespannt.

»Kontakt U-Boot, Kontakt Grün 30, näher kommend.«

»Kontakt! So spät noch?« Turner stöhnte, hieb mit der Faust aufs Kompaßgehäuse und begann heftig zu fluchen. »Bei Gott, jetzt soll uns kein U-Boot mehr stoppen! Preston, Signal an *Sirrus*: sie soll vorläufig...«

Er brach ab und spähte ungläubig nach Norden. Weit hinten stachen, kurz aufzuckend, weiße Flammenspeere durch Schnee und Finsternis. Während Carrington neben ihm stand, blickte er unbeweglich nach Norden, sah Wasserfontänen von einschlagenden Granaten weißlich unter dem Bug der *Cape Hatteras*, dem Schiff des Kommodore, aufsprühen. Und wieder sah er die Abschußblitze, diesmal noch größer und heller. Für einen Moment beleuchteten sie Vorschiff und Aufbauten des feuernden Schiffes.

Langsam drehte er sich um, sah, daß Carrington sich auch umgedreht hatte und ihn mit bitterer Miene anschaute. Grau und hohläugig vor Erschöpfung und mit dem sauren Vorgeschmack der unvermeidlichen Niederlage, blickte auch er seinen I.W.O. lange stumm an.

»Die Antwort auf viele Fragen«, sagte er leise. »Deshalb haben sie *Stirling* und uns in den letzten Tagen weichgemacht. Der Fuchs ist zwischen den Hühnern. Unser alter Kamerad von der Hipper-Klasse macht uns seinen Besuch.«

»Sehr richtig.«

»So nah und doch so...« Turner zuckte die Achseln. »Wir hätten ein besseres Los verdient...« Er lächelte schief. »Wie würde Ihnen der Heldentod gefallen?«

»Schon beim Gedanken daran graust mir«, sagte dröhnend jemand hinter ihm. Brooks hatte soeben die Brücke betreten.

»Mir auch«, gab Turner zu. Er lächelte und war beinah wieder glücklich. »Haben wir denn eine Wahl, meine Herren?«

»Leider nicht«, sagte Brooks traurig.

»Beide Maschinen voll voraus!« rief Carrington statt einer Antwort ins Sprachrohr zur Maschine.

»Nein, nein«, wies Turner ihn freundlich zurecht. »Äußerste Kraft, I.W.O. Sagen Sie ihnen, daß wir's eilig haben, erinnern Sie sie an die dicken Töne, die sie immer über *Abdiel* und *Manxman* geredet haben... Preston, Notsignal an alle: ›Zerstreuen. Unabhängig russische Häfen ansteuern‹.«

Auf dem Oberdeck lag dick der frisch gefallene Schnee, und es schneite noch immer. Der Wind nahm wieder zu, er drang Nicholls nach der Wärme in der Kantine, wo er Verwundete operiert hatte, schmerzhaft scharf in die Lungen. Sein Gesicht im Kragen des Düffelrocks vergrabend, kletterte er mühsam, zögernd die Brückentreppe hinauf. Er war todmüde, und jedesmal, wenn sein Fuß den Boden berührte, zischte er vor Schmerzen: sein eingeschientes linkes Bein war dicht über dem Knöchel durch einen Splitter von der im achteren Wohndeck explodierenden Bombe zerschmettert.

Peter Orr, der Kommandant von *Sirrus*, wartete auf ihn an der Klapptür zur winzigen Brücke. »Ich dachte mir, daß Sie das gern sehen möchten, Doktor«, sagte er mit einer Stimme, die für einen Mann von seiner Größe sonderbar hell klang. »Vielleicht dachte ich, Sie sollten es sehen«, verbesserte er sich. »Sehen Sie bloß, wie sie kaputtgemacht wird«, ergänzte er heftig atmend. »Wie die kaputtgemacht wird!«

Nicholls blickte nach Backbord. Eine halbe Meile querab stand der Dampfer *Cape Hatteras* in hellen Flammen und lag fast schon still. Ein paar Meilen nördlich konnte er durch das Schneetreiben den deutschen Kreuzer noch eben als schwachen Schatten ausmachen, eine formlose Masse, aus der wie glühende Nadeln die Stichflammen der Geschütze fuhren, die noch immer erbarmungslos Granaten in den sinkenden Dampfer jagten. Und jeder Schuß saß: Die Treffsicherheit der feindlichen Artillerie war fantastisch.

Eine halbe Meile achteraus, an Backbord, kam *Ulysses* auf, durch wahre Wände von Gischt und Schaum halb verhüllt. Ihr Bug sprang fast ganz aus dem Wasser, um mit dem Krach eines Pistolenschusses wieder in die See zu schlagen – einem Knall, den die Männer auf der Brücke von *Sirrus* auch gegen den Wind leicht hören konnten –, während die mächtigen Maschinen den Kreuzer immer schneller vorwärts trieben.

Wie gebannt betrachtete Nicholls das Bild. Er sah *Ulysses* jetzt zum erstenmal wieder, seitdem er von Bord gegangen war, und der Anblick erfüllte ihn mit Entsetzen. Die gesamten Aufbauten, vorn wie achtern, waren ein unglaubliches Chaos von verbogenem und zerbrochenem Stahl, beide Maste fehlten, die Schornsteine waren eingeknickt und verbeult, der zerstörte Artillerieleitstand lag schief auf der Seite. Aus den großen Löchern im Vorschiff und im Achterdeck quoll dick der Rauch, die achteren

Türme, aus ihrem Unterbau herausgedreht, lagen lächerlich verwinkelt an Deck. Das Gerippe der Condor lag noch quer am Turm Y, eine Stuka hatte sich bis an die Tragfläche ins Vorschiff gebohrt, und der Rumpf des Kreuzers war – das wußte Nicholls – in Höhe der Torpedorohre bis zur Wasserlinie aufgerissen. Ein Bild wie aus einem Alptraum –.

Er suchte sich festen Halt gegen das heftige Stampfen des Zerstörers und starrte, wie betäubt vor Grauen, fassungslos hinüber. Orr, der ihn beobachtet hatte, wandte den Blick ab, als ein Läufer mit einer Meldung auf der Brücke erschien.

»Rendezvous 10 Uhr 15«, las er vor. »10 Uhr 15! Lieber Himmel, in fünfundzwanzig Minuten! Hören Sie das, Doktor? In fünfundzwanzig Minuten!«

»Jawohl, Sir«, sagte Nicholls gedankenlos. Er hatte gar nicht zugehört.

Orr blickte ihn an, berührte ihn am Arm und deutete auf *Ulysses*. »Ist sowas noch zu fassen, wie?« murmelte er.

»Wünschte zu Gott, ich wäre da an Bord«, sagte Nicholls kläglich. »Warum haben die mich bloß weggeschickt? Da – was ist das?«

Eine riesige Flagge, 6 Meter lang, wehte unter der Rah von *Ulysses* aus, vom Wind gestrafft. So etwas hatte Nicholls noch nie gesehen: Die Flagge war enorm groß, rot, blau und weiß, das Weiß heller als der treibende Schnee.

»Die Kriegsflagge«, murmelte Orr. »Bill Turner hat die Kriegsflagge herausgeholt.« Er schüttelte verwundert den Kopf. »Sich jetzt, in dieser Lage, dafür Zeit zu nehmen! Ich muß schon sagen, Doktor: das bringt nur Turner fertig. Kennen Sie ihn genauer?«

Nicholls nickte stumm.

»Ich auch«, sagte Orr schlicht. »Wir sind beide glückliche Menschen.«

Zerstörer *Sirrus* machte noch 15 Meilen Fahrt und steuerte dem Feind entgegen, als Kreuzer *Ulysses* 200 Meter entfernt an ihm vorbeirauschte, als stände er still.

Nicholls vermochte das später nie genau zu beschreiben. Ihm blieb nur verschwommen das Bild von *Ulysses* im Gedächtnis, einer *Ulysses* die nicht mehr durchs Meer stampfte, sondern auf ebenem Kiel durch die Wellenberge und -täler preschte. Vom Bug bis zum Heck fiel das Deck stark nach hinten ab, der Spiegel lag so tief in der See, daß der kochende weiße Wirbel der aufgepeitschten Wasser in einer sprudelnden Kuppel das zertrümmerte Achterdeck majestätisch um 4 bis 5 Meter überragte. Erinnern konnte er sich auch daran, daß Turm B andauernd gefeuert hatte, daß Granate auf Granate heulend durch den Schneevorhang fuhr, um in blendender Helligkeit über und auf dem deutschen Kreuzer zu zerplatzen, denn Turm B hatte nur noch Leuchtspurgeschosse. Er trug ferner im Gedächtnis ein unklares Bild von Turner, der ihm ironisch von der Brücke zuwinkte, und ein Bild von der großen, nach achtern auswehenden Kriegsflagge, deren Säume schon zerfranst und zerrissen waren. Was er aber niemals vergessen und für sein ganzes Leben in Herz und Hirn behalten sollte, war das ungeheuerliche, beängstigende Brausen der großen Luftklappen zum Kesselraum, die für die lufthungrigen Maschinen in mächtigem Sog den Sauerstoff hereinholten. Denn *Ulysses* preschte mit äußerster Maschinenleistung durch den groben Seegang, mit einer Geschwindigkeit, die ihr eigentlich das bebende Rückgrat zerbrechen und die großen Maschinen festbrennen mußte. Es gab keinen Zweifel an Turners Absichten: Er wollte den Feind rammen, ihn in der Vernichtung mit in die Tiefe nehmen, bei der unglaublichen Geschwindigkeit von 40 Meilen oder noch mehr.

Nicholls blickte unentwegt dem Kreuzer nach und wußte nicht, was er denken sollte. Das Weh fraß ihm am Herzen, denn dieses Schiff war doch ein Teil von ihm – seine treuen Freunde, vor allem Kapok Kid – denn er wußte ja nicht, daß Carpenter schon tot war –, sie gehörten zu ihm, und es ist immer furchtbar, das Ende einer Heldensage zu erleben, sie zerstört in die Meerestiefe sinken zu sehen. Und neben seiner Trauer spürte er auch eine seltsame Befriedigung: *Ulysses* starb, aber auf welche Weise! Und wenn Schiffe ein Herz hatten, eine Seele, wie die Männer von den alten Seglern behaupteten, dann mußte *Ulysses* auch selbst den Wunsch haben, nur so zugrunde zu gehen –.

Kreuzer *Ulysses* lief noch immer 40 Meilen, als plötzlich in seinem Bug, dicht über der Wasserlinie, ein riesiges Loch klaffte. Granatfeuer? Vielleicht, aber unwahrscheinlich bei diesem Einfallwinkel. Es mußte ein Torpedo von einem noch nicht entdeckten U-Boot sein. Gleichzeitig mit dem Eintauchen des Bugs konnte eine aufsteigende schwere See den Torpedo emporgedrückt haben. So etwas war im Seekrieg schon vorgekommen – selten wohl, aber es kam vor... *Ulysses* mißachtete den Torpedo und setzte, ohne die neue schlimme Wunde und ohne die schweren Granaten zu beachten, die sie trafen, ihren rasenden Weg fort.

Sie lief noch ihre 40 Meilen, immer näher ins Feuer der feindlichen Geschütze, die schon in Tiefstellung schießen mußten, da flog Munitionskammer A in die Luft und riß in einer einzigen schmetternden Explosion den ganzen Bug ab. Für eine Sekunde bäumte das so erleichterte Vorschiff sich hoch auf, dann stieß es hinab, tief hinab in die Schulter einer dünenden See. Stieß tief und immer tiefer hinab zum schwarzen Grund des Polarmeers, getrieben von den wahnsinnig rasenden Schrauben, den Gnadenstoß empfangend von den eigenen, noch donnernden Maschinen...

Epilog

Die Luft war warm, lind und still, der Himmel von einem tiefen, wunderschönen Blau. Kleine weiße Wolken, wie Wattebäusche, trieben langsam zum fernen Horizont. Die Vorgärten, die wie Vogelnester an den Häusern hängenden Blumenkästen flossen über von Blau, Gelb, Rot und Gold. Er sah alle zarten Pastellfarben und Zwischentöne, an deren Vorhandensein er kaum noch hatte glauben können. Hier und da blieben ein alter Mann, eine eilige Hausfrau oder ein Jüngling mit einem lachenden Mädchen am Arm stehen, um die Blumenpracht zu bewundern, und wenn sie weitergingen, fanden sie das Leben schöner als vorher. Der Gesang der nistenden Vögel erhob sich klar und rein über das ferne Dröhnen des Straßenlärms, und Big Ben schlug gerade in tiefem Klang die Stunde, als Johnny Nicholls unbeholfen aus der Taxe kletterte, sein Fahrgeld bezahlte und die marmornen Stufen hinaufhumpelte.

Der Wachposten salutierte, indem er sich Mühe gab, ein gleichgültiges Gesicht zu machen, und öffnete die schwere Drehtür.

Nicholls trat ein, sah sich in der riesengroßen Halle um, von der zu beiden Seiten dicke, gewichtige Türen ausgingen. Am hinteren Ende des Raumes unter der weiten Kurve der Treppe hing, über dem langen einwärtsgebogenen Tisch, wie man ihn vorwiegend in Bankhäusern findet, ein Schild: ›Schreibmaschinensaal. Auskunft.‹

Das Tappen seiner Krücken klang auf dem Marmorboden unnatürlich laut, als er bis an den Tisch stapfte. ›Sehr rührend und melodramatisch, Nicholls‹, dachte er leidenschaftslos. ›Bestimmt haben die Zuschauer was für ihr Geld.‹ Fünf, sechs Stenotypistinnen hatten wie nach Kommando mit Schreiben aufgehört und starrten ihn in offener Neugier an, die Hände schlaff auf den Tasten ihrer Maschinen. Eine adrette junge Marinehelferin, rothaarig, in einer Bluse mit kurzen Ärmeln, kam an den Tisch.

»Kann ich Ihnen behilflich sein, Sir?« In ihrer ruhigen Stimme und den blauen Augen lag zartfühlende Besorgnis. Als Nicholls sich einen Moment im Spiegel hinter ihr sah, mit seinem schäbigen Uniformrock über einer grauen Fischerwolljacke, den trüben, eingesunkenen Augen und den hageren bleichen Wangen, mußte er sich gestehen, daß ihr mitleidiger Ton nicht unangebracht war. Er hätte nicht Arzt zu sein brauchen, um zu wissen, in welch schlechter Verfassung er war.

»Mein Name ist Nicholls, Assistenzarzt Nicholls. Ich habe eine Besprechung bei –«

»Assistenzarzt Nicholls – *H.M.S. Ulysses*!« Das Mädchen atmete hörbar. »Gewiß, Sir, Sie werden schon erwartet.« Er blickte sie an, betrachtete die anderen Helferinnen, die reglos auf ihren Stühlen saßen, und erkannte Spannung in ihren Augen, Erstaunen und Zweifel, den fast entsetzten Blick, mit dem man Wesen von einem anderen Planeten betrachten würde. Ein undefinierbares Unbehagen erfüllte ihn.

»Oben vermutlich?« fragte er und hatte es so schroff gar nicht sagen wollen.

»Nein, Sir.« Das junge Mädchen kam in ruhigem Schritt um den Tisch herum. »Die Herren haben – nun, sie haben erfahren, daß Sie verwundet sind, Sir«, murmelte sie wie eine Entschuldigung. »Hier drüben am Ende des Saals, bitte.« Sie lächelte ihn an und ging langsam, sich seinem stockenden Gang anpassend, neben ihm her.

Sie klopfte an die Tür, hielt sie ihm auf und meldete ihn jemandem, den er nicht sehen konnte. Als er hineingegangen war, schloß sie leise die Tür hinter ihm.

In dem Raum befanden sich drei Männer. Der eine, den er wiedererkannte – Vizeadmiral Starr –, kam ihm zur Begrüßung entgegen. Er sah älter, viel älter aus, und viel müder als Nicholls ihn zuletzt, vor kaum zwei Wochen, gesehen hatte.

»Was macht die Gesundheit, Nicholls?« fragte er. »Das

Gehen will nicht so recht klappen, wie ich sehe.« Unter dem festen, oberflächlich vertraulichen Ton, der so platt und unpassend klang, war deutlich seine mühsam beherrschte Nervosität spürbar. »Kommen Sie, nehmen Sie Platz bei uns.«

Er führte Nicholls an den Tisch, einen großen, breiten, mit Leder bezogenen Tisch, an dem, vor der Wand mit riesigen Seekarten, zwei Herren saßen. Starr stellte ihn vor. Der eine, breit und massiv, mit rotem Gesicht, war in voller Uniform: An seinen Ärmeln glänzten das breite Band und die vier Streifen des Großadmirals, der zweite, ein Zivilist, klein und stämmig, hatte eisengraues Haar und ruhige, klare und kluge Augen. Nicholls erkannte ihn sofort, hätte ihn auch an der Hochachtung erkannt, mit der beide Admirale den Zivilisten behandelten. Bekümmert dachte er: ›Die Marine erweist mir wirklich hohe Ehre.‹ So wurde nicht jeder Beliebige empfangen... Aber sie schienen nur zögernd zur Einleitung zu kommen. Nicholls bedachte wohl nicht, wie erschreckend er äußerlich auf sie wirken mußte. Endlich räusperte sich der Grauhaarige.

»Was macht das Bein, Junge?« fragte er. »Sieht mir ziemlich schlecht aus.« Er hatte eine tiefe Stimme, hinter der aber, bei aller Gemessenheit, das Gewicht einer mächtigen Persönlichkeit zu fühlen war.

»Es geht einigermaßen, Sir, vielen Dank«, antwortete Nicholls. »In zwei, drei Wochen werde ich gewiß wieder Dienst machen können.«

»Sie werden zwei Monate Urlaub nehmen, Freundchen«, sagte der Grauhaarige gelassen. »Wenn Sie wollen, noch länger.« Er lächelte ein wenig. »Sollte jemand fragen, so erklären Sie ihm, daß ich das gesagt habe. Zigarette?«

Er knipste das große Tischfeuerzeug an und lehnte sich auf seinem Stuhl zurück. Im Augenblick schien er nicht recht zu wissen, was er sagen sollte. Plötzlich blickte er hoch. »Gute Heimreise gehabt?«

»Sehr ordentlich, Sir. Auf dem ganzen Weg wie ein Prominenter behandelt. Flugzeuge: Moskau, Teheran, Kairo, Gibraltar.« Nicholls verzog den Mund. »Bedeutend komfortabler als die Hinreise.« Er machte eine Pause, sog tief den Zigarettenrauch ein und blickte die Herren über den Tisch an. »Lieber wäre ich auf *Sirrus* zurückgekommen.«

»Das bezweifeln wir nicht«, fiel ihm Admiral Starr bissig ins Wort. »Wir können uns aber nicht leisten, es jedermann nach Geschmack einzurichten. Uns lag daran, aus erster Hand einen Bericht über F.R. 77 – und speziell über *Ulysses* – zu erhalten, so bald wie möglich.«

Nicholls umklammerte hart die Kante seines Stuhls. Wie eine Flamme schoß der Zorn in ihm empor, und er wußte, daß der Mann gegenüber ihn scharf beobachtete. Langsam entspannte er sich und blickte den Grauhaarigen mit fragend gehobenen Augenbrauen stumm an.

Der nickte. »Erzählen Sie uns einfach alles, was Sie noch wissen«, sagte er freundlich. »Alles und – bis in die Einzelheiten. Lassen Sie sich Zeit.«

»Von Anfang an?« fragte Nicholls leise.

»Von Anfang an –.«

Und Nicholls berichtete. Er hätte gern die ganze Geschichte schon von dem Konvoi vor F.R. 77 und bis zum Schluß der letzten Fahrt erzählt. Obwohl er sich alle Mühe gab, wurde es ein stockender Bericht, der sonderbar wenig Überzeugungskraft hatte. Die Atmosphäre, die ganze Umgebung war ungeeignet – zwischen der friedvollen Wärme dieser Räume und der unmenschlichen Kälte und Grausamkeit des Eismeers lag eine ungeheure Kluft, die nur durch Erfahrung und Mitfühlen überbrückt werden konnte. Hier unten, im Herzen von London, bekam das, was er von hartem, unglaublich schwerem Erleben zu erzählen hatte, einen falschen Beiklang und schien sogar seinen eigenen Ohren unglaubhaft. Als er halb fertig war, blickte er seine Zuhörer an und hätte beinah aufgegeben. Ungläubigkeit? Nein, das war es nicht, wenigstens nicht bei dem Grauhaarigen und dem Großadmiral. Nur ein verdutztes Nichtbegreifen, ehrlicher Mangel an vollem Verständnis.

Es ging gar nicht schlecht, solange er sich an die nachweisbaren Tatsachen hielt – wenn er von den durch Seegang schwer beschädigten Flugzeugträgern sprach, von dem Minentreffer, der Strandung und der Torpedierung eines Trägers, von dem gewaltigen Sturm und dem verzweifelten Ringen, die Schiffe am Leben zu erhalten. Wenn er beschrieb, wie der Geleitzug allmählich aufgerieben wurde, wie grauenvoll die zwei mit Benzin gefüllten Tanker starben; wie U-Boote und Bomber auf den Meeresgrund geschickt wurden; wie *Ulysses* mit 40 Meilen durch den Schneesturm preschte und von dem deutschen Kreuzer zerschossen wurde. Wenn er von der Ankunft des Schlachtgeschwaders berichtete, und wie jener Kreuzer geflüchtet war, ohne noch mehr Schaden anrichten zu können. Wie der zerstreute Rest des Geleitzuges wieder zusammengefaßt wurde, wie in der Barentssee ein Schutzschirm von russischen Jägern sich einfand und schließlich die schwer zerschlagenen Reste von F.R. 77 in die Kolabucht einliefen – fünf Schiffe im ganzen.

Sobald er aber an Tatsachen kam, die sich nicht so einfach bestätigen ließen, spürte er die Zweifel und eine Unsicherheit, die mehr war als Erstaunen. Er berichtete so ruhig wie nur möglich, ohne sentimental zu werden: von Ralston, von seinem Vater und seiner Familie, von Riley, dem Rädelsführer bei der Meuterei, der sich weigerte, den Wellentunnel zu verlassen, von Petersen, der einen Seesoldaten getötet und freudig sein eigenes Leben geopfert hatte, von McQuater und Chrysler, von Doyle und zehn, zwölf anderen Männern.

Einmal brach ihm die Stimme und ward unsicher, als er von den sechs Überlebenden berichtete, die *Sirrus* bald nach dem Untergang aufgefischt hatte. Er erzählte, wie Brooks seine Schwimmweste einem Matrosen gegeben hatte, der es damit erstaunlicherweise eine Viertelstunde im eisigen Wasser aushielt. Wie Turner, an Kopf und Arm verwundet, den fast besinnungslosen Spicer gestützt hatte, bis *Sirrus* vorbeistampfte, von Bord eine Leine um ihn geworfen wurde und der Zerstörer schon davon war, ehe er die Bergung vollenden konnte. Wie Carrington, der eisenharte, mit einem Bündel großer Holzstücke unter dem Arm, zwei Mann über

Wasser hielt, bis die Rettung kam. Beide Männer – der eine war Preston – starben nachher. Carrington war ohne Hilfe an dem ausgehängten Tau hochgeklettert und hatte sich über die Reling geschwungen mit einem linken Bein, von dem ihm der Fuß über dem Knöchel abgerissen war. Carrington würde am Leben bleiben, Carrington war unzerstörbar. Zuletzt war noch Doyle gestorben: Sie hatten ihm ein Tau zugeworfen, das er nicht sehen konnte, denn er war erblindet.

Was aber die drei Herren vor allem wissen wollten, war – das merkte Nicholls sehr wohl –, wie *Ulysses* sich gehalten, wie eine Besatzung von ›Meuterern‹ sich benommen hatte.

Gewiß, er hatte ihnen erzählt von erstaunlicher Tapferkeit, aber sie konnten das offensichtlich nicht vereinbaren mit Männern, die einmal gegen ihr eigenes Schiff, de facto als gegen ihren König, die Waffen erhoben hatten.

So versuchte Nicholls, ihnen alles klarzumachen und spürte doch schon bei dem Versuch, daß ihm das nie gelingen würde... Denn was gab es da zu berichten? Daß Vallery über Lautsprecher eine Rede an die Besatzung gehalten hatte? Wie er durchs ganze Schiff gegangen war und auf diesem schweren, ihn so erschöpfenden Inspektionsgang sie ganz mit seinem Geist erfüllt hatte? Wie er über seine Männer gesprochen hatte, als er starb? Und vor allem: wie sie durch seinen Tod wieder zu rechten Männern geworden waren? Denn das war alles, was es da zu berichten gab, und gerade dies blieb ohne besondere Wirkung. In plötzlicher Einsicht spürte Nicholls, daß der Sinn dieser eigenartigen Verwandlung der Mannschaft auf *Ulysses*, einer Verwandlung verbitterter, innerlich gebrochener Männer, die über sich hinauswuchsen, weder erklärt werden konnte noch hier begriffen wurde, denn der ganze Sinn lag in der Persönlichkeit Vallerys, und Vallery war tot.

Nicholls fühlte sich jetzt müde, zum Verzweifeln matt. Er wußte, daß er noch längst nicht gesundet war. Sein Verstand war umwölkt, Vergangenes lag unter Schleiern, und er verwechselte Einzelheiten. Das Gefühl für chronologische Ordnung war ihm abhanden gekommen, er geriet in Hemmungen und wurde unsicher. Plötzlich überwältigte ihn der Gedanke, wie vergeblich alles war, was er sagte. Langsam brach er ab, seine Stimme verlor sich, er schwieg.

Nur undeutlich hörte er, daß der Grauhaarige ihm ruhig eine Frage stellte, und murmelte laut, ohne zu überlegen.

»Was war das? Was sagten Sie eben?« Der Grauhaarige blickte ihn merkwürdig forschend an. Das Gesicht des Großadmirals hinter dem Tisch war undurchschaubar geblieben. Auf Starrs Gesicht aber zeichnete sich – das sah er – deutlich der Zweifel ab.

»Ich sagte nur... sie waren die beste Besatzung, die Gott jemals einem Kommandanten gegeben hat«, murmelte Nicholls.

»Verstehe.« Die alten müden Augen blickten ihn fest an, aber es blieb bei diesem einen Wort. Finger trommelten auf dem Tisch, der Grauhaarige blickte die beiden Admirale, dann wieder Nicholls an.

»Ruhen Sie sich mal eine Minute aus, mein Junge... Uns entschuldigen Sie bitte inzwischen.«

Er erhob sich und ging langsam an die breiten, ausgebauten Fenster am anderen Ende des langen Raumes, die beiden Großen folgten ihm. Nicholls rührte sich nicht, er blickte ihnen nicht einmal nach. Gekrümmt saß er auf seinem Stuhl und starrte trübsinnig, ohne etwas zu sehen, auf die Krücken, die er zwischen seine Füße gelegt hatte.

Von Zeit zu Zeit hörte er etwas von dem gedämpften Gespräch. Admiral Starrs hohe Stimme kam ihm sehr deutlich zu Ohren. »Meutererschiff, Sir – konnte nie wieder dasselbe werden –, es ist besser so.« Nach einer Antwort, die so leise kam, daß er sie nicht verstand, hörte er Starr sagen: »... als Kampfeinheit erledigt.« Jetzt erwiderte der Grauhaarige etwas in sehr schneller Sprache, aus seinem scharfen Ton klang der Protest, doch für Nicholls zu undeutlich. Dann sagte mit tiefer, schwerer Stimme der Großadmiral etwas von »Entsühnung«, worauf der

Grauhaarige langsam nickte. Nicholls wußte, als Starr ihn jetzt über die Schulter anblickte, daß von ihm die Rede war. Er meinte, die Worte »nicht gesund« und »furchtbare Strapaze« verstanden zu haben, doch vielleicht war das nur Einbildung.

Jedenfalls war ihm das jetzt einerlei. Er hatte nur ein Verlangen: fortzukommen, denn hier fühlte er sich wie ein Fremdling in einem unbekannten Land, und ob sie ihm glaubten oder nicht, war nun bedeutungslos. Er gehörte nicht hierher, wo alles so gesund, so normal und so real war und doch – für ihn eine Welt bloßer Schatten.

Er fragte sich, was Kapok Kid an seiner Stelle hier wohl gesagt haben würde, und lächelte in Erinnerung an den Freund. Carpenters Sprache wäre schrecklich gewesen, seine Nebenbemerkungen scharf und von bitterer Ironie gespickt. Und als er überlegte, was Vallery gesagt hätte, lächelte er wieder, wie einfach im Grunde alles war. Denn Vallery hätte gesagt: »Richtet sie nicht, denn sie verstehen es nicht.«

Allmählich merkte er, daß das Gemurmel aufgehört hatte und die drei Männer groß neben ihm standen. Sein Lächeln verblich, und als er langsam aufblickte, fiel ihm auf, wie sonderbar sie ihn betrachteten. So besorgt –.

»Es tut mir verdammt leid, mein Junge«, sagte der Grauhaarige aufrichtig. »Sie sind ein kranker Mann, und wir haben viel zuviel von Ihnen verlangt. Trinken Sie ein Gläschen, Nicholls? Höchst nachlässig von mir, daß ich nicht eher –«

»Nein, danke, Sir.« Nicholls reckte sich auf seinem Stuhl. »Ich komme schon wieder in Ordnung. Hatten Sie – ist sonst noch etwas?«

»Nein, nichts mehr.« Das Lächeln war ehrlich, freundschaftlich. »Sie sind uns eine große Hilfe gewesen, Doktor, eine große Hilfe. Und der Bericht war gut. Ich danke Ihnen wirklich sehr dafür.«

›Ein Lügner, aber ein Gentleman‹, dachte Nicholls dankbar. Er stellte sich mühsam auf die Beine, langte nach seinen Krücken und ließ sich von Starr und dem Großadmiral zum

Abschied die Hand schütteln. Der Grauhaarige hakte ihn ein und begleitete ihn bis zur Tür.

An der Tür blieb Nicholls stehen. »Verzeihung, wenn ich Ihnen lästig falle, Sir – wann kann ich meinen Urlaub antreten?«

»Ab sofort«, sagte der andere mit Entschiedenheit. »Wünsche Ihnen schöne Tage. Gott weiß, daß Sie die verdient haben, mein Junge... Wohin soll's denn gehen?«

»Nach Henley, Sir.«

»Henley? Und ich hätte geschworen, daß Sie Schotte sind.«

»Bin ich auch, Sir – aber ohne Familie.«

»Oh...! Also ein Mädel, Doktor?«

Nicholls nickte wortlos.

Der grauhaarige Herr klopfte ihm, milde lächelnd, auf die Schulter. »Hübsch – darf ich gewiß behaupten?«

Nicholls blickte ihn an, wandte die Augen wieder ab, nach dem Posten, der bereits die Tür zur Straße aufhielt, und setzte seine Krücken fest unter die Arme. »Ich weiß nicht, Sir«, sagte er ruhig, »weiß es tatsächlich nicht – ich habe sie noch nie gesehen.«

Er tappte seinen Weg über die Marmorplatten, humpelte durch die wuchtige Tür und hinaus in den Sonnenschein...

WEG DES KREUZERS »ULYSSES«

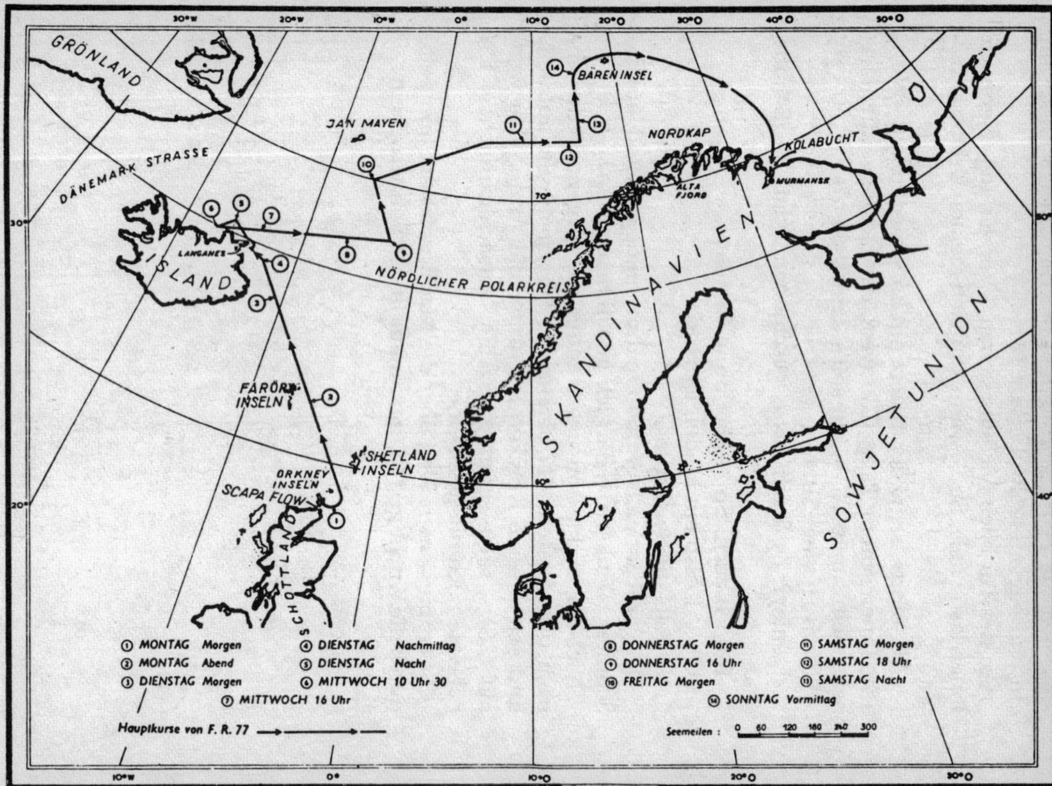

LÄNGSSCHNITT DURCH DEN KREUZER »ULYSSES«

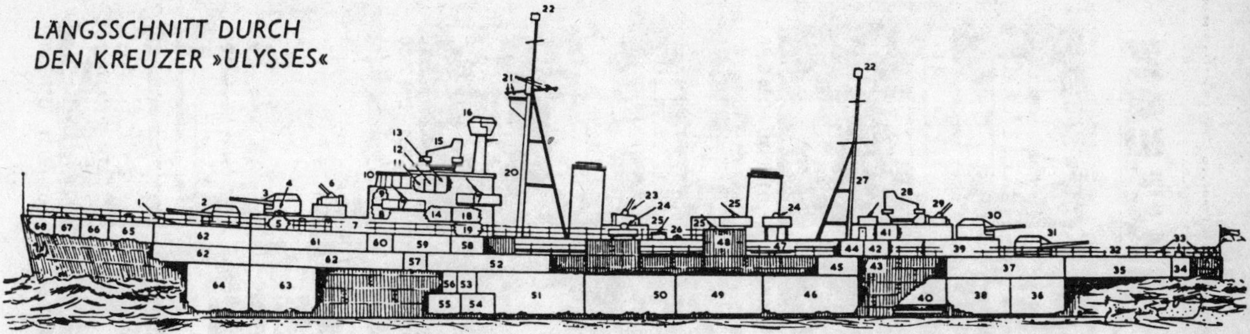

1 Wellenbrecher
2 Geschützturm A
3 Geschützturm B
4 Winsch für Ottergerät
5 Elektrowerkstatt
6 Vordere 4-cm-Kanonen (Vierlinge)
7 Offiziersmesse (an Steuerbord)
8 Flugzeug-Ortungsraum
9 Auswertestelle
10 Brücke
11 Kartenhaus (parallel, an Steuerbord, der Asdic-Raum)
12 Scheinwerfer-Leitstand
13 Schutzstand für den Kommandanten
14 Brückenkammer für Kommandanten
15 (Haupt-) Feuerleitstand
16 Flakleitstand
17 2-cm-Kanonen, Brücke
18 Signaldeck
19 Admiralskajüte
20 Fockmast
21 Gefechtslaternen
22 Radarschirme
23 4-cm-Kanonen, mittschiffs
24 Scheinwerfer
25 2-cm-Kanonen, Bootsdeck
26 Winsch für Barkasse und Motorboot
27 Großmast
28 (Reserve-) Feuerleitstand
29 4-cm-Kanonen, Achterdeck
30 Geschützturm X
31 Geschützturm Y
32 Schanze
33 Wasserbombengestelle
34 Handruderraum
35 Matrosen-Wohndeck achtern
36 Munitionskammer Turm Y
37 Seesoldaten-Wohndeck
38 Munitionskammer Turm X
39 Kantine
40 Wellentunnel
41 Radarräume
42 Chiffrierraum
43 Funkraum (an Steuerbord)
44 Achtere Kombüse
45 Maschinisten-Wohndeck
46 Achterer Maschinenraum
47 Torpedo-Dreiersatz (53,3 cm) an Backbord
48 Torpedowerkstatt (an Steuerbord)
49 Kesselraum B
50 Vorderer Maschinenraum
51 Kesselraum A
52 Heizer-Wohndeck
53 Notruderraum
54 Befehlsübermittlungs- (B.Ü.) Raum
55 Niederspannungsraum 2
56 Luk zum B.Ü.-Raum
57 Telefonzentrale
58 Vordere Kombüse
59 Krankenrevier
60 Torpedo-Rechenraum
61 Deckoffiziersmessen, Backbord und Steuerbord
62 Matrosen-Wohndecks, Backbord und Steuerbord
63 Munitionskammer Turm B
64 Munitionskammer Turm A
65 Bugspillgetriebe-Raum
66 Batterielager
67 Arrestzellen (an Steuerbord)
68 Farbenlast

HEYNE BÜCHER

ROBERT LUDLUM

Die Superthriller von Amerikas Erfolgsautor Nummer 1

01/6136

01/6180

01/6265

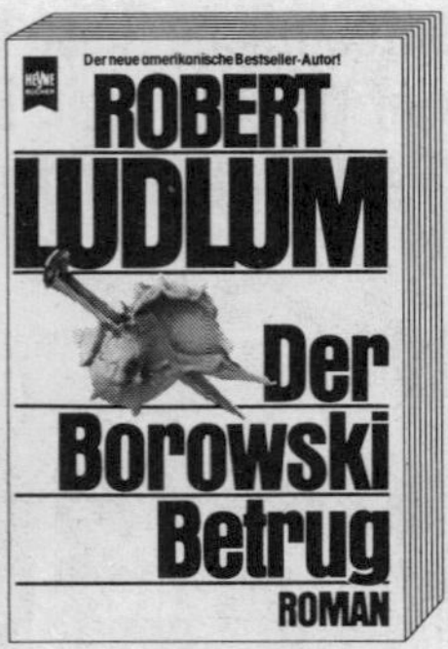

01/6417

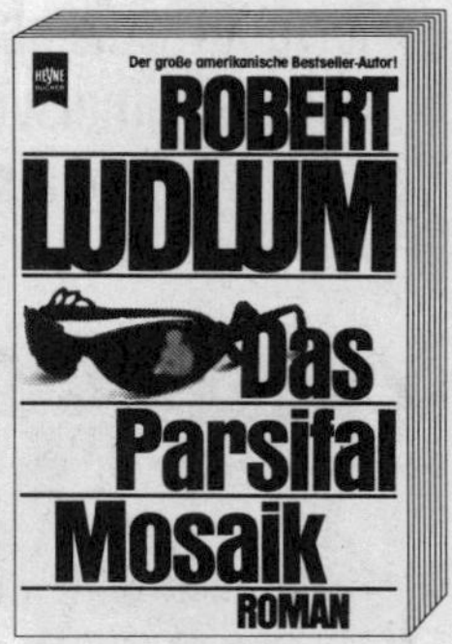

01/6577

01/6744

01/6941

01/7705